柯文辉 著

盖世匹夫

乡土风情小说

山西出版传媒集团　北岳文艺出版社
BEIYUE LITERATURE & ART PUBLISHING HOUSE

·太原·

图书在版编目（CIP）数据

盖世匹夫 / 柯文辉著.—太原：北岳文艺出版社，2019.11
ISBN 978-7-5378-5932-5

Ⅰ．① 盖… Ⅱ．①柯… Ⅲ．① 长篇小说－中国－当代
Ⅳ．①I247.5

中国版本图书馆CIP数据核字(2019)第112904号

盖世匹夫

柯文辉 / 著

策划

赵学文　续小强

责任编辑

陈学清

书籍设计

张永文

印装监制

巩璠

出版发行：山西出版传媒集团·北岳文艺出版社
地址：山西省太原市并州南路57号　邮编：030012
电话：0351-5628696（发行部）　0351-5628688（总编室）
传真：0351-5628680
网址：http://www.bywy.com　E-mail：bywycbs@163.com
经销商：新华书店
印刷装订：山西人民印刷有限责任公司

开本：787mm×1092mm　1/16
字数：565千字
印张：38
版次：2019年11月第1版
印次：2020年1月山西 第1次印刷
书号：ISBN 978-7-5378-5932-5
定价：89.00元

盖世匹夫

大康

盖世匹夫

朽年辉耋云贡富璎 朱复戡 题

朱复戡 / 题

盖世匹夫

譚建丞題

昔年九十五歲

如是我見　如是我聞
如是我見　如是我聞
如是我思　如是我見
如是我見　如是我聞
柯父輝之嚴□

侯坚 / 石刻

有琴無絃無劔有匣大器晚成庸誰悲白髮

小说人物胡砧绣像　李少文／作

末路舉人
行俠賣傻
人教傷人
翁教挨打
大傷為真
大真似假
怪而不怪
曲盡和諧
天柱怪客
像贊

小说人物天柱怪客绣像　李少文／作

一蛇霆
頤九惡
一善人
网恢々
伊需
浩嘆

小说人物保长绣像　李少文／作

混沌大礦柔情副骨敢說敢哭敢愛敢哭太衆忠心
死生突兀其美罕偏莫憐無福嘎翠鹿兒像贊

小说人物嘎翠鹿儿绣像　李少文/作

恨中久享勇名實爲怯弱懦不該死痛悔無藥

恨愛為無多恁非靈草夫像
中即恨情情命命根兒妻讚

蓬心成婚臨危一諾男兒靡一女兒謔之

小说人物双根夫妻绣像　李少文／作

土豆頭燒餅臉 左邊比右邊多一點
拖扇耳馬蟻腰 左肩又比右肩高

蓋世匹夫為司馬牛町作贊語

小说人物胡砧孙子司马牛绣像　李少文／作

小说人物和尚舅舅绣像　李少文/作

妄圖蓋世仍是匹夫大俠無爲翁道不孤

小说人物胡砧戏装绣像　李少文／作

序 一

如果让你左眼坚守审美尺度;把右眼扔到表现对象背后,一生二,二生四,四生万千,八方裹住它看个透;写作中克服那点无可救药的深刻,达到以真乱假的水准,便是冷峻雍容的大手笔。

看到你不能前行一步而超然,或者后退一步落得安然,老是骑在"二然"的门槛上活得太累太压抑太坎坷,就希望你过一下大师的瘾;但又怕那么一来不再是你而失去好友。

记住欠我两千字的追悼文章,把我的毛病与失误和盘托出。要写恭维的空话就太不够意思。对《盖世匹夫》也该如此,才是个活人!

想写序,泪水老打岔,我说不清,只能交白卷!爱自己吧,你还要做好多事……

马茂元

临危赠言

序　二

　　艺术大家黄宗江先生，生前曾这样评说他的好友柯文辉："其学问不打一处来，也不打一处去，论诗如画，论画如诗，写小说如史传，写戏剧如诗歌，却从不图出版，每置高阁几经秋春。""当今之世，卖文燕市，淡泊名利如斯者稀矣哉！"

　　稀矣哉！稀矣哉！而今，笔者于此大有感慨：柯老先生有一部五十万字的历史长篇小说《盖世匹夫》，于20世纪80年代完稿，至今三十多年过去，居然压在箱底不思出版，跟没那么回事儿似的。这可就不是"几经秋春"了！近十年前，柯老先生一时兴起，把《盖世匹夫》拿来给我看，说"你是地球第一读者"。之后又没动静了，一直到今年春上，赵学文先生执意要推出是书，我这才得以再度阅稿。这期间十年光阴就又过去了！笔者不禁慨叹：你柯老爷子过八望九之人，咋就能这么沉得住气呢？

　　且说二次拜读《盖世匹夫》，笔者可就带上更加尊敬的情愫了，读得更细了点，更深了点，也更想读出点自己的心得体会。大体总结下来，主要是如下四句话：回归了一个传统；圈起了两个宝库；活画了三个灵魂；颠覆了一个价值观。

回归了一个传统。中国小说有传统吗？以笔者的分法有两个，一个叫作"历史传统"，一个叫作"革命传统"。那么，中国小说的"历史传统"是什么模样呢？粗说是两个侧面、两种色调。一个呢，小说不属于"学在官府"的行当，从来都是在正统文化"每訾其卑下"的歧视中发展繁荣起来的。"小说"一词最早见于《庄子·外物》："夫揭竿累，趣灌渎，守鲵鲋，其于得大鱼难矣；饰小说以干县令，其于大达亦远矣。""县"乃古"悬"字，高也；"令"，美也；"干"，追求也。是说你举着细小的钓竿钓绳，奔走于田陌沟渠之间，只能钓到泥鳅之类的小鱼，而想获得大鱼可就难了。靠修饰琐屑的言论以求高名美誉，那和玄妙的大道相比，可就差得老远了。庄子认为此皆微不足道，故谓之"小说"，即"琐屑之言，非道术所在"的"浅识小道"。这也正是小说之为小说的本来含义。当然，庄子这话的背景是在春秋战国时期，彼时学派林立，百家争鸣，许多学人策士为说服王侯接受其思想学说，往往设譬取喻，征引史事，巧借神话，多用寓言，以便修饰言词以增强游说效果，所以，庄子说的"小说"，与魏晋肇发的中国古小说还不能完全画等号。而东汉班固在《汉书·艺文志》中写到"小说家者流，盖出于稗官。街谈巷语，道听涂（同'途'）说者之所造也"。这就说得比较靠谱了。这是一个侧面。另一个侧面呢，你又不能说小说一点存在价值都没有。东汉桓谭在其《新论》中，虽然也认定小说不是为政化民的"大道"，但小说家"合丛残小语，近取譬论，以作短书，治身理家，有可观之辞"仍然不失为"治身理家"的有用之书。孔子老早也说过："虽小道，必有可观者焉，致远恐泥，是以君子弗为也。"刚才班固也没有忽视这一个侧面，这一种色调："然（小说）亦弗灭也。闾里小知者之所及，亦使缀而不忘。如或一言可采，此亦刍荛狂夫之议也。"班固的这个定性之说很要紧：所谓小说，就是"街谈巷语、道听涂说者之所造也"，虽为小知、小道，但"必有可观者"，且"弗灭也"；尤其要紧的是，他指出小说不但具有植根于"闾里"生活，可以虚构的特点，而且多为"刍荛狂夫之议"。何谓刍荛之议？不就是民间言论吗？草根之言，直言，甚至是狂夫狂言。事实上，汉代以降，魏晋南北朝的笔记小说也罢，唐代传奇也罢，宋元话本也罢，明清小说也罢，无不具有这种天然形态的、自由自在的、自生自灭的、纯民间的发展特色。就算明清小说开始走上了文人独立创作之路，小说家主体意识增强，写出了《西游记》《水浒传》《三国演义》《金瓶梅》《三言二拍》《红楼梦》《儒林外史》《老残游记》《聊斋志异》……无数传世经典之作，但也都是"单兵作战"的民间个体行为，并无什么政治纲领在指导他们，更无什么政党或政治势力在运作他们，即便到了民国早期，这样的小说发展脉络也不绝如缕，是一个绵延千载的历史传统。一直到"十月革命一声炮响，马列主义传到中国"，小说的这个历史传统，才被"革命传统"所取代。

眼下柯文辉先生这部《盖世匹夫》，就逸出了"伟光正"的"革命传统"，回归到那个"虽小道，必有可观者焉"，"且多为'刍荛狂夫之议'"的历史传统了。这正是柯文辉先生《盖世匹夫》的最大亮点和价值所在。

圈起了两个宝库。整部《盖世匹夫》的人物、故事，大体产生、发生在两个地域文化精彩纷呈的人文空间：以萨满文化为中心内容的"北海"地域文化，以江南民俗文化(柯老先生标为"乡土风情")为中心内容的安庆地域文化。

"北海"在哪里？就是今天的贝加尔湖地区，中国古称"北海"，曾为中国北方部族的主要活动地区，《尼布楚条约》后，将其划归俄罗斯帝国。苏武牧羊处原先说就在这里，现在又说在甘肃省武威市民勤县的白亭海。这也不去管他，只说《盖世匹夫》中"北海"地区的萨满文化。

《盖世匹夫》中，有一半故事都发生在"北海东南角"这个地方。男主角胡砧的爷爷胡烈松太公，投奔过林则徐，在关天培将军帐下当过掌旗官，出于义气助阵过翼王石达开，事败后扮道士，走间道，逃亡隐居于此。胡砧为找爷爷来到这里，发奇缘结识了女主角嘎翠鹿儿，方才新开半边天。美丽泼辣的新娘子嘎翠鹿儿生于斯长于斯，分明是"北海"一枝花，萨满文化一精灵，可以说没有她就不会有"盖世匹夫"胡砧，就不会有一部传奇《盖世匹夫》。

"北海"地区的萨满文化，始于史前时代。一般认为，萨满教起源于原始渔猎时代，是一种在原始信仰基础上发展起来的民间信仰活动，并且曾经遍布全世界。"萨满"一词，在通古斯语中是"智者""晓彻"的意思。其实，所谓萨满教并非指某种特定的宗教或信仰,而是一种萨满经验和萨满行为的通称,是一种获得知识的方式,没有教条或特定的信仰体系,不同传统的萨满教有不同的实行方式与特征,所以对萨满教的认定也来自其经验与技术。正如著名学者强纳森·霍尔维兹说:"萨满教不是关乎信仰,而是关乎经验。"萨满教的理论根基是万物有灵论:万物都是活的;万物相系;万物皆神圣。在可见的世界里,充满着影响生物体生活的不可见的力量或者灵魂(笔者按:这倒跟当代最先进的量子理论有点不谋而合呢)。它至今在满、锡伯、赫哲、鄂伦春、鄂温克、达斡尔、维吾尔、乌孜别克、朝鲜以及大和等民族中都有影响,相对说在我国三江流域的赫哲、鄂伦春、鄂温克、达斡尔,以及在部分锡伯族当中得到了较为完整的继承。在《盖世匹夫》中,这种萨满文化的核心内容,比如灵魂观念:世界上万物都有灵魂,自然界的变化给人们带来的祸福,都是各种精灵、鬼魂和神灵意志的表现;比如神灵观念:赋予火、山川、树木、日月星辰、雷电、云雾、风雨、彩虹、冰雪和某些动物以人格化的灵性,视为主宰自然和人间的神灵;比如三界观念:把宇宙分为上、中、下三层,上层为神灵住的天堂,中界是人和动植物所在;下界则是祖灵、一般亡灵和大小鬼魂的住所,人类夹在中间,经受着神灵福佑和鬼魂作祟,只有巫师萨满能通达上下两界,疏通三界之事……作者都有相应的展示与阐释。另外,崇拜动物、崇拜祖神、祈求猎物、送魂、求雨和止雨等所进行的各种民间祭祀活动,特别是称作"奥米那伦"的祭祖仪式,以及婚丧嫁娶的各种民俗活动,其独特性、丰富性和震撼性,书中都有如临现场的生动描绘。甚至萨满文化中的咒术与法术,什么占卜啦,什么跳神啦,什么萨满跳神音乐中的神鼓和腰铃啦,什么萨满神帽、神帽上的神带、神衣、神鞋、铜镜、神杖、神刀等一整套行头与法器,作者都有详细记载与具象刻画……说《盖世匹夫》是一个萨满知识宝库、文化宝库一点都不过分。不妨以书中对"祭火节"的描述为例:

　　每年(祭火节)要把全族人拉到山顶帐篷里,男女分居。搭棚的地
　方,由最高龄的总祀穆昆将大鱼牙掷上天空,等它落地之后,牙尖所指

之处，便是大吉宝地。进入森林，头戴神帽、腰系神裙的大萨满击鼓跳神，小萨满们击鼓助威，等跳神者人事不知地晕倒在地，头部所指的第一棵榆树或柳树便是神树，上通大神祖宗所居的神楼。九堆奔马、巨蟒等形状的篝火被点燃，同时点燃兽头、蛙、鹰、龟、鱼、刺猬、巨鲸等等图腾式的灯，升起图腾旗，开始了七天七夜的祭火节，仇家要握手言欢、相互敬酒。此时神鼓、台鼓、号角、幌铃、洽拉器一齐发声，震撼山野。接着萨满们用长盆招来活鲤鱼、烤仔猪、鳖花、草根、糕饼、饽饽等等供品。老萨满宰杀活鹿活猪，用神具存集鲜血，兑一半泉水，遍撒部落驻地。老穆昆把装有一对喜鹊的笼子挂上神树，等到祭祀完毕后放开笼子。老萨满领唱，上千人和声相答，一起请形形色色的火把降临，无边无际，星星般的火把，山之炬火，河的火把，火把奶奶，火把妈妈……列成火阵。年轻猎人们穿过火阵，消除灾难，祈祷狩猎种植双丰收，穿过火海打兔、擒鹿、荡秋千、钻火圈、秋千踢灭天灯、火中取石珠、射鸭等多种活动，胜而不骄者称为英雄(巴图鲁)、受人艳羡，求婚者纷至沓来。萨满们表演狮、熊、蟒、鹰等神降临的舞蹈，压轴戏是鱼头女人身的东海女神来为全体男女老幼祝福，教导他们如何防火。夜晚，全族同拜星星……

这是多么独特美丽的萨满文化？多么值得珍藏的人类共享的精神财富？在萨满文化日渐式微的今天，这种罕见的文学性的纪实文字又是多么具有史学意义与价值！

柯老先生是土生土长的安庆人。如果说《盖世匹夫》中对萨满文化有携金抱玉之能，那么作者对故乡安庆的地域文化，简直就是锦绣在胸，如数家珍了。安庆古称舒州，别称宜城，南拥长江，背倚龙山，整个人文环境既有大别山的铮铮风骨，又极具水韵江南的灵秀柔情，山水地理、风俗民情别具一格。一部《盖世匹夫》，写足了"万里长江此封喉，吴楚分疆第一州"的安庆胜地。且不说曾被汉武帝封为"南岳"的天柱山的飞来神峰、奇石异洞、涧瀑溪流、云海宝光、山茶王松、摩崖石刻、三教圣地、名人访迹；且不说水陆码头"商贾辐辏,百货骈阗",到处都是徽商开设的钱庄、当铺、绸缎庄、布店、纸坊、茶叶店、南货店……火透了"千年古渡百年港"和"八省通津"的大安庆;且不说一个小小安庆,出现过现代报刊百种以上,由陈独秀先生主编的《安徽俗话报》等多种革命进步报刊就有十几种之多;且不说独味天下的安庆饮食文化,什么胡玉美蚕豆辣酱、墨子酥、江毛水饺、石牌贡糕;且不说"小年"过在腊月二十四和流行"厝柩"葬俗的民俗文化;更不说桐城文脉不绝如缕的文化标杆方苞、戴名世、姚鼐、邓石如、张恨水……这里只以安庆的戏曲文化说事。安庆素有"文化之邦、戏剧之乡"的美誉,不仅是中国五大剧种之一黄梅戏的发源地和传承地,更是中国国粹京剧的发源地之一。徽剧的形成,融汇着西部的梆子腔和东南的弋阳腔、昆腔。清乾隆五十五年(1790年),"四大徽班"相继进京,使徽剧扎根京城,进而风靡全国,并最终演化成京剧。安庆人程长庚是促进这一演化的主要人物,人称"京剧鼻祖"。作者在《盖世匹夫》中这样写道:

> 只要看过天柱山人著的《皖优谱》,就知道安庆西北角的石牌镇附近,出过数以百计的演员,造成二百年前徽班进京的盛事,从程长庚、杨月楼而下,安庆梆子风靡一时。

由于作者自己生于斯地、长于斯风,灵根深厚,耳濡目染,是以精通此道,谙熟套路,擅长京胡且能发声演唱,所以笔下人物故事和情节细节多在道行中,男主角胡砧更是一票成名的活关公,到死也要把关老爷演到极雄极美。《盖世匹夫》中对戏本、戏文的滚瓜烂熟,对累代戏曲名家的知根知底,对剧中人物脸谱、服装、道具及唱念做打一招一式的门儿清,对演出场地和场内的一切讲究、规矩、禁忌的无所不知,特别是对戏里戏外人物命运的悲喜忧乐,均有精妙之史录、描绘与评说,内容充沛得都有点爆满之嫌。可以说《盖世匹夫》以戏曲文化为重点,将安庆的地域文化写得淋漓尽致,在当下忽视地域文化的大陆作家中独树一帜,有标杆意义。

什么叫地域文化? 且不可听专家学者们说得云天雾地,什么狭义的专指先秦时期中华大地不同区域的文化,什么广义的特指中华大地不同区域物质财富和精神财富的总和。要笔者说就一句话,地域文化就是故乡文化、母亲文化!就是"露从今夜白,月是故乡明",就是"不用凭栏苦回首,故乡七十五长亭"!安庆此地有着自己独特的历史文化、方言文化、武侠文化、饮食文化、信仰文化、建筑文化、民俗文化、移民文化,加之得天独厚的自然地理环境和资源风水,不就是一种典型的地域文化样板吗?故乡有多久,这种文化就有多久;故乡到永远,这种文化也就绵绵无尽期。它融入了安徽文化,最后融入了中国文化。它与阿拉伯文化、欧洲文化、拉美文化相对比,不就是中国的故乡文化吗?不就是一种特色鲜明的大地域文化吗?从这个意义上说,安庆文化以及所有的地域文化,都是中国文化的源头之一。可惜现在作家们已然很少有人关注自己的故乡文化了,很少有人还像古士子那样在故乡登山临水,探古寻幽,留心方志,采风渔樵,求贤问道,纪胜作传了。可怜舍去源头水,孤舟悬外海红潮。柯老先生于此大发感慨说:

> 文化,是在人的血液里。……没有任何一个国家能抛弃自己的传统文化而人才辈出的。(《竖看历史,横看世界》)

《盖世匹夫》中两个地域文化宝库的精心收藏,是对他自己"感慨"的有力诠释:写小说,做士君子,请别忘了地域文化、母亲文化、中国传统文化!

活画了三个灵魂。塑造人物、叙述故事、描写环境、表达感情和思想,这些小说要素固然是不可分割的,相辅相成的,但塑造人物总是最重要吧?一部长篇小说弄不出一个或数个精彩人物来,总是一种创作遗憾吧?就中国小说传统而言,情况亦是如此。不论"古小说"(鲁迅定义,谓唐以前之小说)孕育时期的神话传说"女娲补天""后羿射日""大禹治水""精卫填海",寓言故事"叶公好龙""守株待兔""愚公移山",以及古代史传人物的传记;也不论童年时期(魏晋六朝)的志人、志怪小说,无不讲究突显人物,以人(或拟人)说事,铺陈故事,吸引读者。"小说亦如诗,至唐而一变。"但不论怎么变,唐传奇,宋元话本,明清小说……塑造人物则越来越成为作者之首要着力点。人物塑造的成败,这也是衡量小说尤其是长篇小说成功与否的传统标准之一。

《盖世匹夫》的重要成果之一,就是塑造了十多个成功的和比较成功的人物,其中三个贯穿性的主要人物,被活画出了灵魂,典型得不易在从前的名著中发现。他们是:萨满文化的女精灵嘎翠鹿儿、中国传统士君子文化的民间精英胡砝、能穿越时空的那个神奇疯子。

胡砝和嘎翠鹿儿男女主角,从相识相恋、相爱相亲到生离死别而情思不绝,把一场异族爱情、婚恋演绎得惊天动地、独一无二,是少见的传奇故事。作者让他们在两种文化巨大冲突和碰撞中相识,独具匠心。依照萨满习俗,大萨满罹病将死,其妻得弓弦自尽以殉葬。但老女人惜命,用钱买个替死鬼——十九岁的漂亮女孩嘎翠鹿儿。嘎翠鹿儿情愿替死,既为还清欠债,更因"她占卜十九次,十五次都是死兆,才明白这是神灵祖宗的意志"。这种活人殉葬的萨满文化遗存,来自南国水乡的胡砝如何接受得了?他冒险出手,说是可以医好大萨满,实为救出嘎翠鹿儿。两种大文化猝然相撞,孰负孰胜,悬念逼人。大萨满得救,为谢救命之恩,愿把"小夫人"嘎翠鹿儿赠给胡砝为妻,却又难舍其美色,要按萨满规矩让胡砝"上刀山",不伤不死方可娶到娇妻。悠久而坚韧的安庆文化会退缩吗?又是逼人之悬念。就是在这种环环紧扣的两种大文化冲突、碰撞中,一对新人渐次从相识到相知,从相爱到相亲,直到两个异族异性灵魂火辣辣地融为一体再也分离不开。这种把最典型的事件、情节,置于各种大文化冲突、碰撞中展开,实在是一个塑造并活画人物的聪明点子、奏效高招。不妨再举一例。女囚石尔梅本是"苏州人氏,绣花女工",被吸食鸦片的爹卖进妓院。刚烈女拒不失身,"使汗巾"把"嫖客勒死",被"判了个秋后绞刑",游街示众。汉人这种歧视、残害妇女的千年恶习,在视一切"生灵皆神圣"的萨满女子嘎翠鹿儿眼中,如何能接受?虽然已做汉人妻,可那种原始宗教遗传下来的带点野性的善根勃然发作,她不仅当街"从丈夫口袋掏了一块碎银子","买了二斤肴肉",一对过去只有皇上吃的"禹城扒鸡",跑过去当街跪在公差们前头,把熟食举过头,跪在地上说:"叔叔大爷们做做好事,把这点东西给可怜的妹妹吃了……"更骇人的是,她要丈夫胡砣花钱买下女囚的命:"你不能救她?""要能让她活,你跟她拜天地,……我不恨你!"一刹那,金光迸溅,这萨满女儿嘎翠鹿儿,不就是活脱脱一个普度众生的观音菩萨?按说书中的嘎翠鹿儿死得较早,但她的形象却最具贯穿性,怎么都难以磨灭,时时出现在胡砣的梦境与回忆中,以至于他痴痴地盯着自己的小孙儿情动天地:"牛,牛儿,你这双眼睛太像奶奶……"笔者情商低,读此亦不禁潸然泪下。

作者书前声言:本书乃"乡土风情"小说。这一点,前文"两个宝库"已然说及。笔者想再说的是,善于在民俗文化的典型环境中丰满人物、升华人物,乃是作者又一"独门绝技"。如前所述,戏曲文化是安庆地域文化的精华所在,最具典型性。作者即把胡砣一生的出场与收场,巧妙置于这种典型环境中,让这位"一品大老百姓"的民间石匠,将忠义关老爷一票再票,使"盖世匹夫"的外在形象和内里春秋一再升华,定格于不朽的文学史榜。特别是胡砣人生收场的那场关老爷戏,被写得精彩极了,不可不略记大概:

> 石匠(胡砣)上场,嗓子忽然嘶哑,只有中音,翻不上去,低不下来。幸而没有长腔大调,逼得他在念做上用力气。早年徽剧的根底,又苦背过中州韵,念得字字不倒,悄走在侧幕的张韵楼①听了也惊诧莫名。武术家的腰功应付戏曲宽绰有余,立腰、长腰、撑腰、左右弯腰、扭腰,控制着绒球、忠孝带、甲片、靠上虎头的眼珠和舌头,都极轻快,能腾出精力在内心世界上去揣摩。
>
> ……他手中刀劈、砍、抹、剁、横、撩、扫、涮、闪,一式化三招,一招生三式,怎么耍刀也还是关羽,不卖弄,不烦琐,不伤大度。此刻,技升为道,道充填台下席间人人的内心世界,又何限于戏剧与舞台?社会大剧场!他演出关老爷,集忠、勇、骄于一身。他自己也感受着死亡前奏的困惑,人性弱点的镜子,照出层层失误也可爱。石匠甚至想到人

---

①上海著名红生演员,唱音高亢。

终有一死,如果用力过头死于台上,只要观众高兴,其中未必缺少自杀的大欢欣。于是放下顾虑,局限让位于幻奇。鼓佬站起,签子下得庄穆。笛师站起,泪雨滂沱,穿梭于笛孔的不再呜咽如乌江东去,而是壮阔的钧天雅颂!麦城大败,意志大胜!个体生命大败,艺术大胜!……关羽只是一座桥,一个媒介,一个借以发挥的题目。演员把满天彩霞吸入一句台词,一个动作,再泼向戏台,色色相生,倾吐出智慧的春光。……石匠忘了什么是关羽和胡砼,殊死决战就在几方丈内进行,他舞动青龙偃月刀割绊马绳的表演,神威凛然,叱咤风云。兵败而后,陷入绝境,他一甩头,夫子盔飞起三丈高,落入侧幕,一气把黔三吹成七绺胡须上下飞舞,神奇莫测。最后一片金光闪过眼前,凭着本能翻了个跟斗,来不及找清方位,不是台口那位白发观者使劲一托,他就摔到了台下。……他久久躺在台上,大幕急剧地降落……

剧中人关老爷走麦城落到了自己的人生终点,为赈灾义演的老石匠胡砼也要由此收束自己的一生,戏里戏外,共同诠释着英雄末路的无奈,酝酿着涅槃重生的神奇。这位终生恪守师训"人贵在无名"的民间老石匠,顶着关老爷的名头,把"盖世匹夫"做到完美无缺,真真一个顶天立地的"一品大老百姓"啊!

还得说说第三个贯穿人物——神奇的疯子。说他是贯穿人物不假,但戏份极少,前后出现五次,加起来的篇幅也就七千多字,出场时的形象描绘:

此人知名度在三县之内不及老教主和赞礼老人,放到镇内比不上老人和厂长,都是屈居第三。说年纪,从二十五到四十岁都像又都不像。浓眉老长,眼球不红不浊,方口悬胆鼻,牙如白瓷,乱发比丝绒都黑。不生胡髭,没带口角歪斜的板滞相。上下身衣裤颠倒着穿,裤裆间撕个洞露出脑瓜,大裤脚成为广袖。短袖筒下亮出腿肚子,腰缠一块鹿皮,系着长麻绳,走路不停地甩动。他不唱不闹,不偷东西,不碰老小，语言有障碍，使他对一切提问都用"好"字作答。一些不敢正视现实，寻求安慰的人便时常向他讨吉兆。

就是这样一个不知来历的疯子，第三次闪面时，便救了胡砧和嘎翠鹿儿的独生子双根的命，第四次万里探兄提出奇问："为什么男女要在一起过日子，男人为什么不生儿女，三年前他偷得送子观音座边小泥孩，砸成粉吃进肚子，三年肚子肿不起来……"问得万匠无言以对。最后一次露面则救了胡砧的命，从此"眼珠翻得雪白，一拍双手，冲出了戏院，谁也无法阻拦。等天温追到街上，已杳如黄鹤……"这是一个什么角色？来无踪，去无影，能在"北海"救双根，能在江南救胡砧，是个隐世大侠？还是个能穿越时空的活神仙？真有点费思量。柯老先生告诉笔者，这是他们家乡早年间一个真实的存在。那么，他执意把他移植到《盖世匹夫》里，有着冥冥之中有神灵，却是谁也说不清的寓意吗？

颠覆了一个价值观。颠覆了中国武侠文化的传统价值观，是以命意为"反武侠小说"。中国武侠文化以各式侠客为主角，宣扬侠客精神，是中华民族独有的大众文化。但自春秋战国以降，直到现当代，其传统的价值取向几乎一成不变，"儒侠""道侠"也好，"佛侠""无侠"也罢，均逃不出"暴力美学"的窠臼，不论为国效力还是为民除害，不论除暴安良还是报仇雪恨，无不诉诸逞勇斗狠、刀光剑影、你死我活，更不用说那些市井喋血、门派死磕，陷入有悖人伦道义的恶性循环。便是以金庸、梁羽生、古龙为代表所开创的所谓"新派武侠小说"，也未能另辟蹊径，"新"出个新来。而这个"新"，在《盖世匹夫》中则大见端倪。

书中先有溟涵和尚悟非知是：我"四十岁之前浪迹江湖，没有慧根，做过鹰犬，不辨是非……却自命为行侠仗义。天下不平事甚多，尚须热肠人奔走呼号，先做朱家郭解，继而为山花野草，躬耕自食，人贵无名"，这一大彻大悟，再由弟子天柱怪客得其遗绪，添以新彩，明白习武之人也要读书，"读书可以明心见性，参悟造化之奇，……用于打拳，行隔而理相通"。他花二十年工夫苦心觅徒，非生性敦厚良善者不传。终得胡铮，改其名曰胡砧，用意殊然:"人皆颂锤之功,殊不知把柄愈打愈短,时时更换,终为废铁。砧有赋形之力而不为人所知,打击惨重,不改方正,处世从容,……无为无不为,助人为乐。"胡砧出师之后,正是将这一"反传统"的从侠之道身体力行,融会贯通,发扬光大,一辈子"不吃皇粮不做官",甘做乡间一石匠,靠劳动吃饭,绝技在身不逞强,不入门派,不依权势,凡公益之事则挺身而出,扶危济困,救灾救难,虽有性命之忧亦在所不辞,到老都坚守着自己的"刀剑禅":

> 真英雄甘于无名,不交官绅,暗中为人排难解纷,开口朴讷,静如处女。偶遇至交,走他几圈,胜既无聊,败得真知,欣欣然无枷锁捆心。授徒为存国粹,保种强身……

看得出来,此一新武侠之道的核心思想是个"仁"字,仁慈、仁义、仁爱,以家国为念,以天下苍生为念,追求父老乡亲乃至全人类的和平、安宁与幸福。这就彻底摆脱了那种以"侠"为核心指归的武侠之道,那种传统的、狭隘的、市井的,往往被权势和门派利用了的落后于时代的价值观。那么,新武侠者追求仁爱和平,就不讲原则,不讲侠义了吗?就空怀一身绝技而老死草莽吗?名重一时的江南大侠胡砧,他就终生刀剑不见红吗?非也,非也。古来侠客哪有不出手的!有天夜里,住在安庆城东岳庙的十五名侵华日军全部被砍掉了脑袋,一张毛边纸上有留言:

> 日寇侵吾国土,烧杀淫掠,无恶不作。今将驻东岳庙匪徒十五人斩尽。余不忍株连乡亲,自愿入狱,以申正义,万死不辞。胡砧时年七十。

这字是"蘸着鬼子的血写"的!胡大侠以自己一生的担当和作为,更以这种气壮山河的铁血义举,诠释了崭新的武侠之道。

笔者行文至此,已然自觉冗长不堪,可欲言之言,犹在胸中多多。作者那半文半白、时文时白、半中半西、时中时西,写景状物都拟人化了的独特语言,虽然有时也有拗口之感,但别具一格,难以模仿。那因人、因事、因物、因景而阐发的人生哲理处处可见,深刻生动而发人思索。当然,还有笔者认为有缺陷和不足的地方,比如那个大"楔子",长篇小说中插进一个独立的小短篇,总觉别扭;比如独生子双根之死,非常勉强。《盖世匹夫》具有明显的纪实性,但既是小说,大段的、概念化的理性说教就不宜太多。总之,想说的话还很多,看来都不能在此拖沓了。好在笔者与柯老先生过从不疏常有,更有热线直通,足可交流不辍,掷开秃笔亦何憾哉。

山右夯汉周宗奇2017年10月9日于太原学洒脱斋

自序

如是我见，如是我闻，
如是我思，如是我云。

柯文辉
1991 年严冬

徐永濂 / 砖刻

目　录　CONTENTS

考一行烧屋。

筱长庚病危温州,胡去奉侍。兄殁,胡负尸上雁荡山凿石棺葬之。老侠自昆仑山归,赠胡砧奇药"太阳草"。

066 | 野恋

胡砧去贝加尔湖南拜望祖父烈松公,猎熊一头。

治好黑龙江大萨满绝症。大萨满夫人怕买来的殉葬女嘎翠鹿儿生子夺产,认为义女,说服大萨满把嘎翠鹿儿嫁胡报德。教主拜堂惊鹿儿美艳,装神要胡上刀梯,胡钟情鹿儿,鹿儿助胡登梯成功。回皖后跌宕变幻,巡抚命王师爷千金买鹿儿为妾,胡拒。

携妻观灯,遇被父卖入妓院后刺死鸨儿、被判绞刑游街的烈女石尔梅。回家失眠告胡她幼年许表兄,求老侠救石尔梅出狱北上做表嫂如愿。

胡送妻无船,将她高举过头不致湿衣,妻哭跳河中誓死相爱。

胡刻一石鼓竖旗杆,成《双牛图》。知府谓伤风化判刑。学台沈寐叟闯大堂搭救。好事者运石刻回胡宅门外。黄宾虹请刻印纽,赞美不已。胡说欠佳砸牛,悔恨终身。

176 | 炼心

外资建厂于长寿镇，开采黑砂泡矿粉浸金矿石可多出金，然死亡镇民日增。胡友人取水样去德国化验方知是水中毒。特效药"太阳草"用完，鹿儿得信倾囊送来，见胡憔悴大哭。

教主来念经驱灾，爷爷捐一头牛为祭品。鹿儿可怜牛，剪断牛鼻绳强放跑牛而撞倒长明灯柱，惹怒镇民，高呼处死鹿儿，疯子破例大叫："圣女杀不得!"众惊惧。礼赞爷爷按习俗命胡去五猖会场抛钗，使鹿儿活命。鹿儿被工人抓去送河神庙，因有孕在身不可为祭，教主写遗书："古范长存，老朽替死。神佑胡砧，放母留子。""神谕：吾死妻不得殉葬。"遂撞墙死。

地震，胡砧夫妻救人过百。鹿儿胎动，生产，解衣包扎，将儿子双手擎出泥石流以生命换生命纪念碑!

下　卷

253 | 侠影

　　矮连长抗日勇,贪杯后打骂兵,抓民夫二十到牛尾镇。认出胡砧是赠银葬父恩公,叩头改过。胡凿穿破船底救壮丁们。在浴池卸保长胡大牙肘关节,痛斥其不为百姓做主。

　　"天柱怪客"百岁独造石桥,将军得古剑鞭,来天悯山求教。老侠说:"你是山东李捕头之子,押解捻军四将斩首。我打晕令尊,四将奔南洋,吾做悬梁假象,暗放一笔黄金塞你母亲梳妆台内。"将军跪下,一枪伤老人耳朵,一枪伤自己左掌心。遂事老侠,得剑鞭三十路。老侠命将军去安庆换金为银圆救灾,之后自焚于破庙。将军按遗书见胡砧。元宵节,将军投骨灰入江,胡砧吹唢呐古典乐送行。

361 | 儿殇

　　胡知外甥女草儿品貌胜儿子双根,私心"肥水不流外人田"而强求,草儿答终身不嫁奉侍舅舅。他过湖边,漏砍一苇,风吹四面折腰似自己,草儿见状含泪允婚。

　　双根躲抽壮丁入东岳庙警察局掌厨,警官不付食费,只得强夺乡亲一碗米一片柴。胡知后引儿上山看土坑说："再做坏事在此埋儿！"父切下脚趾自惩。儿说今夜有十五名鬼子从乡回市在东岳庙用餐，请父帮他除寇。

儿子先杀灶前监厨日兵，挑菜汤上楼麻醉日军十三名后被胡砧全歼，最后从厕所跑出一贼兵枪穿双根腹，胡砧一掌毙敌，儿写"杀人者双根也"死去。胡回村宴同宗，庆孙牛儿满月，敬酒谈笑如常。保长宣布双根牺牲，要胡避株连入蜀。鹿儿入夫梦肆虐，胡默然忍受⋯⋯

433 | 灯海

抗战胜利，胡砧回故里三代享天伦之乐。矮连长改恶习为僧拜叔，相抱流泪。僧从保安队买一日本女人赠叔当通房丫头，生子方许回国。叔劝僧返俗娶日女住此。僧去印度朝圣，胡送日女乘船去沪归家。

灯会五虎上将演武，台阁悠秋，罗汉扫殿。天将捉秦桧，五猖抛叉处死。胡提出今后用草人代秦贼，以免意外伤人。河灯狂欢，全民向大江倾诉苦水，甩扫把头带火上天。胡舞大刀祭亲人墓，累得吐血跌倒⋯⋯

483 | 涅槃

疯子经神医针灸能言。行数千里至胡砬家,悲欢交织。疯子问:"为什么男人女人要住一起,男人为啥不生孩子?他吃了泥孩灰三年肚子为何不大?鹿儿姐生儿死去是梦,请她做我妻,求哥主婚……"胡无法说清,同意疯子与鹿儿石刻小像结婚。

胡砬义演捐款赠贫苦农民,继三日客满加演《走麦城》。关公集忠勇骄一身,深揭悲剧壮美,大刀招式威严雅幻,剖示理想人格。剧终,胡砬翻大跟头栽下舞台,疯子接住,胡砬吐血幕下。观众忘鼓掌饮泣不离席。

胡砬去世前携孙阅江堤,会小学生,辞亲人墓。

546 | 尾声

造石砬坟葬大匠。义犬绝食而亡。李将军、牛儿祭胡砬,但见绿毛龟流泪,疯子拍手大笑。

上　卷

引 子

"咚咚！咚！咚咚咚！咚……"

"咚！咚咚！嘣咚！嘣咚咚！咚嘣咚……"

1946年12月11日，大龙山被突如其来的一夜鹅毛大雪戴上孝帽子，牛尾镇四周的大树挂上了冰花，犹如头顶麻圈。

天亮才够烧开一铜壶水的工夫，雪停风止，东方铅灰色鱼鳞云堆里露出一抹血红。

四名彪形虎脑（按照世代相传的风习必选属虎者）的小伙子，来到胡氏宗祠拜了列祖，再进入森严的铁栅栏里烧了请鼓香，在直径六尺半的巨鼙面上，烧过三张黄表，祭过鼓神，把平人肚脐高的大鼓推到享堂阶下。

他们脱光棉袄，裸着肉疙瘩凸出的上半身，头裹一丈二尺白土布，肃穆地抬起了右手，用剪得锐利如刀的拇指指甲朝眉心一划，老百姓叫开"天门"，也称之为"开通天眼"。见红之后才准挥动二尺长的木槌擂击。

大鼙造于明代天启元年（1621），框子是整段大樟树根掏空而成，刻着黑大光亮的隶书文年号。牛皮是否重新蒙过，已不得而知。据碑文记载，早先安放在江边美轮美奂的龙王庙里，号称"镇江之宝"。有讽刺意味的是古庙被"一家人认不得一家人"的洪水冲塌，多亏本姓英雄胡烈松太公，把它吊在旗杆上才侥幸保存下来，水退后龙王庙未再重修，巨鼓移放到牛尾镇来镇祠堂。虽说它从未离开过江北一天，却以"江南神鼓"闻名。居然引来善男信女向它叩拜祈求丰年与男孩。

《周礼·地官·鼓人》上明文记载："以鼛鼓鼓役事。"可见两千多年前它已获得召集军旅乡民的神圣大权。鼓手无报酬，属荣誉职务，这光耀门楣的美差要做到四十八岁方许让贤。若找不到虎年出生的替手，可以延迟到花甲。传闻，三百年间响过两次：崇祯皇爷吊死煤山；烈松太公去世。堪称无事不鸣，响必有事。无怪乎一位踏雪远行的老汉在江堤上听到鼓的洪韵，取下毡帽用诡秘怀旧的调子说："不知哪位土圣人归天了……"

在咱们脚底下呼吸的"土"字，与高得不可企及的"圣"字相去十万八千里。只有父老们的言下合二为一，赞美那些罕见又可见，默默无闻又在一定圈圈内威望极高，可爱、可敬、七情皆备，六欲俱全，并不神化的盖世匹夫或盖世凡夫。他们大抵已和做鼓框的樟木一样，被艰辛的岁月沉沦。身为泥土的儿女们对此事应当浩叹还是庆幸？没有人告诉你们，告诉我，告诉时间，告诉花草、庄稼……

大鼛鼓正为名副其实的土圣人——胡砧——鸣哀！

鼓，肚里跳着历史的脉搏，藏着慎终追远的肃穆、青春的阔笑、微茫的梦境、挣扎的动力！古人经过千万次选择，才换得几千年间以它为三军司命的信任。能把巨大群体凝聚为一个新生命，胜得英勇，败得惨烈！

鼛是鼓的祖宗。它太宏伟，不可能发出清脆妍丽的娇声，难免沉闷、拖沓、陈旧，然而博大得笨重，宽厚得坚忍，简单得繁复，更能唤醒人们沸腾的记忆。鞺鞺鞳鞳，江劈夔门，大河天上来，暴风骤雨，电闪雷鸣的阳刚之气，铸炼你的胆魄，磨洗你的韧性，推着你的腿，振奋你灵幻的翅……

约莫过了三袋烟的时光，东西两廊，一人半高的雕花木架里，四尺半口面的超级大锣缓缓倾吐出哀吟：

"咚！（其声上扬）咚！咚……"

"波！（下行音抑郁）波！波……"

二音相差五度，慈和、凄恻、战栗，回荡于五里开外。

若说鼛是父性的怒吼，巨锣便是母性的抚慰。是它们生出匏、土、革、木、石、金、丝、竹，华夏八大音响望族，犹如八卦中的乾坤，两仪万物，相助相克,交错达于无限。

松林举起拭泪的翡翠色汗巾了……

土地抽搐,震撼着山脉星辰……

呜咽的江水放慢了东去的步伐……

羞怯的大牛湖堆上早熟的额纹……

祠堂灰色的围墙显得颓唐,贴近东西两侧拐角的地方,已经有害怕它会散架的好心人,用碗口粗的松木打上撑子。当中大门左边的砖柱承担不了门楼子的重量而显得扭曲,上半截现出裂痕。镇上的铁匠特地打上了一尺半长的骑马钉进行加固,就像是蹩脚的化妆师为建筑物画上一条枣核形的眉毛。

义气,宗族势力对同姓的保护与欺凌所形成的制约力,迷信先民的恐惧意识,原始宗教的残余,莫名其妙的封建伦理残余所传播的虚幻优越感,惯性的运转势力,对去世者不自觉的美化,唯恐受到后辈冷落的余悸……都在消亡增长。

哀悼值得称道的逝者无须头面人物的暗示与组织,也不用请谁站出来维持秩序。不知是哪两位率先将自家两块阔大敦实的板门扛来倚在围墙上,尔后悄悄地走到场基的一角,扯把草垫地,跪下流着泪珠。

于是一生三,三生十,十生百,一百生三百,三百变五百,如八月十六的钱塘江潮猛涨。

请看那些兄弟吧!他们高矮、胖瘦、黑白、俊丑不一。有的脸腔上留下刀疤,天花的麻点;有些被贫困的利斧砍上横横竖竖难以计数的皱纹;有的被债务逼得颧骨伸到皮外;有的久病乍起而印堂幽暗血色全无;有的在赌场耗尽精神,输掉妻儿以致眼角青灰瞳仁红丝交织;有的劳累过度未老先衰而腰脊难伸;有的在生意上初试锋芒得到蝇头微利陶醉于自己善于哭穷而两腮微紫;有的攒了十年才从屋角挖出罐子里的银圆添置了三五亩湖地而挺起了前胸……他们为了沟东沟西水利纠纷,婆娘之间传播过几句未必有恶意的笑料,孩子们一起打破过头、撕烂过衣服,多年不讲话,没出息的还用小草人扎上几根绣花针而诅咒对方快死,早入十八层地狱……而今裂痕弥合,含泪交换一个眼神,抬手打个招呼而和解。死对活人的魅力是何等的玄妙!

请看那些层层靠在墙上的门吧!有的富有而油光水滑;有的沾点官气而包上铁皮砸满铁钉,还安上了兽面铜环;有的干枯得日薄西山气息奄奄;有的张开口子扭曲了脸形……门的一生参加此类集会的时机有限,质量的差异,终于得到短暂的平等。

墙上靠满了门,地上跪满了人,人当中留下一条四尺宽的通道,上接祠堂石板台阶。

广场南面,雪路被乡亲们踏成一条灰白的长线,穿过牛尾镇,连接着天南海北的康庄通衢。

鼓声转急,加速了人们的心率。

末科秀才,祠堂小学光杆校长兼敲钟人胡天温和几名白胡子老汉,穿着长袍马褂,从祠堂里走出,手捧着太公留下来的两面旗帜,是他老人家血战虎门与大渡河的纪念品,虽然代表水火不相容的林则徐大帅与翼王石达开两极,在乡民们眼里又共同歌颂了一个古老家族的尊严。两位青年帮助老汉们将旗升上旗杆,因为没有风,旗也垂下了头颅。竖旗杆的大石鼓一入老人们眼帘,老人们忍不住跪了下去,抱着石鼓大哭:“爷爷呀……”“叔叔啊……”

群体中的人最容易受到外来情绪的感染,恶人看悲剧也会流泪不止。何况逝者人品高峻,不限于雕刻,仅仅是他管了四十年不曾决口的江堤,便足称传世美谈。不同的联想寻来不同的理由,流着相同的泪水。

石匠外甥女兼儿媳紫草浑身缟素,球麻丝扎着一匹丈八白布,两名发裹孝布的少女搀扶着她,在雪路上划出一双白虹。

她腮部下陷,肤色焦黑,眼角铁青,努力克制着悲伤。过早出现的鼻沟纹,使下垂的嘴角带着怜悯的慈和,手里的哭丧棒微微颤抖。

她的身后紧随躬着腰的儿子小牛,个头格外矮小,预告日后他将选择这种生存方式,来衬托他人虚幻的“伟大”。

登阶之后,因为辈分尊崇,被母子们一步一拜的对象以匍匐作答。仿佛谁要伸腰就将承受厄运似的。人们暂时忘却了对女性的歧视。

娘儿俩走到旗杆当中，打击乐骤停，放声痛哭为饮泣声所替代。

胡天温走到旗的暗影之下，抖抖暗花织贡呢马褂，向草儿拱手。此老嗓音洪亮，每读祭文，催人泪下。他拖着长腔说："牛尾镇胡氏子孙有罪，上天震怒降灾，迎我户尊升仙。月光惨淡，风雪悲鸣。人无老幼，捶胸顿足，痛裂肝肠。无能后辈送来大门五百零二副，请贤妹为先叔父大人选用！"按照乡风，谁家的门被选上是极光彩的事，由祠堂公田收入另做新门补偿。享受同宗如此自发的爱戴与痛惜，实际上是小地方的"国葬"。

大锣孤零零地多敲一记，八名后辈木工，举着斧、刨、锯、凿、墨斗、杆尺，白巾包额，跪在阶下待命。

牛儿母亲东西走个来回，细细审视这些门。有的眉开眼笑雍容如赐福天官；有的方巾素氅质朴如耕读寒士；有的魁梧奇伟，威风凛凛；有的张牙舞爪，似豪门恶奴；有的自惭形秽，闭目含羞；有的如刑余残生，裂口几乎散架；有的疖疤上滴油泪不干；或皱缩成木乃伊；或双瞳灰黄似肝腹水病汉……每扇门后都有说不完的故事。她的嘴角掣动几下，凡被挑中的，她都屈膝行礼。

"多谢同宗！愿牛儿爷爷保佑大家多福多寿，五谷丰登！"她又跪倒。

"砧叔高风亮节，垂之不朽！"胡天温领着全村伏地不起。

礜声大作，锣音远播。忽然，西边的鼓手用力过猛，年迈的鼓皮难以承受，顿时破裂。

惊奇、意外、惶恐、困惑，主宰着每一个在场的人。谁也没有意识到，巨礜和爷爷的丧事意味着一个时代到了末日。

天又开始飘起了雪花……

习 武

一

世间只有想不到的事，没有不能发生的事。

这条旧闻早已被人们遗忘，但在弘一法师与鲁迅先生十多岁时，轰动过头枕着扬子江边的山城安庆，给纸糊的社会捅了个不大不小的窟窿。那里冗官满街走，衙门挤破城。应运而生的酒楼、戏院、妓寮、寺观、大烟馆、赌场、同乡会、兵营、私塾，三班六房的师爷差役，跟他们穿连裆裤子的讼师，转悠一天卖不到几文钱的小贩……九头十三坡，街头巷尾，充斥着急需话柄的闲人，想找点盐粒子，撒在他们沉滞的日子里。好心的同情者，恶意的流言家，共同充当传播工具，默契地玩赏着无辜者的痛苦，力争取得虚幻的法官身份，俨然是道德良心的喉舌。后者还借此忘掉挂在自己臀部洗不去的大粪干。

一条官船落下五道白帆，刚在棕阳门外的大码头停稳，舱房门上不轻不重地剥啄两声，叩得清脆得体。

"请进!"包船的著名武旦十五盏灯放下水烟袋。他的发声尖哑半掺，似卑似亢，在估摸来客分量。从前这类船上只坐官吏，带个把唱旦角的身份与婢妾无异。皇权到了夕阳残照，戏子凭银子也能呼奴使仆，坐上高车巨舟,怀古家大叹世道浇漓江河日下而外,只能空唤奈何。

跟包的左手接过主人吹下的烟灰,火星尚在指间闪烁,右手掀起门帘,拉开舱门,哈着虾腰,以示恭顺。

来客方面大耳,鼻直口方,唇红齿白,松花大辫子粗长乌亮,袍褂齐楚,颇具名公巨卿子弟势派。

"不知先生驾到,未曾远迎,当面恕罪!"台词只要背得合乎时宜便是达练。

"岂敢,来得鲁莽,大老板海涵!"套话显示来人是戏曲行家。

"请问先生高姓大名,仙乡何方?"

"小弟敝姓李,贱名慕义,草字雅轩,原籍合肥,寄居上海。"

"原来是九少爷,在宝地久仰大名,如雷贯耳。今日得见,三生有幸!不知有何赐教?"

"小弟应同年之请,来到宜城(安庆别名),开有钱牌楼茶园,坐落湖南会馆。近日生意欠佳,久闻大老板仗义疏财,能为朋友两肋插刀,斗胆烦请大驾相助三晚,让地方父老一饱眼福,二享耳福,解梨园兄弟燃眉之急!"说毕深深一揖。

"九少爷所请,义不容辞,只是在下已允诺四日之后要在汉口江汉茶园献丑。好在来日方长,日后敢不效命?"名旦角谦和地还礼。

"小弟已派专人飞舟去往汉皋,告知江汉茶园主人,大老板因事迟达三日,所有售出戏票逐日推后,继续有效。此举先斩后奏,于礼不恭,急人之难,不择手段。唯有负荆请责!"李慕义语调殷切坦诚。

"唔……"十五盏灯伸出兰花指托住下巴,略一沉吟,深知碰上灾星,凡开戏园酒店多是青洪帮有脸的青皮撑腰。善者不来,来者不善,敬酒不吃逃不过罚酒。光身不带行头到汉口要难堪,便装作豁然大度。

三天泡戏座无虚席,站票也没少卖,票价涨了一倍,名角唱做细,出手打得叫好声响彻半条街。老板九少爷腰包涨粗,打流混世的头头脑脑啃骨头喝汤,班底们吃了饱饭,巴望着五天后多分包银,忙得热火朝天。

第三天就预告接替十五盏灯登台献演的新"名角"是吟云馆主杰作:

《单刀会》连演《水淹七军》，昆曲徽戏两下锅，临别纪念是《古城会》准带《训弟》，原先头牌老生筱长庚垫演《千里走单骑》，由《挂印封金·灞桥挑袍》开戏。码子硬梆，鲁肃、周仓、庞德、曹操、蔡阳、张飞、刘备，都是好角，至少是硬里子应工，梁柱整齐，有叫座力。

九少爷搬进大旅馆，包了一名红妓女"小扬州"做临时夫人。抚台、提督、臬台，怀宁县、安庆府上上下下在一夜之间路路通。靠着他非凡的记忆力，把京师逸闻、上海怪事，几十份在职大员的履历、脾性、交往背得滚瓜透熟，说到他令差大人与六部大臣的亲热劲儿，东一鳞，西一爪，高人听来东一榔头西一棒槌；赃官滑吏听得字字珠玑，相见恨晚。蠢官开道，奸商紧随，使他如鱼得水。

为了先声夺人，他出动八名龙套，身穿戏衣，配上锣鼓招摇过市。前四名各捧整张红纸大木牌子，"吟云馆主"四个大字，勾上金边，后四块广告（当时无此名，已有此物）隶书赫然在目："本茶园不惜重金礼聘京津沪汉驰名红生泰斗，文武老生，昆、徽、京、汉、梆子、乱弹一脚踢。仅演两场，良机勿失。"李某懂观众心理学：越贵越看不上的戏，越具有吸引力。十五盏灯的名气能卖银子，他故作冷淡，用来反衬出对吟云馆主的热闹，让戏迷们感到后来居上；虽然，谁也没听说过这位馆主的大名，只有抚台衙门几位幕友自称在北京广和楼见过这位大家登台如何如何了得。李某借箱里银子和老人们嘴上胡子的通道，各种谀辞不胫而走，谁承认自己坐井观天没见过大世面？戏票再涨一倍！

十五盏灯末场戏开锣，茶园所在的半条街上刷满红纸金字的大海报，挂出"客满"牌，停售第四晚戏票，水牌一旁刀架上，戳着一柄特选的青龙偃月刀，古铜刀片，青铜龙纹，红漆刀把，包银刀攥，擦得锃亮，成了第五夜戏票最有力的推销员。这类新招数在安庆城是破题儿第一遭。九少爷制造舆论、抓钱两方面都是奇才，可惜时机与狂嫖滥赌的劣习不让他当上财阀！

吟云馆主初试锋芒，戏园子外面挤满心里发痒的戏迷，伴之以口哨、跺脚的叫好声此起彼伏，震耳欲聋。陡然听到吟云馆主一个"叫头"，一声叫板，一个嘎调，确有惊人之处。李某悄悄站在舞台北侧梨园祖师小庙窗口朝下俯瞰,恐怕当选总统的庇隆也没有他心花怒放。对这喝彩声感到十分矛盾的是筱长庚:他本来不想在老家出名,成败无关宏旨,但他不能跳出艺人们的积习——害怕被观众冷落。馆主的玩意儿并不是大家气象,压不住他,他有自信,然而看客们喜新厌旧,毁誉有时与艺术造诣不成正比。

清末民国初年,戏曲界有"无石不成班"一说。只要看过天柱外史氏著的《皖优谱》,就知道安庆西北角的石牌镇附近,出过数以百计的演员。造成两百年前四大徽班进京的盛事,从程长庚、杨月楼而下,安庆梆子风靡一时。筱长庚生于石牌,在汉口、上海闯了十年,感到所学太浅,便埋名隐姓来到北京几家大茶园里,跑了十年龙套,兼来旗、锣、伞、报、轿夫、武戏里的跟斗虫,文戏的家丁、院子。这样耳濡目染,口默心记,偷学了十多位大名角的绝活。可惜一入不惑之年,嗓子喑哑,来不及融会贯通诸家之长变成新风格,自叹心有天高,命如纸薄,回到老家一边养病,一面唱唱《吹羌》《四平》《高拨子》之类低调的戏。念白做派都好,安贫乐艺,人缘不差。他深知陋巷之中卧虎藏龙,常向潦倒的同行和票友们请教,梦想嗓音恢复,卷土重去京华,一展平生素志。他是位有心人。一些老看客怕新主角风头过健,压了他的气焰,特别理会他的苦心,稍稍卖力,满座狂欢。艺到忘我见真我,掌声催下他的几行热泪,好在与剧中人思兄念弟的情绪吻合,给台下人添精神。他刀劈秦琪之后,就要换角儿,当时无谢幕一说(叩头谢"太后老佛爷"或"老爷大老板恩典",是另一码事)。上台总有下台时,恋栈者必砸锅。筱长庚艺高胆大,居然节外生花,在背刀理髯讨了"好儿"之后再次来神,右脚一跺地毯,马童腾空大翻之后,又来三十个小翻,筱长庚举止从容,大刀旋到肩头,绕着脖子吐金花,四个"鹞子翻身"快得两只彩裤管儿一片红光,最后两转,上身后弯到九十度,刀跟着倾斜的人旋转不止,大小绒球飘动似火苗。

鼓佬惊奇,敬佩,忘形地立起,鼓箭子①砸出脆滴滴的金石之声,场面上的人都抛出平生绝技,台下掌声雷动,"关羽"一抬腕子,刀飞到天上,马童

①箭子又称键子,打板鼓的槌。

接住扛在肩头,矮下身去,关羽一挽马缰绳,收住蹉步,抬起右脚,雪白的鞋底平眉托住刀背垂下的流苏,左推髯,右手捋须,眼缓缓睁开,身材寸寸增高。锣音一煞随着"撕边"鼓点,将脸朝观众转过去,文静、高雅,一扫狂野之气,把杂技式的刀法实变为抒发胜利豪情的舞蹈语言。

仿佛受到催眠似的观众挤向台前,把温良恭俭让扔到九霄,只剩下热气腾腾的狂欢。鼓师等到演员劲头热到饱和,才到打《吊钹》送人下台。

明末几位糊涂皇帝与清初并不糊涂的康熙乾隆都崇拜关羽,康熙还亲往解州关庙敬香。统治者借关羽标榜忠义,被压迫者既受麻醉,又借义来作为互助求生的精神武器,所以戏曲艺人崇拜关圣帝君,专称"老爷"而讳言其姓名。按照行规,扮此角的演员匀脸再点过七颗痣,就不许开口说戏词以外的话。吟云馆主拜过关公神主,站在下场门默戏。既想一鸣惊人,又有些临战前的紧张。他知道大街上没有买到票的此时都有这种紧张,例如筱长庚这样的老手,今晚开始揉脸之前竟然调了小半碗银珠在额头上涂得血红,又在两眉之间画个小蝙蝠,对镜看了好久,才去洗掉,再开脸换上浅红色,按老谱化装。他对筱长庚此举差点笑出声来。此刻宽润的笛声送来筱长庚的歌喉,初听似乎没有明显的味儿,轻视对方的念头油然而生。几段听下来,带点沉闷的苍音越有分量,无板中有板,有板中又不失自由,这种掌握尺寸的功力大有名堂,越听越准确,也越感到给高手压台的压力。台下黑压压的一片人头,鸦寂无声,以往台上露脸,没遇上这么多行家。等到筱长庚下场前的身段一亮,真乃见所未见,思绪更复杂:恨他不该给自己留下一条很高的铁门槛不够意思;庆幸刚才的许多狂妄念头不曾形之于色,否则无地自容。想清这些,背上冒汗,又愧又悔。昨夜在台上倾囊抖出各种手段,向观众讨好,明知筱长庚嗓子不亮堂,自己却翻了两段娃娃调,越唱越高,把人送到死巷,何曾给人留下台阶? 看清对手,稳住一颗心,认真学好筱长庚的本领,说不定他这一激,台上会生出想不到的招数。靠突然清醒改变一生的道路,生活就是如此!

检场师傅被戏灌醉,忘记为剧中人掀起门帘,这渺小中带有伟大成分的罕见错误,给吟云馆主绝妙的契机,他不顾"关二爷"的高贵身份,掀起门帘子全身朝演员亮相的"九龙口"那边一闪，筱长庚一行才得有门而入。筱长庚看到了肃立一旁的后"关羽"，浑身一震，这和九少爷狂热宣传所编织成的光环相左。正在迟疑，新主角放下帘子，用右手食指点点自己的嘴唇，将千言万语凝聚为深深地一揖，腰躬到九十度。说来也凑巧，这动作与九龙口传来的锣鼓点子完全合拍，鼓佬为蔡阳登场下的点子，在筱长庚的心目中，大大加重了力度，他便用右掌拍拍前胸，表示懂得吟云馆主的请求：要他不要卸妆，守在后台把场，万一有了差错好救戏。等到前"关羽"习惯地将黑五绺长髯（黑黪三是后来由老三麻子改完而风行华夏的创举）拉到下巴还礼时，吟云馆主又是一揖。两人很远的距离突然拉近。重视对手也是决胜条件。

艺术每每不是冷静的理智可以索解的。吟云馆主从"礼尚往来"的手势眼神中，成为筱长庚顿悟于舞台所得玄机的微妙接力者，起点拔高几层楼。文人相轻，是用文明服饰表演愚昧的悲剧行为，被封建势力分而治之戮之。相亲的求生求学求正当享受，要继续付出代价。

天才逃开暗影，失去立体感。

吟云馆主的歌喉不乏虎音、炸音、边音，高处圆润不枯，低处丰盈；然而阅历浅，没有遨游过欢欣的云头，悲苦的滚油锅，未中过千万支逸风吹来的酸箭，没有将刺当花误伤过所爱者，由悔恨之火烧为醒悟的琼浆而灌溉灵苗，浓缩裂变为观众思维里爆炸的中子，冷却为持久的回味。他的扮相动中具有雕塑美，也许石锤凿石头的火花，远古雕塑名家的创作意念积淀为潜意识内的音符；但静下来后则胸中墨水有限而儒雅风范无多。气旺、力大、善悟都是地腹岩火，找到火山喷口，大器晚成，还要通过八十一难。

略嫌过火的表演比泡入角色性格以稳厚见长的艺术家更容易取到舞台效应。吟云馆主上场前的闷帘儿《导板》，出台"亮相"，驰马"拉四门"的腔儿，看客叫了好，斩蔡阳后的地方也叫了好。见到张飞之后的委屈欠深，只为叫板亮堂招来掌声；城门大开，刘备出迎，关羽扔掉扇子，背台走了十步。一步一折，放中有收，一折三变，貌似情感冲动几乎要扑倒，仍然英气勃勃，雄心力敌万夫。头巾、袍子后摆的颤动节奏极美，使出揣摩多年看家的真功夫,却反应平平,但不是忘记鼓掌的高级宁静。

期待舞台上连出奇迹的观众们,容易把爱戴变换为苛求。沦入沸点的演员往往站在刀尖上而不觉得危险。

吟云馆主对自己观《春秋》的拟雕像动作,有百分之百的讨彩把握。他在桌后以立代坐,全神贯注,左手先推髯口和忠孝带,再侧身捋回长胡子,右手的书向眼前一伸,锣声停得恰到好处。不想九少爷从抚台大人衙门借来的气死风灯太亮,冒充县令的张飞刚撩起蓝袍,将大白折扇从尖方块乌纱前抽出举到脑后配合好架势的重要时刻,独立的右腿未站扎实,身子朝前一倾斜。吟云馆主右臂突然承受到重压,他唯恐张飞跌倒,就缩回右臂暗中扶住三花脸,手指无意间一松,《春秋》落到台板上。

"好——嘞——!"

"咚——!"

老练的演员在倒好声乍起之际,拾起书本我行我素地往下唱,向锣鼓要个点子(这种无声"电话"在台上司空见惯)来句长腔讨个彩头,不难扭转乾坤。可惜此公事到临头缺一窍,僵立台上出了戏,虚度了黄金换不回的十来秒钟。

"响锣,接戏!"站在帘后的筱长庚急了,前几排看客都可以听到他的呼声。

"接戏!""张飞"一拍吟云馆主扇膀,撩起袍襟来引锣鼓。

"关羽"还似泥塑一样。

倒好、梨子、桂皮、瓜子,后来还添上茶杯,一一朝台上飞去。幸而人们对"协天上帝"的神威有些慑服,不敢往"关公"脸上砸。

"退票!退票!下去!咚!"角落里的看客也震怒起来。

锣鼓莫明其妙地打起《冲头》,吟云馆主的怒火成了野马,鼓佬怎能收缰?他脱下绿蟒袍,摘掉夫子盔与髯口,飞快跑到后台提来一只大石锁(据说这是曾国藩手下爱将李云麟扔在会馆后台的,少说也有四百斤,十几年间无人动过)搁在台板上没有发出音响。

"谁能举起石锁,老板不退钱我包退!"吟云馆主一声大喝,对欺软怕硬的小市民颇具镇静作用。

筱长庚在紧要关头一甩靠牌子,阔步登场往石锁边一跪,"敬告老爷们,老板们,先生们,叔叔大爷兄台老弟们:刚才文武总管去票房查明,九少爷在开戏后把钱卷光拿净,连同行的包银明天的饭费也一文不留,他早已雇了大船,顺风顺水,过了贵池! 退票办不到,请吟云馆主先生息怒——他唱戏此时没拿一分银子。列位高抬贵手,戏接着唱,请捧场,莫抽签子莫起堂(不要退席、起哄)! 有好活儿!"他向鼓师打了个千:"请击鼓鸣金,上马童刷马!"他把呆如木鸡的"关羽"拉下台,马童三个跟头翻到九龙口,牵上宝马。

检场师传递上代梳子用的朝笏,当木盆使的托盘,马童将刀倚在书案,认真来套"十八打",接着就洗赤兔马。想走的人又坐了下来。

当年属有"关圣帝君神位"的黄表要叠成三角形,俗称"码子"。北方演出关戏时,要将码子填入夫子盔中;南方徽戏班的做法是放进箭衣前心。筱长庚一进扮戏房,就见吟云馆主从箭衣里取出码子,擦着揉在脸上的浓胭脂,石锁斜放在脚边,眼看他把码子一烧就会扬长而去。

"慢! 救场如救火!"筱长庚提起石锁朝头顶一撩,接住之后,轻巧地掷到墙角,惊得生旦净丑各行角色齐声叫好。

"老兄您上,我要去了!"

"您老弟的嗓子能回到半里开外,立腰、伸腰、撑腰、弯腰、扭腰八面威风,天生一等的扮相,能落个终身的骂名一走了之?"筱长庚不容争辩,夺下码子往靠衣里一塞。

"脸上没多胭脂,重揉来不及,再碰上挑刺的主儿又怎么着?"

"要信自己能镇住邪火! 我有你一半嗓子就红透半条长江,沉住气! 真要老爷显圣来扇你一耳光? 听我的,教你一招鲜:三老板勾的武圣人脸谱,银珠调好带来了,让你先露。我扮马童助威!"说时迟,那时快,吟云馆主脸上涂满红亮的银珠,脸角勾出"水葫芦",卧蚕眉之间,勾个小蝙蝠,活脱儿要飞,两条弧形长纹直冲脑门,鼻窝添两条长沟纹,左眼角下与右颧骨下多点一颗黑痣。

"下巴还没勾!""张飞"在一旁提醒,还递上绿蟒袍。

"换黑三气派!跟三老板一个模子倒出来的!"筱长庚掷笔大笑。

"我的老王爷,真神啦!"生旦净丑一齐拊掌。

吟云馆主起立,撩髯、托髯,大转身。宁失千金,不失一春(鲜招)。他便知筱长庚此举的大义由衷感激。

筱长庚换上短打:"三花脸先上编几句话,接二爷进古城,龙套侍候——!"

"喳!喳!喳!乱子是我惹的……"张飞有了活气。

"别说,上!把马童放下来!"此刻的筱长庚有三军主帅风度,指挥一切,并然有序:"甭左袖挡脸右手撩袍角上,大大咧咧走上去,包他炸锅顶头好儿!"

张飞一下,锣鼓敲起《紧急风》。

筱长庚扛起关刀,一手着地,十八个小翻顶到九龙口,观众们已被新的演法所震惊。

门帘掀起,"关羽"侧身走出,左手撩髯,右手抓起水袖猛一抬头,第一个新脸谱关公与观众见面,全场鼎沸,停步亮相,吓得头两排的观众一齐跪在地上连连叩头,接着又是四面欢呼。吟云馆主吃了定心丸,知道自己创造的形象为看客们所接受,全身添了搏牛的气力。再走三步,筱长庚一个"倒石虎",一个大翻从"关羽"头上飞过,台板没响,又从二君侯头上翻回,半跪落地。"关羽"一转身,左脚落在马童膝上,丹凤眼一睁,看戏的连拍手也忘记了。戏的结局有两说:看上的说不愧千载良机;退场的说一塌糊涂。起初莫衷一是,似乎半斤八两,势均力敌;几天以后,叫好的升到上风,持后一说者被斥为有眼无珠,半月之后舆论一律,吟云馆主几乎成为家喻户晓的人物。真正导演这出戏中戏的筱长庚,反而不为人提起,口碑也势利!

率先认出吟云馆主何许人也的是筱长庚手下的马童:"老板!拎石锁的大汉挺像给县学官大石鼓上刻公牛撵母牛的胡大师傅胡铮叔呢!"石刻名作奠定吟云馆主声誉,"叔"字则是底层人物表示敬意的自觉称呼,多少显示了爱憎。

这场闹剧中损失最大的该数聚兴里兰花院的鸨儿，成天干哭无泪，嚷着要上告。那些把九少爷捧上三十三层天的帮闲们，再到院里来抹纸牌，把李某说得比屎还臭。狗嘴两块皮，谁去追究"九少爷"可是冒牌货？在尚未被演义之前的推测还比较真实：此人具京油子、（天津）卫嘴子、上海最初白相人兼拆白党的特色，其父也仅仅是从宁波来申江吃白相饭的小青皮，业已被赌输掉老婆妹妹的"九少爷"气死。因为在上海当瘪三遭同伙的毒打。好容易混上一条船打算去汉口、重庆打江山。船主嫌他吃白食还说大话，一到安庆就打发他去胡玉美买虾子腐乳，随即扯起帆一走了之。此人除骗来的一身行头，就剩下两只刚从伙伴那儿偷来藏在鞋底未被搜出来的包金戒指。他在码头上空着肚皮转悠了半天。载名角的官船头天停泊芜湖，与他搭的船甲板靠甲板，他抓住这点信息，将戒指忍痛送给了杠棒房把头一只，帮他抢抬走戏衣箱子；另一只加上以落难大公子面目许下的一皮箩空头诺言，混到开几天戏院的财运。这小子鬼机灵，少年时在许多茶园卖过瓜子，牵过算命的瞎先生，积累了当袖珍冒险家的手段。天性风流的"小扬州"被他哄得晕头转向，一心要到上海去当"九少奶奶"，结果逃不脱做赌注的下场，卖回烟花队里去卖笑。其他加油添酱之说，皆不可信。

李某（没有人弄清他真姓名，只好一仍其旧）碰到胡铮，也是巧合。

胡铮这个名儿，是他爹花了十个鸡蛋，请迎江寺门口摆"代写书信诉状"摊子的老童生所取。老儒生考过三十来场，回回名落孙山，他知道治国平天下跟小人物无关，只想世上多些铮铮铁汉，吐出掷地作雷鸣的铮言，恭劝皇上、太后老佛爷、王爷、中堂、封疆大吏、将军提督们少吸民脂民膏。

就在十五盏灯初呈异彩于红氍毹上的次日九点，胡师傅替兴发面坊忙了一整宿，锻出四盘口面五尺以上的大磨，累得腰酸背乏，双腕发沉，喝下一斤收工酒，吃掉三碗肉丝面条，工钱给得极少，念在老主顾，不便多言，带点闷气，提起牛皮工具袋，跑进府东街华清池。这家老澡堂的池子也由他常年免费修缮，三节①来洗澡带一只猪坐臀回家，澡钱免收。茶房们找他开

---

① 指端午、中秋、过年。

只石锁,锻一盘小磨,报酬只是几杯水酒与一堆客气话。

他喝下半壶热茶,脱去衣裤,往热水池上的木头方格盖板上一躺,正在优哉的当儿,自称为不洗别人下水澡的九少爷已经泡出汗来,坐在池外暖房大理石凳上,搓背师傅听到此人满口京片子,一副谁也不爱搭理的神气,怕是鸡蛋里能找到钉子的主儿,便想露点手艺,不惜力气。

九少爷被搓得前仰后合,十分受用,不觉犯了大烟瘾,池子内外仅有两名听众,固然煞风景,也顾不了那么多。

刚刚睡着的石匠被《华容道》里一段西皮唱腔吵醒,老火无处发,谁也没有规定池子里禁止唱戏,等到李某一收腔,他便跳到水中翻个跟斗,念罢锣经,哼完过门,唱了一段关汉卿《单刀会》中关羽坐在船头畅观江景的长腔,《新水令》接《驻马听》:

> 大江东去浪千叠,
> 引着这数十人驾着这小舟一叶。
> 又不比九重龙凤阙,
> 可正是千丈虎狼穴,
> 大丈夫心烈,
> 我觑这单刀会似赛村社!
> (白)好一派江景也呵!(唱)
> 水涌山叠,
> 少年郎何处也?
> 不觉得灰飞烟灭。
> 可怜黄盖转动嗟,
> 破曹的樯橹一时绝。
> 鏖兵的江水犹然热,好教我情惨切,
> (白)这也不是江水。
> (唱)二十年流不尽的英雄血!

九少爷先被镇住，后来一堆白花花的银子闪过他的脑海，便身不由己地推开搓背师傅，来一探虚实。

"先生要搓背吗？小弟会账！"

"一个人洗身子要另一个人帮忙，害得他长年晒不上日头，不大忍心，我能动弹！"回答不算友善。

"先生是孔夫子讲的'己所不欲，勿施于人'，仁人之心，恻隐之心，令小弟肃然起敬。只是人人皆如先生，操搓背一业者何以'仰事父母，俯畜妻子'？岂不是'爱之适足以害之'？"休看李某识字不多，居然引用《论语》《孟子》等的名句。

"这——倒没想过，不干这行做那行，打铁卖糖都有碗苦饭吃。"

"先生钢喉铁嗓，吐字四声稳妥瓷实，必受高人指点！"

"跟江南串乡的徽班昆班老爷儿们泡过，没学到家。"

"哪里，时下北京上海那些红脸生没您的本钱功夫。要扮上戏，人不说打关帝庙神龛里走出来的才怪呢！这么少见的活儿不该埋没，玩过票？"

"草台上过百十回，省里没打过泡，玩不起。"

"哦！先生若有意出山，小弟舍命陪君子，也要助一臂之力。为朋友嘛，肝脑涂地，万死不辞！先生要能赏脸同小弟去上海，玩他周年二载，包成响当当的大名角。"一个荒诞的计划在李某的心坎上涌出：让此人上台骗一笔钱开码头[①]。第一晚一文不卖，让提督大人帐下绿营兵勇去看白戏。他自己坐在二排当中，请上二十来位"叫好专家"，看到他的手一摸茶壶就喝彩，然后……

他没料到石匠在台上翻场(出乱子)，别的算盘全都如愿。那些哄死人不偿命的空言，说的与两名听的没走出华清池就忘尽。三个月之后，这场风波在外地愈传愈玄，在安庆反而失去魅力，为别的新闻所替代。

胡铮到潜山县梅城镇修庙回来，又到华清池洗澡，刚刚出池子，茶房就告诉他，衣服和生财工具都挪到里厢雅座，有人在那儿相候。平时他只爱

---

①江湖黑话：逃跑。

在末等座寻个没人的角落脱衣下池,连小商人爱去的二三等座也自觉避开,虽说他到什么座都免费。

雅座生着栗炭火盆,还有带铁管烟囱的煤炉,上坐铜壶烧着水。一间仅有二榻一桌,可坐可躺,温暖舒适。他走进一看,等他的是筱长庚,身披单衣,用铜火筷添着木炭,脸放红光,寒暄几句,又赶忙给石匠沏茶。

"我自己来,老板莫客气!"石匠对这场面觉着突兀。

"不,请坐,知道您从昨天傍晚走到今天小半中午才止步。昨天我到牛尾镇府上去过,才摸得这么清楚。这点熟肉牛肚,还有四色从楼上叫来的炒菜,为您接风,请干一壶名酒。青州从事,你老哥我忌酒三年,为了吃饭本钱,不敢奉陪,以茶代之,不成敬意,莫要拘束。"

"那晚我无礼,全亏大哥化凶为吉,今日反要破费,很不过意。"

筱长庚吟起关羽《千里走单骑》的韵白:"不受丞相节制,要的什么文凭路引?"

石匠只好憨笑一声,半是自嘲半解嘲。

"上台的人成千上万,敢拎石锁上撂下行头就走的就老弟一个。老哥不赞成,但还是佩服。事情坏在三花脸身上,你一句难听的没说,怕砸他饭碗,散戏后你一走,他倒哭了。我把他臭骂一顿,要他发誓把大烟戒了。告诉老弟:他办到了,是汉子。"

"兄弟佩服老哥,那晚帘后一揖……"

"受之有愧!"

"三花脸也是饿坏了身子骨,平时吃的在腿上,临时吃的在嘴上。祸由我惹,自作自受自敢当。"三杯入口,胡铮的话也多了些。

"我找老弟,有心腹话憋得肚子里冒气泡,非吐不快!"

"平时说洗耳朵是客套,今天真是恭听,请讲!"

"'几年出个状元,不能出个好戏子。'话不能这么说,也有些理儿。拿老弟这行来比画:打一辈子石头,能碰上几块鸡血田黄?就称你这样真材实料是田黄,也无高手来刻。送到刻字摊上白糟蹋了宝贝。当今伶界大王是叫天儿,在宫里头唱给西太后看,又是内廷戏供奉儿,见不着面。除了谭老爷子,就数三老板老三麻子,听说你没有兄弟姐妹,父母仙去,无挂无牵。劝你上趟北京,找到三老板叩头拜师,拜不上也要在台下偷着学点真玩意儿。"

"说真的,兄弟不想吃戏饭,会的东西少,宋八百,唐三千,我连二十出戏也拿不下来,在小地方开开心,也替人家开开心,来真刀真枪,晚了。咱家世世出石匠,吃惯这碗撑不死饿不坏的饭,也认了命。去大地方是好,不光花银子,学成三脚猫还是棒槌,学到三分仙气又如何? 也兴我说下了道儿……"胡铮端起壶来咕咕喝下几大口。

筱长庚对石匠的豪气投以赞赏的目光:"你准能学好,只要把老爷戏都吃下,老生武生靠把戏,老哥也能给你说个百十出。这几年想得挺多,一眨眼过了四十,要命的嗓门老不复原,大江南北没好红生。刚才兄弟说'好了怎么样',回来我跟你挎刀,当马童、刘备都行。行头齐备,一准把你捧红。咱哥儿俩都不枉人生一世,草木一秋。你哥是看准了的,错不了,成不成,神不知鬼不觉。大小伙子,少不了一把汗毛,怕什么? 不见世面,井里能出大鲸鱼? 来,把这壶酒干了,跟我取盘缠,快刀斩乱麻,过了年动身如何?"

两行热泪流出石匠眼眶:"我白活二十来岁,头回遇到肝胆相照的好汉。大恩不说谢,日后看良心。大世面要见,戏也要唱。霉干菜烧肉——有盐(言)在先:唱到够哥哥养老,兄弟还回家当石匠修桥锻磨,吃石头饭。老哥生气,打兄弟仨耳光,决不会狗咬吕洞宾。打了也不改口,就这块料,凑合能打出个'泰山石敢当',做不了丈六丰碑。想做,没那么大气量!"

"舵把子兄弟自个攥着,干!"

"好! 干!"胡铮双手捧壶,仰着脖子把酒喝尽,嘴角挂着几滴透亮的酒珠子。

"痛快! 痛快! 你哥上不了大场面,就看老弟翻出如来佛手心!"他捧起茶壶,也喝得一口不剩。

石匠认为荒年饿不死手艺人,凭力气吃饭,唱戏见阔人富人要哈腰。歧视艺人的意识,对他也有制约。

二

人倒霉烧开水也会结锅巴。

胡铮进京前五天,西太后听到大太监李莲英禀奏:"戏子王鸿寿并无真才实学,辜负'老佛爷'一片慈悲,害怕到内廷当供奉会出丑,已然逃到南方,下落不明。"

"呵,这个王鸿寿忒大胆!世宗老皇爷雍正五年下有诏书:'严禁伶人扮演武圣人,违旨者斩!'赶紧重下圣旨,让王鸿寿唱不成戏!"

"老佛爷真高!奴才这就去办!"

这么一来,胡铮投师的打算只好暂付东流。他将行李拎进安徽会馆,住在中等偏下的东厢房。

次日,他持着筱长庚亲笔所写的八行书,去到东华门外帅府园胡同拜访御医袁存仁大夫。此公凤阳人氏,擅长外科,自创一种千槌红膏药,专治痈疽无名肿毒和关节疼痛,名气很大。因而帝师常熟翁同龢才给他题写一块大木匾"存仁堂",高悬在客厅里,深受同乡们艳羡的"存仁堂膏药"着实红了三十来年。至今在凤阳的后代还在继承祖业。恪守存仁公遗训:医不谋禄,温饱为福,重义轻利,背女传媳。这是后话。

胡铮来到存仁堂,但见门上挂着铁锁,门头墙上许多大红金字匾上竟被蜘蛛织上两张大网。问到邻居,方知大夫为人太耿直,太监总管李莲英来讨膏药配方,他不肯说出,李太监就随口捏个酒后失言,傲视中堂大人的罪名将大夫革职,存仁堂查封。哪知这一手也不灵,老大夫将妻儿送回凤阳,就是不肯托人说情送礼。胡铮从邻人崇敬的口吻感受到大夫是位忠厚长者。面对"恩同再造""是乃仁术"这些匾牌,好不惘怅。回到会馆,面壁枯坐,十天比一年还长。

听戏,听书,泡茶馆,都引不起胡铮的兴趣,也不敢多花钱。唯一消遣就是跟同乡一道去吃"二荤铺"。所谓二荤并不是指猪肉及牛羊肉,而是欢迎客人买荤菜来烧炒,佐料全,山东大师傅的手艺也过得去,若不带生肉来就餐,铺子里也一应俱全,收费不高,加上主食烂肉面别有风味,走运的二荤铺每天能卖掉一头整猪。眼下这类铺子早已绝迹。

北国春迟,寒气一到,雪花飞扬,朵朵飘绵,与大江两岸隆冬的雪没大差异。不到一小时,房顶就铺上了白毡,树上冰花成串,地面积水结上一层薄冰。胡铮买下腰花、猪肝各六两,五花肉半斤,顺着熟路走进东四一家二荤铺,自来熟的堂倌一欠身,接过荷叶包肉扔到案板上,将他引到火炉边的小桌旁坐下,立即递上一碗热茶。

"来菜儿一位嘞——怎么吩咐?"

"炒腰花,醋熘猪肝,六两肉切丝炒鱼香味,留下二两来碗榨菜汤!"青色火苗给胡铮心中添了暖意。

"喳!"堂倌答个脆响而去。

胡铮喝了一口花茶,眉毛一皱,就搁下了杯子,实在难以下咽。他在安庆城给学台大人家锻磨的那一年,有位绍兴老师爷告诉他:"蒙古达官贵人好吃牛羊肉,嘴里有膻气,用花茶来改这种欠雅的味儿。皇帝大臣一喝花茶,各省首府学北京的派头,喝开了花茶,也只到府城为止。我大清八旗人物也爱吃羊肉,饮花茶,把明朝淡下去的风气又重新掀开,而今只有长江下游和浙江喝绿茶,福建人爱铁观音,广东贵州爱乌龙,云南用茶砖除瘴气,东三省,西几省一色花茶。商人用次货兑上花就卖大价钱。会喝茶的是安庆人,黄山毛峰、毛尖、太平猴魁,屯溪舒城都有好茶,喝成精了,再好的花茶也不如白开水。花香不是茶香,味道不正!"在京都,胡铮感到想家的一个重要因素是端起花茶后的不快。即或你二荤铺喝一杯同喝一百杯都算同样茶资,他也不想跑堂汉子来续第二回开水。至于那位师爷还说过:"绿茶乃渴笔山水,淡远有味;花茶乃匠人工笔木版水印年画,笔力纤弱生硬,借花香也不添情彩;乌龙是大泼墨,痛快但欠深沉;工夫茶是界画不入品,费功不讨好;绿茶中江苏碧螺春是闺秀小品,清而不耐细细品味;龙井是半百西子,远观体态曼妙,交谈唱歌则难掩老态了……"因为说得过玄,石匠很难接受。

胡铮对面一张方桌边坐着一位年约六旬的老者,比较富态,并不臃肿,点了四菜一汤,喝酒很少就菜,全心在看书,眼还不花,又有点吃力。像是个小饮求乐、意不在酒的人。

停了一会儿,有个骨瘦如柴的青年,脸堆烟锈,牙齿黑黄,细小的眼珠左顾右盼,透出空虚。似乎酒已过量,双手按桌,吃劲地撑起身子,跌跌撞撞地走过老头身边时,身子一歪,撞在老头身上,老先生漫不经心地闪开。

"对……不……起……您啦……大叔!……"醉汉的舌头不听使唤,吐出的字也醉得脚跟欠稳。

"好说,请便,小心摔坏啰!"老先生彬彬还礼。

"谢……谢……不妨事……"把"谢谢"念成"随随",使得老人直摆头,一分钟后,还是沉浸到书中去了。

胡铮眼尖,已看到醉汉用超闪电的速度,将老先生放在一摞书边的小布袋抓住塞进了袖筒,失窃者还是那么悠然。

当初筱长庚忠告过胡铮:京城的三只手不比安庆城少,各分一段,按月给地痞送礼。上街少带银子,这点胡铮照办;见到打架和小偷作案,快些走开,一嚷嚷就会跳出一批有头光棍跟你胡搅蛮缠,将你毒打一顿再作鸟兽散,告到衙门也没人管。他感激友人,却不信坏人敢那样猖狂。而今他虽不声张,也被触动了好奇心,就告诉堂倌要到对面胡同里去出恭(大便),菜慢一刻再炒。等他走出店门,就见扒手收起了假装的醉步,撒腿便跑。

他没有抓贼,抓住打过一顿,放掉还是要偷。未能从根本上改变这类角色。

拐进胡同,偷儿从袖筒里掏出小布袋,朝里一看,耸动隆起的双肩一笑,撩起油亮的袍子后襟,把赃物塞在背后裤腰里。紧接着就仰天打个呵欠,大烟瘾犯了。

再过一条胡同,一个满腮横肉的罗圈腿,约莫三十出头,贼亮的辫子盘在顶上,摊开双手将偷儿拦住:"朋友!您好哇!"紧接着又是一揖。

"哟……"偷儿一惊,胡铮也停住步子。

"恭喜三天没开张……久候多时啦!"

"您……"偷儿双手缩到后腰护着小布包,在想对策。

那偷儿直哆嗦。胡铮想看个究竟，也未吱声。

"朋友嘛，啊？"罗圈腿露出一排银牙恶狠狠地笑着。

"就点儿碎银子，送您啦一半儿！"偷儿的手像得了鸡爪疯一般抖抖索索。

"朋友嘛，哈哈！这哪够一半儿？"罗圈腿抓过银两朝口袋里一揣。

"再孝敬您一块，让您兄弟过去吧，待会儿老东西明白过来要我丢人现眼！"

"朋友嘛，当你的断后大将军，得再出点血！"

偷儿又送上一块银子。

"太不够朋友，真朋友嘛，这哪儿成？"

"您拿去四块，我只剩下仨，分量还轻！"

"朋友嘛，没说的，哥儿俩还分江南江北？"罗圈腿蒲扇般的大手落到偷儿肩头。

"再孝敬一块！"偷儿跪下了。

"朋友嘛，痛快点儿！"

"您兄弟犯老瘾啦！再要就够不上买两根条子……"偷儿打了个哈欠，用袖口擦着眼屎。

罗圈腿托着偷儿下巴，将他推到南墙上："朋友嘛，就讲个义气！"

"再拿一块去买药吧！"偷儿反而坦然，不乞求了。

"宝贝儿真漂亮！不叫西洋的公主招去当驸马才怪呢！"罗圈腿捏捏偷儿的瘦脸皮，将他扯到怀里一把抱住亲了两下。偷儿挣不脱身。

胡铮忍无可忍，大咳两声，罗圈腿手一松，偷儿才溜到一边，狐疑地望着胡铮，模样可怜又可恨。

罗圈腿头朝下一耷拉，顿时蔫了。胡铮产生了急于要恶作剧的愿望。

"哈哈！朋友嘛！懂规矩吗？"胡铮简直不相信这声音是从他口中吐出来的，多么陌生，但是和罗圈腿的语调同样流畅。

"大爷是哪块跳板上的？"

"朋友嘛，哈哈哈哈！"

"那——给您老人家两块银子?"罗圈腿口气软化。

"哈哈！朋友嘛,哪能那样开销,出点血才成!"

"再给一块,见财一半,也过得去了吧?"

"谁让咱哥儿俩是朋友呢？太不够交情!"胡铮舞大石槌的手落到罗圈腿肩头,那小子身不由己地矮下五寸。

"这……"

"朋友嘛,哈哈哈哈?"

"你别看老子在这儿走麦城,停会收拾你的招儿还是有几手!嘿嘿!大爷能让我白忙乎老半天?"

"朋友嘛?快!快给我拿去买药,大爷不在乎!"

"哪儿敢!再奉上一块!"

"朋友嘛!哈哈哈哈?"石匠掌力让京油子咋舌。

罗圈腿知道碰上了灾星,极不甘心,也只好吃瘪①,留下一块银子。

"朋友嘛,换块大的!"胡铮把小一块的银子扔在地上。

"大爷！您不怕生儿子不长屁眼儿?"

"朋友嘛,啊?"石匠有点欣赏自己模仿罗圈腿的才能。

罗圈腿从地上拾起小块,将大块朝地上一扔就走。

"站住,朋友嘛,哈哈!"

"有这样的朋友吗?"罗圈腿瞪出金鱼眼。

"拾起来!刚才你怎么待朋友?抄你一段'文章'再念给你听,就受不了?"

罗圈腿愣了片刻,一时反应不过来。在偷儿面前,还要保持点尊严,硬是挺着腰不动。还是偷儿圆场,拾起大块递到胡铮手上。

"我添上两块碎银子,算请你们哥儿俩吃顿不饱不醉的二荤铺烂肉面!把口袋拾起来,装好,还给吃饭的老爷子,设法儿找个吃饭门路,再做这无本营生,饶不了你。你小子别逞强,人在河里摸,你在箩里摸,不是好

---

①吃瘪：被迫服从，认输。

柳栽子^①,今儿饶了你,去吧! 往后我常来,小心脊梁骨!"胡铮脱手一推,罗圈腿像断线风筝一般,飘到二丈开外,后背撞在灰墙上。

"您是大侠!"罗圈腿的脸庞上,从愤恨转为惊疑:"兄弟,哥哥送你一个大烟泡儿,快吞掉抵挡一阵,跟大爷去吧! 没我的事,谢谢大爷,回见!"罗圈腿跌跌爬爬地走开了。

胡铮把偷儿领到二荤铺,直率地说:"你吃过饭了,还想来一杯?"

"大爷! 刚才是趴在客人吃剩的菜和喝空的壶面前拉个架势,这儿还是空的,万一那儿动手要打……"偷儿左手指指肚皮,右手指指还在畅饮的老头儿。

"有我! 堂倌! 上一斤酒,添副杯筷!"

"是! 热菜来了! 一回清! 仨菜一汤!"

"添一只禹城脱骨扒鸡!"

"喳!"堂倌比变戏法还快,一盘整鸡放到桌上,"侍候着您哪!"

胡铮一摆手,堂倌会意而去。

"大爷真是个好人!"偷儿不再那么害怕,涎水滴到前胸,他有点愧怯地揩去。

"这对鸡腿归你啃,干一杯,雪还在下,冷哪!"

"真不好意思,哪天生意好我请大爷……"说到"生意",偷儿自知失言,便默然地吃着鸡。

"你不是天生的'生意'人! 刚才说话走了板眼,也是诚心,吃,我不计较,也不会像罗圈腿那样糠里榨油!"

"他拜过师傅,吃这十来多条胡同,怨小的晦气……"

"会有能人收拾他!"

"可小的也感激他接二把,才认识大爷!"

"甭拍马屁,吃!"

"书能上瘾方知味,情到成灾始悟空。"老先生的筷子掉在盘子上,眼离

---

①柳树可以插活的枝条叫柳栽子。

书更近,唯恐漏掉一个字。

"老人家没丢什么东西?"

"没有,不会,这身穷气让小偷看到也倒退三丈远!书,这儿有一套《医宗全鉴》,送给年轻人还嫌掂着太重!老夫来京四十年,还没叫苍蝇蚊子叮过!蛇是挨过一口,算风平浪静了!"老人说得太自信,"好心人,来干一杯!"

"不合适,还是晚辈敬您老一杯!"胡铮话到此处,偷儿提来陶壶将老头的杯子引满。

"谢谢!够朋友!"老头儿一饮而尽,又看他的书。

胡铮回座,偷儿几杯入口,有了活气,加上罗圈腿送的烟泡子,话也多了。这名八旗子弟的爷爷是将军,父亲是大烟鬼子,卖光了产业和姨太太,小子是胎里瘾,书念不入脑子,成了胡同串子兼三只手。

老人结束午餐,掏钱付账,不免慌了。

他站起身来,把口袋里的手绢、鼻烟壶……一一掏到台子上,反复寻找,急得挠耳搓手。突然,他似有所悟,便走到胡铮对面,笑得满面冰霜:"别怨我一大把年纪说话冒失,刚才喝的那杯二锅头是蜻蜓啃尾巴自个儿吃自个儿的吗?"

"您老说这话什么意思?"血涌到胡铮的耳根和双腮。

"哼!我也不是好惹的!老爷儿们做事欠体面,打个招呼,明来明去,莫学杨香武、朱光祖①,人要脸,树要皮……"

"不,老大爷!"偷儿正要申明,胡铮瞪了他一眼,他不好吭声。

"别生气,先干一杯!来!"胡铮第二次敬酒。

"两杯黄汤就把一场官司了结?"

"还要打官司?"

"当仁不让,人家无中生有坑害我,我闲着也是闲着,状子会写,甭求人,不打官司干什么?除非……"

---

①清代小说《彭公案》《施公案》里的神偷。先后以盗九龙玉杯和窦尔墩的兵器护手双钩闻名江湖。

"怎样?"胡铮并不来火。

"送十两银子当压惊的酒钱!让我拿去行善赈灾……"

"哟,对本对利还多!"

"可不!这酒是饶的!"老汉干了一杯,"你知道对本对利,这位兄弟也听到了,这案不是你是谁做的?"

"老大爷别误会,你的口袋在这儿,我……"

"他是在门口拾到的!"

"你们……"

"我们要是一伙的早溜了,刚才还敢去问你?"

"这……"眼前的事太出乎老人意料。

"这块银子还给大爷!我吃饱了,用不着!"偷儿打开口袋,把自己的一小块银子放进去,掏出一块大的还给胡铮:"老爷子,还多一钱五分!这位大爷放在里边的!"

"你是个实诚后生!谢谢你,也谢谢这位客官!怎么银子会多出来?我恩将仇报被弄成一盆面糊啦!"

"我不是诚实后生!"偷儿流着泪水,讲出事实。

"我该死!干吗把好人当贼怀疑,是这黑沉沉的世道逼出来的,我也曾把人看得个个都有菩萨心肠,处处上当,倾家荡产,这才刚刚学会把天下人看成漆黑一团,又错了,怎么着才对呢?老天爷!"老人伤心抽泣。

进京第一课是深刻的,正义在血管中涌溢的时刻是何等的珍贵!

"堂倌!来一盘里脊,一盘人参瓦块鱼,添一斤酒,我请客!"老头身上某种休眠的东西复生了。

"喳!"堂倌瞟了偷儿一眼,麻利地跑开。

"我请!下回先生莫认错人就好!"

"我叫阄狗李某某欺侮昏了头,贤弟切莫介意。"

"吃一餐不能饱一辈子,银子你拿着。停会儿跟我回趟安徽会馆,帮衬你几两银子,做个小本生意,把大烟戒了,好好做人!"

"我又不是畜生!大爷……这银子付酒钱吧!"偷儿嗫嚅着。

"今儿不让请客是骂我袁存仁的祖宗！请定了！"老先生的口气不容商量。

"您是袁大夫？我是筱长庚的兄弟……"

"他来信说过，你是胡铮！"

"对！大夫怎么又回的北京？"

"长话短说：我在老家开了存仁堂，还是带子行医，只不过改了个名字，叫谪夫，不忘在京教训。俩月前老佛爷脚上长个小疮，别人没治好，她老人家又想起我袁存仁，一问李莲英，太监头儿说我告老还乡回到凤阳去了。老佛爷下道御旨，等我日夜兼程赶到，她的疮又好了。我被晾在一边，见不见也无所谓，停上月把再没下文，就挂牌行医，饿不着！"

"行医救人好，不像侍奉官家提心吊胆！"胡铮把入京原委叙述一遍。

"老佛爷的脾性儿是黄梅天气，一日三变，正下大雨一眨眼又出太阳；大晴天也能来场大风暴。李莲英只能摸到三成半。她今儿亲口禁关戏，几天后一高兴又要看红脸生戏，让田井云去操办。王鸿寿是不会露面，汪桂芬、杨月楼、小叫天儿的老爷戏也够瞧的！就那么回事，耐着性儿等等！"

胡铮明知大夫在宽他的心，只能一笑。

"住到我家去吧，就一个孤零零的老头儿。"

"不，还是会馆方便。"乡情与酒都醉人。

"兄弟！有不方便的时候只管开口，袁某某船烂还有三千钉！说过算事。"老医生把小布袋推到偷儿面前，"恕老夫直言，染上你这两种大毛病，想同割恶疮一样刀下病除，比一个人搬走一座王府还难。好自为之，莫负我们兄弟俩心意！银子送你！"

偷儿放声大笑，连连下拜。

"这会儿你难过叩头是真的，老病要复发也不是假的，我把事都看穿了！"胡铮将匍匐在地的偷儿拉起。

"请大爷和大夫相信我，我可以去死，也不会再做丑事，真恨不得掏出心来让二位看一看！"

"今晚说八个一样的也得在你老哥家过一宿，我有一太平车①话没地儿

①牛车。

030

说,闷在心口要憋个半死,明儿送你回会馆!"肺腑之声流入胡铮心底,都是寂寞中人,就答应了。

偷儿把大夫、石匠送回存仁堂,告辞而去。

老头挺兴奋,滔滔不绝地说起得意的病例、宫廷里的戏曲表演、官场逸闻趣事、后宫争权夺利的丑剧,胡铮听得如痴如醉。

"老先生,不早了,歇息吧!"

"早!"老头知道石匠没听过瘾,一直絮叨到东方即白,才打个盹儿。

三

袁存仁六十大寿,胡铮想请老先生到五芳斋去吃顿寿面,等他解开包裹,不由得傻眼了:银子全都不翼而飞。估计咋呼一通也没人理睬,不如咽下肚皮。他第一个怀疑对象是偷儿,第二个就是罗圈腿,从偷儿那里得到线索来做的案。只因人证物证都缺,所以到二荤铺周围转悠了半天,就没劲再去。

正在犯难为,大夫带着一包安徽绿茶来看他。

胡铮提来开水,茶杯兑满,还在倒水,茶叶漫到了茶几上。

"兄弟! 你有心事!"

"啊,没什么,有点想家……"胡铮掩饰着。

"家在脚背上跟着你跑,眼目下家在北京,想什么,我陪你听小叫天儿《战太平》,棒极了。不看白到这首善之区!"

"不! 谢谢! 我……"

"是银子用光了?"

"不! 还有!"

"拿出来给你老哥看看! 眼见为实!"

"用不着看,真有!"

"我这人犟,不到黄河心不死,看定了!"

胡铮无法隐瞒,说了实情。大夫十分慷慨,二话没讲,留下十两银子,答应半月后再送来。不让胡铮去找偷儿，怕节外生枝。

天一回暖，胡铮当掉棉衣，买了一把锤，四根凿子，到城南一带去串小胡同，找点锻磨修辗的零碎活儿，想攒点路费回家。可惜主顾太少。一回到会馆，看门人脸若冰霜，像没看到胡铮似的。院子里扫得干干净净，只留下他门前一片尽是垃圾。倘若他置之不理，三五天后还会有人扫掉。只是他们不值，清扫之后，等于服输，从此屋里屋外没人来收拾。活好做，脸难看，气难受呵！

烧水的看到他提着桶来打水，故意兑上半锅凉的，只好坐在外头干等着；交的餐费跟别人相等，吃的尽是剩饭冷菜；就餐的长衫们见他一进饭堂，高谈阔论立即换作窃窃私语，逼得他只好端着碗回屋吃。

袁太医陪伴王爷去承德，好多天未来到会馆，这儿的气氛江河日下。有个下午，胡铮正在磨凿子，就听得院子里有人在放阴腔："会馆以文会友，管事的也不管事，什么下九流混穷的都赖着不走，也不拿出章程给点颜色看看，弄来一院子虱子虮子，一股汗臭味，哪能读进去圣人的书，考上进士翰林——一举成名天下知呢……"

石匠一听，又气又笑，建会馆为的是帮穷老乡，我未曾吃你们的，花你们的，你们被挤对得又穷又酸，反过来又小看手艺人，遭了狗咬还拜狗为师学狗眼，怪！要找这些自命为读书知礼的势利眼评理，无奈此辈不曾指名道姓。学泼妇骂街，不指姓名地回敬一通，石匠不屑于去模仿。闷在心里又难吞下这口气。

陶然亭往南，人烟稀少，一些零星住户，都是种菜为生，碰巧有个孤苦伶仃的老汉，靠用藤条给开裂的扁担打箍为生，头年得肺炎而死，留下一间土屋，炕灶不缺，没有人住。石匠到这片地方锻了几天磨，有钱没钱的都肯帮忙，换得一片好人缘。经过邻人同意，他挖了两车土，讨得一筐碎草，和熟之后，将土屋里外整治一通，晾上三日，就搬到这僻静的新居，买了被褥垫单和一罐玉米面，串村溜乡找点零碎活儿干。等到袁太医回京，他已乔迁过八天。

不听闲言碎语，差些没人讥笑，相对安逸。可惜找不到活干，只得提着家什，天亮不久就赶到隆福寺东口，跟着几位肩搭破袄的壮汉想找零活。一小时后，人们都由一位瘦长个儿、被工匠们尊称为"长爷"的承应人介绍，让雇主领走，只有他一个人晾在那儿。

"长爷！关照一下落难的异乡人，找个零活混点东西骗骗肚子？"他抛开自尊拱手为礼。

"你是外地来的吧？"长爷点起旱烟袋。

"打安庆府来的。"

"难怪你不懂规矩。北京地方大，除掉恭忠亲王赏识的大匠张才，有人找上门，别人都要在攒儿。"

"请问什么叫'攒儿'？"

"像石匠的攒儿在前门小广和茶社，天一亮就带一分子'会意儿'（比茶钱便宜一半）交到'攒儿'（承应人）的公案上，坐在角落里喝茶，主顾一来，不用讲价钱，'攒儿'上的人就给介绍，你给承应人一份子'攒儿'，十个铜板送俩，才有饭吃。否则英雄无用武之地。有'攒儿'的人，逢年和端午中秋大节，还要凑份子请茶馆老板和茶博士，给承应人要送礼。我这儿跟北门交道口都是凑合局，'攒儿'现拆现安。上了'攒儿'就得在那里干一辈子，外地人挤不进门儿。到乡下去串串吧。"

石匠不信邪，连跑五个早晨，才发现长爷所言是实。在攒儿上的匠人，揽不到活的那天还得做点小生意糊嘴，吹糖人，卖梨膏糖、瓜子、花生酥，才不会在一棵树上吊死。

胡铮在几家茶馆受到的冷遇相同，"会意儿"交不掉，等到九点来钟，客去人散，他还呆坐在一旁。

干急无汗，偌大的京城与他无关，一点不讲慈悲。下午去串乡，也都是开磨齿，修辗子，做不上修桥修牌坊之类的大活儿。

碰壁之后格外想念筱长庚，那样的友人寥若晨星，后悔在出门之前虽很感激，并不怎么珍惜。"熟人眼底无英雄"，这话对吗？要不朱元璋大杀功臣干吗？

每夜，打开小青布包，反复地数着增加得好缓慢的钱，掂了又掂。从记事以来,他头回尝到银子的威力。

清明临近,游子梦家。闲得无聊的石匠偶尔到天桥来望望呆,那些卖药、卖鲜、卖唱的艺人们都在饥饿钱上挣扎,草台与小茶楼里的戏多是无名角儿,不是抱着肚子死唱,一锅温吞水;或是大洒狗血,吹髯瞪眼乱跺脚。

令他没齿难忘的只有两位艺人。一位河北口音的中年汉子表演驯虫。头一套叫《蛤蟆教书》,汉子打开蓝釉罐,喊了一声:"上学啰!"八只小青蛙依次跳出来,自动排成两行,如同听讲的学生,坐得整整齐齐,大蛤蟆最后出来,稳步走到"学生"们的对面。它叫一声,"学生"们跟着叫一声,后来,表演者叽咕几句,讲些笑话,叫声"下课啰","老师"先跳入罐子,然后"学生"们蹦蹦跳跳,玩耍一会儿,等到艺人轻喊一声"出操啰——""立正!向右看齐!""老师"又从罐中跳出来,将小蛤蟆们操练一番,然后和出场序相反,一一跳回罐去。

更神奇的是将小盒子里的蚂蚁放出来,列成两支队伍,齐听艺人口令,队伍行止速度一致,队员们颜色相同,从不混淆。

每表演一次,看客给一只十文的铜板,有的孩子只给一两个小铜钱,艺人从未计较。

石匠连看三"场",不忍走开。这种叹为观止的驯虫技术,古书上不见记载,不知艺人如何做到。年后,他又在天桥看到这位艺人,已被列入新的"八大怪"之一。

天桥口力劳动者很多,石匠最佩服的是名居老"八大怪"之首的"穷不怕"先生。此公开演之前,先用白色碎沙在地上撒成一副对联:

满腹文章穷不怕,
一身肝胆老犹刚。

在两个竹板上也刻了一联,上联相同,下联是"五车书史落地贫",等于自画像,艺名的由来与此有关,有时还做些更换。字体以行书为多,也撒过汉隶、魏碑与楷书,随兴赋形,不失刚健恣肆。那年月石匠还刻不好碑文、印纽,与文人雅士打交道有限,看不出字好在何处,靠观众们称赞的低语和掌声把他带入某种氛围。

先生骨瘦如柴,头发蓬乱,辫子焦黄,目光冷郁。长衫上打着补丁,意气自若。说到沉痛处声泪俱下。清政府忙于太后与万岁爷争权,嗅觉与鹰犬的杀伤力不及后来的买办政府。先生捶着自己的锁骨喊道:"偌大的大清国叫什么英国、法国、俄国、日本……一意瓜分吞食,更有千万贪官污吏,坐吃山空的八旗子弟,笑嘻嘻恶狠狠地躺在一旁吸血,脑满肠肥,圆似汤圆,喂肥一堆四体不勤,五谷不分,吃喝嫖赌鸦片烟样样都精通的废物,咱们小老百姓成天在油锅里翻滚,救不了古神州,难免冻饿而死。老佛爷、万岁、中堂大人、六部尚书们就看不到吗?"

石匠听得心惊肉跳,这些话要在安庆城里当众说出,准保砍头示众,落个煽动造反的大罪名。他怕听了会惹出是非想走开,无奈腿像生了根的两棵树。在听客们朝先生撒银子铜钱的时候,他心头一热,把十来天攒的钱,连包银子的破布也没打开,就扔到先生身边。

先生拾起包儿微微一掂,揣进怀中,向看客们拱拱手说:"今日鄙人有要事在身失陪,明儿见!"

和自动散开的看客们一样,石匠心里喜滋滋地往土屋里走。听先生说书的人多,就算有个把探子混迹其中,法不治众,去掉好多恐惧,脚步就更快。

一到屋就觉得饥肠辘辘,他才想起玉米面吃光了,只好先烧点水喝喝,再想别的法儿。

火苗在灶膛里扭腰,思绪也随之飘闪不息。突然,他听到身后轻轻响了一声,回头一看,正是自己扔给"穷不怕"先生的钱包,拾起来一掂分量,丝毫未减。显然是先生亲自送还。他起身追到路上,方远远见到先生朝北门疾跑的背影。

"先生!"

穷不怕加快了步子。

石匠急忙跑到先生前面一丈开外,转身连连作揖:"先生为了送还晚辈一点薄礼,早收场子,实在不安。不怕见笑,先生似能识破晚辈今夜断炊,留下小半,剩下的务请收下……"

"壮士认错了人,素昧平生,哪有银钱往来?现有要事缠身,请莫相阻!"语调像冰块,又凉又硬。

"晚辈寸心仰慕,请多多赐教!"石匠步步倒退着给先生让路。

"哈哈!壮士说的是哪位穷秀才?在下姓朱贱名绍文,他住在在下身上,却从无瓜葛。您要找他请上天桥。场子一散,谁也不知他身在何处。以上句句实言,不是疯癫谵语……"笑纹在先生脸上昙花一现便告凋萎。更不等石匠做出任何反应,那瘦长的背影消失在柳荫深处。

石匠呆望片刻,垂头而返。

人为什么变得这样乖僻阴冷,与他说单口相声,模仿程长庚、余三胜、卢胜奎、谭鑫培的腔儿时判若两人,俨若先生在演出中推崇的鲁仲连、嵇康、徐文长一样,高怀别抱,愤世骇俗,坎坷终老。稀世之才,百年难遇不能用对凡夫的尺子去量,其短处人所共有,天下共见。石匠忠告自己:要从心眼儿里尊崇老先生,真诚,跟他相近,决不来半点客套与做作,方能学到真知。

两日后,他收了工又路过天桥,赶上先生在"作场"(宋元明用语即表演),首先是撒砂成字,腕子灵活,像挺随便,撒来字字有表情,如同在打拳、出操、舞剑、舞枪,活生生地可爱。

　　　江山万里樽中老,
　　　毁誉一歌枕上新。

这回说到镇南关大战,冯子材大破法国兵,谁知打了胜仗反而割地赔款……

先生讲到得意忘形之处,每每用猛击一掌替代惊堂木,义愤孤忠,泪随声出,形容京中群丑,奴颜媚骨,气冲斗牛。石匠连声叫好,把所有碎银撒在地上扬长而去。

石匠饿着肚子。只要门前脚步响，总疑是先生来到。直到漫天星斗，没人登门，白白起身六回去迎接。

次日头午长爷不紧不慢地来到秫秸门口说："苏侍郎门前石狮子坏了，请兄弟这就去补个耳朵，先借给你三天饭钱，慢慢悠着干，抓一个算一个子儿。"

"谁请长爷来的?"石匠喜出望外，反而惊愕。

"天机不可泄露!"长爷诡秘地一笑而去。

这活儿不光挣到一袋面粉，还在堂会上看到了小叫天儿演出的《定军山》，刀花利落，唱得苍凉稳厚，无人并肩。想到自己从前闯草台一身是胆，非常羞愧。光为看这场戏，北京也算没白来。从此他不想再唱戏，见识渐渐高了。

四

胡铮在面粉店得知镖局招收伙友的消息，很想借机接近老板王五，还有王五的师傅董老汉，开开眼界，学些武艺，挣些川资，便如期去碰碰运气。

这二年有"关东大侠"美誉的双钩王五，拜得山西董老汉为师，辞退了二百名混吃混喝专拍马屁的浮浪子弟，苦习大刀，他开的会友镖局在东三省北方五省没有绿林好汉为难，"大刀王五"声名大震。近日，他要招些跟随镖车队扛上搬下的伙友，挑些力气大心眼正的汉子教些拳脚，扶持一批年轻人，把生意做得更发旺。王五估计没有高手来应招，便将此事交给小管事"推上天"去办。此人颇善仰承王五鼻息，风（出风头）、马（拍马）、牛（吹牛）都得心应手。对出力的人，蝎壳脸上总是堆着鄙夷的神态，嗓门大，中气冲，演武大厅，账房外边都听到他咋咋呼呼，好像比王五还王五。

他原在肃王府武师马回回手下当过听差，不知为什么砸了饭碗，沦落到镖局推车，因为膂力足，曾经在丰台站露过一手，就是双脚和独轮车都在钢轨上行走，把一千二百斤重的一对石锁推到一里开外，得到"推上天"的绰号，而今绰号成了正名，真名实姓反而不为人知。此外，还有一门长处，学肃王骂人,惟妙惟肖,连那点"死世史始"不分的大舌头味儿也不走原汤原汁,他训斥伙友时说:"蠢牛木驴,要是早先在王府当差像你们这样阴死阳活,早送你进了大牢,始(死)在里头就别想再出来。"

王五想不到"推上天"会拿鸡毛当令箭,竟然敢用比赛推独轮车方式取人,好炫耀已长建立威势,近乎荒唐。

"兄弟是穷哥儿们一样的苦出身,在进肃王府之前,推过小车。推车不要学,只要屁股扭得活。没有本钱可玩不转。请大家拿出看家绝招,在一条钢轨上摆擂台,谁的本领高是老大,次点是二爷,一直排到十八罗汉的数目。往后弟兄们同生共死,将来威震江湖。没挑上的别怨兄弟眼珠长在头顶上——目中无人。实在肩膀太窄,当不了家。这位老弟说对吗?"胖子擦掉嘴角上的唾沫星子,扬起三角眉,圆睁酒杯眼拍拍石匠肩膀,显得挺近乎。

"嘿嘿!"胡铮讷讷地一笑,未加可否。

"谁先来试试,你怎么样老哥?""推上天"两条肉柱子般的粗腿拧动半截石碑似的上身,捅着腼腆小伙子的右上臂。

"没推过试试看,这个不算。倒了重推!"小伙子将绊绳往脖颈上一挂,躬身抓住车把,往轨上一推。两腿张开,嘴里直吐着粗气。

"人要走在轨上,脚下了轨也不算。"胖子一摆手,小伙子才踩上钢轨,车就歪倒。

"再试试嘛!"

看着"推上天"调侃的眼神,让小伙子自认晦气,摆摆头蹲到一旁。

一会儿,另外两名试推的也失败了。

"大叔推给咱们看看,也开开眼!"小伙子搔着头说。

"那就献丑了!"胖子经不起几位应试者的怂恿,甩掉大襟短羊皮袄,笑眯眯地推车子,捆在上边两只大石锁都在六百斤以上,没有滚珠轴承的樟树轮子唧唧扭扭哼出刺耳的尖音,像孩子在拉一把里外弦搅缠在一起的胡琴,不成调门儿。那"推上天"来劲了,圆脸上的肉一丝不颤动,仿佛车上没载物件,他甩动阔大的臀部,脚尖点在轨上,轻松,自在,愈走愈快,大伙儿跟在后面吆喝着，为他助兴，直推到一华里开外才放把。

镖局里的小厮在停车处插上一面小黄旗，上绣着一把大刀，平时插在骡马车上。绿林好汉们看到它就给大刀王五的面子。

"谁来!"胖子胸口大起大落。

三位应试者接力才将车推回原处，大家都很沮丧。

"大叔，换个花样儿比试不成?"小伙子投话问路。

胖子披上袄，笑而不答。

只有石匠不肯随着车子来回跑，一个劲儿在轨上练着步法，宛如置身事外。胖子的视线一落到他跟前就敛起欢容，骤然降温。等到石匠的目光投回来的时刻，相隔至多两秒钟，"推上天"的脸上又甜得可以榨出一酒杯蜜汁儿。

除了石匠，第一轮只选上十五名。

"你再来一回!"胖子乐呵呵地拉拉小伙子的辫梢。

受到鼓励的年轻人推了五丈远，回过头来探问："可算?"

"当然算第十六名!"胖子神气俨然地宣布。

"大叔真是活命恩人!"小伙子跑到"推上天"面前纳头便拜，"收下我，一家七口的春荒能换过来了，谢谢!"

"哪儿来话，不帮穷兄弟帮谁，少爷哥儿能吃这碗饭? 起来，折我福气!"胖子眼睛合成一条缝："大个头兄弟，就看您啦!"

"不行，每年在家修江堤，推七八百斤土，走的木板有三四寸宽，前边还有半大孩子拽着，钢条上没推过。"受过筱长庚、穷不怕、玩虫人诸公教训，说话老练了些，减了些逞强好胜的意气。

"试试没本蚀，错不了。"胖子的声音更温和，"只要走上那么十几二十来步，兄弟向王五爷有个交代，没登上'龙虎榜'的'举子们'，说不出扎耳朵底的二话，大家都捞碗饭吃多美!"

"谢谢大哥打边鼓，小弟要出笑话了。"

"登台不认父，上场不让兄，掏出功夫来打败愚兄，三生有幸!"

"不会，不会。"排上座次的人们替石匠说些客套话。胖子听得好不乐和。

"大哥！我给您开道！"小伙子在一旁添油加醋。

石匠用袖口擦擦眼角和额头，给轴两头涂了些油，再提起车把，挺直腰杆，发现不算多沉，顿顿额上麻辫子绊绳，吸入一口凉风，迈开健步，轮不晃，把不拧，越走得快阻力越小，几丈之外，呼吸自如，肌肉放松，饭碗是抓在手心了。

"大将风度，多沉着，还是兄弟有个眼力吧？瞧，五十丈朝外了！这两下子也是三冬四夏熬炼出来的把式！"胖子在赞美别人时没忘记给自己脸上涂金。

"大哥，看你这劲儿准拿'状元'！"小伙子说。

石匠默然，绊绳上的麻头扫得后颈发痒痒，就提提车把，用麻辫子代手搔痒。

"车在摆头摆尾，到压轴儿戏了！"胖子的预料迅速落空，仍没想到石匠会对他的"世界纪录"产生威胁。

车子又稳住，轴轮相磨吐出欢歌。"考官"与"同年们"，名落孙山的失意者，受到石匠身上一股磁力的牵动，不约而同地朝黄旗跑过去。

"这员虎将是真神不轻易亮相呀！"胖子感受到石匠车轮的分量，似乎自己躺在旷野，石匠把车从他的脚趾前推到了膝上，直捣胸口而来。车头离旗子不过五十丈。

"快到节骨眼上，大哥看在弟兄们分上，离黄旗十丈就倒车往地上一躺，别抹了'推上天'的面子，你要不讲些义气，跟你没完没了……"小伙子说的不是戏言。

"行！"石匠满口答应，他本不想拂逆小伙子的意愿，等到贴近"黄旗"刚刚被按捺下去的好胜意识一下升到主宰地位："能当'状元'，何必当'探花'与'榜眼'？豹死留皮，人死留名。打擂台谁败了也是活该。腰杆一硬，六亲不认，闯！"得冠军后的狂欢，变成一双无形的巨手，托住车架子，使他全身一轻，脚步如飞，无法减速，只有一个信念：无限地向前方猛推过去。

"不是东西！"小伙子怒喝一声。

如梦方醒的石匠歇下车,从绊绳下走出来。

"好样儿的,棒极啦!""推上天"呵呵大笑,从衣袋里摸出火石火镰与纸媒子,"乒""乒"几下打着,再扯出车后腿之间竹篮里的一挂鞭炮,欣然点着。于是纸屑火星四溅,火炮声噼噼啪啪响个不停。

"该屎(死)匹夫!"笑纹在"推上天"的胖脸上消失了三秒来钟,双手一绞并不宽大的袖口往后一抄,嘴角朝下一撇,下巴拉长,扭到左肩,按照最神似的王爷派头骂了一句,和当上几秒钟王爷一样盛气凌人。

"盖世匹夫?"石匠在爆竹声中听到五十来年后刻在自己墓上的雅号,人类害中取小、利中取大的原始本能,使这位凡人的眼睛突然一亮。他在少年时代读到顾炎武名句"天下兴亡,匹夫有责"总是口干心热,引起他朦胧的献身渴望。虽然自己也讲不清献身的对象是父亲殉难祖父为之流放的长毛,还是做惯异族奴才的人们从不想其来龙去脉的"我大清"。他的民族意识不比上下两辈人强烈。什么百夫长,千夫所指,千夫辟易,万夫不当之勇,都已是跟他无关的英雄残梦。人类的弱点是在荣誉面前放大自我。胡铮绝不例外地认为:除掉"匹夫"不就"盖世"了吗?卑人虽无盖世奇勋,终足以传之不朽,从推车上讲,超过"推上天"这般国手,便在天下封顶盖了帽,就不是假的。别的方面盖不了世又待何妨?喜剧形式从不拒绝悲剧内涵。庄严与滑稽一结婚就生出堂·吉诃德直到阿Q系列。笔者连斯蒂芬·海姆在《人质》中刻画的捷克人物杨·诺锡克,孙瑜在银幕上塑造的武训那样不成功的例子也望尘莫及,只能透过百年历史的烟尘很悲哀地听到胡铮爷爷喜滋滋的回声:"大哥见多识广,想得奇怪。送小弟'盖世匹夫'这个绰号,是宰相肚里能撑船,却之不恭,受之有愧,诚心谢过!"石匠欠身向"推上天"作揖。

"啊——?"胖子被胡铮谦卑的表情弄得晕头转向,等到回过味来,忍不住捧腹大笑。这狂笑,恰好被石匠误会为豪迈,对他又添三分敬意。

"盖世匹夫?"小伙子也堕入五里雾中。

"盖世匹夫?除掉老弟谁也当不起。错过我'推上天'没人取得了。往后,弟兄们都这么称呼他——盖世匹夫!"胖子一扭小伙子的耳朵,双手齐竖拇指,晃动成串肉疙瘩的身板,真有点笑傲江湖的气派。

品咂这个荒唐的谑称"盖世匹夫",在场的人都找到开怀大笑的不同原因。"推上天"笑得泪眼婆娑,前仰后合。

"大哥心眼儿真比灯笼还亮!"盖世匹夫受宠若惊。

"兄弟!""推上天"把"弟"字说成"带"字,非常悦耳,"多少年就盼有人比我强,今儿可盼着啦。往后不说一人喝酒俩人醉的假话,你大哥锅里有米,你烟囱里就会冒烟。考不上的考中的所有'举子'兄弟们一起上全聚德,烤鸭、炸肚儿、糟鸭头、拌鸭掌、抓炒、软炒、烩鸭条、蒸炉鸭,临了江米①鸭子当饭,我请客,谁不去是小妈生的,我骂他三年六个月龟孙子。撕开肚皮吃,仰着脖儿倒酒。没钱能活,没朋友活不成,走!"他从赴宴的人们眼中看到了对自己的仰慕,乐于亲近。酒没沾唇,心已半醉。

"推上天"跟老板一咬耳朵,说是他代王五请客,不敢怠慢,吩咐红案白案掌勺跑堂的满意奉承,每桌菜上了八大盘,三十六小盘,用的山西杏花村老汾酒,存放五十年以上,醇和有回味,钱是一文未收。

盖世匹夫初尝京都的鲁菜,觉得比故乡流行的徽州风味要差,但实惠。酒很提神,别人划拳,拉拉扯扯的打酒官司,他概不参与,也真不会。只因固执到了家,自食自饮的酒风也就让大伙儿承识。他厌恶说一大堆废话,喜悦使他对虚伪失去本来就不成熟的透视力。

闹腾到太阳离香山顶峰鬼见愁三竹竿来高,他才告别新相识出城。

听不到没话找话的喧嚷,身心为之一轻,春风吹醒了深深沉睡的审美意识,路旁不曾注目的柳树,抽出满头油碧的柔发,袅袅娜娜地朝他走着醉步。多像他插在江滩上数以千计的柳栽子啊!难道前天眼皮上蒙着什么云翳,没有发现呢?

旷野上空,飘荡着形形色色的风筝。大的有蝴蝶、莲花、葫芦、大鼎、双鱼、钟馗、八卦、蜈蚣、七星,小的有月亮、明瓦、仙鹤、五凤朝阳、鹰、春燕、蜻蜓,摇头扭腰,十分得意。牵着绳子奔跑乱叫的是十多个孩子,还有两位白

①北方对糯米的称呼。

胡子老头坐在小板凳上哼着谭腔。一个卖羊肉馅子糕的汉子,忘了向小主顾们兜售食品,呆呆地望着"八仙过海"的超级风筝,风筝尾巴竟是何仙姑的飘带,手艺令胡铮惊叹。

还是他九岁那年,舅舅送他一只船形风筝,三桅三帆。他嫌死板,老人家一走,就将它拆掉,一心想扎成一只四脚能划动的大蛤蟆,忙活了一整天,手让篾皮割开两条血口子,蛤蟆不成形,四条腿儿更不会摆动。第二天,舅舅又送来稻种,看到铮儿的窘态,奚落了几句,他气哭了,老人家不肯来哄他,妈妈也没有买账,孩子自觉无趣,只好拢上嘴跟邻儿们去玩,一小时后,妈妈喊他回家吃饭,舅舅兴高采烈地喝着酒,墙上挂着一只刚刚糊好的大青蛙风筝,他情不自禁地伸出手去晃晃蛤蟆腿,能动弹,又不拖下来,精巧又壮实。妈妈摸着他的头说:"看花容易种花难,哈哈!"舅舅谈笑风生,好像什么事也没有发生过,只有他的脸红到脖梗上,不好意思捧起饭碗,又怕停会儿没劲去放大蛙上天,只得忸怩地抓起筷子。这场面历历在目,但已遥远……

带着微醺,信马由缰似的走着梦游般的步儿,轻叫一声:"仓将①!刀哇来——!"念完长白,鼻孔哼过笛子过门,右手指头点着手心打起板眼,默唱着《单刀会》,很久没这样悠闲过。

拐上小路,就见土屋门外,有个人横躺在地上。他暗自思忖:"八成是个醉汉,为什么别处不去,偏躺在我的门脸儿?"

前行几丈,卧地者的肚皮一起一落都看得清楚,石匠转而又想:"也许是过路的病人,倒在路上的乞丐,世上高人不少,礼多人不怨,说不定能学到高招!"

一到门口,刺鼻的臊气臭味使盖世匹夫酒意全消,连进京后第一顿美味也想呕出来。

"哎——哟——"卧地老人呻吟着想翻身,挣扎几下,没有如愿。此老年过花甲,顶已谢光,仅在耳后还剩半圈斑白乱发,结成疙瘩,少说有半年

---

① 关公贴身将周仓,关帝庙中塑他与捧印关平(捧官印)侍立左右,常为关公扛青龙偃月刀。

不曾梳洗。黑袄磨得发白，白棉裤脏得变黑。用嘶哑的喉音，念念有词：
"好个聪明人，好个糊涂虫，好个聪明糊涂虫，好个糊涂明白汉……"颠三倒
四转着车轱辘。

"大伯哪儿不舒服?"盖世匹夫莫明其妙地听了很久，才弯下腰问道。

"问什么，还不把我抱上炕?"老人口气挺倔，细小的眼睛咄咄逼视着石
匠。

"大伯的腿……"

"瘫了，起不来，是火房子老板见我付不起住店钱，怕我死在那里，找两
个青皮把我抬到这儿扔下，全是狗眼、老虎心……"老人咻咻气喘，下陷的
两腮黄里透灰，八字眉僵直不动，眼角堆满眼屎，嘴唇发乌，上七下八的几
根胡子没有光泽。老人恨的"火房子"，石匠也见过，都是三间屋，四面没
炕，讲究的一面有木板隔成二尺多宽的"包厢"。一色铺席，住客围着当中
火池子取暖。所谓"铺俩盖仨"，指交五文小钱到老板那儿，租点鸡毛撒在
炕上，抱膝缩成一团，再盖些在身上，也有通夜烧火打打瞌睡的，鸡毛易燃，
常常酿成火灾。住到火房子里的人，比露宿门楼子、"爬排子"（钻入大店门
廊房或席棚户）的乞丐高也有限，遇上雨雾天每每要挨饿，好心的老板还肯
借点吃的。

石匠顾不得老人身上有粪便与虱虮，将他抱到炕上说："我烧水给大伯
洗洗身子，换上我身上的棉裤，我不冷，穿单衣行。"

"冷……"老人沉吟着。

"这就生火!"石匠找出火镰火石和火捻子，打着之后点些草柴，再架上
木棍树根，给锅里坐上水。

"冷! 没听见吗?"声音严厉得不近乎情理。

"对不起，听到了。"石匠以为对落难的病人不应该苛求，他怕老人不
快，只好先盖上洗好的被单，再压上唯一的被条，免得弄脏。

"我饿了!"

"水烧热就做饭! 先啃一块棒子面饼垫垫。"他就将唯一的玉米饼放到
灶膛里靠烟囱的一边，避免烘煳。

水热之后,他替老人脱下脏衣,那下肢又凉又滑,像风干的腊肉似的。头盆水洗得乌黑,换三遍水之后才算干净。

他替老人换上自己的内衣和棉裤,把脏衣与卧单搓洗好,接着烧粥。

"你存心想饿死我?"

"先吃块饼子,热了。"盖世匹夫摆好小炕桌,放上半碗萝卜干,扶起老者,让他倚墙而坐。

"这样待客也太少诚意?孺子不可教啊!"干萝卜条被老人一推,撒到地上,幸而石匠手快,抓住了粗碗,没有打碎,又把地上的咸菜拾起洗后放在另一只碗里。

"马上去买菜,您老人家别来火呀!"估计一入镖局,不会再到石匠攒儿去求事做,就拎起锤凿送到他偶然去买过几只硬面馍馍的小店,换到一碗炒肉片,一斤烧刀子酒。

"我当你到什么烟袋街庆云楼,和顺居白肉馆,河南'厚德福','瑞记'四川灶定做山珍海味,老半天才回来,命小的等不及就到西方极乐世界去了……"

"莫急!明天有了差事再孝顺您老。这顿饭将就委屈一回!对不起!"

老人两眼瞪得溜圆,不问主人可想喝,给自己倒下一碗酒,自食自饮。

石匠就着萝卜干喝过两碗稀糊,洗净老人棉袄后襟,趁着烧炕的火,棉衣卧单一齐烘烤。

"而今的年轻人不懂事,买不起酒就不要打酒,弄这么一星半点的烧刀子孬货填了牙缝肚子拐角,没到六成,扫兴,饼子跟菜都吃光了,再去弄斤把好点的高粱!"老人捋捋花白胡子,将被裹着头就睡。

胡铮只好涎着脸皮,赔上一筐好话,说服店主再赊给一斤酒,一块半斤的卤牛肉。

在归途上,他很困惑:非亲非故照应前辈,理所当然。但非亲非故这样严厉矫情,是病了还是天性如此?说老人是骗子,落难高人,看不出端倪,是个闷葫芦……万一死在土屋里,还要去报官,麻烦很多,难以预料。只好警告自身和颜悦色,认命倒霉。

傍晚,老人醒来,披上洗刷净的袄倚墙而坐,一见炕桌上酒肴,又圆睁着小眼睛叱道:"后生不可教也! 打了酒为什么不唤醒老夫? 而今前边一斤酒劲头已过,现有这两碗又不够,恼人! 再去弄一斤来!"语气是那样不容反驳,哪来的偌大火气?

　　"大伯……小店不肯赊欠……"

　　"拿罐子里几斤棒子面再去换半斤来。"

　　"行,这就去……"盖世匹夫讷讷而去,老人会带来什么后果,只能随缘而安。

　　老板没有收下他提去的口粮,用拳头敲敲他的腕子说:"泥菩萨下水——自身难保,还要打肿脸充胖子,少见! 酒给半斤,有钱时还我!"

　　回到屋里,老人正在光火:"而今的小伙子懒得翻身能压死臭虫,走路又怕踩死蚂蚁,哎! 曹操倒运遇蒋干! 差几把火啊……"

　　"是慢了点儿,老板话多,恨不得肚脐眼都要嚷嚷,一张嘴不够用,请大伯包涵!"

　　"哼,小心嘴头上开糖坊,都是一毛不拔的家伙!"

　　"大伯请!"

　　"你不想喝?"

　　"……"

　　"说呀!"

　　"不说假话,想喝几口,只是那样一来您又不够……"

　　"哼,说的是真话,赏你一口!"老人一气喝掉大半,再将剩下的往桌边一推,只顾啃着牛肉。

　　"还是大伯喝,我中午喝过了……"

　　"喝一缸也只能醉一回,叫你喝就喝,忸忸怩怩惹我生气!"

　　石匠端起剩酒一饮而光:"大伯带大别山口音,请问……"

　　"莫问,姓名字号忘得精光,老家嘛……"老人一闭双眼,似有难言之痛。

　　"小侄不该胡乱打听,老伯莫介意。"盖世匹夫歉然拱手,坐在草堆上,膝上盖了些碎草。示意老人安睡炕上,自己就这么过夜。

门外一片漆黑,只有南边天角闪动着一颗小星。冷风索寞,伴着夜气袭入土屋,石匠掩上了秫秸门。

"孩子! 你把吃饭家什换酒给我喝掉,吃什么?"

盖世匹夫把白天的遭遇细说一遍。

"孩子! 你今天做了糊涂事!'推上天'这些人不像王五,多是心眼小得针都穿不过的奴才,哪许你虎口拔牙? 今晚三更,必然会来杀人放火。老夫不是无情无义之辈,叨扰你一番,无以为报,耿耿此心,就能说两句真话相劝,不信要吃大亏。"

"大伯好心,侄儿多谢!"石匠拨开草屑,趴在地上叩了三个头:"北京乃天子脚下,为区区小事杀人,侄儿想不会吧?"

"傻孩子! 灯下最黑,天子眼皮底下冤屈最多。你哪知官府、土匪、保镖的是一家,狗猫老鼠,相辅相成。再延宕,来不及了。"

"小侄从无伤人之意……"

"人无杀虎意,虎有吃人心。你不信,先把老夫背到丰台车站,爬车回来到南头破庙房顶上趴着,看到这儿起火再奔丰台找老夫一道回南边。老夫不怕你扔下不管,你不是那类人。这是百年没二回的缘分!"

"小侄去过老伯讲的火神庙,西墙已倒,火神爷的大红袍上尽是灰,镖局里人不会去。可是他们把这间土房子烧了侄儿太对不起村里人……"

"日后捎几两银子来报答。大丈夫不能犹豫。走!"

石匠兀坐着,像一尊泥塑。对花花世界无法理喻:"推上天"会是鼠肚鸡肠的小辈?

"害人之心不可有,防人之心不可无。就是'推上天'想除掉你,你一避了之,莫要以牙还牙,十代八代无辜好儿女,原可以抑强扶弱,外抗强敌,尽做无头冤鬼,上违苍天好生之德,下负父母养育之恩!"

"只要人家的钢刀扑了空,便无仇可报。小侄孑然一身,不通武艺,后退几步求安!"

"就是日后有点小本领也要宽厚!"

"小侄铭记。"

"事不宜迟,这便走!"老人一洗乖戾表情。

石匠虽认为多此一举,也不好拂逆。夜间行事无人眼见,惹不出笑柄,若一宿无事,天明再将老人背回来,也不损失一根汗毛。他将衣被打成一个包袱,放在炕头上。

"先把行李送到破庙房顶上,不会有人拿走,只怪你还没见过碟子大的一片天。到紧要关头,多一件东西多一分俗虑。人都没了,东西何用?"

盖世匹夫未经沧海,舍不得小包袱,又不愿承认:"身外之物,不足挂齿,怕大伯夜里感风寒,吃罪不起。"石匠将包袱挂在颈脖上,背起老人,绕过田间小路,往南快步流星地走去。

"快些!慢了好戏赶不上看。"老人催促着。

胡铮越走越快,背上的人比胸前的包袱似乎重不了多少。

盖世匹夫将老人和包袱安顿在避风的墙角,替他围好被,鼓楼刚打二更。潮湿的衣服贴在他的肉上,犹如身靠着冰块。

冷月投下灰色的光,铁铸的西山模模糊糊,比白天里看上去要近些。胡铮空着两手,要摆脱钻入裤管的料峭春寒,急于看到老人的预言是否兑现,沿途一溜烟小跑。

一会儿,破庙门口的一对旗杆,遥遥望去恍如两根秤杆插在地上,榛莽丛生,久绝人迹。

他搅动舌尖,取华池穴涌出的口水润润嘴唇和嗓子,踏着矮树爬上房顶一看:土屋顶上火光涌起,火舌乱卷,浓烟飘荡,四名短打壮汉手握单刀,从小路上疾奔而去。为首胖子辫发几乎扬成"一"字,叫嚷的声音很嘹亮:"便宜了这野小子,凭什么上京城来给我'推上天'脸上抹灰,真罪该剁上千刀!"

就在这伙光棍们快出村口的时候,从"推上天"起头,一个个喊着"妈呀!""哎哟!""不好了!"……不知从哪儿飞来的什么力量,他们手上的几把单刀落在石板小路上,火把很快灭掉,其中有个汉子尖声叫道:"土地老爷显灵了!快离开这兔子不拉屎的地儿!"刹那间鸦雀无声溜得精光。

"救火啊!"村落里有人在呼喊。过了片刻,才有些人提桶端盆往土屋上浇水。

仇恨在盖世匹夫心头燃烧,比那土屋顶上的火焰要大百倍。他还没有进入八卦炉里烧炼,恨不得抓住"推上天"砍上几刀才解气。无法解释恶汉们受到惩罚的原因,只庆幸祖上有德,突然将老伯送到他的门前。他从不信神,伧俗的和尚道士找他去干些石头活,斤斤计较;对权势者的谄媚卑下,完全是两副面孔。今夜,不知受到什么提示,居然连连暗诵佛号:"阿弥陀佛!……"

五

不知可是慑于天堑一泻万里的神威,从湖北和皖西伸过一条腿来的大别山,一过集贤关就缩进地下,钻过江底,在南岸再露出头来。海风吹袭,东南文秀之气压在峰顶,黄岳、天台、雁荡都低于天柱。丘陵起伏,同炎黄子孙的命运一样坎坷。直到五岭以南与横断山脉以西,广袤的康藏青海,底气厚,负担轻,起点高,用鹰眼关注着江南丘陵众兄弟姐妹,为下几个世纪的人生舞台准备着广阔的背景。

比起附近的广济、瓜东菜圩,锅底圩堪称名实相符。要没有更洼的磨脐子大牛湖蓄洪,或许至今仍是芦苇滩和沼泽地,白鸥、鹭鸶、野鸡、青蛙们的乐园。比皇帝还凶恶的饥饿驱使着先民们向马肝土索取稻麦。在打井的时候,也曾从地下挖到过完整的墙和陶器,说明早就有人用汗、泪、血、希望与骨殖,向长江的牙缝里掏饭吃。曾国藩的湖南兵围攻安庆,烧尽了牛尾镇所有的房屋,天启年间刻的家谱未能幸免。长毛倒了,天灾洋货乘虚而入,造成大量文盲,明知树高万丈也有根,顾不上去刨。

下船踏上安庆码头,盖世匹夫就背着老人躲开接江的客栈茶房,捧着簸箕卖胡玉美豆腐乳、麦陇香糕饼的小贩,朝东一转,遇上龙套头儿在贴新戏码子的海报,才打听到筱长庚在二月之前嗓子完全失声,被上海一家科班接去白日教童伶,晚上给刀马旦接出手。胡铮听毕黯然。

家乡不似他朝夕怀念的那么好。碧青的菜畦,扫帚苗子插成的篱笆,涂过桐油的大门,扎实陈旧的桌椅板凳,盖上积了层厚灰的锅灶,既亲切,又有些令他失望的陈旧。院子房里板棚下边,都由他嫁到八里外的妹妹逐月赶来洒扫,衣裳被褥没少见太阳。邻近后辈把巴掌大的菜园和祖传一亩麦田调理得一片葱绿,卖菜的所得的铜钱都放在抽屉里。怪不得他的堂侄们说:"叔在京城一人吃饱一家不饿,做什么事舍不得几块碴巴头,又兜回大牛湖边来?"

老人被安顿在西厢屋,给他沏上茶,石匠提着虾网到大牛湖滩上转悠了一个半时辰,才捞到一碟虾,炒给老人品味。

"清早八九早(方言,"一大早")忙到太阳歪头,弄点东西不够填牙缝,年轻人太无能! 用什么钓饵?"

"到馆店讨了一挂鸡肠子,几下就不灵光。"石匠抱歉地哈着腰。

"呸! 什么马尿酒? 胡闹,我的肚肠太委屈了!"老人抿了一口酒,伸出舌尖舔舔嘴唇,将碗带酒"砰"的一声扔到地上摔得碎片乱飞,酒花四溅:"沿途乞讨这多日,熬到你窝里,好意思用这种赖酒来给长辈洗尘,做鬼也打不死人,废料!"

"小侄不敢狡辩,牛尾镇街头咳嗽一声,街尾都听得真亮,酱坊只出这号酒,进好货没人喝,下午上省里给您去打上等酒,将就一顿吧!"

"我最烦'将就',喜欢'讲究'。差劲的毛头大孩子! 我两腿来热,又脏了,还愣着不换干什么?"

"是,吊罐里有热水,给大伯洗过澡再喝酒……"无论老头如何动怒,石匠总很温驯。

"不成,又弄脏了……"老人圆睁着眼睛,仿佛受到石匠什么袭击似的。

"再换!"院子里两根竹竿上晒满老人换洗过的衣服。

"酒明天去打,下午再弄二斤虾来!"还是不许更改的命令口吻。

"这就去!"石匠放下饭碗,眉开眼笑地抓起虾网,似乎说"要惹我生气除非月从西而出"。

"回来,清早八九早(其实已经正午)往哪儿窜? 鸟儿都朝巢里飞,凭你能抓到一根大虾胡须吗?"

"嘿嘿!"石匠笑得憨态可掬,"碰碰运气!"

"傻瓜!笨蛋!外加二百五!八五一十三点,还带少一窍!不想办法怎嗅到虾子在哪儿放屁?碰个头,不叩三个头,我教你秘方'香满塘',学会再去!半天捉不到十斤鲜货找我!"

石匠真的下拜,一点不怀疑老头在耍他。

"我不会,会吃,教你不如留句话焐焐肚子!"

"大伯别气,我抓不到一大满碗虾就不回来!"石匠憋着一口气就朝门外冲。

"站住!清早八九早,不撕张草纸揩揩嘴,倒头丧气的话如狗臭屁!为什么不回来,想扔下我跑掉?"

"不……"石匠嘴里像衔了一只鸡蛋。

"回来,我教你!你要走漏风声呢?"

"不会!"

"得起大誓!像你在车上哼哼的《四郎探(母)》那样……"

"苍天在上,弟子胡铮在下,我若将大伯秘方走漏半点……"

"慢,家里人可以教,不要胡赌歪咒捆死你自己!"

"如若传到外人耳中,刀劈五雷轰!"

"成,附耳上来!"

"屋里没人。"

"墙有洞壁有耳。过来!"老人诡秘地说出饵料的配制方法,年轻人并不相信,是给长辈面子,才去镇上试配来原料,由老人坐在灶下拉风箱,石匠在锅上炒制。

费了不到一个时辰,石匠抓来一大盆虾,足有八斤。先挤出一碗虾仁,给老爷子凑兴。

"吃虾快,长虾慢,你心这么贪,逮久了,方圆三十里别想找到一粒虾籽!这鲜头真爽口,有味,你这冤家害得我一天杀了许多生!差把火缺心眼儿的浑小子!你缺德!"老爷子吃得穷凶极恶,训得头头是道。

盖世匹夫听惯成自然，不觉刺耳，不断唯唯认错，想减少对方的怒火。

"明天不去逮了！说改就改，往后带秤去，抓多了退给龙王爷可行？"

"县太爷俸银值几斤虾一天？他三钱银子顶你一两用还多，准许你比他多上一斤，认真打听一下，莫要将就！空口无凭，还要赌咒，要不我死后谁管着你，菩萨老天总死不掉吧？跪下！"

石匠按照要求再次盟誓。

"老天爷爷地母娘娘日头菩萨都听到了！山、湖、树、风都听清了，好孩子！不要违誓，我赏你一碗酒喝！"

"谢谢大伯！"盖世匹夫早就想喝，到手就干。

"你为什么披张人皮来世上走一遭？"老人盘膝跌跏而坐，表情玄奥、平静。

"做个对人有用的人！"石匠不是脱口而出，也经过长期思考。

"有理，可你心底还糊涂，想名想利，想名彪青史，名到之处，诽谤形影不离；种地不比人多，织布不比人多，吃饱穿暖，问心有愧，再有黄金珍宝，必是巧取豪夺的赃物，天理国法人情不容！史书留名，一将成功万骨枯。权在手，刀在脖子上。你是个好人，有耐心，能学真本领，不是狗头难顶四两重的小心胸。我从鞋底拔出一根金钗做了爷儿俩川资，你从来没有摸过皮鞋，我看得一清二楚。老夫故意不近常情刁难你，你有张良替坏上老人拾鞋之量，而无其才，一点不恨我。万人当中难挑一双！老夫想……"

"您想喝酒？明天准去打。"

"非也！老夫想收你为徒儿，教你内功、拳术、兵器……"老人眉毛闪动如银丝。

"大伯！我放俩臭屁您可别生气：您身子骨有病，教拳太费劲，侄儿敬重老者，无意想得到绝技。小侄四代单传。实不相瞒，梦里娶过好多回媳妇，生过几个孩子。听说修道习武不能娶妻，侄儿乃肉眼凡胎，不能免俗，但没说假话。请长者恕罪！"

"好极了，说真话才是汉子！我这徒儿收定了，三年后可以讨房媳妇，不妨碍练功。老朽走遍南北，难得有缘。名师难找，因为有了名又好找；好徒儿比名师更难求。因为他材料再好还没有名气，孩子不要犹豫!"

"大伯! 拜师之后有什么清规请讲详细,侄儿三思而行!"

"老夫自定三戒,违者天诛地灭:其一:禁吃皇粮,终身不任一官半职,清白而来,干净而去。其二:古代剑侠高寿者少,学艺贵在防身,抑强扶弱。凡敌国犯禁,暴君杀人如麻,有几回是侠客单剑退兵,刺杀残暴独夫于百万军中,宫禁之内? 再遇饥荒,百姓易子而食,侠客能救几家? 坦诚相告:习武独善其身而已,一不能富国强兵。身怀薄技,自命不凡,仗力气伤人,必被人伤,不得好死。为我徒儿者,终身不许打人一拳,不惹事者方能无事,可以少是非。其三:教儿不教女,不传外姓,本人无后,可收一义子,不许收徒,败我清名。你能做到?"

"弟子受教!"石匠虽未全部领悟老人心意,觉得可以身体力行,便行三拜九叩首礼。

"贤契请起!"老人眼角现出泪光,出人意外地跳下床来,走到石匠面前,将爱徒挽起。

"师父! 您这是……"盖世匹夫瞠目结舌,被老人突然的举动惊得浑身冒出冷汗。

"哈哈哈哈!"老人的笑声震动着屋瓦。

他轻轻吸口长气,双肩一落,纵身跃上房梁,向盖世匹夫肃然一揖。

"师父折杀徒儿了!"

"身后之事,拜托贤契! 野鹤闲云,萍踪九州,不知年月,碰上就买一薄棺,择一岗地,脚对天柱山埋掉!"说罢盘脚坐定,双手一按横梁,轻轻落到床上,姿势不变,连衣服也未飘起。

盖世匹夫再次下拜,在赛推车将胜的前前后后,师父定有所闻才装病,试他的耐力与品德。对命运的感激之情油然而生。

"贤契!"老人将他拉起,"废除俗礼,世上缠人绳索太多,去掉几根也好! 老夫盼你做个聪明人,但必招庸才之忌,想你糊涂,复遭人欺,天下之大,无立锥之地,穷通富贵,蜗角争胜负而已。想来想去,无万全之策。为师早年入过朝廷的囚笼,十五岁中秀才,二十一岁中举,身世日后再讲……

愿贤契做个比聪明人糊涂,较糊涂人聪明的芸芸众人之一,身心皆健,少受折磨,不损人,少利人;不利己,也不亏己。"

"弟子恭谢教诲!"

"读书可以明心见性,参悟造化之奇。不做无病呻吟文人,要略知诗文书画篆刻妙理,用于打拳,行隔理相通。五年为期,每月逢一三五共九日习文,读熟古人至情文字,二四六八习武。"

"遵命!"

"你名胡铮,耿介汉子为国为民,向大人先生进铮言,大人先生有卓识,不用你进;不明白,你进言何用? 结果每每招来谗言,杀身毁家,又不可奸刁伪善,拍马逢迎。心当铮铮如剑,宁折不弯,嘴莫说废话。似无心之人,做有心之事,行尽天年,便不负老夫寻徒二十年初衷!"

"请师父赐名!"

"换字存声,改为胡砧,愿贤契学会终生挨打,逆水行舟,危中求安,一叶知秋,安不忘危。做人顺境少,挫折多,小挫小成,大挫大成,不挫折无成就。身在局中,心居局外,不热不冷,忘喜忘悲,默默无闻,不超凡而脱俗。"老人的语音愈说愈低,其韵愈和,仿佛是天外至声。

盖世匹夫背脊手臂上涌出冷痱子,平淡的穿透力无限。他希望这番谈话延续到地老天荒。他非过来人,不能全部理会。

"挨打?"迷惘,不是害怕的反诘。

"哈哈哈哈!"师父笑得雍穆,两眼眯成长缝,腮上露出线纹,头微微扬起,带点沉思的情调,像不是同徒儿说理,而是和自己的心低语:"诗人爱听村姑农妇用棒槌在石块上捣衣之声:'长安一片月,万户捣衣声;秋风吹不尽,总是玉关情。''白帝城高急暮砧。'李白杜甫都倾听过秋砧,霜砧,寒砧,夜砧,清砧,疏砧,远砧,繁砧,晨砧。老夫无力吟味诗境,亦不欲贤契沉入此道,自苦一世作诗囚。吾所指铁砧,为匠人锻铁必需,四平八稳,心实寡欲。光不伤人,孔在明处,一眼看穿,不是陷阱。有圆不滑,以圆成圆;有方不滞,因方成方。得天极厚,缘随自然。人皆颂锤之功,殊不知愈打愈短,时时更换把柄,终为废铁。砧有赋形之力而不为人所知,打击惨重,不改方正。处世从容,以逸待劳。借锤打来之力,反弹回去,加倍奉还,不动声色。故能全身避祸,寿长于锤数倍。道家无为无不为;儒家己所不欲,勿施于人;佛家慈悲,助人为乐。砒皆身体力行。贤契反复精思,当会心而笑。"

"叩谢师父,弟子要想几天方能明白。"

"是想到最末一息,明于甲而糊涂于乙,永无休止!"

"弟子能请教恩师高姓与尊讳吗?"

"朱家郭解之徒以有名为可耻,何必多问!三年前乱打不平,杀了两名公差,放走作恶多端的江洋大盗坑害百姓,为师良心有愧,甘愿三年爬行乞食,长一身恶疮,严惩自己。今日已满,行走如初。人有无武艺,皆可行侠助人。一是不得以此沽名,招来灭顶大祸;二不能盲从盲行;三不必以游侠为业,随缘为善,以终天年。能通各家拳而至死不打人一拳,就是人中神仙,心高意远,与万物通情而无忤,为上上境界。否则匹夫之勇,山外有青山,只会速死。贤契三思,明日备好香烛,同拜张三丰祖师爷爷,严守律条苦练几载,尔后结伴同往北海,接回老太公,尽后生孝道……"

"师父!不打人能做到,如若遇到高手有何妙法休战?"

"一般拳师打你一拳,二百斤过来,你顶回去是四百斤,只要苦学不辍,伤害你不得。真遇能者,可以跳出圈外,拱手行礼,自称'天柱怪客'关门弟子老十,请高抬贵手!当能化险为夷。"

"能告知九位师兄是哪些好汉吗?"盖世匹夫眼角闪过一道微明。

"好孩子!师徒如父子,愿以真情相告,但不到七十岁不许转告他人。贤契要向天盟誓!"

"苍天在上,弟子胡铮在下:若不遵师父教诲,天诛地灭!"

"贤契可知道天在何处?"

"天在天上呀!"

"天命难知,在天上又在你心中!"

"哦!"胡铮愕然。

"你并无师兄师姐,老夫平生就收你一人。《易经》以九为最大数。九出头为十,十乃大数将终!大清国大数将终,你不得贪恋功名逆天行事。狂澜将倒,大厦欲倾,列强如虎,我神州赤县想在天地间高人一头,非二百年不可。贤契在世俗眼中一事无成,便是养圣性于大成,勉哉勉哉!"声音还是那样平静,两滴老泪已经弹落在老人的胡须上。他看到了什么?听到了什么?盖世匹夫不敢询问。一切似乎还和过去一样,但又一点儿都不相同。

"师父!"胸腔里飘着篝火,鼻腔酸胀,乌长的睫毛上噙着泪,胡砧找不到表白衷心的话儿。

六

刚刚翻过游龙岭,乍见迎面挡路的天悯山,觉得不够高峻。近二百年来,大德明师们发现了此山像佛祖在岭头打坐,多变的彩色飞云酷似袈裟,偶然路过的游客就越看越奇,老香客们还会三拜九叩首!

传说此山原叫天命山,不知何年何人因何而起。平平常常,名不见经传方志野史笔乘,没有诗人画家为她留下名作。太平天国起义的那些年月,好些人家躲到山中,着实热闹过几载。有一天,小小的菩提寺里有位溟涵和尚说,菩萨托梦给他:庙后院草地里要长出一尊铜佛,求善男信女踊跃去浇水,不出三日,就有分晓。于是一传十,十传百,百传千,兵荒马乱的时候人心惶惶,世界似乎到了末日,这类预言,引得想结善缘的人们纷至沓来,争着浇水,有的连浇十盆还嫌不足。两天后,铜佛头顶破土而出,到第三天早上露出半身,浇到夕照如火时,佛像全身出土。

有了庄严宝相总得有龛,有殿,有庙,日子过得越是惨兮兮的处所,地方特产必然是大批好事者。又碰上山洪暴涨,天悯山后的大溪涧里碧浪摇天,人渡人死,船过船碎,扔根鹅毛也沉,无论是信土菩萨的湘军,拜洋上帝的天国兄弟们,包括清方的统帅曾国藩,贤明骁勇的遵王赖汶光都留恋浊世,害怕走进口袋,在对手的刀下"升天",你死我活的两股人马各自走开,无意间携手合作替佛祖显灵一说提供了验证。这样,连墙角落里也跪满求福禄寿财喜的人们,一条长街应需而生,茶楼、素食、酒店、澡堂、旅社一应俱全。强有力者把邻近州县的窑工、木瓦、石匠先后叫来干活儿。两年之后,连皇帝也派大臣来替他烧香,营造成了金字题额的"敕建大悲禅林"。出于道州大书家何绍基手笔。

滇涵被僧众尊为大师,梦的神话,人们急于寻求精神避难所的现实,长期的愚民教育,给大师脑后挂上无形的光圈。他在浴佛节升座讲经,说到我佛慈悲,天虽未降彩石雨,却感动缁素大批听众,其中还包括他本人,都泪流不止。在那瞬间,邪淫、仇杀、偷盗、打骂人都暂且告退。他说:"众生原是骨肉,彼此残杀,血流盈野,永无了日。佛祖显灵,要我辈反躬自省,发大悲心精研佛典,刻苦修持,异日往生西方极乐世界。老衲无德,禅林开基全赖十方有缘者。上月有位托钵大和尚在游龙岭上对老衲开示:从是处远望天命山大溪涧,活似佛祖在龙身边打坐。老衲被点化,细细端详,遥遥下拜,无限欢喜。今日众比丘僧、比丘尼、优婆塞、优婆夷(即僧尼男女居士)求教,拟将山改名天悯山,见山不忘我佛悲天悯人慈旨,涧水改名大喜涧,与大悲禅林相连,慈悲喜舍,未知妥否?"

大师高处一呼,从者云集,新地名逐渐有了口碑,旧名自行告废。

二十年后,滇涵大师年过六旬,看上去还不到半百,言谈缄默,都能感悟后辈,声誉日隆。他过午不食,常年穿两件僧衣,深居不出,极少会客。

咸丰五年(1855)除夕,大雾漫天,北风如刀,树上挂满冰花。有位年轻举子顶风冲过大岭来到禅林,求见方丈。知客僧再三劝阻,他执意不去,僵持半天,只得向大师禀报,大师便在后院一角梅花丛中小精舍会晤这位举子。

"居士要见老衲有何赐教?"

"弟子进京应试,两度名落孙山,腊月二十四过小年,寒家惨遭回禄,妻儿两亡,万念俱灰,久仰大师素通内典,情愿拜在门下出家,了却尘世烦恼……"

"尊夫人不幸亡故,地下有知,当不愿居士为此哀痛伤身!生死皆缘,死是解脱,庄子能鼓盆而歌,居士何必春蚕自缚!夫人一去在居士心目中品貌甲天下,若活在身边,不免常有吵闹。你以为老衲德高望重,错了!"

"这……"举子忐忑不安，拱手倾听。

"佛家最忌诳语，而茫茫天地间，出真言身败名裂，遭忌忧愤而终者多于恒河沙数。你看烜赫梵官，全靠诳语骗人才能修就，老衲便是世间一等骗子！"

"大师开玩笑！"举子背冒出冷汗。

"请听实言相告！老衲原籍安徽安庆市，三十五岁之前浪迹江湖，没有慧根，做过官府鹰犬茅塞半世，分明一蠢夫，又去行侠仗义，窃富济贫，亡命多年，承蒙海参崴（今称"符拉迪沃斯托克"）黄龙寺无名大师兄点化出家，来到天命山菩提寺，半月不见香客上门，小庙即将倾圮，万般无奈，便在后院掘成八尺深土坑，倒进庙前三亩地所收黄豆，盖严木板，垫些虚土，再放上一尊古铜佛，原先躺在地窖，百年不见天日，然完好无损。老衲在佛头上撒上几筐泥，又铲来几片草皮，铺在泥上，一场小雨，草儿返青。良机已到，乃伪托一梦，招来十方香客，纷纷浇水。直到法相被请还前殿，老衲用石板压住浮土踩实，让豆芽烘于泥中，从此功德圆满……"

"大师对初见草芥凡夫便剖肝沥胆，实为大慧大德，弟子拜师之意更坚！"这种诚恳与信任，使举子泪流如雨，倒身便拜。

大师一阵长笑，将他扶起说："居士根基非凡，一时失意才抗尘避俗，眉宇尚多不平之气，不宜青灯山刹，古佛黄卷，了此一生。天下不平事甚多，尚需热肠人去奔走呼号，先做朱家郭解，继而为闲云野鹤，躬耕自食。在家出家，何处是家？"

"弟子素习孔孟之书，仰慕高士雅洁情怀，怎做得游侠？"

"老衲收你为方外弟子，授以剑术轻功，但不得使第三人知悉，否则莫怪老衲无情！"这时有一只小苍蝇落到矮几左边果盘里唯一的白梨上，大师抓过两根细香，犹同我们进餐时使用筷子那般自如，他抖动筷子，让苍蝇飞起二尺多高，伸出腕子在头顶上绕了半个圆圈，便夹住小虫儿轻启窗户将它放走，无声地闭上纱门，悠然落座，合拢双睛。

举子看得分明，扬尘便拜："徒儿件件依从。"

五年后，大师不顾僧众再四跪求，执意退居菩提寺小庙养静著书，众僧无奈,只有尊重。新方丈唯恐滇涵法师年高,特派两名小沙弥照顾饮食起居,同样遭到拒绝,只带俗家弟子同行。

真人不露相,露相非真人。这师徒二人到底有多大本领,和尚香客们一无所知。

又过十年,法师圆寂。这举子和大悲禅林僧众一起办完后事,便遵从遗命下山,先到广西桂林,随后由贵州入四川,再经甘肃、陕西、山西进京,向高手求教,所到之处,只用一根绳索,将些贪官恶霸吊死在梁头,亲属以为畏罪自尽,不好声张,丢了些银两,更不敢报官。得到银子的主儿也当是天赐,少不得烧香望空八拜敬谢神恩。他从来不掺和武术界派别活动,独往独来,努力践行滇涵大师临终的遗教:"人贵无名。"达到这层面,享受过多少次战胜自己劣根的大欢喜,他都一一淡忘了。

七

两年间日夜苦学,胡砧在武艺上勇猛精进,从师傅拈须微笑中得到鼓励,唯独对学文悟性不足,老侠讲到《老子》《庄子》,靠灯前树荫硬记,每次提问,回答皆平平,不能举一反三。老师叹息说:"孩子!你莫伤心自弃,不过实言相告:你做不成学问家,宝塔顶上的大道怕悟不了,能到四层便是大造化。只能做个尘世健儿,行使仗义,轻头颅,重诺言,略高于中人之资而已。强求必执着,执不破,我不死,道不生。连执于求道也是病!读古人书深刻是陷阱,每流于穿凿附会。陶渊明说'不求甚解'即不做前贤僮仆,我读万卷书,万卷书亦在读我,此'我'是破我执后之新我。否则悠游于花园廊前阶下,在堂外室外讨一世生活,结果与深刻殊途同归。"这样一来,师父对胡砧的读书逐渐放松了。

天柱怪客上昆仑山去采药访友,两个月返回。

"徒儿随师父同往,沿途也好侍奉!"

"砧儿!大山附近两千里不见人烟,半山以上便无路可走,常年飞雪,如遇冰山崩塌,冰川断裂,一两日忍饥而行,非你所能忍受,等几年你功夫扎实再联袂同行。

胡砧懂得:该自己知道的事,师父和盘托出;不该晓得的决不打听。长者抉择总有理在。

在师父北上之前征得允许,胡砧卖掉几担稻,一头猪,乘轮船到上海探望筱长庚。出于职业习惯,他带着一只牛皮袋,内装几根凿子和两把锤。用工具生财,无此幻想。

大船顺风顺水,除掉采石矶(安徽当途县名镇,李白衣冠墓所在)以外,两岸没有什么险要之处。一层层丘陵,由青而灰,绵亘不绝,铺到视线尽头,与云天浑茫遥按。远方也有农工商学兵,晴雨四季,但引不起他的联想,心思多系在筱长庚身上。此生此世,若说扭转航程的吉星就是这位心如天高命似纸薄的恩兄。过了镇江,夜间灯火渐渐稠密。江上帆影稀疏,涛声与故乡无异。堤上树木,滩上荻花,稍多点生气。

打听过四家大茶园,当初小有名气的筱长庚已被后浪推入忘川。石匠找到还很荒凉的苏州河北岸,一条狭窄幽暗的小弄堂里,总算问到了"福寿堂"童伶科班,眼下正在温州演出。筱长庚是唯一的教戏先生,一道去了。

胡砧体质良好,飘海不晕船,初晤无际的蓝波,还算新鲜,走了一天一夜就觉得坐过十天半月的火轮一样,哼着徽戏京戏,时光还是不易打发。

温州是个小海城,北有大上海,南有福、泉二州,同国外关系远不及福建广东的侨乡那么密切。土特产少,但当地流行的杂剧里保存了二百来出徽戏剧目,唱做念打都挺讲究。此外,昆曲、绍剧也常来露脸,不乏热心观众。

石匠用当日在北京揽石头活的耐心周密地查访。老天不负苦心人,童伶班班主赚鼓了腰包,孩子们被拉到了杭州、衢州、宁波一带去唱连台本戏,把生了肺癌大吐血的筱长庚扔在静虚观后院一间破屋里,左右隔壁寄放上百口待葬的棺材,或因子女在外乡,或因买不起坟地,搁置下来。有些棺木干裂,腐臭气味招来蛇鼠,健康的人也不宜在这死人堆中过上一天,何况危在旦夕的老伶工?

出乎石匠意料的是在病榻前遇上了袁谪夫御医。分袂仅仅两载有余,大夫须发全白，又黄又瘦，眼珠红肿，双手也有点哆嗦。他告老回到凤阳府，频年遇灾，施诊送药，弄得一贫如洗。上海一家大药店利用他是货真价实的宫廷名医，请来坐堂。商人工于算计，付的薪水有限。筱长庚久病的消息，是班主嫌温州戏衣店欺生抬价，特派大衣箱、二衣箱（指京剧团后台管一般演员服装的专职人员，名角则自备衣冠。二衣箱相当于今天剧团服装副组长之类）回上海，一位二衣箱买行头时传到大药店的。袁老先生借支一月薪金，加上卖少量膏药所得的碎银子，赶到温州来照顾老友。大夫对癌认识不足，视为肺肝，用好些名贵药材也无济于事。温州同业本来欺生，医生身边有个濒于死亡的病人，几件出客衣服早已送入当店。有点地位或资产的病人大多势利眼，迁入破寺观更被认为是晦气重重之地的无能之辈，没有人来问三指禅（中医按脉代称）。

"兄弟！你也来了！你好哇……"大夫不胜唏嘘。

石匠请了大安，双唇一张一翕，胸口大起大落，泪水夺眶而出。

大夫指指昏迷的病人和自己的耳朵，石匠会意，便跟着长兄来到院子里。

"筱长庚老弟病入膏肓，愚兄已尽人事。百药用尽，无术回天。在此二十日，我也受到邪气攻心，把病人后事一了，回到凤阳也将不久于人世！兄弟是好汉，他当年有过人作为与气节，这回生离，恐是死别……"大夫以衣袖掩口而哭，很怕筱长庚听到哀音。

"恩兄不必悲痛，等丧事办了，请随小弟回到安庆歇息一年半载，眼前小恙，指日康复。小弟虽清寒，不缺恩兄衣食，如若推托，便是见外，让小弟不能自安！"

"兄弟肝胆照人，小兄惭愧，愿去安庆一游。"

他们回到病榻跟前，低声千呼万唤，筱长庚入气少，出气多。面色如纸灰，嘴唇发乌。

三更时分，病人突然睁开二目，双手按着铺板，想要坐起，被石匠按住。

大夫、石匠故作欢容，讲了筱长庚病愈之后如何在京、津、沪、汉大红大紫一类空话。

病人连咳两声,清脆温厚。

"大哥嗓子好了,有门儿啦! 小弟带有薄酒,跟袁恩兄先干几杯!"

"真冲! 来个叫头!"大夫也凑兴。

"天哪——! 天——!"筱长庚引吭长呼,声韵挺响有味。

石匠配合"叫头"念着锣鼓点子,与大夫频碰杯。

"三年多头回闻到花生豆香……"筱长庚笑得咻咻气喘,虚汗横流,只得凄切地躺下了。

"十足的'云遮月',地道的'小叫天'的味儿! 我在宫里没少听,真棒!"

"仁兄,贤弟! 多谢好心安慰,筱长庚里边瓤子全烂了! 甭难过,活了五十七岁,只有一点做人心得奉献二位:人生乱世,坏事万万不可做,二位也做不了;但好事也万万做不得! 否则终身受累,后患无穷! 我不掏心教孩子们累不病;仁兄不来看我不会唱《逼宫》的汉献帝! 兄弟不在北京救小偷哪能有家难归? 想行善也是贪功德,往往不自量力。比喻一位大夫见到病人朝不保夕,自己跳进药罐子做了药。病人死了,大夫也完。为这善干吗使? ……"

"大哥! 有话明儿再说,歇着,我熬点粥来喂你一口!"

"没有……明……天……啰……"

不出筱长庚所料,五更头鸡叫三遍,他咽了气。

"恩兄! 这地儿不能待! 你我是大俗人,办事能不能脱点俗?"

"贤弟不必顾忌,愚兄从善为流!"

"人死不能复生,小弟带来一点银子除留下船钱而外,求兄长全拿去。这丧事交小弟去了,恩兄莫再过问!"

"愚兄哪能拿走银子不问事?"

"所以恩兄不能脱俗! 你只管先回上海,五日之内,小弟去接你同赴牛尾镇。"

"这棺木衣衾总不能少,再说弟弟也得吃饭住店!"

"石匠有锤有凿有饭吃,店不住有庙宇祠堂。银子先用去救孩子要紧。大哥的事,小弟会对得起他,现在就更衣!"

石匠打开包袱,把大褂子和瓜皮帽取出,给死者穿戴整齐,用被子和卧单将尸体裹好。把大夫拉到一家小客店,要来几碟小炒,两人默默喝着闷酒。哭泣,悲悼的话,日后的路彼此皆不想启齿。喝到天擦黑,大夫酩酊大醉,躺在床上。几十天缺觉的困劲儿一上来,锣也休想敲醒。

次日未时,大夫才睁眼,仍感四肢发软,头上像戴着铁帽子一样沉重。穿衣起床,双脚打飘。只见枕边留着石匠的住址、十五两银子而外,连几串铜钱都掏尽了。

"该死! 我贪杯误事,兄弟能回家吗?"他来到静虚观,活人尸体皆不见。门上有土块写的四个大字:速归,保重!

大夫的眼被泪水遮住,一片云雾之外,房屋,大门,石匠留言都在抖动……

石匠挎着一袋馒头,扛着亡友遗体,调好呼吸,双腿如风,直奔雁荡山。夜间赶路,无人盘查。次日中午越过峻岭,在东南方向,有条小涧,碧泉潺潺,人迹难至。荆棘丛中有个一丈多深的天然石洞,能遮挡风雨。靠近里面有个尺把高的洼沟。他先将逝者放在洞口,扯些干树枝罩住,免得鸟儿们伤害。然后扶凿开锤,用自己的血汗,为不幸的伶工劈出石棺。

洞门左边山岩有个裂口,他寻些粗树枝垫在下面,从碎石里找出四小块来凿成石球,再从裂口上劈下棺盖,大体打平。用木棍撬起,抽去树枝,利用石球的滚动,全靠意志和一股郁郁不平之气,每撬动一寸,要花一刻钟。汗出多了,补充洞水。腿、胳膊软了,嚼个馒头。也有过一阵阵的晕眩与恶心,便盘腿坐上一会儿,阳光移动着他长长的影子,树荫抒发出微微的噫气。一种不失规范的高度自由,鞭策着他珍惜平生不可能有第二遭的劳作机会。耐力、智慧都将交出考卷。一种随心所欲的创作欢欣,与哀痛亡人的揪心之苦,碰撞出凡夫不可思议的伟力,托起了大锤和双臂,弹奏出复生的春风,夏日的汗雨,冬的高洁,秋之丰盈。个头越来越矮的凿子,舞姿愈来愈神出鬼没,它支撑起石匠血红的壮心,崇山嶙峋的铁骨,拉着斜阳不许她落入地平线……

锤举擎天柱,锤落一山星。

星星追逐着去年的冰雪,前岁的雹子,大前年的怒雷,还有母亲的摇篮曲,同台异性与金钱权势无关的温存眸子。江的乳汁,泥的嘱咐。崭新的生命钻进石头,石头挣脱笨重的胎衣,忍着亿万次敲击的阵痛,粉末是它期待几亿年的喜泪。吹去吧,拂去吧,飞去吧,艺术大洋里,一座微型的礁岛,披着几百代无数匠师的茧花汇成的云浪流过来了!

锤声把月儿请上中天,月的慈辉给凿以妙目,赠山石以灵犀!

凿短得不能把握,只能用指头夹住,它还在胡旋。后世的巡礼者惊叹大师的宽博精严,锤呀,凿呀,你们和磨去的钢一样无踪迹,你存在过,工作过,创造过,被遗忘又何伤焉?

第三个夜晚,仅在偶然扮演一次马童的因缘中显示大演员风采的筱长庚安卧进石穴,也就是山的心底。棺盖上刻着一把青龙偃月刀,不合逻辑的绝妙之处,在于刀柄是一株活树,长出了郁勃的松枝,冰凌似的寒梅,苍翠的竹叶。小人物一生也允许有回把破例放大身上闪光点的权利,岁寒三友是否象征大夫、伶工与石匠?未曾目睹作品的雕塑史家也只能做出无声的回答。

扫净周围,他才意识到双手、腕子和肩头、后腰与两膝,全要辞职。绷紧的神经一放松,每寸肌肤都热火燎辣,几乎瘫在石棺盖上了。

胡砧在上海没找到袁御医,老大夫已返回凤阳。石匠回到家里小憩几日,正打算去凤阳府把恩兄接到牛尾镇来休养,讣告便寄到了。少不得大哭几天,卖去自己与堂兄胡天温两家合养的一条大牯牛,把所得银子寄给了恩兄的两个儿子。他忘却悲伤的方法是延长练功时间,减少失眠。

天柱怪客乘兴而去,兴高采烈地归来。从昆仑山采回一种灵药,名叫"太阳草"。矮的约七寸,高的不足一尺。长得和常见的青草挺像,不同之处是根须当中有一颗比黄豆大一倍的红色小球,坚硬似玛瑙。不在冰山发不出芽,老侠在海参崴访友时,曾带回十棵"太阳草",是恩师赠给他的。那儿有俄国人与德国人合资开的矿山,矿工们得了一种无名的怪病:眉心长出一颗粉色小痣,等到大如豆粒,色便转红,半年之后由紫变黑,便全身浮肿而死。唯有服用太阳草可以救命。可惜草药太少,矿山终因人死过多而停工。恩师说此药自昆仑山采得,在天悯山、天柱山试种多次,皆无结果。这次怪客带回有八百株之多,他反复叮咛石匠用纱袋装好吊在梁头,严守秘密,不得擅自使用或赠人。胡砝没有见过怪病和神草,但信师父所言不虚,也就视同拱璧。

野 恋

一

喝过几杯中国侨民们烧酿的高粱酒,九十多岁的胡烈松太公挺直身板,细长眼中射出强光,用那锐利齐全的牙齿,啃着在炉火上烤熟的黄羊肉,精气神跟草原上的野马一样充沛。

壁炉里吐出蓝色火舌,送来浓烈的松香气息,如果闭上眼睛,仿佛是在初夏雨后的松林间漫步。石匠给炉膛拨出空间,紫灰纷纷漏入炉底,烟囱里呼呼啦啦地响,爷孙俩听得格外振奋。

太公年轻时长得一表人才,高颡剑眉,悬胆鼻,皮肤黑得泛红,肩阔腰细,猿臂修长。走路一阵风,一百二十里两头见太阳。二十岁之前做过石匠,兼打鱼度日。在江湖上碰到名师,学会一身武艺。闯荡多年,未遇敌手。鸦片战争那年,只身投奔林则徐大人。大人爱才,要他在广东应试,给个武举出身,以便破格提拔。谁知他无意利禄,一心要打洋人出气。大人派他到关天培将军帐下任掌旗官,暗中吩咐老将军要爱护此人,给他闲散,少上战场,免遭意外。林公去职,发配新疆,太公一直护送到边陲。地方大吏见他仗义,留他做千总,被太公拒绝,仍旧回到锅底圩,砸石头打鱼,耐得微寒。

胡氏门中有一只绿毛神龟,只有汤碗口大,甲上一片绿苔,养在天井小池中,犹如一片白玉托着翡翠,晶莹秀洁,清气不凡。甲边上有拇指指甲大隶书,刻着"天启元年来归大吉"一行字,可见神龟与胡家有二百来年十代人的缘分,是家族史的活见证。传闻明末来过迎江寺的禅宗大师语嵩见过它,断定它年过五百,举世罕见,故而被牛尾镇居民引为骄傲。

太公家有此活宝的消息传到曾国藩九弟国荃耳中,特派副将送来纹银五十两,要买它送回湖南湘乡老家奉养,求取吉祥。

太公听后哈哈大笑说:"银子有烦将军带回,神龟由草民亲手送与九大人如何?"

副将满脸堆笑,不敢再逼,就联袂而行。

上了江堤,阴风阵起,电闪雷动,大雨将至。太公手托神龟,怆然泪下说:"神物呀! 真不想分手啊!"

那神龟颇具灵性,频频点头,把副将也看呆了。

太公说:"胡家只有冻死迎风站,饿死不躬腰的汉子,没有献宝来求荣的谄媚小人。有缘再见,无缘不归!"他朝滚滚黄涛跪下,双手一扬,宝龟飞落到江中,溅起浪雨,它连连在潮峰上伸出头来,才依依而别。

"草民跟将军去消差,决不让您作难!"

一向飞扬跋扈的九大人为太公的壮举所震惊,居然下座再拜,称之为"豪客""义士"! 表示愧怍。

不久,石达开打入安庆府,夜间微服来访太公,求老人家出山。

太公感知遇之恩,提出"但做朋友,不入洋教,不拜洋菩萨,不受官爵"。翼王说:"愿做朋友就喜出望外,只盼每年见上两面,吐吐愚兄心中块垒。你想来便来,要走就走,悉听吩咐,决不勉强! 若住在小兄这里,老弟怎么做都行,但不必说,小人甚多,传到天京,必有是非。"大概石达开对天主也没有兴趣。太公说:"眼下天王封王已达两千五百余位,政令乱出,请王爷上表求天王削减九成半足矣。"

"老弟所言甚是,居朝中说真话招忌! 见时机而行!"估计达开对这类直言不会上奏,否则更为孤立而背腹受敌。后来天京见庙必焚,光闹内讧,死人数万,又选美女千余名,太公便视洪天王为重用小人的昏君。

大渡河一役,身在混战中的太公回天无力,但坚决反对翼王只身赴清营送死。石达开摇头苦笑,躬身三揖便不言语。次日全军覆没。只有太公水性甚好,跳河未死,逃入苗民集居的荒山。不久,翼王被凌迟处死,他伏在大森林里痛哭三昼夜,大骂曾国藩、洪秀全都是满手鲜血的刽子手,把翼王逼上绝路!寻思再三,决计扮作道士,取道甘肃、新疆,一直跑到北海东南角,那是苏武牧羊的贝加尔湖东岸(亦称北海),百姓仍以炎黄子孙自居,风习和中国东北大同小异。

北国不乏勇士,但熊曾经是几个大村落共尊的图腾,敬称山神爷爷。但它又确实伤害人畜和庄稼,必须清除。因而把打熊的危险职业,交给喝长江奶水长大的异族猎人。他们为太公盖了房,送了粮和银子,让他日子过得挺舒心。

石匠说:"孙儿千山万水找到这里,长毛的事早已了结,官家不会再纠缠。叶落归根吧!不然,孙儿不安……"

"我恨几根大搅屎棍把天国断送掉。但人不能长狗眼,剃掉长毛梳辫子,愧对好友石达开王爷……"

石匠无力说服天国为数极少的末代遗民。

"爷爷年高,不能再打熊。无论什么样的英雄都有力不从心的日子……"

"不打了,村里乡亲们也不让我再打,挺高兴地养着你爷爷。孩子,准是英雄?"

"您老人家便是!"

"林大帅、石王爷才是。我怕死,不能糊弄自己和亲友。"老太公向孙子叙述了初次猎熊的场面。

吃过猪大肠灌进麻油、糯米掺小米蒸熟的"打熊饭",我带着土铳,马裤左右插着一双匕首,在大森林里转悠到夕阳衔山,从河边雪原上发现了熊来饮水的脚印,一股腥气,随风而至。正想赶回村,猛听得黑瞎子迎面闷叫一声,我已然无路可逃。

老辈讲过:熊不吃死人。是真是假,无从证实。眼见得狭路相逢,我只好就地一躺。

黑瞎子不瞎,是眼毛太长,远看像是盲者,它越走近,我的心慌得要蹦出口腔,只好强作镇定。

热风从它鼻孔喷射在他的脸上。它先用鼻子反复嗅过,又挥动爪子把我翻了几个身。我横下一条必死的决心,一切置之度外。摆弄了好几分钟,它嫌烦似的迟疑了片刻,转身刚刚离去,我飞身跃起,一剑从侧面扎进它的脖子。它大吼一声,三脚飞起,朝后一旋,要把我撕成碎片。

我纵身跳上熊背,左手抓住它的长毛,右手拧动着利剑,血溅在大片雪地上。

它连甩几下,无法摆脱重荷,疼痛难忍,拿出最后一招,就地一滚,我急忙跳开,抱起石头朝它头上一砸,它倒下了……

第二块石头砸下去,它痛得乱滚,一站起身就朝他猛扑,我不停地转身,爬上一棵树。

它冲到树下,用肩一扛,树枝"咯咯喳喳"乱响,树被摇断,在倒下前的一秒钟,我有幸抓住另一棵树的枝子,没摔下来。

熊还不甘心逃去,仍在晃动我栖身的树。我掷出匕首,扎中熊的左眼,它头朝下栽倒在雪野上。

我跳下树来,补上几刀……

"什么英雄,胆小鬼,熊毛不长,抓不牢稳,熊都死了,我双腿还在弹琵琶呢……"太公的声音表情和自我贬低的叙述相反,漾溢出难以掩饰的自负。

"爷爷! 我也想打熊!"

"你? 先掰掰手腕儿!"太公伸开青筋突起的大手,"胜过我可以出马!"

石匠采取守势,长者再用力也没有将孙儿的手翻倒在桌面上。

"好孙孙,不来假客气,出去看看身板可利索?"

门被推开,风带着刺耳的尖音,摇撼着倒下来有屋脊高的原始巨松,声如千车对垒,怒海冲天。

太公一个转身,右拳对准石匠肩胛打去,挨打者没有使用挫劲来伤祖父,而是身轻若燕,似乎被"打"得一个跟斗飞出三丈开外,无声地落在房顶上。

"论本领是够火候,可咱家单根独苗,又不是衣食所逼,何苦把头拴在裤带上去吃这碗危险饭? 这方圆百里之内只有一头熊,这里老百姓叫它'老爷爷',眼下正在坐洞,你不能去……"老人回到屋里对石匠这样说。

"干吗叫它'老爷爷'?"

"开天辟地不久,"老人复述了土著人崇拜熊的传说,"有位年轻的猎手进山打山大王,黑夜间迷路,转不出白桦林,被一位母熊抓住,抱回洞里,再用石头塞住洞口,每回母熊去找食都这么做。时光一久,生下一头小熊,猎手一边带着小熊玩儿,一边找机会逃走。大半年后,小熊崽长大了,跟着娘出去找吃的,跑得不慢。这回也是母熊疏忽,洞门没有堵,猎手趁空子跑到河边,赶巧有人在撑木排,听他呼救,就靠岸让他上了筏子逃开。母熊回洞,不见人影,顺着雪地上的脚印穷追到江边,估摸着他不会投河,找到下游时,小熊也赶到,随着娘一块儿猛赶它爹。不到二里地,木筏子乘水势流得飞快,熊老太太喊破嗓子,猎户也不理睬。气得母熊发了昏,一怒之下抓过小熊两条后腿一撕,一半儿扔到木排上,随爹回村成了人;另外半拉跟娘回洞长齐四肢永远是熊。百兽当中只有它能直起身子用后腿行走,又爱用一只爪子在眉边搭上凉棚看远处。它的锁骨上有一对圆眼,地方上大萨满——专管下神治病说唱祖宗先人故事的半人半"神"之体,或"神"的送信人——用熊锁骨卜吉凶,据说挺灵验。老百姓越传越神,两百年来不能管它叫熊或黑瞎子,公的叫老爷爷,母的叫老奶奶。算半个祖宗呢!"

"有意思,那座洞是……"

"天冷,熊吃成一肚子板油,找石洞或大树洞一蹲不动,似睡非睡,似醒未醒。到第二年一暖和,小野兽出来蹦蹦跳跳,它才出洞觅食。"

爷孙俩正说得起劲,村里辈分最高、受人敬重的老族长(尊称"老穆昆",政权族权一把抓)扶着手杖来报告,在北高山南边,避风的山谷里,有一株空心大枯树,树下有"老爷爷"拉的粪蛋蛋,打算十天半月之后到外地去请猎人来除掉它,希望太公莫要介意。这是全村人的意愿,不能让老英雄再冒大险。族长还带来两瓶酒和一只腌黄羊腿。

太公很感激乡亲们。

石匠张开嘴又没出声。

族长一去,爷孙俩都躺下了。

石匠在炕上睁开眼,四面黑黝黝,房顶上,有一小圈红光在颤动,是由壁炉门缝里漏出来的亮。

他回忆起渡过黑龙江之前,随着村民到黑瞎子冬眠的大树下面看过一眼,树上扎着一把利剑,血从剑口流下来,冻成紫黑色的珊瑚。威风十足的两兄弟,向大家介绍了猎熊经过,方法简单,比较安全。他下了一试的决心,扭头一看,老人躺在熊皮底下的腹部大起大落,呼吸得挺深沉。听天柱怪客讲过:"睡觉肚皮扇乎得带劲儿的老汉必是老寿星!"他在欣慰中入梦了。

这儿的房子门全朝外开,野兽不能推门进屋肆虐。家家养着一条形体很小的狗,跑起来如同流星赶月,天生抗寒,爱在雪地上过夜。晚间若有野兽入村偷袭,狗嗅到异味,起身就叫,逗着大兽追逐,小东西狡猾,跑跑,停停,叫叫,把庞然大物引到村外几里地,再闷声不响地绕道回家,依然安卧。它有个滑稽的名字:送客狗,是特定环境形成的品种。太公艺高胆泼,不养送客狗守夜。

整整两天,石匠躲在院子里劈柴,同时锯下一小堆直径尺半的圆木板,厚约一寸。太公串门子,跟老汉们谈天说地,没管石匠干些啥。

第三天,石匠背着圆板,找族长家借了一条送客狗,用皮带拴着它,钻进了森林。

刚刚翻过小山梁子,寒气钻入鼻孔与肺管,使他兴奋,深埋在雪褥下的层层落叶发出霉腐的气息,和故乡镇北松柏林子里的味儿同中有异。

又是一片白桦林,有几株树皮被穷苦的老乡剥去做了鞋子,留得片片疤痕诉说它的不幸。深入二里,是乡民们给熊骨头风葬的所在,一抱树枝,被兽皮细条横吊起,离地四尺左右,里面捆着熊的遗骸,由东而西,一排五处,都是太公历险的纪念品。小狗嗅到骨头散发出来的气味,狂吠了几声。他用手摸摸树枝和皮带,最东的带子朽了,一碰就要断,出于说不清楚的感情,他从腰带上撕下一条布将皮带加固绑好,继续前行。

送客狗这边嗅嗅,那边闻闻,忽前忽后,像个调皮的孩子一样可爱。后来,石匠喜欢养条小猎狗当作高级玩具,是此番壮游种的根子。他是私下秘密行动,打不着熊,没人嘲弄,也不想对面碰上黑瞎子,沿途蛛丝马迹杳然,反而挺高兴地唱起徽剧《古城会》的《高拨子》

　　　　勒马停蹄珠泪掉,
　　　　青龙刀斜插在马鞍桥。
　　　　曹孟德他待我恩多义好,
　　　　新恩怎比旧恩高?
　　　　斩颜良劈文丑二命丧了,
　　　　才得知大哥他投身袁绍。
　　　　一路上保定了二皇嫂,
　　　　过五关斩六将全凭宝刀!
　　　　实想古城把心表,
　　　　谁知你视为兄轻似鸿毛!
　　　　甘心下马把头枭,
　　　　桃园失义在今朝……

载歌载舞走了一会儿,背脊来热,不觉走进山谷,小狗连吠一阵,石匠心头一紧,顿时噤若寒蝉。

他从背囊里取出一段风干的猪肠子,扔给了小狗,四面巡视,果然有株枯树,粗约四人合抱,朝南有个大洞,洞口周围的雪化了,地上有几截熊粪。

他很矛盾，很想避险回村，安享几杯浊酒；又觉此生未必再有猎熊机会，智取不致大伤元气，自己南归，村民们会对爷爷更好……

"哈哈！大丈夫当机立断，怎么临阵怯弱？胡砧呀胡石匠，你多可笑……"

一棵棵虬茂的大树将他的声浪撞回大谷中。

他怕小狗受伤，放下木板，拾起肠子，把小狗送到很远的地方拴在小树上，再放好食物，回到树洞旁边，抱起三块圆板朝洞口一塞，返身走出五六丈开外。

他观察了抽完半袋烟的时光，洞里挺安静，板子没有被推出来，便再塞进三块。这样，每回相隔的时间逐步缩短，也一直没有把黑瞎子惹出洞府，等到木板垫完，才找到送客狗，牵着它回庄，还在沿途做了些记号。

次日，太公被请到族长家去玩纸牌，这种游戏一坐整天，石匠很安心地背上一摞板子，疾步走到树下，但见洞口内外都没有圆板，迅速放上几块，两小时后填得结结实实，黑瞎子再跑不出来。

他爬上树顶找个裂口一瞅，几根熊毛上的雪已然融尽，一缕若有若无的水蒸气在树皮附近浮动。他拔出利剑，对准缝隙正要狠刺，忽然听到太公在十多丈之外大叫一声："住手！不能使暗剑！"

人随声到，短快的呼吸被严厉的嗓音压住："孩子！要和对手明斗，否则得罪了所有老乡，会剥你的皮。除掉喉咙胸口，不许随便扎坏黑瞎子的皮！下来！"

石匠跳到地上，老人走到树洞口抽掉木板说："是汉子一个人上！我把场，你唱戏！"

"成，请爷爷闪开一步。"

"一场恶战下来，你才是个大人，别分心想到我！"老人退到较远处，双手叉腰，努力达到相对平静。

石匠抽下板子重重砸在树皮上。

良久，听得熊在树洞里咳了两声，接着是拖长腔的大吼。

天地间"咔嚓"一响，枯树皮被黑瞎子撑裂，大片朽枝落到雪地上，它从树尖溜到平野，直扑石匠。

"小心，我不再开口了！"太公半马步式站定，注视着战场。

石匠往树后一闪，熊机敏地止步，没有撞在树干上。

他绕过两棵树，回到小平原。

黑瞎子哼哼着，揉揉眼皮，磨磨牙齿，扭动肥大的臀部，前掌一按碎雪，腹部先往后缩，鼓足劲一头朝石匠狠撞过去。

"啊哟！"太公的心朝咽喉一拎。

这回石匠没有闪躲，而是双手举剑，借对方的力度，剑尖对准它的喉头，往下一蹲。

"镇定，太险绝，别出事！"太公双手比画个不停，在心头叨念着。

谁知熊并不直取石匠，身子往右一斜，一掌扫向他的肩背，他侧肩就地一滚，身边响过一阵腥风。

黑瞎子平地跳出一丈多远，正咬他的头，他用尽全身之力把剑扎入它的咽喉，可惜略微歪了一寸，热血喷出红浪，它的身躯失去平衡，往前一蹿，剑被折断。

太公一见孙儿被压在熊腹之下，仗剑正要助阵，石匠的一对匕首疾如闪电地抽出，刺入熊的肚皮和前胸。

熊的左前掌撕下他皮袄的右边袖子，臂上被抓出四条血痕。

他双手撑着地，无法掀掉身上的肉山。熊掌挠起的雪迷住他的眼，眼看人兽同归于尽。

大熊的下巴抵在地上无法张嘴，便将脖子侧向右边，上下唇刚要动作，太公的剑从它口中刺入上颚，它疼极一滚，石匠裸着右臂从它下边脱身，不等起立，先抓住它胸口匕首的把柄朝里一推，再往下一拉，伤口长达六寸光景。

它失去攻势，继续翻滚，四爪乱划，碰折的粗树枝砸着它的背脊。它吸口长气，要做最后拼搏，头刚昂起，石匠夺过太公手上的剑直刺熊眼，又扎进断剑旁边拧动胳膊，它不再呻吟，鼻孔冒出血泡与白沫，四掌缓慢地垂落。

太公抱住孙儿,泪花滴在笑纹上。千言万语,都通过颤动的手传导给石匠全身。

"宝贝儿!该娶个健壮老婆替爷爷添几个小石匠了,你多像你爹,我那好儿子……"勇士陶醉于阔别二十年的爱抚。他不敢把父亲在甲午海战殉国的事告知太公,怕老爷子伤心。如果爹爹健在,二十年后也许跟现在的爷爷一个模样儿,喜泪再也不能抑止。

爷爷掏出大海螺对天狂吹几声。

少顷,远处传来海螺的回声,还夹杂着牛角号的呼喊。

太公解下大带,裹着孙子的伤口:"这里老乡忌讳多,你听看莫说,比如运死熊的车,用母马拉怕母马不再下驹,公马拉它怕沾上熊的脾性儿咬人,只能用骟马驾辕。熊死了不能说死,只能说是'睡'着了!"

老人斫下树枝,削尽细条,石匠接过祖父带来的干粮,大口吞咽着,他倦了。

不到半小时,族长坐着马车,年轻人骑着马,一起来到猎场。族长跪在死熊的面前三拜九叩头,礼节的烦琐,不亚于臣子见皇帝。

"'老爷爷'您睡吧!让你睡着的是俄罗斯呆子,不是咱们北海人!保佑咱们地里多收粮,壮士们打得更多野物,咱们送'老爷爷'归天!"他一挥手,两株树之间横枝挤在一块儿,成了一个小平台。其余青年都在念咕着:"嘎嘎嘎!""嘎嘎嘎!"据说是消除"老爷爷"的误会。两位小伙子剥皮的技术很高,没有割破动脉管,等到小肠取出,在熊颈子上绕上三圈,才割下熊头,放在树枝平台上,野火点着,青烟袅袅上升,壮士们抽刀割肉,当场烧烤。待到全庄的人一起吃过熊肉,骨头还要和头放在一块儿风葬。

族长祝贺太公:"恭喜您家又出了一名好猎手!"

"这碗饭硌牙,不养老不养小。他也不想待在这儿。惦记着家里的田地祖坟,还有几间老屋,聚居几百年的人情味……"太公动了乡愁,眼神很迷怅。

"等天一晴稳,养好伤是得回去!"石匠证实了祖父的话,内心充塞着杀熊的后怕。

"这……"族长颇不以为然地摇摇头，他太爱石匠这样的人物，比他后辈的骨骼要硬……挽留的话不是外交辞令："宽肩细腰的鹰之马！这儿土地黑得冒油，骑马溜上二十天也见不到边儿。谁把一只轮子遗忘在地里，说不定第二年能长出一辆勒勒车！你会调理庄稼，吃穿不愁。甭提姑娘们多俊俏，全是鱼神娘娘的奶水喂大，比俄国的叶卡捷琳娜女皇还高贵。什么彼得堡的大公、莫斯科的伯爵，再一股脑儿添上北京城里的万岁爷，见到这些姐姐们准会跌倒在地，要是能再爬起来就砍我这白胡子脑袋当夜壶使！连太后老佛爷是女人还想讨几个小妃子摆在宫里当画儿看呢！这可是会唱会笑的活仙女，快娶一位生几个小英雄，错过就碰不上。你爷爷一百出去了，老大不小的，咱们照管再周到也会缺根胡子少根眉毛什么的，走啥？世间有百宝千宝，就缺一门后悔药。你得意的当儿，老穆昆的话准成掉了金水壳子的土碴巴；到肚子饿得咕咕叫，土碴巴又冒金光。咱跟你爷爷俩人肠子相通才这么说呀……"

胡砧很有礼貌地笑着，心想："行千走万，好不过长江两岸。不回去心总有半拉吊在牛尾镇那棵核桃树上，没没落落的不着实。说到漂亮妞儿到处都有，老佛爷就喝安庆龙门口的井水长大的，像她那样寒碜家境，估计雇不起人挑江水吃，据传闻貌不惊人，偏偏咸丰老倌看中了她，就能下圣旨管十八省，多邪门儿！贝加尔湖没出过小皇帝的妈。虽说老佛爷也不会种地养活石匠，让我们一品大百姓上宫里躺着吃炸龙肝凤凰翅。呸！"

太公拿出黄羊腿拉老族长干几盅，他怕小石匠一开腔就深浅不合适。

留人容易留心难，老穆昆弄清小伙子意愿，把自己一匹心爱的白脸枣红马驹子牵来，送给南方来的远客代步。太公、石匠称谢不已。

"砧儿！小三十岁啦，婚姻的事师父和你自个儿都能当家，不要万里遥遥跑来问我误事。我只想早生男丁，人口发旺些……"太公笑着，目光似快活，又很凄迷。他见的事太多，仿佛活过了几个世纪。

二

只有西伯利亚的东南,黑龙江两岸,才有这样奇观。

一轮黄澄澄红灿灿的灯笼月亮,大得出奇的罕见,诡异,气象万千,上有紫珊瑚与蓝宝石般的暗影,被七彩烟雾笼罩住的白桦林,远远望去如同一片荆莽,穿林而来的马小如兔,人高才七八寸,似从中天迟落的皓月中奔出。

看山跑死马,看烟走伤人。

月亮小了,马大了。胡砧稳坐雕鞍,十分沉着,但人马均已困乏,若是躺在树下美美地睡上一觉,饿是衣,累是被,冷是棺,雪是椁,天地合成大坟墓,永不醒来,他又怎能甘心?生活还不曾唱完开锣戏呢!

好容易来到小山南边,才看到一片开阔地,正面五间大木屋像座大戏台,底下空空荡荡,八根大柱子都够两人合抱,墙是对锯开的圆木,横钉在柱上,泥里掺有桐油,抹得风雨不透。六尺半高的大门,左右朝外开,有梯子通到草地上。房梁边上安放着装小米的皮袋子,系有红布条和鹰毛、几片破碗与小铜镜之类吉祥物。

大屋两侧,几排小房众星拱月。

他走近"档土"一看,四方形木棍上系着六十多根布条,一条标志一位神灵,"档土"上刻着数目相等的横格。

根据北游经验,石匠知道主人是位萨满。主持祭神祀祖,驱邪治病,讲史唱诗,为神人之间专业使者。是我国东北、西北和南俄等地二百年来屡禁不绝、最受人崇敬的巫医。

石匠不敢上正屋,走到东院厢房门口拴住红马,找到管事的小萨满。此人不到三十岁,只参加过一次"奥米那伦"祭典,神帽上仅有三叉鹿角,地位不高,还较随和。

"我从贝加尔湖来,走到贵地,请求给点吃的!帮帮出门人。"石匠说得恳切。

"啊哟,你能走那么远的路?"小萨满很惊讶,他还会几句乌德赫语。

"马好,也不算多远,总算到了黑龙江北,大清国的地方。"

管事对石匠有些好感,招呼几句,厨子便端来犴肉汤、成鹿脯、水饭一小钵。此饭最有地方特色,是用玉米碴儿、豆子煮熟,浸入凉水,一小时后使笊篱捞出泡进小缸。吃的时候去水加小葱、苦埋菜、小根蒜、柳窝茅、婆婆丁。和别处做法不一样。

石匠风卷残云,一气吃掉六碗,饮足马奶茶,身上生暖,脸颊增春。马也用足草料,摇尾抖鬃,显出活气。

管事朝院子里一吆喝,提灯的、抱红绸的、用桦树枝挑鞭炮的、扛扶梯的,一下跑出二十来人,只需吃完半张烙饼的时光,院子门口与正屋门楼上挂满灯彩。石匠挺纳闷,这些人耳朵都不聋,个个心事重重,不肯开腔。在管事下令之前,院子里简直像无人居住的空屋,为什么?

管事回屋,神色沮丧。

"萨满有心事?"石匠表示关切。

被询问者点头不语。

"是办喜事吧?"

回答者点点头,又不住摇头。

"这……"石匠惶惑不解。

"方圆五百里有萨满二百人,参加过'奥米那伦'十次,能戴十八叉以上鹿角神帽,还装有鹰头狼尾的就我师父一人。他一病半个月,已经垂危。本来要主持我上刀梯神会,看来不成了。像他这么高的地位,过世升仙,师母应该用弓弦自尽殉葬。弟子们看到老太太哭得可怜,给师父另买了一位十九岁的小夫人,停会儿勒勒车一接到,就要成亲,她愿意替老太太死,因为她占卜十九次,十五次都是死兆,才明白这是神灵祖宗的意志,不可以违背。家里太穷,父母去年亡故,欠下很多债,才走这条路。由此往东八十里才有'乌力架'(父系氏族公社,几代聚居,一起狩猎捕鱼养鹿)可以借宿,这里不便相留,请原谅!"管事很坦诚。

石匠不全懂管事说些啥,靠手势与自己想象补充,才勉强了解。

"您是……"

"在下胡砧,一介草民,做石匠为生,兼治点外伤,万里探亲,与小萨满相识也是缘分。"

此时,远远传来欢愉的乐声,冬布拉、长过丈八的土喇叭,还有些石匠不曾见过的响器,夹杂着"呜、呜"的海螺声。

院子里爆竹炸响了,迎接送亲的喜车。

石匠和在场的人都觉得沉重、凄哀,和音乐喧闹的气氛南辕北辙。只是出于好奇,想看看命在旦夕的新娘子。

他是最后离开厨房的,与其说是凑热闹,不若说是怕屋里少掉什么担嫌疑。从侧面望去,一位矮胖得像树墩子的老太太,头发苍白,眉稀目细,或许是当地百姓认可的神像,一身吉服,系着红绸带子,怀抱大公鸡,替代丈夫迎亲,动作模仿男人,极不自在。

爱自我表现的职业病,加上爆竹声推波助澜,乐师们惯常出现在类似场面中的情绪记忆被开启,领头的一声当先,追随者又相互烘托、撩拨,喜剧调子突然沉郁起来。没有恶意,又很残忍地玩赏着少女的苦难。

生机灭绝,有助于神灵光环的焕彩,大萨满高不可企及,做他的二夫人也是神赐,替大夫人一死又具功德,才使石匠看到的新娘有些病态的亢奋,倩目流辉,头发梳得一根不乱,只是微微前突的下唇,无意地揭示了深层的悲悯与无告,让僵挺的粉颈负荷着和年龄身份不称的冷漠。

无邪的美貌把大夫人勉力挤上面孔的笑影荡涤净尽,怨毒烧歪了理智与体躯,胸口波动,鼻翼起伏。

机械的欢呼不能活跃空气,活跃的响器反衬出阴森。

面对畸形的场景,石匠心里空茫如旷野,自己身同渺小无力的微尘。他体味到师父言传身教的深邃莫测。倡导挨打的拳术师,何止是伤心人别具怀抱?

大萨满的土宫殿原是禁地,交臂错过可惜。他应该随大流进去看个究竟。

阿尔泰语系满—通古斯语族的子民们,突厥、蒙古语族的广袤领域内,大多尊重西边方向,图腾、神偶、法器、吉祥物、祖传纪念品,都面朝东放置。高龄长者方允许睡西炕。大萨满便拥有这样权威。其人干瘦身材,额顶尽秃,肤色紫灰,头发似乎全都迁移到腮帮与下巴上,变成浓密焦黄的乱草,拉长了马脸。上衣挂满兽骨、鱼牙、叮叮当当的铜镜、嘟嘟噜噜的白狐尾。腹部以下盖着"安巴"(兽王老虎)皮,显示极高贵的身份,给这半木乃伊状态的垂危者长了威势。

两名戴着六叉鹿角神帽的女萨满象征性地扶着新娘,加上代理新郎——大夫人,诚惶诚恐地走到西屋,其余的人都不敢越过雷池。赞礼老人(有时也被称为礼赞老汉)细高个条儿,须发卷曲麻白,但见绛黑色的双唇蠕动,声音为乐队的演奏吞没。在三百多里幅员之内,此老辈分长,见闻多,识些汉字,懂得各族仪礼。有人猜测,太平天国,捻军,他都参加过,但他从不对任何人表露过这些经历。孤身一人,常常被人们请去主持各种红白喜事,裁决一些水利、氏族纠纷,享有声望,甚受爱戴。

大夫人很不耐烦地例行公事,全副精力注视着丈夫表情。她的站位遮住丈夫的目光,免得看见小夫人的玉貌珠颜。

见到濒死的大萨满又老又丑,银色三角眉下边,对外界事物失去反应力的金鱼眼,加上神与命运的多层重压,小夫人跨出了风暴前的平静,死的利爪挖着她的内脏,撕碎灵魂的恐惧,双腿一软,头往左肩一歪,顿时晕厥。幸而搀亲者支撑着她,没有栽倒在地板上。配角们加快了动作,草草礼成。

石匠不具有萨满教意识,屠杀青春的罪恶婚礼,刺痛了他的正义感。不忍坐视又无能为力。管事给贺客们散发果饼时,他藏在人堆里躲开了。

假新郎怫然寡欢地使个眼色,搀亲者把新夫人拖出西屋,挟入东北角耳房。

石匠扭头一看,忽然觉得大萨满的络腮胡须和唇髭颤动了一下,甚至还幻听到兽骨鱼牙撞击之声。其实世间不会有那么灵敏的耳朵。他忽然忆起,师父曾经为牛尾镇北的花师治过类似的沉疴,博得"起死回生"的盛誉。但是师父当众给以反驳:"患者虽已七昼夜人事不知,没有断呼吸。古代医书上称此病为'尸厥',大都可以救治。"

宛如从没有尽头的大隧道走入可见一线天光的枯井。侠肠迫使石匠要救病人与无辜少女。

拖延便是助恶。

他把小萨满拉到门外陈述了想法。

"事关重大,得由师母定夺。您是汉医?"

"不是。"

"会念咒?"

石匠否认。

"大萨满找石匠治病,伤害威名,师母不会信。"

"我讲的大实话。"

"不被信任的实话与谎言一样。只好说您是御医的徒弟。"

"我认识袁存仁大夫,是老佛爷的医生。"

"这就有门儿,听我的!"

"不能乱吹牛,否则宁可不治!"石匠言罢,走到广场上徘徊,接受雪野的风吹。

漫长的小半个时辰过去了,处在丈夫羽翼之下的大夫人,骄傲颟顸,到底独当一面处理事情的机缘少,缺乏救病如救火的急促感。

石匠抽完几袋旱烟,管事来了。这人不糊涂,他直截了当地向远方来客说明实况:两名搀亲女人是师母的狗头军师,靠着老太太告枕头状,参加过两回"奥米那伦"祭典,混上了六叉鹿角神帽,但被人们视为"布土萨满"(无明显神通的普通萨满),没有上过刀梯。她们希望老头子归天,然后平分神权,共霸一方。等到师母单独召见管事申述决定,小伙子揭穿了两位师姐靠神不靠医治的说法包藏了野心。师母又怕过路客把无价之宝的丈夫当秤砣,秤钩上得放多少有价之宝才能摆得平呢?"御医弟子"的来头把优柔寡断的老太太震住了。

"让人能活下去就是最高报酬,别的分文不取。再说治病不能包好,要试过再看结果。"

"不说包好，师母不会允许您试试，更不能提小夫人，只要老爷子能下床，老太太决不允许小姑娘住这儿生孩子抢家产。您有家眷?"

"有。"石匠怕人怀疑治病是看中了小夫人，把假话说得斩钉截铁。

"有数!"管事诡秘地一笑而去。

"真画(话)靠眼力识别;假画(话)靠托裱功夫。"小萨满不愧仰承鼻息多年,对主子研究有素的"托裱"专家。一把石匠吹得华佗再世,手到病除,百病不开第二剂药方,似乎他跟随石匠有十年八载;二说石匠会占卜,算出师父未到升天之期,还得识破弟子们谁忠谁奸,主持几回祭天祭火祭海大典,教出真正的大萨满才能上天;三是汉医一听师母所问勃然大怒,怎么怀疑他是贪财的小人? 不是弟子苦苦哀求,早已扬长而去。总之,治好师父,他会获得信任而合法承袭神鼓、神杖,打败两位师姐。怎能解释此人这点不算邪恶的野心,竟能改变石匠、新娘、大萨满夫妇,两位女萨满与他自己的一生,影响一大堆人的悲欢? 这盲目中有何种"或然律"? 为什么实现一切,居然靠这位不知姓名的小人物所编造的海市蜃楼?

两锅醋坐在一双火炉上,蒸汽在西屋里扩展。

管事的小萨满坐在房门外念经,女萨满们在耳房看着新娘,其余的人全撤到后院吃饭。

夜色从山脚树梢往灰冷的天空升上一层透明的纬线,随着太阳落山,被抛出的红霞多极分化,或者由紫而蓝,或者由赤而桃红、橘黄、鹅黄,垩白、浅灰,与蓝色汇合成墨绿,点燃疏朗的小星,那背阴之处,全被罩入黑裙。半边地球转化为胚胎,孕育着与昨天不同的黎明,等候太阳在海底化装的半个钟点,抽去天幕里的纬线,通过逆向还原为胭脂,涂在她那万古常新的圆脸上。

薄暮的朦胧,比强光更有魅惑劲头。犹如平淡的文字,织进些瑰玮幽峭的警句而难以捉摸。在管事的视线之内,石匠的作为也大抵如是。

大萨满在几十年的跳跃念咒中,表现在半昏迷状态显示出的智慧,在"奥米那伦"祭典上三天三夜,甚至七昼夜间,模仿百兽动作不停地狂舞,精力充沛,非常人可及。在《熊舞》中能高举石磨,搓碎兽骨,滚油锅中取物,传得玄妙,信徒们才被慑服而言听计从,使许多文化现象得以承袭。

银针猛刺,醋气熏导,没有惊人之举,老人休眠的潜能被震醒,呼吸开始强化。推拿、按摩加速了血液循环,生机在复苏、积聚。

为了排除干扰,胡砭信心颇足地关上了房门。

出于对神和老师的敬畏,管事只顾闭目垂头念祷文,不敢偷觑西屋里在做什么。烧完一支高香的时光,在他的幻觉中就是被浓缩的"一天"。不能重复,不可理喻!

好久,他听到师父所穿紧身鹿犴皮对襟神衣上,八个铜扣,六十面小铜镜、护心镜、护背镜、袖筒衣摆三根条绒花纹上三百六十个小贝壳,串串腰铃,二十四条飘带,均匀无误地撞击出的妙声。

管事的认为胜券在握,悄悄地喊来了师母,同闻喜曲。

石匠终身不谈对患者最后的治法,害怕庸医效颦者杀人,不失明智。

运动停止,老萨满一串咳嗽,门外一老一小不亚于听到了龙吟凤唱,忘了权力财富的角逐,暂时恢复了人的纯真,唏嘘垂涕。

石匠打开房门,两个空间相通,老人立在床前微笑,石匠穿着单衣,汗流满面,师母徒儿一齐拜倒。

"老人家要歇着,不能累,吩咐外人不能进来。"石匠的话等于上帝的口谕,"我不是大夫,也不打算替别人治病。"

"行。"老太太听过管事的翻译,答应照办。

石匠与老萨满交代几句,由管事陪同住进东屋。

老两口喜极而泣。

消息传出,鞭炮喧天,乐队整齐地开到广场上,奏起了舞曲,男女老少欣然起舞。

犴油灯高高挂起。

篝火点上了九堆,龙狮熊虎形的烈焰舔着夜色,装点着人的笑容,衣裙的光彩。

大萨满由大夫人搀到门口,向欢乐的老百姓点点头,又闭目念上一段咒语,才退回热炕。

歌声更欢,舞兴更炽。

厨子奉命送来佳肴美酒,管事的来不及坐下相陪,又让老太太喊去了。

石匠刚刚品味到创造这狂欢场景的欣慰,隔着二寸多厚的板墙,传来嘶哑的、被什么东西堵住嘴后,非常克制的哭泣声。原来这是新娘子,大哭怕老两口嫌不吉利;不哭又无法抑止孤愤、悲酸。他明白了:不被弓弦勒死,逃过短痛是有幸;但真在锦绣年华当老人玩偶,长期屈辱地活着,又是大不幸,何况大夫人、两位女萨满都不是省油的灯,她必将受到严厉看守,一如笼中雀儿。虎去狼来,这女孩儿家太苦!无可置疑的善行,生出意外的恶果,他推开杯盏,意识到自己是罪人。

他情不自禁地走向板壁,手足无措,想不出万全之策。

他仰脸一看,天花板上有一个巨大的树疤,有一尺半长,当中有条白线,艰涩地将天花板切成阴阳脸,并不均等,狭窄的一边是咧嘴而笑,眉和眼角鱼尾纹,口中牙齿,一目了然,放达、忘形、倨傲、单纯;另外大半拉是皱眉泪眼,口角下垂,鼻沟纹深刻,偏执、拘谨、卑谦、玩世、犹疑、小气。命运的尊容是心像的回光,否则住此屋百年也熟视无睹。

哭声纤弱哀凄,像纺织娘在屋外哼哼,倾轧他敏锐的听觉,压倒一切嚷闹无序的噪音。一位女萨满男性化了的次中音,另一位是扭捏装出来的童声,机械地劝阻着新娘子,为哽咽沉痛的渺茫协奏,又彼此相拒千里之外,串通着拧绞他的脑细胞,挤压他的肺管。

大夫人不知几时来到邻室,八成是怕小夫人啼啼哭哭欠吉兆,让两名徒女把那泪人儿架走了。广场上的欢腾并没有停止。石匠耳朵里一片空白,有些恶心,却吐不出什么。

戌时临尾,大萨满喝了小米粥就寝。广场上乐停舞歇,篝火旁边还坐着些人在闲磕牙。

管事抱来一张熊皮,制作精良,连指头大的硬块和一点腥膻气也没有。

"这是师父送您的!"

"不敢当……"

"师父脾性儿耿,火气大。您不收他怪我不会说话,给我招灾!"

"这……"石匠在迟疑。

"救命大恩,十张皮子也不多!是菜不好吗?酒也没动!这厨子……"管事铺开了熊皮。

"不怪大师傅,真不饿。"

"我也不饿,陪大夫来两盅。"

"在下不是大夫!"

"师父这样重症都治好了,何必过谦?这一片就我懂点乌德赫话,奶奶是贝加尔湖边人,嫁到这儿五十多年,才过世。你说什么事都甭顾忌,别人全是'聋子'。"

"没有什么事,想明天就走。"

"走不了。说句不怕雷打的话,师父起死回生,老太太一个呵呵两个笑,喜得抹掉二十岁,这连痴汉也能看出来。可是乐极生悲,一桩心病又起脚丫子爬到心坎上。她老人家起十八岁嫁给师傅,五十三年没生一儿半女,眼看香火要不济。来的这丫头脸盘子周正,身腰水蛇莫比,胳膊腿比刚睁开柳眼的小树苗苗还灵光。漫说盼子心切的师父,哪个男人看到心里也会咯噔几下,扇乎半年。我含而不露点了一下,等她一上劲,我就稳打稳扎端着不放。说您有了家眷。她说:'男儿三妻四妾家常菜。'这是唱高调门快活腔,干吗不给师傅来他双妻一妾?要我来当大红媒。我故意推三阻四,说怕师父后悔找我岔枝儿。她说自个儿能当七成半家,真跑去问了老爷子。师父会说满洲话,曾去黑龙江将军寿山大人府上请过神念过经,见过大世面,才保住一方平安。平日教我师兄师姐们要知恩报德,不许含糊。师母一提,师父没皱眉毛就允下。大夫!您大喜啊,明儿晚上给您办喜事!"说罢举杯敬酒,兴致极高。

"我家在长江边上,远而又远,姑娘过去住不惯。再说乘人之危,要遭天下人耻笑……"

"您想得太多,老爷子吩咐过的话,除他自个儿改口,谁也不敢从牙缝里冒出半个'不'字儿来。"

"婚姻大事总要禀明我爷爷、师父!"

"大夫！不是褒贬您迂，娶正妻，父母之命，三媒六证，不能马虎。讨个把小老婆，又有我师父师母做主，莫要辜负老公婆俩的心意！您给老太太去掉心病，好人做到底！"

媒人介绍：新娘芳名叫嘎翠鹿儿。嘎：爽快，耿直，泼辣，做事任着犟脾性儿，四成大胆，三成逞强好胜，八匹马拉不回头，还有三成我笨嘴拙舌说不明，只有天晓得！反正是绝代美佳人！翠：翡翠雕出来的，稀有，高贵，纯净透亮，不夹一粒细灰。鹿儿：麻利、活泼、驯和、耐苦、多情、标致。角跟茸是宝贝，挤奶拉车，吃得挺差，皮毛血肉都有用。这名儿一听忘不了，跟石匠老家什么英、兰、香、芳……全不一样。叫起来心头挺乐，听进耳朵里很甜。

不等贵客再申辩，管事就辞去。

石匠围着熊皮发愣：这出戏如何唱完？他编排了十来种结局，最后的结论是等到婚礼办完，送姑娘回家。在《斩黄袍》里的贪色昏君赵匡胤，年轻时候还能千里送京娘。媒人嘴里一枝花的鹿儿，处于愁云惨雾威胁之下，连她的面孔也没有留心细看过，弃割何难？任侠的滋味也迷醉人，帮他迅速撵跑了失眠。

次日一早，老太太郑重宣布：她收嘎翠鹿儿姑娘做干闺女，由代理新郎摇身一变成为主婚长者。徒儿们各自得到一只银元宝，这是大萨满从寿山将军那里得来的。三后辈欢天喜地再三叩谢，焚香敬告天地祖先，推翻昨日的婚礼，母女相见。老太太阻止义女和义父见面的命令，被两名女萨满执行得点水不漏。

老爷子要表现见多识广，管事的要显示干练，婚礼按汉人方式进行。

后院西厢房挂满象征祥瑞的彩色布条子，早生小猎人的小弓小箭，不到四寸长，做得挺考究。管事一早就向礼赞老人请教一系列细节，还不厌其烦地询问石匠，加以验证。唯恐做走了样子。老人在红布上写了"天地君亲师位"，这儿没有大字笔，只能用刷子蘸着黑漆做书写工具。

木匠们遵命把轿车的轮子卸掉，换成轿杠，临时垫上毡子、红布条儿。这些用具和布置若在南方，会让老太太们笑掉大牙。

年轻人忙着宰杀牛羊,洗泡海味,比昨天做得有劲头,因为能看到昔日不同的婚礼。

午餐上了犴鼻、狍子。大萨满在席间坚持要下拜,石匠执意谢绝。还是管事会圆场,要宾主对天一拜,皆大欢喜。

老主人明确无误地说:"从大唐朝开始,这黄龙府就是中国地方,咱们是一家人。"

听到管事转达,石匠多喝了半碗酒。

申时末酉时头,"花轿"从东门抬出,吹吹打打,绕了九里地,才抬到大门口。大概交代欠周详,嘎翠鹿儿没有顶上红盖头——实为绣着松树、白鹤、灵芝的桌帏。死的铁栅松开,脸庞红似熟透的石榴,同时眼皮上下又带着恐惧、瑟缩、迷惘的神气。两种敌对的情愫交织,吸引来更多的关注。

石匠腰系红带,头戴犴皮帽,忸怩地走到门口相迎,他的心在舂米,喜得痒痒,惊得愕然,怜得发酥,软得生蜜。虽说新娘衣不合身,照人的艳光具有莫大磁力。他暗暗喝彩:要娶妻就该是这等无可挑剔的模样和聪明。他的左耳间听到了忠言:"送她回去,当个大游侠! 反悔可耻!"右耳又听到软语:"不能放过这妞儿,合理合法地娶下她过一生,往后碰不上第二个,大侠算什么? 高尚决定没有当众表白,救人一命得美妻,天公地道!"后面的独白极顽强,吵架般猖猖不止,左耳的告诫者自惭音色干燥孱弱,迅速在收缩。

赞礼老人推开人堆,和管事挤出一条人巷,把新人们让进客厅。然后陆续地高呼:"一拜天地,二拜祖宗,夫妻交拜,礼成!"

男声女萨满从轿里抓过盖头,匆忙给新娘盖上。新娘一面被挟持做着礼拜架势,一面寻机会扯下头上的桌帏扔到一边。

乐声人声炸耳欲聋,庞杂粗野。

石匠目光炯炯,腮帮子发烫,心律加速,唯恐新娘飞掉的隐忧,要对她相敬如宾的自我誓言,二龙戏珠,在思维的云空中较量。他感谢时机天助,也感谢玉成喜事的几位新相识。包括对管事的油滑,也不厌恶。

突然,乐曲哑然,人声四寂。大萨满扶着神杖,来给新人们祝福。老人细小的眼睛在白眉掩护之下即将扫过新娘的面部时,老太太,用她那矮胖墩身板的人无法企及的速度,抓过盖头遮住了干女儿的脸。

大萨满的声音低沉,但送得挺远:"谢谢大夫替我挽回残生,谨以大神阿布卡赫赫的伟大英名,祝您多福多寿多财,健如虎豹,聪明如白狐仙!义女嘎翠鹿儿忠于妇道,一年之后方能回到娘家,中途走开,雷火烧身,化为灰烬!"

新娘在一片欢声中第三次扯掉头巾,露出秀色,她对祝福有些不以为然,想说什么又不便启唇,急得眼圈儿一红。

老太太误认为干女儿舍不得自己:"孩子!你干爹说得没错儿,回娘家又见到了,很快,不要想得太多……"她的语音湿润了,找不到适合的词儿。

老萨满的鹰眼一直盯在新娘身上,连连咽下几口唾沫。长脸被喜气挤短,使石匠之外所有的人都胆怯。

老头儿用右边长袖对眉棱骨一擦,立即结束了阴沉的表情,笑得慈祥谦逊:"二位新人,愿大神庇护你们!你们能不能相爱一世,要看神的意志!"言罢朝大家躬身礼,拖着木杖踽踽地回大屋去了。

在场的芸芸众生,只有老太太的眉头一皱,她懂得丈夫的个性与"大神的意志"一同涵盖的暗影,但她迅速地放松了脸部肌肉。今天日子太特殊,也许日丽风和,没有"冰雪"。

新人被送进洞房。

对石匠的陌生与礼貌,提不起客人们闹新房的兴味。十分之九的人去品尝酒菜,少数留在厅堂里围着老太太说长道短。

新娘坐在床上盯着窗户,对老萨满的敬畏,不能转化为对石匠的好感。她别有所思,又不能抓住全部思绪,清理出一条少些坎坷的路来。只在抗拒着、憎恨着不清楚的对象。她多盼望回到自家破旧的小屋,喂两头鹿,种点小米小麦,谁也不嫁,安安生生地过一阵子无忧的光景。可惜这希冀双脚凌空,远离泥土。

她唯恐与石匠单独相处,甘愿让宾客们哄闹个通宵;也期待通过倾诉获得汉人新郎同情,放她回家去,她情愿终身祈求大神赐福给他。可惜,他的话是一句也听不懂，事情很玄乎。大萨满又宣布过：一年之内逃走要遭雷打火烧，谁不怕上天的惩罚呢？

　　"请阿布卡赫赫庇佑孤女鹿儿，给以指引！眼下没有骨卜或花草占卜用具，请以贴缝在黄云缎上的牡丹花瓣告知双吉单凶！"她闭目祷念完毕，睁眼查点，六朵大花共七十二瓣。虚幻的安慰也能使她舒畅半个时辰。

　　此刻，院内突然响起了神鼓声。新娘急忙双手捂着脸，石匠疼爱地压低嗓音说了句"别怕"就跟着屋里的人一道上空地观看。

　　大萨满全副披挂，老蓝色神衣崭新，缝得宽松肥大，前后左右开衩，背后与袖口闪动着羽毛似的细皮条。野猪皮神鞋上贴着黑皮剪成的龟，蛇皮手套闪着光泽，一百〇八粒兽骨念珠前后甩动，系在裙上的神刀异常锋利，大小铃铛发出整齐的响声，背上神杖摇晃不停。神鼓呈鹅蛋形，单面，鼓帮子一寸半宽，小铁环系着牛皮带，鼓面画着长蛇两条，蜥蜴、蛙各两只，柔韧的藤条裹上挺薄的羊羔皮，敲打的动作很活溜，一点不像大病初愈的老年人。霸气腾腾的目光骁勇、野悍。

　　新娘一见人都走光，便匆匆察看了三间房屋，都没留后门，前门众目睽睽，无从脱身，想装作听神谕碰碰机会，又怕遭到大萨满的诅咒，求生意念不许她贸然行事，于是忽进忽出，几度穿梭，鼻尖冒出了细汗。

　　"我从来没得罪过大小神灵，为什么不肯帮助我逃脱？我不是怨恨你们，不敢……"姑娘在与自己交谈。

　　最末了还是坐在原地，随命运摆布。

　　石匠对神帽的制作技巧很佩服，用铜片砸卷成的二十四叉鹿角，有主有从，多而显得简练。帽顶上的小铜鸟，眼珠舌头下唇部能动弹，使萨满的跳神更有奇幻意味。后来的事实告知他：从贝加尔湖到沈阳，萨满神帽上的铜角没有超过十二叉的。大萨满说话的分量可想而知。

　　"大夫！师父在请神！"

　　"什么神？"

　　下面是管事的意译：

　　"坐金车的太阳神，

坐银车的月亮神，

大嚷大叫五雷神，

铁头钢爪鹰王神，

你枉戴神帽系神裙，

枉做吾神传话人：

大夫鹿儿没缘分！

要做夫妻万不能！

大夫快回南朝去，

鹿儿侍候老夫人，

你若不听大神劝，

一时三刻活不成！"

大萨满泪流如雨地跪下了：

"结亲为报救命恩，

怎敢妄为得罪神？"

嗓音变得粗犷：

"大夫若带鹿儿走，

刀梯要上四十九层，

要是脚底出了血，

七世冤家难破阵。

你若不听吾神话，

显点威灵你看分明！"

大萨满几串狐旋，跳到一株白桦树跟前，倒抱树干，左摇右晃，一狠劲儿连根拔出扔在一边，自己也倒在树旁，人事不知。

女弟子们把老人扶起，喊了很多声才醒过来，他走到木然的石匠面前行了单跪礼："天命难违，大夫，只有看你上刀梯了！"

"老人家请起，谢谢！"石匠答拜后搀起大萨满，"请安歇，您太累了！"

老太太也来道歉，管事把老爷子架回大屋。

石匠回到新房里抽旱烟，直勾勾地盯着新娘连连叹息。

她弄清了风云突变,石匠不再是威胁,可怕的前景是大萨满要留她收房为妾,仍有陪葬之灾。

两名女萨满用方言叽咕几句,宣布了神的意志,拉着鹿儿要离开新房。

姑娘对石匠反而有些同情与歉意,倒了一碗马奶茶,递到他手边,才默然而去。

他有点受宠若惊,口虽不渴,盛意可感,端起碗来大口喝掉一多半,又放慢了速度,来延长口福。他不把大萨满的行为看成贪色的表演,此老感恩戴德出于诚恳。对鹿儿的爱慕,诱发了他的职业潜能,弄得假戏真唱,假神谕就是真。

明知管事说话办事都看师父脸色,也宁肯自欺地放大对方的友情,填补内在的空谷。

将近子夜,大萨满安睡已久,管事来抚慰石匠。

"您上过刀梯吗?"

"不是师父得病我都上过了。"

"怎么练的功夫?"客人很感兴趣。

"靠神和师父指教,也靠自己!"管事把练功的事说得很神。

"我想求教怎么个上法……"

"您对嘎翠鹿儿妹子动了真情,我要是您夫人听到就要吃醋!"

"说真的,昨天是借口辞婚,家里没有夫人,一辈子头回跟鹿儿姑娘拜过堂,她真好看,也很不幸……"

管事吃了一惊,重新把大夫打量一番说:"吃不上夫妻交杯酒,咱弟兄俩一醉方休,小弟佩服,大清国的汉子! 您能治师父的病,也能上刀梯,花堂哪能白拜?"他咕咕嘟嘟干了一碗酒,又化成泪从眼角流了出来。

"上过刀梯鹿儿要是不认这壶老酒钱……"

"甭怕,丫头片子好对付,有神在!"管事伸出拳头在桌上一击,石匠碗里的酒喷到了桌面上。

"神?"

"当然。师父虽有神通,对师母也不能小看,她这心病靠咱弟兄俩连根儿拔掉！我来这儿之前，老太太还在哭哪……"

西院当中，立起四根大圆木，拉上了挂满布条纸条的绳子，可以说是院中院。二十天前，管事就派了四名学习萨满的青年日夜看守，长明灯、长明香、供果陈列在神案上，桌帏两面悬着辟邪的狩猎武器。

两根约有四虎口粗的柱子，长达四丈，相距二尺出头，被管事亲手牢稳地竖立在绳子圈圈的正中部，各自缠着红绿布，鲜艳夺目。四十九把利刀刃口朝天绑在大柱上，第一把柄朝东，第二把柄朝西，交叉排列，整齐划一。刀梯架成之后大萨满前来念过经，又杀了一条狗活祭梯神，狗血涂在木柱上，邪恶妖怪坏人，都不敢使法伤害登梯的年轻人。

刀梯正北有个草坑，丈把长，一丈五尺宽，半人厚的麦秸上垫着毛毡。高出毡子三寸左右，有一张被小桩绷得紧紧的粗绳网。

大萨满断定：大夫都是书生，上不了刀梯。石匠请求一试，出乎他的预料，没有理由拒绝，只能劝后生家量力而行。等到看出贵客百折不挠的意志，他点了头，又把油锅里抓点心赠送观众的余兴免去。

老夫人说："汉家大夫没学过萨满教的经文咒语，只需老爷子给他请神，不要考问他别的。为了咱们这儿一位女孩，他的虔诚够感动阿布卡赫赫大神！"她关照管事在院子里多点灯，还赏钱买了祭天的公山羊与本当由婆家酬谢的公牛。

石匠虚掩上门，抽完一袋烟，努力平定思潮。门后放着管事上午找来的一把大铡刀，刃口磨得银白，供贵宾立在上面试试功夫。

一只粉白微红的手扶着门框，门无声地被推开一条缝儿，昨夜拜过天地的姑娘端着一盆碎石子，脚步像猫一样轻柔地走来。她放下木盆，娇羞地伸出右手食指，点点石匠和自己，再比画一下门后的刀，不住地摇动右掌。意思是：不要为了我去上刀梯，受了重伤，我怎么过意得去？

其实，情人大都是诗人，具有恋爱之前无法比拟的才智与勇敢。

异族情侣爱到深层，用不着翻译也能交流。

石匠明知对方不懂，还在配上手势做出傻乎乎的表白："为了你什么都不怕，请相信我会成功！"他将铡刀提过来，倚在桌腿上，她会意地扶着刀把子。他脱掉毡靴,正要在刀刃上小试走两步。他的果敢受到应得的钦仰。她改变了主意,把刀拿到一旁,朝凳子平摊右手:"请!"

这回心电畅通,他赤着脚坐下来。

她蹲在地上,把刀放平推到床下,撩起鱼皮袍子,左手拉住他的脚,右手抓起一把粗沙子重重地摩擦他的脚底板。

他觉得不合适,轻轻推推姑娘肩头,摇手示意太不干净。

她的目光澄澈得像深秋的高天,密林里的古井,没有亲疏、污净、上下、得失,一种孩子气的热流在心中缓慢地漾开,双膝跪在地板上,伸出嫣红的小嘴唇,重重地在左右脚心各吻了一下,表示了感激与祝福,继续搓擦不止。

"要磨半个月才起厚茧皮,来不及了!"这话石匠不懂,只为她的不安感动。

操作了好久,石匠让她坐在熊皮上,自己站在碎石上反复践踏,她会意地笑了。

他抽过大刀,倚在桌腿上,她扶住刀柄,看着他在刃上站立,挪步。

但这表演未达预期的好感,她的眼睑阴郁地垂下来。

他把对方不希望自己成功误解为担忧,又比画了一会儿。

她比较理智了,在履险之前,不能泼凉水,犹如一朵青云似的飘出门去。

血涌到他的头部,多想拉住她,抱住她,亲亲她,以后再也难有这机会,他既充满悔恨,又庆幸没有放肆地说出:"我喜欢你——鹿鹿儿……"

石匠一点不觉得姑娘有任何轻浮可议的瑕疵。一定要娶她的意念又升了温,忍不住用粗大的手掌,摸摸刚被唇火烙过的涌泉穴。

抽完一袋旱烟,他走进西院,看客们阵阵欢呼声沉甸甸地压到他的肩头和心坎上。仰脸巡视了一周,才见嘎翠鹿儿捧来一大把青草蹲在地上,低头喂着拴在桩上的小公羊,目光温馨的小动物吃得津津有味。姑娘一遍遍地为它搔痒,理毛,像姐姐抚摸着小弟弟的小手一样,表情忧郁,不安,唤起石匠的怜悯,顿时想到自己、鹿儿、贝加尔湖畔的太公,都像这无罪的生命。

篝火里,劈柴炸得啪啪响,旁边坐着赞礼老人,他脸部的某个地方挺像太公,可惜石匠指不具体。两日来心头仅有姑娘不停变换表情的颜面,极少想到祖父。耳边一阵灼热,他解开了领口,走到小羊身旁蹲下身子,鹿儿条件反射地走开了。他也摸羊的背部和肩胛。赞礼老人走来拍拍他的肩膀,满眼春风,用汉语教他一些宗教知识和风土人情,不断为他降温,要心态持平,得失都淡然。石匠的胸襟开朗了。

这一夜和第二天白日,石匠不停地磨炼双脚。异性的慰勉有不可思议的原动力。

第二晚,院子里里外外都是人,墙头树枝上挤得满满的,犹如节日。

神鼓咚咚,大萨满驾到。他一挥鼓条子,人声阒寂,鼓——乐器之祖兼乐器之王,您惯用单一的复杂,指挥复杂的单一。大地、先人、雄狮、猛虎的精灵与脉搏,躲在您的歌喉里。虽然不能把死者敲活,也能使懦夫视死如归。您唤起了异地来客的乡思,土著兄弟姐妹们悲壮的回忆,明朗而又影影绰绰,那是历史的感叹号在槌打着删节号———一排小鼓。

石匠被管事带到刀梯南面上香叩头,再恭立一旁听着大萨满像是处于被半催眠中念的冗长经文,唱出一大溜听不懂的名字,都是对他有所感应的大小神祇。

寂寞的蛇缠在胡砧的胸腔上不住地收缩,他忍不住再次寻找姑娘的形象来抗御它的淫威。可惜,她还未露脸。只有赞礼老汉伸长颈项凝视着自己,像有许多话要讲,又不无顾忌。

大萨满朝天膜拜,立起后就念着什么。双唇运动极快,水也休想泼进。承蒙管事白天的解释,他知道这是对自己人品、勇力、医道滔滔不绝的颂辞。过场终告结束,石匠听得味如嚼蜡,当地人听来不亚于谭鑫培唱《战太平》,苦与乐太难沟通。

大萨满从香案上抓起一根短柄铁矛,在空画了三个圆圈,猝然停住:按传统仪式,必须亲属中的男丁刺羊放血献给登刀梯者方合规定。

"师父!给弟子吧!"管事半跪伸出双臂。

"不成,他不是大夫一家子!"老太太的话引起一片叽叽喳喳的议论。

"师父! 变通一下,总得有人相帮!"管事再次祈求,表情诚恳。

"我——来——了——!"这真是一字千钧,把全场人的目光都收拢到一起。但见嘎翠鹿儿半蹙修眉,从树枝上往小羊身边一跳,脚脖上铃声悠扬,抬起下巴,眼望暗空,火苗在她全身抖动,简直就是美的化身!

"她是女孩!"老萨满声音铁凉。

"孩子跟大夫拜过堂,对敢上刀梯、举目无亲的壮士,神也会另眼相看。给以通融!"赞礼老人侃侃而谈,受到大萨满以外所有的人拥戴,人们通过眼睛呼喊出来。

"我不……"姑娘正要否认自己是大夫的妻子,被老赞礼一声干咳制止住。她很崇敬远方来客的善良,假如大萨满前天夜晚死去,她早已不在这院中呼吸。赞礼老爷爷体现的民族正义令鹿儿羞惭、缄默,不能背叛乡亲们的意志。这意志推送她蹲跪施礼。

不可反抗的力量使大萨满违心地将短矛授给干闺女。

"真嘎!"老太太吐了口长气。

"好样儿的!"管事莫明其妙地朝姑娘请了个大安,如同对姑奶奶一样恭谨。

要是院子里没有别人,石匠会热泪如倾。现在,他没有宣泄情绪的余地,只能把所有鞭策化为一双靴,套住脚板,踩碎磨难。

当姑娘将手举过头顶,上臂突然掣动一下,善良形成的手软使人们焦灼。

石匠、管事、赞礼老头儿的心都往上一拎,但停顿仅延续了咳嗽两声的功夫,矛尖雪光一折,扎入了羊颈,血喷到她的腮边和衣裙上,也没顾上拭擦。

石匠痛饮一口活羊血,朝少女一点头。她的嘴慢慢张开,全身纹丝不动。

他走到刀梯面前,赤着脚板,屏着呼吸,没用手去扶木柱子,脚似蜻蜓点水,一气上了十层。

大萨满惊呆了。职业的本能与道德的提示,使他急摇神鼓,高声诵经,虔诚地向神和祖宗呼号:助恩公以力量,帮助他完成仪式。桀骜的马脸缩短变圆,目光温煦,恢复了人的崇高品性。

　　……于是小我的善,与群体的善彼此激发,酿成美好的情操,欢送石匠到了顶层,他手扶梯顶上的横木,腿才颤动了两下,飞落几滴血雨。

　　老太太眉头紧皱,神态慈祥。

　　管事不安地关注着石匠。

　　老赞礼的瞳孔里迸射出无数祈盼和惊怯的光芒。

　　临近圆满时,魔性又在教主身上萌发,膨大。

　　马脸耐不住炉火,烧软之后往下一嘟噜,拉得比往日更长,竟忘了豁免的诺言而提问:"你往南边看看有什么?"

　　"伊桑珠妈妈伊波耶!"(女始祖萨满的形象)福至心慧的石匠背出管事教的答案。

　　"东边呢?"

　　"伊巴干!"(妖魔)血雨流得更密了。

　　"西方?"

　　"佛其和!"(佛爷如来)左腿也发颤,又是一串血花降下来。

　　对答已毕,他命令石匠下刀梯时,又后悔没有在梯子东北角安上油锅,使胡砧出丑。

　　爱出风头的积习在石匠的血液里翻滚,不假思索,双手垂直靠近大腿,身子往天空一提,便完成多年苦练成的戏曲动作,一个"云里翻"之后,"僵尸"落到网上,挺得笔直,又猛又帅又脆,美中不足的是没让行家看到这一手,来个满堂彩,但心上的鹿儿看到也就够了。

　　通常,萨满由高空跌下,总为后怕及炫耀而晕倒,需用网盖,让亲友抬到邻近屋里休息。石匠背一着网,就像毛毡底下有一排大手推他立起一样,稳而轻。但血肉的脚一沾地,免不了要晃动几下,眉峰锁起,紧咬嘴唇,前额与耳后汗珠滚滚。

　　乡民们的炽热几乎能点得着旱烟,多种赞誉堆成高塔,安放到石匠的头顶上,成为看不见的光环,多种传闻的底座……

此刻,鹿儿如梦乍醒,她解下裙子,走近石匠,铺在他的脚前,她拉着他的手,让他前行一步,不等众人闹明白是怎么回事,就火速用裙子包住他的脚,一矮身子,用肩头抵住他的脐下,扛着他跑进大屋,送入卧房。姑娘的泪与他的血一同洒在路上。

有人吹起牛角,舞蹈在乐声中开始了,看来不跳到天明,收不了场。

教主夫妇、赞礼老人、管家走到胡砧的房中。

"好闺女! 你很有福啊!"老夫人抱着嘎翠鹿儿,公道,安详。

"妹妹大喜啊!"两名女萨满来凑热闹。

"干妈! 姐姐们! 我不会跟那蛮子大夫过日子,会回来看望老人家的!"

"你干爹请来的神说过:不跟他走出去年把,要遭神的惩罚! 他是个好人! 我的女儿!"老太太捧着鹿儿的面颊,怜爱地说。

"这……"神是灵魂的铁锁钢枷,姑娘在生命有了保障之后,想活得充实些,有所求便有所畏。

石匠想来看意中人,已被义母带走。

管事拉住石匠的手,急于剖白境界升到另一个层面的内在巨变。

"哥! 嫡亲的兄弟,可知道我为什么要帮你的忙?"

石匠哑然一笑,摇摇嘴唇。

"起先是想你在师父师母面前帮我说些动听的话,日后得些好处。后来看到哥的为人,该有美满的日子过,就忘掉大半拉私心,做了该做的正事。弟弟一向盼着好人跟漂亮姐儿配对成双,最怕鲜花插在马粪上。鹿儿姑娘,只有跟哥去当我嫂子才有福。帮她就是帮我自己的良心。明白这一点,人就变成了另一条汉子。哥,弟弟不敢瞒你,想她想得苦啊……"管事哭得愉快、真挚。

石匠睫毛湿润了。

赞礼老人扑上来抱住石匠,重重地吻了他的左右颧骨,右手颤巍巍地竖起拇指。

大萨满垂下了头,活力从他身上溜走,把衰老、疲惫、孤立、自我意识到的妒嫉、自私、渺小、狭隘留给了老人家。站在火光中像根木桩,死气沉沉。

"师父！这头牛是您的,我牵到牛屋去！"

"不！放下缰绳,送给名副其实的老猎人,我的老哥哥！"教主咧咧下唇,笑得失望中含点欣慰。

"不！不成！这不合规矩……"赞礼老人的舌头转动不灵。

"牵回去,规矩是人立的,没有不变的规矩。大哥！你的正直拯救了一个神的儿子走出魔鬼耶鲁里的陷阱……"大萨满把牛绳抓过去,拴在老猎人的腕子上。

"师父！"管事受到震撼,含泪请安。

"老先生！"石匠半跪请安。

"我的儿子！你将成为大萨满！因为心灵上过干干净净的刀梯！"老人摘下两面铜镜,蘸上羊血,念头祷文,交给了两条汉子,接着拉住赞礼老人的双手说:"老哥哥！请认真翻译你弟弟的话,要大夫好好爱我的闺女——勇敢正派的嘎翠鹿儿,容忍她的嘎劲儿,那是阿卡布赫赫给孩子最贵重的嫁妆！昨天的婚礼太草率,不够庄严,大气,回到南国,请按汉人娶一位郡主的礼仪重办一回喜事。我又老又倦,操办不好,也做不动,老哥哥多多尽心！只能让厨子烧熊掌为小女和贤婿祝贺。"他把小两口儿的手叠在自己心口:"有了你们我才懂得什么叫慈爱——一种只盼亲人好而不惜付出眼珠的圣洁之情,它实实在在地淌进我的魂魄,把丑陋僵硬的私心融化为包罗天地的温和。我也许能再活十年,一大半骨头有这份自信;也许你们小夫妻俩没到家我就死掉,小半骨头有这份预感。实现哪一种都跟人要吃饭一样正常。但我决不娶小夫人,不用一个蚂蚁殉葬。再难碰到恩公,认识太晚的亲人哪,责备虚伪的长辈吧,使我羞愧的不是为了你才爱鹿鹿,是为了她才更爱你！"

贫血的篝火放慢了脉搏,冬天的旭日君临到大萨满内心的圣殿,光焰之箭从他每个毛孔里射出,想去支撑篝火,点燃星球。垂暮的马脸,线条柔和恬静,复活的尊严曼妙庄穆。

"只有今夜我们相逢在天国,人世间的天国!我甚至不忍心让天再亮,火再灭,人再死,花再落,鸟再哑,阴谋骑着马再去践踏善良的歌。让我们走进永恒,拥抱永恒!!"阅世八十载的老赞礼不再重吟前人的诗篇,他从生活采撷到锦言,为泥香与花伴舞……

三

清汤寡味的日子多过牛毛雨,牛尾镇的年轻人需要些契机发泄过剩精力。胡砣与鹿儿姑娘的大圆房是当大喜事操办的,不见经传的"圆房三天无老少"一说,又得到一次实行。

投闲置散多年的大铜锅,在祠堂西院烧了一宿没撤劈柴。近房的同宗又送来十大木桶熟喜菜。八十一丈长的布棚底,座席的不下六百之众。鞭炮从申时炸到酉时朝后,人人成了半聋子。炮屑铺地二寸来厚,盖红了打谷场与房顶,吓得鸟儿们在村四周乱飞,不敢回窠。

两帮响器各逞绝技,将遇良才。

省城请来的乐师们丝弦娇脆,一副闺门旦尖音,击节的小钹与云锣嬉皮笑脸,做了彩旦式的穿插和调笑,情美含蓄,不失昆曲式的典雅,算得时新流派。青年人听得不想挪窝儿。

本镇行家自愿"组阁"的锣鼓棚子,在院外大显神通。主角是唢呐,低阔浑苍,何桂山式的花脸风味,声闻三里开外。徽戏民歌,岳西高腔,节奏舒徐,吸引着中老年听众,即使在故乡过了一世的人,也会勾起乡思。胡天温评这场对抗赛是狮头、熊腰、虎尾。

可以看出,新郎官穿着礼服有四成拘谨,两成焦躁,两分喜悦,还有两成被强行压下去的愠怒。他不爱这些古陋的风习,犹如一匹烈马,无法拒绝缰绳笼头嚼口,只盼这摆布的时光短些,消逝得更快些。

嘎翠鹿儿初见凤冠霞帔,有先天的厌恶。她穿戴这身行头,与其说是求得吉利,毋宁说出于偶然。因为她刚巧抬起头来,从天井仰望蓝玉般的长空时,有一只巨鹰在盘旋,姑娘的心像一只迷航的船突然见到礁岛上的

灯光一样,充满着兴奋的畏怯。她以为神鸟是祖宗灵魂所化,在她的视野现形,肯定有一番启迪,便在心头暗暗祈祷:

"尊敬的神禽啊,您怀抱一双银爪,金翅膀可以覆盖冰雪大海,晚衔太阳去,早驮太阳来。如果我穿上阿叔说的喜衣是大福,请您向我的右边飞去,要有灾难请飞往相反方向。我的生命是您的赐予,请关心您的孩子!"鹰旋了三圈,向左一个俯冲,她的心猛一收缩,幸而它还是朝右高翔。

刚刚梳妆完,她有点好奇的喜悦。照照镜子,走到水缸边上伸头看看倒影,咧着猩红的小嘴唇一笑,等到拜过天地祖宗,她已不耐烦,极想脱掉。新郎说什么也没想到是鹰帮了他大忙,才没有出格的举动。

这年的天温唇边还没有胡楂儿,个头只比石匠叔矮一小虎口,虽中过秀才,脸上依旧笼罩着大孩子的稚气。他六岁上蒙馆,三年后,四海游学糊嘴的塾师坦率向他父母承认:"令郎有出息,该上经馆,请经师开讲。在下腹笥空空,不敢误人子弟。好在省城近在咫尺,令郎可以择善而从。他年乘长风破万里浪,独占鳌头,未可量也。"天温家境欠富裕,幸亏祠堂从公田收入里给以支持,他爹将儿子送到安庆康济里久无秀才来借住的怀宁试馆,拜饱学宿儒郑珊(雪湖)夫子为师,读《左传》《史记》,与黄宾虹大师同窗,成为牛尾镇上首席知识分子。天温梳着粗亮的辫子,辫梢上系着红丝线搓的绳子,给蓝缎长袍紫红马褂略添喜气。他指使两位族弟用棉线穿着一只鸡蛋,吵吵嚷嚷要新人们伙着吃,直到嘴唇相碰,不许动手,如果掉下一块到地上,要重打锣鼓另开张再吃。

嘎翠鹿儿撇着下唇,非嗔非笑地看着石匠,一对高挑入鬓的细眉之间皱成一条短纹,仿佛淡墨点就。她从他那里获悉客人们闹腾得越是撒欢儿,就是对她越尊重。

石匠的右手悄悄地擦擦右边眉毛,按照事前讲定的信号是照客人请求办理,可她有点腻烦,便合拢眼睑在心中默祷:假若门帘上的牡丹花瓣是单数就是祥瑞吉兆,将蛋吃下;如为双数,再闹也不理。花瓣数目与石匠发出的"密码"相符。她大大方方地拉着他一道咬蛋白,两唇相遇的时刻,人们期待当众见到公开秘密的意愿,打破长幼尊卑的束缚,发出了欢呼。

她被这欢笑声弄蒙了,乃至看到他紫铜似的两腮,充血的耳根,翔舞在眉外睫毛四面得意而又羞怯的笑影,明白是怎么回事之后,她没有汉满蒙古族女孩的礼教桎梏,从雪白的齿间吐出银铃似的大笑。

"啊!啊——!"闹房客受到了微妙的鼓励,劲头更足。

想不到她伸手拉住石匠,将他推到床沿坐下,一跳多高,抱住他的头,等不到石匠抗御,便在他的左右额头上重重亲了两个脆响。大胆、泼辣,带点挑战的胜利情绪,不管他多么尴尬,她昂头扬眉,爽朗奔放地笑,从抽着三寸金焰的红烛之间,升腾到糊窗的巨大金"囍"字上撞回,跌落在女孩们的裙边。

不易看出的反感掠过他的唇角,等不到发作,又被笑痕淹没。尤其是这群人都惊愕无言的那个瞬间,幸福、自豪给他微醺般的轻度眩晕:谁有这样俏丽得能蒸发出无形的阵阵红霞,沁入人们心脾,染红笑靥的余晖,又射出眼珠,荡漾起羡慕的和风,捧着妻子——倒映在碧波中的白莲!一切都是破天荒。

巧合的箭不会白发百中。大伙儿在甜蜜的云浪里畅游的当儿,冲进来两个半大妞儿,一个左手提起新娘衣领,右手填进一大把麦芒,另一位动作迅捷,将一手黑锅烟抹在新妇的颧骨上。

石匠的右手频频擦着自己的印堂,新娘一闭眼,口中暗念一句:"烛花瓣儿单凶双吉!"

等到开眼大致一数,漆得油光水滑的衣柜上现出自己黧黑的双颊,不禁怒火上升,忘却所有诺言,举起礼服袖子就揩脸。两位同宗大嫂惜护衣服,抓住她的手正要阻止。

没有转弯抹角儿,笑容已然揩尽,眼珠儿一红,湿漉漉的泪影在她的长睫毛之间闪烁,不管时空与人际关系,她顺从心灵的吩咐,用村民们不懂的民族语言,"哇里嘎啦",又哭又骂。

两名恶作剧的女孩吓得不知所措,还是天温朝她们一努嘴,才委屈地溜走。

嘎翠鹿儿背对石匠猫下腰,掀起裉子后襟要他掏除大麦芒,他一边吸着凉气,朝闹家们耸耸双肩,做出女人不懂事的无奈表情,一边为她减轻芒刺的疼痛、灼热、痒痒,还有难以言喻的厌恶。

她早已迫不及待,急剧地晃动双肩,扭着腰肢,抖动衣衫,苦于不见效应,挣扎约两分钟,便抓住前襟朝头上一提,但听"噗——嚓——"一响,胳肢窝下边的丝线全部扯断,肚皮上的白光一闪,吓得天温等男客人纷纷往新房外奔去,女客们尖声叫喊,像是大祸临头。

新娘"咯咯"地笑成串,乘着客人们夺门而去,干脆脱掉上衣,抖着麦芒。

"你闹得太过分了!"石匠有些来火,知道发作无用,反落个笑柄。只恨自己太没有志气,应该把她送回冰天雪地,否则今后带个永远长不大的女孩怎么过活?正想说点重话,但眼光一落到她的身上,那修长的腿似一双玉柱,纤细的腰,丰满的前胸,浑圆的肩膀,糯米粉团般的胳膊,葱白样的指头,又笑得像儿童一样纯净,烛火喷红,在她乌金黑玉雕出的发髻上飘忽、闪动,一股暖蜜自眼光吸入,在心尖、在肝肺脾肾里漫漾开来。家无常礼,更无是非,只有长者的怜惜,丈夫的疼爱,弟兄的担心,唯恐她有一丝儿不快,闪失掉一根汗毛。

"不要再脱,外厢有人在听房!"

"哈哈哈哈,要弄干净才痛快,怕什么?"她哼着民谣:

> 天边泛出金霞,
> 金翅鲤鱼堆成浪花。
> 九叉神鹿眼比星星还亮,
> 鹿背端坐情额德音萨姆玛……

"人都跑光了,还唱!"

"不唱哭吗?哈哈哈哈!"一圈旋舞,脱掉一件衣服,最后赤裸着上身,打开箱子,取出鱼皮褂子穿好,麦芒全都拍落在地上。

"扑哧!"她吹灭一支红蜡烛。

"你干什么?"

"扎眼,一根儿够了。省一根明儿点。"

"今晚得成双! 明儿不点也行。"石匠心头掠过阴影,有点不快,虽说他不信鹿儿的一言一动会惹出吉凶。只是遵守习惯,将刚灭的喜烛去掉冒烟的芯花,再次点着。

她伸出脖子还要去吹。

他用手捂住她的嘴,连连摇头。

她顽皮地一矮身子,把头从他左边胳肢底下伸到背后,右手扳着石匠的右肩,将他顶到门口,插上了房门,又同鲇鱼一样滑脱,溜到桌边,提起红铜壶,倒上两杯酒。自身先干一杯,再递一盅给他。

石匠抿了半杯,把剩酒送到她唇边,挽着妻的颈项就灌,她没有拒绝地一饮而尽。

推开石匠,她把一碗熏鱼拨到腌口条碗里,使空碗满满斟上酒。

"倒那么多,你喝?"

她摆摆手。

"那……给我倒的?"

"不知道!"她将他拉到床前坐定,往踏板上一跪,伏在他的腿上,一扭脑门,肩头掣动两下。

"你……"他托起她的下巴,看到细长的妙目蒙上一层泪翳,"鹿儿,你怎么啦?"

她摇摇头,大滴泪花涌出眼眶。

"你是我老婆,有什么话不能说?"

"不! 叔叔! 我不是您老婆,是您的孩子!"

"行,我是你老婆也成,大喜期又没人来逼债找岔子,哭什么?"

"你也不是我老婆,嗯……"她的下唇蠕动着,伸出舌尖舔去嘴角的泪花,"我不当人老婆,也不要人做我的婆子……"

"就为这淌猫尿?"

"人家都喊你叔叔、爷爷,您准是瞒了年岁……"

"哈哈！傻鹿儿！辈分是生下来就定好的,还有晚四辈喊曾祖父——这儿叫太爷爷的,我不能不让人吆喝,为什么要瞒岁数?"

"因为我好看,想娶我做老婆。"

"真聪明,你怎么会看出来?"

"叔叔拉着驴脸从外边回来,见到我就笑得有滋有味。我眼一睁锅里荷包蛋煎熟,吊罐里水烧热。我爱把脚放在被条外边睡,醒来总是盖得严严实实,你一晚到我屋里来几趟。昨儿晚半天就没睡着,故意闭着眼,你来五趟全知道。没人对我这么好过……"

"为这也犯得上哭鼻子,真是小把戏!"

"谁小? 我不小!"她索性坐在鞋上,光着脚丫子,拭去哀痛的表情:"我哭命太苦,在北边没给老萨满爷爷陪葬,到这儿来少不得还要给叔叔陪葬……"

"我说过上百回,咱们南边丈夫过世,没人敢用弓弦勒死老婆陪葬。"

"说得再好,我不信……其实陪葬也成,要我心甘情愿,这会儿还不想为您去死,您心好,要是不想当我那一口儿,对我这么好就绝了! 那才有意思……"

"我想过不带你到长江边上来,可舍不得宝贝儿……"他将她抱到自己膝上坐定,一只腕子枕着她的头,让她上身半躺着。

鹿儿面颊贴在他的胳膊上,身子骨似乎是丝绸制成,觉不出还有骨头,温和、柔软,什么嘎劲儿也不存留。

"离开叔叔,我也舍不得;可还想走,回到老家村子里有事儿,什么事儿,不能告诉您。"

"该不是做别人的老婆吧?"

"想回去,这儿待不惯。您要是喜欢您的孩子就甭多问。"

"不问好吗?"

"是好叔叔。又是好孩子。"她亲亲他的下巴,"扎人,疼! 老了。"

"我比买你的萨满还老吗? 你能跟他死就不能跟我活着?"

"人家是半神之体,你是人呀……"

"这么说天地祖宗都白拜了……"

"那是你的天地祖宗，又不是我的……"

"连天地都不是一个？"

"不知道。"

"傻鹿儿，我多么喜欢你！"

"真喜欢我就答应让我回去，做我的好叔叔……我下辈子要做条大鱼，让鱼皮给你缝衣，肉和鱼子给你吃个高高兴兴！鱼泡和鳞片给你熬胶粘东西，报答你的恩德……"

"我不要什么下辈子，看不见，摸不着，就要这辈子给我生儿养女，做菜烧饭，听我说话唱戏，听你唱歌，过几十年平平常常热热乎乎的日子。"

"你要勉强我也答应，等有机会还是要跑，跑不开就死……"

"真的？"

"骗叔叔就不是太阳爷爷月亮奶奶的后代，是草和鹿粪生出的小虫虫儿。会被十八位戴十二叉鹿角神帽的萨满送我下地狱，在舌头上吊上一只碗大的铁杯……"她的左眼里射出畏怯的幽光，那半边脸庞白如莲瓣；右眼流露出坦诚、轻松、自信、宁静的自豪，腮边红云，额角细如芥菜籽的汗球，反映心空两支人马在厮杀，相持不下，异常矛盾。她的鼻翼耸动几下，吸气变粗。

"鹿儿宝宝！不要把大磨盘压在肋巴骨上。只要你活得快乐，做一个不逼你当老婆的好叔叔也可以。我只恨自己变了。"

"哪儿变了？"

"心变了。"

"变坏了？"

"说不上来。按往日脾气，摔锅卖铁当房子让你走，或者一拳把你肚皮砸个血窟窿，让你翻白眼两腿一伸！"

"那也不差，来吧！"她撩起鱼皮裤子，皮肤犹如一层薄薄雪片之下流淌着一层粉色玫瑰花瓣儿。惨白的左颊溢出嫣红的微波，睫毛油光水亮，眼皮沉重地垂下来。

他的拇指托着姑娘的耳朵,剩下的指头缓缓抬起她的瓜子面孔一言不发。

"叔叔哥!不要卖东西,房子卖掉您上哪儿去存身,我不成了个贼女孩?害得你两手没有一个铜子儿,连别的姑娘也讨不成了!"

"还讨谁?仙女也不要!"他放下鱼皮褂子前襟,"眼目下离割中稻还有一个半月,你就住在这新房,我上祠堂安身。等稻子登场,卖点银两给你做盘缠,送你到浦口上火车。下车的路你勤问着走,下客栈要早,出店要迟,免得碰上坏人受坑害!甚至于再被卖一回。"

"叔叔呀!您的心是太阳光铸出来的!黑龙江干掉,兴安岭倒下,我也忘不了您!"

"别说!再好也没用,你吃下秤砣铁了心!要走,总有说不清的为难处,我不问。等你动身那一天,我打算给你做两套男人衣服,女扮男装,路上稳妥些。不然我太不放心!"

"那就送我回去,再去看看太公!"

"我知道自己不是神,送到关外一个人回来太苦。与其到那节骨眼儿上再反悔,做出不像叔叔的事来,长痛不如短痛!"

"哥!我怎么报答你?"

"用不着,天已很晚,快睡,你也够累。"他从褥子下面扯出一条旧垫单搭在肩头,又到橱里取出一床平时盖的被条往左臂下一挟,刚毅明澈的眼闭上了几秒钟,拨开门闩就走。

"叔!哪儿去?"

"上祠堂放家谱木版的南屋,有钥匙。"

"等等,回来再喝一杯!"

"不,就走!"

"我要你回来还不行?"她一跳多高,跌坐到地上,背对烛火,肩头一阵抽搐。

被条落到地上。冰轮大月刻着深青淡紫的幽幽纹路,非云非山,如花如树,无碍清辉下泻,一束束电波,带着宇宙的神秘爱意,弹奏出无声的摇篮曲,抚慰着半边地球入梦,云创造日光下捕捉不到的灵境。

他披月呆呆地站着,宛若一棵枝叶落尽的树桩,谛听流血的心擂着命运的冥鼓……

漫长的两分钟过去,她的饮泣声被淡淡夜风送入他的耳膜,空茫、孤峭、辽远。

他的左腿伸出半寸,似乎有万钧铁轮扯住脚踵,再也无法提起。

院子里大公鸡扑腾几下长翅,向远远的黎明吹响第一声铜笛。

他全身反射地一怔,缩回伸出的脚尖,扭动上身,正要拾起被条。

她似乎被地心一股弹力推向裱糊得白生生的房顶棚,一串碎步,轻似小猫,冲向他一手夺过被条,把他拉回洞房,扔掉盖的,紧紧地抱住他:"我的亲人,亲亲,哥!哥——!"

红光摇摇,人世最美的歌以神速穿越他的每个脑细胞,地也为之晃三晃。

"你……"他的血飞上颧骨。

"我……"她搂着他的右臂,头倚着他,一如巨石靠着陡山。

"你不走了?"

"撇不下哥!"

"当我儿子他妈?"

"不!"语音比蚊子哼哼还低。

"那,让我走!"他将她揽入怀里。

"不!"又降了好些分贝,对他来说恰好是春雷。

"你想做什么?"

"我要报答我的哥哥,只有这个人,给哥一个人,半个心……"

"那一半呢"

"带走。"

"还得走啊!"

"嗯!"她撕开他的褂襟,被热泪洗过的脸,焦渴的唇,雨点般地吻在他轮廓清晰的肋条上。

火的喷泉由她的小嘴吹送到他的脊柱,顷刻间顶天的冰峰之下大块雪岩在崩塌,在融解,在软化,面临失去支撑力。

"可怜的傻鹿儿,你太苦了!走就是,不要用刀砍自己的魂,我不收那一半,你整个儿带走,莫留下芝麻大一点。我对你——我的傻孩子谈不上恩,做的是人人该做的事,可惜做得不怎么干净……我真迷你,抱不够亲不够,可我还是条汉子,你用那法儿报恩,我一时糊涂会答应,将来会恨自己一辈子。不能那么毁了你!请你帮帮我,把我推滚蛋,莫把我的腿烤化了,烧瘫下。请仔细想想:当婆子,我高兴;走,我忍痛。变个样儿,不成……"不等泪水落到下巴,就被她舔干了。那火燎燎痒丝丝的味儿够他反刍到最后一息。

"叔叔!您是个大好人……"她伸臂端起酒碗:"鹿儿不是个好女孩,她不配……"接着脖颈一仰,"咕嘟""咕嘟"地痛饮。

"别醉了!"他抓住她的腕子将碗拉到自己唇间一气干掉。

"叔!我来世做你女儿!"

"不!真有来世,要么不见面,要么一块儿过,别再流星一样,'唰'的一下从心尖划过,拖个贼亮的火尾巴又无影无踪,把我闪苦了!"他将她放到床上,拽好被角,爬在她耳边说:"今晚没人给你来盖,小心莫冻病了!别怕,大门我上锁,天亮来开!"

她用双手掩着脸:"您可以恨我,打我,今晚说的话儿不能告诉别人……"

"真傻!不会,心揣肚里吧!"他用轻捷的步子奔向祠堂,安慰和失落感还在脑海里交锋,显然,它们可以轮流执政,都无法消灭对方。

雄鸡再唱,他躺在黑魆魆的大屋子里,不算强烈的霉腐味儿,从墙角和床头冒出来偷袭,一种亢进的兴奋使他无从入睡。

嘎翠鹿儿也度过一个不眠之夜。等他开锁进门,热气腾腾的汤面已经有点发胖,盐也稍许多搁了些,还算是美味。毕竟是她的手艺!

从这天伊始,她每个早晨迎来的是哥哥,说笑蹦跳,唱唱闹闹,与别人家两口儿无异。有了女性的手在运转,平平常常的岁月就涂上一层丽色、一片光。女人家,女人家,有了女人才像是个家!大小事比着干,于是路边的小草锄光,打稻场上扫得干净,锅瓢碗勺擦得清亮,柜里衣被洗得粉白,叠得有角有棱,放得和砌墙的砖同样整齐,棉絮一晒一打松软膨胀了,扩散出太阳暖和的气息。她又上大牛湖捞来螺蛳,捣碎之后拌入饲料,鸡得到饱食,天天下蛋,蛋壳也添了血色。这天地单身汉在体味之前,不觉得有什么缺陷,要失去才能对比出分量。对短暂生活情趣的留恋,又预伏了离别的忧伤!

从这晚开头,她每到戌时就送走叔叔,又比普通叔侄亲密得多。是歉忱,是眷恋,是敬佩。她不叫男方反对,首次伴随他到了祠堂,在告别之际,偷偷将一只能装大半斤酒的小葫芦放在枕边。

"一个人回去要害怕的!"

"才不呢!"

"我送你回家,好锁上大门。说真的:人老几辈子都没有锁门的习惯,有啥好偷,一个穷手艺人家!"

"那就甭锁!"

"怕这活宝贝让人家偷走啊!"叹息的潜流溢出了故作平淡的语音,"明儿不许你再送!"

"唔……"她轻应一声。

祠堂被裹入夜的铁大氅,重量增加百倍。夜风穿过雕梁,似乎是列祖列宗发出幽怨的呓语。她打了个寒战,感觉到手腕在起冷痱子。心心沟通之后,送接全是多余。

"叔,我听您的,不再太阳送月亮,一夜送到大天亮。"

牛尾镇的蚕茧、土布、榨油等行业,受不住洋货与机器的冲击,日见萧瑟。上馆店吃顿午餐的人屈指可数,石匠打的大虾找不到买主,他还是按部就班,每天不少不多仍是四斤半,虾一到家就寄养在大缸里,隔五六天才送到安庆府去脱手。

圆房之后第七个早晨,他吃完早饭,在小屋里点上一袋水烟,看了大半回《水浒传》。

"鹿儿大小姐！什么金装银装，花了够炖烂牛蹄筋的时光还没完事，敢情要把这清早八九早全在梳子篦子上磨掉吗?"听话音有点急，里边还含着两分嘲弄和玩笑。

"这就行了！"房门呀的一声拉开，她连跳三步立定在门框里，那模样儿是石匠一世当中所见到的最佳形象。

她头戴十二叉鹿角帽，当中是红缎剪束成的鸡冠花，鱼皮褂子上贴有狐狸、熊、虎、蛇等饰物，生动活泼;还有几只铜铃，叮叮当当。旋转的瞳仁，浅浅的笑窝，使他心中暗自叹服:"好个翡翠雕出来的活野鹿！爽直、执拗、欢悦，跑跳轻盈，可没少嘎气！"

"哥！好看吗?"

"真好看，可这身打扮，安庆省里的百姓人老八辈子也没见过，你走大街上，不跟上一千，也能领着八百口子都围着看稀罕儿，没准儿怀宁县正堂还得派二十名衙役来撵散闲人呢，换掉，晚上再扮上给我一个人看上十年八年也看不够！"

"哥，这帽子衣服比你们这儿姑娘媳妇穿戴的都好！白调理一清早，真没劲！"

"那你就待家里别出去！"

"不！我要去陪着哥，昨夜梦见左脚让大蟒缠得生疼，大吉大利，去能帮你卖个好价儿！"

改扮挺快，衣饰和本地少女相同，只是梨花般肌肤外的流霞，薄醉似的红脸庞儿，野性的视线，跃动在言笑间的气质，总招人眼目。渴望她扎根扬子江畔的侥幸心理，伸展出闪亮的屏风，高与云齐，遮没了异日劳燕分飞的潜在哀痛。姑娘的童心在旭晖里苏醒。湖里虾，江上帆，原上水牛，树头果，园中蔬，石板街心的车辙沟，背林近水的小暖房，八角形的糯米粑，蹦脆的大金果，绑在独轮车边砍着零卖的大胖头鱼长达六尺，和人亲密相处很少挨打的黄鼠狼、小狐狸，山脚路旁北国见不到的草草花花，使她欣喜，不住地提问也难满足的求知欲，把许多想不到的佐料撒进每一天。

少顷,石匠把她领到龙涎河西岸。

打明朝嘉靖天启年间开头,一条涧水与皖江分道扬镳,跟人形河扭成麻花,几番分合,喊来大别山南麓的浅溪,小瀑布,碎山泉,充实了新血液,悄悄南行。桐城的理学家孙麻山指出:"河是落难到江北丘陵的一条龙,月形山金矿是她的长角。"可惜云高海远,得不到海天云涛际会,连不高的大龙山都敢坐在龙头上望呆。对大海的思念想得龙涎水不干。哈喇子虽欠体面,龙的鳞爪带着仙气,因之名扬几百里。在太公比石匠还年轻的岁月,翼王石达开攻打潜山,龙涎河载粮运兵,还剩些风光。后来天柱山周围大树遭到滥伐,人祸天灾不绝,流沙堵住皖江喉管,淤沙岛比河堤高出一两丈,百吨大船通不过,只剩下木筏小舟点缀荒凉的山川,上游常常枯水,殃及龙涎河的来源。贫穷、愚昧、血吸虫病,棺材里伸出手来死要钱的赃官恶霸,贪婪地榨取,哀哀父老无力治水,为了续命,沿岸开荒,坡土下淤,河床瘦削。光绪末年,仅在山洪陡涨的春夏及秋初,略具河的形态。抗战前夕,大段大段为沙土掩盖,终于变成一条不会兴风作浪的斗渠,窄处五丈,宽处十丈,只是圩田的一根小动脉。抗战胜利后成书的地图册上,此河名落孙山。

结束了风烛残生,逐步从人们的记忆中隐退。村民们嫌绕道上江堤进城多走七里路,就在龙涎河东西岸两株大柳树上拴上一根指头粗的棕绳,渡船上不养专职艄公,只需乘客们手拉着棕绳,船就会顺利地驶向彼岸。也不知是驼年骡月,有个男孩独自过河,风浪稍大,顽童抓滑了手,船被冲到江堤跟前撞翻,怕江水倒灌入河而修的拦洪闸正好洞开,孩子葬身长江鱼腹。这么一来棕绳拴得高了,绷得紧了,不让小孩们摸得着。只是流量大减,连大人也抓不到绳索,才有好心人放低它。

姑娘压根儿没见过这样行船方式,船上只有他俩,她一上船就摆出"船长"架势:"哥!您坐着,看住虾!别叫小东西们跳进大沟,我拉船,不许你伸手。"

"傻鹿儿!虾跳不出篓子;伸把手,四两酒。要女的照应算什么汉子?这是河,是龙王爷流的口水,怕是他老人家想你去当龙王奶奶,不是沟!"

"哪有瘦成这样皮包骨头的河,是得干血痨病的沟!"她振振有词,挺赏识自己的不认账。

"少见多怪!不与小孩儿家一般见识!"

他念了两句京戏的韵白,心里暗暗乐和,有意绷个包公脸。

"谁是孩子?谁小?你才是,你你你………"她用右脚拇指不断跺在船板上来加重语气,像是一串惊叹号。

"你不是……"他像突然停电的留声机。

"我怎么啦?"她抬起下巴扬起长眉。

"你不是嫌我老了吗?"他的腰躬下去,颈子似乎嫌头颅太重,胡楂子贴在锁骨边,他不喜爱那痒爬爬的感觉,反复地重重擦了几下,换得一阵愉快些的微疼。

她的眼珠失去电流,船在轻轻的水波声中移动。

"跟鹿儿闹着玩的,唱支歌给我听!"

"你不笑,我不唱!"

"哈哈!哈哈!啊呵呵哈哈哈哈!这是徽剧《水淹七军》里关云长的笑法。"

"不好听!假笑!"

"这不是真笑了吗,鹿儿!"他笑得酸涩。

"莫想不快乐的事好吗?哥!"

"你唱我才快乐呀!"

"是吗?我给我哥唱!"一大群音阶不同的鸟儿排着长队跳出姑娘的口腔,带着北国冰霜的凉意和质朴的热力,在河面上互相追逐着,嬉戏着,逗引着,有的抱在一起沉入河底,有的双翅剪开微风冲向江南葱碧的远山,有的盘旋两圈落到老柳树的枝头卖呆,有的骑上流云插入天空的云海,有的钻入他的耳朵滚进记忆的深渊,有的是露珠儿们的美食……

他一个字也听不懂,却能朦胧地咀嚼出一位少女,披着半透明的鹿皮——她的内疚与忧郁,为他祝福而舞,当进入真如之际,鹿皮脱尽,内心的美为她镀上光焰,那赤裸的双脚牢牢被地母的爱心所吸住,脚印上有扫除庭阶的笤帚,拨动灶心劈柴架成烈焰的火钳,挑起虾网竹竿前端的铁钩,在耘田之际只因个头太高被她认为是稗子而误伤的绿苗,在老萨满兼穆昆家拜堂时扯落在地的盖头巾⋯⋯

她唱出神之后忘了一切,包括正在唱的自身。受豪兴的主宰,船已靠岸,他提起一双虾篓跳到陆地,她非但不肯追随,居然把船又拉回东岸。

"你不去了吗?那就在家等我给你带块绸子回来。"他放下虾篓,挥着右臂。

她止不住歌吟,频频摇头。

"是船没有坐够,多打一个来回?"

她含笑点头,表情全是个孩童,使别人无法计较,更谈不上责难。

心头颤动着独尝天宫妙味的幸运与满足,抛开所有的不快,存心要改变她慢悠悠的行动节奏,他故意装作生气地一拍大腿,提起虾篓扭头就翻过了河堤,朝南一拐弯就折进了一片玉米地。

歌儿还是那样优裕、从容、饱满、沉得住气。直到第二次拢岸,她系好链子,下船走了二百来步,才停住歌唱,拖着腔儿吆喊一声:"哥——!"

没有回答。

"哥——!"这声叫得更响,更甜,更长。抬头一望,大路上不见人影,这才撒开脚丫子一气跑到玉米地尽头,通天大道,别无遮拦,"怎么去得这样快,把我扔下了?"

一股酸气冲上鼻腔,还没有钻入脑门,来不及发作,便双手一摊,撇出下唇,狠啐出一口唾沫:"呸!"然后跳到路边草地上坐下,双手捂着脸,抽抽咽咽地哭开了。

从手指缝里向前后张望,都不见石匠,心里光火,装哭正要变成真哭,他来到她的背后,兴高采烈地吐出故意包上冰衣的话语:"大人儿小姐,为什么要唱鼻涕歌?"

她学了一声猫叫,放下双手,咯咯地笑了。

他反而出乎意料地愕然。

"走呀,犯什么楞?"她提起一只虾篓就赶路,做得狡黠、迅捷。

"放下,我来!"他一连几个弹跳冲到她的前面,双手平肩伸开,拦住去路。

她的头故意向左一伸,全身比奔鹿还溜活,从右边冲过本来就不太严的防线继续前行。

这类迷藏整整捉了一小时,九里路过去了。

"哥!抽袋烟,坐会儿吧!"她坐进了凉亭,从前有个老道人天天来向行人施茶,光绪二十五年被官府抓去,据云是捻军的大将,连同在涡阳、苏北捕获的四人,在解送到北京的中途,被山东巡抚衙门李捕头放走,捕头自缢而亡。此事天柱怪客曾告知石匠,还说捕头有个儿子,武艺高强,在黑龙江升任副将,前程宏远。

鹿儿的请求符合石匠的愿望,就倚着石柱坐在石条上,点起一袋烟,深深地吸着,摇头晃脑地喷出来。他很想和天柱怪客一样,能将烟吐成一组山峰,云缠雾罩,可惜练习几年,就是达不到那种火候。

"你吐的是大兴安岭,黑龙江呢?"

"在我肚子里!"一股烟柱飞向姑娘的红颜,呛得她煞有介事地咳嗽两声。

"你攘我?我走!"不等他反应过来,她提起一对虾篓一阵风似的跑开。

他不慌不忙地抽完烟,消消停停地磕尽烟灰,吸入一口长气,双手游泳般地划动,脚尖不住地点在路上,一步三尺,两脚小鸡啄米式的速度,使他进入半飞腾状态。

倔强好胜,健壮的体魄,都不是功夫。当他擦身而过猝然夺去一对柳条篓子的时候,火花从姑娘眸子的边角射出,两条眉毛握手似的凝成马蹄形,连自己都来不及判定是佯怒还是真生气,但见他在五丈开外转过身子迅速后退,五官之间泛着笑的浪纹,是爱护,请求和解,又带点戏谑。她只得收回努出的双唇,舒展柳眉,接受他的欢愉。

卖虾之前,他又问她:"你的梦灵验吗?"

"嗯!"她深信不疑地首肯。

那年月石匠还没有名声,雅称"不醉不归小酒家"的老板,不知道他有厌恶沿街叫卖的心理,只看出他老实巴交的样儿,按摊贩们进货价格再打八折,就成交了。

鹿儿在大街上等着,从他的手上接过碎银子,眨巴着眼算了一算说:"太贱,不卖!"

"是梦不可靠!"他拉着她走向闹市。

"可靠,是卖错了地方。"她决不服输。

"上久大绸缎庄截块上等衣料,让鹿儿披上翡翠毛,更嘎更漂亮!"

"什么?走了八街十二巷谁比我好看?钱你收着,我不用花花绿绿的绸子来帮衬!"自我崇拜是人类的偏颇,她没具备自谦的文明与虚伪,石匠一听,浑身轻快。

四

就在先觉们为"民主""自由""平等""博爱""共和""富国强兵"等遥远的光焰而抛头洒血的年代,普通的"我大清"国民仍旧在血污中安享着沉滞,世纪的更替似乎和他们是风马牛不相及。

没有电视、电影、杂志、广播传递信息,陈独秀与潘赞化办的《白话小报》只印几百张,文盲成灾的华夏读报者寥寥。依靠人嘴两块皮扩散新闻,"人言可畏",舌头可以成为使弱者送命的绞索。紫禁城里的一个喷嚏,一入府县衙门就是旋风;乡村边陲把人吹上天的龙卷风,钻进太后老佛爷的"御耳",连根头发丝也吹不转。愚君专家们年年祝贺风调雨顺,五谷丰登,天下太平,万事大吉,她一点不嫌乏味。

嘎翠鹿儿的故里有句谚语:"幸福腿短,痛苦脚快。"是由苦涩的人生况味熬炼出来的。

新郎官在拜堂之夜辞"职"独宿祠堂的奇闻,是老百姓最敏感的话题,蔓延速度超过流行感冒。骂石匠"无福""阿囊废""双料傻蛋"者有之;颂之为"关二爷再世,秉烛达旦""土圣人"者也不乏其嘴。好事,向往,甚至仇恨黄脸婆子不是"绝代美女"、鱼皮鞑子的几十筐唇舌,不厌其烦地接力吹嘘、变奏、移位、异化、叠影。嘎翠鹿儿就是地上嫦娥,正在喘着仙气的活西施。什么王嫱、貂蝉、杨玉环都是等外品。无从对照的废话,除掉一对当事人蒙在鼓里,连抚台、学台、四品黄堂、七品官、臬台、提督各色衙门里均有新闻。其中渲染得最卖劲的要推巡抚幕僚,有"刀笔王"恶名的绍兴师爷王油嘴,他熟知鼓儿词里"人见不走,鸟见不飞,蝴蝶惊得摇头,蜜蜂吓得叹气"之类滥调,这种谈吐偏偏又和主子审美水准对榫合辙,听得两眼直勾勾地盯着屋顶,灰白的面孔上现出两片猪肝色。王师爷明了,他想做的文章已经埋好了伏笔。

区分幸与不幸比识别石灰煤炭难得多。同一时空,武松与老虎、周武王姬发和商纣王受辛,吉凶对立。细细推敲武松打了老虎是福是祸,武大郎兄弟团聚是泰是否,不好轻易裁断。石匠、鹿儿与王师爷千载一遭的碰面颇具戏剧性,算三生有幸或倒了八辈子霉,看官明察。

姑娘把石匠拽到紫檀阁:"你把绸缎庄搬到咱家院子里,我也舍不得穿那么贵的东西。你花得越多,我欠你越多。"

"总得花点小钱才不算白跑!"女方的诚朴增加了男方的敬意。

鹿儿用手指指道旁的小吃店,米粉肉的香味随着蒸汽飘入他俩鼻腔,引得肠子咕咕噜噜地转动着,涎水从舌下的华池穴涌向咽喉。

"客官和姑姑要什么?"店小二从肩头抽下白布,夸张地擦着并无灰尘油汤的桌子。

"精肉四碗,馍馍一笼!"

"哥!不要那么多,一会儿回家吃饭,一碗就够咱们尝的。"

"客官……"小二眼盯着男主顾。

"照拿!"

"哦,豆腐乳汁儿米粉肉两大两小,馍馍八个一笼来啰——!"堂倌声到货到。

"哥!钓虾不容易,您得留点银子……"

"吃饱,中午到家不烧锅。"

"吃不掉。"她像有点抱屈。

"撑死我偿命!"他脱去麻鞋,一跳蹲在木凳上,"不是吹,安庆城的点心比北京好,你们那儿吃得着吗?"

"知道哥疼我!"她的额角沁出细汗,廉价的美食在她来说是破题儿第一回,吃得又香又快,当他递来第二个包好楂肉的馒头时,她想让石匠多吃些,才突然改为细嚼慢咽,延长了品味过程。

石板街上响起脆滴滴的马蹄声,小二一个箭步迎到官路当央,伸手接过缰绳一躬腰:"王大师爷!请您老人家赏脸喝壶太平猴魁茶再走!您这枪法连孙大圣碰上也脱不了身,绝!"

王师爷满月大脸上堆着笑纹,用对他那样挺着将军肚子的体躯来说算非常爽利的动作,滚身下马,膀子上架着猎鹰,踱着八字步进了店堂。小二把高大的蒙古马拉到对面小广场上,树荫下有马槽,马喷了个响鼻,皮下的肉颤动一阵,棕色毛鬃上闪过太阳的光焰,挂在它身后的两只兔子与一只獐子上沾满血迹。

猎枪"当"的一声倚在板壁上,小二端来热水,等师爷净过手,小二割来一刀里脊肉,放到拴猎鹰的紫铜链条上。秃鹰眼光阴鸷,浑浊,半伸开翅膀,贪婪地啄着肉条儿。

师爷将鹰拴在条凳上,美滋滋地伸个懒腰,朝嵌着骨雕的大椅子上一坐。

"老板孝顺大师爷的!"小二递上宜兴烧制的仿曼生壶,倒盖的壶盖里,放着两粒乌黑的鸦片烟泡子,摆到一起有蚕豆大。一见此物,师爷打了两个呵欠,揉揉深陷的眼窝,解嘲地咧咧嘴,仰着脑袋吞下嗓子,再灌进几口热茶。小二凑趣地送来果盒与米粉肉。

"哥,你吃!"姑娘吃完两个半馍馍,把未动过筷子的一碗肉递给石匠。

"够了,你吃!"他将碗推还给鹿儿。

"真的?"她将信将疑。

"我几时做过礼?"

"啥叫做礼?"

"安庆土话,装得彬彬有礼,做假。"

"为啥做假?"她大惑不解。

"跟您这鱼皮鞑子说不明白!"

"鱼皮鞑子"四个字一撞进王刀笔的耳膜,比听到中堂或老佛爷还要如雷贯耳,以致八字胡子微微一颤。他竭力不动声色,毫不显眼地转过身子,貌似注视猎鹰,全神贯注在鹿儿身上。

她那移动不得分毫的眉眼口鼻固然令他叹为观止,更令他惊诧莫名的是带刺蔷薇的野性。大野鹿儿的活力,未曾经受汉文化熏蒸和贵妇才媛反差出的淳朴,犹如半粒米厚的一层红珊瑚罩护着她,凝聚着雨过天晴之后,琪花瑶草特具的鲜健。老谋深算的刀笔吏立即悟得送些野物给上司表示自己文武全才的作用,和当好媒人进献鱼皮鞑子给巡抚的效果相比,是稻草比人参,土地庙比宫殿。美人现身是天助的佐证,要不择手段地命中靶子。

在师爷默神狠狠吹大幻想的泡沫之际,嘎翠鹿儿的目光久久停留在猎鹰身上。经过熟虑,觉得甭跟石匠商量。她端起楂肉端步走到猛禽面前放妥,任它啄食,再退后三步,倒身下拜,用她的乡音喃喃地说:"神鸟呀,当天地大神阿布卡赫赫与恶魔勒鲁里搏斗身受重伤血流千里的时刻,您从太阳上的金河里衔来活命圣水,哺育了大神,又用翅膀为他洗伤,助他苏醒之后,打死了恶魔,功劳盖世。怎么碰上恶魔后代,胆敢给您戴上锁链,这太可恨太不公了!您先吃吧,我要用最大努力来消除您的磨难!"

鹰饿了,它没有吃过熟肉,用爪子一拨,碗底朝天,油汤和肉撒到地上。

"伟大的神鸟请不要恼怒!不用焦急!"她掏出全部碎银子放到刀笔王面前:"也许这银子太少,也许多了,全在这儿,求老人家行行好,把神鸟放了吧!让它自由,免得给人们带来不幸!"热泪流到姑娘的胸口和手背上,她向刀笔吏恭敬地施一礼。

王师爷的眼球埋在纵横交织的皱纹里,贪鄙的目光仿佛看不见的手,在她的头顶跃跃欲抓,老辣的世故使此公感谢命运的慈悲,克制住邪恶的表情,双手抱拳一躬到地,做个搀扶的架势:"小姐请起!鄙人从命!"一部传奇剧的草图在他思维中孕育成形,居然把到腰包的银子捧到石匠面前,手也没有抖一抖。

"师爷！请坐！她们老家敬鹰为神,风俗不同,请您老先生莫要见怪!"石匠拉起鹿儿,与刀笔王寒暄几句。

师爷从靴筒摸出牙柄匕首,将鹰腿拉到凳面上,划断铜丝,捧起它的双脚,走出店堂,朝天上一送。

"师爷！您老人家……"小二很诧异。

"鄙人与二位萍水相逢是缘分,姑娘有所求,岂能拒绝？一只鹰比起仁义,鄙人尚知轻重。使之天高海阔,乃平生快事也。"

说话的当儿,猎鹰一飞冲天,到小得同麻雀一般时,又俯身劈风降落,快贴近房檐斜折过长翅盘旋两圈,朝店堂里的食客们一瞥,才朝西方逸去,顷刻间踪影不见。

"谢谢大伯!"鹿儿按照汉人风习,行了个刚刚学会的万福。她沉浸在快乐中。

"银子还请收下！一只猎鹰价钱值一担熟米!"石匠再次送上银子。

"鄙人读圣贤之书,知道禹王闻善言必拜,多谢小姐教诲,玩物丧志之事再不敢妄为！圣人之德,恩及鸟兽,勉力去学。一收财物,视为买卖,未免太小看鄙人!"他捋着胡髭欣欣然关照小二:"二位点心钱记在我账上,到月总付!"

"喳!"小二学了一句衙役的口吻。

"不行,不行……"石匠急忙推辞。

"给!"鹿儿拿起一块银子递到柜台上。

"师爷大人吩咐过,把我脑袋摘下来当酒壶使,也不收姑姑的一分银两!"生意人会说话,师爷不住点头。

小二手上的银块又飞回到石匠的桌上。

"这多不合适……"石匠略带谴责的眼神扫过姑娘的发髻,当作台阶。

鹿儿抿着嘴垂下头,如同闯了祸的大孩子默认了长辈的指责。

"请问老弟台是不是前年巡抚大人从缅甸买回红玉一方,在大士阁刻成观音圣像,拜献给太后老佛爷过千秋节,誉满京华的胡师傅?""誉满京华"四字纯属夸张,但语气含蓄,听来不过火,无愧老衙门的措辞。

石匠点头称是，面浮笑纹。

"老弟有怀抱，有学养，埋名不求闻达。佩服佩服。等有机会当登门求教！"

"乡里太脏，师爷不必劳累！"

"哥哥出门做活儿的日子多，去了碰不上。"鹿儿知道石匠讨厌官场人物，帮着推辞。

"见到高兴；碰不上也高兴。郊游一番另有所得。存心放达，无可无不可。"

在场四个人，各自找到了笑的理由。

晚上，师爷在巡抚的"内书房"陪东家小酌，席间少不得口吐莲花，惹得主子色心入港，口唇发干，虚火上行。官僚做事从不主动，像末流禅僧留下一桩公案让下属去领悟。闻一知五的师爷故作糊涂地请示："美人，鱼也；政声，熊掌也。两者不可得兼，舍鱼而取熊掌如何？"

回答是一串高深莫测的干笑。

"门下仰大人若生父，尊大人如严师。"师爷乘胜递上合理合法的遮羞布，"久闻东翁赴京应考，有位才貌无人企及的女校书，夜间慕名来访，流连不忍离去，东翁坐怀不乱，有古鲁男子遗风。于是名动九京，传之四海。"师爷一派无稽谰言脱口而出，不唯行板如歌，妙在连自己也被感动，似乎用尽吃奶的九牛二虎之力才遏止住泪水，中途频频拭擦，主子也甘心奉陪着弄虚作伪，神气俨然。"东翁视海上妖姬、赵燕娈童如粪土，五位如夫人皆太夫人所赐，却之不孝，聊备一格而已。然先圣有言：'不孝有三，无后为大。'鱼皮鞑女生雪山之阴，得冰河绝塞生生不息之气，方能不畏酷寒，面如桃花。门下以赤子孝心敬劝大人纳此女入侍，必能早产麟儿，上慰祖宗之灵，中释太夫人之念，下解门下为东翁异年孤寒之忧。何乐不为？"

回答还是莫名高深的干笑。

"大人明察秋毫，怕愚夫愚妇误会，酿成夺民妻为妾谣言，宵小之徒，素恨大人刚正勤廉，于是空穴来风，桀犬吠尧。门下拜服东翁之德，窃以为不必存后顾之忧。俗语云：'会办事者面面光，不会做事两手脏。'何妨不着一点,尽得风流?此女拒夫入室,必有缘故,大人厚赐石匠,使之另择佳偶,恩同再造,与夺妻风马牛不相及!"

大人批准师爷行动的方式仍是干笑。外添黄金二两、文银三十两。指明要大闺女,破过身的贴百两黄金也不要。

师爷不惜血本,买了一罐高粱酒,又到巡抚的小厨房讨了上等熟食,装在食盒里,交给长随挑着,带领十名戈什,尽佩洋枪,自骑快马,径奔牛尾镇。罐里飘出的酒香,腰间沉甸甸的元宝,绿营兵们背上蓝得发黑的洋枪管子,都滋长着令其昏昏然的欲望。只要网不空撒,至少可以落下一两黄金、二十两银子,如若裙带拴住东家三魂七魄,没准儿能放个把正印官儿——七品县令,他确信自己才能胜过十位巡抚,若得风云,什么曾文正公、左文襄公、李文忠公固然未敢攀比;住在"白日青天"衙门里的刘坤一、吴坤修之类二品大臣是庸才,比他王某差远了。

这支小小人马渡过龙涎河的时刻,王刀笔板着面孔来跟部下套近乎:"石匠有一把蛮力,能耍七十斤重的大刀。君子不与牛斗力,凤凰不与鸟争飞。弟兄们为父母妻儿当差吃粮,不要出岔子坏了巡抚大人衙门的威名。"他又将这批人分成两队,日夜换班守着石匠门外路口,如此这般地交代了一套方法。仿佛他所作所言都出公事公办,万不得已。他会设身处地为戈什们谋利避祸。真是哄死人不偿命!

石匠刚自龙涎河入江闸口换过闸门上的铁链子回到家门口,但见板栅下面坐着一名小卒,还没开口,小卒便起身施礼说:"王师爷在祠堂偏房相候,请务必前往。"

"他老先生有何见教?"

"不知道,胡大叔!小人是奉命传话。"

"请代我辞谢,我刚下过河底,衣服全湿透了。"

"那正好去喝几杯驱驱寒气,您不去他老人家还要来请!"

石匠心口暗暗交谈:"人言此公狼吃他被药死,狗咬他活不成的恶讼棍,见到却也和气,可见传闻失实。作兴是黄鼠狼给小鸡拜年?小心无大错,多听少说为是。"

"两日不见,想坏人了。来,干掉,鄙人说话从来不会弯弯绕。日久天长老弟会晓得耿耿此心!"王师爷斟满大杯先喝下去。

石匠比较谨慎,含笑陪上一盅。

"酒还不赖吗?"

"至少放过十五年的陈酒。冲劲儿过去了,后劲长!"

"老弟嘴是分金炉!行家!再请,你我兄弟尽兴方休。"

"师爷见过大场面,小小石匠,奔波市井,您老先生太客气!"

"石匠怎么?人品不比做官做府的低,比鄙人应付官场言不由衷高得太多。再说专诸樊哙屠狗为生,伍大夫吹箫乞食,韩信受辱胯下,笑古贤出身寒微只有势利小人,不值一提。请!"

"手艺人酒已够了,师爷请!"

"老弟台古道侠肠,似有什么难言之痛,恕鄙人交浅言深,告罪告罪!"

"工匠幸有薄技糊口,没有心事。"

"你我一见如故,老弟台莫留城府。若有用得上鄙人分忧之处,尽管吩咐。"

"工匠浑浑噩噩,天高地厚概不关心,认命乐天,何喜何忧?"

"贤弟台肝火旺,印堂苍灰,眼藏红丝,夜间易醒多梦,卑人不通医道,也能看出蛛丝马迹。偶听传闻:台端新婚宴尔,一人来此抱衾孤眠,何必相瞒?"

"这……"

"贤弟台是明白人,卑人二十年前情多为累,在西子湖上迷恋一名船娘,先父母逐卑人出门不以为子,兄弟反目,同窗同年规劝不听,一意孤行。后来大病一场,几乎死于非命。那女子水性杨花另嫁富家儿。大梦一觉,物是人非,富贵功名,一一耽误,悔之晚矣!"师爷痛彻肝肠,泪如雨流。石匠喟然长叹,连饮三杯闷酒。

"大凡绝色艳姝,其心朝风暮雨,不可揣测。往往招来纨绔子弟,风流商贾,朱颜少年,带来杀身大祸。大丈夫得美姬而不沉迷,提得起,放得下。得无大喜,失无大忧。识时务者为俊杰。与其陷入困境无力自拔,未若防患未然,将国色天香遣开,换得负廓良田,可以丰衣足食,可以远游名山大川,做烟火神仙。卑人不学无术,信口雌黄,贤弟台以为然否?"

石匠霍然起立,迟疑了刹那,又平静地落座,右手下意识地摇着瓷杯,食指指甲刮落一小堆白粉。

师爷当他心如汤煮,是三寸不烂之舌即将生出奇迹,且按捺下喜悦的喷泉,不让涌到面孔上,左手用指尖深深掐入大腿,使自己在疼痛中保持愁眉苦脸。右手掂起铜壶自倒满杯之后,递到石匠袖边,做了个请开怀畅饮的手势。

石匠掸掉白粉末,拱手一揖:"先生是个有心人!请!"

师爷皱眉喝完酒一照空杯,半滴不剩。

石匠把壶还东道主,一跳蹲在凳上,抱起绛釉酒罐"咕嘟""咕嘟"牛饮十多口,狂笑一声,伏在床上发怔。

"老弟台醉了!"

"你……才……醉……"这是舌根僵硬的醉话,"我若……醉……了是……小……狗……"

"贤弟满腹黄连,无处倾诉,鄙人看在眼里,疼在心头。有句心腹话儿……"

"请……讲……"他的下巴在痉挛。

"诶,说了贤弟不会听,还是留在腹内给鄙人醒醒酒!"师爷欲擒故纵地卖关子。

"说……个……痛……快……不言声……把……我……憋……死……"

"能听?"

"好话……句……句……听……不听是……是……狗……狗……听……坏话……是……狗……狗……"

"实言相告:巡抚大人听了无耻之徒谗言,说贤弟台与北方姑娘没有同房。做官的最爱财色与大红顶子,我那位东翁更是好处女成癖,一听动心,立即要派官媒前来说合,要银子要官都答应,只要老弟台答应让北方姑娘进后衙当一名如夫人。鄙人知道贤弟武艺高,志气更高,向来不交官府,不贪财物,在大人面前再三劝阻,无奈他自认一言九鼎,反说鄙人吃里爬外,对他三心二意。鄙人说:杀父之仇,夺妻之恨,会官逼民反。大人说正愁抓不到革命党,提亲不成按照革命党人罪名砍头示众,烧个村落,杀几个人不过一碟小菜。鄙人听出杀机,不敢怠慢,后来幕友告知:牛尾镇已在昨日派来火器精良的绿营兵。鱼死网破,大难临头。出乎至诚,不怕弟台骂我杀我,讲明原委,还请少安毋躁,慎重行事。逃,弟台能逃,姑娘难逃,村中父老逃不了。抗,抗不了。大人带来黄金一两,文银十两,供老弟台另娶之需。鄙人为老弟想,不知如何了此劫难? 五内如焚!"师爷被自己的话感动了,他惊异的是能说出如此妙语的人为什么没有当上封疆大吏,由自敬而自怜,泪水汩汩而下。从外观上,诚挚、豁达、机敏,一副与人为善的做派,登峰造极。

石匠听清来龙去脉,心烦意乱,他给自己第一条忠告是:莫再饮酒;二是不能恼怒莽撞行事,为了一个好的结局。辱骂痛打师爷无用,何况此人真相不明? 他只得继续借酒装疯:"金子……给我……我……扔下……大……江,不……要……女……人……的事……我……想……想,让……师爷……好心……好……报……"

师爷善观火候,不再进言,叮咛几句保重,带着长随上马回城。

石匠倚墙呆坐,等着牛尾镇姗姗来迟的黄昏。茫茫人世间被看不见的刀切成亿万小块,个个都被钉在方寸的网眼中,是非善恶苦乐成败,在隔绝里又有转化渠道,正因为参不透彻,才有魅力,才依依不舍,被榨干身心而不索取回报。在牺牲自身都不能造福另一个人的天下,占有的空间就更微不足道。

神网啊,一边在腐朽,一半在重织。不怕你灰飞归大寂,怕你完不了……

石匠在半醒半眠中推衾起立,树上归巢的鸟雀们正在叽叽喳喳。他一低头看到地上象牙柄匕首,这是师爷无意间掉下来的,拾起来抽出一看,冷光森人,便悄悄插在腰带上。

五彤云片片贴着江涛和稻浪沉缓地移动、堆聚,早已过了浆熟期的中稻垂下辫子在微风细雨里战栗,害怕儿女生出芽子,让农夫们本来唾手可得的大丰年泡了汤。

石匠给祠堂的公田田埂切开了放水沟,防止涝灾。倾斜的雨点,扫在蓑衣上,汇成条条小瀑布,打湿了裤管,清凉却不酷寒。唯有斗笠上的雨声离耳朵太近,铺在篾丝下面的棕叶太干,反响竟达到十名泼妇一同骂街般的喧闹,使他厌烦。在秧田枕头沟内,有两条大半斤重的鲫鱼保持着尺把远,追闹得挺来劲儿。若在往日,他会下沟去逮住这对碧波情侣,和嘎翠鹿儿同享。姑娘把她最爱喝的美味取名"鱼奶汤",他调侃这佳名:"谁见过鱼奶呢?"

"没见过就不能叫?谁见过大魔鬼耶鲁里吐出漫山遍野的大水,谁见过阿布卡赫赫如何变做一千条巨龙把洪水喝干,让熊爷爷和鹰格格生下人……"

"无理横搅三分理,得理更不让毫分,逞强的人吃一世大苦!"

今天,他出于同情和珍惜天物的夙愿,使锹把它俩赶到沟头,摘下笠帽捞起活蹦乱跳的一对儿,一路小跑送入斗渠,让它们游向大牛湖,不觉把衣领和头发全淋湿了。

做完农田活计,回到板棚下面,卸去雨具,身上负担减轻,但见门上洒金纸对联受到湿气的抚慰,色泽比新纸还明艳。那是他专程送去八斤大虾敦请安庆府书家陈雪崖所书:

> 易曰乾坤定矣,
> 诗云琴瑟友之!

这两句令他陶醉过好多天的话,写法略似汉代孔庙碑,雍穆开张,怎料今夜竟成了讽刺?

他坐在一块石料旁边,集中意志,给石碑敲砸出半圈花草纹样,只过了两袋烟的时光,又味如嚼蜡,死瘪的线条太乏活力。

门拉开了,鹿儿笑盈盈地跑出来迎接,拉住他的衣角说:"哥,进屋换干衣裳! 天晴再刻石头活儿! 天晚了,伤着指头不值得!"

晚餐吃得冷清,姑娘给他斟的酒,被他倒还葫芦里,饭只扒了一碗就放下筷子。

鹿儿想恢复往日轻松快乐的氛围,先找话题:"天能晴吗?"

"谁能当老天爷的家?"

"稻子能保住?"

"问天!"他用八个手指重重搔着头皮。

她收掉菜碗,扯过汗巾围在他后背,从自己发髻后边拔下篦子帮他篦头止痒。

他和往昔不同,默默承受,没有吭声。

过了好久,他才抓住姑娘的手,叫她停止。小手软得滑溜、漾出温馨,唤起他这是末次的留恋,于是,又把手和竹篦子递到自己并不痒痒的头上。篦齿在乌发中犁过,似乎受到头皮反弹力的抑制,白色细屑逐渐减少,后来仿佛是篦在石块上。

"哥哑啦?"

"我在想上刀梯那晚,多想亲亲你,不敢。"

"这回补上亲呗!"

"不好意思!"

"我好意思!"她吻过石匠的脸,"哥有心事! 别瞒我。"

"你才有!"

"我?"

"你怕稻子霉烂出芽卖不出路费回北方!"

"不! 是怕乡亲们没饭吃……"

"就为那……"

"你……"她的胸脯急剧地起伏几下。

"洗脚是撵我快回祠堂去伸腿!"

"没有那份心!"

126

"那就留下我？"

"上对门去睡，从没有叫你去外边过夜，你挨淋我不心疼？"

"今晚我睡这儿！"

"我上对门，一样。"

"你得跟我睡一起。"

"为什么？"

"你是跟我拜过堂的老婆！"

"说过话不算事，配做个人吗？你答应不碰我，送我走，原来是骗我？"

"骗你又怎么样？"

"我不能怎么着你，大神阿布卡赫赫会惩罚假善人！我不用你一个铜钱，马上走，沿路要着吃的走上三年总能到家！就不让骗子称心！"她觉得在骗子面前流泪是软骨头小虫虫儿，沸腾的血冲上脸部，颧骨下面升起火云，钗子耳环一阵风拔除扔在床面前的踏板上，脱掉衣裤，从枕下摸出鱼皮褂鱼皮裙，跑到床背后更换停当，顿时变成复仇女神，眉心跳动着两条细细的短纹，散开的长发是黑色火焰，上牙下唇咬得咯吱吱响，远方淡化了的雷声加以烘托，镶配得水乳交融，雪山的女儿独有的气概，凛然是原始森林细根牢牢抓住的黑土。

她想到汉家的跪拜，膝部的动作刚刚开始，又挺直身板，按北国民族的至高尊严蹲身一礼，声音比冰柱还冷："还您的恩情和饭菜钱！"

他直挺挺地坐着，犹如石像。

是给姑娘照路而扬起炬火，还是愠怒的阿布卡赫赫在用头碰撞着银河的河底而溅出的星花，是眩晕的脑袋灰蒙蒙的天镜上射出回光而闪电旋转、抽勒、摇晃，还是神鹰在寻找跌入孤独苦痛中的女孩，回眸间渗漏下一串串问号……

撕破过久压抑冻结成的铁衣，天河之水倾泻的巨响便是怒龙长吼，吓得大地在沉吟……

"砰！"这是嘎翠鹿儿反带上房门的抗议声，他兀然危坐不动。

"砰！"堂屋后门被重重地关上。

127

她在大门后喘息了几秒钟,义无反顾地拉开大门投入青色帐子里,没走到十步,一个白衣人影伸出铁臂将她抱住往肩上一扛,跨过门槛,直入新房,来不及反抗,她已被轻轻放在床上,一条红绸被压到她身上。

她推开被条,只见他面壁而坐,头上水珠闪耀着烛火。

她光着脚跳上床,鞋已经掉在大雨中。

他抓过铜壶,把盖子扔到地下,一只手堵住壶嘴,从进酒的上口狂饮。

"叔叔! 您……"

"鹿! 走不了!"

"为什么?"她的声调软了一半。

"不能告诉你! 淋病了谁侍候你?""当"的一声,壶被扔到床背后漆黑的角落里。

"叔叔! 干吗发这么大火?"更软的嗓音。

"恨你!"

"恨死你也不嫁给你,还得走!"声音里加了钢,"骗子!"

"没骗你!"

"刚承认又翻个个儿!"

"早晚明白我是什等样人!"

"不嫁给你就恨,想娶我的有几百,都恨我吗?"

"恨你是真,喜欢你也不假!"

"恨就打我几巴掌再走,我不想欠债!"她双手叉腰,朝他伸过脸去,"打呀! 走掉就打不着啦!"

"不想打你,想杀你!"

"你倒走运赶巧碰上个不怕杀的,来吧! 杀了痛快,就不做你的婆子!"

"你以为我不敢?"

"杀!"她一挺胸解开三个纽扣,拍拍白得像细瓷般的前心,"我这么好看,年轻,敢在这儿捅个窟窿?"

"鹿儿妹子!"

"哎——! 哥,快,等久了没准儿我反悔,又不肯让你宰掉!"她闭上了眼,钨丝样的眉毛在颤动。

"啪!"匕首扎在桌上。他想发泄,没找到缺口。

"哥! 再给你一壶酒壮壮胆儿可好?"

令人难堪的沉默。

"欠你好几壶酒,鱼皮褂子抵上!"她赤着背脊和胳膊,大红兜肚上绣着鹰头女身坐像,她家旧日氏族的图腾,双乳垂地,肚脐在一对肉口袋之间,比嘴还大,长着两眼和嘴,是贼胖的男婴脸孔,被围在太阳才具有的光焰中,粗针大线,全用黑色,原始、稚拙、飞动、蕴含着谜样的诡秘。他心里一动:莫非这是具有妖法的邪神绣像?

"这是什么?"

"神灵、祖宗,大萨满为它念过咒,会保佑我,死了灵魂升上天,与去世的爹妈团聚。"

"你没脸见他们?"

"我身上比雪还干净,他们晓得自己的孩子这儿没有马粪牛尿!"她指着图腾正中,抬起右肩,一副傲态。

"你没有做妈妈就死了,没有人祭祀你们家的二老!"

"那是你断了我家香火……"幽怨使她的嘴角掣动一下。

"你一点不欠我的……"

"斤斤计较不是汉子,呸!"她亮出右掌,伸出小指,用四个指头围着它,只露出指甲,似乎他就那么小气。

"不管怎么说我是你叔叔,请你为我唱首歌,听完我再杀你。"

"看在你还聪明,头回承认是叔叔,这,我不赖账,我永远是您的儿子,跟天地一样长久! 您要听什么我都唱,可怜的老石匠!"

"随你唱什么都一样,反正我不懂! 有声音就成。儿! 过来!"他伸出双手。

她突然变得天真,孩子气十足地一跳,坐在他的膝头,右腕揽着被太阳烤成古铜色的颈子,重重亲亲他的额角:"我是您的儿子,杀了儿儿也不恨您,就是不许叔叔动歪心思,像拜堂那晚;好汉一条才是嘎翠鹿儿小小的老爷子!"

他闭目合睛,下巴倚在她肩头不动。

细婉的半童声从地心抽出,仿佛一把金弦,音域不宽,每个音阶都是小金球,从弦上分娩出来就在屋内飞翔,一个个滚圆,互相撞击,金芒一生三,三生万千,组成天地混沌初开的袖珍世界,只有一个孩子在为月亮催眠,鹿儿不知去到何方。

风平浪静之后的第二个春天,他向她请教歌唱的内容,大意是:

狡诈的九头魔怪耶鲁里,变成一个牙齿掉光的老太婆,在西伯利亚放牧一群鹅。

阿布卡赫赫头枕大兴安岭,脚盖贝加尔湖在酣眠,扯一声呼噜,鼻孔飞出一只白鸽。

一群鸽子在天上呼喊:危险中的大神怎么还不肯醒醒,大魔放的鹅全是白蝇,把阿布卡赫赫捆上九九八十一万道,他睁开眼,再也无法抬身。

鸽儿们急了,挤在一起,变作一朵大白花骨朵,老太婆远远看到,欣喜狂叫,便将它摘下来送到鼻子跟前一嗅,白花突然盛开,从里边吐出一亿支金箭,射瞎了老太婆的眼睛。鹅筋宝绳被金箭割断,大神才获得自由。

数不清的碎绳被风吹到大兴安岭顶端,山被戴上白玉王冠,那是万年不化的冰雪。

大魔一怒捏碎了白花,花瓣经风一吹,还原成鸽子毛,落到大地上,长出无边无垠的白桦林……

唱到后半段,她的嗓子沙哑,金弦缩细,音球小了,一个个从弦里挣扎出来,受到死的阻力,除掉蒙昧的生活气息,咏叹倾诉的成分遭到削弱。

"渴了,叔!"

他举起她朝天上一抛,让她在空中转过身,接住之后往右肩一放,活像搭在店小二肩上的一条白布，镀上烛的惨红，雨的凄厉。

他扛她上厨房倒了一大碗酒，回到新房，远远响起了二更的木铎。

他把鹿儿放在椅上，自己面壁肃立。

她拔出匕首，放在碗里反复蘸过，再推到他站立的一方，刀尖对着自己，酒被大口喝完，碗掉在地上摔碎了。

她的眼色浑茫，双臂撑在桌上，气管里有点"呼呼啦啦"的杂音。

"没活够也该了了！叔！对不起您，我到死只是你的女儿子！挨你一刀不后悔，是造就一名英雄，敢捅死漂亮姐儿的真人……要爱爱个没完，要杀杀个精光干净。死，清清楚楚，活，眼不揉沙。"

"敬你一杯！"他的心头一亮。应当受到罚的是无能的自己，不是无辜的女方。

"喝不下了……"

"喝！"他提起刀划开左手的无名指，血喷到桌子上。刀被咬在嘴里，右手捏紧她的下巴，将血指填进她的嘴里。一点不疼痛，只有减轻重荷的舒畅。

她咽下一口，双手扳住他的左腕说："来！我也敬叔叔一杯！给我刀！"

他摇摇头，刀光反映着烛影在墙上一绕又一绕。

她伸手要划开指头，他一甩辫子，"哪！"匕首横飞，扎在柱子上。她要去取，手够不着刀柄，急得她单单把左手第四指往唇间一插，准备咬破，他朝前一跳，用自己的嘴唇含着她的指尖。

她抓住石匠流血的手，扯下自己脖子上的兜肚带子，迅速为之包扎好。

"儿子！"

"哎——！"

"坐下听我说！"他抓过被子围着姑娘，让她坐在床沿，然后恢复面壁的姿势，让语言裹上冷却的悲愤，将艰危处境详细说了一遍。

"哥马上逃走，我去见什么大人，在他家一头碰死，不会连累乡亲们，相信你的妹子能做到！"

"只要你有一根眉毛受屈，我也会舍命去搭救，怎么会杀你，让你去冒

131

险？我也不说假话：真要让你落到狗官手里，我宁肯打一辈子光棍也杀了你，再找机会杀狗官！刚才心烦，说话不在板眼上，别生气！”

“怎么会，你要杀我都高兴呢！事是我惹的，我有办法销掉，等等，我们把那放眼线的烟鬼子兵吆喝来吃碗面，站在风雨里够受的！”

“他吃了粮就活该受罪，明天再另想办法让你走，我去投案，承认是革命党，那几间没窗户的黑屋关不住我！我走了。”

“上哪儿？”

“回祠堂，再不走绿营兵怕我当了新郎官，回去要打屁股！那老东西只娶大闺女！”

“哦！”她一皱长眉，盯着屋顶，“哥，新郎官没有杀妻不卖妻的大豪杰够味儿！我上茅房回来，还请哥哥来一刀，死了气气那坏狗官儿！”她把被条扔在床上，找双鞋子趿上，袅袅娜娜地出了新房。

他装好旱烟在残烛上吸着。

三更响了。

传来大门的响动声。

他当她反带上门真去找大路上打伞放哨的小卒，想拉她回来，就收起匕首往堂屋走去，恰好在过道里跟新娘子撞个满怀。

“哥哥！我的好人儿，大门让我闩上了！”

“你……”

“你还上哪儿去，这不是你的家？”

“行，不走，我上你对门去过夜。”

“哥！哪有夫妻睡两间房？我是你拜过祖宗天地正儿八经的老婆呀！”她一跳抱住他的头，鞋子“啪”的一声掉在地上。

“你不是要回老家吗，我的儿子……”他的嗓音哽塞了。

“这就是我老家，我要给哥生儿子，做妈妈！”话一落地，就觉得石匠的胳膊抖动了一下，一条热的河流从铁腕流入她的心头、她的四肢百骸。

“儿子！你心里会后悔……”

“哥！你鹿儿妹子从来没有今晚这么快乐过……你要先走，把我活活烧掉陪你也高兴……"

六

嘎翠鹿儿被一大群人喊奶奶,叫婶婶,还在津津有味地当着孩子头儿。半大姑娘们踢毽子、对秧歌、打桑枣固然有她参与,小男孩们捉迷藏、下大牛湖摸野鸭蛋,只要她在场,也玩得兴味十足。起初也有些老太太老头儿窃窃私语,说她没有长辈架子、大人样儿,耘田锄地伤过好苗苗。天长日久,发现她没有辈分观念,是老人即使晚三辈她也尊敬,谁家红白喜事,丈夫出门做大件活儿去了,她送的分子总是"冠军"。她心里没有账本本,谁借她银子粮食都忘掉。大家就不再责难,反而爱戴她。她走到哪里笑声先到,嘻嘻哈哈一串串吐出来的性子,为村民们所接受。

小镇无大事,谈话的题目不外凡人琐碎言行,什么抚台大人死掉谁来接差事,北京中堂老爷是谁,上海造的洋枪可管用,都不如道士金辅朝家认一只五爪猪为弟弟,给它穿皮袄被撕碎之类故事更宜谈资。

去年冬旱,龙涎河枯水,男丁们倾村而出,挖运河底黑土肥田。此举不能排除河的血栓,仅让她添上三十岁阳寿。

石匠夫人每日烧四大锅热茶,自己挑起木桶送到河下供同宗们饮用。她身材颀长,天然大脚,蛮劲充足。担粪之初,她也使头巾包过扁担,双手抱紧,放不开步子。石匠不许她挑,无奈此女太犟,竟在三更天起身上井里取水,大小缸碗装满之后,宁肯大门担进来,送到后院倒在地上再去练肩头。石匠只好闭口,终于胸不再挺,腰不再躬,扁担闪闪悠悠,蛮像那么回事。

"奶奶! 哪能麻烦您老人家,累坏了……"

"婶婶歇会儿吧,这活不是妇道人家扛得下来的!"

"谢谢!"

"多谢大婶……"

后生们的感激使她糊涂:送茶是遵从良心吩咐,该做的事,几年前老道士也做过，为什么谢个没完？

为此，她几天不笑不讲话，被石匠取笑一番，还是解不开这疙瘩。没让老规矩浸泡过的女性是幸运的。

她不信皇历，每天清早都在柴房门后用斧头画一条道道儿，做饭淘米之前，往小布袋里放进一粒米。对任何疑难事的决断都靠原始的占卜，花鸟虫树，信手取来便询问。肯拜祖宗，不信菩萨老君，没上大庙烧过香。

正月十五是元宵灯节，石匠带夫人到省城看了一宿热闹。龙灯、狮舞、高跷、大头罗汉、娃娃舞、大鳌山、小鳌山、旱船，房檐之下和孩子们手上的百花百兽灯，形形色色，千变万化，石匠是屡见不鲜，却分享着小娘子的狂喜。这辉煌明艳的光色天地，换得她许多惊异的赞美，也牵起缕缕丝丝的乡愁。

灯具以形写神传情的造型，与她同族男女扎绣在衣帽上的动植物图案，当神灵祖先奉祀的图腾柱、石刻偶像、木人、挂在孩子身后的保护神布娃娃，都去岩画、面具、脸谱的原始文化意蕴未远，境界宽博遥深，是民族生命力的结晶，一看就是表现情绪的艺术。善于呼唤欣赏者创造发展作品的蕴涵，故而一拍即合。

在她的生养之地，每年要把全族人拉到山顶帐篷里，男女分居。搭棚的地方，由最高龄的总祭祀穆昆将大鱼牙掷上天空，等它落地之后，牙尖所指之处，便是大吉宝地。

进入森林，头戴神帽腰系神裙的大萨满击鼓跳神，小萨满们敲小鼓助威，等跳神者人事不知地晕倒在地，头部所指的第一棵榆树或柳树便是神树，上通大神祖宗所居的神楼。

九堆奔马、巨蟒等形状的篝火被点燃，与兽头、蛙、鹰、龟、鱼、刺猬、巨鲸等等图腾式的灯，升起图腾旗，开始了七天七夜的祭火节，仇家要握手言欢，相互敬酒。

此时神鼓、台鼓、号角、幌铃、洽拉器一齐发声，震撼山野。

接着萨满们用长盆抬来活鲤鱼、烤仔猪、鳌花、草根、糕饼、饽饽等等贡品。

老萨满宰杀活鹿活猪，用神具存集鲜血，兑一半泉水，遍洒部落驻地。

老穆昆把装有一对喜鹊的笼子挂上神树，等到祭祀完毕后放出笼子。

老萨满领唱，上千人和声相答，一起请各种的火把降临。无边无际，星星般的火把，山之炬火，河的火把，火把奶奶，火把妈妈……列成火阵。

年轻猎人们穿过火阵，消除灾难，祈祷狩猎种植双丰收。经过火海打兔、擒鹿、秋千、钻火圈、秋千踢灭天灯、火中取石珠、射鸭等多种活动，胜而不骄者称为英雄（巴图鲁），受人艳羡，求婚者纷至沓来。

萨满们表演狮、熊、蟒、鹰等神降临的舞蹈，压轴戏是鱼头女人身躯的东海女神来为全体男女老幼祝福，教导他们如何防火。

夜晚，全族同拜星星，仪式也戏剧化了。

到祭火节尾声，嘎翠鹿儿才和孩子们用小火炉从火堆上取火种回家，号称"长明火"。

石匠陪妻在黄家广场观看五猖老爷们抛叉捉鬼，耐心听她叙述着陌生的风习，体会到怀乡病的忧郁，不停地安慰她。

安庆西门外制伞业发达过几十年，从业者多是年老退役的湘军、淮军，以及他们的子弟，龙灯玩得最活。出于一时兴起，石匠脱下外衣抛给鹿儿，跳到街心，接过龙头，舞得十分悠闲，进退俯仰中一点不费力气。看客们大声叫好，为他披红挂彩，他本性中爱热闹爱名的一面得到满足。鹿儿看得合不拢口。

"哥！你在咱那儿能当巴图鲁！"他下场之后，鹿儿替他披上衣服。

"你们那儿巴图鲁高人一头，这十来年在安庆叫不响了。要是到茶园去看戏，金兀术吆喝跑龙套的孩子们为'巴图鲁！杀——！'龙套跑得两脚不粘灰也讨不上媳妇，这些假巴图鲁太可怜！"金兀术是什么人，她听了说明还犯迷糊。

"龙比城墙还长，用多长套子才装得进去？"

孩子也不会提出此类疑惑。

他只好另做说明，四个龙套如何代表千军万马。

天亮之后，鹿儿欣赏了大众廉价美食——侉饼包油条，涂上胡王美蚕豆酱,无论石匠怎么嗤笑、反对,她还是买了十罐荷叶封口的蚕豆酱,解下头巾,提着往家走。

"舌头不容易上当! 咱家人老几代都没吃过这么好的东西。"

"安庆省好吃的东西太多,徽菜味道比北京的鲁菜强得多,马上去尝尝酱鸭臭鳜鱼!"

"不去,舍不得花你血汗钱。"

前行不远,邻街响起刺耳的破锣声,闲人们走出店面房门,朝锣声那边跑着。

"又是什么灯! 看看去!"

"没有什么,白天闹不成彩灯! 八成是押解犯人,多难听的破锣!"

"没见过,看一眼就走!"

"酱瓶子给我提着,你一个人过去。什么猫儿眼九龙杯不松手?"

"你也来,挤散了我找不着家!"她将酱菜顶在头上,就拉着丈夫随大流加快步子。

"咣——! 咣——!"破锣的余音拖得很长,沙嘎、不祥。

"闲人闪开! 闲人闪开!"为首的皂隶往街二面的看客们虚晃着水火棍,勉强开出一条狭短的人巷。鸣锣的不是衙役,身穿大襟腰袄,头戴的毡帽像只歪瓦钵儿,脏得油亮,领口背后斜插着旱烟袋,类似京戏舞台上小生插的折扇,将军背的宝剑。大概是地保狱卒之类角色,最后走着六名带朴刀的士兵,这一桌吃衙门饭汉子耸肩鹅步,自鸣优越的神气,不亚于新科状元在北九门游街,大清帝国的墙基就是这群善于从多种悲惨事件里牟取油花的高手。

被蛀虫们簇拥的是一个弱女子,罪衣罪裙,戴着刑具,她眼光湿润,并无泪影儿,中等偏高的个子,头发干燥少光,依旧漆黑。眼眶稍深,睫毛半合,目不斜视,皮肤细白,嘴小唇薄,一脸秀颖之气。呼吸有点局促,又不失镇定。

"啊——!"有个青皮跳上卖完猪肉的案板上一呼。

"啊——!"庆幸自己没吃官司的市民们跟着乱叫,和草台下看戏的人们一样麻木,同情怜悯的神经,早已被皇帝们的愚民政策阉割殆尽。

女囚徒耳根和两腮绯红,越发地无助、无告,头垂得更低。

"不犯律吗,准是安庆城九头十三坡一等一流的红唱手(妓女)! 够闭月羞花!"

"要放了她卖一千两银子也有一桌买主!""放掉她上城楼上抛彩球,想当新郎官的总有三万号人!"男人们议论什么也忘不了自己的性别。

"可惜黄花闺女,前世作孽! 阿弥陀佛!"

"啧! 罪过,罪过! 老菩萨救救她!"老太太们从楼上伸头细看,寄望于冥冥神灵。

"怎么回事儿?"

石匠把沸沸扬扬七嘴八舌的议论拼凑成如是答案:"这女的叫尔梅,姓石,绰号刺儿玫,像玫瑰那般扎人手。本是苏州人氏,绣花女工,被吸大烟的爹卖到安庆聚兴里留仙馆。鸨儿逼她接客,姑娘假意答应,晚上摸到鸨儿屋里使汗巾把那个老不贤勒死,自己去投了案。人命关天,鸨儿丈夫老王八使了钱,今儿判了个秋后绞刑,这是押回死牢!"接着又简要解释了什么是鸨母、王八、妓院、绞刑。

"这么一来她只能活多半年就得勒死!"小娘子总算听清了事由儿,急得挤出人堆,站到门楼底下掩口便哭,"多标致的女孩,活蹦乱跳要弄死,这多可怜……"

"世上不平事多似毛毛雨,你管得了吗? 回家!"

"不成,你给我提着。把银子给我!"

"干什么?"

"我买下她成吗?"

"到这节骨眼上一万两银子也白搭!"他只能说清什么叫判决。

"唔……"她的泪水更快地涌出。

"你不能救她?"

石匠的头摇得如同拨浪鼓。

"哥!"她轻轻对他耳语,"要能让她活,你跟她拜天地,大官大财主有小老婆,你讨个把我不恨你……"她说得一片至诚,"我走那晚,你一跳就过了房顶,来到大门外瓢泼大雨里……"

石匠捂着她的嘴悄悄告诉她,死牢没窗子,有三道牢门,全上大铁锁,进不去也出不来。

鹿儿绝望地望望天空,有一只麻雀飞过。她少不得祷告一番,请求雀儿示知女囚结果:南吉北凶。鸟儿不解人的善良愿望,先向南飞了两丈,她刚要拍手称乐,那小东西又调过头往北而去。

"唉——!总不能白碰上这妹子啊!"她从丈夫口袋掏了一块碎银子,迅速跑到对面熟食店里买了二斤肴肉。

"姑娘,咱店里的肉不稀罕,做不过进翔火腿店,可这德州、禹城扒鸡是山东师傅的拿手好戏,从嘉庆五年起,每年朝宫里送上千只,万岁娘娘、王爷贝勒都爱吃,人称"天下第一鸡",这儿是独一无二的分店,货色做到肥而不腻,一抖肉骨分家,骨头又酥又脆。汤里有人参、当归、黄芪、茴香、花椒、丁香、桂皮……十全大补。您才该买一对!"

"银子够吗?"

"用不了。"不等鹿儿点头,鸡已称好,连肉用大荷叶包扎结实,还剩几个铜板,她抓到手里也不招呼丈夫,就一直冲到公差们前头,把熟食举过头,跪在地上说:"叔叔大爷们做做好事,把这点东西给可怜的妹妹吃了,谢谢大恩大德!日后多福多寿,当的大官比大人还大一圈儿!盖上高楼,金银财宝压弯楼板!"后面这些吉祥话是要饭的凤阳花鼓女登门献艺时的职业语言,她一听就记下,没想到派上用场。

"嗨!死囚又冒出个姐姐来,你跟她沾亲带故?"水火棍一举,皂隶拖起长腔,不自觉地模仿起老爷问案的派头,"说呀!"

鹿儿摇摇头,不知如何回话。

"不能给死囚送吃的,要下了砒霜秋后没'戏'了!"

"刚买的,不……"鹿儿一急,先掏一片肉填在嘴里,也不咀嚼就硬咽下食道,梗得颈子伸了又伸。

石尔梅抬起头来,好一双澄净的眼睛!死,是她无选择之中最佳的选

138

择,一点不畏缩、抱憾。多少感激、无从回报的歉忱,都在眼语里告诉了跪在青石板上的俏大姐。

鹿儿眼角一动,表示理解和安慰。

短暂的对视起到不可思议的效果,青皮们收起色眯眯的狼眼与一身流气,为鹿儿帮腔。

"大叔! 公门好积德,瞒上不瞒下,替犯妇收下吧!"

祈求的人脸连接成波澜,八名蛀虫掉进去就被淹没。

"我这人……"皂隶唇髭一动。

"您是出了名的佛爷心肠,给乡亲们一点面子吧!"敲锣的向着水火棍谄笑,左肩高,右肩矮,焦茶色烟牙一齐露相。

不等皂隶首肯,捆荷叶的细麻线已被站起来的鹿儿递给了锣手,自己退回到人墙之内,石匠悄悄挤过来拉住她。

"我替这孩子拿着,乡亲们放心!"破锣一声给他的话加了个句号。

蛀虫和囚犯向前移动,人墙也决不甘心被九人的队伍甩掉,用蚯蚓爬行的速度跟上去。

"可惜刚才没想到给那女孩两罐酱!"她夺过了头巾系成的小包袱。

"这年头想做好心人太难活! 还是待在家瞎子唱大花——眼不见为净①!"

"那带案子的不全是凶神恶煞!"

"你没见他们打人抓人榨财物的时候成什么样子! 算有福气啊!"

"清官也有,去年腊八你在台上唱的包公《打龙袍》就是,忘了那晚我给你炖了蹄包汤?"

"老百姓不在戏台上过日子!"

"衙役也有个把心不全黑的。"

"是有过几只白老鸦,没等到挨上猎枪,就叫黑颜色的同类啄碎了!"他加速了步伐。

_____

①戏曲中行当,俗称"大面""大花脸",铜锤"架子花",因分工而异统称为"净",和生、旦、丑同称"四大行"。

"白老鸦？没见过。"

"孩子，跟你讲不明白！"他急于离开古城，摆脱睁着眼都难甩开的梦魇。

从这晚开始，鹿儿变得不肯说笑，眼老盯着屋顶，一遍一遍向花儿们鸟儿们问卜，想得到女囚能免于一死的启示，可惜遍遍落空。

只要一睡着，女囚就跪在她面前哭，一醒来又在黑洞洞的墙上承尘（天花板或芦席吊房顶）上看到幻影，女孩两颧骨隆起，青里带紫，舌头拖到心口，七窍滴着黑血……

鹿儿惊叫着醒来，失声大哭。

"鹿鹿！我在这儿！"石匠抱着妻子，"叫你莫要看，犟得要命，唉！悔不该带你进城看灯，我真该死！"

通宵灯火也不能抵御烙在女主人肺腑上的恐怖形象。

"对不住，哥，吵你了！"

"说这些干啥，又不是有意！"

"我到对面去睡。"

"那，你不更害怕吗？"

"死不了，不能害你，白天的石头活太累，你睡着了也哼哼！"

两天之后，鹿儿不再乱叫，一个劲发烧、背脊滚烫，水米不进口。

石匠求医抓药，只好请出嫁到几里之外的妹妹来照应。妹妹对嫂夫人的外貌赞扬备至，对她的稚气、爱笑颇有微词，碍在亲哥哥情面又不愿说破，所以很少回娘家。老兄觉察到姑嫂间的差别，把缩小、消除距离的心愿寄托在时光上。

鹿儿素来强健，三九不烘火炉，只穿薄袄，砸开冰块洗脸擦脚，从不说冷，四季一条单裤，有岁数的老太太为此数落过石匠，怕她留下病根子，他忠实转告，夫人只当耳边风。病似夏天暴雨来势汹汹，走得和晚春的小雪一般快。妹妹临走，鹿儿把所有的银子都悄悄放在妹妹的包袱里，赌咒发誓地说："退回一个铜钱，她就回老家不再回来。"

这年闰二月，两个龙抬头，节气过得慢，元宵节后连阴多日，到正月二十四才晴,夜里还很冷。

鹿儿瘦多了,精气神恢复到七八成。走路时的弹跳与笑声减了三分之一。

石匠到铁匠店给一大包凿子添了钢,淬了火,回到院子里鸡刚上埘,但见妻子坐在蒲团上,数着石块上的米粒儿。

"再穷也不用这样抠门儿过日子,吃饱为算,数什么米?也太过细了。"

"你一打岔又不对,三遍两样,来,帮我。"

"傻!不数!"

"我是算算离老家多少日子了。"

"我知道,四百五十七天!"

"跟道道儿一样,这米少了几粒。"

"兴许老鼠偷走了,别计较。"

"真快!还没觉着,一晃就过去了。"

"慢了世上就没有老年人!"

"是吗?你累,我烧锅。"

"你病没好透,我动手。"

"早就好了,看!"她跳得很高。

"老长不大,真乖!"

"我唱支歌给哥听!"初更之后,她头回自报献艺。

"你没精力,不唱!将来听的日子长!"

"一定要唱!"才唱罢头段,嗓子发毛,走了腔调,他没有听出隐忧和伤感。

"歇着,来杯茶!"

"哥!"

"什么?"

"没什么。"

"你……"

"有朝一日哥听不到会想的……"

"你比拉一雪橇大木头的快脚鹿还结实,先走的是我,我就不想唱段戏给你听,爷儿们心肠硬!"

"你嫌我不懂!"

"你唱我也不懂,爱听!"

"哥,唱几句,我给你烧水洗把澡! 在灶台能听清!"

"天冷,不想洗。明儿天暖再烧!"

"让我去烧!"她不由分说撸起袖口就点火。

他觉察到妻的思绪不太正常,但马上又当作庸人自扰。水一热,他又在澡盆边架上木柴。

一会儿,她又走了进来。

"别来,不大好意思!"

"你前回上山打石头右肩扭了筋,我天天给你擦背脊,今天还得擦,老夫老妻,害什么臊呀?"

他温驯地坐在盆里,她擦了几下,鼻腔里响了两声。

"伤风了?"

"没有。"

"怎么鼻子里不利索? 是在淌眼泪吗?"

"没。"

"过来我看看!"

"看吧!"

"这不是泪水?"

"不! 是洗手溅上来的水珠。"

洗完澡头上居然冒着汗,就光着上身倚墙而坐。

"来,说会儿话再睡,还早着。"

"哥穿上衣服!"

"你躺这儿!"他披上熊皮,点起旱烟。

"哥! 我没安坏心,要做了什么对不住的事别恨我!"往常她总是用背脊靠在他的腹肌上,今晚却爬到另一头。

"鹿鹿！你胸口又压上一摞子石块！"

"想家，心很苦。当然，比挨打受绞刑好！"

"天热了回去一趟。"

"你不怕我一去不回头？"

"鹿儿有情义，怎舍得扔下我？"

"真到时候只好狠心！"

"还有什么做难处？"

"睡吧，别问！我困了。"

"我看会儿书，你先睡！"

"点灯熬油顶什么用场？"她一口将灯吹熄，屋里散发着油烟气。

一会儿她发出匀细的鼾声。

树梢没有月亮，墨蓝色天幕上很细密的星光透过乳白色窗纸，屋里的人和物逐渐现出清晰的轮廓。他的思想很不宁静，也不知过了多久，他穿上鞋坐在床边，久久注视着鹿儿，打过三更才躺在妻的背后。

过了不久，他又听到鹿儿在发呓语，尖厉、凄惶，便叫了一声："鹿鹿莫怕！"

惊醒之后，听不到妻的呼吸，顺手一推，床上没有人，原来做梦的是自己，立时脑子清爽，想抽袋烟，把女人找到，推想她睡在对面。

他伸脚找鞋子，却碰到了滑溜溜的东西，用手一接触，很柔韧的。这是鱼皮裤子，不觉哑然笑了。只有做孩子的当儿，母亲唱着儿歌哄他："懵懂懵懂，挑担水桶，丢掉一只，不知轻重！"一托长的大人从我身上滚过掉在床踏板上都没睁眼皮。这两口儿不是一家人，不进一家门。

火石敲着草纸媒子一吹，将灯点着。

但见女主人一手托腮，侧身而卧，泪水滔滔，散开的头发拖到地上，眉棱骨下红了一片，肿得涂过胭脂似的，鱼皮裙外裸露着羊脂玉般的腿肚子，在暗中更白嫩。

"我对不起你！我……"

突如其来的呜咽、恍惚、歉忱，预示着隐蔽事物将被剖露，蛇影杯弓，有迹又无痕。丈夫的心遭到了红铁的烫烙。于是跳到地上，躬下腰背，左腕托头,右手抬膝,正要抱她上床。

她像受到电击,一个鲤鱼打挺坐上床,双手将丈夫一推:"好叔叔!我的老孩孩儿,不要再碰我!"

"你发精神病吧,我是谁?"

"是我爹,我叔,我哥,我弟,我儿子,除开丈夫,是什么都行!"

"怎么回事!"

"您要看在夫妻情分上就莫再问,不问我也够苦的……"她往踏板上一跪,"我不是个好儿子!叔,打我,杀了我!"短促的节奏加浓了语言的歇斯底里成色。

"我不问谁问?"

"你问你也苦!杀了我吧!"

"我不怕苦,说吧,为什么求我杀你?"

"这一年你算拾到个大女孩儿,这只嘎鹿儿犯傻,犯痴,不是翡翠雕的,是鹿粪犴尿和泥捏的,呸——!臭丫头片子!神鹰啊,怎不撕她一千块一万块?叔,干吗不劈了她,砸碎她……天——!"

他扶她坐到椅子上,为她裹上熊皮。"我听话,不碰你,你睡在地上我不心疼?"

"本想上那屋,我……舍不得叔叔;要睡到原来的地方,我不配!"

"谁说你不配?"

"我良心说的!您知道鹿儿卖给老萨满当陪葬小婆子,一是给死去的爹妈还账,二想早晚是死,不如被弓弦勒死,好歹丈夫是半个神呀。其实我在十六岁那年,爹妈姑姑姑父做主,许给了表哥,是表哥的人了。我上勒勒车,他哭得头往北墙上撞,我心一软,答应找空子逃出老穆昆家,两年为期,一准回去跟他成亲。他太穷,再娶别的姐儿是太阳打西边出来。人不能忘本,不能忘掉我当着他的面向大神阿布卡赫赫立下的誓:两年一到不给他讨上亲,我和爹妈,还有嫁的男人,生的孩子全下地狱!"她拉过丈夫的手,雨点似的亲着层层厚茧。"叔叔,我下地狱活该着的。爹妈、你都没有罪呀!当年不这么说,表哥要自刭。我可怜他,又打心眼儿里疼你这个好人儿。要神能把我锯开,分给俩男子汉就好了。"

"我不信日头、月光、老鹰、麻雀、叫天子、柳树、龟、蛇、刺猬、狐仙,花花草草都是管人祸福的神灵。要灵,世上坏人早下地狱,天下太平一万年了。你下地狱,老佛爷、大奸臣、巡抚、师爷、衙役该上哪儿? 你信有你的理儿,我管不了。顶一张人皮几十岁,多到一百岁,不能往别人鼻孔灌黄连水。走,不留,送你上大火轮,你去浦口搭火车,来得及。你走,我会想你,梦见你,叨念你,求祖宗有灵保佑你,不会再讨别的女人! 有缘会找着你,无缘你忘掉我……不是咒人,表哥在,你守着他过,打你骂你为你好,不要往南边跑。你一拔腿他太难受,活下去是只没有酒的空瓶儿!

"我怕辣椒辣,不能让他再嚼一回! 要是你的大神挺管事儿,表哥不在了,这门五十年后也对你敞着。不是怕折磨你,情愿七十岁之后去给你们看大门,安心当个叔叔,早早晚晚能看看你……屋里屋外除了人,东西随你拿,首饰一件莫留,免得见到又想你……"

"叔叔! 您真是个土圣人!"

"跟别的石匠一个样儿! 你要恨他也是大凡人,那个下雨的夜晚做了糊涂蛋,没有把指头上的血滴在白布上送给师爷,找个空当子让你远走高飞,全错了……"他的大拳重重砸在自己的大腿上。

油尽的灯猛一亮堂,他兑上油做饭去了。

七

"好大的春水,浪有二三尺高呢!"鹿儿用头巾提着蚕豆酱,三锭纹银,一套鱼皮衣裙,立在渡口张望天蓝色的春潮。

"八成天柱山一带起蛟了,往年没有这么大的水势。"

"叔叔见过蛟龙?"

他摇摇头,下巴上半寸长的钢针胡子约有十分之一带点褐黄色,显得更不驯服。"古书上说汉武帝朝天柱,在江里射死过蛟,作兴是大江猪仔,大臣太监们一吹就成了蛟龙。"

"船呢?"她用右手的中指弹弹拴在老树上的棕绳,"嘣!嘣!"响了两下。

"半截链子和锚在岸上,大概被风刮断,船飘走了。链子年纪太大,从我记事就没换过!该有三担的码子!"

"什么来着?"

"土话,三十岁!"他手搭凉棚上下游寻觅着,"你坐在树桩上,我去找。"

"我朝南,你向北,分头看看,回来碰头,不见不散!"

"还是歇会儿,我腿长脚快!"

她摇摇头就走。他拦住她夺下包袱,再与之背道而驰。

约莫吃完一顿半饭的工夫,两人在码头重逢,神色都有点沮丧。

"想起来了:前夜大暴雨,浪打进船舱,雨又往它肚子里灌,八成沉了。多绕十来里路,打江堤上走吧。"鹿儿不掩饰自己的焦灼。

"怕赶不上船,好在河不深……"

"行,蹚水过去!"

"水平胸口就站不稳,你下水属秤砣的,不成。"

"有你保驾呀!"

"到水里被你抱住不放要出事。"

"上大堤,快跑,赶不上后天再早点动身。"

"你归心似箭,两人都弄潮,不如我下水保你一身干,你不肯多带件衣服,换什么?"

"出门连胳膊都想砍下来挂在别人肩上,捎到北方到了地方再接上!"爱笑的人笑不出声来,换在前十天肯定忍俊不禁。

他脱去长裤,系在脖子上,走到树桩旁边,双腿一躬,做了个等待的样子。

她卷上裤管,拢拢一丝不乱的头发,跳上老树根,往他身上一爬。右手揽住男方颈项,左手提着包袱,酱菜罐有鱼皮褂子裙子隔开,不至于乱碰撞。

"儿子莫胆怯,过河是家常便饭!"

"叔！多好的心！"她拍拍他的左边肋骨。

"好也没用，儿子还得走啊！"

"叔叔——！您……"

"哈哈哈哈！"人为放大的笑没有抚慰她的能量，也骗不过自己。

水平脚背，凉侵皮骨，步子还矫健。

水齐腿肚，对寒气更敏感，维持着原速。

水过膝弯，冷上脊梁，仅仅是冷吗？不知道，也不想知道！负荷随着阻力加重，仅仅是背上的人吗？不想知道，又瞒不过思维。

水上大腿，浪花张嘴。不见血流肉绽，狠毒的龙牙扎进根根汗毛孔，痛得想打趔趄。仅仅是他疑心生暗鬼？

水又深了五寸，腿骨成木棍。人呀，为什么一河爱潮，换不到眉心一点痛恨……

又深了三寸，鼻孔没有被山洪淹没，竟然发酸，想叛离这莽莽色身，呼吸如此吃劲?！

头上的鼻腔也收到了电报？没有谁找你表演二重唱，干吗连哼几声……

她的心在私语："你走得这么沉，这么沉，步步踩着我的血脉，我的魂，我的筋！如果背对着德行走回古镇，我下地狱油炸雷轰只当脚颈烫个泡，指头扎根针！爹妈处处爱鹿儿，哪怕陪儿受大刑！不是女儿不孝顺，是她太喜欢石匠好后生！……"

敏感的神经能在一秒钟后来个一百八十度急拐弯！

他真的回身朝牛尾镇走，她忽然感到受了愚弄，怒从头上起，恨向意中生。

"我知道世上傻瓜太少善人稀！你关我、锁我、绑我不让走，撇不开金鹿银鹿珊瑚宝石翡翠鹿儿，也在理路，沾点真的边沿儿。不该说过的话又推倒，五尺七寸的个头咋长的，五谷杂粮咋吃的？油盐酱醋葱姜辣椒咋尝的？四百来天白日黑夜咋过的？就算散开松花大辫子梳成髻儿，红绸绿缎罩一身，没志气的汉子成娘儿们，娘们红口白牙说瞎话也该三尺白绫上梁头挂钩儿。你好可恨哪,假汉子!阴阳人!……"这一通热骂似念经,一派"千里江陵一日还"的超级气势!

他在鼻腔里冷笑一声。鱼皮鞑子骂人跟南边泼妇躺到挨骂对象家床上来个大憋气,翻白眼,吐白沫子;坐在村头山墙下,骂一句菜刀在砧板上剁一下,三天三夜不收摊,十二个时辰不重样儿,到底不一事,听来不扎耳冻心。

"杀无血,刮没皮,笑得出来,恨你,恨你恨死你!"拳头敲在他的锁骨上,一下等不及一下。

她被放在树桩上,瞳孔像烟熏火燎红、半拉塞进了煮熟的细虾须。

他将去腰带上的水,三蹲三立抖掉腿上的水,心平气和地说:"骂呀,火气不出憋在肚里长病!我坏不坏,咱俩都小葱拌豆腐——一青二白! 就看你刚病过,身子骨欠康强,一受凉少不了打反复,送你回岸上让你骑我脖子上过河!傻鹿鹿,心正不怕影子歪,哭哭笑笑狗脸十八变,不跟傻孩孩一般见识!简直想不圆溜。小孩快要生小小孩,还是小不点儿。"

扶住他双手举起的鹿角形栏杆,撇撇唇儿奔拉着头,挺不好意思地伸腿坐到他肩头,一霎时和扛在他肩胛上的大石条儿没啥两样。可惜没有大镜子让她看到这些。他朝河水走去,下半身板实肌肉在伸缩中的力度,延展出无形的细麻索拴着她的膝盖,牵引着,推送着,只有大柳树、澄天、碧河、银晃晃的云块,见过这至美的舞。舞中的人之花,绝不曾意识到无言的创格,连倒影也逐流而逝。心上的火种在哪儿?为什么甘于被脂粉污染的千万卷伪书谤书挤入万劫不复的忘川?

鹿儿弄潮衣裳的威胁一关减少,渡河的时光被挤瘦,超登岸的信念在涨肥。

肌肤对水温失去第一印象时的敏锐。漩涡倨傲地阴笑着,吐沫飞溅,蛮有把握地做出预言:"好开端易得,好结局难求。末路见晚节。慧剑尖子吹毛得过,削钢如泥,越接近你的虎口反而越钝。情丝难斩,小子,五关六将等闲罢了,麦城并不遥远。没下海的红净,初出道儿的石匠啊……"

石匠听不懂观察家的演说,河跨过四分之一。

自命为永恒的漩涡看到了温柔敦厚的太阳，不禁高呼："见多识广的大火鸟爷爷！您不给浑小子一点忠告：他的成功将放大那乡巴佬的人格，虽说不会伤我一滴水珠，那个头，那分量都会让我痛苦！若果痛苦能冶炼成智慧，我不需要，只求有崇拜者便活得津津有味！"

太阳很忙，离地太高，听不到下界的独白，无回答是最佳答案。

浪，抵制着他的肉，情，压迫着他的灵。

逆潮中的彩焰披闪在亲人灵之内与肉之外，她的脑海升起一座神庙，一只翡翠雕出的小鹿，嘎头嘎脑，十二叉长角仿佛是从广寒宫折来的桂枝，前足进入庙门，后腿停在门外，用婴儿天眼端详无像宝殿，雕着野花的龛子正中，是一把大锤，一只小锤，两只小凿子。莫非一时云翳障目，高处当拜物对象的四件正是她在大牛湖畔的一家！大锤抬起大个头唱着她听不懂的《吹腔》，越否认越像石匠！不大工夫，两个未出世的儿子，一双小凿子哭了，小锤不见，谁来喂小哥儿俩……

她惶悚、出汗，幻象逐着涛声而逝，夹杂着圆房夜的喇叭，匕首扎在柱上的叹息，大门下闩的欢快，灯的腾舞，破锣煞风景的报丧……互不关联又扭成一股绳的纷乱，搅得她思绪无章。多想抱着他沉入洪波了却一切，又盼望与他再过一段平常人的平常光景，好不矛盾！听天温侄儿说，有个地方靠近天涯海角，名儿挺怪，叫"鹿回头"。这会儿她有点后悔：怎么没问个水落石出呢？我也是鹿儿，到那里能回头吗？

想到此处，他已经走完五分之二的河道，忽然一个转身，比西行快上一倍，又朝老树桩折回去。

"假善人，舍不得姑奶奶出落得赛过仙女，又走回头路，偷心贼！圣人脸、恶魔精……"这回换了词儿和调门，石匠没听出，兑上了一碗油，一撮胡椒，炉火抽出五分之一，锅靠惯性维持高温，热劲儿过去了。

石狮子是汗水砸出来的，不是坐在茶楼酒店议论成的。

行动是最有力的解释。

一阵北风拂过河床，预言家笑得前仰后合，欢庆石匠返归老格式中去。

石匠把她扛到沙滩上，夺下包袱，挂上柳枝，抱住她的肩头往地上按下去。"莫动!"

她觉得蒙受奇辱!汉语不够用,使北国方言刺刺不休地诅咒着、质问着,反正他听不懂,第五只耳朵不存在。

再壮实的少妇也休想拗过石头都无法反抗的铁掌。

她躺下了,双脚乱蹬。

"莫动,为你好!"

"好什么,耶鲁里的爪子和牙齿……"

左手托着她的颈后,右手张开虎口捧住她的膝弯,走到树荫说:"把鱼皮裖子放在肚脐上!"

她不假思索地拒绝:"不拿,强盗,抢女人的魔鬼儿子!"

"这魔鬼儿子心不比阿卡布赫赫差,他送你过去!"

她大吃一惊地摘下包袱,不再吭声。

他托起心爱的活宝贝踩水西行,步子牢稳。

进入中流,水漫到他的肩膀,吃力的喘息不是体现水的冲劲,是领悟到付出做个普通人的昂贵代价之后,永远遇不到这敢爱、敢恨、敢笑、敢骂、敢唱、敢闯的好妻子。

常情把他朝回拽,虽非老牯子水牛,也拉得腿发僵,两腕战栗。酸的气流由丹田上升,他用舌头牢牢顶着上颚,不许它过咽喉,穿进鼻腔,挤出泪囊里的分泌物。自尊在将他推送,忍人所不能忍,为人所不敢为。

想到上了彼岸妻的心态,自己得到的快慰,头上铁闸,在加重的同时变轻,尽管生离死别的利斧砍出的内伤,流的血也不少于龙涎河,并且至死方休……

他忽然想到托着大女孩过河的是个陌生人。石匠——另一个他正在岸上垂首滴泪,另一个她用嘴接住,用青春的肉杯,向太公的孙儿们献上圣酒。

梦,不会永恒不醒;更不会全部醒来。

情,不会春光永驻;也不会云散烟消。

缘,不会不了常有;不至于全了为无。

150

她，留下难免失去，送走才肯回头。

物质、精神，两条河流都有岸，又无边。

挣扎是痛苦，即是享受，失去挣扎，掉进丢尽痛苦的大哀。

在挣扎中，他俩互相苦斗，又小心搀扶。

他的双臂是另外两条河，沟通袖珍世界中的两大洲。

她的背又是顶天立地的石盾，没有鸟道供他去攀登。

艰辛历尽，风涛趋于温和。

他的胳膊向右肩一倾斜，一片无形的黑雾漾过石匠的眼，金花飞出，密过星河，妻的头和背倒入茫茫大荒，黑海中浮颤着葫芦形的小岛，一位无与伦比的女画家，把地球上的黄金、玫瑰、牵牛、牡丹、粉莲、紫罗兰……用大刮刀和在一起，用点化生命的手掌闪电似的一拍，葫芦岛上光飞影舞，彩瀑生霞。

那双臂在寻求平衡，再次倾斜的角度是左前方，妻的鼻梁与石匠的左腮垂直遥对，几滴冰雨从他的眉下滚到眼窝，于是黑海进入光明天地，便下意识地舔舔降临嘴角的雨珠，微咸、略涩、外凉内温——那是爱妻无法抑制的泪花。

龙涎河岸是平地，又是高不可测的险峰。一滴水从黑龙江源头出发，另一滴由巴颜喀拉山动身，心程万里，关山无数，一个点燃了另一个，两只火把拢在一起，不知谁是火种，谁是继起。不知什么是我，什么是你！鼻孔合并，口腔一体，共同呼吸，无人无己！

爷爷！不用羞愧，何必把泪当水珠拭掉！

奶奶！莫要迟疑，末路是起点！生死都渺小！您勇于选择天地间无双的知己！

奶奶！您做得对！只瞟他一眼，就狂笑了，山鸣谷应，江水回眸，大河让道。你奋不顾身地扑向激流，扑向明日！白雪的女儿，白桦树的妹妹，该有如斯作为。

他明白了妻的选择，紧紧追逐着希望。

她一上岸就迅奔朝着大牛湖的尾巴。

"鹿鹿！等等！鱼皮衣服掉在河里！"

"不要了！"

"儿子等着,我把它摸上来！"

她停步回头,手扶大柳树,浑身是水,头发贴在皮肤上,像一堆黑绸布条儿。高昂、通透、健朴,一如北方母性的大野……

过了两袋烟的时光,他顶着包袱从浪丛中仰起头颅。

她重新回到水中,和他疯狂地抱在一起。

"你不走了?"

"别的地方没有这样疼鹿鹿的哥！"

"谢谢鹿妹！"他横托着她上了路。

"放下来！"

"不！怕又飞掉了。"

"哥！不骗你;是还得飞一回。"

"又变卦了?"

"怎么会呢?飞走之后再飞回来,就不再跟哥分手了。"

"你是说……"

"你得编排个好法子,把要勒死的石尔梅姑娘救出来,送回老家去当我表嫂！"

"这……"

"表哥娶了亲,爹妈跟咱们全家都不会下地狱啦,我只包他娶亲,没包他娶谁呀！"

"哦,赌咒发誓还留个活扣儿,真有你的！"

"别人看到多惹眼！"

"那就说你'病'了,抱着走没人笑话！"

"你咒我,我咬你！"她真的爬在他肩头咬了一口,"哎——！"

"又有什么难为?"

"可惜我的蚕豆酱全泡汤了！"她推开他,自己疾步趱行。

龙涎河被冷落地扔在公婆俩脑后,连着风小浪矮之后沉入河底的倒霉

152

"预言家"。

分别个把时辰的板棚在她眼里好不亲热,她哼着谣曲在四根木柱上各亲了一口。

她解开包袱,用它擦着竹竿,把鱼皮褂裙晾在阳光之下。

"别是猫打翻了酒葫芦,哪来的香气?"

"这香味有来头,不像安庆省里酿的货色。"石匠耸耸鼻尖,颇有权威口吻。

两个人一进堂屋,但见天柱怪客悠然坐在案前自斟自饮,白布风帽挂在墙面大钉上,白夹袍子洗得一尘不染,面色红润,眉宇豁朗,比与石匠在京师初会的时候年轻得多,最奇怪的是黑头发占大半,一身刚逸之气,和蔼可亲。

"师父!"石匠推金山倒玉柱行了大礼。

"哈哈哈哈!什么文王课诸葛先生马前课算得这么准,知道为师要来,俩人一起下河去摸鱼来接风吗?"

徒儿羞涩地莞尔微笑:"弟子内人嘎翠鹿儿,叩头!"

"师父是穆昆、萨满?"

"教我本领的老夫子,老师加父亲!没有萨满跟老人家能相提并论。"

鹿儿敛容下拜。

"换过衣来喝几盅驱驱寒气!"老爷子很慈祥和蔼。

"你先去,我不冷,听老人家教诲。"

"不忙,我一时不走!"

"好!"石匠眼角一亮。

八

天柱怪客这回到牛尾镇是取走一半"太阳草",海参崴一带新建的矿山又发"人瘟"。

石匠猜测:上回巡抚大人要强娶鹿儿为姿一事,了结得那么干净,是因为师爷和大人的辫子皆在小夫妻大圆房之夜不翼而飞,后来扛水火棍的那名皂隶发现,辫子全被一把匕首扎在老爷问事大堂的正梁上,匕首后来被师爷认去。甭说石匠家里翻过箱倒过柜,也没找到这劳什子。他没有荣幸当成革命党而锒铛入狱。民国肇造而后,"水火棍"换成军服还在督军衙门当差。石匠在澡堂子里碰到过此公,听他亲口谈过这件"老菩萨显灵"的奇闻,一副当事人身份,不容闻者置疑。老师对此一字不提,正是末代或倒数第二代正牌游侠本色。

可以肯定:石尔梅姑娘当了鹿儿的表嫂,上路之前由手艺极次的石匠给她剃了头,梳成一条挺入时的大辫子,一身男装,扮成鹿儿的丈夫去到黑龙江北岸。不是她偏爱此地风光,是保命所需,别无选择。路费是师徒二人共凑上二十二两银子,鹿儿还捎回十二罐蚕豆酱,填补了遗憾。谁知关山万里,反应欠佳。

老侠把姑嫂俩送达天津,为她们觅好旅伴,写明路单才折回牛尾镇,与爱徒安享一段天伦之乐。

鹿儿约定腊八到家,丈夫天破晓就炒好八大盘菜,碟子周围油花凝成霜花,拨出一半敬老师,自己只扒下两碗白米饭。

鼓打过三更,石匠已去过河边七趟。老师在西屋打坐入静,已与世界彼此相忘。石匠给鹿儿套好新被,守候在大路边。树上挂满冰花,酒盅般大的雪片竖扫横扬,彼此厮闹追逐,跌倒在雪毯上,时而再次被风抛甩到空中,四野寂然。

美对躺在宫殿门廊的卫道士从不垂青,她是等待不来的,虽说有所待者还算幸运。她只爱不求回报的探寻者。探寻便是回报,坚贞换取的悭吝即为慷慨。她不断遭到误解、扭曲、囚禁,为丑所掩盖、驱使、践踏,流放于孤岛,吊打得遍体血污,猛士以绝望的坚毅,清醒的麻木,忘却利害,全力挣脱,九死含笑。

生的迷,死的惑,被捉弄的失落感,自欺放大了的充实,挡住思维之路。复杂的简单,似变的因袭,谁能全悟呢?何况素质平平的你、我、他!

"睡吧,情重是灾,无情更苦!"老师的白袍襟袖翩翩,被风抖得脆响。

"师父回房里歇着,冷!"

"她来,何用你等;不来,等何用?"整部《道德经》的钥匙在此一问。

"等,求弟子心安,与鹿儿无关! 相知才相信!"

"等不等在你,来不来由她。世间法在为,不管可为不可为!"老人怜爱地叹息一声,默立片刻,径自走了。

"鹿鹿! 不怕你不来,怕你路上出岔子呀! 初九都到寅时了,真是猫掏心!"感人的执着与迷误只差毫厘,有时无差别。

瞳孔适应了如磐夜色,加上雪的照映,他看到团团白气带着微热从自身鼻孔喷出。信念抽打着他的背脊,开始第八次远迎。

血红的独眼从船上飘闪下来,莫非是鹿鹿失眠充血的眸子? 摇曳的光也化为血,涌上他的双肩与耳朵门子。那是小小红灯笼,孩子们的玩具。照不远,只有暖意壮壮行人胆,打着它,与思念对象更贴近。

人的剪影在移近:"哥——! 哥——!"扬起的头巾像只叮在她头上的黑蝴蝶,在它翅上,紫波明灭不定。

他张着口,吐不出声,冲到她脸前,将人、灯、包袱抱起,往肩上一扛。

一团火苗在欢送他俩,那是被挤扁而自焚了的灯笼,只能挂到树枝的冰凌上。

至于石尔梅出狱过程,则人言人殊,不外是:

一、石匠穿上夜行衣,把狱卒打晕,再割一片衣襟塞上嘴。将姑娘从死牢里背出来,未遇险敌,直奔牛尾镇。但打人一说犯了天柱怪客立下的训诫,从推理而言,不足信。

二、石匠进不了死牢,是师父穿着白衣如入无人之境挟出险地的。黑夜白衣,自我暴露,已涉猎奇,不像信史,太演义化了。

三、石匠背着姑娘刚入院子,惊动了众公差,拔刀围砍,多亏师父此时赶到,用点穴法,神出鬼没地给坏蛋们"定了格",三人顺利远去。九十年前可有这类实事? 笔者只得存疑。

四、师父入衙窃取令箭一支,皂隶行头一套,让石匠入狱提犯妇去复审,公然招摇出了牢房。持此说的是紫草儿母亲,系石匠之妹,虽具血亲权威,不知可有美化乃舅父嫌疑?别无佐证,聊备一说而已。

五、石匠夫妇结束河滨喜剧归来,石女士已男装侍立老侠身侧,此说大有书不够,神仙凑或侠客凑的味道,境界低,不可取。

谁是谁非,明家自去分析,小子不敢哓舌。

附记:

　　抗战胜利前一年,石匠避难去峨眉山小住数月,十分怀旧。征得地主、师弟李将军同意,曾去亡妻故里一行。那儿早已成为俄语天下,无复汉唐风仪矣。幸而这里有位老和尚能通故国语言。辗转打听,方知表兄伉俪夫唱妇随,参加了十月革命。男同志当过渔业工人,葬身鱼腹后被尊为烈士。夫人据高手画稿绣成的普希金、果戈理、莱蒙托夫、托尔斯泰、陀思妥夫斯基肖像红过一阵儿。弟子们改绣革命导师时,她害怕歪曲光辉形象不敢参与而受批判,被斥为"保守分子"。一九三九年遭扩大化为肃反对象,流放夫家旧居。她爱宣传列宁主张:黑龙江北沙皇掠夺去的大片土地应还中国,打成"民族主义分子""中国特务",落入"乞卡"之手而秘密失踪。石匠曾将此事告知过紫草儿,及老蔫天温等侄儿。后来是否平反,有待来哲考定。

九

从胡砧三十六岁到辞世,只要在家,无拘冬夏,起床后都着单衣,把谷场边的石鼓推到五十丈外的路边,睡前再推回门口。推得不费劲,出门揽活,玩锤挺轻捷。稍觉吃力,就连板棚下的零碎事儿也搁下,面壁打坐。他说:"五脏六腑十二经络加上每块骨头通气再砸石头,磨刀不误砍柴!"

石鼓二尺来厚,直径三尺半,当中掏空,眼大如盆,好插旗杆,青灰石上很少杂色斑纹,重约一千六七百斤。左段刻着柔柳如丝,一个傻乎乎的牧童骑在奔驰的大公羊背脊,手扶曲里拐弯的长角。右段刻有《双欢图》:发情母牛回眸后视,一头肌肉疙瘩几乎撑炸皮肤的公牛夹着尾巴,后腿站立,前蹄腾空扑向母牛,牛眼部利用石上原有红斑,亮若珊瑚,比例大于真牛,但夸张得合理。狂烈运动生出微风,使细草与柳条随之颤舞,赞颂阳光、春天、生命三不朽。

光绪三十一年(1906),澄秋天爽,三载水旱灾后来个丰收,给清王朝的残照添上一缕残霞。有位亲王要来皖巡察,巡抚向布政使兼学官沈子培索银十万两粉饰太平,修路张灯,增开茶楼戏园,不想被沈子培拒绝。于是沈的声名大振。他号寐叟,是研究元史、蒙古史、西北地理、佛学的专家,草书在近三个世纪中无与伦比,诗文流布日、俄诸国,被邻邦尊为"当代大儒"。他频年上表告老回浙江嘉兴闭门著书,朝廷不允。因无所求,对王爷巡抚冷眼相看。他后来是清代遗民,1917年7月1日参加为时十二天的张勋复辟闹剧。但在八国联军入侵华北后,曾奔走宁、沪、武昌;串联封疆大吏张之洞、刘坤一等联兵抗战,给洋兵们一些后顾之忧。又重视洋务运动,派了人东渡求学,兴办了几家工厂。

安庆府怀宁县地方官怕王爷朝拜孔庙,刷新了学宫,门前要竖两杆大旗。小有名气年不高而辈分高的胡砧,被同业推举去刻制两大石鼓。纹饰是景星、庆云、忍冬、"寿"字等。

胡砧住到集贤关北边猎人过夜的棚子,就地取石,刻毕运回,相对轻便。督工把总怕有差错,命小工们多开出一块石坯。

开头胡砧说:"'秀才学医,如刀割鸡。'胡某不是秀才,炒两碟小菜,万无一失。"

两件遵命之作齐工,秋雨绵绵,闲着百无聊赖,围着石料反复琢磨两天,躺在稻草地铺上冥想一日,推说有病,饭也没吃。

接着拼命敲砸两天,十成八九,人进入亢奋状态,累得头昏目眩,虎口出血,茧上开裂,偏偏睡不着。第三日恍若腾云驾雾,信手所之,不计工拙,时正时歪地凿,乍轻乍重地锤,处于自觉不自觉的微妙中间。哲人疯子也只隔一层蝉翼。忘了在雕刻,便进入了一生没有几次重得的自由境况。云冈、龙门、天龙山的造像作者;菲底亚斯、米开朗琪罗、罗丹……无名者有名者同样为大师,在人性上一律平等。就造境遥深,所受饥寒凌辱而言,西方大师达到的人生高度何曾高过东方的同行们,霍去病墓的杰作把欧洲人甩到望尘莫及的远处。有所觉醒的英国高手曾在茂陵捶胸哀哭,恨拜见之过迟而伤逝水年华不可追回;一位法国行家曾在中国美术馆向露天陈放的民间艺人力作拴马石三鞠躬,认为当代名家皆达不到这种浑穆自在。而东方点化生命圣者的哲嗣,正在崇尚西方院体匠艺,忘了凡·高穷死在那儿也没卖掉一张画。顶天立地的诗魂,谁来刻出?

岩画、图腾、面具、脸谱背后记忆的篝火射出灵鞭,呼唤着人,凡人!本能催动的牛是仙车,载着人与石,今和古,思想和工具,天地方有分成阴阳两极。每条神经、每个细胞、组织、光点、脉搏,都在苦寻彼岸与自己相近又相远的同类。活力在释放!失败是死与成功的彩排,创造力的疯狂掀不翻地母。石匠,我的先人!你打得最无用的半寸边角废料仅仅是我啊……

胡砧背对店门而坐,把总与公差清楚地看到他摸出一个小小的纸包,倒入茶壶里。彼此交换一个眼色。等了半小时,石匠一直兀坐着,没有倒茶。

"会是毒药?"把总挠着头皮。

"闹不清,来软功夫。动手,咱俩不够他的价钱!"公差耳语两句,一道走进饭店。

"胡师傅!咱哥儿俩吃了衙门的愁眉饭,为了养活父母妻儿。太爷和大人请您去趟学宫,务必赏二扁指宽小脸儿走一遭。您是艺高人胆大,咱弟兄狗胆包天,也不敢拿自己狗头下涮锅子!这两天上万人挤到学宫瞧您刻的那两头牛。当老爷的最怕聚众生事砸了前程,也有难处……"

"把总挎的是……"

"刀!"

"看看!"

"成!"把总迟疑三秒钟,递上腰刀。

"小孩子玩的呀!"石匠抽出,一寸寸掐断放在桌子上,倒下两杯茶说,"早知二位要来,尝尝香茶!"

“胡师傅还没有喝哪，我哪好意思?”

“怕有砒霜?”

两公人硬着头喝下,四条腿乱抖。

“把总头目够朋友! 行! 锁上吧,跟二位走。反正杀不掉头。”

“别开玩笑,谁敢锁您? 您到学宫打俩哈哈完事。一条草绳能拴得住‘盖世匹夫’? 您大腿一拍上了房顶,咱们哥儿俩在安庆省还有脸见人,饭碗能不砸? 满街三教九流,骂咱俩是二百五,十三点还加活混蛋!”

“王法就是王法,草民今儿偏想来一出《林冲夜奔》,有劳二位客就是串个董超薛霸!”

“哪儿来的话,小的们跟您往日无冤,近日无仇。荒年好过,熟年要有脸见人!”把总尽量套近乎。

学宫门口站着精瘦的湖南鸦片兵。胡砧戴上刑具哈哈大笑:“老和尚娶媳妇——头一回。比戏台上的玩意儿扎实!”

学宫里不祭孔子,很少这么热闹。府县官、学官、翰林、进士们各安其位。秀才们只能站着。几句客套后,太守知县主审。

知府问过姓名籍贯等例行套话,一拍惊堂木:“刁民胡砧有伤风化,聚众起哄,罪恶不小。是何居心,从实招来!”

“草民不唱淫词艳曲,不入卖笑人家,不曾调戏良家妇女。这罪……”

“那你为何要刻公牛母牛……不堪入目?”

“草民只是随兴刻出,未曾想过风化。大人几时明文禁止过牲畜不宜有这等事?”胡砧从容对答学自戏曲,一点不慌。两旁官绅腹中暗笑,又得故作义愤填膺。胡砧看着,觉得滑稽。

“学宫乃祭圣净地,哪能容得这等淫秽之物?”

“草民刻好此石放在山下,打算日后运回家,是公人们误送到此。草民不知,大人明察!”

“知与不知,休想推卸罪名!来人,先打三十大板,锁入站笼示众!”

“大人,冤枉——!”

“打!”

159

衙役们吆喝着堂威，有声有色，不想得罪石匠。准备重举轻落过场。延宕片刻，阶下戈什冒叫一声："启禀老爷们！沈老大人到——！"

知府等官绅一惊，抬头便见沈子培身着便服，陪同的有一位四十出头的儒生，两名长随。老先生面容温而厉，书卷气十足。中下个头，稳步登堂，风度潇洒。

知府下令停刑，带领官绅师爷皂隶行了大礼。

"不敢当！请升座问案！老夫顺道随便走走看看。进门不许禀报，唯恐惊扰诸位，请免俗礼。"

"恩师请上坐！"知府很谦谨。

"不必，少时就去。这位是芜湖安徽公学教席黄宾虹先生，亡友郑雪瑚兄生前入室弟子，此番专为亡友扫墓而来。见过列公！"

正在敷衍场面的黄宾虹名质，歙县潭渡村人，生于浙江金华，后来是中国古典山水画总结者，新山水画开山大师。为了务实学，在故乡治水利三载，得罪了劣绅，遭专人到省会告他是革命党人，要置之死地。他参加过柳亚子领导的革命文学团体《南社》，曾替革命效力。幸亏沈子培力为排难，未吃官司。前天他在街头见过运石鼓的马车，对刻工很关注。明末清初歙县刻书籍插图的工匠布满苏、扬、宁、杭四大书市。他把这些人看作艺术家，不存士大夫们的歧视。为了书籍插图的凋敝没落，他又忧又愤，无可如何。闻得石匠被捉将官里去，他的奶师郑老精于治印，在世时多次找胡砧刻过十二属相印纽，欣赏石匠作品小中见大的豪气，多次向弟子夸赞，学生看了印纽，亦古亦新，也一见钟情，只是无缘得识。现在石匠身遭厄难，宾虹立即去找沈子培，免得禀赋不差的胡砧吃眼前亏。

沈子培听宾虹谈过画，很器重这位中年后学。他不想大动干戈，所以步行来解围，站在大堂侃侃而谈，想早些收场。

"饮食男女，圣人不禁。太王好色，与民共之。内无怨女，外无旷夫，周得天下。《诗》三百，思无邪，以'关关雎鸠'压卷，夫子大有深意。工匠一时好奇虽无罪，置之学宫殊不相宜。列位义愤，有理有理。依贤契之见……"

"恩师一席话，学生胜读十年书。愚见此案免究，这一石鼓击碎，免得招来游手好闲之徒兴风作浪。恩师大人以为妥否?"知府顺水推舟地说。

胡砪听天柱怪客称道过沈子培清廉苦学,书法过人。一见之后,由衷钦佩。但此老不肯洗澡,懒换衣服,立在下风,有腐恶之气刺鼻,不禁为他体魄忧心忡忡。宾虹先生矮小而器宇轩昂,睿智,质实,深含不露。

"快谢谢父母大人!列位俱是体恤百姓的清官,有话说个痛快,往后未必有此缘分!"沈子培眼光亲和,被夸的官僚个个欣欣然。

"草民叩谢大人们网开四面,恩重如山!"胡砪拜毕,略一停顿说:"石匠未读圣贤书,生性耿介迂阔,不识好歹。板子可以打,充军新疆宁古塔,死而无怨。但石鼓无罪,不宜凌迟打碎!"

"哦——!"沈子培受到震动,想到石匠磨难多,叹了一口无声的气:"胡砪!……"

"恩师!这……"知府愕然。

"胡砪放肆!"怀宁县表示效忠于知府。

"让他回话!"沈子培从容不迫。

"匠人刻石,如母生儿。千锤万锤十万锤恰似怀胎十月。石器出世,人石连心。老师与学生、大夫和药,彼此挑选,完美契合,百无一二。草民摩挲石坯,三日不食不饥,似有所悟方可下凿。然每每悟即是误,矫旧误,悟新途,难如上天。大人们以何心对子民,草民即以何心对石鼓。比之不当,求父母大人三思!"桀骜不驯的石匠说得有情、有理、有节。

沈子培轻步走了个来回。

"恩师……"知府如坐针毡。

"老大人!"官绅们给知府撑劲。

"牛眼红如玛瑙,上乘材料,上乘手艺。依老夫浅见,石鼓由匠人运回家,自行凿去欠雅之处足以昭示贤契们有古君子容人之风,列公以为然否?"

"恩师慈训,学生茅塞顿开。千石易得,一匠难求。法外施仁,德及顽石。学生佩服!"

"老夫遵从夫子'仁者爱人'教诲尚倚老卖老,故步自封,则有负列公多

161

矣!"沈子培告辞毕,又对胡砧说:"寒舍有碑二方,改日请壮士奏刀!"

风波体面平息。真的,从九折到一折的传闻,和他的舞台逸事那样渗入街谈巷议。

聪明好事的小伙子们,在石鼓眼中穿过一根木杠子,三名青年扛着木板为它接上临时轨道,推着,拉的,打着号子,把它送上船,到牛尾镇后继续推推滚滚,忙了个通宵,安达目的地。爆竹纸铺得遍地红云。真是"人上一百,五颜六色。"(安庆谚语)

闹腾过六七天,黄宾虹来到板棚下,恰好石匠找铁匠给凿头淬火去了,嘎翠鹿儿沏了茶,让他坐在棚下看看碑与石鼓。

茶杯上的热气袅袅上升。客人呷过几口,先看羊群,远小近大,头部较细,身上寥寥几凿,刀法多变,点到为止,气韵激荡,用他的行话说:"见笔见墨"。

女主人一走,他放眼从不同距离读《双欢图》,一会儿,他觉得自身是树,是羊,是牧童,是草,同这些物象之间扎不进一根指头。回旋在牛血脉中的情绪波澜让知音醉倒。

鹿儿跟着丈夫回来了。

"哥,黄先生有点呆吧?看得那么着迷!"

"把人当呆子,自己就呆!他比聪明人还聪明!"

知音的对话是智慧和情感的接力赛跑。

"妙!真妙!"客人的右手一拍膝盖,徽州官话因激动而带点口吃,唇部无声地颤动着。

石匠眼里,黄先生就是一尊石刻。拿掉眼镜,眸子中有一条智慧的溪涧在流……十次眨眼,六次睁开后是循循善诱的刚正夫子,两次是舍不得告别想永驻在他身上的孩子,一次是耿耿的乡绅,还有一次是当铺徽州老板审看当古画的精明、仔细。这些旋律有主有从,互相补充,构成纯清幽缈的交响乐,体现了徽州学者的人性。

"黄大哥,也兴你不信,说是兄弟所刻,不如说是我从石头找到,凿去层层云雾拉出来的。它们一个伸头抬脚朝着石头外边走,摇肩膀,抖毛,拧尾,做鬼脸子,有自己的性情。我当不了家。不照它们的吩咐去做立刻出丑! 这几片为什么刻得粗,还有羊的意思。没有什么套路。"

"往岁郑先生教我'实处易,虚处难',称'六字诀'。吴昌硕先生也这么讲过。你说的刻石经历叫因石赋形,再得意忘形,自然高妙。愚兄在搜罗汉印,有些印纽飞动活泼,看到半夜还放不下手去睡。神! 请问什么样的石刻称神品、逸品?"

"一品? 这不大好分第一第二!"

"啊,'逸'是隐逸的逸。"

"我猜是仙风道骨,李太白站在云头一样?"

"不差。"

"张三有关门计,李四有跳墙法。石工刻出来的成品看上去比原石大一圈;刻印盖在纸上贴上墙头比印石大一圈;三尺纸画好挂在壁上被人看成四尺纸,本领就大。反过来是卖嘴郎中;一升米烧成半升饭的厨子。"

黄宾虹避席而起,取下帽子放在椅上,向主人三致意:"绝! 绝! 绝! 大学问在草泽之中! 这石鼓看上去比用手一量大不少,奥妙藏在它腹内。胸有成牛,目无全石。一代工师!"

"瞎猫撞上死老鼠,大哥过奖,小弟有愧!"主人还礼后叫妻子摆上虾和酒。

"贤弟看郑老师的山水好在哪里?"

"画往纸外涨。借喂牲口把式的一句话:'草膘料力水精神!'改为'墨膘笔力水精神'。大哥! 对吗?"

"又是绝唱! 愚兄的画太干,好画应该是十年之后再看还是潮的,多惬意?!"

"庄稼人放野火烧荒,没有规矩!"

"太规矩太讲套路就刻死了。"宾虹端起一杯酒酹在石鼓上,牛身上似汗似泪洒了一片。又滔滔不绝地赞美刻工超越一时。

"上回沈老大人在院子里见到这牛叫了好,又叹了一口气。"

"大哥请直言!"

"老人家说，如是之牛，你此生再也刻不出来了。即或很好，又是另外的一头牛。又说你血气太刚，总想棋子高人一着，锋芒过露，怕要招忌。对坏人防不胜防啊！大人金玉良言！"

"谢谢！兄弟多仗他老人家保全！显才伤身，自然要痛改劣性。若说此牛，其实平平。"

石匠喝下一大碗酒，是不知天高地厚，好高骛远，还是要显襟抱，随手抓过大锤，乒乓几下，把两头牛全砸了。

"贤弟！你……"客人忐忑不安。

"兄弟心里痛快之至才砸的，五年，不，三载为期，请大哥来看新刻的东西！会更好。"

"恕愚兄实言相告，艺苑珍品可一不可再。随心着手皆成神品者，几百年出一个，也非万能。有此二牛你一世就够了！刻别的，超不过这石鼓。悔不该来胡言乱语，伤了省城一宝，莫大遗憾……"宾翁捧着碎石，眼里泪光闪动。

犹如一个终生追求爱情的女人，把最爱她的杰出人物轻易赶走一样，石匠还不知道自己干了什么，正是人的悲哀！谁不受自身的局限？高谊海韵，无声的天歌……

酒不成欢，情更挚切！

"大哥！沈老大人抗了王爷巡抚，不肯圆通，才让万民替他忧虑！老人家要刻什么碑？"

"没有写碑，是想请贤弟到衙中一见，让你去日本学些机器造纸术，效力桑梓……"

"老人家是有意栽花，可惜小弟不愿去东京。因先父在甲午海战中为国捐躯了！"

"老大人也恨日本人，但留学生照派。这不是一回事。"

"不成，是一回事。石头可碎不可折！"

"不！恕愚兄再进一言，贤弟未免短视！"

"九死无悔，别难为小弟，喝酒！"

十

石匠当堤董的故事在乡亲们口头是黄毛丫头十八变,都是一个老调门。

自古以来,长江两岸冬春二季都要忙乎着修大堤,遇上灾年事更繁。这类公务一向是八乡六镇的绅士大老板出头操问,每年三番五次在茶楼酒肆雅集,互报险情,磋商对策,分摊出勤人工与器材费用。老百姓把这些人叫"管事的""问事先生"。这些先生们当中有手上干净些的热心家,借收费派工发横财的也不算少。表面上开支按土地面积公摊,其实拐弯抹角仍转嫁到穷苦人身上。共同利益使管事的账目不公开,尽管有时彼此之间钩心斗角。

民国肇造,"修堤董事会"的名目随之呱呱坠地。管事先生改称修堤董事,简称堤董。董事会召集者叫"大堤董"。人选仍由财主们包场。石匠一出门修牌坊、造桥、开引洪涵道就是周年半载,原可以用他自己的话说:"跳出大堤外,少在土圩中。"只是他天性急公好义,冬春砸石头活一少,便自愿上堤挑大土。凭他力气,一担四大筐,扁担受不了,使木头杠子。水性不如鱼,也顶半只蛤蟆。抢险堵口走在前头,六丈长的木桩粗如面盆,桩顶上拴两根杉木,木梢搭在堤埂上,只有他能光着双脚,踏着杉条,用百十斤的木槌,把桩砸进堤脚。槌落地一哼!用对付石头的精神去对付泥巴,修堤中胆大心细,有许多过门诀窍都瞒不住他。

锅底圩没出过名公巨卿,三十年科举开了停,停了开,就胡天温一人进过学。讲生意胡仁记酱坊为首富,可跟省城胡玉美麦陇香一比,伸出大腿比不上人家毫毛粗,虽此,两家都还进不了豪门巨商把持的修堤董事会。因此,锅底圩百姓没有人露脸讲话,贴的钱和人工多,受的气更多。

那拉氏跟可怜虫万岁爷光绪一道闭眼的那一年,石匠锻磨回来经过扫把沟,一看有段大堤稞得像痨病鬼,就跟那儿的管事先生说,要在堤里边修个半月形的坝子,给江堤撑劲,万一裂了口有坝子拦水也好堵,淹不坏庄稼。那位冬烘举人一听火冒三丈,说,好端端铁堤被石匠破嘴坏了大吉大利,要捉到县衙去打板子。蓝顶子只能欺侮手艺人,多亏民工们苦苦哀求,没有让心直口快的石匠遭殃。三天后堤崩,房塌倒,人亡牛死,稻子泡汤。这么一来,石匠出了点名。

民国六年(1917)荒春,地保到牛尾镇打锣通知:锅底圩欠修圩粮两万两千斤,今年要多派伕子五百人,抵还宣统二年老账。但那年堤虽保住,内涝与江浪相平,全年减产四成。后来靠种荞麦绿豆,才抢了一季晚秋,还要穿堤董会特制的小鞋,平时为争草垛上一个鸡蛋、羊啃了几口麦苗可以拔拳动武的乡民们悲愤至极,却无处申冤,只好听天由命。

石匠玩锤,头头是道,耍起笔杆子,用他自我解嘲的话来形容:"兔子追梅花鹿,费大劲!"兵荒马乱没顾上念书,认俩字也是横生倒产,先看戏背熟唱词,再买石印小本本对着识字,没先生教,连蒙带猜别字多。后来师父教点古书,习武为主,不算通达。写张状纸留十三处空子,问过迎江寺宝塔底下代写书信的老童生才添齐。给钱不要,送粮不收,后来打了一对兔子,逮一只大甲鱼扔在地摊上就走,方了结人情债。

端午佳节,农人们头插黄泥背朝天,忙得进出门不见日头。"圩田好做,五月难过。"修堤的事又到了节骨眼上,抽人要粮草是糠里榨油。

迎江楼下,停着十多辆黄包车,擦得锃光瓦亮,还有青衣小轿,单套马车,车夫们抽着旱烟,三三两两在闲磕牙。马在嚼着香喷喷的麦秸、麸皮拌豆饼。

堤董们一色笑脸,频频举杯,向唯一贵宾民政长祝酒。

民政长(辛亥革命之初,地方行政长官,由民众推举,袁世凯称帝后宣布民选民政长无效,县知事由督军省长任意委派。任人唯亲,裙带官比比皆是,民愤很大)姓高名泉饮,广东番禺人氏,年近三十,穿着东京式的学生装,身材瘦小,脸色苍白,胡髭乌亮,金丝边水晶眼镜也没能为他增添点风度。他说话调子随和,却不失持重:"学生无才无德,人生地不熟,修江堤关系百万生灵,全仗各位父老多多操劳,群策群力,众志成城。学生打打边鼓,坐收无为而治之效。由衷之言,列公明察!"他举起杯子回敬众绅士。

石匠背对佛殿,手举状纸,面向迎江楼喊道:"冤——枉——!草民请民政长做主,修堤人工费用摊派不公,锅底圩乡亲们疲于奔命,请求秉公重断!冤哪——!"

堤董们顿时怫然不悦,冷场俄顷,目光逼落到棕阳老举人身上。此老在预告扫把沟破堤事件上对胡砧产生了积怨,受到同僚"目选"之后,就摘下油亮的瓜皮凉帽,避席拱手地说:"父母老大人:民可使由之,不可使知之。圣人之言,君子所遵。楼下呼冤刁民乃游手好闲煽动农人闹事首恶,若不施以严刑峻法,则效尤者蜂起而天下危矣!今大总统陛下垂拱而天下治,父母大人勤政爱民,民有何冤?此风断不可长!"说完用袖口拭去额上汗珠,下意识地摸摸白得发黄的细小辫儿。

"陛下"二字言明乡绅们心目里大总统与皇帝是一回事。被刺痛的民政长陷入了沉思。

"老公车痛心疾首之言,有益世道人心,不愧饱学硕儒,大人三思!"堤董们异口同声地帮腔,使得老举人紧绷的冷脸上隐隐现出笑纹。

民政长抬眼一望,只见看热闹的游客、车夫、和尚、小贩熙熙攘攘挤在阶下,其中不少人显然是支持石匠的,有些则敢怒不敢言。他的缄默给堤董们的请求起到推波助澜的作用。

"冤——!"石匠预感到不祥,想到牛尾内外的老老少少,责任感迅速击退了短暂的得失悔恨。

"列位父老请坐!"民政长思有所得,语音含着以逸待劳的平静,"吾国地大物博,人口众多,任何人为总统皆不能使民无冤,总统一公仆耳,与区区修堤纠纷何涉?按列公之意,喊冤者必是刁民,当用重典啰?"

"父母大人明察秋毫,定能按律明断!我等所言,乃春风过耳,大人言出法随,不必介意。"老举人在摸不清执政者意图的场合下,来个反主为客,矛盾上缴。

"列公看呢?"

"大人权衡,我等乐于听命!"堤董们心知其妙,引而不发。

楼下闲人们满脸狐疑,在沉闷中等着风暴。

拦门和尚传下民政长口谕，石匠将状纸卷起，捧在手上，用最缓慢的步子走进素馆店，在短短几步行程中分析对手，搜索对策。

"各位老爷！草民有礼！"

"还不跪下吗？"有位堤董低喝一声。

石匠向两桌官绅鞠躬，不亢不卑地向民政长呈上诉状，再退到楼门口，身子稍稍前俯。

民政长看到状上名字，眼睛一亮。寻思片刻，便将状子递到老举人那里。

"嘴上无毛，做事不牢。"老头儿戴上花镜认真端详着状子，"夸大其词，在所难免！"

"所诉是实？"民政长在研究申诉者。

"回老爷：字字属实，若有诬枉，死而无怨！"石匠的应对能力比写呈文高得多，何况理直气壮！

"年轻人！言过其实，不记得马谡失街亭的教训乎？"老头儿看看民政长有东洋人丹胡髭，觉得"无毛"一说未得罪县知事，便很放心。

"锅底圩应护江堤二里，民工所住工棚和公用粮菜各村自带，未借堤董会一草一木。挡浪桩两千根，扎捆挡浪草龙两道，外包芦柴八千斤，内塞树枝碎草两万五千斤，各村公摊。大堤工程已受夏汛冲袭，无懈可击。堤董会勒索大米两万五千斤，民夫五百人，纯系节外生枝。当今农忙，人人下田，仗大麦与糠菜度命，无米可交。草民不忍乡亲受此无理盘剥，赴汤蹈火，在所不计！"

"好！"楼下听众的态度明朗化了。

"忠告各位，自行走散，否则投诉人要蒙上聚众生事嫌疑，有口难辩，恐非各位所愿。抱歉抱歉！"民政长不动表情地朝下面一鞠躬，听众们便自动走开。

石匠和堤董们都听出了舷外的倾向。

"学生不能只听一面之词，列位父老可以指出诉状人不实之处，决不偏袒！"

堤董们一个都不吭。

"夸大之词难免嘛，我看双方不必深究，推想是账目核算不精确，要相信列位父老回去之后定能核实。如果再有出入，申诉到县里，学生一定受理，这回就免了吧！乡里乡亲，不宜同室操戈。先来一杯酒压压惊，列公都是求贤若渴的长者，听说几次推你当堤董，你都婉辞。服务桑梓，无可卸责。这回学生代替众位父老再次敦请，共襄大计，也不枉列公一片苦心。学生是深知求贤之难，也知贤者爱惜两袖清风，江水流云，澄空野鹤，来去飘然，还是苍生为重。再不应允，学生只有明日登门再请！"民政长将一把椅子拉过来，延请胡砧落座。

民政长到底喝过洋水，吃过牛奶面包，对付几个土老头儿还是有牌可打。堤董们先是被蒙住，继而大眼瞪小眼，似乎互相质问：是谁背着大伙儿向民政长表示要聘石匠当堤董？当他们意识到怀疑是无根浮萍之后，又在猜测石匠与老爷之间有什么瓜葛，水连水，灯照灯，犁铧怎跟香炉亲？

胡砧也没料到这喜剧场面：民政长的话对绅商们是明捧暗压，做得漂亮，莫非想我们锅底圲百姓为他竖块德政碑，无缘无故不会帮这么大的忙！

"怎么，对这些老实前辈还不相信吗？老公车可以表表诚意，开导开导后进茅塞！"民政长把酒杯放在举人面前。

"多谢大人推许！"老头儿把酒端到胡砧面前，"须有伯乐之眼，方识干练之才。夸大之词也罢，核算有失也罢，当着父母大人金面，仇宜解不宜结，何况我等素无隔阂，化干戈为玉帛，此其时乎哉！"他干咳两声，让这些令他自我崇拜的佳句为同僚们所消化，接受，倾倒。"老夫耄矣，诸堤董皆过知命之年，壮士为民请命，胆识不凡。哎，吾言差矣，岂止不凡，简直是千不选一。栋梁之材，堪当大任。不似我辈书生，有爱桑梓之心，而乏督工之力。望壮士念吾辈求贤之诚，除锅底圲大堤之外，桂家坝、大地含、巴东圲、扫把沟棕阳一带，只要有险，都得倚重壮士大驾，全局照拂，老夫幸甚，堤董会与列公幸甚，亦吾民大幸也！"老举人阅世深，居心险。按他的话去办，石匠摸不着钱粮，破了堤的事全推给总揽，这样横财照发。

绅商们都属蜡烛——一点就着！

石匠接过酒来朝地上酹了一杯:"多谢老爷!多谢众位乡贤!皇天后土,同鉴此心!"

"后生可畏,焉知来者之不如今也。老夫敬壮士敢作敢当,方才是公谊,此杯是私交!"老举人再次表白,民政长不觉微微颔首,频频捋髭。

"锅底圩八年两旱三淹,堤就是农人的命。加上田地瘠薄,妇孺多而壮丁少,糊口艰难。老爷美意,草民心领,列位若能免去敝圩额外差夫粮草,男女老幼不忘恩德。有幸当老爷面讲明一切,不留后患。愿将此酒转敬诸公!"

"列位父老看呢?"民政长也端杯起立,"'己所不欲,勿施于人。'饶人不是痴汉,恭谦有别懦夫。宜城上有督军道尹,地扼长江,有事不胫而走,是非既出,后果微妙。诸公人情练达,息事宁人,心同此理。学生望壮士先允堤董一事,其余一笔勾销。"

"众位老爷盛情难却,但堤董重任,须敝圩公推,方能言听计从,不是草民固执!"

"也好!保留锅底圩一名董事,交父老公议推举,符合孙大总统民国之风,若推到壮士,请当仁莫让。"高泉饮希望早点鸣金收兵。

老举人向伙伴们咬咬耳朵。

"咱们都听大人吩咐,欠两万来斤粮食由我等出资还清,也足见吾辈与邻圩兄弟之情!"那位高叫石匠跪下的堤董随风转舵,这种空头慷慨给绅士们争得面子,皆大欢喜,一起干杯。

"谢谢老爷!列位海涵,告退!"

"后会有期!不必拘礼。只是'老爷'一说奉还,那是前清旧称,下不为例。"那年月的同盟会员倒还有些朝气。

"从命!先生!"石匠向民政长深深一躬,再向堤董们道别,一阵风似的下楼。

"列位父老,学生为列公贺喜!宝地出入不在庙堂而在慷慨悲歌之士!泉饮佩服!"

绅董们也笑了。

"估量锅底圩堤董,非此公莫属。列位荐才之功不可泯灭,学生禀知道尹。"

"不必惊扰道台大人了吧?"老举人欲擒故纵地说。

"秉公办理,道尹也会喜闻乐见。学生愚见,各圩之间田地犬牙交错,唇齿相依。至于各段险情,各圩自负善后之责。友邻各村若有余力,再擘划出工,也是好事。可以为辅,不可形成依赖。倘主客倒置,后患无穷。不知对否?"颇有预见的民政长怕石匠落入堤董们的圈套。他的话放在桌面上堤董们不好反对。

哈哈一笑,宴会在无非无是,亦是亦非,虚伪与涵养与水乳交融中体面收场。

乡绅们簇拥着民政长下楼,在他上马之前,几位上了年纪的黄包车夫按照前朝风习请安,异口同声地祝祷:"愿大人多福多寿多男子!"

这陈旧的形式里蕴藏的真诚,使民政长眼圈红了:"谢谢父老!"

堤董们憎恨石匠,即使不能置之于死地,也希望他坐几年班房。当他们看到百姓的情绪时,又受到石匠执言的感染,仿佛各自做了善举。

"屈死不告状"是农民们切身利害体验出的痛苦教训。

这回石匠打赢了官司,自然被看作狼不吃肉的咄咄怪事。用不着谁关照,当石匠家一亩巴掌大的小田里出现第一担粪以后,就有人跟着送。一夜过来,一亩田里铺上了尺把厚的肥料:牲口粪、草木灰、豆饼、麻饼、石膏、灶土、墙泥,五花八门。乡情找到了最合适的表达"语言"。

石匠挨户道谢,请求乡亲们把粪肥运回到自家田里去。白磨两天嘴皮子,没人理。他只好借来驴车,趁着下半夜人们安然入梦,将肥运到一些缺粮少人做活的孤寡老幼的田里撒开,免得再送第二茬。

半月过后,初更时分,民政长高泉饮身披黑斗篷,由一名来探过路的卫兵领着,两匹马悄悄跑到胡砧家荫棚之下。

石匠把民政长先接到屋里,鹿儿从井台上打来清泉,帮卫兵喂上马,再给贵客烧茶。

民政长说:"没有惊动衙门上下,私下来给太公祝寿,看望兄台与嫂夫人。"

石匠谦逊几句,来到太公屋里,老人家床上放着护手双钩,正在扎腰带。

老爷子胡烈松从北海回来是个奇迹,石匠去接他四次,他都不相信"清妖"小朝廷会宽容长毛。后来只好动之以半真半假的理由,一是绿毛宝龟回到了故宅,这是真的;说长毛二次起事成功,民国的头儿们都是小长毛,老人才信以为真。全村送了两匹骏马,二两黄金,爷孙俩收了好马,把黄金退给了族长,日夜兼程返里。那凯旋的欢迎仪式超过总统光临。

"县知事来看您老人家!您……"石匠收起了双钩。

"不是来拿人的吧?我听到马蹄响到窗外,有事我顶着,决不连累家里人……"有点耳背的太公嗓音洪亮,英气勃勃。

民政长听得真切,忍不住喟然长叹。心想:南京政府一成立,内务部明文规定,取消"老爷""大人"称呼,一律称"先生",换汤不换药,没有施行开明政治。省会之外几十里路,把民国的官府看作与清廷衙门一样,多么令人痛心失望!他急忙走到隔壁屋里倒身下拜:"小侄孙给爷爷叩头!愿老人家玉体康泰,福寿绵绵!人过九十可称百岁,老人家九十又八,该立牌坊大庆一番!"

石匠将民政长扶起。

太公听明知事来意不恶,从窗台上抓过酒瓶,倒满一杯敬客:"这牛尾镇压根没到过七品官!不抓人,是好人,喝一盅,请!"

客人干了酒,照过杯,太公欣然大笑。气氛为之一变。

民政长从堂屋提来藤条小扁篮,内有四川老窖八瓶、鸡血石拇指戒指一只,还有一幅立轴。石匠随手朝墙上一挂,是朱笔篆书的一百多个寿字,拼成"抗清人瑞"四个大字,论笔力比不上邓石如、吴攘之,可也费了大工夫。

太公、石匠、进来奉茶的鹿儿都有些不安。石匠隐隐觉得民政长暗夜来访,说不定有什么要事,便请贵客到后院斗室里坐定,希望他开门见山。

"兄台!古人说过:'前生不善,今生知县。前生作恶,今生附廓。恶贯满盈,附廓省城。'前生今世之论不足信。实不相瞒,小弟是老革命党,追随孙先生三上日本,两到欧洲。当省会的县官,非路路皆通八面玲珑者不可。苦在心里,嘴里说不出。今年四月一号中山先生通电全国下野,袁世凯接任总统,戏中有戏,后果难测。此人当年投靠西太后那拉氏,出卖谭嗣同、刘光地、林旭等六君子,心怀叵测。孙先生仁人君子,容易上当。同盟会内有人作壁上观,有人反袁,有人做墙头草,有与袁关系密切者,其中必有不可告人勾当。小弟见仕途污浊,尔虞我诈,敲骨吸髓,与前清万变不离其宗。同流合污,非小弟素志;举剑撑天,力挽狂澜,非弟驽劣之才可为;袖手而观,于心不忍。今接蔡鹤卿老先生手书,要小弟出洋寻救国之策;或者退到大学居一教席,启迪民智,以俟将来。故而已递辞呈,放弃五斗米,亦免死后无面目见诸先烈。教育救国,亦殊渺茫,知其不可为而为之。成败利钝,想亦无用。一腔悲酸愤懑,无处可诉!兄台往年仗义行侠,急人之难,小弟在京颇有所闻,以为独善其身,躬耕自食,亦不失古君子之风。小弟泉饮不能行兄之道,而敬兄之为人,有意结为金兰之好,则南来半载,傀儡衣冠,不算虚掷年华。"

"先生为敝圩乡亲主持公道,免倾家荡产流离乞食之苦,又能急流勇退,视富贵为草芥,一片赤诚。在下没齿难忘大德,先谢一礼!所拜非官非爵,拜先生良心!"石匠一屈膝,惊得民政长也跪倒相抱,四臂相持,彼此都有千言万语,无从说起,热泪同时夺眶而出。最后竟至弄不清谁把谁扶起来的,虽说天还不热,客人头上冒出汗珠。

"折杀小弟,今后万万不可!"

"先生披肝沥胆,愿为手足,本当从命,无奈先师有遗训在前,在下对天盟誓,不可更改。扼要而言:终身不得打人一拳;不收弟子;不拜弟兄;不交官府。今先生将挂冠而去,不算官府,可以结为生死之交。大丈夫重在心迹,不在名分。朋友胜骨肉,同胞相残杀,上至公卿帝王,下至乡间草木之人,时时可见,反为他人茶余酒后笑料。先生忧心忡忡,似有难言之痛,若有用得着在下之处,愿尽微力。"

"兄台快人快语!以为小弟学伍子胥为公子光访专诸以刺吴王僚故

事？"

"有话请讲当面，不必吞吞吐吐。"

"兄台上有祖父，且等可以远行之日，请到京中，再做彻夜之谈。小弟并无私愤，只有公仇。何况君子报仇，十年不晚！"

"那便一言为定。来日再从长计议。"

"兄台一诺，小弟更有何求？请上坐受小弟一拜！"

石匠并没有逊让，他知道客人不拜不快，便坦然受之。这种豪迈使民政长很受震动。

"耿耿此心，日后有目共见，此时不再多问，以免徒托空言，无补于事。敝乡民风淳朴，最怕见官，也最恨见官。先生夜访寒舍，请告知左右，不必声张，免得以讹传讹，无事生非，邻里不快！"

"遵命。万一遇到人问起，就说小弟来为太公拜寿，请教修堤堵口合龙之法。兄台保重，留得有用之身，自有用武之地。告辞！"

一天，石匠到老峰头镇给面坊锻磨齿去了，公议推他为堤董：全圩民工，服从调遣，胡砣家里若有难处，全村照管，由祠堂公田拨出一亩，归他自种自收，免摊徭役，作为堤董工薪。等到他年迈体衰，耕耙种收由后辈轮流效劳。石匠供菜饭酒茶，不付工钱。

被选的一块田傍着大牛湖，不用车水，能自流灌溉，量定东南西北"四至"，合老制一亩八分。胡砣说是太多，受之有愧，借口田离宅基太远，照拂不便，换成门口八分半薄田。

石匠嫌喂大牲口把人管得不能动，从铁匠铺定打一把刃口长达一尺的大板锹，不用脚蹬的木拐子，锹柄齐眉，翻地从不弯腰，比牛犁的还深。每天挖五分，两头见太阳，中午饭后还打上个盹，真是力大人悠闲。

他找到一根粗木杠子，两头各钉三根钉，除去自家一对大绊桶之外，挑粪时，还向邻人家再借来四只，一趟六桶，毛重四百斤，杠子不颤不悠，走得不紧不慢。起初，他这样做，身后总会跟着看热闹的闲汉和孩子们，时间一久，见怪不怪，也就没有人起哄。

堤修得考究，天也不捣蛋，一连七载，只闹过两茬水荒，水一退又插上晚山芋,补种了绿豆、荞麦。总算没饿坏人。

堤董们从锅底圩捞不到好处,也只能干生气,白瞪眼。石匠遇事不慌,破圩前一天还派人支持兄弟圩堤险段。恨他的人也佩服。

民政长没有放洋,离开安徽就到京都大学当教授,少不得半年一封信,逢年准在腊月初八那天寄到一百块大洋。石匠把银圆装入陶罐,深埋墙角,打算等到需用的某天,花在朋友身上。心安理得,连信也不回。内在的契合不讲究形式。

炼 心

一

从老教主邸宅靠东南一百多里,有条南北走向的鹿角河,源于黑龙江,以支汊特多形似鹿角得名,处于下游七十多里的长寿村,洼地有河水哺乳,村后的长寿山上有古木参天,是打猎采药的好地方,倘若不起蛟(指山洪),老百姓撑不死也饿不着。

一九一三年秋,采矿学博士刘无疾在山上找到一种稀有的蓝黑色粉末用于浸泡金矿石,使之多出黄金。此人早年留学日本,是同盟会会员,怀着实业救国的单相思病,辛亥革命后跑到柏林去拿了博士头衔。同学当中有位俄国人很有钱,赚钱的瘾更大,被说服投资建厂,博士做了厂长。老板不放心,推荐一位出生于沈阳的表妹,精通汉文的尼娜·谢尔盖耶夫娜做单身厂长的秘书,其实是化装为候补情人的"监军"。

工厂当年上马,矿石提炼出来的化学工业产品畅销欧美。有工人多达八百。当工人收入比种一季庄稼还得忙于渔猎采药养家略强。他们天天砍树,放炮开山,挖坑道采石,盖屋,修路,五色浓烟惨雾横飞,全村人口由六百增到三千,名称升格为镇。大堤从西铺上石板街道,码头、马车行、饭馆、槽坊、商店、药店应需从地底下冒出来。这儿没有行政建制,昔日不是村长的村长赞礼老人不肯过问新来户的事,刘博士便做了小镇"伟人"。镇民们碰上他行请安礼,他耐心说服,改为鞠躬。中老年人觉得欠郑重,有些别扭,仅对厂长和女秘书执行,年轻人乐于接受。住在山上河边的几种少数民族,仍坚持传统方式待人接物。

好了疮疤更怕痛。河堤采取石块护坡。借落水的冬季,将土堤切去四丈多,用石头砌成一座高台,在上头重建了濒于废圮的河神庙。庙虽小,门口有大片河滩,进香要爬一百〇八层石阶,显得巍峨耸拔。这儿地僻冬长,属萨满教势力范围,和尚、喇嘛、道士都请不到,脊柱直如秤杆的赞礼老人以其过人的德望和知识顺理成章地做了兼职庙祝。此老的年纪有人说九十多,他自己说:"还不算很老。"弄得跟现代影星歌星一样莫测其芳龄。三百里路之内的仪式有请必到,不通舟车的村落就不敢来请。洼地怕水灾,附近没有庙宇,因此香火很旺。除去灯油香蜡费用,香火钱都交老人们评定接济贫困户,他一文不取。

广场立着高竿,吊起长明灯,夜间光照二里地。老人晨昏来添油,能把百里外的老教主请来给新庙念经文一整天;傍晚亲手点着长明灯。镇上人财两旺,首先归功于此灯。小镇"伟人"次之。在赞礼老人带动之下,镇民们路过广场,除开后文要提到的疯子,都向灯致敬。后来发展得更极端,半大孩子忘了这项不成文的法规,行礼认错;不听老人劝告挨两巴掌回家诉苦,父母补两耳光,还送来一罐炖鸡登庙道歉:"对不起,孩子缺家教,让爷爷生气费神!"

刘博士不信宗教,敏锐的尼娜看到老教主诵经时大人小孩跪满广场,那半神式的召唤力是有用的,提出要厂长宴请大萨满。

"这是愚夫愚妇们的偶像,跟咱们搞实业救国科学救国的人风马牛不相及,不必多此一举。"

"入乡随俗,我们俄国知识分子强调到民间去总有道理。三年前去世的列夫·托尔斯泰伯爵每天早晨套上两匹马给穷人犁地,受到全世界尊敬。设想一下,不是工厂能给庶民赚工钱,你我被他们视为异类,一朝有了暴乱,处境非常危险!"五官不丑但组合得不和谐的尼娜,说话不像二十三岁的大学生,过于早熟。结果导演成一次宾主双方都永难忘怀的宴会。

关上两层窗户的小客厅里,仍然钻进"叮叮"伐木的斧声,大树倒下后,地母有些震颤。

客人无所遮饰地扔下筷子用手撕着肉食狼吞虎咽,一句客套没有。

厂长象征性地用点素菜,在客人眼里连塞牙缝也嫌不足,过于纤弱。

桌子一角放着两叠白手帕,主人每动刀叉都拿起一方擦过手和嘴,尔后准确悠闲地把它扔进墙角装垃圾的箥篓里。颇具俄罗斯大贵族气派。

教主始终未碰手帕。

厂长用手指头轻叩椅子扶手,尼娜提来一只小木箱,呈放在教主身边茶几上。

"多谢教主怀爱敝工厂及村镇民众,聊表敬忱。"

教主哑然一笑而去,尼娜只得把箱子提到楼下交给管家萨满。

上船之后教主口渴,忍不住喝了几捧河水。两名纤夫挽着,小船逆水逆风北行二十里,河水由黄浊变为深蓝色。

"这儿的水比刚才上船喝过的水甜得多。"

"镇上不光水浑,气也闷。"管家早已授过神职,地位高过同辈人,包括两位师姐,成为教主夫妇心腹。

两个月后,教主食欲锐减,四肢乏力,夜流盗汗,眉心长出一颗粉色小痣。

老夫人大惊,病人天天念经,弟子们不断跳神,大夫们好药用遍,痣长得更大。

管家此时想起胡砼谢媒时曾送他两株太阳草,为报答恩师栽培之德,试试药效,自身羽毛尚未全丰,如果留下老辈护持,前程更宏远。此人脑子够用,向老太太献出一株,另一株谎称送给了来念经的病人,打了埋伏。

"你这孩子! 这么贵重的东西咋能施舍给别人? 万一你师父或者我要用,上哪去找胡砼?"

"师母! 弟子错了! 胡砼家有地址,隔年来封信问安,也都回过信。"

"远水不救近火!"

老教主服药后十天,健步如初,亲自率领弟子村民还欢庆三日,举办祭天盛典,尤其是孩子们,蹦蹦跳跳,唱唱叫叫,好不欢腾。

厂里的工人当中也出现类似病症,死了七口人,开头谁也不在意。长小痣的人一过二十,人心惶惶。河神庙的香客排成一字长蛇阵。厂长忧心如焚,派尼娜带着考究的马车,从沈阳请来著名中医,还有德籍日籍大夫,一行六位专家,星夜兼程趱路,到了长寿镇,百法使尽,无一位病人脱险。厂长只好多送诊金,打发名医们。

街上天天有出殡的,送葬亲属朋友自觉朝不虑夕,哭得更哀伤。

厂里工效下降,暮气沉沉。

尼娜到死者家属那里放下二十块银圆便走,不能逗留,害怕传染。

厂长一反平时西方仪表,穿着黑色长衫,亲手给病人喂药,送钱,仔细地慰劝遗孀,人显得瘦长,脸上胡楂子也不刮,眼眶陷了下去。

镇上山上三老四少,云集河神庙,请赞礼老人出马恳求老教主来诵经禳灾。

"老人家上了年纪,上回来已是破格,可一不可二,妄求难改天命……"丧事过多,香客络绎不绝,使他疲惫。"人心不古,老天爷震怒,要收人哪!"

上述奢望通过工人,集中到尼娜手中,她禀报给刘博士。

"尼娜·谢尔盖耶夫娜,你受过高等教育,怎么如此盲从?念经能治病,和尚道士神父都该长生不老!"

"你说得科学,如果工人村民把这话重述一遍不死也要挨顿痛打。你对死者生者做到无懈可击,但人心多变,零买不够,还得批发,去不去在你,灵不灵跟你不沾边。你是明白人,中国皇帝真敬天,沙皇真敬畏上帝,能杀那么多人?瞧你活得这么累,死也不值得,连个哭你的亲人也没有。"

"工人们会哭。"

"哭得凶也忘得快。"

"哭不哭都一个样。"

"不一样,有一个人最怕你死!"

"甭说。"

"偏要说：是我，跟你一样孤独的人，表哥赚钱的机器，盯着你一言一行的女奸细……"

从不抽烟的博士点上雪茄烟。

"个人的事不说了，姑娘！跟我去散散心，求赞礼老人一同去。"

"我不想待在这个鬼山洞里当间谍，但我一走开，会来五个，你的事业就完了。这好像不全是个人的麻烦。念大学的时候也抽过烟，没瘾，闹着玩儿，中国人叫无病呻吟。萨满心里爱着女人和钱，脸上要装作讨厌这些才有半神的风采，三流演员！跟你一样，想要的多，敢要的少，不像表哥，给他莫斯科，还敢要彼得堡！何况这儿也要个牌位盯着。"

"你表兄应该要你，准能挣到一条大铁路！"

"他要的是几万法郎的陪嫁和一个没用的公爵小姐或者女伯爵的空头衔，别再提这个一身王子脾气的精神乞丐！"

和自己愿望拧着动的老人放不下脸来说"不"，只好与博士同舟。

前此两日，胡砧寄自北京大学高泉饮的问候信被送到两百里外求人译成满文，老两口听管家念了不下五遍，都怕再发怪病没有抓手；管事想见见北京世面，多得两根草药。到牛尾镇去接石匠，成为定局。

厂长和赞礼老人一到，他们谈得很投机。

教主说："等我女婿把病人都治好，再去念经大家都光彩。眼下去，好些人家啼啼哭哭，死人本是天命，反怪我的经不灵。去找胡砧，说我的痣块变紫，天上下刀子也会顶着锅跑到这儿来的。"

厂长读了原信，他对北京大学很熟悉，便画了路线图，乐于出资让管家南下，一到沈阳，先发电报留住石匠。

二

胡砧进镇，用赞礼老人的话来说是"斧头最忙的阴沉日子"，伐树扩建工厂，做棺材，钉棺盖，都得使它。

山坡上的丛林里有位少妇对着小小新坟烧纸，哭得很绝望："……儿子

180

呀！你爹才死一个月，你又小产了，不肯伴妈妈过日子，日后娘靠谁呀……"

石匠翻身下马，缰绳拴在小树上，任马吃草。远远地送来出丧的阴阳锣声和法号声，听得鼻腔酸塞，却见疯子用铁链子牵着五百多斤的大猪，随手抓过好些新坟头祭祀亡人的玉米面饼子，一撕两半与公猪共享。猪有嗅觉，也想自己去找饼吃，无奈链子拉得很紧，达不到目的。这些举动惹得石匠注目。疯子知名度在三县之内不及老教主和赞礼老人，放到镇内比不上老人和厂长，都是屈居第三。说年纪，二十多或四十岁多，都像又都不像。浓眉老长，眼球不红不浊，方口悬胆鼻，牙如白瓷器，乱发比丝绒都黑。不生胡髭，眉带嘴角向一边斜咧的板滞相。上下身衣裤颠倒着穿，裤裆间撕个洞露出脑瓜，大裤脚成为广袖。短袖筒下亮出腿肚子，腰缠一块鹿皮，系着长麻绳，走路不停地甩动。他不唱不闹，不偷东西，不碰老小，语言障碍，使他对一切提问都用"好"字作答——不会正视现实。寻求安慰的人便时常向他讨吉兆。

"我是你爷爷好吗？"

"好！"

"把袁世凯杀了喂狗好吗？"

"好！跟我过！"

此时，他舞动长袖对寡妇说："跟我过！"

少妇有火没处出，扫他一巴掌。

"好！"他摸摸脸撇撇嘴，又笑着拍拍公猪背上的长鬃："跟我过！"

猪吃得很快活，哼了两声。四只獠牙都有两寸半长，石匠在南方没见过。

"好！"他把嘴中嚼碎的饼又抛给公猪。少妇哽咽着回家。

"兄弟贵姓？"胡砧顺着草色半焦黄的小路走到他身边。

"跟我过。"

"家在镇上吗？"

"好。"

对话无法进行。胡砧跨马下坡，河神庙已然在望。当他路过山脚一间矮房时，少妇背对行人，仍旧饮泣不止。石匠苦于囊中钱少，想不出好方法帮帮她。

听到蹄声嘚嘚，给长明灯添油的赞礼老人招手相迎："孩子！可把老汉眼盼瞎了……"

"爷爷！我来也不见得管用，躲着莫声张，先摸清来龙去脉。"

"你来手到病除，没说的……"

胡砧露面前两天，镇上出了一件"准奇迹"般的新闻：山南小寡妇一清早她听到马在院子里打响鼻。走出房门一看：白脸大红马一匹，膘肥体壮，拴在小树上。大门下了锁，谁能把大牲口送进来？她怕来路含糊，不能收留，将马牵到大街上，求卖羊肉的大汉吆喝半天，没有人认。

马被拉到河神庙，她向老人报告了事实。

"这是河神怜悯你，赐给你这好心人的。好生养着，谁借去干活收点粮食。老汉送你几把香，快去谢神！什么牛筋棒槌来找碴儿，我顶着，没有女盗马贼！"

小寡妇心里火一团，牵马而去。

石匠选定老人进庙后闲置的旧居落脚。独门院落，依山近河，不算吵闹，道路宽平，便于患者就诊。两大间正房坐北朝南，东边马厩里养着昔年教主所赠的壮牛，十户人家轮流送草料，公养共用。厨房靠大门，干净敞亮，是经勤快的手拾掇过的。出门十丈是工厂盖的单身宿舍，留下两间观察病人。

厂长带来酒菜为胡砧接风洗尘，提出留下厨师和两名打杂工，减少石匠一些事务。

"谢谢！平生怕被人侍候，尤其不想侍候人。而今病因未明，健壮人来必受病气伤害，岂不抱愧，在下把身家性命都放在一旁，算吃下秤砣铁了心，再苦无怨。"

"孩子，三餐一宿不能老对付。你倒下病人遭殃。饭在厂长和秘书小伙房做，由疯子送来，送饭前让他吃饱，算两全其美。"

"敝人素尊人道主义，疯子也是咱们弟兄，饭费极少，怕他做不妥……"

厂长用过的手帕被他收进公文包,没有当着远客面前扔掉。

"爷爷吩咐,就这么办。"胡砧着眼点是疯子的肚皮。

四个月来胡砧救治民工二百多人,新患者又继续出现,孕妇们纷纷早产,服用傅青主传下来的"保产无忧汤"也无用。

"我姓田,小名辣子,乡亲们都喊我甜辣子,甜椒儿,全一个样,夸我嘴赛红辣椒,心揣着一罐子蜜。末句话是真,口齿可算不上辣。听说大叔治病不收钱?"

"真的!"

"能给我治治吗? 瞧!"她拉开头巾,眉间隐隐现出红点!"上阴间找死鬼和儿子过那倒头无味的日子只怨我命苦,也太早了些。要是……"她的眼睛像忽然充足了电。

胡砧站起来细细审视,拿出草药镇静地说:"吃了就好,不要折磨自己。"

"谢谢! 我也想过,老天爷赐我一匹马,又让我得个绝病……不对呀……"她笑得释然,扔掉了肩上的石闸门,眼眶周围的青云退去一层,涌出浅紫色希冀。

"回家歇几天再上山打柴。"

甜椒儿千恩万谢而去。

师父常念叨:"为善最乐!"人一旦认识了自身对乡民们有实际用处,古老箴言中的大乐就姗姗来叩心扉。小寡妇的背影腰杆挺直,带点袅娜,跟来时的沉缓判若两人,职业的自豪送来醉意,更加忆念师长。

三

药物有灵,加上青春随着顽症的速愈猛然苏醒,甜椒儿的脸膛像八月下旬的石榴皮,红里透着弹性和靓采。她给麦地除草松土,保住小雨留在碎坷垃泥里的湿气,狠晒了三天太阳,小泥块酥成了面粉,浇上稀溜溜的粪水,苗儿绿得滴油,阔别较久的甜笑又回到嘴角与眼窝两头,下巴额头白如百合花,播散着暖流和风致。只是镇上空气凝重,不便表现出愉悦,柳眉半蹙,上唇噘出,稍带欲说还休的哀戚,免得招居丧亲朋的竖目冷对。

一连几晚,她不断梦见丈夫,醒来,不记得那些累遭切断的情节、贯串的画面是丈夫老坐着坟头抽旱烟,身子骨似一团压缩的乌云,一阵风就会吹散为轻雾,沉埋进坟场,在下段故事里重新冒出黄泥,整合为造型稍变的形象,口中念念有词:"甜妹子! 镇上男人成批死掉,想找个人模人样的汉子结婚,是石头上种高粱,快死了心吧! 咱们小户人家没有那么多圈圈道道捆得你像一头羊,剥皮、杀肉、锯角、剪毛也动弹不得。不如借个老实人的种生个孩子,老来有他孝敬,死了有人烧纸上供,咱俩不会做饿鬼! 快去莫迟疑!"

"冤家哥! 我从来没做过出格的事,怕呀!"

"怕啥,又不是黄花闺女,把脸皮抹下来揣进口袋,一咬牙孩子长大,谁查问他从哪棵树上摘来的野种家种,烧的钱花销又不打折扣,求求你!"死鬼一哭就没完。

她三番去坟上烧香,回家头落上枕头,他还是闹腾。

"当家的! 你的甜椒儿胆比芝麻小,万一笑掉几百口子大牙还活个啥劲儿?"

"小辣子! 不听话我要把你的三魂七魄抓下阴曹地府! 都为你好才想戴绿帽子! 走这步棋也大不易!"

"梦里的话俺不信!"

"摘九朵野花数数瓣儿,单数你守着影子过,老来没个小把戏递上一杯水也认了;双数听我的指引!"

她三次借二十七朵花来占卜,全是双数。多怪,可不是假的!

她记不清是第十二次或是十三次,抱定决心去找胡大夫,听死鬼说男子汉都爱跟漂亮姐儿们调情,像大夫那样好人救了许多乡亲,我去报答一回公平合理,想得太多,寸步难行!

整到一更半,她鼓足劲头仍旧不敢推开小院子南边虚掩的秫秸门,而是绕到屋后,呆立在胡砧卧室北窗之外,停一会儿就拢拢并不散乱的亮发。

"咚咚!咚咚!咚咚……"雷吼的心撞击着胸腔,扩延到四肢,咽喉突然细窄,塞碍呼吸额头发胀,舌头几乎僵直。

"下贱的女人,什么死鬼的逼迫,梦魇的磐石,怕做饿鬼的油榨挤压都是借口,分明是自己怀春念头泛滥,淹没了山川田野,真不要脸,呸!"她听到传统嘶哑的怒斥。

"我不想嫁汉子,只求生个带小鸡鸡的支撑门楼,延续祖宗香烟!没迈开一步就烦透了。天上的玉皇大帝还要搂着王母娘娘吃蟠桃,甜椒儿是凡人,不沾仙气,几十年太长,太难熬到白发苍苍,饶我一回吧,真是死鬼求我,要不你们审他的魂儿,要说谎话,天杀五雷轰!烧成一堆黑灰也无怨!河神爷,我该怎么办?"她听到自己无声的辩驳和提问。

猫头鹰在树梢发出一串冰她肺脾的恶笑,她耳孔里像开山炸石块,天喘地抖,她下意识地用食指紧塞两耳,急忙逃进树林,沿着小路一溜烟狼奔豕突。猫头鹰阴险的嘲笑声寸步不离地追赶着少妇,微型鞭子疯狂鞭笞每个细胞无法摆脱,她气喘得似刚刚卸套的老牛,一会儿栽倒在凉爽的大石板上。声音消失,月亮银盘大脸绽开笑纹,让她想起慈爱的老娘。

"妈——!"她轻唤几声,"女儿除开清明过年前后,很少给您烧香化纸!求您要原谅不孝顺您的傻姑娘!再也不能了!女儿怕哟……"一阵饮泣,反刍甜兮兮的轻快!

"甜妹子!你太胆怯,没到二更天,事情没办妥。再去一回!求求你!"死鬼又在提示。

"我不想找罪受,孩子喂大太费劲,说不定是个小母鸡,小蠢公牛,白累一世何苦!"

溪水在二十丈开外叽叽咕咕,她听来是死鬼长长的哀叹,掩口也止不住的痛哭!

"哥!莫难过!夫妻一场恩爱不到二年,尝到做女人一生的甜酸苦辣。好心的哥,莫催我,我去!就去!你这样泪水不干,小妹子疼皱肝肠!头上白发往心里边长,哪能忘掉恩情,可是……"

"就这么一遭,好心的妹子! 你老实告诉哥! 我死之后想过汉子吗?"

"想过,想你活过来回家,咱们再生个愣小子!"

她走到胡砧栖身的小院,站在月光射不进的树荫里。他已熟睡,两句不全清晰的呓语飘出窗帘:

"我累了! 浑身抽筋钻骨的疼痛,怎么老是不好呢? ……鹿儿! 几时来我身旁,我盼你来,又怕你染上该死的绝症……爷爷! 您老人家好吗? 哎哟……"

她听说过鹿儿,摊上如此出色的好丈夫,皇帝的老婆也比不上鹿儿有福气。啊哟,我怎么会吃她的醋,酸到骨头缝里,太可笑了! 阿神呀! 我甚至动过邪念:让她来到长寿镇,也长出一颗大红痣,两月后也上了山,那个好人可会找爷爷说媒娶我甜椒儿? 该死该死,我太歹毒,走过一趟水能蚂蚁蟛蚑死精光,我是人吗? ……"河神爷! 保佑我不认识的鹿儿大姐长命百岁! 消消甜椒儿的罪过……我得离开大夫远些,更远些,我把他忘掉,傻椒儿……"

她轻轻反带上院门,忍不住看着月光浸透的小窗愣了片刻,两腿一躬行了个告别的大礼,如释重负地踏上石板老街,对自己的克制力很倾倒:心底廉耻的大坝没有倒,不陷于见人矮一头,玷污了爹妈名誉。

她想去何处? 像掉进夜光微茫的雾海,一切迷惘……

河堤下,大广场上的神灯红中带紫,是庙的巨眼,使精神漂泊的大嫂思维顿时澄凉鲜爽,卸下铁枷。石坡顶端铺着白的羊皮,爷爷盘起双腿披着河汉打坐,气息怡静,眉目舒朗,只有跟自己较量过上万次的胜者,熟知规律,又和宿命点头微笑,不卑不亢的长者,方能洞悉人性屡弱的穴位,把海清(袈裟)看作茶杯里的微沤无得无失!

"爷爷! 甜椒儿给您请安!"

"孩子,你有心事挂在洋柿子般的小脸蛋上!"

"都说爷爷明白,二更头想来讨教!"

"爷爷是个什么也不明白的糊涂虫,莫向瞎子问路! 我把年月当棋子全输给了这山这河,这人这村。黄土堆过眉毛,怕说错话坑害后辈!"

"我想侍奉您,给您煮煮洗洗,缝缝补补,跑跑颠颠,活着才有滋味!"

"爷爷快走了,耽误你一二年没啥,要是七八年,就会毁掉你的后半生!一棵朽树,只剩三五片残叶子,穷得叮当响,况且眼目下还能照应自己,用不着孩子们劳神。"

"如果您是我爹的爹,孝顺您是该当的,总不能把亲爷爷撵出大门!"

"你有自己的日子要过,我是不是亲爷爷并不要紧。人活到成为后辈累赘就该自行了结。我划算过上百回,做好了准备,谢谢孙女一脑门子牵挂!你有疑惑可以问老天爷!鞋底朝上是他老人家摆摆手;鞋口向着星星是点头,他老爷子赞成就一股劲朝前赶九九八十一难,莫吃回头草!"他点高香,焚黄表,神气俨然地倒身三拜。她仿着老人的做派,行礼如仪。各脱一只鞋,男左女右,恭立于石鼎两旁,交换过眼色,虔诚地占卜,半点不带游戏或玩世的分儿,使她惊诧莫名的是他的鞋高飞超过五丈,她的鞋未足三丈,先后整整齐齐掉到庙门口,怎能不咋舌?

她说出了死鬼的祈求。

"人死如灯灭,不必全听他嚼舌根子,你自己怎么过活才是正儿八经的决断。要花吃奶的力气带大小宝宝,千辛万苦当蜜饯含在嘴里二十多年,不是上菜园摘个香瓜那么容易!"

"我怕羞,做不成惹一身臊臭抬不起头,世上人只有爷爷知道田椒儿不是水性杨花没根浮萍。再说大夫见过大世面,肯帮这种忙?"

"这是善行,不丑!我给妞儿壮壮小狗胆,送你去,进门给你们主婚,天明各奔前程,最烦藕断丝连,然后又长成粗尾巴,你韭菜割了一茬又一茬!爷爷今夜没开窍,可怜你太痴,有些想的不一样,却愿意推你一掌!"

"可这事让第三个人知道,本来好讲话的人也惜护名声,把我推出门外,找个台阶,台阶也飞掉!"

"胡砍这人没说的!通达情理跟迂夫子只隔一张纸,就是十万八千里,摸不透这两位爷谁当家!其实好汉多留一条根,河神爷都装作不知道。你敢想敢做敢当,不像爷爷太顾驴粪球球外面光,空落个好名声,脊梁软得像面叶子。一辈子退让,害怕摇头,心角里地方都让给他人,弄得无路可走,连老伴儿孙全耽误了，活成哑巴吃黄连——苦得说不出，不值得。把世事看成小葱拌豆腐———青（清）二白，太迟……"

踏下石级，斜照的月色给他的影儿扯得又黑又长。诧异、惊叹、崇敬、惶恐，不等于理解，就像高她一步的暗影里，可能装满她无法摸得着的旷原，其间把她喜爱的小花开得万紫千红，却指不出小精灵们的尊姓大名。

田椒儿走进小院，步履柔捷似小猫。老汉拐进两条石板街之外，坐在桥头上吸烟锅子。

胡砧洗过脚，盖着毛毯倚墙而坐，壁龛里亮着煤油灯，他闭目冥思，手放膝头，恬适安详。

"大叔！"

"这样晚来叩门环，莫非有危急病人要我救治？门没闩，请进！"

她像幽灵一样悄悄走进。

胡砧掀开薄毯正要下床。

"大叔甭起来，没有危险病人求您出诊！"

"那你……"

"我……"她一时无语，略显局促地坐到他对面椅子上。

"你可是碰上为难处要我相助一臂？"

她摇摇不太闪亮的银耳环，又矛盾地点点头，下巴抵住右边锁骨，躬下腰脊俯视着铺地方砖。

"这……本来，这条小命是您赐给我的，欠你天大的情分，一世报答不尽，哪敢再给您添绿豆大的乱子？您走南闯北，救人挺多，乡亲们对大叔敬如神啊。我小得像一粒芝麻，没有一片柳叶重，心里太闷，想活下去靠墙墙倒，靠树树枯，守不出个子丑寅卯。要能有条后根，再穷再累也痛痛快快把他拉扯大，可是，哪有啊……"

"我比你强一点儿，接到老家妻来信，说是有喜，要不长茬枝儿，快生下男孩或一女，日后膝下有点指望，信在桌上，你可以看看！"

"不怕您笑，甜椒儿不认得字！听说汉人三妻四妾，跟这儿的大户人家一个样。我虽是贫家女，不羡慕那些茶来伸手，饭来张口的日子……一向过得干干净净。可惜丈夫儿子都做了鬼，独守空房流汗受欺也能过。只是，只是……"她吃力地比画着，勉强表达了意愿，"万般无奈，您大慈大悲，救救苦人儿！红口白牙说每个字都有千斤，我不是骨头四两重的卖笑女子，脸丢在您一个人面前，答应我吧！"她跪在砖地上，两袖遮颜，肩臂抽搐，缩瑟成一小团。月光如银屑钻进窗口，夜鸟又在窃窃冷笑。

"我不会笑话柔弱的姐妹！漫说鹿儿活着，就是她走在我前头，做愧对她英灵的事，还配活着？大姐！一个人只有一颗心；一颗心给了一个人，背叛盟誓，猪狗不如！你确有难处，我无能为力，我可以跟爷爷打个招呼，相帮找个疼你的人相依为命。今晚你什么也没有说，我啥也没听到。除开天知地知你知我知，有生之年永不提起。感谢你对胡某的信赖，没齿不忘。我也求你无论上刀山下火海，莫寻短见。比你走好运的人多，走背字的人也不少，你至多落在地狱十五层。你能够自立，我全力相帮，日后请看事实！"他跳到离她八尺开外，连连下拜。

"大叔武松再世，狄仁杰重生。这些是小时候听唱弹词说大书学会的。田椒儿肚里有根红烛，这辈子不会再遇到您这般英雄。只要鹿儿姐妹不嫌厌，给你们二位做个使女也开心。田椒儿血很热，早把男女私情抛到九霄云上！半句假话，天地不容！"

"田大姐！请回家去。胡砧比不上前贤一根汗毛！妄受赞许，何能自安？！"

此时，爷爷在门外大咳三声，掀帘直入，两腮挂泪，顺着长髯洒到前襟。

长跪的男女匍匐于尘埃，如受魔法镇住。

"你们的话爷爷听在耳朵里，钻入肾底下，佩服，佩服！"他伸手拉起两位后辈，"请坐！停会儿我送甜椒儿回屋，胡大侠先倒上三杯酒，庆贺一下长寿镇人老百辈子头回出现一双不沾俗气的好儿女！孙女莫吭声，知道你滴酒不入口，倒小半杯意思意思！咱爷儿俩干！"

三人同时照过空杯，小寡妇呛得连连咳嗽。

爷爷给石匠和自己满上酒，拍拍田椒儿的后背："第二杯不让给你喝！砧儿，碰！"

"爷爷！我再敬您一盅，刚才的事可不能张扬！"

"我来之前对爷爷讲过，他全知道。"她的口吻很平静。

"你们说说，爷爷人品如何？"

胡砬与甜椒儿竖起大拇指。

"不对！爷爷远远不算完美，比你们想的要脏得多！六十二年前我二十八岁，在那个跟今夜没大差别的三更天，有个跟孙女儿同样大的寡妇小名月亮，穿一身红衣裙，只在鞋上绣着两朵白花，为天阉的阳痿丈夫戴孝。她被婆母哭得颠三倒四，才答应找你们的爷爷来借种生儿，续接香火。她跪在地上发誓保全我的美名。如果我不允许她就当场吞下砒霜，要七孔流血死在我的床上。我六神无主，手脚没地儿放，说愿托大媒娶她为妻，正式办喜事。她说婆母家五代单传，不会允她再嫁。她跳上床来，抖掉衣服，颈上挂着雪亮的剪刀。我跪在床踏板上，浑身抖得跟筛糠一般。她抽了我两耳光说：'脓包！亏你是男子汉！来！喝上半瓶高粱酒，做一回救命菩萨！我……'爷爷没有砣儿一身响当当的骨头，我……下水了，丑啊，她的血染红了床单。弄清根底，我是虫豸，是老鼠！"老人大哭。地火，记忆的炭火，被礼数和反常坚强的软弱封上三十六层厚灰，七十二层铁块，认为早已熄灭，一场不期而来的海啸冲得削壁断裂，镇压物飞扬解体，火苗抖掉软袍硬甲，吐射积郁过久的灵花，吓得海浪委顿，宿鹰飞逃！

"后来呢？"孙女儿替爷爷擦泪。

"生了个胖小子。长到八岁，月亮的妈妈过了身（死去）。我花三年访到娘儿俩，求婚，她又抽我两巴掌，凄凉地说：'我回娘家躲了一年半，带着假遗腹子回归，婆母卖掉三百亩黑土地买通官府，为我竖起贞节牌坊。鱼配对，鸟成双，我不愿守寡，头顶太后老佛爷圣旨，注定节女做到死。婆婆说由命不由人，什么叫命，我不懂，一个拿得起放得下的女人就这么毁掉，太不公道！你没忘掉害了你一生的贼女子，我也隔上一两年派管家到你这一圈儿打探消息，早就得知你除了我终身打光棍，比关二爷也半斤八两的好哥哥，欠你的债五百年还不完，下一世你瞎了瘸了呆了也跟你拜堂，只求你快娶房媳妇，莫再碰面，不再啰唆，我母子感激不尽！'爷爷铁错铸成无计回天,百死莫赎大罪,单身到而今。先躲别人走路,后来掉进忙忙碌碌大坑,操办上万回红白喜事好躲开自己,热闹中是孤雁;回寨里比冰窟窿冷清十分。喝胆汁上了瘾,不罚自己没法儿喘大气。你们耻笑我,笑得越响越好。打我吧,越重越开怀!不配有个亲人哪……"

俩后辈膝行上前,各自抱定爷爷一条腿,老爷子双手抖抖索索地摸抚着两人头发,哭成一团。

"爷爷是真人,后生榜样!"胡砧的赞辞是善良所滋润的欣悦。

四

胡砧从院子里收回几样晒干治外伤用的药。附近山上很多。他从药铺借得一只碾子,就双手扶墙,在屋里碾着,不一会儿,觉得心口微痛,两眼飞星,碾子打翻,药粉撒出,人倒在地上。

把包袱放在门口,鹿儿轻叫一声:"哥——!砧哥!"

没有回应。

"八成出去瞧病了,我去找!"急于回家的总管去了。

鹿儿掩上院门,跑进内室,见石匠躺在地上,连忙甩掉行李扑了上去,包袱落地散开,婴儿的小衣服小兜肚撒在地面。

"哥——!"她搂着他坐起,不住地摇晃,"醒醒!"

胡砧缓慢地睁开双睛,嘴唇翕动着,惊喜地笑了。他被扶到床上躺着。

"你这样累下去活不成。这儿一天不能待,得听我的!"她把衣物匆匆拾到桌上。

"行!马上动身。"

"好孩子,这才是疼我的亲人!"

"不过……"

"不过今夜就走更好!"

"送你到干妈家住着,我还得回来治病。"

"你心里没有我!这些小衣服全烧掉,连儿子也不替你生!"

191

"儿子?"胡砧一跳站在床上,"儿子……"

"不许碰!"她双手护着微微隆起的腹部。

"那更得走,此地掉胎的女人挺多……"

"走,不许你回来。"

"救人要紧,跟你讲不清楚。儿子……"

"掉了好,你不配当爹,虽说你、我、干爹三家就这么个独种……"

"鹿儿!你男人没做坏事……"

"老婆、病人,你只能挑一样。"

"老婆、儿子、病人,全要。"

"你不走我走!我……"

"哎——"胡砧无言,面壁盘腿而坐。

"傻傻的老老孩!世上老婆最疼你呀,你管得了那么多苦人儿,除了我谁管你……"鹿儿伏在他肩上哭了。

"哟,好像小东西动了一下!"他推开妻子,转身拉住她的手,"我讨厌这些匾,但不能愧对它们!"他摸摸鹿儿的腹部,闭上眼睛。

"我不认识,这些花里胡哨的叉叉说什么?"

石匠做了解释。

"呸!骗你多出力的罪恶东西!"她推倒木匾,跳上去乱踏:"好人哪!哥!我要你到一百二十岁脊梁像房梁棒一般直,身子骨跟石碾一样扎实,不该让这些魔鬼戴着大神面具,一口一口吃掉你的肉,喝干你的血,嚼了你的肝,痛碎我的魂!"她重重吻着丈夫焦灰色的脸,陷下去的腮,想伸出皮外的颧骨,过早生出来的白发……

"三棵树,一根芽,保住小石匠要紧!"

"今天要你知道姑奶奶的厉害!"

"真能放个屁把小石匠消掉?没那么大的能耐!明天走!"

"秤不离砣,公不离婆。你待在这儿我决不挪步!"

"哎!人要没有男女多好啊!石匠一辈子什么都扔得下,就扔不下这只小小的梅花鹿啊,这少不了的宝贝!"

"石匠当中,就你有两块骨头跟别人不一样,死了也遇不到第二个!啊,破嘴该死,哥死不掉,长命一百五十岁……"她从包袱里取出一只布药袋,上面有自己手绣的奔鹿,蹄角飞动,神气活脱。

常人的不幸是专在稀有者身上挑毛病,千里马当虫儿扔开,让他孤单地死掉,听到别人对他的惊叹而后大哭,悔恨不已。

智慧人从平常石头里发掘金属。

诗人为摆脱寂寞,把常人在想象中拔高对话,醒悟后何等惆怅,这倒不足为奇,奇特的是在惆怅之后并不能真清如水明似镜,换个对象还要重演!

鹿儿的气一会儿就消尽了,她和石匠一起摆齐屋里的种种物件,不时撇着下唇不屑地一笑:"留这些破烂干啥?八成都得砸碎填进灶膛烧灰肥地!"

"这可不能全依你,老天爷生出一根草都管给它三指宽泥巴以温饱它,要说废物只有一件,就是能耐太差火候的老胡!"

"知道不是茶壶酒壶!你在这墙角用匾搭个铺是给谁准备的?"

"给我自己,免得挤在窄床上伸胳膊腿不小心碰伤了孩子!"

"你还没有当上爹就支着几月后的日子疼起了小宝宝!真是狼疼崽,虎舔儿,叫花子还抱着骨血沿路亲个没完。"

"你没来,半月也没洗过澡,一头一脸灰,不好意思,水烧热了,把身上打扫一番,免得自己讨厌自己!"

"好!"她把药连着抽屉拿到院子里去晾风,为他沏上茶,桌椅衣橱都用抹布擦得挺亮堂。

"鹿儿!衬褂领口断线了!"

"来啰,给你缝几针。先披上空心筒儿夹袄出来喝杯茶,是干妈让我捎来的。"

"谢谢老人家和你!镇上买过两回茶,都是隔年陈货,泡上颜色还凑合,喝进嘴里跟白水差不多,没滋少味,白叽啦哈的!就想喝点江南来的正经绿茶,没准儿越喝越想老家!你也品上一杯,真能香飘五丈开外!一芽两叶屯溪老牌子黄山云雾,把水的魂儿都染得像竹叶,青里透绿!就是水太开,叶子沏过火,要不还清鲜亮朗,寸半高的仙气盘旋在杯子口上!"

"你装满一肚子茶经,多美的歌!白唱给我这活聋子听,糟蹋了上等材料!"

"日后跟我回长江边,连你这聋耳朵也学会闻到茶味!"

"哥!你脖子上挂个小人儿,谁呀?"

"自己摘下去看!给你!"

"啊哟!大神阿布卡赫赫呀,这不是另一个活气乱喷的我吗?谁刻的?"

"我,无名小石匠!"

"谁让我哥刻得这么活灵活现?"

"你呀!"

"我?"她惊诧地摇摇头,"几时叫哥刻的,这手艺可从来没见过!"

"有天晚上三更光景,想到好人难做,治病棘手,老困又睡不着,爬起来灌下半茶杯酒,好不容易忘掉种种难为事,说来有些丢面子,太想老婆!想着喊着,不一会儿你来到我身边,轻声嚷我:'又没掉魂儿,吆喝啥?我不在锅屋炖你爱吃的猪脚烧黄豆吗?''哦,我怎么这样糊里糊涂,一脑瓜糨子?我住在干妈那个村子,什么神仙一口气把你吹到长寿镇上来的?''傻瓜!想有什么用?找块好石头刻一个挂在脖颈上挺美的,跑也跑不了!''石头人会烧饭吗?''比没有小石头人儿强挺多!'没讲几句体己话儿就睁开了眼睛,天一放亮,上山找到这块玉挺硬,不肯吃刀,到末了还是拗不过石匠的指头手心手背腕子,就刻出这德行,不想让人看到,笑话我是老婆迷,想当你的跟屁虫,藏在左奶头旁边,让她听我心跳,要老天爷发了慈悲,让滚烫的心把像焐活,里头的心跟我的心一道儿跳!明知白日做睁眼梦没劲,不做梦更没劲头儿了!搓九股丝线挂好,别让她飞掉!"

鹿儿唱起胡砧听不懂的歌,两腿换班,一个弯成雕弓弦一般直,脚跟脚尖轮流轻点着土地,旋动全身,两手托起石人,用自己的双唇和桃腮忽轻忽重忽远忽近地贴近它,春天的光和色跳过黑长的睫毛缝隙往石像里乱钻,它的容积毕竟过小,装不下的光虹与生的活力穿透石头,倾泻到小母亲的全身,五官百骸,细胞毛孔——受到小石头的委托,饱饮最动情的情舞与欢快,剩下部分射向石匠、石墙和砖墁的地面,颤动着四周的万物再活一回又一回……

狭小又广阔的爱之巢四壁被胀开无数肉眼看不到的小窗,也许不到麻雀绒毛的十分之一粗,热能射向可知与不可知的物体,博得古老天空与浸透汗水鲜血的沃土开颜漫笑,扩散到星与星和谐的共振。

石匠感染到这一切,一宿没有睡熟,七八回觉醒,迷迷糊糊中似乎变得年轻的心,不断为她的"行为艺术"伴唱!

鹿儿走出码头,就见到俯视万象、唯我独尊的河神庙。赞礼老人又是她从小仰视、不时忆起的大好人。稍事安顿后,丈夫忙于接待新患者,她便来到广场拜谒长者。

走完一半石阶,有个小小的平台,当中放着大鼎,是从老庙移过来的。两侧栽着柏树,树冠不大,微见枯黄。从庙门口石栏杆上拖下一条长绳吊着疯子,上半身被树荫遮住。

赞礼老人手执赶牛长鞭,正在怒责疯汉。

"爷爷!您老人家好!给您请安!"

"哟,天天念叨你,到底被好风吹来了!"

老人笑得银眉弯弯,眼角细纹抖动。

"这是……"她指着胖成弥勒佛似的疯子。

"放公猪的疯子!猪去蹭痒痒,把长明灯竿子蹭歪了,幸而我从窗口看到,走下来扶正灯竿子。也是全镇男女老少的大福分!不然要闹天翻地覆的大乱子。有你干爹亲手点的神灯,工厂才这么发旺。"

"放下他吧,多可怜,疯子怎么挨打……"

"不打他记不住,还要犯弥天大罪!按祖宗规矩!犯这样罪要抛锚——装进口袋沉下河去——祭河神。男的当差,女的做丫头。比如像你这样标标致致的孩子就当河神的姨太太……"

"灯还没有灭哪!"

"为了三千六百口人的好处,没个规矩还成?"

"该打多少?"

"三十,这是最少的刑罚。"

"我替他挨,打十五下就够,放掉他吧!"

"为什么?"

"肚子里还有个小石匠,娘俩匀开,一顶俩呗!"

鞭子落地,老人双手捂着眼,泪水从指缝滴到石板上:"爷爷打过英国洋枪队,杀义和团的老毛子兵,砍过河北边欺压流刑犯的小军官脑袋……就少见你们两口子这样喷得出火苗的心,善良得像鸽子,勇敢如山鹰,打不下手啊,上去把绳解开!"

"好!"

"河神爷! 恕我管教不严之罪!"他拾起长鞭,朝庙门三叩头,再叮咛疯子几句,打了他五鞭。

"好! 跟我过,好! 好! 跟我过!"疯子俊秀的笑脸上没有泪,只有汗与痉挛。

"记住!"

"好!"

老人开始抽打自己,认真,沉重。

"爷爷,再打我跳下去了!"鹿儿放下疯子,一阵风似的冲下石级。

"你有身子! 慢!"老人喊道。

她已跑下平台,捧起老人右手一咬,鞭子被夺,鞭花脆响地打着她:"多一下,够了吧?"

"啊哟!"老人摸摸她颈项上的紫血痕,痛惜地摇摇白发,扭头对疯子说:"还不谢谢鹿儿?"

"好! 跟我过!"疯子有了泪水。

小寡妇走到平台上向老人行礼。

"孩子,你有事吗?"

"嗯,想跟爷爷一个人说说。"

"行! 都上庙里去。"

"好,跟我过。"

"她是嘎翠鹿儿,瞧病的胡砧的妻子,刚从老家来。这位是个不幸的小媳妇甜椒儿……"

小寡妇抬起头呆呆地看着抚摸伤口的石匠女人,收紧双眉,略显不安。

"保重,听爷爷的话,姐妹!你长得真排场,好一双灵巧的手,比藕钻子还打眼儿。"

"您太有福气啦!"小寡妇被鹿儿的纯洁与靓丽所震惊,感染,颊上火烫,她扑上去抱住鹿儿重重地吻吻她的额头:"我要是男人也会迷上你发疯!姐妹,我喜欢你!"她负疚地伏在胡砧妻子肩头喃喃地发出一串细语。

"走!你歇会儿去给大夫送饭,不许恨河神爷!"老人叮咛傻笑的疯汉。

"爷爷,我不去了。"

"不是有话要告诉我吗?"

"不!没话讲!"小寡妇躬身施礼走下石级,"鹿儿妹子!欢迎您来我的穷家里做客!"

"怪!"老人搔着头皮。

"我会去看您,好姐妹!"鹿儿挥挥手。

太阳困了,晚霞有些贫血,对欢送它就寝的开山炮声挺反感,几片淡而薄的紫云向西方地平线沉没,为数甚少的蝙蝠在暮色中上下闪动着。

小寡妇把红马牵进院子,垂头无语。

"请坐!"胡砧与马的眼睛对视。

"丈夫没福气吃上大叔的药,走了。我的命靠您从阎王爷那儿抢回来的。要是早些吃药,也许儿子能保住……迟了。工厂里有人溜走,乡亲们也没劲儿种地,来借马干活的人少,把它送给先生多跑几家,多救些人。没有感恩的想法,恩太大报不上了……"

"治病是该当的!听说马是天赐的,我不配骑它!"

"那就给几个铜板算卖给你的!"

"鹿儿!把带的三十块袁大头拿过来买骏马!"

鹿儿从里屋走出,围裙兜里揣着银圆。

"姐妹!"

"姐妹!"鹿儿见到马,双手一抱马头,银圆滚落一地。

胡砧一一拾起。

马伸出舌头,舔舔她的手。

"这不是……"

胡砧急忙掩着妻子的口,使个眼色说:"这不是前世缘分吗? 头回见面就比六月半的西瓜还熟!"

"这……"小寡妇愕然。

"的确是前世缘分,我送姐妹回家。"鹿儿用手帕包好银圆放进小寡妇的口袋。

"这么多钱,买三匹马也够了。"

"好马值大价钱,少了怎么过意?"胡砧将马牵到槽头拴好。

次日,老人怕牛马不合槽,屋里也挤,就把牛牵到他处喂养。

经过紧锣密鼓,细吹细打,袁世凯称帝已势在必行。一些被视为心腹之患的革命党人成了暗杀或通缉对象。高泉饮拒绝出任议员与高额支票,难在北京安身,在通缉令下达的前一周就拿到赴柏林的护照,名义上是添置化学仪器,实际上是悄悄离家出走。他不远长途跋涉,舟车鞍马劳顿,求访石匠。有点像伍子胥访专诸,动员敢死义士刺杀袁贼。石匠在北大的高家做客时提过此事。高教授想到好友上有高龄太公,没有后代,劝他打消此念。现在大祸燃眉,不能想得那么周全了。

两人在河滩上密谈时,黑色河水上漂着死鱼烂虾,臭气刺鼻。尤其是工厂废水在山腰挂着橘色小瀑布,厂房里吐出浓烟翻卷不息,教授若有所悟地说:"可能得病的原因在吃了河里的污水,吸了带毒的空气。"

"那船上大人小孩都在水上解手,为什么不长病?"石匠对饮水卫生一无所知。

"上游可有人得过怪病?"

"没有。老教主得过这病,他到河神庙来念过经。"

"我带点水到柏林,做些科学分析,及早把化验单寄给你。不治病根,累死枉然。"

晚间,教授讲到塌方、泥石流、地震之前鸡狗牛马的预感,听得石匠、鹿儿一宿也没睡着。两年前牛尾镇也闹过一回地震,石匠家的板棚就晃倒了,全镇伤人三十多,牛十几头,倒了半条街房屋。震前的征兆与教授所说一样,胡砧夫妇亲身经历过。

"贤弟,没有化验单空口无凭,等证据到手再开口才有力量。"

"好在药还能维持一段日子,等药用完人事已尽,小弟再去北京见机行事。"

"不可莽撞,要和志同道合者统筹一番。"

次日石匠领着高教授把环境检查一遍。寿山顶上挖了十二口深井,泡过矿石"药水",由工人背起密封的木桶爬上山头,倒入井中。一名管理员发一张收据式纸票,按月凭票到厂里领薪金。傍晚收工井口盖上厚板用铜锁锁牢。

"从来没听说过有送水上山倒在井里,可能是提高矿石粉出金量的化工产品。我们不能凭空下结论。不知道含毒的化工废水可能流入鹿角河?地下水道成百上千,彼此沟通往低处流⋯⋯"教授的推测在石匠听来是闻所未闻的奇谈。哥儿俩登上北山,这里有两百座新坟,彼此靠近,都是闯关东的汉子,为俄国老板钱袋的发胖而丧生,临终前却无一人不对厂长感恩戴德。

三天后,高泉饮雇得马车直奔西伯利亚铁路。

病人成倍增加,草药不具备免疫力,治好的工人又有重犯的。全镇听不到一声歌,一句戏,从厂长到小寡妇都魂不守舍。

赞礼老人深信大劫到来和皇帝下台有关,他叹息说:"要让洪秀全孙中山做了真龙天子,哪会有这些病人,洪宪皇帝才四两重,至多是条草把子龙,压不住金銮殿。"

笃信天命不等于束手等死,找来三老四少到石匠家认清药草,用与灾难同步增加的香火钱做川资,四面八方去寻找。有了线索严守秘密,避免被贪婪的手偷采一空。

赞礼老人以身作则,在南行二十里有一座山崖下为河滩,生着根部带有橘红包疙瘩的小草,叶子与来自昆仑山的灵药一样。是土壤气候引起了变异,或是成熟期未到,疙瘩里的粉末才发黏?无法断定,也算有点亮色。他头一天吃下一株,以后日增一株,十日后不觉异常,才焚香谢过河神,把草送给了石匠。

对健康者无害,对患者可有害,能不能减病?如何试验?真让人踌躇。

"我再试试好吗?"鹿儿请命。

"不成,胎气伤不得!"老人的话正合胡砧心意。

商量好久,赞礼老人这回很激进:先给不太重的患者试用十天,无效再用正式草药,不会酿成大祸端。

"浅红的草附近还可以再找找,找不着没大亏吃,找到了呢……"鹿儿的目光流射出憧憬。

"河汊路曲曲弯弯,又有沼泽,行人极少,你可不能瞎犯嘎劲儿!"赞礼老人总怕后辈走险。

"爷爷的话掉在地砸个坑,要听!找草不是女人干的活。"

"就你们操心,谁去找罪受?"

"我刚到这儿,山清水秀,鱼见到船就往舱里蹦,向舱外扔慢了就沉船。还有那日子过吗?"

"会好的,爷爷!"她的肯定引得老人不住地苦笑。

赞礼老人说:"风暴季节的天气跟慈禧太后的脾气一样摸不透。"

石匠在上午到山北去出诊,正赶上大晴天,太阳刚刚偏西返回,鹿儿不在。走进马房,马也不见。他想:是不是顺着山脚河滩找药草去了?身怀六甲,出了岔子怎么办?他反带上门,上了河堤,问到码头上卖老玉米的小贩,说见到骑红马的嫂子朝南去半天了。

石匠沿堤跑了十来里地,除去正南有点亮色,三面天都被黑云糊得严严实实。闪电飘忽,一串闷雷推过天心,堤坡内的树一齐狂抖,浪花咆哮,臭味熏人。

河堤到山脚下消失,水被崖壁堵住,滩上长满灌木丛,有些沼泽地,马走不过去。他边走边喊,没有回应。

麻雀蛋大的雨点横扫过来,砸在他脸皮上有点微疼,孕妇怎能受得了?他不停地擦着眼睛,前行数里,似乎听到了马嘶,小路上有蹄印。

风声尖啸,大浪腾漩,涨势迅猛。他喘息着,扳开小树蒿草,走了半里地,才见到红马兀立在那儿,垂下头来,给双腿泡在泥浆里的鹿儿挡着雨,它的笼头已经不知去向。

他抱起鹿儿,试试鼻息未绝,手里还捏着两根小草,就收起小草,把她放到马背上坐着,自己再上马扶住她,明知马不懂人话,还是叫道:"马老弟!咱一家三口的命就交给你了……"

好马三分龙性,它调转头,走得又快又稳。就在路口一棵小白桦树干上,石匠看到拴得很牢的马缰绳。看来,马是在风暴中自行挣脱笼头的,真是不可思议。

他扶好鹿儿自己跳下马背,它立即停步。

孕妇被放倒在地,像睡熟一样,他解下缰绳,拴上马笼头,再给她扎针,按摩。

雨的势头也收煞了一半。

过了片刻,她渐渐缓过气来,弯曲两膝站起,试图站稳,却一个趔趄,上身前倾,被他扶住。

"娘儿俩都没有危险吧?"

"嗯,可是……"她摸摸自己的脖子。

"什么?"

"丝线绳断掉,那三寸高的另一个我不见了,这么大一片树林草地上哪儿去找哇?"

"人平安比啥都要紧,丢个小像大不了重刻一个赔你可成?"

"再刻怕不如原先的好……"

"路难走,河深水急,找不着小石人儿动了胎气不是闹着玩儿的!"

"我舍不得它哟!"

"回家,算我当初没有雕! 鹿鹿饿了,上马!"

<h2 style="text-align:center">五</h2>

厂长看过柏林医科大学做出的水质化验单,立即脱掉外套,鼻头流汗。

胡砧语调恳挚地说:"我的一位兄长来这儿待了几天,他说树木再这样砍下去,地下藏不住水,山洪一发,泥巴石头跟水淌,大半个长寿山要倒下来,镇上的男女老少在所难逃。请先生念在下对苍生一片赤忱,赶快把厂关掉,否则……"

雪茄放在烟灰碟上灭了,厂长还拿起来猛吸:"办实业是替老百姓找口饭吃,想不到成了杀人的罪魁祸首! 关门,少赚点钱是次要的,乡亲们生活来源在何处?"

"穷比人都死绝好! 几千年没办厂,这儿还有人!"

"先生的品格惊天地而泣鬼神,不让古贤与西方哲人,无疾由衷敬佩! 关厂事情太大,要报告老板,无疾个人无此权限。只能写快信去商量。至于镇上父老姐妹不懂科学,或者说只懂不吃肚子饿的最本质的科学,要从缓慢慢解释,不然,众怒难犯,无疾爱莫能助!"

"而今病人越来越多,草药没有来源,胡某本当一走了之,只是于心不忍。治标在我,治本在先生与老板。先生与秘书小姐向上面讲清利害,敝人不忘大德。告辞。"

"先生救治的人已过三百之数,才是真正的大德。无疾何足言! 化验单请收好,结论已抄下来。日后能用得着无疾之处,会竭尽微力,以表敬仰!"

胡砧一去,尼娜走出内室关上客厅大门。

"无疾哥! 我全听到了,他不会写文章,但对人类的大爱而言,跟列夫·托尔斯泰并无差别,只是格局小得太多,那不是他的错处。从个人讲,我愿抽血送给他;但讲到事业,为了表兄,也包括我的一点股份,你的一点红利,不能为他的一席话而放弃。何况开矿是理直气壮地保护工人和居民生存的唯一出路！"

"我看给你表哥的信照写，人死得太多，停掉我不反对；厂照办，人少死或不死，胡公、工人都不得罪就更理想。"

"你写，我不写。胡先生的事让工人去对付。"

"你这是以华制华，阴险！你不写我写！"

"我阴险，就你正大光明？化验单为什么还给他？人家能从德国弄回来，就有背景，你至少欠考虑！我看送些钱买回那张把柄免除后患。"

"人家不收！"

"我去送给他太太，不爱钱的女人太少。我就爱钱。它可以买到时间、清闲、自由与享受。当然，买不到感情。表兄花了一马车卢布也没买着巴黎一位交际花的半句好话。活该，要情干吗？"

"你是半个叶卡捷琳娜女皇！"

"可惜你和表哥都不是彼得大帝。小儿科！"

"小儿科讨厌，女人得巨人症更可怕！"厂长这才发现衔在嘴里的雪茄烟灭了，找出火柴在墙上重新划着点烟。钱与人命在他的深心交锋，不知该祖护谁。

尼娜提着小箱子进入石匠家，已临近黄昏。她受到很热情的接待。

"厂长先生给老板写了信吗？"石匠问道。

"正在写。"

"到底是念书人，心善哪！"嘎翠鹿儿称道不已，其中含有对自己判断力的欣赏。

丈夫白了她一眼，等于说结论过早。

"胡夫人是一身仙气的美女，千万不能去我们俄国。"

"干吗不能去，谁能吃掉我？"

"就是去不得，一去会有人把你抢走献给沙皇尼古拉。"尼娜自鸣得意地笑了。

"哪有你好看，该抢的是你黄头发，蓝眼珠子，细腰才一小拃，放在洋皇宫里有个洋派头。我都老了,高帽子戴不上头。"

"秘书看看工厂会关张?"

"看老板的决定,他不会听我的,我对您很尊敬,很同情,非常爱您的夫人!"

"您来有事吧?"鹿儿想引出话题。

"没事,专来看望二位好朋友。厂长知道你们心好,有钱肯给穷人,你俩口儿挺困难,带来一点小意思……"尼娜把小箱子放到桌上。

"这不合适!"鹿儿左手推开窗子,右手抓过箱子要朝街上扔。胡砧伸手一点她的手腕箱子掉到地上。他含笑摇头,示意她莫做过火的举动。

尼娜装作没有看见,故作神秘地问道:"听说有张化验单是德文,别翻错了……"

"不,我的朋友懂德文。"

"能给我看看。"

"请看!"石匠递上化验报告。

"这是假的! 不对!"尼娜将这张纸填进嘴里嚼着。

"你……"鹿儿气得嘴唇乱抖。

"秘书小姐! 你吃掉也改变不了事实,我的兄长还保存一份在北京,到万不得已,只有去告状。老板有钱,就算买通官府,我死而无怨!"

"我,我是开个玩笑!"

"小姐,这玩笑不该开!"鹿儿眼睛发红。

尼娜干笑两声说:"还有点小事,改日再来拜访。等着吃夫人生胖娃娃的红鸡蛋!"话未落音,人已出了院门。

"你怎么收这样造孽钱?"

"不会收的,还要靠她和厂长办正道事,弄僵了无益。"

"马上送去。留在这儿大钱生不出小钱。"

"瞧你这副急性子,怎么孙子还没上学?"胡砧纵声大笑,忽觉头晕,躺在床上,用手捂着眼。

鹿儿愤愤地噘着嘴。

沉静了好一会儿,胡砧说:"还生气吗?"

鹿儿跳上床骑在他身上,双拳雨点似的捶着他的肩头。

此时,意识到一场生死搏迫在眉睫的尼娜,把五块银圆放在小寡妇的手上,搂着她的脖子亲切地说:"大姐!只有厂办兴旺了,才有钱常常照应你。像大夫娘子说的那样关门大吉,镇上人只有喝北风。"

"她不是那样的人,不会说那种话。这钱我用不着。"

"别急呀,大姐!你亲自去问过,再看看我可撒谎。这点小钱是厂里给的,莫介意!"

尼娜回厂,小寡妇找到鹿儿。鹿儿说:"工厂不关,镇上人都得死。"

小寡妇大惑不解,跑到河神庙,向老赞礼转述了胡砧夫妇的主张。

老人笑得弯下腰来:"死人是天数,跟办厂吃水有什么关联?好人也说错话。到处都夸奖你爷爷,爷爷说的错话三间屋也装不下。没存心害人就不赖。"

河边洗衣淘粮食,是妇女们交换信息的重要时机。鹿儿渐渐隆起的腹部,俏丽的面容,已招来女人们的嫉恨。多亏胡砧的威望护着,才得到些缓解。待至小寡妇亲耳听到鹿儿主张,老人的反驳,客观传播,比夸张的攻击更能燃起仇恨。

各种高论层出不穷:

——难怪她一来病人多到三百来号人!

——难怪她要来,女人都掉胎!来过后全镇没有孕妇,她凭什么挺着个肚子到处转悠,说的不是人腔!

——大夫人太好了,魔鬼妒忌,派这女妖精来吸他的血。不除妖女,咱们对大夫忘恩负义!除掉妖精,买个美女陪他,咱们也凑得起这笔银子!

荒唐的论客,都迷信自己理由的充足。

刘无疾听了尼娜的叙述,反问一句:"你认为他们会收下这笔钱?"

"告状正好做路费。事态严酷。"

"他们真要上告就不收钱,收了钱就不告状。又收钱又告状,他们不是政客赌棍流氓,难哪……"

赞礼老人提着钱箱走进来,箱子放在锃亮的玻璃板上。

"胡砧要我送来一箱子药,说二位有心病,多少有点用。我没打开看,不知道装些什么。"

厂长一努嘴,尼娜把箱子拎进内室。

"老人家看看镇上的事该怎么办?"

"前日下来小山洪,两个时辰就退掉,房倒百多间,人死不到二十。算河神爷与祖宗保佑!怪病还有人得,草药快光了,新找的药用处不明显。上天还要收人。老汉活到九十岁,也没见过这么惨的场面。但胡砧的朋友说戏才开锣,好戏在后头。心如火烧!"

"老人家有何妙策转危为安?"

"老汉反复苦思,光绪七年大旱,树皮草根都吃尽,人吃人。后来办灯会祭河神,第二年田埂上都生粮……"

"人丁旺,工厂才能办好,眼下病人多,工人很贫困。要祭河神,钱由厂方出。看看怎么张罗才妥帖?"

"这要仔细想想。老汉愿献一条牛做祭品。"

"不能让您费神又捐出一头牛!"

"操办公事要怕出汗,准会让后辈们看扁。请老教主念经,前回已蒙许诺,还得劳驾再走一遭。"

"义不容辞。"他喷出一口青烟,幻觉中的龙灯在烟中腾舞……

高教授又来信了。一是告知袁世凯已于六月六日断命,刺袁的计划已无意义;二是长寿镇环境恶劣,药物用毕,早日离开,不做无价值的牺牲。

胡砧日夜苦劝,说得舌苦唇焦,保命保儿子,为祖宗接香火,都打不动爱妻。结论是他与病人同生死,她和丈夫共存亡。

鹿儿牵马去啃些青草,她答应不再骑马,步行前往。

他觉得眉心发痒,用镜子一照,已经隐隐现出个粉红暗影。这太出他的预料。心绪万端,无法平衡:"天哪!红痣长到我的额头,这公正吗?"经过对镜反复拭擦,痣是真的。

他扑倒在床上,忍不住流泪。随手一摸,枕边放着鲜红的药袋,活泼顽皮的奔鹿神情多像爱妻啊!这一切都得撒手,太缺少精神准备!

他走到院子里,天色枯黄,太阳就像是一颗紫痣。便茫然登梯,走到房脊上西望;工厂炉火正旺,夹着橘红与青色浓烟,就是长寿镇的大红痣……

心里一片空白,似乎自己仍在南方砸石头,在大牛湖逮虾,在给鹿儿做摇篮,做漂亮的小弓小箭,挂在产房门楣。眼目下的胡砧只是他雇用的一个幽灵。而死后鹿儿怎么过活,牛尾镇能否扎根……使他不能置身事外。

他说服自己:死期既近,不能刺袁丧生,也该与工厂老板较量个高低,如果厂长和女秘书刁难,久不习武身子滞重,手脚欠灵活,但除掉这两人易如反掌。他们葬送了这么多无辜,下得了手。而事情不是如此简单……如果招来俄国军队杀人放火,割土赔款,造成大劫难……

打开药箱,最后一棵草药自己服用,而后携妻返回江边。

他倒上一杯热水,正要吃药,想到万一妻再染病怎么处置?

先人后己,是师父的训示。此刻老人家在哪儿?弟子多想您啊!他将草药装进绣袋,卷个长条,放入小木箱,找出六根小钉钉牢,免得自己或鹿儿赠给了患者。

他举起锤砸在凿子上的时光,传来镇上伐木钉棺材的声音。谁为自己钉棺?八成赞礼老人!小箱太像一只微型棺木,装入了巨大的爱,和这只皮囊回不了祖茔,未做成一件大善事的遗憾,对故土的思念,都将付于永恒的黑夜,消失了知觉与本能……

砸下一颗钉,两眼一黑,双脚发软,地在摇晃,朝前一栽,眉头碰在箱角上,溢出一行热血……

他心里挺清楚,就是全身动弹不得。很久没有睡过一夜好觉,这回办到了,也许已经躺在土馒头里……

十分钟后,他试试双臂,都能伸缩。地上凉气,直冲后脑。他挺身坐起,喘着粗气,把箱子藏入床底,理直被单,扫清血迹,扯块白布裹住创口,揽过镜子再照,真想问问镜中人:你是谁?怎么这样陌生?这一跤跌得好,好!否则鹿儿认出病象,一哭二跳三闹,三口人全完。胡砧正式当上绝户……

尼娜出门时,刘无疾给老板写了详细报告,交给专跑设备的买办员到城市寄发。他的心弦依旧松不下来。抽烟,喝酒,直到醉倒,才忘掉现实。

子夜醒来,尼娜坐在床前小沙发上看书,头痛腹饥,却无食欲。

"可怜的孩子!没有量偏要喝,找罪受干吗?"她自己却在喝着小瓶法国香槟,还让他尝尝,"再喝一口就全清楚了,中国人以毒攻毒,俄国人以酒醒酒。"接着她说出两张化验单的潜在麻烦,和解决的设想。

"尼娜!你想得太容易!此人上过刀梯,有功夫;绰号'盖世匹夫',有影响;有懂科学的人相助,是背景。一个小流氓,一支枪,三百大洋的办法使不得,被他逮住恰好人证物证齐全。把他抓进监狱让犯人打死他,再买通警察杀掉犯人,太不人道:我不做这些伤天害理的事。"

"所以你只能帮表哥发财,自己发不了。"

"不后悔,不羡慕。只想实业救国!"

"你要是条汉子,我可以成全你!"

"怎么办?"

"把工厂存款和流动资金攥在手中,咱俩同去美国办个厂,经营一个庄园,十年什么都齐备,对表哥这样缺德的东西,糊里糊涂的工人,都谈不上道德。工厂一垮,大夫目的达到,合乎人道主义,你良心安宁,而且得到一百万女性当中挑不出一个的太太兼赚钱机器,会生下白皮肤黑头发黑眼珠,好看得要命的混血孩子。无疾!这机遇一生没有第二次!钱赚多了还能回国办实业,办慈善事业,办学校,……"

"你……"无疾眼瞪得像酒杯。

"甭怕,坦白说尼娜不爱你,也不讨厌你。不过搭帮享几年福。世上没有爱情,有也是瞬间的钟情。起来!抱抱我,我哼曲子跳跳舞!这个地方憋死人……"她扑到他胸前,吻他,抚摸他的手和枯涩的头发。

"尼尼!我配不上你,你会扔掉我跟强有力的汉子私奔的,我……怕……你……又有些喜欢你……"

尼娜"噗"一口吹灭了灯。

"不！我怕！点上！点上！这摊子事没了啊,尼娜·谢尔盖耶夫娜……"

六

发现身患绝症,胡砧在妻子面前成了另一个人:挖空心思说笑话逗她一乐,衣裤穿得整整齐齐,院子里外扫得干干净净。药草用尽,对病已无能为力,最好的解释方法是将患者亲属拉到门外树荫之下,撩起额上白布一角,求医者只能痛哭而返。有一位老工人见到胡砧患病的标志,跪到地上叩了个响头。石匠回屋再扮演一个快乐的丈夫。

"哥的胡子怎么长得比韭菜还带劲儿? 三天没刮,下巴又铁青。"

"你为什么不长胡子?"

鹿儿觉得问得离奇,不知怎么回答。

"男人皮薄胡子长得快,女人下巴皮太厚生不出来,毛都挪到头上。"

鹿儿笑得前仰后合,第二天想起来还笑个没完。

鼓声劲猛,锣声炽烈。小镇久久缺乏的欢乐降临之后,家里人口平安的居民们投入生的甜流。减丁患病的住户,黄连树下弹琵琶——苦中作乐,没有雅兴,也不想打断人家的欣悦。

刘无疾从阳台上俯瞰广场,灯火虽多,毕竟四野旷阔,烛光油灯,与他在东京、上海所见到的电灯不可同日而语。

"嗳——!"

"多美的灯火,干吗叹气?"尼娜浓妆艳抹,年轻了五岁。

"人死得太多,心里凄凉,乐不起来。你看到什么?"

"灯是广场眼睛,人挨人,人挤人,连成一片黑土,好比西伯利亚。龙从地下钻出来,飞上天空,又钻进黑土,不停地滚动,翻出浪花,也就象征着人的情绪,每秒钟都在开辟新出路,又不断地折回来,只是在反复。我还联想到在彼得堡看斯特拉文斯基指挥演出贝多芬的《第五交响乐》,开演五六分钟之后,乐队不存在了,所有音响都是他从地底下拔出来的,拉长,托起,切断,连接,又按捺进大地。有时他在倾听,寻觅,等待;有时在指引,缠绕,撕裂,在捞涅瓦河里的月亮,在请问,在注释,在给乐句音符以活命的电波。所以,见到龙反而想家。家在何处? 不知道……"

"好一个忧郁的俄罗斯女郎! 尼诺其卡(尼娜的爱称)! 只要在与利益无关的时刻,你多么可爱! 我舍不得走开又怕爱上你! 你的创造力或破坏力都是头等的!"

"前怕狼后怕虎,没出息的笨孩子!"

"教主的船还没到……"

"赞礼老人说,四十多年来教主办事只差时辰,不差日子。"

肚子里揣着全镇唯一的孩子,鹿儿见了镇民就自愧矮人一头,像做了什么坏事被人当场拿获一样内疚,虽然她渴望孩子平安诞生。出门看灯前换了三次衣服:先是挺老气的墨绿色,比较厚重,但又怕人说好容易乐一回,就你愁眉苦脸讨人厌;换上一身玫红,似乎太出格太打眼儿;末了穿着蛋黄色褂子,滚着青边,在华素之间。再换,没有了。从记事至今,在穿扮上瞻前顾后是头一回。她的瞳仁在暗影中试亮,注视着胡砧青衣赤带,舞动龙头,龙口中滚着红珠,鳞甲开张,姿态流美。他踩着鼓点,不吃力,不拖沓,喝彩的人挺多。

龙灯一上街,人流被吸引而去。

长明灯下的开阔地沦入幽暗,赞礼老人牵着壮硕的大牛,它的双角间扎着红绸大花,目光惶惑地看着夜景。拴牛的树离长明灯不过三丈之遥。

鹿儿视线由飞龙转到牛身上,她咬着嘴唇。

老人摸着牛的鼻子和耳朵,柔声倾诉着:"朋友! 莫怨老汉无情义,一把草一瓢刷锅水喂大你也不易! 这么多年,每到半夜睡不着,跟你说的话三条大船也装不下! 今晚子时把你四蹄捆上石头沉下河,是替鹿角河几辈子人消灾。你死得有功,河神爷会让你变人,托生到正派人家平平安安过一世! 你一走,谁听我碎嘴唠叨,一宿为我摇上一千二百来次尾巴,我的孩子……"它的两眼被主人用红布蒙上,老人几步一回头,有点蹒跚。

鹿儿听到爷爷的话,泪水滔滔。她不想走出树影去安慰他,从自己口袋里掏出绣着奔鹿的红兜肚审视很久,再望望大牛,广场变作了大草原,牛背上坐着腰系红兜肚的小男孩,裸着白生生红灿灿的肌肤,笑得脆朗。他一跃而起,在牛背上翻跟斗,双手抓住牛角拿大顶,小鸡鸡往牛唇上浇了一泡尿……幻象消失,她抱些牛草回到屋里,煮了十个鸡蛋,剥去蛋壳,添些米饭当馅子,为牛做成包子。在石匠故里逢年三十才给牛吃十个草包子,叫"谢牛"。使役农民还向牛道歉,并且告诫孩子:"莫忘记人吃牛饭。到二月二牵它下地,仍要举鞭。"

小寡妇破门而入,见了鹿儿就跪倒:"姐妹!我不该说你坏话,听二十多位婶子大娘说,你要工厂关门,死人是水有毒……"

鹿儿抱起她说:"没错儿,这话是我说的,亲口告诉过你。明天我还要对乡亲们说。你有什么过失……"

"有罪!那些女人恨你怀上了孩子!河神爷爷罚我嘴像粪坑,我妈妈眉心又长出红痣,这是报应哪……"

"姐妹莫哭,没有草药了,真没有……"

"我请胡先生去看看,安慰安慰老娘也好。"

"请坐一会儿,我去喂广场上的牛!"

"姐妹对畜生这么仁义,是不该掉胎!那些嚼烂舌根的骚蹄子们狗咬吕洞宾,该掉……"

"不能怪她们见识差一把,我不是听明白人讲得明细,跟姐妹们一般样!再说我肚里的小把戏要生下来,活下去才算!"鹿儿迟疑一下,摸出一把剪子放在篮子底上,盖好碎草,再装齐十个包子走上广场,将包子一个个喂牛,它吃得摇角摆尾,使她看了更怜悯。

小寡妇有些急了,反带上门也朝大牛走来。

鹿儿看到提着彩灯的行人很少,狠狠一咬牙,把拴牛绳剪断,蒙眼的红绸布朝上一揭,牛闭上眼仍在嚼包子,兀立不动。她拍拍牛的肩胛,径自走开。

牛慌忙前行,迎面遇到小寡妇,她双手一拦,牛吓得倒退几步,后臀恰好撞得挂长明灯的木杆朝东一歪,玻璃罩被震碎一面,灯被吹灭,晃出的油落到庙门口东侧的石狮眉眼上。牛竖起耳朵,朝黑幽幽的树林里狂奔……

疯子从树荫下跳出来大叫:"好! 好!"

吓呆了的小寡妇浑身发抖。

"跟我过!"

"呸!"她狠啐疯子一口。

"好!"他拍手扬长而去。

几位提灯的镇民围上来,急忙扶正木杆,个个痛心疾首,顿足大骂:"罪过啊! 罪孽呀……慈悲慈悲,河神爷!"

"灾难还不够,又惹大祸……"

"怎么得了呀? 怎么了得? 河神爷爷!"

"长寿村的好气脉搅和完了,老天呀!"

跺脚的,痛哭的,人越围越多。

赞礼老人走来一挥手,立刻安静下来:"怎么回事?"

"牛碰倒长明灯了……"小寡妇怯生生地跪下,"爷爷,怪我拦住牛的路! 反正活不下去,把我'抛锚'祭河神……"

"牛绳是我剪断放开的,它太无辜太可怜! 没想到它会撞灭灯……"鹿儿拉起姐妹。老人走近鹿儿狠狠打她一耳光,脸上留下指印,嘴角流出鲜血。

盲目仇恨,灾难压顶,久久无处宣泄的压抑,拳头举起成森林,落下如狂雨。乱七八糟的咒骂声搅成一团。

疯子坐在石狮子背上大叫:"好! 好! 好!"

众人一齐向他看去,他伸出两手的食指,点点狮子眼上反射着灯火的油,再指指自己双目,做流泪的模样……

人群像被催眠一样木然:石狮子在哭了,仅仅是为小镇的不幸,还是更大灾害的前兆?

老人叫道:"乡亲们散开! 大夫功德再大也不能给女人抵罪! 会公正处置。"

"爷爷,我也有罪,罚我吧!"小寡妇抱住老人双膝。

"没你的事,回家侍候病人!"老人推开小寡妇,怒喝一声,拉着鹿儿向庙里走去。

小寡妇悄悄拾起鹿儿的竹篮,一摸剪刀还在草下,要是被狂怒的人抓住,捅鹿儿两下就更惨。她将篮子送回石匠家,上街去找石匠解救姐妹。她既庆幸自己被老人宽恕,又对鹿儿有难言的歉忧。

两小时后龙灯上山去串村寨,游过街道的灯火又集中在广场上。

等着迎接老教主的厂长、尼娜都坐在鞭打疯子的小平台上,赞礼老人为他们预备了茶、点心与水果。

刘无疾萎靡不振,连连打呵欠。

广场上用十张方桌叠放成五点,做梅花形。五猖们在庙里进过香,鱼贯而出,各自占据一点,手中钢叉飞旋,铜片乱响,节奏阴森诡谲。那颇具原始美的脸谱勾得神采焕发,崭新的大靠在灯火下闪着无数光斑。

庙对面竖起一扇大门,高达八尺,宽约五尺,厚过两寸,上有五只铁环。半昏迷状态的鹿儿,被推到石阶前站着。人们朝她吐口水,拍着大腿痛斥。

"杀死妖女:用她这头母牛祭河神……"

山崩水涨,人死鱼瘟,孕妇早产,破坏风水,撞灭长明灯……所有罪名都加在她身上。她无力反抗或解辩。

站在石狮子头顶上的疯子,在众人面前破例说出与往昔两句陈言不同的话,在听众心目中是雷霆万钧的天之声:

"喂——! 她……是圣女! 杀不得! 哈哈哈哈! 哈哈哈哈!"接着捶胸大哭。

庶民被一种无名的恐惧所威慑。

刘无疾受到启示,他警告自己千古一时的良机不可失!便全力叫道:"乡亲们! 牛不是人,撞倒长明灯是天意。灯是老教主所点,停会儿他老人家来念经再点上好了。有什么不祥征兆,老人家一念经自然禳解,大利大吉。没有这种神通,他点的灯跟你我点的灯有何不同? 我们要相信老教主的慈悲。胡先生万里遥遥来咱们镇治好四百号人,厂方送他诊所、小洋楼,一概不要。不看僧面看佛面,忘恩负义之事不可为。若说替胡先生除妖女是报恩,老教主会收妖女做义女吗?没有她胡先生会到长寿镇来吗?她鼓动乡亲们毁掉工厂,刘无疾宽大为怀,不计较,求求大家免去她祭河神!那样太伤教主翁婿的金面。我只有投河,否则有何脸面做个人?念她初犯,外乡人不识规矩,饶了她吧!"厂长在平台上跪倒,他被自己的才识感动得滚下泪来。

一直和赞礼老人耳语的尼娜将厂长扶起,递上一方手帕给他擦汗。

赞礼老人扬起双手说:"厂长先生造福一方,咱们有眼共见,有耳同闻,老汉敬佩这样不计前嫌的度量。鹿儿犯的事太大太大,人可以得罪,神得罪不起。如果平平淡淡过去,古风哪能存在?我来抛叉,生死交给河神爷定夺!"

有人吹口哨。

有人狂呼:"高!高!"

有人说:"说得明白,听了心里亮堂,抛叉!"

疯子的神秘,厂长的宽容,都被嗜血的谣言记忆所主宰,谁叫人曾经是动物?尽管这些人大都比厂长善良得多。

广场当中点起檀香、把子香、黄表,青烟缭绕。四名花脸将鹿儿推到门前,吊起头发,扣上铁环,锁牢四肢与颈项。她的思维麻木,总不相信眼前的一切是真的。厂长吸雪茄吐出的烟,大鼎里流出的烟,工厂烟囱吐出的彩色烟,模糊地缠绕在一起。最后只剩下一团篝火,鹿形的火,在药袋上,在胖娃娃的兜肚上升腾,幻化。她觉得口渴,腹中的小生命在捶打她的五脏六腑……赞礼老人说:"我抛叉六十年从未出过差错,也不是定心丸,不能排斥万一。她与胡砧相逢相爱几年,已是大神的照顾,会不会照顾到底呢?也许……"

在恐惧与侥幸的矛盾中时光过得极其缓慢,"亲人哪!回来见一面也好,说不定……"

花脸在她眼里是彩色河流,将广场淹没。

灯火在她眼里是光之海,攒动的人头是浪。

叉光在她眼里是闪电,来去无踪影,一如流逝的岁月。

老人将叉扎在地上，点上黄表在叉口上反复掸过。向叉八拜，异常肃穆地默念过祷辞，将左手虎口在叉口上一划，血珠滚落，再爬上桌子，吮干伤口，一招手，四面的钢叉掷给他，他镇定地抛出，扎住鹿儿的双臂与脚背上一寸处。最后将抛出带血的叉，老人跪倒在桌上叫道："河神爷慈悲！"声落叉出，一条银带直冲门板，"砰"的一声，扎在脖子边上，左右深浅，分毫无差。

"苍天在上，河神在中，长寿山子孙在下，鹿儿获得赦免！"

老人宣布完毕，将九死一生的鹿儿扶回家，沿途叮咛不止。她已没有气力回答，只能唯唯。

"好生在家待着，那边正喧闹，该是老教主到了，我去看看，明天早晨跟砺儿一道见你干爹！"

是痛定思痛，无限委屈，还是为死里逃生推开了胸口梦魇高兴？静坐片刻，她开始抽泣。

估计石匠过一会儿要回来吃夜宵，她来到灶下点着劈柴。熊熊烈火中闪过如烟往事！

刀梯四面的篝火……

吃交杯酒时的烛火……

灯火中尼娜的眼光，厂长伪善的笑，小寡妇仓皇无措的表情……

火，火，火……

从阎王那里告假回来探亲的人，没有想不通的事。丈夫在小镇，迟早要染病，眼中钉不除他死不肯走。与其毁他，不如自己去点上一把火，把炸药房草堆烧个精光！

天天在一起，如水在河中，河干底见天，水已去万里。她后悔对石匠照应得太少，在心里对丈夫说："好人！下辈子当个好老婆，侍候你到一百五十岁……"

她烧上半锅开水，把做好的油饼扣在大碗里，焐在开水中，盖严锅盖，围上一圈洗碗布。

拢好乱发，包上头巾，找出棉花，浸上煤油，捆在草把子里，带上火种从山上斜插小路,很快到目的地。

工人们大多去看灯,院子里人很少,火把点着,抛向草堆,炸药房,加工房……主要的设备都在地下不受火的威胁。

河神庙的门外便是河滩,设置着香案、布幡、大小旗帜、黑色神伞。野火稀疏,光影朦胧。涛声如泣,长号声"呜呜"不止,秋风送冷,露水似泪,撒遍边陲。

三老四少帮着赞礼老人点烛焚香,鸣炮。

老教主全副披挂,面容铁灰,双眉拧集,寒酷的目光,刺人心脾。他点起长明灯,念过祷辞,有人接过,一会儿就吊上高竿,在众人心理上似比从前亮些。

地上跪满黑压压的人群。一个个愤慨庄重。

教主倒上一大碗酒,默祝几句,前行几步,酹入鹿角河。他看看上空和浊流,回到案前再倒一碗,转身对着河神庙和老百姓们跪下,伏在地上久久不动。待到起身,立足不稳,向前一歪,几乎摔倒,赞礼老人扶住他。他长叹一声,很轻很轻,前几排镇民们都听清楚了。

他一拍惊堂木。

两名花脸五猖挟着五花大绑口塞手巾的鹿儿推到案前。

教主颚上神经突突地跳,额头汗雨纵横,肩头一起一落。他预感到自己将遭逢危厄,具体内容,并不知道。他的语调维持僵直干枯,其中却奔腾着世间最美好的东西——由性的渴慕上升为纯净的父爱。完成这个转折靠先后天的根器,德的积累,学养的陶铸,双方不断升华,由凡学圣,超圣回凡。

"爹妈无儿无女,直到今晚生离死别,方知骨肉外的骨肉有多亲。迟了,悔恨无益。爹风烛残年,心随儿去,不久于人世。送儿上路能不哀痛?爹不是完人,有对你抱愧到死的自私、魔鬼不干净的恶念,绝不想借此机会伤害女儿。往日因缘,一笔勾销。祭神是为父老乡亲,搭救灾难中生灵!古话说:虎毒不吃儿。你恨爹吧!让爹下一百遍地狱!喝罢忘魂酒,儿下辈子转男身,你荣华富贵,当尚书督军。寿享百年……"他泣不成声,忘了时间与空间。停顿两分钟,才下位扯去她嘴里手巾,双手递上酒碗。

"儿不求下世做官做府,只求清白当个老百姓,跟我丈夫一样的人。儿死无怨,干爹多多保护他,感恩不尽。女儿不能孝顺二老,这杯酒算小辈一点敬意,您干了吧!"鹿儿跪下频频叩头,"儿要做个明白鬼! 总有一天,乡亲父老们会后悔:鹿儿甘心冒死是为了让大家好!"

五猖装束的大汉塞住她的嘴。

惊疑,恼怒,不安,冷漠,反应各异,共同玩赏美的毁灭。

"天——!"教主尖叫一声,大口饮干,将碗掷入波涛,引起几圈微波,他又抓起酒壶仰天牛饮毕,再投入河水,这回用力很大,漾起大的圆浪纹,迅速将小浪吞没……他极轻地喃喃不已:"浪吃浪,人吃人,我吃女儿!"接着是疯狂的恶狠狠的笑,笑天,笑他人,笑自我,笑无影无踪又处处都在的报复对象。

赞礼老人微觉反常,展开案上白布,向教主呈献朱笔。他接过一挥:"恭祭河神,灭病保民。"红字亮如鲜血,被拴在鹿儿颈上,布袋从脚套在她的腰间。

传来胡砧的呼喊声:"鹿儿——! 鹿儿——!"

"让他们夫妻一见吧!"老人提出。

"这是神意。"教主首肯。

"鹿儿不能死! 用我祭河神!"胡砧跑过来,面对香案说。

鹿儿一头撞得胡砧倒退几岁,病使他虚弱之极。她挺直身子说:"让他活着,我死得光明正大!"

两大汉再次塞住她的嘴。

胡砧决计抱起鹿儿游过河,抛开小镇居民们,送妻子回家分娩,虽然在体力上没有把握,比束手待毙好。

老人愤愤地走来给胡砧一耳光:"男子汉大丈夫,迷恋妖女,扔下上百病人去死,对得起上天吗?"

教主冷冷地说:"再备一条布袋,妨害祭神大典者与鹿儿一同'抛锚'!"

另一条布袋甩到石匠脚下。他将两条袋子一起踩住，托起妻子向河里走去。阻拦他的人们纷纷被推倒。他用嘴咬住妻子嘴里毛巾猛地一拉。

人群开始骚动，有人起立。

教主两腿发抖，背脊生凉。

胡砧前行十多步，双脚已湿。鹿儿用力挣扎："哥！你会淹死的！水太深……"

教主一头栽倒。秩序乱了。

"砧儿回来先救大人！别的人莫动！"

人们又静下来。

"哪位大嫂带有钢针？"胡砧放下鹿儿。

"有！"小寡妇从头发上拔下一根递给胡砧。

"爹——！"鹿儿叫道。

扎过人中穴，教主悠悠醒过来，瘫坐在太师椅上。

"抛锚——！"又有人在喊。

"干爹保重，后会有期！"胡砧托起鹿儿，再次冲下河去。

"好！好！"一直匍匐在地的疯子跳起来狠命抱住胡砧："跟我过！"

赞礼老人与五狙们紧紧圈住鹿儿夫妻和疯子。疯子狂叫："好！好！圣女肚里有宝宝！跟我过，好！好！好！"

"什么？"教主霍然跳上椅子，"真的？"

"大人，千真万确！长寿镇就剩下鹿儿细妹肚子里的单根独苗！"小寡妇毫无惧色地闯上前答话。

"好！跟我过！"

教主跳下椅子，来问老人："她所言是实？"

"说假话甘愿'抛锚'！"小寡妇两眼炽亮。

"是。"赞礼老人不住点头。

"女儿，你自己说句实话！"

"爹！姐妹没撒谎，有。"

"为苟活欺骗神灵父老，要下地狱，永不超生！"

"爹！您，胡砧，女儿三家就一条根！"

"大神有眼，儿命不该绝！孩子们！弟兄姐妹们！用孕妇祭神是大不敬！此事我平生没遇到过，也是大错大罪。如何了结，只有请河神爷吩咐。自信会让神人都满意。请安静稍待！"他精力充沛，脸膛红润，一洗病容，健步冲上几层石阶，又返回案前，用朱笔在黄表上写上两张字，叠放在口袋里，朝大河与大堤两端百姓各一拜。

走上小平台，他自言自语："也许这样做，七十八年还算干净！"

"大人说什么？"尾随教主身后的老人问道。

"没什么。如若天赦鹿儿，请您先去告知贱内，善待女儿。"

"大人自己说不更好吗？"

"这是天机。"他进庙后，虚掩着门。

"先放河灯！"老人在高处一呼，河灯被点着，没入浊波，蓝边火苗扭动，逐浪远远漂去，忽疏忽密，如梦如幻，高深莫测。人们十分虔诚地向大河祝祷。河灯意境之美，没有人关心。

老人在庙门口等候稍久，有点焦灼，还在克制。猛然他似有所闻，打了个冷战，走进庙里一看大惊，连忙跑出来跪到平台上划动双手说："跪下！孩子们！全跪下！教主大人升天了！"他双手颤抖地捧着黄表，上面血迹斑斑：

古范长存，
老朽替死。
神佑胡砧，
放母留子。

老人为鹿儿松绑，哭得像个孩子："胡砧，带着鹿儿远走高飞，莫负老大人厚德！"

"不！让她一个人先走，只要镇上有一个病人，纵然无药可治，也跟兄弟姐妹共生死。皇天后土，耿耿此心！"

河灯沉浮,随潮南去,风声凄怨,哀悼老教主的哭声永留在苍山秀水之间。

另一张黄表上写:"神谕:吾死妻不得殉葬。"

<h1 style="text-align:center">七</h1>

赞礼老人帮胡砣捆好马车,连连打两个呵欠。

"别再装,把您的小院也装上车才算完?"鹿儿眼睛肿成红桃,说话费劲,哭得太久,处于半失声状态,"谢谢爷爷救我母子两条性命!又歪一指就做鬼了。"

老人长叹不已!"惭愧!到表嫂那儿安安生生过日子,生孩子。天塌下来有大个子顶着,轮不着你卖命。"

马车就要启动,胡砣告诉妻子:"啰唆几天几夜,长话短说,再重复一句:箱子里的东西留着你和小石匠用,让他顺利出世。"

"两家一条根,孩子长大就叫'双根'吧!"赞礼老人提出。

"爷爷说得好。'双根',好听,好记!"胡砣笑得有些机械。

"哥!保重,鹿儿听你的!"

胡砣擦汗,手碰到裹头的白布,像受电打一样猛然缩回:"下个月我来看你!咱们死过好几回,还有什么值得难受的?"

把妻子送上大堤,马车消失在烟尘里。

"胡先生真是多情之人,还在眺望!"

石匠一回头,面前站着刘无疾。

"老板有回音吗?"

"还没有。阎王爷给我下请柬了,只有求您救命,愿把一箱黄金都送给您!"博士取掉盔型帽,眉心红痣又大又鲜艳。

"我也无能为力!"

"总留有撒手锏嘛,孔夫子讲'君子固其本'……"

"你我同病相怜!"石匠摘下包头布掷进大河。

220

"哟！您真做到了忘我为人,是天字第一号土圣人!"

"你心里在笑:天字第一号傻瓜!"

"有那么点味道!"

"你我不久于人世,行善为本。关了厂死后不欠谁一个铜板,多自在?"

"我想想看……"厂长的手杖绕了两个圆圈,像为对话双方各打个句号。

胡砧回到住处,屋里十分零乱,想收拾,打不起精神;倒在床上,想睡又睡不着。头像斧头砸过,眼角发干,嘴里冒苦水。耳底响起自己的心跳声,无处可躺。

忽然,挂在墙上的帽子掉落地上。他以为是风吹所致,没有理会。

马车轮子吐出风尘,车轴吱吱哑哑地在歌唱,鹿儿泪如雨下。

老人不时回过头来劝说几句,连他自己也明白,空言无法排除真真实实的苦痛。

"爷爷! 鸡上树了,怕要地动!"

"管那么多干啥? 随老天爷安排。"

"哟,谁见过这么多老鼠?"她指指河滩。

"吁——!"老人喝止枣红马,他也看傻了,上千老鼠,一只咬着另一只尾巴,由浅水里游出来朝山上爬去。

"九十多岁了,没见过!"

"爷爷! 回去拉着胡砧,咱们仨一块儿逃开这鬼不生蛋的地方,不闹地动,就是山洪、火山开口子,没好事……"

"先送你走,我回去接他。"

"怕来不及,那边鸡又上树了!"

"来得及,走,驾! 驾! 得儿,驾!"

辔铃叮当,蹄声轻快,鞭花脆响。

"爷爷! 不回头我要跳车!"

"胡闹! 不能让你干爹白白死掉! 那天晚上神鬼不宁,别再折腾!

驾！驾！跳车会摔坏孩子,对胡砧怎么说……"

"爷爷！我下来啰!"她已跳下车蹲在地上揉着双膝。

"吁——"老人停车一看,她一瘸一瘸地向镇上跑去。

"你……你也太嘎!"老人又疼又气,夸张地做出怒容,"上车,不听话我用绳绑上你赶路!"

"不！要回去!"

"看,绳在这儿!"老人抓着绳子跑了二百来步,伸手拦住她的去路。

"求您！爷爷！我是舍不得丈夫,不想跟他分手,他守在那儿无用,工厂关不了。大难快到了,还要告诉乡亲们躲开地动!"

"你还想到乡亲们?"

"不为他们,我又不愣,干吗……"她跪在路当中。

"莫要逼爷爷跪下求你走！你回去再有事,老汉对不起胡砧!"老人眼中噙着泪,直挺挺地跪下来。

天上,阳光黯然。灰云忧郁地徘徊。

"爷爷！您老人家不明白鹿儿的好心!"

"算爷爷糊涂蛋一个,说什么也得走!"

鹿儿扶起老人,委屈地上车,老人扬鞭,车又走了五六里地。

小寡妇远远站在前方,在空中举臂大叫:"爷——爷——！姐妹!"

马车停行。

"我妈妈完了,刚到舅舅家去报丧。姐妹！怎么在这时候扔下胡先生……"她尽力忍着泪。

"好孩子！有难为话只管说。"

"我没有为难的事,是胡先生,他不让我告诉爷爷和姐妹……"

"胡砧怎么啦?"

"就在灯会那晚,我找到他,一是告诉姐妹要遭难,二是求他第二天去看看我妈妈。他二话没说,把包头的白布掀起,这个好人眉心也长着红痣,河神爷呀……"

"上车！回去!"老人把马拉回头,直到把小寡妇与鹿儿分别送回家,再也不吭声。

刘无疾走进尼娜的房间,发现行李捆得井井有条,她的眼光迷惘,正喝着酒。

"谢尔盖耶芙娜! 你打算上哪儿?"

"不知道。"

"还有闲心喝香槟?"

"干吗不喝? 不是香槟,是沃特卡!"

"别走,盯一阵儿,我不死心,上德国去看看,治好了还能合伙做些事……"

"没听上回德国大夫说? 能好?"

"那你也得陪陪我!"

"我还年轻,怕传染。"

"这儿的一切都是你的,可以拿走! 我一死什么证据也没有。"

"你好像有点明白!"

"尼娜! 我爱你! 工厂的存款,得给我一点东西交换!"

"我再也不会爱临近末日的人! 说交换,您不害臊? 还能带走什么? 给我什么?"

"我要你爱我几天! 不白要你的……"他夺过酒瓶狂饮几口,伸手就撕她胸口的衣服:"我这么死太委屈,给我,给……"

"啪"的一个嘴巴抽得了个趔趄。

"尼娜! 好狠心的女人……"

"才知道吗? 再见!"她推开窗户,跳了出去。他瘫在沙发上气喘如牛。

胡砧暴跳如雷,把小木箱摔裂了。

"为你和孩子我没有舍不得的东西,包括这条老命! 谁稀罕你这份善心要送回来,真愿意剖开胸膛让你看看:我想些什么? 你……"

"哥有病,不能这么急。我能舍性命,就是舍不下砧哥! 你是天下最好的哥！我的亲人！救了五百多口,不该死得这么惨,该你吃药!"

"哈哈哈哈！好老婆,好孩子!"干号比哭还难听。

"也许师父会来帮咱们救好些人!"

"活着？真想活啊！鹿鹿儿！你对我情重如山!"

"用死报答情重如山吗？你糊涂了……"

"一条命哪有几千条命重要？把小箱子收好,让姓刘的三天后来取,先给工人们发钱,关门！这就去告诉他。"

"哥——"他一摆手去了工厂。

尚未到手的太阳草居然医好了刘无疾的爱情。尼娜等胡砧一去就摆宴,容光照人地说:"呆子！尼娜不爱你爱谁？中午吵几句是考验你可执着。咱们上莫斯科结婚吧。"

"我怕!"刘无疾兴味索然,步步后退。

"真是爱情大师！在别人不要命的时刻后退一步,多么高贵的气派!"她扭着水蛇腰,灵巧地坐到他的腿上。

为了答谢小寡妇帮她回镇的情谊,鹿儿带着三块银圆,去吊唁逝者,安慰活人。刚走上大堤不久,忽听山上一声巨响,悬崖崩塌,大树横飞,河水卷成银柱,大堤在摇晃。泥石流发生了！她本想回家抢出小木箱,时光不许她那样做,便折回头跑上街,来到大钟亭解开锤绳用力敲击,嘴里狂呼:"山崩地动！快救人！快救屋里的老人和孩子！快往平地上跑呀——"

胡砧才到家,听到泥石流呼啸而来,急忙抓住小箱子用包袱背在身后,拉出大红马,骑上就往塌方的崖下跑。他把缰绳咬在嘴里,左右手各抓住一个人,就往山北平原上送。一趟又一趟,往返不停。

大堤崩倒,山洪横涌,河滩上的十字街进水了,鹿儿体力渐渐不支,腹部开始疼痛:小石匠要早产。水淹没她的两腿。乡亲们从她身边跑过,仇恨的目光消失了。

疯子快步来到钟亭,接过她手中的绳子继续鸣钟。一浪掀来,亭子的木栏杆被冲走。

她好不容易稳住脚步,顺着水势,朝北山平原走着,肚子更加绞痛。

一个孩子坐在房檐上哭,鹿儿伸手抱起他。走不到十丈,水里又飘来一个女孩,双手乱挠,鹿儿腾出一只手来抓住她的后领,让女孩的鼻孔离开水面,勉强往水浅的地方拖。

"哥——!你在哪儿?我们死在一块吧,再不来,见不着啦……"

胡砧跑了几十趟,最后一趟是让两位老太太骑在马背,他牵着马逆潮疾走。

来到树林,放下两位大婶,自己上马又冲出林子,还没上大路,他一阵头晕,嘴里感到奇苦,胆汁都呕出来,他一头栽倒在地,缰绳还牢牢抓在手里,大红马兀立一旁,守护着他。

工厂生活区四面塌陷成孤岛。

刘无疾傻乎乎地笑着,大口大口饮着伏特加。尼娜早已不知去向,可能葬身泥浪,也可能逃出了大劫。地面未陷进泥石流的工人们跑光了。

"好!"全身湿透的疯子走进来。

"好!喝一口!"厂长递上大瓶,双眼定神,似无所见。

"跟我过!"疯子暴饮几大口,又还给刘无疾,无疾成为一段木头,口角流着涎水,朝右耳歪斜。满地都是纸张,疯子开开窗子,笑容可掬。

"好!跟你过!哈哈哈哈!"无疾将酒倒在纸上,床上,然后划亮一把火柴,扔到四处……

疯子把煤油吊灯摘下,掼碎在地板上,推送火舌四处奔腾。

一会儿,大火封门。

山在断裂,石块旋转,树根挣断,雷声滚过云层。房顶、墙大面积崩塌。无疾上身摇摆几下,衣服烧焦,陷入泥石流。

"好!"疯子从火中冲上断崖,平展两臂,泥潮似在为他让路,他面容镇定,动作舒缓地跳进山洪里。

胡砧耳中模糊地听到乱糟糟的人声,眼睁不开。赞礼老人听到马嘶,总算找到他。

老人把马缰绳松开,摘下包袱,打开一看,伸手摸摸胡砧眉心红痣,欲哭无泪。良久才用箱子舀来一口水,折根树枝撬开石匠上齿,把捻碎的草药一口口喂下去。

红马连连甩头，把缰绳绕到脖子上，背水而驰。老人已无暇顾及。

胡砝服过药，老人坐到他背后，让他躺在自己的胸前，向天呼号了好久："苍天要收人把我快些收走，胡砝没有罪过，饶恕了他！"

"好孩子！你醒醒！"

"爷爷！我要去找鹿儿……"复苏的胡砝语音细微。

"别动，我去找！"

"一道！"胡砝挣扎着立起，用手遮住眼睑。

"歇会儿，我马上来！"

"不！我能走！"他指指药袋和箱子，"爷爷把药给我吃了？我答应送给厂长，要他关闭工厂……"

"还有什么工厂，一些工人都埋到泥里去了！"

"哦！爷爷！您的眉心……"

"没错儿，有颗红痣。九十多岁，上寿。感谢河神爷让你晕倒，才救了你。不然你会逼我这老不死的吃药……"

"啊！这怎么办？"石匠抱住老人。

"找到鹿儿要紧，别管我！"爷爷笑得很酸楚，"花花世界，七色人情，不敢说看腻歪了，总算嚼过品咂过，不就那么回事？都想赖着不走，准把房屋大树全挤上天，撞破了星星落下来砸死的人更多！你肚里点着长明灯，该明明白白，再吃几十年五谷杂粮！"

"听！马叫！"

"宝马逢上危难会救主人，顺着声儿跑！"老人领着石匠逆风疾走。

稠泥巴跟饺子皮面团一般硬，移动时看不见的腿上像带着大镣，挪步呆缓；泥浆漩滚着急浪仰空长啸健步若飞。无比的盲动力，卷动碎石断树，斫着堤基和马肝土堆，咧开山的大嘴长舌，诅咒世纪末的暗影，唇边漏出魔鬼恶笑的泪雨，享受超级大毁坏的快感，所向披靡，证实地母的震怒！

擢升副教主的总管奉鹿儿干妈之命，乘船来接她回乡去分娩。地震降临，狂涛沸腾，船和划桨的汉子在三分钟内冲得不见去向，人凭着娴熟的游泳技巧迅即爬上了陡冈,才隐住脚步,就看到了鹿儿的侧影。他声嘶力竭地喊道:"鹿儿姐妹!"

她完全没有思想准备,扭头一瞥,来不及说别的,高叫一声:"山裂了,快从陡冈滑出来,慢一步活不成!"

"好!大姐!你妈想坏你了⋯⋯"话音未落,山崖摇晃几下,他脚下几丈宽的热土突然倒塌。

"哎呀!"她看见总管像大簸箕里的跳蚤,让气浪掀到边缘,翻着跟斗。也是命大,幸而抓住粗于鹅蛋的青冈栗树枝,半点不肯松开,借这把特殊"降落伞"的"神"助,削减了挫劲,虽然头破血流,树枝先掉在灌溉稻田的斗渠边,人伏在枝枝叶叶的顶上吓晕了!

鹿儿奔到他身边一试鼻息,还吐出微温的气,就双手拉住他的右臂,向水田猛拖⋯⋯她咻咻猛喘,放开总管,左手抹着急速起伏的胸膛,右手揉着小腹歇了三四分钟,接着再去拖人。一步比一步沉重,骨盆酸胀得像要炸开,右脚踝骨上面流着殷红的血,猛地栽倒。

她的神智很清楚,轻唤一声:"双根儿!不管是男是女,来得太不是时候,妈妈痛得像十把刀扎⋯⋯大神干爹救救娘儿俩吧!"她拔下银钗,狠狠刺向总管的人中。

总管双腿一弯:"老天爷爷!"渐渐醒来,挺身坐起。

"快去找你大哥,我临盆了,不能耽误啊⋯⋯三根一棵苗苗⋯⋯"

"大姐忍着,我这就去,谢谢你救了我的命⋯⋯"

"快!我要痛死了!"

他拭干泪水,拔起沉甸甸的脚,朝镇上一拐一瘸地跑去。

她爬行了几丈,土块升温,血在不住地淌,人快要窒息,大汗湿透了长发,紧紧贴在左脸。起双亲下葬,这回哭得抽肝搅肺,死去活来:"哥!我对不住你!只要少救两个人,就远远躲开这般灾难啊⋯⋯鹿儿想煞你了,铁砧冤家⋯⋯"

对天地一无所知的双根,受到妈妈双手的搓揉挤压,泥巴从母亲背后突涌,将她冲弹到一丈开外,渠水如同受到龙卷风的裹袭,条条白浪上下抖动,她只剩下顽强的一念:护好婴儿。回回摔倒总要调动最后的能源,让双掌两膝支撑上身移动,削弱腹部的震荡……

即或把东西方最具智慧的哲士请到一堂争论百年,也弄不清是人祸或天灾给神州酿制的创痛更沉重,但该走的必然返回黄土,该来的更不会延误。双根头一声啼哭,宣告一条小命的诞生。

鹿儿顾不上停步喘息,擦拭血花,她无师自通地咬断脐带,脱下两件上衣裹好婴儿,再捆上了红兜肚,忍痛高高擎着爱儿,明知堵不住冲击,还是不自觉地顶住它;一边又迅疾移开脚步,集中意志挽留大脑意识,舍生忘死,帮助双根哪怕离危险挪远一尺一寸也好。泥石流的漩涡是魔鬼血盆大口,死神丑恶的笑纹,她确认劫难不可逆转,全部肌肉力气思维一块块一丝丝一层层被撕下来向四面飘散,反而镇静安详,就猛吸一口长气,脸转向石匠生长于斯的南方,朝着雾霾的云空升腾,再升腾,活着与逝去的亲人们硕大无朋的身影在拉长,扯宽,挤扁,扭曲,牢牢围着她,末了是儿子的小手抚慰她即将胀裂的喉管与肺。她可以死一千次,不能倒下。泥石的压力渐渐转轻,什么知觉都消散了。

永不弯曲的双臂上,母亲的手是最广阔的摇篮,小脚泛出青光,却抵不消生命的辣红。颤抖伸缩的频率和哭声有点细弱,总有一种超乎自然的力在呵护着。污泥也不能玷染妈妈红莲白雪铸成的前额,是那般圣洁无瑕,寒风托起她黑里闪亮的长发,红兜肚的绣带。

非洲最早的人骨化石已享寿四百多万岁,谁见过这平平常常又举世无双的丰碑?虽说胡砧的同辈人不知纪念碑为何物,否则空前伟大深邃的雕塑将传之地老天荒,哪怕太阳月光下只剩下一个人,也会对母爱的绝品顶礼!

副教主会合胡砧与赞礼老人,顺着马嘶声,找到了鹿儿的遗体。

疯子把婴儿紧紧地搂在怀中,跪在她面前流泪。兜肚上的血斑还很鲜亮。骏马伸出粉红的圆舌,舔着女主人冰凉的双手。

"好! 好!"疯子说不清是途遇大红马,它停蹄让他骑来找到鹿儿;还是他抱下双根的时刻,它或先或后来到现场。他递过婴儿,捶打自己的肩膀,鼻涕泪水一大把。

"谢谢兄弟,孩子没冻坏!"胡砧把疯子和婴儿紧紧抱住。

"跟我过,好!"

"这匹马真通人性子,它流泪了。"副教主感悟颇深。

"鹿儿喂它,疼它!"赞礼老人呜咽着,"它再也吃不上主妇拌的草料了……"

"大哥坚定执行大教主遗言,没让干妈陪葬,行了大善!"

"我的德行法力,不是老太太撑劲,你哥没有今天的地位!请放心!兄弟走到天涯海角,都没后顾之忧!往日哥也有歪念头,比不上你们夫妻!"

河滩,街道,广场,河神庙平台下的石阶,全埋在土里,长明灯还没有灭,离水不过三尺高。

赞礼老人拦住一只船,把胡砧、疯子、新生婴儿、洗净之后用被子包好的鹿儿,一齐送到了老教主家。

老太太慷慨地接待了长寿镇来客,抱住面色如生的鹿儿,差点闭过了气。

"妈——"五味倒进胸腔的胡砧叩头,"您老人家保重!看在大头孙儿分上,莫再伤心!"

"除了你们父子!妈妈再没有亲人!"她放开鹿儿,丫鬟们把死者抬到两条长凳架起的门板上,赞礼老人和副教主点燃了香烛。

鹿儿!爷爷吆喝你的小魂儿回家来吧!

"小姐!回家来吧!"丫鬟长工们凄然相和。

"女儿——来家呀!撇下妈妈怎么过呀!"老太太痛泣不止,她解开大皮袄,从胡砧手腕上抱过小男孩裹入怀里,孩子咧开小嘴哭了几声。"好孙儿!你太像你妈妈!怨奶奶不懂事,不该让她待在长寿镇,没躲过这场大劫,对不住小孙孙呀……"

"您莫自责,怪我思虑不周,老夫人回屋歇着去吧!"副教主替老太太宽心,"爷爷岁数大,住到晚辈旁边屋里,跟姑爷做邻居,让咱们哥儿俩孝敬老人家,甭再跑几百个村子。我家里还藏着一支太阳草,是兄弟送给我保命的,看来用不上,送给您救急! 这就去取!"

"那……不合适吧!"

"爷爷别推三阻四,大哥不愧是干爹弟子,我赞成!"胡砧眼里,副教主的身板忽然高了半个头。

"爷爷和双根爹! 咱大老爷儿们侍候不了小把戏,请个生手老太太放不下心,快派人去把甜椒儿接来做双根奶娘,六口儿合成一大家子,你们看可妥当?"

八

黑土喂肥了高粱穗,高粱米染红了甜椒儿的脸蛋与脖子,就像羊妈妈的乳汁喂粗了双根花心藕似的胳膊,下巴颏上现出两道肉项圈一样。

温饱加快了岁月的脚步。在阳光洞照的花园,老太太轩敞的客厅里,双根成了长辈欢乐的源头。

"我听到孩子骨头跟小麦拔节一样的脆响,这条命根子不哭不闹,太乖。"

"爷爷! 怎么我听不见呢?"老太太的稳厚跟她的体躯一样发福。

"过细才听得清。"礼赞老人祈盼婴儿奶奶跟他分享独得之秘。

"双根大伯也老大不小了,还没成家,总不能老得走不动小儿子才会走啊!"

"可不。花开得太晚顶不住霜冻!"

"爷爷看双根奶妈这人咋样?"

"过日子一等好手,只怕副教主嫌她梅花二度开,肺叶子朝上卷,有点抹不直溜!"

"我还替一点不辣的女方抱屈呢,只为肥水不进外人田,才想把两个人拢到一个屋顶下。要讲男的,敢跟我针尖对麦芒!"

"八九不离十。您有两张纸才画得下的鼻子,脸面挺大。老教主在算金口玉言,说一不二;您降下半品,银口玉言,谁开顶风船? 别人想不出这金晃晃的上好主意!"

"我把甜椒叫来,您先试试深浅。"

"您当老佛垂帘听政,我当笨嘴拙舌大先锋,捅了漏了您来堵。咱成人之美,报人之恩,做件嘣脆光鲜的活儿。"

"我还让徒儿陪我听个分晓。"老太太退入幕后。

爷爷给小寡妇倒上茶,悠然自得地喷着蓝烟圈。

甜椒儿兴冲冲地进来请过安,递给他两双厚布袜子:"老人家保暖从脚上开头,地风钻不进鞋,百病不沾。"

"上边还绣着菊花,太漂亮,不敢穿,该挂在墙上当稀罕儿看!多巧的小手!"

"粗针大麻线,爷爷见笑,小意思!"

"这两月简直换了个人,年轻了十岁!"

"住上两年减回老娘肚里去了,可惜双根妈下世快够周年啦。"

"双根让你欢喜吗?"

"是的,就念孩子一本经。别的一股脑儿都给忘了。"

"双根奶奶菩萨心,要爷爷给你说门亲。"

"眼前没思量过这码事,谢谢您和她好意!"

"为什么不想,还等着谁吗?"

"谁也不等,没功夫。"

"往日光景一去不回!虽说你曾经想过。"

"知道不配,心里清凉。"

"单枪匹马过不舒心,爷爷是一面镜子。过了这家村,找不到这家店,一枝花样的小大姐早晚要变老太婆。老鼠眼睛一寸光!副教主人有人才,貌有貌相,嫁过去是骏马金鞍的好配对儿!"

"从带上小双根,孙女就不再谈婚论嫁!"

"双根要长大,丢了上花轿的机会,八十岁学吹鼓手行吗?"

"爷爷是椒儿嫡嫡亲亲骨肉,通肝肠的老辈,您提的人孙女把胆儿放到盆大也不敢想。我是二婚头还要挑肥拣瘦?我是怕……"

"女大当嫁,怕树叶掉下来砸破头?"

"鹿儿姐活着,我想过双根爹,对她抱愧。养好龙种戴罪立功,抵消过失。如果当人老婆,一年二载不养儿女,人家肯喂一匹不下驹的骡子?"

"没人不让你开花结果,传宗接代。"

"椒儿怕有了亲生就歪了心,对双根三心二意,八折九五扣,对不住鹿姐和胡大叔。实话好讲,挑起担子就赶羊,不如不嫁,免得耽误人家抱娃子,您和奶奶要明细! 莫当我坐轿打滚——不服抬举!"

一阵沉默。

"好孙女! 爷爷差点门缝里看人——把儿看扁了。手背手心都是肉,只有你一碗水端平,相信自己,苍蝇飞过分不清公母,人见一大堆,不会看走了眼!"

副教主扶着老太太踱进厅堂说:"我禀告师母大人,甜椒儿说话实打实,顽石斫了也点头,求二老做主,我娶定她了!"

甜椒儿的目光扫过在场的人,泪水夺眶而出,她两腮红云蒸腾,低下头向大厅外跑去。

九

牛尾镇上出过好多寿星,其中的冠军首推老太公胡烈松。似乎时间把老头儿给忘了,依然眼不花。只要喝上三五盅好酒,给后生们摆起龙门阵,生龙活虎,一身是劲。他断定翼王石达开、遵王赖汶光都躲进深山老林修成了"正果",上法场凌迟处死的是冒名顶替的义士。当他说到逸兴遄飞之际,哪位后辈不识相,劝他歇会儿,准会招来训斥:"妈妈的! 人家搭上老命都不皱眉,我打熊瞎子都没死,说几句空话会累死? 你能找个活到我这一大把年纪的哑巴? 妈妈的……"这么一来神,杯筷饭碗都会被推到一边,滔滔不绝地接着朝下讲……

他讨厌韦昌辉、蒙得恩,也憎恨重用这些小人的天王:"土人习洋教,拜洋菩萨,天国一亡就怪洋菩萨不灵。他耳根软,听谗言,小女人比光绪皇帝多,抬辇的侉子好几十,专杀忠良,内讧死人十几万,给朝廷帮了大忙。妈妈的,什么天父,啥子天兄,人老几辈子共一个爹,一个哥哥,不亡没天理!成了事儿他是昏君。"奇怪的他又是当初为数极少的天国遗民,蓄着长头发盘成髻,在报纸上看到大总统们的照片,又愤愤地摇头:"妈妈的!总统哪能赶上天王龙袍天平冠有派?小宣统一退下金銮殿,错过恢复大明衣冠的好机会,这些人穿衣也跟洋人走,马桶帽,须须溜溜,拖一片,挂一片,没劲!要有真龙天子往北京一坐朝,督军省长全他妈妈的服服帖帖,谁也不敢打个不停,想过总统鸦片瘾!"

只有天温跟老太公开过玩笑:"袁大头也坐过八十来天,怎么督军们还是乒乒乓乓打个花落水流红?"

"你说那个贼孩子呀,他头大屁股小,没有九五之尊的命,可知道他怎么死的?这个大奸臣一屁股坐龙椅上,下半身烫成了煳锅巴……那玩意儿不是随便坐的!"

清明、盂兰、除夕、小年、元宵、二月二龙抬头,他都扎上红头巾,穿上大袍子,系上大带,给祖宗烧香叩头,可不肯进庙,说:"和尚骗佛爷,道士骗李老君,秀才骗孔夫子。妈妈的,没劲!"偶尔,太公也会对着孙子流泪:"小子越长越像你死去的爹。我要在牛尾镇,决不让他去当水兵,到黄海去给清妖卖命!还是在家安安生生刨大锄头好!"

"那是为国捐躯!"

"老慈禧是国?屁!妈妈的!"

民国八年(1919)清明,全镇发生一件奇事,当年太公放到大江里的绿毛龟,五十多年后,忽然在夜间爬回家里,它还是汤碗那么大,下巴和龟壳下面,都有几个红色方形斑点,黄色条纹。背上披着一层绿色绒毛,非常好看。那时人们不知道绿毛是寄生物,视为神奇异兆,还有人烧香求财呢!

太公早晨在院子里舞护手双钩,一见之后就欢呼:"砧儿!咱家的宝物义龟老爹回家啰!"

胡砧披衣而起,过去他没见过绿毛龟,但闻名已久,给它打水端饭,忙得很开心。他还花了几天时光为它营造一座二尺见方的石屋,门口有防滑横纹的斜坡,外明内暗,压脊有飞龙,檐底有双凤,称得起美轮美奂。"义龟老爹"很快习惯了新居,过得悠闲自在,惹得远近几十里的好奇好事之徒都来参观,着实热闹了十来天。

小镇居民以神龟为荣,按崇祯年间全村所定规矩:教育孩子们不许玩弄、伤害"义龟老爹",如果见到它就让路,传到民国,依旧照办。惊扰它者必有大灾临头。据传闻说,它每年都回村住上四十天到八九个月,来去自由,临行前两日必定要流泪(这显然是传说讹错,有无泪腺,待考)。无论发多少次大水,故宅几番重建,它都能找到旧主人的后代。它几天进一回素食,天天喝净水。

这年天热得早,小麦很快灌浆,招来好些鸟雀偷吃庄稼。太公在竹竿上面拴着一把破芭蕉扇,天天下地赶鸟儿。脊柱不弯,步履稳当,无怪乎侄曾孙胡天温说:"真是吃过熊心豹胆东北参的人,多硬朗!"其实他从不服用补品,每天用土罐子炖上一把花生米,他说:"这是土人参,种地汉子们吃得起! 福享过了头必折阳寿!"

四月三十,安庆城里开来一股败兵,不知哪位"大帅"部下,下地见菜就拔,下乡逢猪必逮,抓住年轻妇女就糟蹋,逼得她们上吊跳大江。消息传到牛尾镇,居民们相信祖宗保佑,加上天高皇帝远,弹丸之地,放牛娃一泡尿洒着能走半条街,水浅养不住大鱼。谁知不到几天,散兵游勇十名,牵着四匹高头大马要住进胡氏宗祠。瘟神们说话难懂,打骂百姓,家常便饭,老百姓们又恨又怕。唯一的秀才胡天温也不愿和大兵们啰唆。

太公的脚步已经不如百岁前利落,脚后跟时常拖在地上走路,村民们不曾注意。吃过一碗蛋炒饭,老爷爷扛着竹竿向麦地走去,破扇子悠打悠打着,嘴里缓慢地哼着徽戏《水淹七军》的吹腔,一天一个样的麦子给他以喜悦。

走过半里来地,他看到一匹高头大马在麦地里横冲直撞,践踏即将上场的粮食,虽然不在他自家巴掌大的田里,对兵的厌恨、对粮米的珍惜、荒年的悲愤记忆催促他跨过田埂,晃动竹竿就撵,偏偏那畜生不买账,咽下麦穗长嘶一声,又喷了两个响鼻,迎着老爷爷冲过来。

"滚开,畜生!你配在这儿作威作福吗?"他挥动长竿朝它长脸上打去。

那马撒野了,后腿稳住,前蹄扬起,腾空盖顶朝老人头上踏下来。

谁知麦地不平整,老太爷一个箭步躲过马头,另一脚踏入凹坑,全身一虚,跌个仰面朝天,那畜生碗口大的铁后蹄恰好踏在他的胸膛上,扬起四蹄逃去了。

百岁爷爷喊不出声音,大口鲜血涌出口腔,双脚乱蹬,呼吸滞塞,等到胡天温发现,喊来后辈抬他回家的时候,人已昏迷不醒,也不知是剧烈的疼痛还是青年时期苦练功夫最后的回光,手里的竹竿捏劈了,拳头还不肯松开……

晌午头,石匠从省城回镇,在进村路口就听到凶信,一溜烟碎步飞奔回屋,托起太公枯黄的大发髻,跪倒床前失声痛哭。

哭声惊动了镇上男女老少,闻讯纷纷前来探视。石匠心乱如麻,只有托天温代为答礼。根据旧风习,客人怕惊扰太公,只能在客厅小坐片时,从窗口望望奄奄待毙的老英雄,一个个挥泪而去。

这夜二更时分,太公悠悠醒来,孙儿捧上半碗参汤,老人咂了一口,打了个嗝吐到枕头上,平息了一会儿,眼睛慢慢地发亮,用平静的声音说:"老百姓不把官兵杀光,官兵就要把老百姓杀绝……我若死了,不许报仇,免得白白送命。轻举妄动是大不孝的忤逆子孙!咱胡家人丁太少,四代单传,快把双根接回来。我太想这孩子了,他是咱家命根子,你早已对得起鹿儿,该再娶个女人多生个儿子……双根不来我不会走。取护手钩来!赃官恶霸太多,杀!杀!杀!"

胡砧从墙上摘下双钩递给祖父,老爷爷紧握着它打算坐起,无奈气力不支,眼珠往睫毛外一鼓,两脚连蹬几下,脖子一伸,再也没有醒。

屋里屋外一片哀音……

护手钩不是太大方的兵器,关东大侠王五拜山西董老为师之后,由"双钩王五"变成"大刀王五"而名播四海。太公最后抓起双钩,把它携进棺木,武术界也就放下了它。

胡砧意识到林大帅拖着辫子,石翼王蓄着长毛的时代是永远结束了。

办完大丧,胡砧像老去十岁,是全姓辈分最高的长者。邻里失和、用水纠纷、父子反目等等老牌矛盾,大家自觉地请天温裁决,不去惊扰石匠。

秋后,黄宾虹从歙县故里葬过弟弟仲方,到安庆坐船回上海前夕,来看望石匠,旧雨重逢,彼此欣然。宾虹携来一方田黄石,请求刻一方虎形印纽。

"这石头和黄金等价,刻坏一刀不好补救!"

"友情不在乎好与不好,是你刻的就行,他人奏刀,没有意思。"宾虹笑容可掬,把方寸小石摆在桌上。胡砧抽过两袋烟,使斧头切下一段八分长的蜡烛,扯去丝线芯子,先用凿子削成和田黄石上端大小近似的草坯子,然后放下刀,拧暗煤油灯,抓起酒瓶仰起脖儿猛灌几口,空瓶放到条台上,走到院子里漫步,把远客晾在一边给忘了。一会儿他坐在石条上用双膝顶着自己的面颊,长臂抱着小腿兀地不动,近于哨音的风声,从大龙山石壁上撞击回来,似在有无之间。宾虹默坐一旁,唯恐干扰石匠的构思。

"老虎跟鱼皮褂子同乡啊!"他没来由地冒出一句自语。

煤油灯忽而一亮,两蜡烛又被点燃,粘在倒放的茶杯底上。胡砧左手捏着烛头,傍近灯火,右手挥动刻字的小刀,旋、扭、割、裁、刮、掏、磨……宾虹再也分不清是刀动,还是烛头在舞蹈。也许二者都在亢奋状态下,接收到石匠心中音响的节奏,对舞出神,时间概念消逝。蜡烛头被切成许多碎屑,大如米粒,细若微尘,一一被他吹出的气流送到了"死亡"的彼岸。老虎在一小块一小块地诞生。精神上的分娩,挣脱无形脐带,与人的诞生同样。完稿的山大王后腿业已起立,吃劲地略向前倾斜,前腿还在匍匐着,处于将起未起的瞬间。老虎头歪得左耳沾地,好奇的目光盯着自己遒劲似铁棒的尾巴,忘了动作的延续,保持在停顿的瞬息。虎的大牙伸出嘴唇,移位变形,有更活的气势。

"可以刻石头了吗?"老虎躺在他的掌心,是征询友人意见还是自问?由我们去领悟。

田黄石和蜡虎放到桌上,石工双手掐着腰眼,头垂得比桌子只高几寸,平视石头,眼珠一丝不动,有着一层层思维的精光跃出睫毛圆圈,朝眉楞骨、鬓角、耳根鼻翼等处扩散。除去蟹步周而复始的环桌横行的两足,膝上岿然不动。是那样专注,宾虹感觉到他把心坦诚地捧在手上,融入炯炯电目,头发是墨的喷泉,正在和试制品、原料交流,互相发现、补充。也许那块小石头早已成了一只八面威峻的猛虎;蜡雕恰好是田黄石雕的影子……

啊! 末代游侠,盖世匹夫,百炼钢成绕指柔,半个堂·吉诃德的微型兄弟,云冈龙门天龙山大足石刻创造者的最后弟子,宾翁梦中阔别了的大艺人,乡亲们景仰的修堤匠人! 只有伟大画师才理解享受着构思甘苦中的创造者,那轻移的碎步是追逐灵感的高飞。一层层石阶踏上不朽的宝殿,一重又一重地剥弃世俗强加给他的盔甲、面具与重轭,卸掉世故谎言铸造的一面又一面护心镜,甩开愚蠢掺着聪明、镣链涂着黄金、荣誉拌着诡计的沉重朝靴。你要炸裂胸腔,撕破矫饰,回到儿时的一尘不染,从丧志的遗老遗少小玩具中找到永恒,握紧民族慧根的毛须——渺小的细胞,可以分裂出无限的美质去省悟知音,让砂粒渗透山岳的思绪,贝壳装入大海的叹息。

"好,就这么着,我看到那家伙在石头上磨磨獠牙长啸一声,差点把它屁股头上的钢鞭抽到我的丹田上,让我耸身从一股冷风上跳了过去!"

"古代的国手厉归真为画好虎,披上虎皮与虎为伍,才找到它们的个性,画出来就不同凡响! 雕刻也是心中有,手上才有啊!"宾虹啧啧赞美石匠的想象。

也许是二十分钟,或者是半小时,说不清费了好多时光,画师屏气凝神,不眨眼地看着刀与石头忽退忽进,忽上忽下,忽而拼搏,忽而碰撞,忽而互相抚慰,忽而背靠背闷坐,忽而莺啼燕唱,忽而大雪扬扬。

老虎在刀下出世,刀在老虎皮上乱跳。它越长越大,临了填满虹叟(对宾虹老敬称)的视野,人的气质往虎的骨骼皮毛上注射。虎形比蜡刻品更整壮,更凝蓄,细节纳入从虎须到尾巴梢上一条波澜澎湃的主线中。所有的江、溪、涧、湖、塘,直到沟壑,都汇入大的巨川,又各有起伏跌宕,大来回里套着许多逆涩刀法。越受遏止,奔突的力就越高蹈。

"我在年轻时刻过印,但没有刻过雕像,该怎么把握呢?"

"主意拿定,像刀在手上生了根,不能轻易改变锣鼓点子。除了一刀失手,或者一刀开出一条新路,真比原来的好,扔掉破衣换新衣不可惜。心沉下去,指头死了腕子活;刀死线儿活。刀生万变,九九归一,不离大谱儿。一刀一刀留得住,一滑就入魔,一甜就败味。刀是一根绳,把老虎从我和石头心里牵出来。缺劲,漏气;行刀中打个顿,伤气;用力太猛,线有呆气。老虎不止八个牙,我只要这么多,又比真虎牙长一小截,让它像又不太像,全像就死。"

"兄弟的话记下来就是画论。"

"我不会画。"

"不会才最懂画!"宾虹感叹道,"会画的人过多,反而没有画家。"

送走宾虹,天近二鼓。按照惯例,石匠在江滩上习拳。

天柱怪客走上大堤说:"砧儿! 打得不像往日那样猛烈,有些柔韧和余味了。"

"真想念师父! 我爷爷和鹿儿都已过世。您老人家是最亲的长辈,在弟子这儿住下来养老吧!"

"这些事都听说了。见面该高高兴兴,别伤感。小情缠绕寸心,悟不到道,大情就死掉了! 老子说:'能婴儿乎?'是一生当作两世活:由孩童到壮年,再倒过来回到孩子。这十多年你热心助人,风尘万里,飘然独自来去,历过危厄困苦,做了功德,还误救过坏人,受过江湖豪客们怀疑。甜酸苦辣,草草尝过。前年故乡民政长高泉饮先生去世,你从北京扶棺回广东安葬,惩罚几名恶霸,名声大震,这太危险。当年我教凡人为游侠;今天,我要教大侠盖世匹夫如何做好凡人,抛开心外红尘。将来教儿子做手艺,吃碗安稳饭。难成婴儿,消除功利好胜之心安享天年。你眼里凶光还有两成未除,凶手也许是自己,往哪儿躲? 天下太平不了,舍己为人者少。武侠一道已难存在。要清醒。盖世匹夫修炼成无用的真匹夫,以你根器见识,要下着着实实的大功夫,能决心与昨天一刀两断吗?"

"恩师警训将凿在心里长出的肉碑上,躬行到死,以报厚德,望今后更加严加敲砸,防止劣性回潮。"

"儿气大亏,慎重养生,驱除病根,免得进入高龄难治。"

"歇乏半月,调气平和。"

"此后呢?"

"家藏尺半高白玉一块,想为恩师刻一肖像。"

"美石生于烈火,饮露餐霞万年一瞬,千姿天授,宁碎不弯。人工损其原神,事与愿违。朽人随云而来,乘风而去。无缘者观像如石,高低肥瘦,与看客无关;原貌存山中,怡情千百,大乐无涯。蛇足何如免石头无端一段悲喜? 哈哈哈哈!"

"无生有,有化无,不雕胜精雕,弟子明白了沧海一粟。"

"过于贪道,亦是欲。蛇思吞象,逃不掉惩罚。进庙两个月,上悬崖采药,偶遇一朵从未见过的野花,仙姿绰约,略含笑意,使我久久留恋,不忍离去,只得连枝摘下它供入佛龛,时时对晤,如醉如痴。"先师久立身后,石匠一直未觉察。老人家轻咳一声说:"花开崖顶,无言而自有所思,可以去看,找出昨日疏忽的妙处。折为贡品势必早凋,且将和它相知的长桥折掉,满足据为己有借口。佛灵,则它常开不凋;佛无灵,伤害天公造化,可悲!"

石匠听得耳根背脊滚烫,初悟自砌的锁心牢房小于茶杯,大汗浇头,无地自容。但过了五日,又发出疑问:

"吾师为何不朝夕拜佛?"

"我拜对佛何用? 只会滋长我自命不凡,上西天有望,放松自己修持! 佛教人觉悟,与恶为善,不因拜他而亲,不拜而疏远。计较远些,是为分别心,佛何以是佛?"

"修行不为涅槃吗?"

"何谓涅槃?"

"与大化合一超脱生死轮回!"

"我执尽去,贪欲摒除的大自在,愚意已是涅槃。企望成佛为贪生怕死,已足有欲,是拿自己认为的不执着去对治执着,乃一执化二执,妄想罢了……"

听到这里,胡砧自知浅薄,虽享受到天柱巅峰沐浴旭日暖光,但未全通透,甩不掉迷惘,还是做好一个俗人吧。

——上卷 终——

附记:

沟儿口逸事

县官一拍惊堂木,怒视跪在案前的班头大声斥道:"黎二盗窃浙商宝庆银楼黄金二十两、宝石十件一案,限你二十天缉拿主犯归案,今已到期,本县对交办的巡抚大人无法回话,愧对失主,不动大刑,怎知王法森严?为儆他人效尤,重打三十大板,再宽限十日,否则重办不贷!"

皂隶们喊过堂,谢尔察班头爬前半步喊道:"打死卑职,也捉不到黎二,老爷开恩!"

"打!"

谢某被按倒石板地。手下的衙门油子们不能怠慢,打轻,差事要丢;全来真格的,闲人舌头压死牛,怪他们太不讲义气,更怵班头拳脚。只好折中处置。

姓谢的臀部青一块紫一片,他懂得配合,直着嗓门鬼哭狼嚎,比挨刀的猪叫得还响,他及时昏迷,把晕倒演到化境。行刑者停下板子喷过半碗凉水,挨打的悠悠醒来,徒弟们把他扶到堂下,伏在门板上抬回住处沟儿口。

二十天前,知县召见谢尔察,交代案子背景:银楼老板的乘龙快婿是现任吏部侍郎,二品大臣,受几位王爷器重,大臣面前兜得转,不升尚书也能扛住要员们脖子,升降易如反掌。封疆大吏二品巡抚深知暗器难防,对知县这位老门生再三嘱咐,要当安庆府尹,吃错一位药将后悔到咽气。

县太爷给班头出示附于状纸后的便条,借金救民,诬及无辜者必杀!署名"黎"字下端,画了两个银钩子,合起来是"二"字。

班头忧虑重重地报告县令:"大盗黎二胡子,真名讳莫如深,细高挑个头,古铜色面皮,长髯一尺,黑得泛绿,饮酒二斤不醉,家住江西潘阳湖东,未曾完婚,奉养老父,四海闻名,是个大孝子。吃饭用银钩分开美髯挂到耳后,外号'黎胡子',年过三旬,从不吃窝边草,与鸡鸣狗盗不搭界。"

县官勉励谢尔察不拘什么代价,达到功德圆满,否则后果不堪设想。

谢公差忧躁夹攻，回宅便请来外伤医生敷上云南三七、西藏红花、乳香、没药等良药粉末，开了一服汤剂，准保次日五鼓泻掉淤血。

沟儿口是西城外左手一条石板小街，百多户贫民，十之七，为湖南籍制伞工匠，善舞龙灯。隔着城墙是冷巷五(武字讹传，已约定俗成)当坡，小路如手上下不陡峭。

骄阳暴烈，短道为江水淹没，山城东西大圩已破，穷人们大半缺粮，对首饰店遭盗暗暗喝彩。

谢尔察的父母双故。八十岁的老祖母，当孙子被衙役们带来的小轿抬进怀宁县衙软禁为人质的消息传遍大街与九头十三坡后，一日两餐由孙媳送去，隔代人相抱而哭，估计大难临头。老太太半夜将捆被褥的棕绳才甩上梁头，守夜皂隶尽责，及时解救。同日，自九江顺水而下的大船二十条停泊于安庆东门及南门码头。领队的船老大拜见县令，说受蒙面人所雇，运粮来救灾。若做手脚必遭灭门。

县令请示过府省要员，抽集幕僚小吏公差放粮，聘绅士十人监督，作弊者斩首示众。忙了四天，颇有效率，小民受益。虽不提黎二爷，心中有数。大盗指挥大官，晚清怪事。

谢尔察伏在担架上，被三班侠子日夜兼程送到了黎二爷的深院大宅。一见主人，歪着头大哭，一名徒弟诉说了近况。

黎二爷蹲在太师椅上，表情冷漠地说："这里天天有人去安庆府，县衙里吃个跳蚤也会得知。狗官抓不到黎二，折腾老太太该扎十八刀。我早练就石头心，哭不出，笑不了。受了大骗局，找不着囹圄骗子，个个是，个个不是，更多的也是也不是。

"你哭下一碗泪，我不怜悯，更不责怪！快讲讲你要我做啥，说谎识破莫学女人扭扭摆摆，就是宁受千刀万剐，先摘下你的瓜(头，黑话)。讲真的又跟我想的靠谱。若异想天开你拿老奶奶做赌注，跟县官穿连裆裤子，搞苦肉计，我不在乎。"

241

"斗胆求大侠跟小人去趟怀宁,救救小人一家是恩! 不愿意去是本分,决不勉强。谁叫我吃了这份罪孽饭,家败人亡,天大忤逆送了老妈的命,对您无怨!"

黎二开柜拿出两瓶酒,跟谢尔察平分,又努努嘴要衙役们各取一瓶酒,班头仿照他的样儿打开,咕嘟咕嘟一气喝光,小辈们照猫画虎。

"还要?"

"奉陪!"

三巡酒毕,主人关起酒柜一跳坐上桌。

时光默默流逝,四目对射,黎二的眼皮眨了一下。

"备车从后门送老太爷上洞庭湖我三弟那里歇十天! 各位贵宾,失陪!"黎二退入后堂,半小时没回来。

"会不会……"不耐烦的衙役抬高左膝,右手指指鞋底。

班头摇头。仿佛说话会吓跑什么。

黎二换了山东老茧绸褂裤,对安庆一行抱拳:"走! 铐下!"

"谁是寿星老儿吃砒霜——活得不耐烦。"

"黎二走出门都没打算再回来。还怕戴上王法?"

"小人担保:二爷赏脸,不戴那些劳什子! 您住哪儿,小人日夜形影不离。有差池我自刎人头送您做夜壶使!"

"没准儿黎二的头先掉,赃官诡计多端,你保证不了。我从不算计明日,只讲当下。适才让贵宾们久等,是为爹尊洗澡推拿,减轻筋骨疼痛。了却每日功课!"

出了大门,黎二跨上红紫骏马,朝宅子凝视片刻。

谢尔察下了担架一瘸一瘸走到路当中,抬手喊了一声:"且慢!"

黎二一顿缰绳,红马"咴咴"打了个响鼻,后退两步。

"比墨水还黑的是衙门,没有大人先生做不出来的事。你相信小人,小人信不过那一伙。请不到二爷回衙没有砍头死罪。您决断去留时还为老父亲尽一回孝,我奶奶就比您爹爹要紧吗? 于理不通。请留步守护令尊,求您了!"班头吃力地侧身下拜挣扎几下,推开徒弟缓缓站起。

"谢谢你的话,扔下地里能长出双穗金麦粒儿。黎二我吃软不吃硬,你为我不顾三代人后果,魂魄的分量重过大石磙!我跟众人一样撇不下亲人归屋,但诺言不能反叛,名誉高于性命。抓我偏不去,阻拦我,我注定上火山,老弟!送你黄金一锭赡养祖母,快让小辈收着。"

"一分不收,没有放人的嫌疑,过了阎王殿,有虎挡道再找朋友排难。"

"成!"

"请听忠告,莫要固执孤行!小人回去总有机会卸了马嚼子、驴眼罩,做个种地汉。"

"我收回金锭,老弟不能收回一句话!"

"天生犟驴,打死不过桥。告辞!"

"听你的,不走!"

"这才是好朋友!啊,我太抬高自己。"衙役说。

"朋友相交,不在时光长短,在深!上路吧!请!"

人犯没带走,抬软床(担架)的也泄气,脚步比来时放慢。

谢尔察看透自己横直劫数难逃,情绪有一天落差,很快比打板子前沉着得多。他还大发雅兴,居然看了庐山香炉峰,湖口石钟山。第三天擦晚到家,随行者散去,他洗澡换过药,创口大半愈合,想着明天如何复命,有些丑媳妇怕见公婆的忐忑,赶走了困劲儿,只好炒半碗花生米喝闷酒。

他努力放大义释二爷的高兴,压缩建功不成的懊恼,然而人为平衡解不开绳扣。

二更响罢,添了油的灯亮多了。想到祖母丧失子、媳的折磨,眼角湿润。

突然,窗纱被揭,黎二像只大鸟无声飘入房里。拉开椅子,从容坐下。

"你……"谢尔察愕然,筷子举过头没处放。

"哈哈哈哈!"笑声洪亮。

"天外飞来,喝几杯快走!"

"愚兄想下半夜清醒地与老弟一叙衷肠,快撤杯盘,泡杯黄山毛峰茶!"

"过了五更,二爷不便动身!"

"那又怎么着?"

"你走咱俩平安;不走有险,我方寸如炙!"

"未必。顺风顺水还有变数,逆水顶风更平常。这点黄货不该在前日当众赠送,知错必改,这回收下,推三阻四,不如免去一个'俗'字。天明下狱,有它少受罪,雇不到鬼推磨,讨价还价壮点胆也不坏。"

"代二爷暂放寒舍,随用随取。"

"颟顸无能当皇帝大臣,巧取豪夺才是洋人。同胞昏懦,苟且偷生,雷轰不醒。累死累活挤出血恭恭敬敬白送官儿们当酒喝。让他们更有精气神作威作福,揣摩透上司嗜好,献上珠宝金银美女垫高台阶往上爬。明知黎某是半杯水救不了失火的城,迟早丢掉老命,得过我好处的善男信女会拍手叫好也活该,只要老爷们头痛几天,别的没路可走。最上乘结局是老父归西,单身无家室牵挂不欠心债,看看大好河山。我轻如鹅毛时时可死,步步求生,熬到着实抬腿淌虚汗,花钱雇条船装开洋荤看海,划到七八里外,跳下去不用商量。咱们大清国烧掉九成剩下一口气还能喘上三十年,长毛捻子不服,前后造反二十年,人死一万万还多,扳倒了八旗子弟过上好光景吗?你哥看不见摸不着,管不了。皮囊空空,跟贪官天良一样死掉太久,苦啊!"

"二爷,小人佩服又不太懂,不让同行是怕伙计们被你宰掉,独个儿高飞天涯海角。我没能耐照办,惭愧!去府上请尊驾有显摆自己邀功讨赏的脏念头,跟别的衙役一个模子刻成,二爷赐一刀,罪有应得。您是百万人中挑不出另一个的血性英雄,救不尽天下饥民,不如去日本下南洋,避开凶险,安享长命百岁!"

"你能自省,惜护黎二,够朋友!多年自欺,苦恋迷津,性情使之然,怕难离老驴团团转磨道。好友才敞开胸口帘子,又是生死未卜,沉痛沉痛!"

"鸡啼三遍!"

"临危逃走,杀说真话的朋友,你祖母将一恸而亡,天下嘲笑,愚兄不为。"

"小弟请求太爷以礼待二哥,他满口应允。今夜牢头比兄早来片刻,他是我内弟，说我去江西，太爷找师爷和他设计，等兄驾到，他二人相陪吃酒，酒里下药，饮后昏迷一个时辰才醒，但非大毒品，伤了兄台大员们不好交代。他们打算铁丝穿锁骨，戴上大镣，割断脚筋。兄未动身，计成泡影。既来卑处，弟冒死反对，人微言轻，口说取消，糊弄小弟，还会按县令听说而行。二哥猝不及防，要吃大亏。"

"好兄弟！等到县官升堂，你铐愚兄击鼓投案，立即开审，先脱吾弟与案情干系，不给师爷等缝隙，以免白来一趟！"

谢尔察枉费口舌，黎二艺高人胆大，笑得像粒局外的闲棋子。

东方既白，兄弟草草进食，谢尔察喊来小轿，自扶轿杠，直赴双莲寺公堂。(1993年笔者去访，小学门口隐壁墙高过七米，尚未倒塌，已过一百四十个寒暑。)把黎二锁交皂隶们，谢尔察稳步上堂。

"启禀太爷，要犯黎二随同卑职前来投案请罪！"

"哦！班头辛苦，立下大功。投案者星夜赶路，先收监给以酒食，午后过堂！"

"案犯沿途恳求：到衙请太爷审问，否则他将击鼓闹堂。"

"这……带上堂来！"知县摆出架子，志得意满。他知道黎二说到做到。

几句例行套话问毕，黎二盘腿坐于案前，衙役们喊过堂威。

"罪犯经宿松太湖潜山高河埠入怀宁宝地，用饭投宿，听得庶民齐赞大人乃有名孝子，个个敬佩得五体投地，今日叩见，名不虚传！"

"哈哈哈哈！"县官笑要犯说恭维话想从轻发落，他自命包公再生，岂为谀辞所惑？

"大人至孝仁者，难以及人，谁无双亲？当堂令谢公差与祖母还家！"

"投案坦述罪行，莫议他人是非。"

"案犯甘来认罪，不愿谢家八旬祖母心身憔悴。及受大人仁孝德风感召。所求不允，再用重刑，守口如瓶！"

"哦！好一张利口！赏班头谢尔察白银十两，养伤半月，立即迎祖母回宅！"

班头叩辞，下堂时皱眉注视黎二，未动声色，彼此已洞察对方。

245

"黎犯肆无忌惮，窃取宝庆号大量财物，从实招供，不得抵赖。"

"黎二留柬，何须抵赖！"

"为何深夜潜入珠宝店作案？"

"买米救灾，分文不赚，购粮十二家货单，票据在此，大人明察！县城内受惠者万人以上，多亏官绅通力查灾无涣，发放表册齐全，杜绝差错，贫民感恩万分！"

"尔沾沾自喜，岂不知盗窃犯王法？"

"此乃不得已而为之，否则大商巨贾谁拔一毛？大人一清如水，损几担粮当不改饥饿，或暗中另有善举，草民似有所闻，不得其详，未敢妄测。"

"本县为善不欲人知乃本先贤遗训，不许再提。念尔长途风尘，回监房候审，待请示省、府列位大人再定。衙役们严加防范，不得有误。退堂！"

黎二下堂，八名衙役为他捆了三股粗棕绳，加上手铐锁链，四人架住，两人架着上臂，两人持刀并肩而行。刚到门外，黎某大咳两声，棕绳全断，他矮身一尺，伸腰跳上墙头，挣脱铁铐投到持刀皂隶腕上，双刀落地。他跃上房顶，脚尖点在瓦上轻如春燕，一分钟内，不见影儿。

谢尔察被内弟传呼到后衙，知县、道事客厅摆着宴席，与他同饮聚源益特酿佳醪威胁利诱，要他抓到黎二。磨了一个时辰，内弟又来相告，祖母又被"请"回羁押耳房，绿营兵看守。知县想，抓犯人是大海捞月，杀了姓谢的替罪羊，月亮变作金戒指，更没指望。知县连日受到黎二困扰，如缠身蛛丝，十面埋伏。

想不到，牢头把谢尔察送回住所，妻儿啼哭不已。他听得发烦，便央告内弟："把你姐姐、外甥带回家，锁上大门，免得客来骚扰睡不成早觉。我困乏得招架不住！"

他躺在床上，头痛如劈，肺火上腮，红似秋椒，不想做啥。天花板上，浮想如画穿流，嘈杂紊乱。他感觉脊梁发烧，腰部酸麻，大病临近，想找大夫，又不愿深更出门。

"我怎么啦？活见鬼！一天像似一天，重重复复，没有活气！"自语忽止，他从床头柜里摸出纳鞋底的两根针，把灯拉近，在虎口上两指捻动针末段。上下唇颤动，鼻腔犯酸，哭声从地心抽出，刚跟顶发等高，被看不见的手抓住填进咽喉缩入腹内。循环十来回合，把手上的针别在大襟上，打开妻的梳妆木匣，支起镜子，下巴拖在桌面呆望自身，讲不清是厌恶还是自怜，喉管里痰声上蹿下溜，哀声钻耳像活人给自己读祭文，涕泪滔滔。少顷，双针送到眼袋边缘正要扎入，手腕子不住痉挛，针歪到上眼角，上下嘴唇想逆向贴近耳根，可望而不可即。

"啪!"两缕白光飞入窗口，双指被银钩击中，针掉到桌面。

黎二爷已到床前，大袖一拂，针落到墙根："兄弟莫犯迷糊！多少人招子(眼)雪亮都找不到一口饭，瞎了怎么对得住老小，连身四口?"

"对不住二哥，尔察该扎，让我不见明星光，关入棺材里了此残生!"尔察下床膝盖刚贴近踏板，胳肢窝让二爷托住，彼此同时往地砖上一坐。

"二哥好着哪! 贤弟不交底牌，一口迷魂酒，掉进鬼门关! 特来致谢!"

"二哥上哪?"

"北上海参崴龙泉寺参拜师父避风二年，再来看望奶奶与贤弟!"巡抚、知府、知县官邸走了一圈，墙上刻了字："化解仇恨，以德报怨。勤廉爱民，苍天共鉴，落题黎字下面画双钩代'二'，揣想他们不会把案情弄大惹火自焚，奶奶再扣留无用，不想放也得放!"

"知县明知拿不到二哥，不会留便宜给小弟，动不动要逼小弟吃个苍蝇，恶心!"

"前留黄货放在岳母家，变卖吃喝，十年无虞。天灾人祸，会让徒弟送些银钱到你内弟那里，衙门公差照愚兄小计而行，五年左右跟衙门断掉风筝线，把家迁到外省，让亲友忘掉，看蚂蚁上树，莫嫌山高水远，后会有期!"

黎二拾起双钩，穿过窗子如清风越怀。

县令听牢头禀报谢尔察半夜失明，无法置信。为探明虚实，故作关照，亲自登门，牢头从行，尔察相迎。七品官见班头眼泡肿成小馒头，眼球白成一条线，问到原委。

"回大人! 奴才四更天下床解手见窗子大开，满天星斗，忽然一条黑影飞入，带来一阵阴风拂过眉宇，才喝完一杯茶的工夫，眼似火烧失明。卑职吃皇粮十九载,得罪过江湖上很多剑客拳家,他们飞檐走壁,百万人中杀人如探囊取物,眼疾或是此辈所害。太爷,办过很多恶霸地痞,彼等怀恨已久,无所不用其极,晚间多加岗哨,不给可趁缝隙。卑职草木一秋休再萦怀,免得不安!"这番话谦和中有威胁,暗示黎二的神出鬼没。县令故作镇静,哼哼哈哈,汗毛竖起。

"明后天上钱师爷那儿领些银子,去上海求诊,拔除病根,不得疏忽,当强知尔等皆是本县倚重之才!"

"谢太爷再造之恩,愧领了!"

"衙中千头万绪,莫再分心,早日痊愈,好再报效朝廷。打道回衙!"

南京、上海名医不少,骗子更多。眼疾治了五年,起色不明显。

谢宅门前冷落车马稀,倒有三事可述。

先是尔察祖母辞世,丧事办得体面,县太爷亲笔点主①守备报门,艳羡热闹场面的市民们找到了十天当中首要谈话材料,一再重复,不厌其烦。倘说老祖母的后事是大名头书家手迹,谢夫人侍奉奶奶和丈夫操劳过甚,五月后殁,借秀才们评书法语:丧事评为非晋帖唐临,下真迹一等。守备点主,千总报门。又没请能工名匠们扎成绿营兵百名烧给死者看家护院。舆论仅议五日便是佐证。

丧事之后来一喜,十六岁独子中秀才。尔察在家宴请四桌亲友,平淡而无味的日子撒一小勺胡椒面儿就草草收兵。三天两头到迎江寺或太平寺听大和尚讲经。内弟雇了一个僮儿,专给尔察做素食,照料起居。

班头的名字逐渐为省城的猛人政要们忘却。尔察爱清静,儿子送到姥姥家继续读书,也跟舅舅涉猎世务,培植生存能力。屋里设了佛堂,香烟缭绕,妙相庄严,加速了晨昏更替。

重阳称不上大节气,住家户从不拿鸡毛当令箭。

尔察高坐大蒲团上,调息习静,脑海一片冰天雪地,人踪尽灭。等到意

---

①1949年前,老人去世,必写一牌位,供于灵堂。牌位用小木牌制成,七寸左右高,三寸宽,上用黑墨写"先考×××府君之神主"。"主"字写作"王",由绅士或官员用朱砂笔加上一点,叫"点主"。

守丹田,雪景逝去,宠辱得失,渺茫无迹。

"阿弥陀佛!"门口传来非常轻的一声佛号,邻舍全没听到,却送进尔察耳里,让他感到后脊发冷,这种苍莽、清凉,慢慢扩散,从四臂撞回,渗入肌肤,吸上诸多尘垢,飞出绿窗,为浮纱般白云卷到远方。

他伴着亲切的音声,千回箩筛螺旋上升为一杯月光的另一半陌生。杯底还躲着一粒微如粟米的黑砂,饱蕴着不平剑气久久滚烫,剥落的渣滓。杯光喻皓月,沙子可视为广寒宫一株蓝色矮树,淘搓不净的人性弱点,长于向善的内脏能扩展为战胜绝症的正气。圣哲为之喟然叹息,只是后学未闻罢了。当下及其前后,有所知又不得尽知,和尚班头勘不破这公开的玄秘。

声未察人已到。和尚颅长秀雍,八字粗短眉,枣核眼犀利为钝黯所挡,五绺长须闪亮,飘逸。

"二爷!"过度惊喜不好表达。

"曾是你二哥的俗汉同五年前过眼的秋雁冬梅一般不得重遇。如贫僧法号无名,已非无名,是名无名而已。刻舟求剑怎解玄机!"

"尘劫生生灭灭,戒定慧护法师无恙,初料不及,又非偶然。想坏尔察了!"

"书信往返,有情无情。废存皆可。聚散皆不变,一奶同胞难比,咱们该知足!"

"南无救苦救难观世音! 渡桥备好,所行无障碍,享闲自度,旧业不肯诀别!"

"贫僧多年挂塔海参崴龙泉寺,长冬不宜出门,抽空习画,此艺与武术相通,近来写生黄山,参访过南亚几处佛国盼共证菩提。普陀山方丈法门龙象,已允为居士住宅,并赐法名溟涵——'苍溟无岸,潜涵一钵'。愿伴居士前往披剃! 前赠膏药可不必再贴,还居士明目,重观大千!"

"方寸净处是禅林。缘缘无差别。大道重活忌拘泥,吾师上座,弟子溟涵参拜!"

"称师尊而不亲,不如当师兄弟,同习梵典,觉今是昨非!"

"是!"

附记：

　　故事离主线较远，当独立短篇小说读，可找到天柱怪客的源头，知道若干晚清传奇人物的心态。篇幅笔墨功底所限，铺叙，则损伤全书，故不读也成。筋骨来自作者十岁前后的诗词老师谢小安（字训迪）叔口述。尔察绰号或别名"二叉"，谢老师祖父堂兄弟，著名技击人物。社会普遍传闻黎二爷跳高墙离开安庆之夜，赠尔察银针一双，谢即刺伤双目，告长假了断江湖，实为一计。今据事实撰写。

　　指钩儿为沟儿口地名依据，还有住二郎巷湖南会馆戏台边的刘樾初老师，他曾给旧政府上书说，经反复考定，黎胡子原姓李，黎是假姓。换"钩"为"沟"失真，必须更正。可惜未受理睬。刘樾初参加过大革命时农民运动，在处决学者叶德辉事件时与领导看法相反，退出后以教儿童读书为乐。他约生于1885年，受业弟子健在者寥寥。惭我无才，二老教泽没齿不忘。恳乞知情学人不吝赐教。

下　卷

侠　影

一

　　一颗小星从名利场的银河脱出，沉入无声的冥茫混沌，余光的消失也需要时间……

　　国术馆副馆长李芳宸是20世纪20年代武术大名家，太极七星、青草、龙渊、峨眉、武当、少林，各路击剑术的成败得失，均下苦功研究过。1929年10月，在南京举办国术考试，认识了四川武士会会长刘崇峻，此人向山东老剑客王怀研习过单剑八法、七剑、十三剑、二十四剑，对出、对吹、双剑、马剑。交流之后，彼此获益很多，李柔刘刚，各享盛名。

　　王怀不是天柱怪客门人，年纪要大胡砧二十来岁，曾向怪客请教过剑法，多次提出拜师，都遭到婉拒。知性者同处，王怀就不再强求，对怪客比以往更加恭谨。王怀、胡砧、怪喜三人结伴登过泰山，游过灵岩寺，那儿有李北海（即李邕，唐代大书法家，被武则天下令棒打而死。其作品对杨凝式、苏轼有过深刻影响）的名碑，宋代塑的二十来尊罗汉，加上明塑共四十尊，均是国宝。旅伴们彼此间一点不磕磕碰碰，也算快事。李副馆长去安庆，便带有王怀的手札，是李先生派弟子专程去王怀那里恳求来的；还有一斗小米，可谓千里送鹅毛。

李先生深谙"人怕出名猪怕壮"的盈仄之理,到安庆悄悄住进狭窄的吕八街貌不惊人的"迎宾旅社",未惊动官绅,没带学生,怕引起石匠反感。

他洗过脸,要了一瓶滚水,泡了一杯平生喜爱的"君山茶"。君山是洞庭湖中的小山,就几十棵茶树,都是妙龄的幺妹小手所摘制,每片叶子下部有个小圆粒。泡上开水,圆柱下垂,茶尖头朝上直立,冷香四射,悦目怡神。这些茶是每年清明前二十天,就打电报,委托武术家兼小说家向恺然(以《江湖奇侠传》《留东野史》《大刀王五、霍元甲侠义英雄传》极负盛名)去张罗。此外,别无所爱。

他正盘算见到石匠如何对白,忽听帘外喊了一声"报告"使他一愣。

"请进!"

被迎进来的人四十上下,全副戎装,腰佩短剑与手枪,身材中等偏瘦,脸形狭长。

"学生华松亭给老师大人问安!"城防司令官敬了个军礼。

李先生弄清对象之后,就笑脸相迎:"老弟太拘谨,请坐下喝我的君山茶!"

"不敢,不敢当!"

"你怎么知道我到此地?"

"昨天打电话去南京请安,师母说已驾到敝地,学生特向客栈打过招呼,问到下落,斗胆来拜会师长,还冒昧请您老到寒舍下榻,略尽孝心!"

"不客气,府上一定去看看。住嘛,还是这里随便。别的同学就不必告知,我几天后赶回首都。"先生与此公并无直接交往,但知道他是靠寿州老乡柏烈武将军提拔上来的,欢喜凑热闹,出风头,比较自负,虽见识不足,还讲义气,有些人缘。

"省主席也是同门,若不告知,将来师长回京,要抱怨松亭……"

省主席跟司令,都是三脚猫层面上的"武术家",会点长拳、推手、散打、六合谭腿之类皮毛,每次比武必胜,对手不是怕他们的本领,是怕赢拳之后轻则穿上玻璃小鞋,重则贴上老命。在南京集训时期又听过李先生教的国术课,俨然真成了行家。

"到临走那天请他来聚聚。"先生把茶送到司令手边。

"照办!"司令起立,有些受宠若惊,把茶叶着实恭维了一番。

李先生微微颤动二郎腿,听得很受用。如果恭维他本人,肯定遭到反斥。

司令迂回包抄,旁敲侧击,总算探问到老师此行的本意。

"老师远道而来,坐船受累。个把石匠,何用登门去访,让学生派秘书带个马弁去送些礼品就请到。"

"老弟有所不知,普通石匠也是人,此公是人中之龙,当年'盖世匹夫'的英名,在保定、沧州、济南、徐州、广州、成都、重庆、西安叫得很响。他跟随前辈老侠天柱怪客,遇到上百好汉,谁打他一拳胳膊脱臼,踢他一脚,伤筋肿腿,从来不还手,越传越神。民国九年(1920)之后,隐居乡下做手艺,对武术一问三不知。我步行去看望,未必肯见。让手下人去请,太失礼,会贻笑天下。"最后双方协定:学生派小汽车把老师送到牛尾镇,老师步行去拜访石匠。

第二天,石匠在城里给麦陇香糕饼坊开磨齿。接待李先生的是搓背师老蔫。收下王怀手书,见到先生名片,小米是先生亲自扛来的,老蔫挺感激,要烧茶做饭,全被先生制止。老蔫过意不去,一直送出牛尾镇。

真才难遇,绝学难求。

真有才者,不是深自掩藏,以极平庸外象示人,便是有某些乖僻,为多数人所不容。唯独者,凡中识奇,走进渊博精深的高境者,谦诚出于自然。

而李先生懂得个中玄妙,打发走客人后,饱饮香茶,换上一身半新的便衣,宽松大方,清而不酸,对富贵者贫贱者都适用,然后买了两包香烟,带上一本线装明人小品,跑到麦陇香糕饼坊一问,再穿过几条小巷,就找到了磨坊。他不敢贸然去找石匠,怕弄成僵局,就故意装作走错路找错人朝磨坊瞭了两眼。只见北窗之下坐定一人,大汉条,宽肩,细腰,高颡,深眼窝,剑眉挑起,星眼澄光内敛。墨黑络腮长髯,拖到丹田。土布白衣黑袄,剪裁得灵便合身,厚底布耳麻鞋扎得紧紧俏俏;脚趾上不见尘土,可见轻功过关,行走轻捷。其人用的凿子与坊间所卖的并无二样,只是一只锤超过三十斤,动锤之际,上臂贴牢自己肋骨不动,靠腕力,轻上轻下,音节急而脆。

从仪表到气度,石匠正是他要求见的人物,一阵暗喜之后,竭力遏制着自己,缓缓地退到门外。对面是一家小茶馆,一看怀表,不到九点,心想坐到十二点等石匠收工出来,恐时间太长,久坐遇到熟人,恐节外生枝,就先到附近的闹市找到一家书店,看看拓片,可惜精拓甚少。这玩意儿被行家称之为"黑老虎",迷上此道,买下大量翻刻赝品而倾家荡产者不乏其人。先生暗暗兴叹:古城文化,正在下坡。满街招牌,多是馆阁体余风,抛筋露骨的行楷,胖得无骨气的颜体美术字,拖长笔画乱抖的入魔字,暮气衰颓。他又折入磨坊的东边,那是湖南会馆,墙上有曾国藩写的"敬恕勤廉",彭玉麟的行书,都有科场气,官气,境浅味薄,一代大家邓石如的字反而看不见,让他很不解。

转悠到十点,走到磨坊门口一听,锤声还在响,就很放心地坐进小茶馆,可惜未带君山茶,其他名产是"六宫粉黛无颜色"。

锤声停了片刻,他正想进去找石匠,锤声又接着响起,刚刚大概是石匠在抽烟。

正午时分,工人们纷纷出来,他不敢怠慢,疾步走到磨坊,锤凿扔在木凳上,人却不见踪影,问到吃饭的徒工,才知道石匠被做名产"墨子酥"的老师傅请到外面吃汤团去了。磨坊西边还有个耳门,收工时才打开。先生白白等了半天。

他到清真名馆马公兴吃了午餐,又到大南门东升园浴池泡了个澡,假寐了半小时,心里还是不踏实。他穿好衣服,兴冲冲走到龙门口,那儿有安庆人引为自豪的十八家书坊,还有专卖清代刻本的群玉书店,一些徽派版画插图,刻得非常完美,他买下两函戏曲,都是康熙初年原印本,索价才四块银圆,只取南京的十分之一,他留下地址,老板殷勤包好捆牢,答应负责挂号寄到金陵,不收邮费。

这样磨蹭到三点二十分,不敢再选书,来到磨坊,在院子里找个椅子坐在树荫下,这儿离磨坊才三四丈,不会再当面错过。

幸而小品文看完可以从头再翻一遍,六点十分,工人们全走光了,锤声才停。

"胡师傅！"等到石匠把工具收入牛皮背囊，先生上前问好。

"石匠胡砧，有活要做？"

"在下是从南京专程来看望您的……"

"好地方，那儿能人多，该不会到小地方来找人去修桥造塔吧？"听口气似乎很冷，讲到生意又扣得很紧。

"在下有心请教……"

"太客气！先生怕有五十出头，学我粗人这行，要吃大苦，受人很多气。干一行怨一行，这一行不养小，不养老，不合适。"

"在下是想学点武术……"

"武术我不懂。唱京戏武生武旦武二花都懂一点，那是小孩子才能进科班，你我学不了。卑人爱听戏，只会点文戏，又是老徽调。武的……"石匠摆动鬓发，丝毫没有戏耍人的神色。

"不！胡师傅！在下说的是真刀真枪！"

"那要唱三本《铁公鸡》才要真刀真枪，我看您老先生不大懂戏吧？"胡砧比先前更恳切："安庆在前清出过大名角，而今老虎变小猫，越变越孬。杨月楼、杨小楼那种人是再也见不到啰！看戏，看戏精，戏味，武戏看好角八面神威。真刀真枪不值钱，海派的花哨……"

"师傅！在下是您好友王怀老先生介绍来的，信送到你家里，还有他带的斗把小米……"

"啊！王怀？"

"王武师！在下李芳宸！跟他老人家学过剑术！"

"哎呀我的天！走！"石匠把工具朝地上一扔。

"哪去？"

"我请客，杏花天，迎江楼，随便！不管是谁，朋友介绍来的，要头，砍去！刚才真把先生当成圈外人，年纪大了，怕虚名害人，送来一些武侠小说胡闹着要学一张嘴吐出剑光，百里之外取人首级之类，真莫奈何！你是大名家，够朋友！说到武术，还是那句老实话：不懂！"

"彼此一样。后辈该叫你老叔才对。"

"我们同辈人,不来客套,你叫我老胡,我喊你老李,半斤八两,公平交易可好?"

"不!那太不恭敬,'盖世匹夫'赫赫一时。"

"什么盖世匹夫?那个该死匹夫死掉十年了。从前贪名,糊里糊涂。好容易被人忘记,莫再提起,让我脸红脖子粗。"

"老叔困难,还是芳宸做东……"

石匠一听,便不答话,扭脸就走。

"怎么?"先生跑到石匠面前拦着路。

石匠还是不吭声,回过身走得更快。

"胡老叔!"先生急起直追。

石匠提起气,两腿如飞,仅用脚尖两个趾头擦地,近似滑翔状态,一攒劲二里地过去。

李先生有些费劲,但也不会落后太远。

再行二里,已出城外,距离拉大了。

"老胡!"

"老李,哈哈哈哈……"这多痛快!我这人怪,你说话一错板眼,莫怪我狗脸变得快!跟我回城上杏花天酒家。你花一个铜板,我还走!明晚吃饭你要给钱,我管不着。"

石匠调整呼吸。两脚一实一虚地兀立着,其中相隔宽度与肩膀等同。

"老胡!你真有个性!"

"只要对人无害,尽可任心去活着,他人说好论坏,一概不听。更不给后人造些套子。日子过得清汤寡水,喝不出甜酸苦辣,也兴是厨子犯了精神病,把所有佐料一股脑儿倒进锅里,他省事,咱们舌头成为木头雕的,再也没有辨味能为,专跟自己过不去,人家套你,自个儿帮着念紧箍咒。太苦!"

石匠语似超然,也没有还原为本色人,装聋作哑插科打诨,对自己何尝不是戕害扭曲?李公不能全悟石匠之苦。他由衷地叹服:"悲喜在我,毁誉由他！老胡，我服你！也懂得你只有做石匠，才可清白养家！"

"石匠跟别的行当一样欺生怕硬，陈规陋习多，吃鱼不吐刺。我宁可接受这些，不会送老命，也熬出了头，没人再捏咕罪名，比靠武术吃饭要顺心。蛀虫有大小肥瘦之分，条条都咬人。"

夜饭吃得痛快。分手之际，李先生说："看到老兄跑路怎么提气，站着怎么养神，这趟没有白跑，该教的在路上教过了。小弟虚名大，一要急流勇退，二要回过头从根基上重打锣鼓另开张，不然以往的功夫算废了！"

"老弟是有心人，看出了门道，我也不客气，请你跟我再走二里地，其实，这些王怀先生全通，他不肯说，我是尘缘未了！"

李公连连作揖，心悦诚服。

老师的坚持，华松亭也不敢把晚宴设在家里或长官邸宅，仍旧设在迎宾旅社一间大房子里。省主席、司令和秘书住进外围，便于交谈。厨子是从三家大馆子抽来的，素菜是迎江楼和尚们的手艺。安排得很妥帖。

李先生照旧步行上磨坊守到石匠收工，一道步行到旅社。

石匠在李公的上房喝了一杯君山茶，他不擅长品茶，荣幸的是生在中国茶文化的高原福地——长江下游，老百姓们都会喝绿茶，感官没有受到花茶的感染，说几句好话，又不违心，何况尝到了美味。

二十分钟后，三张方桌上摆满佳肴，作陪的主席、司令、秘书、四位省城武师，排队相迎。

司令官生怕人当他哑巴，志得意满地做了介绍，末了高唱一句："请二位师长入席！"

"对不起，乡里老土，不是诸位师长！"

"老胡！地方上太好客，本想你我吃顿便饭，不想贤地主们铺张成这样，请来名流作陪，愧不敢当！"李公怕石匠的布衣芒履与省城冠盖反差过大会拂袖而去，紧张得鼻尖出汗。

残存的促狭与幽默感，要求为李公圆个场，不能让吃客们对自己产生幻想，免得被拖进地火蛇的毒窟，得把场面结束得迅速、干脆。

"各位明公屈尊久候，乡愚这厢赔礼!"戏曲台词，江湖对白合一，抱拳行礼的姿势也古而不拙。

一阵乱哄哄的恭维，不得要领。

"说到乡愚'盖世匹夫'的旧日绰号，是'该死匹夫'的误传，列公不可轻信。云烟一过三十秋，明日黄花，一介石匠，不足挂齿!"这番谦虚引起两种反响:

李公认为:到底有来历，高!

华松亭认为:有名无实的脓包才否认当年勇。

主席以政客自命，调和各家，显示自我，不冷落老师。

石匠跳上首席，双脚蹲在太师椅上，伸手把每只盘中的菜都捏上一点，放到口中一尝，立即发出评价:"好!""要得!""中等货!""不行!""更不行!""真够味儿!"

这样挑来挑去，吃过一遍，把四只盘子端到茶几上说:"一等菜，带回家给小的尝尝!"又把四盘菜端到一起，用手画个圈，仿佛怕谁会夺去似的:"二等，归我;剩下的，大家猛攻，哈哈哈哈!"

"胡公快人做快事，英雄气概!"省主席一见华司令脸色发青，抛出拿手的风凉话。

"是! 不同凡响!"李公也来凑趣，"名家风流，听说天柱怪客就能做一手好诗……"

"可惜乡愚没读到过。列位明公请! 请!"

"请!"省主席，李先生互让一番，也不便再排座次，全让石匠搅和了。

入席之后，石匠抓起酒瓶先问李公:"老李能喝多少?"

"半斤!"

"多了倒回来。"石匠拿只碗，一次倒齐，再问主席:"巡抚大人能喝多少? 二两，行，来只玻璃杯! 倒多了吗? 可以退回瓶里，倒给乡愚也成。司令呢?"

"不敢麻烦老人家，您喝多少，松亭舍命陪君子!"

"我只来十二两五钱，多了要醉，少了不过瘾!"说毕真给自己满上一碗。

"松亭倒得不少吧?"司令官给自己斟上。

"那是你的事。还有你呢?"石匠又问到秘书等人,都按自报酒量倒足,三只空瓶被搁在茶几上。

"请!"李先生举碗起立。

"今朝幸会,难得难得,请!"主席也端起玻璃杯子和陪客的人们都站得笔直。

"祝师长和省座万事如意,寿比南山!"一片杯碗碰撞声。

"乡愚不会说,来真的。"他坐着没动,把碗里的酒"咕咚""咕咚"一口气干掉,然后端起盘子拿菜当饭吃。

起立者很难堪,只好把石匠撇在外,各自喝了一大口。

"松亭不是光说不练的卖嘴郎中吧?"

"红脸汉子!"李先生夸奖不已。

"老师! 松亭说话不知天高地厚。胡老师总得添点酒,免得人家说菜没操办好……"

"不敢勉强。"

"说什么也不添了。"石匠已经吃开了第二盘。

"一点面子都不给松亭?"

"什么叫面子?"石匠眼珠翻出一副窘态,看上去绝不是装的。

"滴一滴,总不能金口玉言!"主席笑得很有派头。

"谁倒谁喝,乡愚打破头也不改口。"石匠把空杯递到司令面前。

"我替他来一杯!"李先生怕出僵局。

"你喝八斤胡某不认账!"

秘书、几位武术家左右为难,两头劝酒,表面上热闹,实际很冷清。

石匠狼吞虎咽,第二盘菜又一扫光。

"胡老! 能当着李老师和主席露一手给后辈们饱饱眼福? 人同此心,就松亭是炮筒子,请莫见责!"

"吃了饭,猴子不上树,多鼓一遍锣,本领,跟《打渔杀家》里教师爷一

261

样,只会茶壶、扁担两套!"石匠学京戏里的丑角,比画两招,第三盘菜又照吃不误。

"老前辈真会开玩笑!"省主席把第四盘菜递到石匠手边,"当年樊哙闯鸿门宴,当项羽的面吃生猪肩胛肉,人称壮士,胡老有古风!"

"要在前清考个武进士如探囊取物! 方才您老是开玩笑,松亭就是不死心,想见识见识!"

"这里没有胡老兄对手,三个李某某也不堪一击。"李公说得稳重。

"别的真不会! 不! 会做石匠!"

"是怕后辈偷学拳经吧?"司令还在逼近。

"想了半天,是还会一手,挨打!"

"谁打胡兄一拳,腕子要受伤的!"

"其然岂其然乎哉?"主席也怀疑。

"谁不信谁打一拳试试,乡愚包管献丑!"

"师长试试!"司令在怂恿。

"不敢孔夫子门口卖经书!"李先生一个劲儿后缩。

"司令试试如何?"主席见到石匠在舔盘子,把第五盘菜又推过来。

"师长在,不敢!"松亭技痒,故意以退为进。

"出了岔子师长好指点哪!"主席用悠长的拖腔掩饰内心的急于见个水落石出。

"不要……"李先生想息事宁人。

"二老相会,不能草草了局,司令若为试拳受点小伤,长者定能解救。"主席倒上一杯酒说。

"喝酒舍命,松亭奉省长指令,也不该怕死!"

"等我吃完,你先运运气!"石匠像饿了三年没见过荤菜似的。

"松亭要吃亏!"李公不以为然。

"老师请胡老留情! 松亭多谢!"

"只有打人的手下留情,挨打的怎么留?"省长大惑不解。

"松亭无礼,恭候胡老赐教!"司令官脱去军服,紧紧皮带,拉了几个架势。

"吃亏的是我!"石匠放下盘子,从太师椅上抬身飞过三张桌子,背对司令官说,"请!"

"胡老恕罪!"司令官憋足力气,他也怕伤了石匠内脏只朝臀部猛击一拳。像打在棉花上,没有挫劲弹回来!

"哎呀我命休矣!"石匠真假难分地叫得炸人耳朵,人像腾云一样升起,到头快碰到房顶的时候,他双手抱膝,一个跟斗翻出二丈多远,先落地的是右手的食指,身腰稳住,双腿乱抖了五秒钟,才倒在地上。

"老了老了,败了败了,惨哪惨哪!"秘书和华亭上前扶起石匠,让他坐好。

"松亭! 手没伤?"

"不疼!"司令官的右拳一击左掌。

"列位明公! 胡砧告辞了! 老李,明天上船不能来送,烦劳主席、司令,对不起!"石匠没有忘记自己夸过的四盘好菜,油已冻住,他十分珍惜地叠放起来,往自己头顶一摆,两手抱拳,夸张地一躬身,那盘子像长了根,一点不晃,然后慢慢地走出房门。

"老胡! 我送您回去! 看看您的公子!"

"不必,后会有期!"石匠放快了步伐,不动声色地消失在店门外。

"哈哈! 司令今天打败'盖世匹夫',来,干!"主席有点酒意。

"谢主席栽培!"松亭半推半就,承认了这场胜利。

"给司令庆功!"秘书与武术家们一齐捧场。

"哈哈哈哈! 全靠老师指教!"

可老师并没有点破,石匠跌倒的那一手绝活,叫作"一指禅",他明了处在石匠的地位,只能这般做。

这顿盛宴应酬完,送走了客人们,李公派人把手提箱中一百块银圆送到石匠家。

等他走入寝室,开了电灯,才看到四盘菜摆在小桌上,热气腾腾。当中还有一只酒葫芦。

石匠睡在床上,发出了响亮的笑声:"老李! 你这些看家护院的门人也太草包！闹得我酒也没喝舒坦，来，照通宵谈个够！说真的，不装疯卖傻活不安稳！这个华松亭的名声要响，你要点点他，这辈子别再来见我！"

"遵命！中国草根里有高贤大能。活到老，学到老，到死学不了。比你高的肯定有，兄台这做戏的本事也盖了武术界，盖世匹夫！盖！盖！盖！"

"灭灯，免得骚扰扫兴。老弟，这些年心里憋坏了。顾炎武说：'天下兴亡，匹夫有责。'尽责做个匹夫，官府不容，必死；师父让我做个自了汉，只扫门前雪，是活着，跟蝼蚁一般，唉，干……"

"胡兄！我们算一夜至交，有件事想同您商议：外国欺咱中华无人，各种运动会上都名落孙山，其实他们没跳过六尺高，三丈五尺远，举不动六百斤。超过此辈，在兄台而言易如反掌，何不出山夺个金牌回来长长老百姓志气？"

黑暗中只有烟袋锅子在闪亮。

"两块金牌牌不够赃官两桌饭钱，官府抓着牌牌大做文章，老百姓还是一穷二贱，得不到一点实惠，个个弄得晕乎乎的，觉得光彩，岂不可笑？而今军阀胡闹，风雨飘摇，任何奖赏，均是耻辱。高人志士，决不去装门面。师父命愚兄守拙必有讲究，慢慢去悟。劝贤弟，择个僻静山村养生练武，保住此身，不再唱戏，看看戏也自在啊！"

"胡兄善言，这辈子难听到第二回，敬上三杯！官场虚伪，武术界派系林立，有卓识前辈早已隐退，小弟也想返璞归真，躬耕自食。只是天下虽大，何处可以立锥？小弟也茫然。尽力为之，不负兄望！"

直到鸡叫三遍，葫芦空空，菜肴吃尽，老弟兄才珍重道别，李公几次洒泪。

李公开导司令。只是在弟子送他上了大轮之后，才赠一张手迹——是个隶书的"谦"字。寓意挺深，可惜受赠者未解雅意。

果然未出石匠所料，一月后，司令拳名震动小小山城，比试几场，旗开必胜，附近里手个个甘拜下风。

府西街裱画店老板以惊人的耐心，等到十一点二十一分，司令才从戏院回来，收到装裱精品，夸奖一番。老板赔着笑脸，客套一会儿，知趣而去。司令在小事上挺不糊涂,第二天叫马弁送去十块袁大头,可谓慷慨大方。其实他肚里揣着九九:此款定完璧归赵。

吃过夜宵,司令回到卧室,志得意满地跳上沙发,把李公的墨迹摆在最醒目的所在,插好房门,躺在床上抽了两根三炮台烟,带着行家的自信,着实美美地欣赏了这张平庸的字。受到长者青睐是快事。李公同事的正馆长静江张公与蒋介石关系极深,这条"天线"可不能等闲视之,司令托老师给张先生也捎上一份丰厚的土特产,下的便是这步棋。

次日清晨,司令披衣起床,朝水泥墙上望,不觉发呆,老师书法被卷好放在桌上,挂字之处添了个斗大的"谦"字,深入墙面足有三分,未留上下款。锤没动,凿没响,门依旧锁得严严实实,字是几时刻的?连水泥碎屑也用手巾包好,放在沙发上。他寻思:李师长可有这手本领,不得而知。即使有,赠过墨迹又何须从南京返回来露这一招?城防司令卧室锁不住人,进出自由,传出去脸面无光,说不定会丢了纱帽,只能不动声色,把立轴挂回原处。

五日后华松亭收到老师手札,指出胡砼是诈败求安,露了"一指禅"绝招,给松亭很大面子。司令心头一动,墙上字除掉石匠谁能办到?有刻字的时光和本领,十个华松亭也能击毙。他背流冷汗驱车找到牛尾镇。双根说,他爹已去宁夏银川修塔去了,归期未卜。司令只好悻悻而归。双根所言,是父亲安排好的托词。

半年不到,华松亭升任上海保安副司令,什么背景,他自己也糊涂。赴任之际特别在金陵登岸看望了老师。李公留他在家便宴,用一段王怀介绍石匠的逸事来警告松亭,要弟子从此不谈武艺,全身保名。

多年前胡砼入川凿完石佛回家,在汉口下船来到八百里外的武当山,遥观金顶一柱擎天,千峰俯首,气象嵯峨。此山原名太和,明代嘉靖年间的碑刻说:"非玄武不足当之,故名武当。"那七十二峰或秃笔喷雾,或马鞍骑云,或金刚拜石,或仙姬抚琴,加上二十四涧叠翠流香,堪称人间仙境,引来徐本善道长在此悟道授徒,香火兴旺。

徐本善绰号"犟子"，认准是理就苦干不休，九条牯牛也拉不回来。但生性温良，喜怒均付之一笑。走路时左手抱日月，右手甩乾坤，内功深透，仪表堂堂。当天柱怪客在胡砝家下榻时，本善奉恩师王复邈、刘复宝之命去牛尾镇拜望怪客。也是天缘，老侠教胡砝武当剑、八卦掌、九节鞭、套叠式连环棒，允许本善旁听，三人在江滩上一道研习。怪客说，本善的剑术掌功高于胡砝，非三年苦习追不上。但使棒和鞭，不及胡砝。至于剑鞭乃老侠独传之秘，本善自觉，从不问及。这样相处三个月，道人体味到家的温馨。

这番旧雨重聚，怀念长者，交换江湖上一些旧事新人，两人盘膝对坐，不觉东方微明。早起练功的弟子们从道人平时言谈中知道来客的武功，纷纷起哄，要求看石匠练练把式。

当夜，在紫霄大殿门外广场西头，竖起一根木桩，长约一丈，直径五寸。本善把大弟子李合起，还有冷合斌、梁合奇、李合林、水合一等爱徒召集到场，坐在露天石台阶上观摩。

"徒儿们年轻气盛，每每不知人外有人，天外有天。轻敌亮才，招来大祸。甚至几代人冤冤相报，同类相残，永无终期，为门外人窃笑。这样，急公好义之士受到排斥。人人留一手，五代之后，谁也拿不出一手了。对传播武术，是一大忌。这回幸遇胡贤弟前来相访，他从来不与人交绛，更恪遵师伯大人训示：终身不打人一拳。在江湖上无名，也不求名，不交结豪门权贵。尔等再练三十年，或许有他武艺，只怕十有八九达不到他的品德。连为师出家之人也自愧不如。"

"道兄，莫叫小弟出丑才好！"石匠诚恳地一揖。

本善一摇手："上！比画一番，徒儿们方能知难而进。等他们懂得武术是苦术，人老骨头硬，就练不了！请！"

"多年脱功，愧对师傅，怕试不成！"石匠一猫腰，等到伸直，已经金鸡独立站在桩顶上。

徐犟子臂穿铁环，半蹲着双腿，像一阵古铜色旋风，围着木桩飞驰，略一抬手，铁圈带着哨音飞出。石匠从容地一伸猿臂，人不动，桩不摇，圈儿被套在他的腕子上。

道人使出绝招，双手并举，两圈从两处甩出，用力有差别，扑向腰上一环是直线，速度略慢，从头上落下的一环飞得迅疾，同时到达，只见石匠全身一矮，上段膀子夹住原有六环，肘部一摆，双环都戴在肘部，没有发出音响。第九环又到，被悬空的左脚一挑，环儿上扑云空再落下时，才伸手接住，第十环爽快地掷来，但见人在柱头转了半个圆圈，铁环从双膝间穿过时被稳稳地夹住。

他跳下柱时，十只铁圈凌空而飞，九只叠落在柱头，只有一只歪了半指，滚到地上。

"了不起！了不起！"

"要师父在此不会失手。"

"来，敬酒！"道人一招手，童儿捧来盛酒器的托盘，他斟满一杯递给石匠。

石匠说："小弟归心似箭，领过此杯告辞赶路了！"

次日黎明，徐本善强留无用，便率领弟子们把石匠送到山脚，才依依泪别。

不久道人被匪徒马七用冷枪杀害。李合起等将老师安葬于紫霄宫东天门外陈洵湾。一起到南京向李公请益，李先生才得知胡砧的下落，动了求教的念头。

附记：

"文革"后期我去寿州拜访外科专家甘大伯，因老人女婿王平兄是我故交，见面极亲切，请我到"工农兵浴池"洗澡，有幸邂逅退居故里的陈华亭先生。二老均过九旬，身体健朗。相交八十年，知之颇深。大伯说："老华子（对陈的昵称）五〇年吃了三年官司，柯庆施念他在安庆居官之日，救过学生领袖（包括柯本人），依据政策，保外就医。老华子成为有出入证的特殊犯人，每天下午坐三轮车上监狱，向犯人读报一小时回寓所，风雨无阻，直到刑满回寿州。他没做伤害乡亲们的事，打鬼子积极，鬼子败了，他失业在家，坐吃山空。'文革'几年，没伤筋动骨。一大怪事！"

我称赞陈先生武术高强，打败了盖世匹夫。老翁连连摇手说："那年月有眼不识泰山，多蒙老辈苦心相让，靠我两手毛拳，早被中流行家打死。高手不会动我，怕跌掉身份。李老师送我"草包司令"这顶帽子，戴在头上挺合适，人一喊就想起先师音容笑貌，胆子自然小了，从不生气。能受胡、李二师当面点拨是我的造化，终生感恩戴德。我离安庆前三天，找高手把墙上"谦"字拓下五幅，敬赠好友。字有骨子，不算好，也不俗。末了剩一幅是夹在"毛选"包皮纸当中存下来的。这几天又不放心，送乡下了。下回来就送你做纪念，谦虚是美德啊！我就吃了不谦虚的亏，后来不习武术变得谦虚了，又受益平平安安，没有对立面。"

小说中人物华松亭与生活中的陈老先生不是一人，前者为虚构人物。请莫误会！一载后陈、甘二老去世，不知那拓片可还在世间？

二

胡砧一过六十五岁，再也不背起大锤和一牛皮袋凿子出门去揽大活，什么引洪渡槽、修石塔、竖牌坊、刻摩崖佛像……找上门的也谢绝。全镇的老老少少怕他挨累伤气，只要他在家，长江水位再高也有个主心骨。

俗话说："圩田好做，七月难过。"中秋后，没有大洪峰，堤上事不像抢险时节那样忙。胡砧才有兴致敲打点零碎活。

胡砧忽然想到端阳节那天，迎江寺小和尚赶着马车送来一块石料，三尺半长二尺宽，两寸来厚，上面是卸职多年的前任住持新竹长老用朱砂写的一首诗：

不听铜钟听石钟，
天工毕竟胜人工。

梦回误作风雷吼，

不觉推窗觅老龙。

等碑刻好送回城，由长老托便船捎给湖石钟山的一座小庙。

老爷子把石料安放在大荫棚南头，南北两面放上大蒲团，还用石条垫稳碑额便动手。这类小碑不用响锤。双手左右开弓，各拿一只凿子就刻。就在他扭过身子开始刻第二行字的时候，身后响过一阵微风，抬头一看，太阳地立着一位出家人，银盆满月脸，稀眉凤眼，口角含春，身上海青洗得干干净净，手托一只南方见不到的"三白"大西瓜，粗如小桶，足有两虎口半长！

"阿弥陀佛！居士在上，贫僧有礼！"他从容放下大瓜，右手当胸，微微点头。

胡爷略为打量，心知来者断非游手好闲的酒肉之徒。

"法师过谦！村夫无知，苦海迷航，还请多多开示！"石匠放下家什，起身掸过尘，躬身一揖。

"阿弥陀佛！居士敢莫是盖世匹夫老砧爷？"

"不敢！少年贪名，爱听好话，自吹自擂，闲人凑趣乱捧，不值一提！"

"砧爷安贫乐道，名动江南！"

"百里路上无轻担！此瓜白皮白瓤白籽，师父来自中州吗？"

"阿弥陀佛！方丈乃嵩山少林寺贫僧妙兴，此番声称闭关百日，星夜兼程来访砧爷，带只瓜来，表表出家人敬意，也盼望贵地贫苦瓜匠改种此瓜，多点收成。迎江寺住持本僧法师的恩师新竹老和尚，退隐放生池，与贫僧结伴云游过峨眉、五台、普陀，年过八旬，别后十年，时时思念，特来探望。在知客僧那里所用的是徒儿度牒，以免招是非！"

"久仰！请坐！"砧爷抓起宜兴泥壶，用自己刻的汉白玉杯子倒上茶，举过眉头，献给远客："法师武术界闻人，屈尊远来，有何见教？"

"砧爷！还记得海参崴龙泉寺无名大师吗？"

"记得！当年村夫万里寻祖父，多亏大师用快马爬犁相送千里，临别又送开元三年所造铜喇叭一只，是唐代古墓出土宝物，至今呈放壁洞间，每日村民还要吹它几曲，远念先祖父和无名大师。"砧爷从堂屋石墙洞里取出一只灰布口袋，递与妙兴。

"大师乃贫僧祖师伯，教过吾师剑和流星锤，只因根基浅薄，虽属再传，未能升堂入室，光大教泽，加上不懂画迹，更无缘得见他老人家的妙手丹青。"灰布袋解开，里面是黑绸锦套，上绣白莲。

"村夫藏有大师早年《黄山狮子林》写生，云烟缥缈，简到不能再简，用笔清雄，貌似倪云林，那乌金般墨线出于黄子久。饱餐山河英灵气，悲愤其骨，飘逸其魂，村民爱如眼目，被太平寺懒悟和尚借去临。法师想见其宝，愿陪同前往！"

"砧爷鉴赏透辟！堪称祖师伯知音，可惜他老人家在俄国哥萨克兵来烧庙的时候自投火海了。师伯说那片地方自古为中国所有，铜喇叭也是见证。可是俄国随军神父要拆庙修东正教堂，造成一劫。不是吾师十天之前才到少林寺，贫僧迟至今日才遵祖师伯遗命来拜谒砧爷。说来出家人四大皆空，弘一长老说：'念佛不忘救国，救国不忘念佛。'贫僧见识浅陋，也具同感。这一点不能空啊！"

"大师安息常寂光中！"砧爷朝北三拜。

妙兴随之叩头。

重新安座，和尚细看胡砧的喇叭，古铜光上流动着微红，连管子也是铜铸，青斑累累，摩挲得锃亮，古意盎然，年号字迹很清晰。

"好！难得，过了一千多年还能吹！归于砧爷，祖师伯有慧眼。"

"村夫宁愿相送！"

"多谢古道侠肠的贤主人，无奈贫僧不解音律，不能夺砧爷所好。物归识家，宝剑壮士两得！"

"村夫所知甚少，惭愧！"

"诗碑篆额平底，中锋内藏，正文尖底，枯笔飞白，非常传神，不愧老手！"妙兴递还乐器，目不转睛地审视着诗碑。

"镇上有豆腐、千张、木耳、香菇，随便吃点红米饭如何？"

"不！晚上再打扰,中午同上迎江楼,新竹老在恭候!"

"哈哈!他怕我不肯刻碑吗?"

"素斋催刻诗,千秋雅事、韵事,难得一相逢!明日贫僧要回嵩山了!"

"也好,晚上同登江堤,请法师看月亮,听江声!"

"兼听你吹喇叭!"妙兴双手合十。

"一定献丑!请!"

"慢!贫僧远道求教,砭爷能不做些指点?"

"法师不会相信:村夫对武艺是门外汉,请教一说,言重了。"

"师伯说砭爷在大江南北对手稀少!"

"他是误信谣传。石匠要锤子,翻磨盘,有点笨劲。江湖跑老,胆子跑小,对人贵诚恳,不懂装懂,懂了故作谦逊装无知,都是沽名矫情。"

"新老和尚称许砭爷打了一辈子拳,一辈子没打过人一拳,果真吗?"

"家师管教严厉,事事藏拙,才没有逞强好胜,死在高手拳脚之下。新老向来不练拳,从江西湖南化缘东行,上九华山修庙,在彭泽遇到'水上将军',一个筋斗从江浪尖翻到船头,拔出手枪就要抢东西,新老闭目合睛,讲出一番道理,使这名大水贼痛哭流涕,分文未取,八拜而去,从此在家躬耕养母,可见至德感人胜过拳腿。"

"砭爷独具慧眼!"

"俗念还往身上作祟。就拿这半个钟头来讲,两次动念与法师要走几趟,明明看不起输赢,又不能摆脱,作兴这才是活人。"

妙兴双手合在前心俯首恭听,显然受到感召。

"村夫每夜面壁冥想,三十余载略有新悟,法师以诚相待,愿披肝沥胆尽吐为快!"

"请道其详!"妙兴把蒲团送到砭爷身后,自己盘腿坐于下手。

砭爷坐在蒲团上,挺直脊柱,寻思好久才侃侃而谈:"百年来枪炮飞机战舰越造越凶猛,外强欲壑无底无边,武术保国,不惜头颅,是他为刀斧,我做鱼肉。义和拳中志士精神可嘉,收效适得其反。吾国武术冠全球而积弱难强,皆因官吏贪婪挥霍,科学不昌,经济凋敝,玩烟赌娼丧志,匪兵横行,百姓何堪？自聂政荆轲朱家郭解以下，击技名家史不绝书，杀暴君，诛狗官，除酷吏，斩恶霸，关心民瘼，富国强兵者是谁？这类事游侠无能为力。再说习武若习画，破旧生新，无法而具万法。德才足为百世明师者寥寥无几，这些真英雄甘于无名，不交官府，暗中为人排难解纠纷，开口朴讷，静如处女。偶遇至交，走他几圈，胜既无聊，败碍真知，欣欣然无枷锁捆心。授徒为存国粹，保种强身，洞悉弟子禀赋，开导隐长，去其隐短，量体裁衣。而仗拳脚糊口之辈，墨守师父之短，不得其长，目光浅陋，胸无点墨。自居天下第三已是了不起的恭谨贤士，日日奔走达官显宦名公巨商之家，逢强者背脊软似猪大肠，打一世败仗，账簿上永记为'常胜将军'。遇弱者大言不惭，轻易伤人，大逞匹夫之勇。可笑、可怜、可鄙、可哀！庸师授徒，千人一式，致弟子血气津液逆行，有悖自然，愈用功受害愈烈，伤身减寿，反而感恩戴德。何如以练功时光精力，为父老办点实事。此类'好汉'一多，你想指正，他认假不认真，聋人不怕雷，对你痛恨；不闻不问，你又于心不忍，进退不得，一言难尽。更有艺高前辈，见识卑下，为邪恶势力爪牙，艺愈精湛民众愈陷水火。其中善良者把作恶当行善，苦心孤诣，唯恐不成，令人啼笑皆非。大千天下，不奇而奇，奇而不奇。我是手艺人，哪能说得清？若法师听我谬见，赠我反武侠者恶名，只有拱手笑领，敞怀干三大碗浓酒！"

"阿弥陀佛！砧爷参透刀剑禅，石破天惊。孔子谓'朝闻道，夕死可矣'！贫僧幸听宏论死而无恨。不怕新老法师等急了，真不想离去。请收起喇叭走吧！"

砧爷背对大门，不动声色，将喇叭往墙洞里一扔，布袋小，从容落进正当中。"请！"

妙兴大师看出砧爷无心举动背后的功夫，惊得拜倒在地："请收贫僧为弟子吧？"

"太不敢当，我当大师弟子还不够格呢！"砧爷扶起和尚说，"话就三句半，活就两三招，都是常听习见的大路玩意儿。师父收我之前，命我对天盟誓，一世不得枉为人师，不收徒弟。至今儿子一招不会，绝无虚言。师父讨厌一切派系互相攻击，各留一手又想求得对方绝招秘传。本领愈小，火气愈大,架子愈高。生无益于人,死无害于世。鄙人学无所长,崇敬老师,怕陷入名利迷魂阵而人品艺品沦丧,别无他求。"石匠答拜,一片虔敬。

妙兴指着碑和工具说:"您老快人快语,两心顿时相通,不生障碍,于愿已足。贫僧不会俗到纠缠名分,不见硕德。乘您兴致甚浓,带上锤凿,贫僧扛着石料,同去放生池畔小庙,请新老法师同上迎江楼便饭,再品茶刻碑,夜间踏着月色联袂归来可行?"

"痛快,抄小路去,很快就到,石碑用被单包好,免得引起路上众人惊疑。"

"照办!"妙兴拍手,两人迅速上路。

打开民国元年往后,胡砧不肯去迎江楼,怕勾起许多回忆。

这番陪同新老、妙兴故地重游,跑堂做菜的换了僧腊,不多的沙弥,都不认识他,免去好多客套。

面对南窗的悠悠江流,挂着青年画僧懒悟的丈二匹山水。懒悟当时刚从日本游学返华,曾到贵地黄宾虹先生的别墅深造,又随老画师在上海观摩历代名迹,擅长干皴浅绛。

"重复古哲笔墨,不懂前人妙处皆非画家。打拳习武也当作如是观!画上的诗真妙!写上诗僧法名就更好。"砧爷很喜欢新竹法师返老还童的天真书法。老法师连忙解释:"诗从龙眠山近人汪先镛先生未刊笔记《名藻丛话》里抄来,原书上就未落作者名字。"

妙兴看得出神,大声念道:

> 写将一幅淡萝藤,
> 江面青山画几层。
> 笔到泉飞云落处,
> 石边添个看云僧。

"诗中有画,我要是领悟就不再画!"胡爷把两位方外人都逗笑了。

放生池是人迹罕至的小庙,前后两进,后进楼上楼下六间房里安放着过世法师与居士们的骨灰罐。庙北不远是火化场与菜地。

池子不过二分来地，圆形，围着石栏杆。每年四月八日，来这儿放鱼鳖龟蛙的善男信女很多。池底有条小沟通长江，不会鱼满为患。尽管入江的水族躲不开重落网罾的危险，好在无人深究，放生者便以积了功德自慰。

傍晚，浓密的阔叶树遮蔽了月光，蝈蝈儿、蟋蟀等虫儿们各自唱起秋歌，取代了归巢鸟儿们的细语。砧爷将全力运到腕间，紧握凿子，似乎在漫不经心地描着朱砂笔道，写出了枯笔渴笔的韵律，一些精微的转折之处，或滞涩，或逆进，或圆融，或高蹈，与书丹不尽相同，恰当地讲是反原作不太惹人注目的妙处，不失含蓄地拎出来，传之更浑涵萧散，不履不衫，披发狂舞，清气奔泻如力的瀑布，力的琴键，力的旋风，力的弦索。

妙兴手里捧着从树下找来的干枝，在碑的两侧点起篝火，照红了人，照活了手，照亮了碑，照出了点画间活脱的情趣。新老捧来山泉沏的黄山云雾，砧爷接过去坐在栏杆上，品咂着苦后的甜意。

妙兴站在碑的二丈以外，他吸了一口长气往碑面一吹，石上现出灰白的笔画，碎粉并未飞扬就落到石料的周围。

"棒极了！"砧爷向方外老书家竖起了拇指，"这功夫百万人当中挑不出一个来！"

"过奖，车推芝麻，船装绿豆，太多了。"老和尚连连欠身。篝火泼灭，砧爷与和尚回到家里，取了响器，在江堤上吹响的时候，三星已偏。有一位听众的音乐会很奇特。星星眨动了眼皮，是风送去纱流过银河；鱼儿伸出了头来，是迎着回流在嬉戏和欢爱；路过的大轮鸣了汽笛，不是妒忌喇叭的美声，是为了告知招商局码头它即将入港；天上的孤雁啼叫而过，是由于思念故去的爱侣；芦苇翩翩起舞，是畏怯寒露侵袭，撩裙晃肩想添点儿心温？

喇叭在诉说什么乡愁？是对辞世的太公与双亲、俊美绝伦的亡妻有些缅怀，是对不知来头入海后又不明去向的江涛有惆怅的疑问，是对迫近眉睫的衰老有徒劳的抗御，是对儿子的明天有斑斓的幻想……更多的还是乡土谣曲、弋阳腔古调、徽剧岳西高腔的曲牌、灯会上即兴流出的夜歌……

出家人妙兴身上有很多艺术细胞，他的画虽然不如武术享名，也曾使

274

他健在的弟子斐锡荣兄仰慕。他曾对少林寺历代巧匠刻的塔林一看就是半天，为了他和砬爷报国无门忧国无用的苦心，也许曾经相对唏嘘。见过这场面的星星、江水、苇林、大树、长堤，都表示默然，我们又从何而知？

两位武师分手前，胡砬仿佛是对几十年知己那样语重心长："法师起来，想走几趟拳脚，窃以为老而好战，死期必近。我败在你手，一个乡村穷石匠，毫无所失，你也无所得；万一你走了下风，人多嘴杂，传遍世界，咱们交情不变，而少林寺英名会随之摇晃，东洋拳击家将趾高气扬，整个中国人脸上无光，那时再想挽回就难矣。国内小人再乘机挑起仇杀，我痴长几岁，人将怪我而不怪你！我成了罪人，赢一场拳脚有什么意思？"

妙兴冒出一身冷汗。他不迂不赞，明了肝胆相照胜过师生兄弟名分，一夜长谈成了胡砬的至交。

三

日落崦嵫时分。

土坡上有半间矮小的茅庵子，房顶草发乌，土坯墙南倾，已快倒塌。铁黑色竹笆门虚掩着，留下二指宽小缝。麻石条门槛上，坐着一位面黄肌瘦的汉子，双肘放在膝头，十指插进僵直枯灰的乱发里，两肩抽搐，喉头哽塞，鼻涕拖在厚下唇上，挂着泪花的死鱼眼盯着官道，孤愤、冷漠、哀痛中藏有两分残忍的幽火，令人畏葸。先后天的欠缺使他很少占有空间，看上去又比实际的他高大，脚尖附近一片潮湿，那是泪雨。

胡砬穿过大别山余脉走回牛尾镇。这样可以判断自身的健康水准：越走越轻快就接些碎活，愈走腿愈沉重必然酝酿大病。为了攒路，在梅城高河埠都忘了打尖，来到草庵子门前，已是饥肠辘辘，便朝汉子轻咳一声。

汉子的眼珠转动一下，全身没有反应。

"小伙子！"胡砬打量他才二十冒头。

睫毛闪动，替代了答话。

"请问有吃的东西吗？我给钱。"

肩膀下垂,嘴角掣动,仍无声息。

"能给点水喝?"

他指指绳子搭在树枝上的陶水罐和房子南头的石井圈。

石匠取下打水工具,到井边扯上清泉,"咕咚咕咚"喝个够。

"多谢!"水罐子放在原处。

他伸出右手一挥,表示免谢快走莫絮叨。

"小伙儿,你的肝火够旺!要坏身子骨!穷人苦处多,有心事自己排解,还年轻啊!"

他的手往下一垂,炯炯目光盯着老人,用后脑勺将门"啪嗒"一声撞开,无名火发出来,使门儿摇晃了四五下才稳住。

稻草地铺上躺着一具遗体,全身青黑,胡子焦黄,眼睛半睁着,浮肿的脚,隆起的腹部,惨不忍睹。

"我打长工回来,爸饿死了……"

"哎!能帮你做点什么?"

青年人摆摆手。

"还等哪个?"

"姐姐,有人送信到她婆家去了,等她回来见一面……"

"棺木……"

"嗨!"他又坐在麻石条上,双手揪着自己的头发,像从头皮里能扯出什么来。

暮鸦聒噪。胡砣抬头望着残霞,捻动长髯,叹了一口无声的气,上路走了几步,又折回来。

"不大好意思,我……还想喝点水!"

他的嘴朝罐子一噘,嫌石匠太啰唆。

石匠又到井边牛饮一饱,挂好绳罐,没有再道谢,扬长而去。

星光现出,分不清山形树影,凉意掠过原野。鸟儿们停止了啁啾。

年轻的姐姐赶到,抚尸痛哭,死去活来。弟弟泪水不止。

"我把你姐夫的一双旧鞋带来了,快打点水给爹洗洗脚,不能这样去呀!"

他觉得有理,便抓过井绳一提陶罐,很沉很沉,或许是过路人从井沿带回来一罐水,也合乎常情。"姐姐先喝口水再给爹洗脚!"

屋里黑洞洞的,姐姐还在哭。他递出罐子的时刻,里面似乎发出了轻微的金属声,混在哭声里,不很清晰。姐姐不肯喝水,用手一推,罐里铿锵一响,这回姐弟俩都听得很清楚,不是水声。他频频摇晃,音响更强烈。

"姐姐!"他拉着惊呆了的姐姐来到月光之下,细看罐里全是银圆。往地上一倒,摊开一小片。两人有生以来,不,包括上几代人,都没见过这么多钱。

"这是哪来的?"她咬着手指,知道疼痛。

他抱着陶罐,兀立不动,像生怕被人夺去宝物一般。奇迹难使人置信,却又是真的。

"有人来过?"

"对! 有! 是他留下的!"他用力扭断井绳,将银圆扫入罐子,紧紧搂在怀中,奔上官道,疯征地追赶着。

"爹! 你一生行好才有贵人相帮呀!"

"石匠叔——! 石匠大叔!"风又把弟弟荒野的呼唤声送到姐姐耳里。

一小时后,弟弟气喘吁吁地回到土屋庵门口,姐姐迎出来,就着月光倒下银圆一数,九十六块,还有一枚五角的小银圆和一把铜板。石匠是倾囊而去。

"这位大恩人是谁呀?"

弟弟把恩公特征和赠钱经过描述一遍说:一见到面,包能认得!

"这是个世间少有的土圣人,也是爹肯当老实头的善报。我看把他老人家安葬后,剩下每个铜子都要找到人还掉!"

过了三天,青年跪在石匠面前连连叩头。

"路在嘴唇底下,恩叔呀,您大名鼎鼎,沿途问过十七位石匠师傅,异口同声地说:这事除掉您没人能做得出来。找到第十八位就是您。我姐姐说要找着才许回家。除非是仙人显灵,找到头毛全白也会有下梢!"小伙子膝行几步,把破布裹上三层的钱递到桌上。"恩叔大人! 钱只用了五块,剩下的全还给您老人家收下!"

石匠擦去他的泪水,抱住他的头说:"能把钱给出去不难,送回来难。贤侄是个好角色! 钱是浮财,去了又来。你要相信:往后比而今好,世上总是好人多。好人也有这不是那不是,归根到底不曾有心害人,无心害了人是误会。我不缺钱,你拿回去买几亩中等田。太好的田会有孬富户打你的馊主意,不是鸡飞蛋打,就是飞机上失火——丢人丢机! 太赖了兔子不拉屎,太监想媳妇——有名无实。你是搬弄泥巴的人,用不着啰唆!"

"那是人心不足蛇吞象。"

"这点钱在财主眼里连一只苍蝇也不算,哪有比苍蝇还小的象? 你吆喝我叔,就听长辈安排,推三阻四,小心我要发火。"

"小侄肝脑涂地也报答不了大恩!"

"做丁点大个好事,想人知道就是善中有恶,指望报答是放债打印子钱。脚踩黄泥,头顶苍天拉人一把是我快活,不是你快活。若是我帮不起别人,自己也该走麦城了。去吧,孩子! 老天爷睁眼看着你,保佑你!"胡砧伸臂长笑,须髯抖抖索索,煞是好看。

"恩叔相信老天爷?"

"信什么? 土菩萨洋菩萨不知受过多少人朝拜,替苦人们显过灵吗? 你爹死得那样苦,老天爷不赐块糠粑度度命? 莫认真! 天是良心,良心是众人的爱和恨。你对穷人好就算报了我的恩!"这普通的乡音,有额上皱纹、手心老茧所显示的阅历一衬托,变得深远宽博,又可以触摸。

若有所悟的年轻人不再推辞,他扯开前襟,三粒纽扣滚落地上,裸露出毛茸茸的前胸,他用手连皮带毛揪住一拧,仿佛在心头打了个无形的死结,叩过一串响头,快步登程而去。

石匠手搭凉棚,寿眉弯弯,望着后生背影,一丝笑意爬上了鼻沟纹。

一连几载,人们都嚷嚷丰收成灾,粮贱伤农。石匠的妹妹病死,欠下大笔医药安葬费用,逼着他上岳西黄柏村去修了一座大牌坊,好容易整到齐工,预支的工钱早已抵账,幸而当地农民替他蒸了三十只雪里蕻馅子的玉米面饼子,沿途找点泉水喝着,才能走到家。

此刻抗日烽火燃遍了中国,在作战双方的军事地图上,行将沦陷的省城安庆是一颗渺小的棋子,牛尾镇就连个小黑点子也算不上,虽说在小镇生养将息的芸芸众生,躺在母亲肚里的时光和大人物们一般多。

沿途,石匠不时见到身背破烂行李卷、扶老携幼的同胞往山区逃难,心口像堵着棉絮。二更时分,他走进高河埠南街的鸡毛店,一间大屋,地上铺着厚厚的稻草,二十位穷苦乡亲并肩而卧,一色头抵着墙。快近四更,不知从哪儿来的一股杂牌军队,锁上了店门,四面站着持枪的哨兵。

他就着闪耀在墙洞里如豆残灯的微光,看到一名半截铁塔般的胖大兵,用浓重的河南乡音在吆喝着:"……老乡们,你我往日无冤,近日无仇。谁教你们命苦碰上咱们丘八爷呢?眼下要抓二十名伕子把咱们送到长江边。霉干菜烧肉——有盐(言)在先:你的腿长,俺的枪快,一人溜号,三人枪毙,这是连长的命令。公事办完,豆腐渣贴春联儿——咱们两不沾。鼓不打,神不知;话不说,人不知。一个个出来听候命令!"说毕朝天连放三枪,吓得店主婆鬼哭狼嚎,住店的乱成一团。

腰里空空,石匠不怕大兵搜,反抗、逃跑,连累别人太缺德。想了半刻,他老老实实跟一个半大孩子抬着行军锅,尽量把扛绳往自己怀里抹,主动承担三分之二的重量。

他猜出这是一拨从前线下来的溃兵,连长生得短小精悍,用发黑的纱布将受伤的左腕吊在颈子上。天黑,他走在前头,看不到脸部表情。叫得凶神恶煞的大兵们没有杀人放火抢东西,还算有些约束。只因身后鬼子追击的枪声一哑,堆在眼皮上的瞌睡,揣在腿肚里的疲乏,很快减慢了他们的脚步。民夫们被迫服劳役,害怕打骂吃枪子儿,只敢软磨蹭。

天一亮,石匠把吃剩的十九个玉米粑粑分给了同伴,仇恨使人冷漠,谁也不道谢,更想不到老爷子自己肚皮空空。

队伍走到河边,连长下令休息,石匠才看到连长头缠绷带,把军帽顶得像座山丘,纱布上剪着两个小洞,露出血红凶狠的眼神。

"立正！报数！"夜间喊话的胖大个儿，连长的勤务兵抖擞精神喊了口令。

一阵沉寂。

"土老百姓会报啥数？一五，十八……十九，少一个，谁没有跟上趟？开口吭声！"连长拔出腰间的手枪，枪柄上的红绸子不停地旋转。

"一人扛一件，东西没有少，只有锅是两人抬来的，怎么少个小瘦猴你也不知道？"大麻子指着石匠，十分钦佩自己的发现能力。

没有回答。

"你不知道是骗三岁娃娃，老子崩了你？"连长的嗓音有些沙哑。

石匠皱着眉，双腕横抱在前胸，朝民夫们圈圈之外慢悠悠地走了几步，心平气和地说："把乡亲们叫到一边去，别吓坏了庄稼人。吃冤枉粮的打鬼子不中用，跑来对老百姓逞威风，看你身上几处受伤，不骂你，要杀就开火！"

"连长老爷饶这位大好人一命，我们早上吃的干粮是他给的呀！"一位中年农民连连哈腰，十几条汉子一齐鞠躬求情。只有两名胖胖的夫子交换一下眼色，立在一旁不动。

"这两头猪不讲义气，该先宰掉！"连长双脚一跳，两个旁观的民伕急忙叩头，舌尖也僵了。

"呸！老子舍不得子弹，要留下杀东洋鬼子！这么高的个条，尿一裤子，孬种！"

"还不叩谢连长？"勤务兵也不想发生杀人的场景，赶忙提示。

两人连声道谢。

"朋友们！莫怨大兵凶神恶煞，五个月不发饷了！你们都有妻子儿女，父母兄弟，田地房屋。老子在前方拼命，是人家要老子下来到彭泽去布什么江防。所有这些为的是你们！鬼子来没有好果子吃，别他妈的没良心，抗日要有个抗日样子，除非你想做汉奸才逃跑！逃跑不该死罪，老子敢做敢当，先毙开小差的再去坐穿牢底！就是杀头出大差也不后悔。说到做不到是龟孙！老爷子，是好样的，先敬你一杯！"连长拧开水壶，用壶盖当杯子,斟满一盅,绕到石匠面前,双手举起:"请!"

老人接过,仰头喝干。

"好汉该敬酒;放跑人不报告犯了国法,得揍你一拳一脚。这叫死罪已免,活罪难饶!但不会打伤你!"他走到石匠身后,先对右腿猛打一拳,再照准左腿蹬上一皮靴。

为了早点收场,石匠夸张地打了个趔趄,就势朝地上一坐。

连长伸直颈项狂饮几口烈酒,眼睛一红,那邪恶的疯劲逐渐主宰了他,只听得鼻孔里冷笑一声:"对不起,你这俩家伙白挨,打了不倒下才算数,倒下算装孬,起来!"

等石匠立起站定脚跟,连长再对准老汉大腿打了一拳一脚。

"完事了吗?"这回是老人悠闲自得地扭过脸问连长。那小子邪过眼睥睨着老人,咕咕隆隆地灌进几口黄汤,随手又敬石匠一壶盖。

老爷子坦然喝掉,带点揶揄的眼神盯着矮军官。

又是一拳一脚,换得了第三壶盖酒。

老人伸手抓住行军壶,轻轻一顿,帆布带子立即断了:"来,干,数好喝几口,就打几下。我喜欢批发生意,不爱摆小摊儿碎打零敲。"言毕长髯翘起,用壶和连长手上的壶盖一碰,一口气喝个精光。

"咦——!好!不怕打的不打;怕挨揍的狠打。两头肥猪把锅抬着,老汉不必干活,派你当个伕子头儿,人跑了宰你,你溜了宰他们。十九条蚂蚱拴在一根线上,谁也别想飞!"这家伙的疯劲还在膨胀,幸而害怕骚扰的村民们送来两桶馒头,一桶粉丝烧肉,加上十五瓶酒,摆了一牛车。麻子勤务兵懂得连长的癖性,要了一只竹床,两条扁担,绑成担架备用。

连长抓起两瓶酒,递给石匠和大麻子,又打开两瓶灌进水壶,剩下的赏给了大兵们。

"我刚才喝过了瘾。这瓶给列位乡亲!"石匠时时想到别人。

"你喝你的,他们从我这儿分,拿过去!"连长把半壶酒倒入瓶里,递给了民夫们,然后开怀牛饮。他拍拍胸脯说:"我这人比坏人好,比你老头儿坏,酒舍得赏你们,就是不许脚底下抹油!"

没有人和他答话。

等到他醉醺醺地放下筷子,眼睛又红又斜,像挨过烟熏,废话更多:"老子一条杠杠三个豆,是靠一枪一刀拼来的,不是谁的老丈人小舅子,沾不上马屁精的边儿。一张文凭,没有;两句半二黄,不会;三杯美酒,不够;四季衣裳,都是一套二尺半黄老虎皮。这胳膊叫鬼子穿了两个窟窿眼,肿成了发面馍,眼看要锯掉,为了谁?为了你们这些想开小差的孬种,呸!"他一骂一跳,歪歪斜斜地走到五个民夫面前,打了每人一耳光:"老子的脸不是屁股,叫人家揍了五年才熬到揍人的分儿。不揍你们找谁讨债?那些龟孙打仗比兔子还胆小,就欺侮我,啊……"他挺着胸口,呜呜地抽泣着。

勤务兵知道酒疯要到八成数,照顾他躺在担架上,然后命令四个民夫抬起他赶路。他仍不闭口,掀开被条说:"把老头儿拴在担架上,谁跑就毙他!为什么像活死人一样不动手绑?要我动手吗?"他扭开水壶,又贪婪地饮上几口,舌头变大,不再唠叨。大麻子只好捆着老人前胸后背,拴在担架竹档上,酒鬼伸出手来牢牢抓住棕绳没走到三里地,就被颠得睡着了。

连长一觉睡醒,天已黄昏,便吩咐大兵们埋锅造饭。他走出担架,揉揉眼睛,手朝山脚一指:"那片发白的是大牛湖吗?"

一阵静寂。

"谁是这一带的人,这山叫作……"他一撸袖口。

"落霞山!不到十里是牛尾镇。"石匠怕他又要打人,只好瓮声瓮气地答话,"我家就住在镇上。"

"镇上有几位石匠师傅?"

"俩!"

"我想打听去宁夏修过宝塔的那一位!你认识他吗?"

"你找他干什么?"

"报答葬父厚恩,他老人家是我的叔爷!"

"真的?"

"当然,来过两趟,恩叔出去做活,留下一点钱,他妹妹说什么也不收……"

282

"如果碰到面,还能认识他?"

"见面时光太短,转眼快五年,也还记得……"

石匠额上的青筋和腮下的肌肉不住地跳动。

"马上弯点路去找老人家。"

"找他?"

"就是走遍天涯海角也要把人找到,不找算忘恩负义!"

"你这个兵痞孽畜已然忘恩负义,还有脸见他?"

"胡说!你……敢骂人?"连长倒提着手枪枪管,枪柄上的红绸越绕越快。

"连长千万莫开枪,老爷子是大善人!"抬锅的一对胖子同时跪到草地上。

"骂你太客气,还要打你这瞎眼驴,屁大狗官也作威作福。老天爷!我花九十几块袁大头,几千里路焐得热乎乎的一把铜板买下一桩大罪,让乡亲们受这个酒鬼的气,你们打我,往我脸上吐唾沫。当初怎么没让这个鬼东西饿死呀!"石匠连连捶着胸口,"咚!咚"地响。

在场兵民全被一股正气威慑住,变成泥塑木雕,似乎谁咳嗽一声,空气会炸得天塌地陷。

直面无法置信的事实,连长的睫毛眨一眨,职业的狂躁凶残,找不到报复对象的仇恨,双颊上的青灰色暗锈,随着狐疑减一分,被绳拴的老人就和他记忆中的恩公贴近一步,紫黑脸膛上的惊诧又添一分。这残酷的消长使病恹恹的太阳失去了金芒。

矮连长怪叫一声,犹如挨了枪弹的饿狼那样难听,他猛然跳起身来,抓过大麻子皮带上的刺刀,对准石匠背后的绳疙瘩一扎。

一对胖子生怕酒鬼行凶,双手捂着眉骨大叫:"饶了老人家吧……"

石匠敏锐感觉到身后钢刀送来的寒风,他一个弹跳,飞速跃到十步开外,身子骨往后一转,两肩一抖,棕绳纷纷落到碧草上。

"叔叔!我痰迷心窍,对您老人家这般万恶,真该死呀!"连长扔下刺刀往地上一跪,膝行到石匠脸前干号着。树梢,山沟,田野,传来起落交错的回声。

"打我该死,打乡亲们就不该死吗?你的贼眼看不到穷苦种地人!我做小丑让你打,是怕你伤害一品大老百姓,你这绳子连个蝴蝶也拴不住,吓唬谁?"老人拾起几段棕绳,用双掌一搓,碎成寸把长的头发一样,他朝天一扬,被微风吹送到远方。

"恩叔骂得对,睁眼的瞎狗该杀!"连长不住地抽着自己的嘴巴,幸亏大麻子将他抱住。

"住手,留条命去杀鬼子!"石匠眼角涌出泪花,湿润的鱼尾纹里吸入了细碎的光影。短暂的感化不能改变大兵们积重难返的劣习。

"麻子过来,还有俩胖哥,挨过我耳光脚踢皮带抽的好兄弟们都站过来!恩叔舍不得打我,可自己不该饶恕自己,你们有理仨扁担,无理扁担仨,打轻了是狗崽子!人屁股是打不伤的一团肉,打疼之后才记得人家也是肉长的身子骨,不是铁胎金身,打俺这浑虫!"连长褪下长裤子,露出紫黑的双腿,上面枪疤累累,伏在地上,老老实实。

"我对老师盟过誓,终生不打人。再说小子也吃不动我一拳,请乡亲们看在我老石匠的分上,给他吃点苦头!"

"别让我晾这儿,我命令麻子领个头!"

麻子轻描淡写地敲了三下,和稀泥地说:"往后少发火,免得伤了身子!"

"胖子!不打小心我毙了你!"

"是,连长!"

"不行,没吃饭似的,不痛,再打!"

大兵们不敢不打,更不敢打重,也怕打轻,总算把这桩苦差事了结掉。

"你的指挥刀呢?"石匠威严地坐在竹床上。

"这儿!"连长双手横托着战刀,递给老人。

石匠抽出刀来,在刀背旁边用凿子写了五个字:"打百姓是狗!"钢屑飞落,吓得在场的人都吐舌。

连长跪下,接过战刀,放在竹榻上,从麻子肩头摘下牛皮挎包,将大半

284

包银圆抖到地上说:"这是小侄多年给恩叔攒下的酒钱! 报答不了天大恩德。"

"每人一块,剩下的叫麻子给你存进银行,将来打完鬼子还要娶亲添儿女!"

"侄儿不配! 没挨过打的拿一块,嫌少站过来,让我拍拍你的肩膀,添两块,挨过的都拿三块!"

"报告! 兄弟没挨过打,请补两耳光!"

"报告! 请连长打两下,家里等钱买米……"

"谢连长!"麻子取了三元,热泪挂在两颊上。

"莫谢我这臭兵痞,谢我恩叔! 胖子拿三块,李大毛刘二狗都拿三块寄回家,我不补打你们,留着劲狠揍小东洋!"热泪融化了他深心的冰峰,温泉流出眼角,这是铁汉的泪花。

俩胖子作揖打拱,不住赔小心。

"我叫你买的地呢?"

"马尾穿豆腐——不能提! 恨我从小太穷没上过学,被师爷坑了,买地契写成卖地契,连盖茅屋的二分地和爷爷奶奶坟地都被他人强行收去。有冤无处申,才去当了兵,想混个一官半职回家报仇。只恨侄儿口快心直命不济,没有金条元宝钻石大烟土往上边进贡,牛性不改,当上连长骂营副,做了营副打伤团长小舅子——专吃空名字的军需官,结果一抹到底再当大兵,这回打鬼子又升了上来。七上八下,苦水吐不出,不想学坏,不赌不嫖,可老拿部下出气,心歪了,做了畜生还把自个看成汉子……"真诚、坦率抵销了听众们的恶感。

老人长叹两声,坐在竹床上直抽着旱烟,找不到话安慰连长。他想:若是师父在眼前遇到这名连长,会怎么开导他呢?

"人说包公一笑黄河清,能遇上老叔比碰上包公一笑还稀罕。您老人家过的桥比晚辈走过的路还多,能给侄儿讲讲官场是怎么回事。打掉后辈身上几分糊涂劲儿吗?"

"我比你还糊涂,泥菩萨不能背土菩萨过河!"烟油烧得滋滋响,更浓的烟雾从老人口腔喷出来。

"总得教训教训小辈呀!"

"说几句空话顶个屁用!"

"管用,恩叔,这儿太黑了!"连长指指胸口。

沉静良久,石匠用平板的嗓音说:"上茅厕看看去!"

"是!"连长真奔厕所而去。

几位好事的民夫问到往事,大麻子用权威口吻,绘形绘声地介绍了石匠和连长的关系,大伙儿听了一致叹服。

一刻钟后,连长回来了。

"你看到了什么?"老人问得突兀。

"尿,屎。"

"再细细多看上两炷香的功夫。"

"是!"连长敬个军礼,再次离开。

四十来分钟过去了,连长缓步走到老头儿身旁,沿途若有所思。

"又看到些舍?"

"屎,尿,蛆!"

"本想让你再看上半天,想出一些门道儿,只因你要过江,边走边说吧。"

"叔叔坐在担架上,侄儿先抬您老人家回府,没准儿鬼子的子弹会给小辈心口开个窗户,就再也见不到大恩人,让儿尽一回孝道吧!"污浊被冲刷以后,人原有的亮色又得到复生。

老爷子看他恳切,没有推辞,上了竹床让连长与勤务兵抬着稳步而行。

半里地过去,老汉干咳两声清清嗓子,四面一望,山云咧嘴,炊烟扭腰,用干涩的语调说出一番冷话来:"这段话是几十年前恩师天柱怪客教给我破蒙,也就是时下孩子们叫开学典礼的那天说的,听出我一身冷汗,可惜我记不周全,是深如古井还是偏激,我不想分辨,你有耳朵和脑瓜子! 三伏天,三尺深的大粪缸里,屎尿装了一半,蛆虫们堆起来不过三寸高。要是它们相安无事,不争权夺利,臭气小些,顾客多些,个个都能吃饱喝足。谁知它们利令智昏,虫儿们都想翻到伙伴们的头顶上去作威作福,都累得上气不接下气,饿得头昏腰软。自个儿不安宁,也不让别的蛆儿们安宁,都讨厌这不安宁,又怕丢了这不安宁。都想躺在那儿填填肚皮,又怕同伴们笑自己是无能之辈,愿不愿都得奉陪着闹下去。有几条蛆儿聪明得过了头,爬到了顶上层还嫌不过瘾,居然往缸外奔。快到缸沿上又摔下去的还算三生有幸!真爬到缸外的找不到充饥解渴之物,被蚂蚁们当作大肥猪抬回洞府去,它一路上狂喊:'饶命!我情愿回到缸底去任大伙儿践踏,图个肚皮圆!''……我再不笑爬到半路摔下去的兄弟!我要告诉同缸的朋友们莫再翻腾,安心静养地活着……'可蚂蚁们听不懂蛆的话,还是拿它当了过节菜。这还是小事一桩,只为缸里翻出了格,臭得出奇,没有人敢进去方便,蛆儿们断了饮食来源,闹腾得更凶,饿昏累死的很快被吃掉,末了只剩一条蛆王,太白太肥,也只比别的虫儿们多活了两天,它被发胀的蛆虫尸体撑死了。第二年重打锣鼓另开张,角儿龙套全换,词儿还按祖传秘本唱下去,结局也一样。"

久久的沉默,只有"沙、沙、沙"的脚步声,整齐,阴森。

还是麻子没头没脑地开了腔:"茅厕淹没上过两万回也去过毛九千趟,少讲有一半时候能看到这些又白又胖的小东西们,可怎么跟瞎子一样没瞧出点儿名堂呢?"

"让你看出关门过节,袁大头只值半拉铜板!"另一名大兵讪笑着。

连长止住呜咽,拭干泪痕,眉毛敞开,眼神显示出风暴后的晴空,语音也变了:"恩叔讲的跟侄儿在军队里看到的一个样。说不清脑瓜哪个角落里点上一根红烛,只是亮光晃晃悠悠聚不拢。请老人家放心,往后以兄弟待部下,从此戒酒。且等把鬼子打回东洋之后,侄儿将做一件老叔想不到的事,不再作孽,痛改前非……"

"你想干什么?"

"这会儿讲还不合适,不是坏事!侄儿还得要多想一想……"

省主席接到李宸芳来信,说近日已托为蒋先生摇鹅毛扇的张静江,替

287

他在老蒋那儿"挂了号"。主席回电话感激之后,忽而热血来潮,想修皖河大坝拦洪,半个月十天开闸冲砂一次。有了政声,蒋老板会更加刮目视自己为干才而迅速迁升。但此公尚有自知之明,想从胡砣那里找几根水利工程的大筋,免得召见工程师们时讲外行话,露怯见底,传到南京,愿望泡汤。

司令华松亭自认为口才全省一流,见到石匠先三鞠躬感谢上次比拳,长者玩"一指禅"给了他面子,让胡砣诧异。司令不嫌重复,把听到的旧事抖了两遍。关二爷爱听人说过关斩将之类风凉话,石匠像孩子吃上洋糖巧克力一样得味。破堤容易修堤难,胡砣跟自己较劲二十年,一段纸堤居然被草色司令点了穴位。当然,这不是唯一原因。

自命礼贤下士的省主席和石匠有了同在迎江楼吃素菜包子的良机。石匠弄清省主席的意图跟司令的转达一致,冷场了五分钟。

"老人家!主席是至诚求教,务必说个痛快!"司令挑起话头。

"大人决定要做,草民何必跑到上风头抖沙地里拾到的破棉袄?招你们不快!"

"老前辈误会,纸上谈兵的图纸都未曾动笔,晚生在德国学过经济,不懂水利工程,哪敢以既成事实强加于贤者沽名钓誉,自诩虚心若谷,宁非掩耳盗铃?务请知无不言,言无不尽!"

"省长想造福一方,青史名标,开工三年以里,我们石匠吃着潮的,拿着干的,沾点福分,先道声谢谢!老朽山野匠人,弄不清汉前晋后,只知古今水灾,都是人犯了水,水才犯人。大舜爷命鲧治水,鲧修堤坝一个劲堵死水的去路,越治灾越重。百姓活不下去,怨言传到朝廷,大舜爷斩了鲧,命大禹子承父业。大禹疏导江河,为水开路。三次过家门而不入,老少尽知。主席先生不该踩着鲧的脚印跑,把四千年来大禹王有效办法扔到一边,带来弊病无穷。先生一呼百应,投您所好的层层下属群起仿效。坏人借工程鱼肉父老,招来大怨大恨,缠在大人一身,有一百张嘴也辩解不明。先生念一肚子书,一回失策,一辈子悔恨何用?淤沙塞河,因为伐树过多,地下蓄不住水,天旱缺雨,石裂生砂,山脚崩塌,便随水进河。若按先生划算,沙冲到江底,不出三十年,江底高于大堤街道。沙到吴淞口,行船不便,风吹沙飞,撒进田地,雨水猛下,长江之后粮船不能北上,旧都北平要告急。水系打乱四处冒火,八处生烟。洋兵乘虚入侵,灾难更多。匠人不敢以私利昧天良,大人三思!"京戏徽调念白口劲,掺进方言街谈巷语,像《四进士》公堂答话,一泻无阻,不火不温,吸收勤而又广,社会操练含在其间。

司令听到一半,手扶刀柄起立,想打断石匠,怕招主席反感。

主席微笑,四指轻弹桌面,示意稍安莫躁。司令老练地为老石匠倒去一半凉茶,兑上开水。

"老先生谠论如及时雨,见识深宏,古贤典范犹存。李老师当代伯乐,称前辈江城俊彦,草间大隐。要晚生与华亭弟多多请益。今晚片言免我大过,不致祸国扰民,由衷拜谢!"主席连连行礼,"晚生不敢学大禹,不蹈其父覆辙,皆老前辈所赐。幼年读书,春风过耳,疏堵不当回事。今日方知一发牵动全身。此非一时疏忽,还是对父老安危欠虑,愧对一方!长者原谅,前议打消,百姓共察!"

石匠略感快慰地点头拱手,他向来不信官场客套:"古人说:'人非圣贤,孰能无过?'以为圣贤无过,不符事实。幼年开蒙,为此提问塾师戒尺,打过手心,肿痛十日才好,后边讲'过而能改,善莫大焉'。是几千年常理,纳直言难,行动更难。老朽翘首以待!"

此时,当家师本僧请省长去藏经楼,看看修于明初永乐至大统年间的《北藏》。司令自告奋勇送石匠回家,石匠不肯坐小汽车,又烦客气,商量出庙门各奔东西。

"老爷子,你看松亭的大师兄多虚心,全国少见吧?"

"眼见为实,其他老朽一无所知,哪敢瞎说短长?"

"他是独头蒜,啥派系搭不上边。李老师敲敲边鼓,能青菜豆腐保平安,纱帽不会吹到地上。只为他家老太爷还在广州黄花岗躺着,好歹是烈士,帽士翅儿可不可以提得往上翘点?松亭哪敢背后妄议上峰?"司令的得意里含着少量滑稽,口说"哪敢"实已掂量过斤两。"省座太守本分,过于拘礼,三番托松亭求助于前辈,他的岳父王老师爷在前清巡抚衙门当过幕僚,年将八旬,急于事功,言行不计后果,愧对过前辈。而今脊骨重伤久治未见起色,恳求您老不计前嫌,为老者略减苦痛,却一直张不开口,松亭也碍于情面,害怕失言,将心比心又放不下省座的孝心。且借午宴烧酒壮胆,禀告实情,请您开恩!"司令举手行了个军礼,虔敬又派头十足。

"草民四代以来没有长辈平辈学过医道,隔行如隔山,无能无奈,不是找借口推卸,请司令转告省长,抱歉得很!至于昔日小小不快,自信不会鼠目虾肠,早已抛到九霄云外。大人物允诺避开水害,老朽佩服!若能效劳是快事!"

司令看出石匠表里相同,强求有害,不再炒剩饭。经他将有关工程对白斩头去尾,烘托的气氛可信,让渴盼出现抗官直言神话的老年人,没来由地传播几天,不过是在长江里撒上一撮盐,逃不脱淡化消失,日子返回泔水陈汤的老谱。

九十天后,一桩奇事神不知鬼不觉地发生在省长公馆。

退出幕僚二十年,老师爷睡眠时光锐减,他特别怕吵闹,住进远离市声的后园,破晓必醒,翻过几页闲书,享着清福。伺候他的小厮要八点才送来他百吃不厌的大饼包油条,里面涂着胡玉美出产的蚕豆酱。

省长练过晨拳,照惯例到花园向老泰山请安,寒暄五至十分钟上办公处。此公进入内室,但见老头不再僵卧病榻,而是伫立朝暾中,欣赏向来不关注的大丽花,它隔窗开得艳容秀骨,微香扑帘,雍和华贵,提神养眼。

"爹早安!"女婿受意外镜头的惊诧。

"你也早安!"岳父安详地迎迓娇客。

"爹自己起床漱洗,健步如昔,天降大幸,举家洪福,可喜可贺!"说罢笑逐颜开,欠身行半鞠躬礼。

"坐下慢慢详细告诉贤婿!"老头兴奋地关上房门,按下保险锁,诡秘地侃侃而谈。

昨夜三更打过,老头被下六节腰椎区剧烈的疼痛惊醒,腮旁灼热,背麻腿颤,呼吸加快,用尽气力强行忍住狂叫,免得惊动更夫,找来无法分痛的女儿女婿。

月华淡黄泛青，院里爽风摇着扶疏的树，坛上的花、墙角里俗名"纺线婆婆"的纺织娘唱得激越，为它们对老者的爱莫能助反复道歉。老头扭头审视，司空见惯的书架衣橱，古旧闲雅的桌椅，赞叹着生的亲切，提示主人要懂得珍重晚年，凄怆少于甜意……

作为武侠小说迷，老头没少读徐哲身、姚石子、陆士谔，刚露头角的还珠楼主、顾明道、朱贞木等人的书，却与高来高去的侠士们缘悭一面，感到不满足，又尝到解除了对宝剑神刀金镖恐惧的安逸。

门锁哑然，一条黑衣蒙面大汉突然飘到老头的床头，步子轻灵如燕，悄没声响。凭着浪迹南北进出衙门的经验断定：来者不善，善者不来。随便深入防守森严禁地若无人之境的，只有复仇索命的猛士，做无本生意劫取珠宝金银的盗魁。末日突然临门，使老头全身发硬，心脏几乎蹦出口腔。求生本能让他从贴身口袋摸出钥匙扔到桌面，拇指食指比画圆圈，示意要钱请开衣橱抽屉自取，大气不敢出，比没长骨头的猫还乖。

大汉伸出手上的刀背，放在离喉结半寸的地方横宕两下，警示他轻举妄动必死。充血的头让脖子扛不动，冷汗沁透了内衣和被褥。

老头的眼睁得小酒盅那么大。大汉把刀横在老头身后的茶几上，离老头较远。老头的嘴被手巾塞牢。蒙脸客的胳膊伸到老头颈子与膝盖后小腿弯，矫健地将老头托到红木太师椅上坐稳。老头的大腿中部被绸带子缠绑在椅面。蒙面客做得迅速果敢周详。随即蒙面客放松右掌从老头脑后领口插入，将脊柱每粒算盘珠摸揾两遍，有几处用力较大。老头不知何意，忍住酸痛麻胀，盼望有条活路。想到原先帮大吏出过谋划如何向西太后卖直固宠，拉帮结派挤跑政敌。别的贪赃枉法，助强凌弱，颠倒黑白，牢里捞死囚，屈死无辜，诸多见不得日月星光的勾当都做过，欠的债三条老命还不清。此刻老头像被蒙面人用一根头发把他吊在宝塔挂铃的铁丝上一样，四面八方悬空。两年来跌瘫、重症兑现了恶报，今晚节外生枝，死多活少，只得默念观音菩萨保佑,如蒙搭救,甘心去普陀山法雨寺焚香还愿,行善给后人积德。

蒙面人抓住老头双肩,强行向左右扭动各六次,骨头"咔吧""咔吧"地脆响,老头后背如遭剑劈,脊柱撕裂,心肺窒闷,几百银灰色蚊子飞出瞳孔,穿过天与洋瓦,消失于虚空。耳鸣如驴叫,肋巴骨似断,一分钟长于半年。钻地无缝,比立刻毙命更受罪。

蒙面人解开丝带绕成一团放入口袋,手伸到老头的腋下托他站立,十指一松,他又落到椅子上,"扶不成筷子的浓鼻涕!"蒙面客对准老汉耳朵压低音量严厉喝道,"你害过多少人,做过多少恶,收过多少血腥钱,自己有数,死有余辜。我要替一批苦主雪恨,立即将你斩首,实证苍天大道公正不欺!"昔日他在戏馆寻开心,听小旦小花脸说京片子分量轻飘,滑溜花哨,此刻忽然变得天降洪音,刚毅博大,仁至义尽。炸耳撕脾,不容反驳。直面怒目金刚,一字一块花岗岩,端方沉厚,码在老头的皮囊上,压出簇簇蓝苗幽火,烤烙他脏疮的魂魄。老头只认遇到煞星倒霉,良知死绝,无力审判自己言行,甚至自比他曾经帮过的满汉大员,为何能躲过如此奇幻的一刀? 老头卑琐地垂下枯乱微黄短发的头。

蒙面人量老头狗胆惊碎,更不在乎他鸡猫喊叫,扯掉他牙齿间的毛巾,举起冷焰浑茫的刀,身材似又高出尺半,吸纳四海九州捐赠来的正气,右脚一跺,刀刃斜砍下来。

"妈呀!"老头跳下太师椅前行五步,步步加速,双袖抱耳朝西墙一跪。

蒙面客不让他受新伤,左手控住他的衣领拎到铺地的青灰色方砖上。杀头前一秒钟的真实和漫长,仿佛拆开他全部骨头剩下一堆破布撒在墙根。在矮处抬望玄衣刀客是一根擎住房顶的乌金圆柱,似从司马迁《游侠列传》里借来的活古人,那遮面里布上端的一双白点星,闪出慈悲悯世又无能为力的泪花。

为刀超度重新活一回的王老头,受到八十年间无与伦比的惊奇,身下半平方内爆发了九级地震,把刀与死亡化为柳絮轻微的是持刀者的泪珠!

"恩公!我的活祖宗!这颗心跟您的衣服一样黑,白活了一世!"他穷搜脑海,恩公是为他的顽愚不知忏悔而洒泪,抑或为自己无处表白的隐痛哀伤?治病非得送到阎王鼻孔下吹阵阴风才有效吗?

恩侠杳无踪影,永不归来,受他全家八拜,倾听他捶胸追述劣迹。他太想一睹庐山真面目,然而……

这隐在阳光背后,另一半贪婪虚伪的丑恶天下呀,谁享受过一名肮脏麻木的鬼魅挥泪洗魂的莫大快乐?老头爬行几步,从茶几上提起为他诊伤的"良药",不是斩铜断钢的宝刀,竟是小孩们玩耍时舞动的木刀片,柄上还拴着鹤羽那样纯净的流苏!

"恩公杀机已寂灭。凶器愈假,善意愈真!其内深邃机锋要慢慢去彻悟,再彻悟!"

不知哭了多久,雄鸡三唱,月色贫血,旭晞升腾。

腰脊疼痛去掉七分,骨盆两边,肩下大块骨头背后,游走性抽筋酸麻不再肆虐。几次打算站起,他怕适才试步的今古奇观,随着蒙面者远去而烟消。一看时钟已经七点三十五分。他左腿跪地,抬起右膝,大小腿成直角,四次按压,还可以负重。他抓住椅子靠背,一阵挣扎,身板挺立。一步,两步,五步,七步,十步……围着方桌起走很顺心。他将木柜钥匙收进左上边口袋,把太师椅挪到窗口坐定。

除开良心隐秘的独白,陈述全面。省长听毕,画面在目,余音在耳,疑问暂搁一旁,"爹,这类治病方式成功先例,古代笔记上见过多处。形似残酷,出自婆心,非用特别手段难达圆满,实无他方,咱们领悟。知情人限在咱爷儿俩,包括'草包司令'也不能露蛛丝马迹。传出小院墙等于承认哨兵更夫都是聋子耳朵,没准儿招来横祸!治病的大德是谁?小婿十猜七八。若去道谢,他不认这壶酒账,咱不好下台阶。记在心里,再造回天之恩,待机会厚报!"

四

月降日升,潮起潮落,往事沉没在老人们前额深深的皱纹里。返璞归真,言易行难。脱胎换魂,胡砣付出了很多很多,二十年的自我强制,不发火不好胜,以输棋为乐。这些都要变成天性般的自觉。和光同尘,还须漫漫苦旅,继续铸炼。

1938年暮春,他陪远房侄儿老蔫到老峰头牲畜行来选仔猪,鬓髯如雪,目光开合如电。衣着举止,与别的老农无差别。

老蔫二十六岁,看长相要加上十岁。干瘦,却利索,中下个头,不算很矮。颧骨外伸,两腮微凹,讲话又细又慢,有点畏首畏尾,穰子里不迷糊。只为双亲早故,地少,有三个孩子,肩上担子重。眼下在澡堂里搓背晒不到太阳,农活又累,脸上堆着灰色锈斑,像多年不曾洗过脸一样。胡砣让他当个助手,帮着跑跑堤上活儿,打算很快把挑子撂给他。

"叔叔! 为什么您挑的仔猪都肯添膘?"

"要自吹自擂,就说家传秘方;说透了,时光堆起来的一丁点东西。少年时候赶集逢会都扎把大笤帚,等猪市一散就打扫干净,猪粪堆在一边随人去拾。两年下来,扛秤的经纪人挺诧异,就盘查干啥要做这样傻事。我说想跟您老学点挑小猪的诀窍。力气是浮财,用尽又回来;送礼,拿不起。老汉说,每天早起上菜市肉案子上伸头数数猪有几对肋巴骨,弄清再来。一年过去,我告诉老汉,少的十三对,多的十七对。一百头猪超过十六的至多一头。老汉说:"有根了,多三对肋骨吃同样多饲料,比十三对的崽儿要多出五分之一的肉。倒提着小猪后腿一摸肋条就知道几根。"让老蔫听得津津有味。老人要他如法施行,只在一旁掌眼。

"仔猪挑眼睫毛短,出过天数少,眼毛长是老了苗,或是上一窝没有卖掉的剩货。'猪老大',不能喂。皮薄的长得快,皮厚不肯长。皮的厚薄捏捏耳朵就有数。拿根细棍子量小猪两耳,距离越远胃越大,会抢食吃,个头大,将来膘厚体重! 我把老底儿掏给你,蔫儿,不许外传!"

"堂兄弟小舅子还得教吧?"

"行。"

石匠回到板棚不远,爱犬阿箭后腿直立着跑上来,仿照人们握手的模样,右前爪伸出行"握手"礼。它才一尺半高,长度相近,前肢较后肢矮一寸,前胸厚六寸,肚皮说贴着背脊是夸大其词,但超不过三寸。尾巴又长又粗,招展拂动,灵活之极。它的双亲是逃亡到上海来的俄国老伯爵从彼得堡带出的特别品种。天温秀才赞为"猎狗中的活宝"。它爱撒着欢儿与主人亲近。外人喂肉也不看一眼。跑起来赛过飞箭离弦,比骏马还快。

老蔫扛着猪崽回家,门口停着一辆马车,他妻子的表弟,东岳庙警察分局局长抱着一周不到的儿子。孩子被毛毯裹得严严实实,哭声嘶哑,有气无力。

"表姐夫!上回你们家小二子耳朵里进了小虫,听说是户尊大爷灌了药就爬出来了。这回你表侄儿又碰上这倒霉事,天主堂里洋修士摆治半天,说孩子太小,不能开刀,推出院门。病急乱投医,求表姐夫陪着去治治,不能晕了!"

老蔫跟局长跳上马车,不过抽半袋烟功夫就到了板棚下面。

胡砧迎上来,阿箭一见穿黑狗皮的,"汪汪"乱吠,老人把它叱回后院,又顺手挂上门扣。

老蔫陈述了来意。局长补上些客套话。

孩子的手被长围巾捆住,仍尽力向左耳伸去。

"蔫儿!好事不光顾,这种坐蜡的事领上门,太棘手了!要是治不好,误了时辰怎么得了?"

"治病治不了命。大爷!好不好都认了。腿瘸哪怪路不平……"局长慌了神,说话都压低了嗓子。

老蔫帮着恳求,诉说一堆难处。

"等等!药水还够治一个孩子用的。再来一位皇太子也没门儿。这是俄国伯爵大人从德国带来的,试一试,不灵另请高明!"

石匠打厨房里取得大酒杯、一头蒜、四片蒸咸肉来到后院西屋。阿箭得到两片咸肉,被关进柴房。石匠又摇醒与狗同床而卧的大胖猫阿懒,把肉递到嘴边,它嚼得很香。这是胡府第二件活宝,比阿箭富态得多,天温说它有十五斤,或是捧场戏语,大得罕见是有口皆碑。它白日酣眠,夜晚坐在大牛湖畔,静等着浪条儿送来小鱼,它用爪抓起,叼回厨房,再去守候,彻夜不眠。

胡砧用腕子夹住猫头,咬开蒜瓣一擦它的鼻子,它左右扭动,无法摆脱异味侵扰,小便失禁,被主人接在杯子里,便是"德国药水",拿到门口,马上灌进病儿左耳,耳朵冒出几个泡泡。

孩子想摇头抗拒,让老蔫牢牢箍住。

"过一刻再滴右耳。"

"大伯,孩子只抓左耳……"局长在解释。

"小把戏觉着在东,没准儿在西。都试过就放心了。"

"是怕糟蹋了进口药水,留点儿带回去,万一下回再出事,也好对付。"局长赔着笑脸。

"瓶打开半天就失灵,洋人会出洋相!"胡砧岔开话题,"你表姐夫太苦,澡堂里得一块储备银行的滥票子,还交一半给老板,工钱一文不开。瞧瘦得风都吹得倒,多多帮衬啊……"

虫儿爬出来了,孩子眼睛发亮。

"您老人家会添八个大头孙子,坐满一大桌!谢谢!"局长行了个洋泾浜式的军礼。

一样水土,有时慷慨涌出大批过挑过拣的好角色,时而特别小气,连打旗推车之类没有台词的大龙套也冒不出来。

小得跟火柴盒似的牛尾镇,勉强要推出个有头有脑的人,只能数得上近年发迹的保长胡大雅了。此人身高一米八,在锅底圩算大个儿,白净的鹅蛋脸,粗眉扬起,微微鼓出的金鱼眼老带着笑意,一点不阴沉。下巴像膝盖那样光滑溜圆,倒是左边嘴角上有块红疤痢,给全部造型添了些分量。否则,"拿破仑"帽子,长袍马褂,再配上文明棍、黑漆皮鞋就不怎么持重。

胡大雅生就一嘴整整齐齐的小牙齿,没有任何惹人注目之处。仅仅因为"雅"与"牙"一声之转,以讹传讹,居然"胡大牙"仨字不胫而走。据天温秀才考据:"此公得名于牙毒善咬",于是不大也大了。

他爹是土肥鳖,有钱买地,借米下锅,炒一盘胡萝卜片吃也得下三天决心,当作拼老命不想好好过日子的壮举,要夸上十天半个月。六亲不认,鬼不上门。给儿子留下十三顷地,一家做米的磨坊,兼卖杂货的酱坊,招牌都是"胡仁记",生意平平。

大牙掌家之后,大刀阔斧,把他爹一套做法抛到九霄云外,干得有点现代味儿。首先是把地卖得一亩不剩,二是到扬州广州聘来两位做酱菜的高人,产品往上海汉口打出一片天下。搭了个五层楼高的瞭望台,把三位守旧的师傅原薪送到台上,日夜三班守望四乡八镇,用一二三四的节奏打钟,代表东南西北。店里三十五岁以下工人,各发一套防火衣,一顶铜盔,又自日本买进一辆救火车,听到钟响爬上车的汉子,不论可救得上火灾,一人二斤猪肉。他又宣布从十七岁收进来的半大人到六十五岁,不犯店规不辞退,家里有结婚死人的送米三担。他家的老少,首先是他自个儿,吃一块酱油干子、一块月饼必须当即付钱,据说"这叫规矩"。

每当肩挑手提之人,捧来两个烧饼,买两个铜板辣酱,只要他在场,总要夺过店员手上的木勺子添到烧饼四面溢出酱来才住手,还要作古振今地质问小朝奉:"胡某人是穷得水洗刀刮,欠你们一年半载薪水吗?胡某爱财,也不能在穷苦兄弟姐妹身上榨油刮皮呀!你为什么不当老板做了伙友,'马行无力皆因瘦,人不风流只为贫。'穷人都看不起穷人,太叫大雅痛心疾首啊……"

于是"咱们的保长可仁义呀"!穷人的口碑比广告更实惠。

大牙出名的机会是他爹得了病,三天两头去安庆天主堂找姚儒林修士打针吃药。他卖掉老娘临咽气前一日私下塞给他的金手镯,给老头儿买了一辆六成新的黄包车,还瞒着爱钱如命的父亲说是"向同学借来的"。头几趟是他自己披挂上阵,一溜烟小跑,满身湿透,遇到熟人远远打招呼,半点不红脸。后来老爹对伙计们不放心,要他坐镇账房,换了一位年过半百的挑水夫拉车。老爹去世,他把此车停放在影壁背后专盖的车屋里,自己每天早上领着老婆孩子向车三鞠躬。初一十五烧香化纸。这么一来,所有店员小工也只能照葫芦画瓢。他还当众向挑水老汉作揖说:"你一世为我家辛苦,拉过我先父,这车没有人坐也不配坐,你天天擦亮它,让大伙儿记着老太爷和在世之日一般。我虽不富裕,负责给你养老送终,棺木也是大雅出!"言罢热泪盈眶,老工人感动得差点要下拜。

于是许多人竖起拇指说:"胡小老板是大孝子!"付同样价钱,似乎每罐"胡仁记"酱菜比其他人家产品多浇了两勺小磨芝麻油。

有一回,店员小王报告大牙:同事老张把卖两提篮大竹虾子酱的两块"袁大头"塞在荷包里带回了家。

"你这孩子欠厚道!张先生与我家三代共事,忠心耿耿,怎会做出见不得人的勾当?你嫌薪水少,好好做,我给你往上提。挑拨离间的事一得逞,人人告状,个个自危,坐立不安,店非垮不可!店垮了薪水能升上去?"

小王若有所悟,赧颜而退,果然干得出色,下月工钱涨了一点。

大牙设下便宴请老张喝几盅。他说:"先生家添了个千斤,大牙受现代教育,秉国父遗教,男女平等。过去照顾不周,请原谅,往后多多检点,莫让小人见机生出是非呀!"

老张大哭,坦白了两块银圆的事。

"先生!三代老关系,怎么会呢?你是试探大雅这儿可是鼠肚鸡肠?"大牙摸摸心口。

名声财富剧增,有拍马逢迎者尊称大牙为"保座",开始他很反感:"为父老效犬马之劳而已!原先十四位甲长轮流推,每家当仨月,人称'磨子保长'。现而今选大牙独立承担,是他们不愿受委屈。大丈夫纵想为官也可以到省里去走走门路,捞个把科长区长乃探囊取物耳。哪会把什么狗屁保长的破交椅放在眼中?不是吗?"正如古人所云:"其辞若有憾焉,其心而深喜之也。"两年下来,不喊"保座"他有些别扭了。

大牙的财源在哪儿?牛尾镇的购买力太有限,他虽然几个回合就把两家同行玩破产,一家迁出,一家改业了事,也填不饱他的钱袋。原来安庆府有家鼎鼎大名的老字号"胡玉美",蚕豆酱虾子腐乳远销海外。大牙的经营术一半偷学胡玉美老店,他把十分之九的产品运到上海、广州,在僻街陋巷租有房屋,雇用廉价劳力,贴上胡玉美的瓶签商标,或上市或运到新加坡、巴达维亚(即雅加达旧称)、锡兰,鱼目混珠赚大钱,后来又让他小舅子干脆在新加坡开了分店,表面另立旗帜,家产还是大牙的,做得神不知鬼不觉,给自己留下了后路。

大牙的另一半谋略得来偶然,他在上海念大厦大学时,有天无聊,想寻开心,就花上两块袁大头找测字名家"小糊涂"(真名陈兰萍,作者先父好友)找岔子。不想老于江湖的相士将钱扔到地板上哈哈大笑说:"这点银子能看福相?少爷一生要完成三级跳,不拿二十块来拒绝交谈!"这普通的花招竟把大牙镇住,服服帖帖送上三十块大洋。"小糊涂"说:"你将由短打而长袍马褂,再由中山装而西服,集三大变革于一身,才小福大,做官是芝麻官,亦官亦商,善人面目,后劲极强,妙不可言!现今中华鼎沸,先生有大志,可远谋……""小糊涂"的"远谋"虽系江湖诀,对大牙一世的作用不可估量。

他满口仁义,对能背《御批通鉴辑览》的胡天温大伯是三节送礼,每来重要客人,必请到上座相陪。祠堂小学几次修缮,都出一半材料。没有跟任何一家红过脸,谁也抓不住他什么话柄,但都不约而同地把他看成刘备,谦和近乎伪善,纸糊灯笼,驴屎蛋蛋。

抓壮丁前两天,他坐江华轮特等舱去了上海。壮丁亲属痛骂"救国军",像稀粥开了锅一样,呼天喊地,惨不忍睹。

胡砧巡查江堤回来,看到浪条中浮出一双人手,又沉了下去。他甩脱掉上衣,跳下波涛,找到落水者,救到岸上。

胡砧到万和园酒楼取虾钱时,见过落水者,他姓方名文彬,住在牛尾镇北三里多地,家中仅二亩水田,累死累活不够吃,早晚得打鱼抓虾勉强糊嘴。老坟又与石匠祖茔一山之隔,故而见面点点头,但没有交往。

石匠一探方文彬的鼻息和胸口,余温未散,呼吸初停,便横抱起这位老实乡民,左脚平架在树杈上,膝部略向上躬,顶着方文彬的腹部,施展道家秘传的急救术,以腿为轴心,人像风车的扇页一样旋动一十八圈,江水吐出,到三十六圈,一口气又续上,恢复了神智。

"大伯伯!文彬按老娘说的修了屋,办了彩礼,给弟弟说了一门亲,弟弟被二鬼子抓走,女的家悔婚,人财两空,刚到祖坟烧了纸,告了罪,走投无路才下'长江大饭店'喂鱼。大伯救文彬不死,恩重如山。可还是活不成哪……"辛酸人有说不尽的辛酸事。

"壮丁关在哪里?"

"区公所,有'鬼变子'扛枪守着。大伯千万莫为我一家人去鸡蛋撞石头呀。那么一来,二次跳江也还不清良心债……"

"我不会去送死,放心,托人会想到法子。老母在家等你,不回去要急坏!天大难处总会逢凶化吉!你脑子要会转几个弯,莫认死理!"

"弟弟就算能回来,还得抓呀!"

"胡大牙带人去抓的?"

"保座不会来,保丁和救国军会找上门!"

"什么狗屁保座,呸!卵蛋像黄豆大就偷瓜摸枣摘核桃,而今人五人六……"

"保座在小官当中不算赖!您老不能除掉他,他肚里有板油,换一只空肚子老虎来,老乡们更没法子活!"

"你心肠真好,我哪有什么本事伤保座一根头发丝儿?"

"好些人传大伯是'盖世匹夫',大侠客!"

"都是误传瞎编,有本事早到银行去拿钱来救穷人,哪会逮虾子吃网里饭!我送你回去!"

当晚十点,码头上一片死寂。瘦丁们都被捆绑,由三名带步枪的救国军押解上了一只两桡民船。舱门上了大锁。顶风上水,打算去东流县集训。这是诡秘行动,家属都不知道。船行五十多里,江上看不到灯火,小鱼船也都回港,只有涛声拍打着舱板。壮丁们有的被颠簸得睡着了;有的咬着嘴唇在流泪。对于替汪伪政权去做炮灰,厌恶而又绝望;同时祈福自己有开小差的机遇。

一只无帆的小舟顺着江水迎面飘过来。伪军用电筒一照,小船上没有人,估计是锚未下牢遭水冲下来的,没有在意。

忽然,大船舱底"咚,咚"响了两声。伪军们所住的前小舱底板飞起一块,大水哗哗啦啦地涌进来。一名伪军抱着被条去堵,显然是徒劳。船老大一看势头不对,用竹竿勾住了小舟,跳了上去。一刻钟后,大船翻了个底朝天。

"快划!"伪军班长跳上小舟,催船老大快逃。

牛尾镇的汉子都会水。舱门如何打开,窗子如何砸破,身上绳子被谁用刀割断……一切发生得匆忙,没有人能弄清楚。

两名伪军游上了岸,其中一人还带着日本步枪。他俩拧干衣服,浪尖上冲出一位蒙面大汉,左右手各扶着的一名壮丁,壮丁才上岸就倒在沙坡上。

大汉一个箭步抓过步枪朝江里一甩,步枪迅速落入洪波。他掏出六元银币扔到地上,操一口流利的北京话说:"你们也是抓来的壮丁,中国人不打中国人,逃命去吧! 路费不用还,做点儿好事就对得起老天爷和祖宗。不然的话这就是下场!"他扯下黄军衣上的铜扣子,用力一攥,一齐摆瘪成纸片。

两伪军跪下叩头:"大爷饶命! 咱哥儿俩枪也丢了,回去长官也要捆上再卖一回壮丁。谢谢!"

"对不起,委屈一会儿,壮丁们走光了你们才能走!"大汉摸出绳子,把两名伪军捆在树上,向惊魂未定的两位壮丁说:"还不跑等死吗!"言毕,撕开毛巾塞好大兵的嘴,跃入黄涛。

俩壮丁朝大汉一鞠躬,迅跑而去。

远村荒鸡稀稀拉拉地啼叫。夜风咆哮,月亮已落山,遇救者冻得发抖,只有跑着御寒,为了活下去。

天色微明,大汉才解开两伪军,一转身钻进松林,消失在树影深处。

"'饱洗澡,饿剃头。'这句俗话听了几十年也没想通。肚里车轮咕隆隆叫,哪有闲心品出刀宕在脸上轻飘飘痒爬爬的味道?死撑活胀,屁炸流星,饱嗝儿一个等不得一个直放连珠炮,泡澡也不开心,六到七成以下最好!"胡砧明知这些话跟"雅座"里的茶房讲,是嘴上抹石灰——白说。不是特别乐和就是一堆话堵在嗓根台上,像鸡毛在扫咽喉,才牵只羊羔当拉着骆驼在遛弯儿。

"爷爷来'滚个龙'(洗澡的江湖黑话)是给老板面子,还买牌子,太见外吧!"茶房把老人的上衣叉起,挂到离天花板三寸高的木桩上。

"小事情何苦让人指脊梁?'人情大似债,头顶小锅卖。'欠不起!平时在家冲冲涮涮了事,今天小裰裤没带,一时高兴嘛!"

"爷爷自带的黄山毛峰味浓经泡,还落个'清茶减半'不像这'雅座'的大路货,几片孬叶子,一阵风能吹到江南,沉下去龙王爷脱掉裤子跳下大壶使上浑身解数,也捞不上半片叶子,不如马尿,谁喝了不头痛才怪呢!"茶房使铜壶里水沏上茶,像是一位健谈客。

座钟指着十一点半,几间屋里冷冷清清。

"对面小暖房里蒙着白竹布的大椅子半洋不土,占大地盘,谁坐那儿得买双牌子吧!"

"嘿嘿!"茶房伸出一个指头,又摆摆手。

"嗬!万岁牌牙刷———毛不拔?真是摇绳子的摆手——到劲啦。坐在这玩意上边挺惬意吗?"胡砧拉了个要坐的姿势。

"嘘——!坐不得呀,活祖宗!"茶房用食指挡住自己嘴唇,哈着腰连声苦笑。

"都说万岁爷的龙椅坐上去烧屁股,袁大头就是烧坏屁股折了阳寿才一命呜呼,我坐过两回,有几分钟,屁事没有。啥椅子不能坐?"

"太爷爷没见扶手边的洋拐棍?上头还挂着西洋帽盔叫啥'拿不冷'(拿破仑),冬天拿上它就不冷?肚脐眼儿冒烟——妖(腰)气!保座的宝座上是老爷官服,碰上抓丁收捐,没完没了……"张皇不安的茶房怕惹是非,又尊崇户尊,声细于牛虻叫。

"本想要要洋帽子,里头没电,不会来热。热了人怎么受?不难为你,

302

老夫自有道理!"末句是京戏韵白,念得轻,有分量,含着蔑视与冷却的孤愤。他围上大毛巾入睡了。

半小时后,胡砣醒了,眼仍不想睁开。陆续进来的浴客都在座位上饮茶,胡大牙不上来,无人敢下池。老石匠不无愤慨:地方越小,官威越大,一只癞蛤蟆就把没出息的小镇压得直憋气,还夸"保座"是善人!

左边邻室里有人大谈龙王爷显灵,救了壮丁,大抵是船老板对区公所造的鬼话,十分玄乎,胡砣不想细听;右边屋里有人在说石匠逸事,声音很真切:

"……矮鬼们的飞机把大别山肚里叶集的大桥炸坏,木横板和栏杆烧光,铁桥架上剩下三条钢轨,空手走过去的人要带两块板子替换着横铺在轨上落脚,到对岸也吓个半死,二十五六丈高,水急得翻花,船也没法儿开。矮鬼们要困死大别山里的人。那儿盐最金贵,十八斤黄豆才换一斤,装盐的袋子草包都烧成灰熬出黑盐来吃光。正阳关的私贩子两眼红得滴血,找小土牯牛车子曲里拐弯吱吱扭扭把盐推到桥头,买通五道关卡,再出高工钱,也没有那位好汉寿星老儿吃砒霜——活得不耐烦,敢推小车过钢轨。不知那位活刘伯温想出妙策,把咱们牛尾镇老户尊请去,一车六包,每包一百九十至二百斤,全从一条单轨上推过了河。老板一高兴,请吃稀饭,户尊爷爷带八名推车夫共喝掉一百二十五碗,当然,开饭店的会以少报多,无论怎么说也够惊人! 那些盐虫们一色媒婆嘴,大象肚皮兔子腿。一哄二捧,老爷子不吃这一套,每车不送一包盐,宁肯再推回河北岸。盐虫们想到下回的好处,只好依他。本来盐能换得四千斤黄豆,他偏干赔本的事,黄豆不要,一户一碗盐白送给了种地户! 自个儿手头挺紧,三天不逮虾喝不上酒,这豆子送给我一半也好呀……"

另一个声音反感地说:"莫传道听途说,叫坏人抓住辫子,让爷爷遭到车占中心马挂角……"

"盖世匹夫不是豆腐,怕树叶掉下砸破头?"

胡砣对街谈巷议从不插嘴。他喝过几杯茶,宽下衣拿起毛巾正待下池。

"'保座'让老蔫爷爷搓背,有吃半碗饭的工夫就洗过了瘾,还是待会儿再去……"茶房魂不守舍地祈求着。

"不关你的事,老夫要当着三老四少减减'保座'的威风,瞧他能拔掉我几根胡须……"

"户尊爷爷老虎嘴里敢拔牙,你小子挡驾拍'保座'马屁,呸!"平时一些胆小怕事的浴客们都想借老人的拳脚出气,瞅瞅胡大牙如何出丑,像儿媳妇骂婆婆一样不敢大声,又忍不住叽叽喳喳。

"人家保座有枪,可不是吃素的!"

"敢往老人家身上打?真撕破面子全村能饶了他?"

脚下,木拖板的响声打着拍子,胡砧哼着昆曲,把那些议论声甩到脑后,拐弯到了水池入口,歌声在水面激荡,格外苍润。

胡砧跳入温水大池,大牙搓完背,打过肥皂,在热水池方格子木盖上躺着,老茑用盆端起温水,朝他身上冲,他十分快活,轻轻哼着。

胡砧怕给老茑添麻烦,直到他替大牙穿上木拖板,再扶他坐起,就要出去,爷爷从水里一个纵身立在池边大石条上,双臂平举,摇摇聪门上的白发,水珠儿顺着胡子流。

"嗬,老砧爷爷有空来'滚龙',失迎失迎!"大牙双手一拱。

"今天花小的钱买了牌子是诚心来找气受的!"

"什么?您老人家给面子来光顾还要牌子?有眼无珠财迷心窍,太岁头上动土!停会孙儿去打个招呼,叫老板大梁哥退牌子钱,叫一桌菜,咱爷儿们来喝光蛋酒!(当时,清末浴后裸体狂饮遗风尚存)退一万步讲:给钱也该把这点金面赏您的孙儿。大雅不敢说混抖起来了,也没挨饿嘛!"

"洗澡给钱,天经地义,不然洗不出汗,回家吃药比澡钱贵十倍!"砧爷话中有刺。

"谁叫您老人家是大雅的爷爷,这客,孙儿是请定了。"

"多年不来洗澡,没想到'保座'长了一身老母猪膘,够敦实!这胳膊也太嫩,一碰就蚀了!"

"嘻嘻!托爷爷洪福齐天……"大牙踌躇满志地笑着,"乡里乡亲办点小事,给地方上跑腿,什么'保座',老百姓要那么抬举。孙儿是看穿了,空话填不饱肚子,不久就告退归林,无官一身轻! 看他们还吆喝什么饱座饿座不? 再劝还要喊,越喊越生分,把亲一窝儿弄疏远了。"口气好不委屈。

"鬼子是兔子尾巴——长不了! 你要拿番邦当干爷,把过场当真刀真枪的重头戏,得一分台柱子赏钱,你爷爷眼认得人,拳头不认得人。作孽过头,不得好死。这就给你送个信儿。"爷爷双手抖着胡子,又抖下几滴水。

"爷爷有比干丞相那样七窍玲珑圣人心,孙儿身在曹营心在汉,一点不含糊。新四军七师从无为派人到省里来买药买米,大别山卫立煌的人来找'皇协军'倒腾手枪。三教九流,只要对中国人有利,孙儿当仁不让,竭尽蚂蚁那么大的微力!"保长挥动右臂,犯了演说家的职业病。

"洋火不值钱,你家房子值钱。人逼急了不要命,你和两个宝贝儿子都怕丢了小命。"

"金玉良言,您老人家是第八回教训大雅,没齿难忘! 孙儿这辈子最大福气是有您这样的好爷爷! 武艺、人品、手艺、眼光,说句粗话,俩哑巴亲嘴——好得没法儿说!"

"少油嘴滑舌!"老人一推髯,唱起了《华容道》的西皮二六:"奸曹操你好比鳌鱼吞钓。"

胡大牙也来了雅兴,搭上一句奸白脸末的话白:"某好比惊弓之鸟!"

爷爷接唱下一句:"笼中鸟插翅难飞逃!"

"爷爷好喷口,孙儿荒腔走板三条腿! 奉陪不了。"

"咱胡家天生钢喉铁嗓,就你在野女人身上太用功,嗓门让公鸭换去!"

老人又念《挡曹》韵白:"今日狭路相逢,我岂能放你过去呀——?"那拖音倒翻上去,脆亮险峭,虎音炸音一齐来,池面漾出圈圈波纹。他的两颊渐渐绷紧。

胡大牙到此刻还认为是在对戏词玩儿,不知道要动真格的,所以随口再来一句:"二君侯,言重了! 爷爷! 失陪!"

爷爷银眉一锁,尽力克制肝火。

"忙什么? 哈哈哈哈!"老人脸上肌肉又松开了。

"爷爷快上来喝一盅!"大牙正要从石匠身边溜过去。

"家里藏着什么好酒？还不吩咐老蔫去讨来？"爷爷伸出左臂拦住保长。

"有，有，有茅台、汾酒、窖酒、状元红、青州从事、古井贡酒，一应齐全。提上一篮子来给爷爷挑选，每样品上一两盅，喝不了送到爷爷府上。"

"还不穿衣服去办事，愣个什么，呆头瓜脑！"胡砧训斥老蔫，口吻中带着怜惜。

"保座……"老蔫素知大牙小气，故意再请示。

"去，去！"大牙酒色财气俱全，光落个穷大方的脾性儿，敢在老爷子面前说真方卖假药？

"是！"老蔫像出笼的鸟儿飞去。

"坐一会儿，爷爷要抽你的蹄筋下酒呢？"老人在大牙左肩头和上腕摸了一下，突然间左手朝下一坠，比右臂长出二寸多。

"哎哟哟……"大牙疼得跌坐在石条上，额上青筋鼓出，大汗披头。

"这么不结实，又不是豆腐做的！不怕你比鲇鱼还滑，光腚朝哪儿窜？想毙我吗？我去把你的手枪取来，看看你有多大狗胆？"

"孙儿不孝顺！不争气，怎敢怨恨爷爷！"大牙紫灰色脸上五官都在痉挛。

"药还轻，再来一剂！"爷爷在他右肩与右腕上再抹了一下。

保长跪下，杀猪似的大叫着。

叫声惊动了浴客们，有的脱了衣服，有的穿着内衣，一齐来到池子门口探视，没有人敢进来求情，有的露出喜容。

"人从心上坏，树起根上歪。比芥菜籽还小三圈的狗官也称保座！亏你想得出来！你亲爷爷是走道儿怕踩死蚂蚁的好人，这两天老给我托梦：进门就哭，怕你当王八乌龟屁精！贼都不愿当的汉奸。家门不幸，也怨我对后辈管束不严，我也有罪。"爷爷脸红如炭火，眉毛颤动，腮上老泪成串，颚上神经与嘴唇也频频抖动，在忍受着莫大苦痛，"大牙！你是人拉不走，鬼牵着飞跑。到那节骨眼上爷爷能饶你，乡亲们也会把你身上肉咬光！"

"爷爷！我是有些作威作福，还有良心，不该让老辈到古稀高龄还操心痛心。爷爷！高抬贵手吧……"大牙面色泛紫黄里带白,直喘粗气。澡堂子老板没敢露面。不知是谁跑到祠堂小学请来胡天温秀才,所有牛尾镇内外八里多地识字的都是他的学生,从启蒙的《三字经》《弟子规》《百家姓》《千字文》,四言至九言的《杂字》《四书》到《古文观止》。近年才上"洋学堂"里的课本,他讲历史、地理、算术,还有强调民族意识的古文,讲些英雄故事,因此,倍受乡人敬重。他挂着校长美名,实则还兼杂役和账房,每天早晨领着学生们洒扫庭院,活得很累。秀才匆忙赶到,脱掉鞋袜、长衫、赤脚走到池塘门口,对浴客们说:"大雅惹他爷爷生气,大伙儿怎么不去讲情?要是把老叔身子骨气病,就是糟蹋圣人,太不孝敬!'男儿有泪不轻弹,只因未到伤心处!'老人家恨铁不成钢,望子孙出人不出官!"他领着后辈进入池子外间,自己冲着门一揖:"老叔,侄儿请安来迟,寸心不安!"

"天温！你也够累的！洗把澡回学堂！"

"老叔……"

"天温伯伯！麻烦您打我几耳光,给爷爷消消气,把我的胳臂安上。疼啊!"

"爷爷饶了大雅哥吧!"门外众口一词,全是敷衍场面。

"大牙,你这个死伢子,臭保座!为了教训你,我走遍四乡八镇,安庆城一带跌打损伤大夫,一家家打过招呼,没有人敢治你的症!谁都懂这句淡话:'洋火不值钱房子值钱。'你要到别处治好回来,就把你腿上几个螺丝再下掉,下巴颏卸下来挂在耳根上,饭也吃不成。这叫驴打滚的利息。我受师父戒律,不能打你。随你怎么恨我,公道总要有人主持!"胡砧说着又流下泪花。

"叔叔！大雅是有些——有些那个,那个什么的。总得给他一条路走。您吩咐下来,他准照办。"天温连连欠身。

"我就是屎里抓豆吃的糊涂虫,爷爷要不让当保长,孙儿马上让贤!看在过世的先人面上,饶孙儿这一遭吧!"大牙连连叩头。

有些人脱了衣服,进入池子门口,装作讲情偷看大牙丑态。

"叔叔!"天温撩起袍子跑在石板地上,"您老人家开金口吧!"

"爷爷?!"门外又跪倒一大片。

爷爷的声音很凄恻:

"你下过粪缸,上来也不清不白。不当狗官又得害一户好人家,把本分的后生,变成嘴里说不要心里打莲花落的人皮狼,太作孽,只要往后不称'保座',除掉上头来的捐款,不许你再升级加码,洗澡搓背给钱,从前不算,这三年付清,接上你右胳膊。答应糊糊官差,发誓不给鬼子办事,吃屎免去,喝尿一碗,去去狗威,再接右肩。三岁孩子笑话你是罪有应得。要龇牙咧嘴,动手动脚,我就要摘这只歪瓜!"爷爷用手指点点大牙的脑门,拉起天温等晚辈。

"大牙!你看如何?"天温想早息事宁人。

"样样都依,就是喝尿……"大牙哭丧着脸,背靠石墙,成了一堆肉泥。

"老叔,大牙疼够了,那尿……"天温试探着。

"说了不算,算我没讲。各房老少,公众的事,管不了,不管了。告辞!"爷爷抱拳朝浴客们行过礼要走。

"爷爷走不得!"大牙像打皮寒一样发冷。

"拿只杯子,找点童便治伤,再不识相,我也回!"天温软里有硬。

"我愿意喝尿!"

"先喝后治!"爷爷拧干毛巾,擦去身上的水。

茶房拿着小杯子,迅速找来大半杯小孩尿。

"有点就行!"天温鼓励:"大雅!当着户尊的面给乡亲们赔礼吧!"

"我该吃屎喝尿!再做伤天害理狐假虎威的事,甭爷爷动手,自己跳大江!"大牙的双手都举不起来,天温端着杯子,让他把尿喝干,茶房递上泡好毛峰的宜兴小壶,供他漱口。他一恶心,嘴鼓得老大,茶房又捧来面盆,让他吐个痛快,再倒入茅厕。

"都是一家人,前晚大江里翻了船,要是壮丁们没有全淹死,回来你要保他们平安,不抓第二茬子。再碰上这种事,拖不了抗不了,交钱抵人,钱全镇公摊,我算双分子,不多出一分,不配开口。三老四少作证,你点个头!"胡砧语气很重。

"孙儿一户愿出十股之一,言而无信,狗屎一堆,不配为人!"大牙急于表白。

爷爷一甩右臂,将全身气力运到食指,擦过大牙的皮肤点过两处穴位,再摸摸捏捏几下,关节活动如初。

"你要恨我,可以报仇。不许在孩子身上出馊点子。先打个招呼!"

大牙频频下拜。

老莺提来一篮名酒,馆店里送来炒菜和下酒凉拌菜。多亏天温会张罗,场面上气氛挺热烈,仿佛从未发生过什么事情。

爷爷把大牙的衣服、衣物挪到另一只座位上,卸下罩巾,将沙发提到院子里,拳打脚踢,迅速变成一堆燃劈柴。

开心的人们和不开心的沙发主人都无言。

天温抓过一罐茅台递给大牙,向胡砧一努嘴。

大牙左手抓住罐颈,右手一拍罐底,泥封木塞打开,酒香冲出,甘醇喜人。

老爷子接过大牙奉上的酒罐,像饮茶一般,喝了个罐底朝天。

屋里的气氛缓和下来。

五

胡砧逮完一柳条篓虾子回来,把十张小网晾到两头拴在大树的细绳上,竹竿放入板棚,轻轻一推常年不上锁的大门,意外地上了闩,侧耳细听片刻,他的呼吸有些粗糙了。

"哥……不能胡来,舅舅知道会气坏……你不要命吗……"这是石匠妹妹的女儿紫草在挣扎。妹夫妹妹都在近年病故,撇下二亩水田,两间破瓦房,在八里以外的天济圩里。丧事都是胡砧料理,孩子每月要来住上十天半个月,洗洗补补,调理菜园,扫院落,做饭,给久无主妇的小小男人国添了些活气。

"谁让你越出落越标致,周围五十里找不着第二号的,疼哥一回吧,我明媒正娶你,真要疯了……"双根起劲地纠缠着。

"哥……不行……"她的声音更弱。

胡砧怒不可遏地跳上门楼,再矮身一跃,端端正正坐在院内大石条上,连咳两声。

紫草住的小屋门打开,姑娘颈口布纽扣被扯断,一绺乌蓝的亮发从刘海儿后面拖到耳根,乱蓬蓬的,脸像熟透的石榴一样蒸腾出红光,长长的睫毛上泪痕隐隐,胸脯快起快落地跃动。

"舅舅!您给我做主呀!"她抱着老人的左臂就要跪倒。

"乖闺女,没你的事。月亮的影儿有落到泥塘的时候,月光还是跟白雪一样干净。哥不像当哥的模样,一半怪我没调理好,让这棵没娘的树长弯了脊梁。好孩子,别声张,这事嚷嚷出去跌相丢人活现眼。舅舅不会亏你,放一百二十四个心!"胡砧的大手摸抚着紫草的头。

"舅!哥是不好,可没有三兄四弟,单根独苗,您可别把他打伤。将来您老了还得他侍候……"她使手绢遮着脸,黑得似点漆白得同瓷器般的眼珠盯着老爷子,有许多话要说。

"丫丫,你不恨他?"一缕捉摸不透的异彩跳出石匠的眼睑,在离毡帽檐下边寸把的空间闪动两下,嘴微微张开,欲言又顿住。

"不!我恨他!恨他!恨死了他!您可别为他气坏身子骨,要他下回别再使坏欺侮我……"她连连跺脚,声音表情却不凶狠。

"替我沏杯茶!"胡砧双臂平举,把力气运送到微微颤抖的拳头上,紫草发生了幻觉,似乎听到老人家骨节"咔吧咔吧"的音响,她怕双根挨不起这两拳,又不敢说什么。

"不争气的鬼东西,我看你躲到水晶宫里去,还不快滚出来!"老人双腕举过顶,银须飒飒飘拂。

双根的下巴贴近锁骨,腮帮发灰,古铜色的褐红不知飞到哪儿去了,眼里露出犯人上刑场同样的恐惧,"爹!儿该杀,您用铁砂拳劈了儿吧!"这语音远远没有他床头上瓦盆里蟋蟀的歌声那么响,"儿有罪,要是您下不了手,儿就转过身脸朝墙受死!"他蹑手蹑脚走近西边墙根,动作极为迟缓地跪下去,凄切地低唤一声:"妈——妈——! 儿想妹子,死不怨我爹!"紫草将热茶放在石几上,斟好一碗,递给老人,欲言又止,嘤嘤地饮泣着,钻进了锅屋。

"冤孽! 你对得起早死的娘吗?"老人语气略为缓平,"爹忘了自己十九岁就想女人。家里贫寒,没给你讨个烧锅的,先给你妈和你赔罪,否则,今天非处死你不可!"他扣好上衣,拢拢长发,理理银鬓,走近儿子将他身子扳转,躬身作了三个揖。

"爹——!"双根战战兢兢地趴在地上。

"舅……"紫草很矛盾,她本想说重罚双根,想到舅妈和老人的心情,不全是违心地说:"您把他打残废,他怎么活……"

"双根,你身上太少小子骨板! 今天犯的事不该大卸八块,也不算碗大盆大的小罪恶。有话跟爹当面锣对面鼓。歪道斜门是死路! 妹妹求情,面子给足,到柴房里去饿三天三夜,一天一瓶水,解手有粪桶,受点活罪,死不了。年纪轻轻,做人好,做畜生天地不容。幸而没大本事,真有绝技,会做采花大盗,那还了得?"石匠点起旱烟袋,吸的时光少,放下的时候多,一会儿就灭了。

双根驯服地走入柴房,胡砧把门锁得严严实实,然后回到卧房,双臂抱在前胸,面壁呆呆地站着。

紫草收完晒场上的稻子,做好饭,温上酒请胡砧喝两盅。

"你吃吧,我……"他摇摇银发。

"舅舅不吃,我也不吃!"

"我不饿,你先吃,我停会儿吃,不骗你!"

"真不给哥吃?"

"没个管束,土匪比良民还多。"

"不能送一小点点……"

"你送一碗,我多饿自己一天。说一不二! 你怕饿坏他,我不疼他?!"

"舅舅去吃饭!"紫草匆匆吃过饭后两小时,热过菜再来请他。

"饭在这儿!"石匠仍在面壁。

"在哪儿?"

"看舅舅吃下去!"他伸出左手,掌心上放着三粒米饭,填进了胡须堆里的紫色嘴唇。

"太少,没填上牙缝呢!"

"舅舅陪双根两天,这样他才不会忘记,痛改前非。刚才答应过,你吃过后我吃饭,不能撒谎,三粒算一顿。你莫心疼舅舅,人饿十天也不容易死,两天之后就不知道饿。二十多年前杭州虎跑寺有位弘一法师,出家前断食十几天,写字照样有精神,上了新闻纸!儿子走下坡道儿,爹也该按罪处罚才公道。对人对己要一根尺子去量。他日你成为一家之主,孩子差错都要责备自身。靠年高辈长,有点小功劳,硬把话放到别人话的上头,早晚摔大筋斗。舅舅在大堤上滚过四十年,靠手比人勤,腿比人快,话比人少,遇到岔子都双手揽过来,大堤才没有闪过腰,落过枕,更没得过痨病,长过大疮,诀窍就在这儿。"

"舅舅不吃,我明儿也不吃!"

天擦黑,紫草给石匠送来一瓶温热的酒说:"阿箭阿懒都吃过了。舅舅挨饿,草儿奉陪,但断饭没有断酒水,这也搪点事。上了年岁,受伤容易养好伤难。这两处门楼子全仗您一棵大树顶着哪!我回去耘田,两天后来看舅舅!"

"好孩子,舅舅没精神,不送你!"

"送什么,又不是小孩子!"

紫草先到祠堂找到天温说:"校长大哥!我舅舅在家跟儿子生闷气,中午水米没进口,您把他接过来下两盘围棋。我刚从街上买了些排骨,给你炖在瓦罐子里!"

"你不一道吃过再走吗?"

"还得赶路,明儿起早耘田!"

"双根兄弟不懂事,这么好的老人家,在福不知福,妹妹不劝劝他认个错儿?"

"大哥对舅舅莫提双根的事,父子小打小闹,一天就和气了。一劝,让老人家说我在外边嘴碎,老文章没做完,又生出新花头了。"

"好,我装糊涂。光找老叔过棋瘾!"

姑娘回到自己家一头闯进厨房,倒了一罐子糯米粉,足有三斤,兑好芝麻红糖馅子,烧开半锅油,炸成二十四只米团子,到九点钟,浮油吸尽,装进手巾包,扛起高脚木凳,来到牛尾镇。

她绕屋一周,不见灯火,估摸舅舅正在祠堂里下棋。她知前门锁实,递不进食物,便沿着外墙,走到院子后面。

月色昏晦,星星隐没在幽冷的天空,微风穿过核桃树叶,似在轻轻叹息,怨而不怒。

放稳凳子,紫草爬上去一叩柴房后墙上的木窗。

"谁? 老蔫哥吗?"

"不! 哥,紫草。"

"哦,妹妹……"

"小声点,接住,给你吃的,别一口气吃光,胀坏肚子,匀开,还有两天舅舅才会放你!"

"为我,来回跑十多里,又耗油粮……"

"算替舅妈她老人家做的,你哭她,我想我妈,挺酸鼻子咽喉……"

"你恨我吗?"

"嗯。"

"知道哥想求你当紫草儿的表嫂吗?"

"哎! 我不当,只当妹妹!"

"你知道什么叫相思病? 梁山伯就那么想祝英台想死了……"

"你不会死,想女人,舅舅会给你说……"

"我会想你而死,冤家! 干吗我一年有八个月不沾家,就怕见到你。心跳,嘴干,想抱你,亲你,娶你……哥不要脸了……"双根哭得真挚,甚至于感受到某种残酷的快乐,如同病人被放血一样。

"停会儿舅舅回来碰上多难为情,我也劝过自个儿,喜欢上哥吧,你挺可怜,可办不到,不能侃空的呀。走了,吃吧!"

"等会儿,我想看看你,小草儿!"

"不好看,见几千回了,看啥呀?"她跳下凳子,扛起它像怕人逮住的小偷一样溜走了。

"唉!"双根悻悻地关上窗子。

三天后,将近下午四点,紫草换了一身绛色夹袄,挽着一篮子鲜枣,还有几只墨绿色的小香瓜,土名"蜜罐子",上下两道白圈圈,周围有七至十一条白线鼓出,产量低,忒好吃。一进院子,她洗了一只请石匠先尝尝。

"今年小旱,瓜枣味道真厚!"老人眉开眼笑,一下年轻掉五岁,"我卖掉大虾砍了三斤五花肉,另配斤半千张,烧好咱们开开荤!"

"烧斤半偏肥的;一半剁丸子给您吃个痛快。还有……"紫草面带雾色,吐字轻盈。

"天有阴晴,人有功过是非。过去就不再挂心,别管有多大委屈。"

"我不记仇!"

"把那头坏东西放出来!"老人摸出钥匙扔给了外甥女。

草儿扭开锁,把门一推叫道:"舅舅叫哥出来喝杯酒!"

屋里默然。

"他不会跑,别叫他,又不是在边关立功打退番邦大将奏凯班师!"

双根脸皮灰黑,提着手巾包走进院中,正要说什么。

"打开! 我知道是二十四个麻团。"

双根和紫草交换一个眼色,她双手放在心口,十个指头扭到一起。

"爹! 我没吃,一个不少!"麻团被双根倒在盆里。

胡砧面庞上罩着一片青霜,喟然长叹两声。他突然举起右拳,重重地打在自己锁骨上,用对老年人来说是不可思议的矫健,跳到墙边直挺挺地站着,泪水滴下前胸。

"舅舅! 是我送的! 我恨哥哥,可他是您的儿子呀……"

"唉! 天理,国法,人情! 你怕饿坏他,我要饿他,都有理。双根,爹饿你两日心如剑剜,你要凭良心,再做丑事,我要除掉你。我眼里揉不进沙子! 草儿送吃的,我站在树头上看得一清二楚。二十四个米团子,一口不碰,上等儿子,有过认罚,我高兴;全吃光,我也会生气,气要小得多,做错事不认错也在明处,里里外外一个样儿,是杀是打,莫皱眉毛,也算中等儿子!可你这蠢材怕死,不敢吃,又怕饿了,想吃,不该用树枝插进米团子打里边掏着吃,这就叫作假,没血没肉没面皮,下等儿子也不算,太叫我伤心。哪像我的后人……"老人不想掩饰内心的惨痛。草儿无法减轻、分担他的痛楚,只留下终身的歉忧。

"草儿!舅舅对不住你!你得讲板上钉钉的真话。是为一粒老鼠屎坏了一锅饭,还是和往常那般同舅舅亲,两条道儿由你挑。我不许你一边记仇一边装笑脸来敷衍我,快刀斩乱麻,说利索!"

"舅!没有您老人家哪有我紫草儿?良心不许您的外甥女儿把家里石头朝山顶上背,我要记仇是小狗,连阿箭也不如;可我怨舅舅也不愿遮遮盖盖!哥有三脚猫的地方,说过拉倒,生这么大的气,要是伤了身子骨,我和他多可怜?"

说到"他"的时刻,紫草的手朝双根一指。"早知这样什么也不告诉您,紫草心疼您,恨您不保重啊!"她扑到舅舅跟前跪倒,肩膀不住地抽搐。

胡砧仰天闭目,右手抚着她的黑发。

缄默已久的双根向着墙说:"爹,杀了我吧,儿不怨您,这样张扬出去,太丢脸!"

"真要面子就不该做。假面子是一张早晚要戳穿的纸!"

"爹!说心眼儿里的话,您让我饿死我也想草儿妹妹做老婆,这回表里如一,您看着办!"

紫草用双手捂住自己的脸,躬身伏在地上。

"你不配,呸!"胡砧余怒未息,接着长叹一声,伸出手去挽起紫草。

"舅舅!我走啦!"紫草的声音沙哑了。

"莫走,给我做点下酒菜!双根!还待在这儿干什么?"老人走进了卧房。

"我去打石碑!"双根说。

"不!吃了再走。"她不肯正脸看双根。

"我上外边吃,不惹爹和您发火了!刚说的话算没说,癞蛤蟆吃不上天鹅肉,给我留二指宽的脸,到死也忘不了您的大德!谢谢妹子的米团子!"双根语音很低,唯恐别人听见,然后将米团子包进手巾,提起背囊,悻悻地走了。

"草儿,快去把快长毛的米团子追回来,不能再吃了!"

"唔!"紫草拔腿就跑。

"慢!米团子扔到粪堆上,给他这个!"老人从衣兜里摸出两张钞票,疾行几步递到紫草手上,"你还恨他?"

"可不!"

"那你莫去!"

"他刚换的衣服,口袋里一文没有,不去哥会饿坏的!"

"去吧!叫他头一顿莫要死撑活胀,免得出毛病!"这是胡砧的吩咐。

"是的!"她匆匆来到大门外,双根的影儿也见不到。

"哥!"她猛叫一声。

停了片刻,核桃树后一声猫叫,双根从浓荫深处转了出来,向她一招手,表情挺滑稽,说不上是笑是哭。

"哥哥喜欢草儿,吃饭有一张就够,这张你揣着买条头巾吧!妹子多漂亮,可惜不喜欢哥……"这个大男人的声音温软得像四月半大牛湖里的水波波。

六

早上胡砧吃过一碗糍粑走出大门,把石鼓推到了大路边上,正在伸展腰腿胳膊。

对话者是老蔫,一脸困劲儿,显然没有睡足。路边石鼓上放着一只鼓鼓囊囊的布口袋,四尺多高。

"扛回家磨点粗面粉喂孩子们,反正我没送,就当是天赐给善心人的好报得啦,干吗扛来还我?"

"院子门闩得周周正正,除了您老人家,谁也跳不过墙头去送百斤粮食。等俚儿家锅盖掀不开再来告借不晚!"老蔫固执地扛起口袋就往胡砧家跑。

"倒下来我也还要装上再给你送回去。"老蔫把麦子扛到棚底下,正要解开扎口的麻绳,胡砧白胡子飘飘,几蹦几跳,声到人到,从老蔫身后托起口袋向空中一送,它沉稳地落在枝丫当中躺着。把树上的鸟儿惊得四散。

老蔫苦笑着,那稀疏的长发下,汗水蒸出一层紫红,掩盖了贫血的脸膛。

"昨天天温来说我家老板胆小如鼠,生怕胡大牙找岔子,把澡堂关了门,比往年要早一个月。"

"到重阳节再开张,不让你去上工。分明是我把你的饭碗砸了。"

"这世道是越心狠越有钱,老实巴交的该饿死。俚儿不怨老叔爷。镇上的头头脑脑都会玩鬼花鼓点子,他们一时拿您老佛爷没法子,调理我这样的小沙弥比买包洋火还便当。"

"老树烂到根,新芽子会冒出来,弟子长成大树就不再生虫?讲不准,有点假盼头人才活得有劲!"大口烟雾喷出老人的银须。

"俚儿不孝顺,怎忍心让我叔剜肉补小辈的疮……"

"孩子说得太外气,我家锅洞里有火,你家烟囱里就该冒烟。澡堂子饭碗敲得好,不再成天闷在蒸笼里,跟我跑大堤,捉虾。下回堤董们议事,我推举你接这份活儿,撑不死也饿不着。"

"堤上让双根兄弟去操心!我来个龙套!"

"自己儿子忘不了小名儿,他有心无魂,措办不了重活儿。没看过《棒打无情郎》?筱翠花荀慧生都有绝招,叫花子头儿金松伴姑爷进京求功名,还把打狗棍遗交二杆,不能等我咽了气让胡大牙找个不三不四的二五眼去穷凑合,倒了堤怎么办?"老人的口气不容许商量。

"叔!鬼子救国军都是有半边身子是纸糊的,准会垮,可眼下还塌不了台。昨晚保丁灌多了黄汤,伸着胖舌头说,不久有批队伍要开到无为州巢县一带去对付新四军,临走抓上几百民夫子,押到江南再当壮丁卖掉。当官的跟这儿地头蛇一个鼻孔出气。荒唐年月只有吃豆腐扛掉牙的古怪事。双根兄弟五大三粗,单根独苗,侄儿怕有闪失吃哑巴亏!"

"也是! 有什么划算?"

"上回您给我屋里人表弟的儿子瞧过难症,全家感恩。他还在东岳庙当分局局长,昨天带信来要找个烧饭的,不穿黑狗皮,能混一张嘴。不如让双根兄弟去,躺到风平浪静再回来敲打石头,好赖两肩抬一口,没本好蚀。"

"人人痛恨黑狗……"老人沉吟着。

"由我叔安排定夺,先想想吧!"

"粮食扛回去,免得我送上门,莫推三阻四,算借给你的,不白借,一年一两小麦的利息,少一粒也不行!"

"那……"老蔫还在黏黏糊糊。

胡砧胳膊一弯,扬手一跳,从树杈中拔出麦袋子,双手平托,臂肘朝后一缩,口袋轻轻地落到老蔫肩头。

"谢谢……"老实汉子只有哈腰的份儿。

"不嫌累得慌? 腰都压得躬成黄豆芽子,快去!"胡砧伸出右手食指,抹抹自己长长的寿眉。

草儿打过一阵连枷,又和老人拉上石磙转悠儿圈,麦子打净了,她又开麦草,用木掀将麦粒儿薄薄地摊开,晒在光平的场基上。

"草儿是生力军,出手比双根麻利!"喝过茶嚼块锅巴,胡砧跳到草垛上夸奖紫草。只见她挥动二股木杈,忽前忽后,忽左忽右,将麦秸挑乱,横竖交错堆到平胸高,双手把杈子狠狠一插到底,扭平杈柄,右脚一跺柄尾巴,麦草被她顶到空中,送到垛边,爷爷伸出杈子接过去,堆在垛上,一溜儿摊过去,服服帖帖,外边犹如梳过,整整齐齐。

胡砧兴致挺高地放开嗓门,唱着《醉打山门》,木杈成了鲁智深的禅杖,有擒龙拿虎的派头。

"舅舅头二年没有这么高兴过!"

"干活不能哭丧着脸,谁又没借我的米,还我的稻! 哼几句戏文,都从胡子生开头,十多年后才懂旦角的味儿,二十年后才品出花脸的门道,等到人老了,又回到胡子生,唱起来酸辣苦涩像老牛倒沫,咽下去又反刍回来,嚼出味外的味,听到声外声。难哪!喜唱老旦调门高,怒唱花脸胆气豪。小生的龙虎音我就进不去,因为太漂亮,不对工。"他的笑容忽然变得很寂寞,紫草不是知音!

"舅舅把草垛堆出了宝塔尖子!"

"少见多怪,这是北京天坛的模样儿。只恨院子小,怕草堆占地儿,改成底下小上头大。这门活见大领(长工头儿)的功夫,最抠门的土财主堆草,也得给长工们打打牙祭,'堆草不吃肉,不歪准会漏!'土肥鳖疼钱,也怕草堆烂垛底!场上草完了,回屋点火烧锅,留点零碎我来拾掇!"他结好垛顶,跳到地上,用杈拍拍砸砸垛边,略为调理,把场上的碎草扫光拾净。

紫草把大壶和石杯提到石条上放好,拧了一条热手巾,从窗口扔给老人,他轻松地擦着汗。

"叶子一焖就黄,茶要变味!"老人将壶盖取下放在一边,"大事小事,一辈子学不完!"蓝烟从他白胡须堆里喷出,一圈套一圈,越到上边,云雾越淡,由灰转白,慢慢飞逝。

他斟上一杯茶,冲进壶里,让茶叶下沉,一连两次,看着热气腾出壶嘴,目光安闲地品赏着普通日子的味道。

一会儿,有人用指头在敞开的大门上弹了两声,比较响,节奏很生疏,不像是近邻。

"请进寒舍!"老爷子把烟灰朝鞋底上一磕,沉稳地迎到门口。

门框比来客高出一截,也兴他身高近六尺,碰头是家常便饭,进来的时候还是习惯地一猫腰,动作很溜活。

惹得主人刮目相看的不是客人半座铁塔般的大骨板,白褂子上一行十三粒布扣子,土黄大腰带左摆右拂,小船似的厚底大布鞋上抹过明晃晃的桐油与锈油,能风雨兼用;而是那人搁在肩头的黄包袱上,有黑丝线绣成的四个大字:天下第三!

武林俗谚:"黄包袱背上背,打死不流泪。"这类装扮去闯江湖的豪客往往都是身怀绝技,有恃无恐。如果断了盘缠,讲义气的拳家都会解囊。假若在"过堂"(武术家行话:比武)中被打死,自家人老老实实抬尸回去安葬,不得刁难他;要是他被能人打死,亲属来埋掉拉倒,不用抵命。

"给大爷请安!"大个儿包袱没下肩,先利索地请了个大安,这种行礼方式只在旗装京戏里见过。

"不敢!请坐!"胡砧用眼睛掂簸着来客斤两,郑重还礼,让他落座,随手取出另一只石杯,冲洗干净,斟满浓茶相待。

"请问壮士尊姓大名,仙乡何方,哪道而来,有何赐教?"胡砧放慢说活的速度,怕客人听不懂,也是有礼貌的疏远,近乎戏曲与武侠小说中人物口吻。

"小侄贱姓冷,小名牛筋。老家在北京,自幼儿在沧州随舅舅练把式,五年前到崂山投奔俺爹,他老人家是小侄现在师父'过天星'的贴身勤务兵,帮着做饭。师父说俺练的玩意儿太江湖,一点不沾边,留俺看门,重教武艺,师父说改老毛病挺费劲,俺倒学得挺来劲。鬼子到了山东,师父带俺父子上了峨眉山,三年没回过崂山了。"

"壮士是李将军的学生?"爷爷身子向后一缩,眉峰微微聚拢。

"俺师父说,大江南北练家上千,大爷首屈一指,小侄,再练三十年都不够讨教的格儿!"

"令师过谦,老汉从前听到他的大名,当年义和团烧教堂,俄国老毛子兵入侵黑龙江南岸,他在哈尔滨一把太极剑神出鬼没,夜闯洋兵营,砍倒二十多名外国兵,威名大震。老百姓非常敬仰。没想到打了胜仗撤了职。民国之后当了少将衔镇守使,得罪了袁世凯,忽然挂冠下野,不知去向。老汉曾听少林寺妙兴法师,还有国术馆长李景林先生相告:尊师抗战前几年就在崂山埋名隐居,不问世事,鬼子一来,听说迁入峨眉山,很少有人谈到他。可惜老汉跟他无一面之缘,不知现在何处?"

"师父今天早上和江湖不肖生向恺然先生同船从汉口来到安庆府。小侄早到两天,是接到他老人家电报赶来住在太平兴国禅寺懒悟和尚那儿等他的。在码头接到师父之后,向先生拉他到懒和尚那儿去看画,他怕大爷出门,特命小侄先登门问安,他明儿一早来看望您老。"

"将军到此地还有别的事吗?"

"专来拜会您,向您讨教。老人家脾气挺好,就是谁问他从前的事儿就半天不吭声。今早又说大爷是他师兄,小侄往日没听说过,也不敢啰唆,反正您老明白。"冷牛筋的笑声很直,草儿在厨房听他谈吐,认为这汉子没心机。

"奇怪! 师父说他平生只有老汉一个门徒……今年老爷子一百岁了,不知可还健在,几十年连信也没有。"胡砧搓着手。

冷牛筋连连摇头,比主人更糊涂。胡砧捻动长髯陷入冥想:"尊师跟老汉各烧一路香,河水不犯井水,怎会……"

"先不说那些,侄儿饿了!"

"没好菜,酒管够喝,饭吃饱。"胡砧打量大块头没有敌意。

草儿端上碗碟杯盘,放好筷子。

"尊师没说怎么个讨教法儿?"

"没。"冷牛筋笑得很宽厚。

"唔。请! 冷壮士!"主人自斟自饮。

客人连干两碗酒,一点不客套。"这菜比青岛济南徐州的馆店做得还好吃,剩下太可惜了!"

胡砧干脆把客人的饭倒在大菜盘子里,两颊现出笑影:"吃就吃个痛快,我讨厌扭扭捏捏,不像汉子。说真的,一代欠账一代了,老汉跟尊师和你都无冤无仇……"

"那是,那是。"大汉把盘子舔得干干净净,用筷子敲碗,紫草给他添一大碗饭。他道过谢说:"小大姐,大爷该教你不少绝活高招吧? 要好好学,不能守着粮仓挨饿啊!"

"我不会……"

"将门虎女,出口不差。只有小家阿猫阿狗会两招就半瓶子咣当,大爷好福气,教得好!"

砧爷尴尬地笑道:"不懂事,不懂事……"

"将来是一员虎将!"

胡砧悄悄扭过头去,使筷子挑着杯里的酒:"这碎麦秸真讨厌!"其实紫草看得清楚,酒里没有碎草。

"小侄平生佩服侠士剑客,义胆英雄。大爷能露一手给晚辈饱饱眼福?"

"你不该误信传闻,老汉只会刻碑修桥开磨齿,只种过指甲盖大一块地,没见过碟子大的一块天,连三岁孩童也不曾碰过,说精于武术是无中生有。"

"随便走两步也成,这机会是一百年一遭,异日重逢,不知驴年骡月。是怕学走了绝活儿?总不能让俺一片赤诚落空!"

"恭谦过头是巧伪。这四邻十八乡就没一个人夸过老汉武艺。有粉都晓得朝脸上擦。真会功夫的看到小日本杀人放火,不除掉他百儿八十个才怪呢?"

"俺师傅见多识广,称大爷为'江畔奇人',咋没人传小侄的名声?人的名儿,树的影儿,总有因由。大爷莫客气!"

"人是一张嘴两块皮,把小猪吹成大象的事还少吗?莫逼得我没路走,要是大角儿,为什么坐轿打滚——不服抬举?"

"侄儿认死理,天生一根筋。无风不起浪!如此请求不肯露,怕天下英雄笑您老人家真老迈无能?"

"本来无能,不怕人家笑话!"胡砧点起旱烟,拉了个要抽十年的架势。

"请将激将都不灵,无奈小侄见到黄河也不死心。只有跪求大爷:不答应不起来,说了不算是丫头生的!"大汉一下跪,草儿替舅舅捏着一把汗。

"你这根炖不烂的牛筋真要我上梁山,请起来讲话!"

冷牛筋一听,往地上一趴:"大爷说八个重样的,小侄不见观音不下普陀山!"

"有你的!好吧!实不相瞒,打人,不会;挨打,三拳两脚能消受,再多挨不动。请你起来揍我两下散伙!"这口气不冷不热,不硬不软,手不离烟袋,不像要"过堂"。

"大爷甘心做黄盖,小侄也不配做周郎。您愿挨,俺不敢打一个不还手的前辈。留下话柄,太不光彩。"大块头一跃而起,"请带着小辈玩玩,走上三圈可行?"

"老汉站着跟躺下都差不多高,没名气的人不怕跌了名声。贤侄是远道来的贵客,请马上出招,停会儿要去逮虾,靠它啃老糙米饭哪!"

"怎好关圣马前耍大刀?"

"老汉不会耍刀枪剑戟……"

"请大爷先来!"

"还是不会,请!"胡砧喷着烟圈。

大汉后退三步,行过礼朝砧爷就猛攻。

"那位山东汉子别打,我怕!"草儿双手捂心。

"小哥跟舅舅闹着玩儿,没事,不会让牙齿碰上舌尖。"石匠须发衣衫闪成一团银火,只要对手一出拳脚,胡砧一跳,就像贴在他背脊上,难以捉摸,而后生所有想法,都逃不出老爷子目光。

大块头见过风雨,愈打愈快,进退不慌,是顽强,沉毅。

胡砧从不还手,火星不断冒出烟袋锅,悠闲劲儿十足。

二十个回合过去,冷牛筋稳住左脚,右腿故作夸张地朝胡砧踢过去,脚尖忽然从半道缩回,改作用脚后跟往脑后一踹,想借老头闪到他身后的一股风直挫腿裆。胡砧抓住他的脚尖一捺,大汉犹如风筝断线,头朝下飞出几丈远,不偏不低地落到草堆正中间。

砧爷磕尽烟灰,倒上一杯茶,递给从草堆上跳下来的后生。

冷牛筋是爽快人,没有恼羞成怒,笑嘻嘻地接过茶一饮而尽,连说:"佩服! 佩服! 多谢大爷留情,没伤小辈皮发。"

"牛筋! 你是好心人,拳势虽猛,没有伤老汉的恶意。逞强好胜,年轻人都如此,当年我也一样。后来高人见多了,胆子变小,只拜下风,免得结仇,活得自在。"

"大爷比俺师傅高!"

"瞎说!"

"真的!"冷牛筋用衣襟擦着汗,"别说俺不识相,还想试试才够味儿!"

"老汉的口袋都翻过来了,不懂别的花头精!"

"再走一趟吧!"大汉抱拳频频哈腰。

砧爷咬着烟袋,手心朝后平肩举起说:"不走。你可以在老汉指头上打三拳,打弯就算你胜我负,彼此没有危险。"

"太不公平! 大爷吃亏了。"冷牛筋有点悻悻然。

"玩玩嘛,不用顶真,老汉说过的话不后悔。"

"怕不合适……"

"没关系,来!"

"又要冒犯大爷啦!"冷牛筋请了安,走到三十步开外,扭转身子,一阵快跑,将全身力气调集到掌心与五指,紧攥大拳朝老人指尖猛打过去。

胡砧满面笑容,兴冲冲地立着。

只听得"哎哟"一声,冷牛筋一屁股跌坐在地上,不是左掌撑住劲,说不定要栽个倒跟斗。只见他口角淌着涎水,鼻腔里哼个不停,右腕,立时肿胀起来,无法举起,原来是腕骨脱臼了。

"大爷! 痛啊! 骨头断了咋办?"

"不妨事!"老汉胸有成竹地抓起他的右手,疼得他叫得更响了。老人托起腕子一拉再朝上猛一推,骨头顿时复了位,几搓几揉,不到二十分钟,红肿大部消去。

"谢谢大爷! 不疼了! 只怪小侄有眼不识泰山,吃点苦头学点乖,够本儿!"冷牛筋纳头便拜。

"快快请起!"爷爷把他扶到石条上坐下。

"大爷! 说啥也得收个关门徒弟,俺师傅睡熟了也要笑醒,不会生气。俺怕错过这茬没有下一茬儿,行行好,收下吧!"泪珠涌出大汉眼角。

"老汉与尊师打的不是一路拳,练的两家功夫!"

"侄儿习练到火候,两家合一家。"

"那样事你我这类跑龙套的人做不成。我们把老辈功夫弄通,就算到了顶。想化出新招,再到无招无式,法随心出,要大德才能办到。"砧爷把他师长禁止他收徒授艺的事向大汉说了一遍。

"大爷对祖师爷盟过誓,小侄不敢强求。只盼望多多赐教,不忘再造之恩!"

"尊师一代名家,海内敬服。你再学三十年,上个七八层台阶,也是皮毛。何必另拜老朽?有害无益。老汉是门外练功,你打来一拳三百来斤,我挡回去,三百成六百你受不了。如遇上通人,一斤弹回去变五斤,你力气越大越遭殃,五根手指骨头全断。这叫以静制动。背这么个黄包袱,要招大祸!你怎么自称天下老三?"

"除去大爷、师傅就数小侄呗,是瞒着师父背的,不敢让他老人家看到。痰迷心窍,连第十三也不够格,这会儿全明白!"他抓过包袱,扯下四个黑字,送到厨房,填进灶膛。脸上自负的神色消退了。

"老汉待贤侄如何?"

"跟对自己孩儿一样。"

"那你也要以诚待老汉,快讲实话,你师傅可是来找我过堂的?"爷爷亮光光的眼珠射出热力。

冷牛筋咧着大嘴笑了:"没想过,真不知道。师父说来这儿要住上好多天,到时候再向大爷学玩意儿!这就告辞。"

爷爷送走牛筋,带回一个阴冷的下午。他的眉心皱成两个"人"字,左边的又大又深,另一个小而浅。

"舅舅您有心事!"

"对这位没听说过的同门摸不透,真动手,到我这年岁怕啥,就怕伤害双根太无辜……"接着石匠讲起了一桩不为人所知的秘事。

李将军的爹是山东巡抚衙门的捕头,武艺高强,忠于官府,不贪酒色财,是条直汉子。在他五十七岁那年,从泰安府押解四名逃亡在乡间十来年的捻军将领,到济南府去斩首示众。可惜这四人也不是救老百姓的高人。天柱怪客救人心急,放了钦犯,给了他们刀剑,远走高飞去南洋。李捕头把几名粗心大意的部下喊醒,犯人连影儿也没见,回去对上峰难交差,就一绳吊死在客店上房。几名小兵各挨四十大板,打得皮开肉绽,鬼哭狼嚎。天柱怪客悄悄到了北京,受到一位师伯的惩罚,瘫痪三年。后来怪客悄悄告诉胡砧:李捕头上吊是他做的案子。不然回到济南也要砍脑袋。

这件事将军未必知道。盘问冷牛筋,后辈更不摸底细。不怕一万,就怕万一,胡砧的忧虑也有依据。

"舅舅明儿上我家去,免得吃亏!"

"我没有做过亏心事,不想跑,真要找碴儿,上月亮也能追到广寒宫。"

傍晚胡砧喝了几杯闷酒,酒瓶被草儿夺走,放在往常,他要嚷嚷,这回很服帖。

"舅舅不生气吧?"

"不! 这世上疼你舅舅的人太少!"老人默默坐在床上,手里摸抚着枕边的鱼皮褂子,有点黯然。

"我疼舅舅!"

"舅舅对草儿不好,将来……教你几手防身!"

"其实不会也好,舅舅不会这几下,过天星能找上门来?"悲惨的图景浮现在紫草心中:胡砧躺在草地上,一脸是血,一身是伤,鼻孔上叮着好几只绿袍大苍蝇,眼看不行了,她和双根跪在老人身边,发出饮泣之声。

"舅舅! 我不喜欢双根哥,千万不要亲上加亲……"

"不……不会……"老人口齿含糊不清。

幻象消逝,紫草仍感到发冷。

"莫要草木皆兵,过天星既然派大个儿来探路问好,明人不会做暗事。再说师傅的账叫我还也站不住脚,好生睡吧!"

深夜,紫草被镇上一阵枪声惊醒。一会儿隔壁传来舅舅的咳嗽声。

"什么时候了?"

"鸡叫二遍,还早,睡吧! 紫草儿!"

"打枪……"

"放爆竹吧……"

"是枪……"

"跟你我没关系! 睡! 舅舅真困了。"

天麻麻亮,老蔫跑进堂屋里说:"昨晚过大兵,朝天放了几十枪,到处抓佚子,拉走十七个大男子汉,胡大牙跑去讲情,向连长送上五十块银洋,人也没放,大牙还白挨两耳巴子。天晓得这里边可有苦肉计。时光不能拖,快叫双根兄弟进分局去躲躲风,万一……"

"万一掉进大染缸学会一路鬼吹灯玩,怎对得起他娘……"

"混几个月再讲嘛!"

"他在麦陇香糕点店开磨齿儿,你带他去你内弟那儿……"爷爷扬手在空中一劈,似乎推倒了看不见的犹豫,一锤定了音。

老蔫走后个把钟头,冷牛筋捧着一只狭长的箱子,领着过天星走进门来。大块头做过介绍,爷爷彬彬有礼地将客人引到堂屋落座。

过天星中上身材,方脸,黑眉,细长星眼,花白头发,黑色占三分之一,很有光泽。步子走得很轻。表情冷峻,不像来寻仇找麻烦的。一身麻布大褂子,洗得雪白,青灰色布鞋,滚着黑边,脚头上有一朵白线结成的小绒球。

一阵得体的问候进行完毕,草儿端上热茶。冷牛筋接过壶与杯子说:"大妹放着,让愚兄来!"显得挺亲近。

"师兄请上坐,受小弟一拜!"李将军肃然就要下跪。

"使不得!"爷爷扶住过天星,有些惶惑,"岂不折杀僻乡愚夫吗?"

"专为求教师兄前三十六路剑鞭而来,哪能不拜?"

"前三十六路剑鞭?"胡砧浑身一动,"胡某对这项兵器有二十来年未曾见,更未听人提起,十分生疏……"

"是一位大德剑客要小弟来讨教的!"

"谁?"爷爷拈着长髯尖梢,眼珠一转。

"请看此信!"将军从贴身口袋摸出一只牛皮纸信封,叠得很周正,他展平之后,双手托举过头,不由胡砧阻拦就肃然跪下。

石匠来不及拉他,两眼朝信封上一瞟,立刻认出是天柱怪客手笔,微微一惊,后退两步,和将军一样跪倒,接过信封一掂,不再拆开,顿时泪下,不胜凄怆地说:"信封是空的,老人家一定升天了! 今年正好一百岁!"

冷牛筋将木箱放在桌上,也在角落里下跪。

草儿是头一回见到舅舅这样伤心！一日为师，终身为父。老人双手捂住眼睛，哀恸失声，涕泪交涌，对人对己的歉忱，似岩浆澎湃的回声，冲破千层巨石狂喷而出，活到古稀，失去的太多，闸板启开，泪瀑飞泻是幸事，就怕入世奇深，即使多情者借给双股温泉，你连哭的欲望也死去，大哀后的甜意，违愿定局形成后一片安静式的慰藉，甚至皱皱眉，叹叹气都视为浪费又将若何？虽说我们都愿积之万年，小宝宝诞生便会笑，哭的遗传基因消失……

受到空气的重压，一分钟长于半天，二青年也找不到合适的话来宽解二老的悲怀。

"师父说他老人家跟您的脚一般大，下船就上鞋店挑了一双孝鞋，请师哥试试！"将军从包袱里掏出的鞋跟自己脚上的一双相似。胡砧换上挺跟脚。

牛筋为换气氛，解开布套，亮出剑鞭，这武器实为少见，长约四尺，前半是剑，寒气森然，青光冷峭，后截水磨钢鞭，浑沦板实，又不笨重。将军接过来递给了胡砧："师父一去，心里一团火都凉了，学不学也无所谓。"此刻胡砧才看清他左手的伤口未愈合。

胡砧抚弄稀有武器，如有所忆。

将军谈起老侠之死，哀戚动容。

七

天柱怪客浪迹江湖，忽忽到了八十九岁。对人间苦乐由透视而超逸，决计回到初习武艺的天悯山小庙，谢绝尘事，守护先师灵骨塔，削发以终天年。

当他走下游龙岭遥对天悯山的时候，发现面目全非，大悲禅林毁于大师们混战的炮火，僧众逃散，仅有菩提寺破旧得难遮风雨。当年"长"出佛像的地方，舍利塔安然无恙。此塔若建在禅林，准会再遭火焚。

"是机会抑或是天缘，冥冥中自有安排呢？"怪客心口相问，做不出回答。

　几天之后,他从山下买来粮食,菜种子,锅碗锄头,安顿好生活之后,就着幽暗的月光,再次向灵骨塔提出老问题时,心中豁然开朗:无答案,便是最佳答案。

　原先,他愁着找不到披剃之处,这会儿一切冰释;何苦无家要出家? 清风明月即袈裟。

　情是佛。佛降魔,魔是心。

　太上忘情,忘魔忘佛,杀佛烧庙,跳出此身大累,化作微尘,与宇宙合一,无我无物,无浊无清,不生不灭,何须礼拜念经?

　他看月光,月光如日光,电炬炫目。

　他看舍利塔,塔里先显示出本师拈花微笑相,后来师化为我,一个老朽,白发白须,迎风飘闪,细细再看下去,通体如水晶,五脏六腑,千筋万脉,一片小而又小的天地,山岳河流,星辰虹霞,各在其位,各尽其职。

　"呵呵哈哈哈哈! 凭你这副臭皮囊,也逞强争胜,自命不凡,救不了万牛一毛,结下许多死疙瘩,是非曲直,能准确判断无误? 哈哈! 你不敢点头称是,心虚!"那透明的色身在嘲弄着自己。他人的呵斥可以躲开;心灵的审问,何处可逃?

　他闭上双目,眼外图景更清晰。他确信:幻影最真。

　不知过了多久,凉气从鼻孔直落丹田,在脚下左右两处涌泉穴流出,散入大化。

　他睁眼,图像消失。

　他回到屋角打坐,全身放松,进入无思虑状态。

　在废墟上踯躅了三天,但见砌围墙与红墙基脚的石条,虽然倒塌,大部没有被炸碎。他试着搬动这些百斤石块,并不吃力。看来,还有一大段日子好活,不能终日枯坐静候死亡,精力该投入什么功德?

　他惆怅了!

　半夜,他像梦游病人一样,身心四肢都不知被什么力量所统摄,径直朝山后跑去。往日,每逢山水暴涨季节都要来洗衣被的大喜涧,与大悲寺相对,含意很深广,只是还没有被僧俗人等解悟。从三月发山洪,到十一月初一干见底,总有半年以上是激流奔涌,无船敢渡行人,为生计所迫的樵夫、小贩、送粮油的头陀,肩担重荷,只得绕道翻过游龙岭。就是空手的香客们要多走四十五里山路,上岭要爬五千一百一十一级石阶,纵有信仰鼓励,累得浑身大汗。那些石阶由滇涵法师募化银两修过两次,有的石条已经歪斜,摇摇晃晃。

"师父! 能在大喜涧上驾一座石桥该有多好?"

"阿弥陀佛! 桥好架,架桥人难找啊,一切随缘任天吧!"

他也曾将这一设想告诉众位和尚,好些人默然而去;有的人把他从头到脚上下打量几个来回,认为白日做梦,给以无情的调侃。

今天,这念头又涌到他的心间。修行人要自劳自食,与其光焚香念经,不如以有生之年完成一件超乎寻常的大功德。涨水时光运石料,落水季节砌桥墩。苦做十年,自有眉目。纵或修不成桥,一念至诚也会感动有缘后辈,了此夙愿。

这样,冬天白日、夏季夜间扛石条。他怕体力日益衰疲,先运大石头,小的留到日后搬动,特别重的石块只好放着,万一材料不足,可以砸断,分做两三回扛。

偶然有樵子、采药老翁看到他的苦行,都劝他放弃这件功德,他不做解辩,双手合十,向人们一拜。时间一久,大家用惊奇的目光表示崇敬,不再来阻止。

每天过得十分刻板,没有人跟他说话。

每月,只看到河边的石块在增加,雨雪扑门,才肯歇一天。脚下的路越走越平,草儿们死绝了,碎石子被踢开了。

走路,不仅仅是消耗,他逐渐学会调息,步步补气,越走越轻。

他不愿忘了时间,每日出门之前,用菜刀在门后刻上一条小痕,每月一条大痕。

起初,他渴望有人对话,后来觉得人间高境是无言。天无言,地无声,所以长久;日月不歌,星星不哭,所以不落。沉默,涵盖宇宙,从不习惯到被迫习惯,真习惯了又是莫大享受。他想:为名为利,终日要见怕见之人,做违心之事,说不愿启齿的话,何如这无话可说,无挂无牵? 记得昔年畅游黄山,雄峰、云海、飞瀑、怪松、奇石、灵草,使他欣喜若狂,遗憾的是找不到诗书双绝的名碑来启迪自己的游思。待到寻得"无话可说""岂有此理"两处摩崖,书法平平,确是妙人妙语,为名山点睛,倾吐出他内心的秘密。眼下这场飘飘欲仙的苦役中,"无话可说"的真味,又掘进了一层。

五年去也,一千八百二十五天,一切照旧。最初嘲弄过自己不自量力的动摇情绪已在两载之前扫净。有一天,他在山头看到河对岸有一位壮士紧身衣,阔腰带,背着长剑,眼睛时时看着滚滚清流。他的心猛一收缩:这是不是济南李捕头的儿子来报仇呢? 等了一个月,两个月,也不见那壮士来寻衅,估摸是剑客,求师访友,偶然路过涧东,用不着大惊小怪。从这天起,他告诫自己:天下事了犹未了,未了即了,无所谓了不了。一心求了,自己心未了。方寸和平,诸情不入,益寿延年,不了可了。该不了而硬要了,于事无补。至于仇家要来便来,死无所怨。杀过人,不想被人杀,未免俗气。劳神焦思,多此一举。眼前所为,正是赎罪的善行,犯不着问结局。苦行,有时是无罪的惩罚,当作自觉追求,苦味淡化。

他扛着石块度过了九十大庆,又度过了九十五岁寿辰。世上没有一位同龄者在完成同样的义举。更别提任何一位豪侠! 坚韧,我们民族最宝贵的品格;忘我,越过喜乐悲苦,是超凡入圣的业绩。他走着更高的路——超圣入凡,在平淡中饱饮生命的甘泉。

不断有人送来米面、鲜菜,他收下,不道谢。也有人请求做他的助手,他恳切地下拜,对方离去方休。

为了桥的坚固,不怕水冲,他常常在月下凿击着石条,开出槽子,好叫每块石头之间有榫有榫,严丝合缝。

他在涧底挖下一丈多深的坑,打好桥墩的根基。墩子砌成三角形,锐角迎着浪花。

第一个桥墩所用的梯子、脚手架,也是石块,又成了第二座桥墩的奠基石。

他怕桥面不扎实，铺上两层直石条以后，又平砌上一层横石片。

每天回庙之前，他要蹲在桥面上，用手来回摸抚几遍，好似爷爷摸着孙女的秀发。

这是晚春三月初，黎明的旭光射进了古庙，他看着皇历，只差六十天便到百岁。桥像即将坠地的婴儿，等着桥心所需的最后一块八角形的石头，就挣出母体，重任一完，他有限的日子将要失重，轻如无物。不管命运有什么新的吩咐，桥已经架在他的思维里，即使远去也不用惦记，谁会怀念自己胸腔里的肺脾？

他走出庙门，不同于往日那样将门反扣上，走出百步，忽然想起，这么大的事应当禀告师父，便又折过身进入破庙后园。

其实，他没意识到真到剪断他与桥的脐带时，反而想推迟，犹如出门之前的孙儿，做爷爷的总想多看他一眼，多拖一分钟才好！

来到塔前，他闭上眼睑，溟涵法师又冲着他在那儿微笑，似乎在说："不必报告，我全知道！"

本师的身影又变成了透明的自己，血流得比上次显然要缓慢，各种腑脏器官的功能都大大削减，背朝前佝偻，腰也弯了。好似大量能源流进了每块石板，构成桥的活力。

"这是我吗！"是嘴在问心，问塔下的小草、树梢的霞绮。

"是你！一点不错！圣者做完，该回到凡人中去。两种人都要死的，唯圣者留名而已。死将会呼唤你进入她黑恬的怀抱长眠。支撑你造桥的强大意念即将随风飘散。不要固执！"

"我挺固执吗？"他不禁愕然。

"你当是我执已破，做到识空生慧不成？"

"那怎么办？"

"到时候你明白！愿你自胜的大智大勇！水冲泪洗不尽，遇火就大大净化。大业告成，做活人累赘，不如……"

一阵旋风拂不倒他浓白的短发，只觉自己的身体在升高，升高，那塔——破旧不堪的黑笋，伏在他的膝下。一个遥远空泛的声音说："请你把我也带走吧！这几根老骨头撑在山风中太受罪,行行好！超度我！"

他睁开二目,幻觉消失,不知在几时来到了破寺门外,凿着桥心等着用的八卦,当中还有一幅《太极图》,图的一半是黑石头另刻,可以镶嵌为整体。黑中白点,白中黑点,则单刻出一双石钉。

叮！叮叮！叮！叮……

声的花环从他心中扯出来,无限地延伸向前,在山的外围、桥的六面、庙的内外颤动。从锤下刚刚出世的时候是蓓蕾,黏附在漫长的链条上之后,愈开愈大,色彩倍加鲜灵,犹如蘸过瑶池的仙浆。

就在一世不会再有第二遭的时刻,过天星风尘仆仆地来到他脸前五丈多远。

怪客抬头一看,手里的锤和凿掉到地上,几十年前死于他手的李捕头,站在隐壁墙的暗荫之中,他被时光忘记了吗,怎么一点也不见老? 那异样的目光是怨是喜……

"老大爷！"来人拂去身上浮尘,抱拳躬身为礼。

"哦！老朽不知尊驾是谁,有件东西替您保存五十多年了,等我把这块石头放到该放的地方,就交给您。您带着剑鞭还有手枪,我不会跑,只会多谢您远道而来让老朽卸下重负！"老人拾起工具镇定地接着操作,双眼微微眯起,水月天风,安详,冲逸,无忧,是本色的原人,百年尘世涂在他身心的污秽,全给花环做了肥料,酿成仙国清芬,散发在群山碧绿的蓑衣上,钻进树叶儿细微的脉纹。

"老人家,您认错了人,咱们素不相识……"将军叉手恭立一侧。

"老朽来到大悲禅林第一天,先师滇涵长老就将隐情坦然相告,春雷贯耳,获益终生。老朽无前修德才,愿步后尘。尊驾不识老朽,老朽认得尊驾乃济南府李捕头的公子,过天星李将军。"

"老人家认得先父?"

"令尊是老朽所杀！几位捻军将领是先师命老朽所放,明人不做暗事。尊驾为报仇,天经地义。麻烦尊驾扛把锄头,等桥面垫好,老朽早就挖好坑,免得露尸荒野,吓坏行人。倒尸涧底,脏了山水,下游人吃用不便。

请!"

　　将军接过老侠递过来的锄头,一时茫然无措。他在崂山听到云游老道说,天悯山有位百岁老人,能扛起三百斤重石,双手修成一座大石桥,在青壮年时本领一定了不得。将军听后以为不可信,没当一回事。后来,旁的道士又反复提起,都说是亲眼所见。这样,将军就决心亲自去探个虚实。十年前,他在北京琉璃厂古董店买得一把剑鞭,自元代墓葬出土,索价十两黄金。隐息崂山之后,曾携这件兵器去青岛拜访过南海康有为先生,康公仔细鉴定,是举世稀见珍品,勉励将军弄通剑鞭用法,传之后代。将军由衷道谢。他先后到上海、成都、武当山、少林寺,拜会许多武林俊彦,同观古物之后,只是称道一番,说不清来龙去脉。这回上天悯山,很自然地携带在身,打算请教。

　　老侠指出他所携兵器的名称,已使他意外,随即坦率承认是他杀父仇人,更太突然。上山之前,他曾向附近百姓打听,众口一词,齐赞天柱怪客是一方圣人。当他顺着山民指引的近路,不经游龙岭,从桥上跨过大喜涧时,目睹桥身宏伟。扪心自问自己是完不成这样大的工程的。对长者的敬意油然而生。

　　他无法相信,这样圣哲会是凶手。若无事实,凭空杜撰,老老实实领罪求死,谁也没碰到过这样大悖常理的咄咄怪事。

　　"大伯! 人所共知,先父是悬梁辞世的! 怎能……"克制出自气度。

　　"你太老实,我是先打昏他的头,再拴绳推倒凳子,做出上吊样儿骗过官府耳目的。杀人偿命,欠债还钱,幸亏来得及时,再晚些也兴一把火就'走'了,你就白来一遭。我这人活一天,就对得住不会讲话的青菜,不欠它们一垄水,请等一等,不是磨辰光! 怕死鬼不会认账!"他说话时候人到井台,一气扯上几桶水,泼在菜畦上,一桶足有七十斤水,跟玩儿一般,悠闲的表情不像死亡迫在眉睫。

　　将军受到宽容与严峻两根夹棍的挤轧,大汗盈额,把面庞映得又紫又亮。他不用默算也会得出结论:这样的人物,此世不会遇到第二个,简直可入《无双谱》! 他的眼神投射到菜地,畦平如镜,沟直如线,土碎如面,有拐有棱角。那些胖乎乎的白菜绿得发乌,犹似涂过一层透明的油,翡翠也休想雕成半片菜叶,它们旺盛得胜似稻田里的稗子,暗夜间大窑顶上蹿起的火苗。

老侠绾好渐渐稀疏的银发,抖掉身上的灰尘,如若不把锤和凿子插在腰带上,真像是将到酒楼赴宴。他将白色圆石放上肩,忽然又放到地上,一跳丈把远,落到畦头上,抓起一把碎土,堵住漏水的小缺口。然后把地角一棵白菜根边的两叶小草拔去,再轻盈地上了井台,捉住一只趴在井绳上的纺织娘,碧如翠雕,腹部隆起,装了很多虫崽儿。老人将它放进口袋,他的胸膛的起伏悠长舒缓,活脱儿一个无事人。

他再次扛起厚大的圆石块,轻轻掂动两下,使前后肩用力均衡,腾出右手抄起黑鱼形的另半边《太极图》,朝将军哈哈腰说:"劳驾把两根小石钉带着,来吧!"说毕从容地往桥上走去。

将军拾起石钉,扛着锄头,木然走在他身后三丈开外,血焰中烧,不知如何动下步棋子。老者走了里把路,放下石块,从口袋里掏出纺织娘,捧在手上用嘴一吹,它一缩大腿张开翅膀朝草丛飞去:"小虫儿毁了菜叶子太可惜!又怕井绳倒回去淹死了虫妈妈,害死幼虫儿,它们跟你我一样,都是性命啊!"说罢,扛起圆石前行。

老侠来到桥心,放下石块一试,有点不合槽,稍一调整,天衣无缝。将军无言地递上石钉,老人接过朝鱼眼中一安,一幅《太极图》立即活了,八卦化作波纹,两条相抱的鱼,代表着生死两极,天地两仪,过去未来,知与不知,必然与偶然,动和静,消与长,明暗,寒热,知行,山川,男女,爱憎,战和,反复,变与常,无跟有,衍生出两间万象,大千人寰,不可言喻可以会意的一切运动状态……

老侠伏在桥上,吹掉《太极图》上的灰,再用茧花层层的手拭拂几下。

他猛然意识到,手和石头是末次接触。于是无名的电流从石块上射进他的十二经络,便一发难收地摸开去,他膝行着,双手不再是那么灵活,指头似枯柴黄土,带点硬、生涩,却非常认真。

人与桥一体相通,他拜的不是石头,是有知觉与情感的血肉体躯。爬行是百万年前的往事,此刻原始动作的归复又意味着什么? 桥和他最初爬过的床单、母亲的胸膛、砖地、打谷场、各种竞技擂台之间的无形彩虹安在?

将军,你少年时期,父母可这样摩挲过你的全身? 当初你把侄子送去西欧,在上海码头跟他分别时,可曾抓揉过他的双肩? 当侄孙儿孙女的照片寄到了崂山,你抚弄过无数遍才装入镜框。即或如此,端午、中秋、过年、还是要取出几张硬纸片,看了又看,摸了又摸。可曾想过老侠手指一年不如一年敏感的动作预示你双手的将来吗……

老侠爬到桥头转折的时候,眼里闪过晶亮的光,又被他不太自然地扭过头去用手腕子揩掉。啊! 砣爷的恩师,人不必为长着泪囊泪腺而羞耻! 您那游侠的自尊心未免过头,莫怕难为情。流呀,淌出来人情味才浓。谁见到无泪的泪也是有爱和恨的结晶啊!

瞧,将军跟您不同,他的泪湿了衣襟,起先自个并不晓得在流。知道了再扪心自问,不知为啥要这般,原因不光为了在记忆中日渐模糊的爹尊,他敬重老捕头,二十多年百姓当下来,他厌恨官府鹰犬,同情被损害被凌辱又无处诉说的父老姐妹! 他不愿也不敢去推测父亲的行为,只能违心地祝愿他是例外的善者!

"几十年让尊驾阖家多流好些泪水,实在罪过,这厢再拜赔礼,可吃不到后悔药。若当时我当差官,尊驾处在节骨眼上也会杀我放人。这不是强辩,也不管被放的人多么平庸,吃的还是百姓血汗,他们到了南洋下矿井受了大苦,先师受无名大师惩罚,爬行当乞丐三年,长一身恶疮啊。说远了,但无心强辩,全是废话了!"老爷子磕完三个头起来,擦掉眉间唇外哀戚表情,还原到浇菜时的神态,抓住锄柄要去刨坑。

将军不肯松手,忽然跪下说:"大伯是一方圣者,告辞!"

"不对,尊驾要老朽留下遗憾而死吗? 欠账不还,吃饭不香!"

"您老高年,时光不多……"

"活一天也不能含糊,不报父仇,何以为人子? 老朽会啐你一脸吐沫! 见到复仇者就逃,不成人之美,尊驾也将唾我一脸口水,说不定连唾沫也觉得委屈呢! 松开,不早了! 太晚下山不便,要遇到猛兽强人,老朽无法道歉

336

了!"

"不忍下手……"

"可以原谅,不会计较。既然紧抓锄头,后事拜托尊驾,多谢!"老侠躬身一揖,拉起将军。

天上一对雄鹰盘绕一圈,又振翼而逝。

波光跃动,人影愈来愈短。

将军木然不动。蓦地,他看到涧水中冒出双行水泡泡,一对甲鱼将头伸到水外,又沉入黄流。

老侠被这生动的景象所触动,眼睛猛一亮,不易看出的笑意漾出双唇。他将锤与凿放到桥边,脱下上褂、衬里汗衣、长袜,一一叠齐,最后连鞋也脱掉,摆在衣边。

"大伯! 您这是……"

"赤条条来,赤条条去,留给有缘的穷苦人。比带到土里强。"他活动几下手脚,抵御着山间的寒意,然后跑到桥下三丈以外的土坡上站定,抱拳说:"请动手!"将军掏出手枪,抬头一看,老侠骨瘦如柴,皮肤有光,须髯飞动,本色更加突出。忧患的摔砸,风霜的侵袭,年华水逝,习武的消耗,造桥的劳累,把一切浮面的矫饰剥离殆尽,小孩的赤诚,侠客的果毅,普通老爷子的亲切,深化了眼球的二色,因为睁得溜圆,黑如点漆的瞳仁一半藏进了眼角,将军觉得那是两只太极图,光焰逼得自己不敢直面。

"请大伯转过身去!"说罢一低头,他才看清双脚立在另一只巨轮般的眼睛中,目光有些扭曲,那是石刻的太极图。桥的独眼,也在朝他晃动,挑剔,质疑。他分别用左右脚擦擦睥睨着他的鱼目,石上的图案又冻结不动。他受到眼的启迪、暗示,又迷茫困惑,无法破译自己该接受什么。

"看着人杀自己也挺有意思,我淡然,你何妨坦然!"

"怕晃眼!"他不愿说出太极图式的眼。

"难怪你不当将军,善良也是重担! 遵命,任何要求不过分,只要办得到。"他转过吸收着日影波光的背脊向着桥墩。

"黑白不能混淆,相生相克。人头不是韭菜,打破不再发苗!"是太极图的忠言还是将军心声？难以判别。

"爹爹在天之灵不远，不孝儿为您报仇！"静谧世界响起两声枪响。

老人觉得双耳遭到刀割，血顺肩喷向前后心，颤动一下，修长清癯的体躯如虬松立于大野。

长得没有尽头的两分钟真难挨过！

"来呀！"天柱怪客悠然回头，溅上血珠的脸上浮现出问心无愧的笑容，"朝头上打！我不恨你，孩子！手不要颤，让我少受点罪！"

"皇天在上，杀父之仇已报！为家仇伤害圣者，罪大恶极，也该受罚，爹爹！您在天之灵也不许我这么做，我怎能饶恕自己？"将军左臂举过头顶，右手的枪口对准自己左掌射出一颗子弹。他踉跄几步，差点栽倒，还是用巨大的意志稳住全身，举起钢管冒着蓝烟的手枪，掷进了大喜涧，引起几圈浅浅的涟漪……

禀赋优异的天柱怪客身上，常人的情感复活了！为将军呼天唤爷的独白所震惊。他喃喃地说："只要能为你减少一些苦痛，我再死一回也无怨！善良的孩子！你不愿伤害手无寸铁自行悔罪的老人，不用难过，你高！高！高！被人宽容是耻辱，我不能接受！活到百岁还留恋什么？"

老侠走下草坡，来到桥头，猛吸一口长气，朝桥南边的大石块上就撞。

"大爷！"将军一个箭步，双手张开如翅膀，纵到老侠的脸面前，背对石块，将老人一把抱住："使不得！小辈若逼死您老人家，天地不容！小辈想起，父亲下葬之日，当晚有人在香案上放有黄金，想必是大伯所赐。今日当面拜谢。旧账算过，宿怨全消，再要纠缠，枉为万物之灵。大爷，请为五千里来投师的后生保重！保重！普天之下，像您这样有春秋战国年代义士高风的人太少太少。请收下这名愚笨的徒儿吧！"他跪倒在石板上。

"黄金之事，永莫再提！先师滇涵大和尚生前，只许我教一名弟子，早就收过胡砼，再收要遭天火！你我相遇，在数在律，千古奇缘。老朽什么火也不怕，收下你，明天开头学。不过有言在先：前三十六路，胡砼不光学会，还有很多变化；后面一半没教他，老朽把这后段教会你，将来师兄弟之间会合两全。你再莫争门户，立派别，斗私仇，背师教忘国难！是大忤逆！"

"弟子听从师命!"将军撕下衣襟,请老侠拭去血迹,裹好自己手上的伤口。

山山水水有幸,见到这惊心动魄的场面,饱饮了师徒俩品格的精髓。杀身成仁,舍生取义,只有跟世人们意愿一致,方能感动一代代炎黄子孙,给他们以搏胜邪恶、虚伪、丑陋势力的光热。

提得起,放得下,谈何易!这师徒俩是真凡人,保存了比同龄人较多的质朴。回到破庙,老侠带着弟子拜过祖师骨灰塔,就砍菜烧饭,墙角里还有感德樵子所赠的一罐黑米酒,他们不讲往事,各自避开对方淌血的刀口,共享获得再生的欢愉。老侠明白,子弹擦伤两耳,比命中脑袋或前心要难一千倍;将军清楚,扛动千斤石的高手除掉一名后生也挺方便。同归于尽不如两全。要造就最像人的人需要独特洪炉。

白云受到阵阵松涛的嘲笑,带着一脸绯红,含羞进了天悯山的超级肚皮。佛——人类文化史上不朽的创造,借山的肌肤骨骼,伸出粗壮的大手,弹起洞水这条蓝黑色的独弦,风旋过桥墩,像帮弹奏家扭动弦柱,让宏音高亢而又柔和,清晰却不疏远,赞美有长处与弱点的普通人,慧根,格调,解人,惜人,在付出中收获到不可思议的壮丽!哪怕只是瞬间微火,也足享浮生!

教武术是单调的事,好在受教者不是饭桶,能举一反三;师父以骨肉赤诚焐热弟子心中的冰山。就像国画那样神奇:笔不到意到,解悟的分量地磅称不出来。

将军帮师浇菜,扫地,又用瓦砾堆中的断砖,给老人床前垒上一方避风墙。

入夜,从墙头可以仰望群星。师徒谈过当年许多武林逸事之后,话题提到破庙上。

"师父高龄。这破庙挡不住山风山雨,不如随弟子去崂山吃碗淡饭粗茶。若照眼前这样下去,弟子寸心不安!"

"为善即是修行。到处搜括地皮拿出点零头盖一座庙就想升西方极乐世界,就像烧三根香就想亩收三千斤粮一样荒唐。我不主张修庙宇,人心便是大殿。这座破庙，谁放一把火烧个精光，此人积了德，比眼睁睁看着倒掉好！"

"师父！什么人最快活呢？"

"良心不欠债的人！"

"什么人最苦？"

"有欲望就苦。黄金、官印、名声、美女、宫室田园是私欲，空想为庶黎办成大事，贪恋求道，上当受骗，何用枚举？"

将军觉得老师想得太多太远，虽在身边打坐，也像谜一样不甚了然。过了一刻，他又请教："您最崇敬什么？"

"凡人，当好凡人比圣人难，你呢？"

"英雄。"

"哈哈哈哈！小心受愚弄！我在五十年前写过一首打油诗：

> 乱世神擅盛世猪，
> 英雄十九大庸夫。
> 苍生甘拜庸夫死，
> 抛史吹灯痛泪枯！

世上假英雄多，喂了一辈子马，不认识拌草棍的混混儿随地可见。流氓改朝换代，如刘邦、朱元璋之流，总借天灾人祸欺骗想种地的农夫打天下，便成了真龙。若生于盛世，便是杀肉的猪，形不成风云气候。这些人小事不要脸，大事不要头。有武将拼命，文臣吹牛。其实除掉杀人，什么本领也没有。为师反省五十年，悟得'侠'是品德，通武艺很好，不懂武术，舍己助人，鲁仲连义不帝秦，蔺相如完璧归赵，'亦儒亦侠亦温文的龚自珍。光会点拳脚，让庶民空存奢望，私斗成风，误人子弟，不好好读书，于世有害，此类'侠'当痛斥。平生不肯授徒，即着眼在此。行侠而济世，救庶民出水火之事，亘古未有。何谓英雄？他人难活之秋，你活得有人格；人人心乱无所作为之日，能为他人办成几件扎实小事者便是！"

"弟子听出一身冷汗！"

"歇息吧，为师说多了！"

三星南移，夜气如冰。将军一觉醒来，不见师父，低唤两声，没有反响，披衣来到后院，只见老师伏在滇涵大师灵骨塔前饮泣，双肩抖动，悲伤莫名。

"怎么回事？莫非他不愿教我？不像。可是教完武艺他要解脱此生？这……"一股热浪冲向将军脑门，预感事态严峻，想冲上前把老侠扶回屋里，又怕引起老人狐疑，反而会加快坏事的进展。想了片刻，只好仍旧回到床上躺着，装做什么也不知道，等天明后再安慰老师也不迟。

半个时辰过去，仍不见老侠回屋，将军怕他受风寒，便带上自己的夹袍子再次走进后院，却已不见踪影，只是在他叩拜的石块上，留下一片被露水加浓的泪痕……

不用猜测，老侠看他人魂所系的大桥去了。

将军怕发生意外，就用轻功提起身子，走沙无迹，快到桥头，看到师父瘦长的身影在桥心徘徊，是超脱的悠闲或是内在的眷念？无从推测。

"过来！"老侠背对着将军慈爱地呼唤着。

"师父，夜风伤身子骨，回庙去吧！"

"岂为梅花多傲骨，早从皓月悟前因。在这时分，山、河、月、树、人，都合而为一。何等曼妙！寸心俯仰五千年，纵横十万里。此情此景已在砌桥时悟得。一时难以入寐，就来这儿让此心此口交谈。"

将军把袍子披在师父肩头，受到长者的点化，非真亦真，因果无情的链条环环相套，不透不隔，未即未离。天地常存，蜗角里的是非顿时消散在夜气中，流入浩瀚无垠的星空……

师父，不再是白天教武术扛石块凡中见奇的游侠，比平常要高出很多，肉身未突变，精神已升华。虽然不具有"独与天地精神往来而不傲睨万物"的大慧，像老子、庄周，也不同于凌越万古的真士，若许由、鲁仲连、严光，到陶渊明后便难以再见的风流人物，但这些人的气质，哪怕是千分之一，凝聚在老侠的笑貌、声音、呼吸、举止、思维之内，就使将军惊为观止，凉得皮肤冒出冷痱子,一阵阵淡淡的喜乐从心底滋润着每根汗毛。

言语全成累赘,只凭一个眼神,须眉的颤动,唇角的张歙,平时紧闭在深心七扇大门,在对流中敞开无隐。

享过这清福的人,才算看见过冰川红莲,海底幽兰,火山底甘露。大慧对我们是何等悭吝!

他们伫立,如石刻像。直至星暗日东升,晨光遍野,才默默归去。

师父挥动锄头,将军浇着菜苗。

"请您老人家歇息!"

"不累。"

"今儿弟子有些困倦,最后一路剑鞭过些日子再教不迟。"

"不全而全,全而不全,无全无不全,万有如一。随性而不损人,便是达士!"

回答很飘逸,没露出任何沉重的端倪。将军觉得自己有些无的放矢。

一会儿,老人刨出一只小瓷罐,他扫去灰尘,递给了将军:"里边有几根金条,是江湖上好友赠我养老用的。请贤契跑一趟省城,找一家大银楼换成银圆,返回来好散给附近村里孤儿。有剩钱修缮破庙,功德一毕,为师可以随你去牛尾镇看胡砧!"

"您说过:'修庙不如为善济世'……"

"怀出世心,做入世事,方称豁达。和尚吃佛爷,秀才吃孔夫子,洋教民吃耶稣,道人吃三清,此类俗物皆创教者罪人。今日从政者吃孙逸仙,并无二样。不修庙不造偶像是佛祖脱俗本意,稍尽微力免得墙倒伤人,是随俗心血来潮。吃过早餐去,五六日后回来。多砍几棵菜与你钱行!"

"遵命!"

师父把将军送过桥,望着他消失在绿天深处。

将军走了几箭之遥,纵身上到大树顶端,回眸远看:老侠背着手,安详地回庙去了。

将军疾步趱行,仅有十分之一的时光,他怕中了调虎离山之计,回去再也见不到慈颜。这种思绪回潮的间隔愈拉愈长,一回比一回揪心。减消此念的办法,便是畅想早日打退鬼子,下峨眉山,好把老师接到崂山之后的天伦乐趣……

将军简朴的院子盖在山的东面,远离道观与别墅,没有邻居。从九水沿着俄国大旅馆南边的小路走上去要一个来小时。冬天,储存在大海里的太阳热能缓缓升发,不算太冷,入春之后反而添了寒意。房子八间两进,坐北朝南,后进高出五尺,院外峭壁上,从石缝里长出的蒲团松张开碧伞站在东窗,走出大门便是浩瀚无涯的大海。崇山挡住了北冰洋吹来的冷风,很少有几十丈高的浪峰,仅仅是在台风季节,夏秋之交风暴频频光临,她才大显神威,吓得太阳闭上眼睛钻进乌云的口袋里,狂啸的涛声比千面战鼓万声惊雷响亮,那势头似世界到了末日。在更多的美好辰光,她就像十六岁的姑娘,比较晚熟,恋父情结使她急于做圣女,要复活崂山老爹的晚春活力,创造奇迹般的壮美,使举世侧目惊奇!那笑添上漾出朝晖夕照的薄薄胭脂,顽皮地伸出长臂,搓揉着崂山额头上的皱纹,捶着她的背脊,发出一阵靓歌,一串倩笑,几番细语,倾诉乐于为她牺牲的憧憬……

山知道这是幻想的诗,春梦不可能持久,一到澄秋,便清醒地拒绝了所谓奇迹的诱惑,她合拢双睛,似乎退而悟静,让老人安谧寂寞。谁知山并未忘功利而遗世,孩子远去,又很怅惘。

过了仲夏,海得到了某种信息,火种又重新蔓延……

1925年夏末,康南海先生带弟子刘海粟游山,曾在后屋下榻,他们对这儿的风光赞叹不已,刘先生写下三张油画,先后在青岛与上海展出。

将军埋名隐居多年,好奇者从表面上看不出他和徒儿兼厨师冷牛筋有什么奇特之处,凡来打听的都失望而去。

他夜间练功,静中可以增添悟性,免去是非。在军阀混战之秋,想靠贴近官府而抛头露脸,替督军们势将粉碎的交椅去涂抹金漆的小人,多是利欲熏心,为庶民们所不齿。

假如师父能在海涛声中欢度余年,听他谈些有教益的掌故,授些濒于失传的绝艺,傍晚同干几杯即墨黑米老酒,吃着一见灯光就跳上船来的大对虾,加上瓜果四季青菜,便是尘世神仙。

心急只恨山路长，长路也怕急性人。第五天早晨，他就挎着五百块银圆回归桥上。当他跨过太极图的时刻，不觉转身停留了半分钟，但见桥洞旁边水波中冒出一串气泡，一只眼珠微微发红的皂壳老鳖，蓦地从泡底下伸出头来。山东人不吃甲鱼，还是三十岁之前在南方尝到它的美味。他觉得有必要逮住老鳖，给师父佐餐。于是就甩掉衣服，跳下水去，闹腾了一刻钟，才把它捉住。到底年纪不饶人，出水之后打了个冷噤。

整好衣服，折条柳枝，捆好踩在脚下的甲鱼，他才有点后悔不该在水里泡这么久，应当早去见恩师，离去似在昨日，这里的一切觉得熟悉而又新鲜。

快到破庙，眼前情景令将军大吃一惊。但见残烟缕缕，一片瓦砾堆，菩提寺业已付之一炬。"这是真的？"他也无法接受眼前的事实，三步合作两步，跑到火场一看，又绕着废墟走了一周，才发现四围的树都被砍倒，拖到五丈外，小路外的野草也锄去一圈，是师父亲手所做，不致波及后院和左右树林。

"师父会不会远走高飞，烧掉古庙，绝我念头？"他再巡视，总想发现师父不在火中的迹象。在灵骨塔后边，将军看到了自己的包裹与剑鞭挂在小树上。

他走近石塔，立于石阶的方砖上有几行字，是用剑鞭尖端所写，痕迹很浅，可见老侠忙于放树除草，推倒一段围墙，已经很疲乏。出于他的个性，一笔不草。

百岁去留两不惊，尘飞大化了凡因。
山河无我春仍在，书剑耕心望后生。

古寺萧森二百年，残骸骨立亦堪怜。
老夫抱尔追云去，换片新松映碧天。

贤契持吾旧日所写信封去锅底圩牛尾镇见尔兄胡砝，告知愚师焚庙灭佛,恩怨双消,得大解脱!尔灭尽残火,免焚草木,骨灰可拌以面糖,撒入大江,结缘水族。尔兄弟毋学儿女态,当长笑,以古唢呐吹大欢喜调为贺!

庙生庙灭,各有妙缘。山间无香客,再建无益。微金兄弟各半,留应急需,或赠断炊贫病者,若为予修高坟巨碑,非吾徒也,切切!

所有师父尚在的念头烟灭云飞,他伏在遗书面前,哭得格外内疚。若他不来投师,或者胸襟海阔天空,否认是李门后代,说些假话搪塞一阵离去,结局也不会如斯。尽管老侠把生死关了结得挺潇洒,在将军看来也太凄惨。他趴在地上直不起腰,过了很久才缓缓起身,把断砖碎瓦和烧得焦黑的木料往两边扔,想清出一条路,找到师父遗骸。

从外层瓦砾的热度看来,火已灭去好久,大约是他离去之后的当夜所点燃,不到天明就烧完了。风吹露滴给废墟慢慢降温。等到进入较深的层面,附近的砖石散热缓慢,不免灼手。无论他如何运用气功,手还是起泡。

发掘还得花大气力,他跳出火焚区,从小树上摘下包袱,打开之后,才看到蓝得发亮的手枪已被师父从河涧底捞起擦净,放在袍子的口袋里,做得从容有条。他放好武器,将袍子扯成布片布条,再去井沿打上一桶水,把布浸湿,把鞋泼潮,裹好双手,回到热炕,继续探寻。口渴饥饿,忘得干净。

翻到最底下,热浪上冲,他只得提来井水,泼洒一阵,到树荫略事喘息,等蒸气散开,又朝下扒。佛像炸开的碎片,陆续出现,再找上半小时,忽然在白灰中看到几粒舍利子。将军素知,高僧火化才出现这类结晶。肯定师父就在这儿坐化。他的手轻些,更轻些,怕惊醒老侠的好梦。看来,点火之前,他在佛龛背后堆了不少木柴块,点火之后,才钻进预先留下的空隙,盘腿而坐,背后靠定了龛脚下的石块,安然而逝。最后的断氧时刻,老人家想些什么?

将军伏在热灰上,连连下拜,泪如泉涌,清除四面柴灰之后,再取来瓷罐,把恩师骨灰捧进罐里,大大小小的舍利子有二百多颗,色泽不同,铺放在骨灰上面。

做完这一切，他面对师父遗诗，倚着挂包袱的小树立了很久，也无法平定内心的哀潮，想到一个活生生的百岁老人，就这样从地上消失，多少敲骨吸髓的恶贼，反而活得美滋滋的，将军忍不住又哑然而哭。

这晚，他在祖师爷塔前点起一堆篝火，抱着骨灰罐，坐了一宿。

次日，又向祖师爷和瓦砾堆各行三拜礼，这时才觉得饥肠雷动，但并无食欲，他背起包袱提着拴在树根上的老鳖，三步一回头地离开了圣地。

走到桥当中，他放下行囊，把老鳖提到脸前说："委屈你了！让你回到龙宫与亲友团聚！"说毕解开柳条，把甲鱼轻轻地放进碧涛。

他绕着八卦和太极图走了几圈，竭力想透过石块，看清雕刻者放进去的内涵。

一片混沌的心空，八卦不停地变动着排列顺序，用将军不理解的符号在诉说着与现代人相通的古老传闻，荒诞的真实，抽象的具体，恢奇的或然律，厚朴的单一……召唤着他去挖根刨底，而底则是无极。

太极图中包含着武术的精魂，进退、收放、表里、虚实、胜负、智愚、勇怯、取舍、正侧，各种非语言能表述的一切，其中无疑也包孕着可转化的爱憎恩仇。

往者不可追，一如桥下水，来日已无多，却不可以浑浑噩噩，按老谱活下去。

他跑上桥，虔敬地触摸每块石条，寻找先师的手泽与遗温，忽然顿悟，大喜涧中流的不是水，是老侠客的血汗与坚定。纵然有一天桥倒了，血汗与风节还不断融进乳汁流下山去，哺育不相识的子子孙孙。

老师说的"大欢喜"，是对速朽的自觉还是忧患浮生的脱离？他问苍天，高远阔大的天，不肯替老师现身说法。

江畔，三炷香、三碗酒、三盘菜列成三行。

不开心的老天挂着阴阳脸。大片灰云朝天柱山方向挤成厚黑的手巾，看不见的巨掌正想把它拧下盆泼大雨。阵阵不大的风声，是他不想生灵知道又憋不住的喘息；江南则万里晴空，为了顶住云向南流而躬下身腰，双方比赛看谁离大地最近。多数星星睡去,短缺光源,月亮黄得泛蓝色的草影儿,像谁欠她大笔感情债不肯归还一般。

上边别扭扭的心绪也传染给了长江,见不着帆影,尺把高的浪条隔上二十来秒钟才敷衍了事地拍拍江岸,怕打断芦苇林的谵语,退回去的叹息声也极细弱。只有江心碎裂的银山抖动,匆匆东去投奔归宿。因为没有回来倾诉的机会,入海洋之后是否失望,对后续的大波便是永恒的谜。

将军、胡砧并肩跪下,背脊挺直,前额低垂,像一对石人形的蜡烛台。当中的圆竹篮成了不般配的香炉,把他们衬托得大而无当。篮里是蒸熟的糯米粉,揉进了骨灰、白糖、麻油,搓成的团粒,有鸽子蛋大。那些舍利子,胡砧要等自己稍稍平静后,刻一只小石匣子装好,由将军供奉,打跑鬼子再在海岬上建塔长存。到时候胡石匠会去操办。

唢呐吹得沉闷,费劲,铜碗口上有海绵蒙住似的音量受到限制,乐句不再是一群小鸟儿拍着翅膀腾跃而来。

将军对乐声只觉得钦佩和惊讶,他把骨灰丸子抛向江水,喃喃地叨念道:"师尊仙魂不远,咱兄弟俩遵照教海来安葬您老人家,愿结缘水族,皆大欢喜……"

将军遵从胡砧不教徒弟的誓言,叫大个儿上山打柴去了。他欣然从命。只要师父掌握的东西,他总有机会领教,何必心急吃不得热元宵?

响器立在地上,石匠端起一碗酒洒入浊波,又把第二碗酹在泥里,口中念念有词,十分肃穆。

将军撒完遗骨端起第三碗酒,用另一只碗倒匀,递与师兄,两人一碰碗,仰着头饮干。

二老鹰扬鹘落,活动筋骨,衣袖裤脚,带起风声飕飕,四臂交错,推推打打,不觉还童,连个儿也似乎高出一大截。

砧爷提起唢呐说:"我送师傅一程!愿他老人家早登上界,浩气长存!"

将军坐在草地,左手伸出食指,压着自己的嘴唇。

此时,北方的黑云吞没了镇风古塔;南国的星星更加贴近树冠。

唢呐的音量放大几倍。音符划破夜风,是不常常吹奏的古调《礼魂》,

与屈大夫同名的佳作无关,却是标准的楚曲,当年在武当山学得。据徐道长说源流可以追溯到明代,民俗腊月二十四过小年接祖宗亡灵回家,年三十送先人回净土世界,祠堂里要吹此曲,以壮行色。抚慰他们不要忘却后代,多多赐福。还吁请风的长翅,雷的车轮,电的灯笼,云的浪潮,帮着欢送。曲子有伸缩性,吹得兴起时当中还添一段洞庭湖南边的谣曲,乡土味十足,送行者怕净土太远,天明之前赶不到,要借钟离权的宝扇、拐仙的神杖、曹国舅的云板、韩湘子的玉笛、张果老的神驴、何仙姑的荷花、吕纯阳的长剑、蓝采和的花篮儿作为仪杖,显示八洞神仙的法力,缩短途程;而最动人部分,是亡灵们走到仙境之后,托梦回来,与家人诉说不忍相别的情分。

今晚,吹奏者怀念怪侠,乐曲有些即兴发挥,绵绵不断的叮咛,幽幽如缕的饮泣,神马驰空的壮丽,天国的空灵无迹。又不愿挽留人世忧思,想把心底块垒抛入江流,快快远去。可这些调皮鬼舍不得锅底圪肥得冒油的两合夜潮土,特地请来一位高等歌手,名曰"回声",以争强好胜爱打抱不平闻名,同样的话,说得比人响才甘休。听到调皮鬼们片面之词,不许石匠申辩,便认定他不念故交,有负义之嫌。立即提出要交锋。于是胡砧立在芦苇丛西边,回声踩水站在江心,各自开怀赛歌,请星儿们来判别高下。两声接力、捶打、追逐,绞成麻花,扭作一团,揶揄调侃,闹得气喘咻咻,谁也不甘退后半箭之遥。星星们急得直冒冷汗,稀稀拉拉撒下几串露水。其实,烦恼的小妖怪们是瞎闹腾,响器一收,她们驾江风,仍从鼻孔钻进乐师肺腑。

"师哥有这个'出气筒',难心的事也好排遣,就是一生不习武艺,也是一等人物。"将军跃身而起,面朝天柱,带着阴冷的调子说:"您猜我想什么?"

爷爷甩甩喇叭,长长吐出一口气。

"我对师父和您有说不出的歉意,要是能一刀把我捅死,扔下江去喂鱼,说不定得到赦免……"将军的心态不全是乐曲引起来的。他诚惶诚恐地跪倒哭了。

胡砧仰头闭目,伸出右手,摸着将军的头顶,声音变得挺陌生,说得沉着,苍凉:"你没到百岁高龄,尘缘未尽,还不该走。师父飘然飞去是他自己的事,你不入山,他也会走。我们受到的点化是什么?不能以鱼虾之心去推测海中龙,云里鹤!我们能活多久,还没个数。到了百岁能不能自了生命,真正成为老人家弟子,这会儿议论还过早。随缘去吧,兄弟!我杀你,冷牛筋杀我,牛筋儿子再杀我孙子,几时是了?你被杀,一了百了,杀你的人自己了不了。别把心吊在树梢晃晃悠悠,做点实事报答长辈是上策!"

"师哥!世上不平事太多,几时能好?"

"人人想好,又不敢全做好。你好人坏,你活不成,反而把不十分坏的人纵容得头顶长疮脚板流脓。人人管好自身,天下自然会发旺,那是后事,咱们见不到。你问我就是愤世。我问谁?为啥要问?你比我明白。一句话是你未了,我也未了,绝大多数人未了。了的人就像鼻子比眉毛高的人一样少;可别忘记,人在翻跟斗的时候倒过头来一眨眼工夫鼻子真比眉毛高。看穿才了,了又如何?最后不了也了。我们都很俗,看到油瓶倒下就想扶,手又太少,扶第四个,第一个又倒了怎么办?我们没见过神,人在明白之前都是明白的!一问就掉下了大染缸!"

"师父去了,还有小半活在师哥身上。把师父留下的钱扔给孩子,您跟我去昆仑山,少受些气!先父去世之后,师父赠过黄金,小半接济了亲友孤苦,大半埋在崂山,让牛筋去取,足够修茅屋开荒地之用。峨眉山香客多,已不清静。"

"也是未了,了罢会走!把剑鞭走给我瞧瞧!"

将军双手搭在胡砧肩头,摇晃了好多下,然后伸开右手竖起拇指。

武器扔给将军,仿佛扔给他一股劲烈的气流扫除了师弟脸上身上的衰惫自谴与惶惑的神色。想给往事告一段落。

圈圈电火在大龙山顶游动,写出几笔颇似晋人的草书。当初邓石如就生在山下的白麟坂,隶书篆法扫尽千余年靡靡颓风,他的行草若从龙山电龙的翔舞中蒸馏出灵感,宁非文化史上几百年不数数见的大幸特幸?啊!故乡!迟迟不起飞的大龙呀!

几声霹雳在古塔的四面炸出更多美的流火,是天公的怒斥还是地母的抗议?哗哗啦啦的大雨点泼到苇滩上,大风的长号几乎淹没了涛声,南方的群星依然在考验大江能否坚如长城,挡住风暴南移。

二老不约而同地脱下外衣。

春花秋花各有仪态,定要比出高低反而偏狭小气。

将军的剑鞭是春花,带着如油细雨的亮色,过剩精力酿出的浓香,婴儿学步,少女清歌,武士磨剑,明媚,旺盛,前程壮阔。武器是武士心力与手臂的延长,是攀登仙山的手杖。人是一粒明晃晃的火珠,吐出墨绿的狂焰,引动四肢百骸,最大限度地甩脱关节韧带筋络神经的限制,进入随意状态的自由,带着陶醉的轻盈。那珠子诱发人的想象,离得不远不近,成为光的斗篷,罩着人,又映出风华。

他收拾干净,呼吸匀长,使鼻孔气管肺叶大半忘记了自身的活儿,甩给惯性维持皮囊运动。

"兄弟!师父看透你的心事,不想学全,存一手在老人家心中,让他多活几年。在教你第三十三路的时候,变了花样,把第三十四也套在一起教了你,这是大眼力,我是服气之极。怪客的雅号叫得有嚼头,怪而不怪,得大自在!"

"累断驴腿跑不过老虎。棋高一着就别手别脚,对师父是望尘莫及!往后长兄为师,尽尽人事,补补缺陷。请!"胡砧接过飞来的兵器,扎在地上,双手扶柄,闭目调息,过了片时,双脚与肩头垂直立牢,咽下几口舌下淡水,搓热双掌,掩住眼窝,再拍拍后脑,来回走了百来步。雨点越大,走得越轻缓。信手比画几下,起得平常,一抑一扬,一探一扭,一砍一抽,都受到很大阻碍。只有胡子长发齐着眉毛下巴横飞。那些小停顿,是老树裂纹,九霄不动的鹰翅,过于闲适,一点不热火。末了收得挺僵,差点跌倒。收势之后,手抚脑门,似在想着什么。

"师哥高,霜后老菊花,好硬的骨板,出虚藏实,平中有涩味,外散内敛,能法中取意,生破由心。大家,大家!太难企及!"

雨滴有酒盅儿大,一个劲儿斜扫。他俩还是慢悠悠。

"明白了?"

将军不住点头,他伸手要扶石匠。

胡砧稳住全身,搔搔长发说:"一老二懒,工夫成了生荒地,快不识犁耙!"

"师兄几十年来怕只露过这么一回吧?"

"能看出来?"

"当然。小弟舞剑鞭是按师父招式一笔一画描红,遍数一多就熟些快些,可描红这玩意儿一笔不少,就是没劲,不算书法。刚才师兄的慢功夫,不光是书法,还把前人写出来的成套东西,个个字打开折碎,每一笔起落运转,关门过节,处处点倒。谁能这么教,又敢这么教? 不是师父金面,师兄怎么出这么大牛劲? 这事不会再有了。我敬您一碗酒! 喝完一块儿啃鸡。"

雨点向北挪位,他俩头上现出淡淡霁色。冷大个儿跑下堤坡,拱手作揖。

将军挥挥猿臂。

"大爷,师傅! 俺砍完柴担回家,紫草妹子让送伞来啦!"

"这孩子忒老实,叫你送伞,怎么挟着伞不打,淋成落汤鸡? 快来干一碗驱驱寒气!"胡砧心疼他,将军也开心。

"差寸半不够六尺高,淋不烂,结实着啊!"见到酒,大个儿容易来劲儿。

"别吵吵! 听你大爷说段祖师爷的'山海经'!"

"成,俺把嘴送回去。"

"没有嘴对不起酒!"石匠拍拍他的后背。

"那就喝哑巴酒,插嘴是属驴的!"冷牛筋瞪着大眼。

鬼子入侵安庆府之前,聚族群居的牛尾镇人还养活了两户世袭的花匠(后辈尊称为"花师"),全家衣食由祠堂管事先生们议定,从公产中指定一块田归他们自种自收,忙季请几位年轻人帮着收打犁耙,花匠家仅供中等伙食,不给报酬。二百多年来习以为常。

玻璃暖房盖在大牛湖西边大片松林的尽头,背风向阳,便于灌溉排涝。这屋是半地下室,地底下和墙中间有火道,保护苗儿们过冬,夜里挺暖和，单身汉们爱来此处谈今说古，偶然也赌牌，输赢不过二斤酒钱，还得刨掉二斤煤油的灯费，所以不受老汉和小媳妇们的诅咒。

从太公记事以来，每户人家门口都有个简陋的花台子，多数是两块石头上横陈着石条。花匠按照不同时序，由迎春而蜡梅，放上四盆花。五天一换，今天到这家，过几日又到另一家，机会均等。从来没有见过孩子掐花摘叶的事情。花匠们尊重小植物的天然形态，从不用捆绑来扭曲花儿们的骨骼，大都开得很泼皮。花盆是种花人手制，一色橘黄，看上去虽火气，却能衬托出花和叶的鲜灵。

花匠勤快，清明刚到，各种瓜芽子、茄子、辣椒、葫芦、瓠子苗儿，后来又添上番茄秧子，长得乌笃笃胖墩墩地逗人疼爱，任同族随便移栽，图个早上市卖到高价钱。花匠和农人们都很得意。

外地来的土徽班一进镇，戏箱子放入祠堂，演员被分到农民家去吃住，每户一位，添饭不添菜，轮流接待。晚餐用罢，演员们从主人家扛去一张"戏桌"，那是专供搭戏台用的方桌，桌面厚，腿粗，横档壮实，规格一般大，拼在一起便是戏台，即使唱"全武行"（后台行话）的《长坂坡连演汉津口》《闹天宫》、关公的马童来上一百○八个小翻，这些桌子没有断腿撕破脸的，可见祖宗们很会品味生活。三天演完，仍由演员按桌面背后主人的姓名扛回去，不会出差错。班子离村，祠堂管事先生征得头面人物拍板，象征性地送点"包银"。但每天开锣之前，倒数第二个大轴戏收场之后，可以跳两次《天官赐福》，由净角戴面具，乌纱红裤，手持朝笏板，扬尘舞蹈，向四面八方"看官们"致意。看客们可以随意扔点钱到台上，名之曰"打彩"。偶然由站在"九龙口"（舞台靠近鼓师坐的地方，主角每在附近"亮相"，从观众角度说，在台的右前方）的文武总管事会用破锣大嗓唱名："×××先生加官——！谢赏银××元！"采用"荣誉攻势"，鼓励解囊者之间的竞赛。班主怕场子不火爆，请了四五个熟人埋伏在富人座位四面当托儿，逢遇冷场他们就权当带头羊。懂点江湖诀窍的人对"对外戏"装瞎子。这项活动的封顶人物是"保座"胡大雅，出到五块银圆，面子要足，没有人敢再朝上冒尖，免得"小镇伟人"难堪。也有马路消息说，胡某的钱没人敢要，散戏之后，班主借谢赏机会，悄悄把银圆塞回，不能让主人看见，又要让"保座"大人明白，火候难以把握。此说虽有因，无人去查出实据。

此外，平淡日子里的"味精"有：灯会、打鬼（今天偶尔在北京雍和宫还能见到这种舞蹈，属藏传佛教文化体系）、迎神、求雨、祭天、开秧门大典、唱傩戏……每年都有这些点缀不多，缺点兴奋剂总遗憾。

小镇上宴客方式有"大请""小请"之分：大请由东道主选定十二至十八户人丁兴旺、高灶大锅的同宗，逐户送点"工本费"，议定菜的数量与质量，开宴前能抽完一袋烟的工夫，收费者要用大木桶把热菜抬到临时搭成的芦席棚子下边，装入火陶盆，送到各桌。头道菜必须由东道主家里炒制，人口少的，可以免费用祠堂阶下的大铜锅，要多放真材实料，味道鲜美，主人才露脸面。等到十二至十八种菜上毕，头道菜第二次加过温捧上桌，便是"压台戏"齐了，欢送各位打道回府。小请是大请的袖珍本，仅仅通知三五七家左邻右舍各户献上一盘菜，不付费用。来客就餐向邻居"保密"，以免被同宗视为"混大了"，"忘了本"。故而有"省了菜，招了怪"的谚语。

每位新居民落生，红鸡蛋要挨户送到，每人少则一只，多则四个。多亏老英雄胡太公倡议：为减少添丁父母负荷，由热忱的姑娘小媳妇拎着竹篮逐家按人头收两只鸡蛋，她们叽叽喳喳忙乎一宿煮红，放在稻箩里，再送到每户。新上任的爹妈要添上三四百个蛋，免得因破损不够发，落个"小气鬼"的"帽子"，少说得戴十年。

故乡古老风习是封建陈规与原始互助的混血儿。像人一样，有生、长、壮年、老、病、死。死，有自然规律，也有人为原因。等到无形的"讣告"一出来，眷恋者的寻根，厌弃者的批判，都不能起死复生。

沦陷以来的牛尾镇，像得了半死不活的痨病，农民们缺乏提神的动力，天放亮半个时辰，地里不见人做活；天擦黑就家家关上门窗，连湖水中土街的倒影也缺亮光，比往年沉寂。红白喜事被按入无声的潜流，仿佛弄出点声音就愧对同胞,甚至招来鬼子闹出人命。请客之类热闹事更是久违。石匠逐门邀请,好些人才知道他儿媳妇坐月子(这是后话)。双根在省城里的传闻虽多,到底没吃窝边草。石匠的话又跟他敲砸出来的石锁一般重,撩到后辈门洞下、门槛上、狭的石条街上,谁也不想拒绝他那宽润的笑声。

往年,祠堂门口大场基上种着大麦,等到麦粒灌上浓浆就开镰割掉,廉价卖给同宗们当牛草。安好场,大麦熟了,农民吃完它接着是小麦、早稻,免得青黄不接。这几年人心发烦,村里存栏牲口减半,场基就空着。

<h2 style="text-align:center">八</h2>

将军带上冷牛筋住进了太平寺。

从棕阳开过修堤董事会回来,胡砧听老蔫一番诉说,闷闷不乐地责备老侄儿只携了耳朵去,一副肉头寿脑的窝囊相,跌了推荐者的情面,晚饭时罚酒三杯。老蔫无可无不可,黏黏糊糊地认了错。

胡砧把董事会开出的人工、土方、钱粮、材料清单核算一遍,打了个七五折,没想到老蔫又指出三个失误,订正之后,点水不漏。

"明天你当众反驳!"

"我的话没分量,您讲。"

石匠略一迟疑,答应了。

一宿过去,老蔫来请,老爷子用被单盖住脸,哼哼唧唧地说受了风寒不能动身。

"昨晚不好好的吗?"老蔫耷拉着头。

"天有不测风云,人吃五谷哪能不生灾? 你去练练兵,不然,我死了咋办?"

当夜,老蔫散会回到胡砧家,桌上放着几盘热菜,一排三只盅儿倒得满满的。

"今夜还得罚? 只要老叔开心,罚呗。"

"敬你三杯! 你一席话把四乡八镇的董事全镇住,开头三句一干咳;接着说六句一咳，头头是理。傍黑在茶馆碰到头午回到老峰头的董事，刘四爷说咱牛尾镇尽出光脚丫子大董事，多算一个铜板都不认账。你快成角儿了。”老头儿庆幸后继有人。

一连五天，板棚下锤声不停，压在那里的二十方碑全刻完。

美景不常在。紫草割了肥韭菜，摘下几只佛手瓜，走进院子，没听到一点响动，舅舅面壁枯坐，地上放着歪倒的酒葫芦。

“舅舅！昨天我去卖菜，路过东岳庙看了双根哥。他想家，又怕抓壮丁，挺烦。老蔫哥的内表弟被宪兵队抓走，罪名是新四军坐探。那人咋像泾县那边派来的？新所长、老巡官警长一色大烟鬼子，吃饭不给钱，菜嫌孬还嚷嚷要拿皮带抽哥哥。瞧他一副愁眉相，卖菜钱我都扔给他喝酒了。”

“荒年怪事多！哪有白老鸦！不怨进城卖东西的乡亲们，都在背后嘀咕你哥哥站在城门口，见挑劈柴的抽两根，卖菜的拿两棵，卖米的舀一碗，见鱼逮走一条……活强盗！你舅妈早早撒手，耳朵根子清静。我听腻歪了……”

紫草把被条、卧单、鱼皮褂子一一抱到院子里去晒，那背影引起老人很多联想。

“草儿妹一个姑娘家不容易过，两家合一家多好？双根兄弟大了，得有根绳拴着，屎壳郎还得觅个粪球儿推推。家里老没孩子哭，像做菜忘了放油盐……”老蔫随胡砧巡查江堤时这么讲过。

“我不下五回梦见你兄弟跟紫草儿拜花烛，一会儿你舅妈在哭……一梦套一梦，老了，有话跟谁说？草儿太贤惠，犁耕耙种，挑花绣草，里外一把抓。鲜花哪能插在牛屎上！”

“她一半是老叔拉扯大的，委屈点儿肉烂在自家锅里，能说二话？双根算老实，猫大了要偷鱼，闹出了格，不如早给马上个笼头，牛穿根鼻绳……”

“人能委屈一时，不能委屈一辈子呀，我不好开口，把可怜的小草儿往死巷子里推。再说女孩子成了大姑娘，要是前边卖生姜，后边说不辣，驴头马嘴，老脸不是揩桌布！”

“侄儿私心太重，不像老叔疼后辈！”老蔫给自己后颈重重一拍。

"你叔叔也是凡胎。外头不臊不臭，里头还是粪和尿。一百人当中能找出一个没有私心的人，世道会好些。"侄儿告辞时，老人显得衰疲。

草儿捧来一大盆热水，给老石匠洗头和胡须，动作极其轻柔。

"舅舅看冷牛筋这个傻大汉为人如何？"

"你看呢？"头皮被草儿搔得十分舒服的老人心头一动。

"我看还老实，昨天从哥哥那儿回家，只见一把新锄头柄倚在门外，菜地全锄过一遍，草都晒蔫了。一看屋后，粪坑全清了。大堆墙土河泥，掺着鸡粪人粪，捣得碎碎的。问问沟边邻居，说见到一个大块头忙乎了一整天，刚走没一会儿。不是他是谁呢？"

"哦，有意思……"胡砧附和着，"好孩子，不再清第三水了，我自己来。"他用干毛巾搓着蓬松爽快的长发，洗头的快感消失，无名的压抑堆进胸口堵得慌。

"老石匠，你也见风是雨。姑娘一枝花，会相中冷牛筋跟着浪迹江湖，连窝也废了？她给双根送过团子，那……"他讥刺自己一阵，心里疙瘩松了，但还没解开。

五天后的下午，双根做好夜饭，拿着两个馒头，告假来到草儿家，把表妹送他的酒钱，加上打夜工替人开磨齿的微薄收入，买了一块花布送她。

"往后别为妹子花钱，我衣服够穿，这布能退？"

"退给老鬼，我又不能做花衣穿，你手巧，正好剪剪缝缝穿上都打人的眼儿，省里人说是衣服妖。"

"明天能请假吗？"姑娘打了两个荷包蛋，泡上一碗炒米，她一直藏在瓷罐子里没舍得吃。"想借条牛把早稻田犁了，好点秋玉米。"

"不成，来这儿那边没人替死鬼做饭……"双根见紫草举止大方，没有拉个长马脸让他难堪，笑得端庄、和气，感激。

"绳捆索绑挺可怜！"姑娘轻轻叹息。

"要天天吃上妹子做的饭菜，累死也认了！"

"胡扯些什么，死是七十年后的事！"

这时冷牛筋一阵风似的冲了进来："中午没给肚子装足汽油，去看师伯,半道上饿得撑不住劲,拐到大妹子这儿来添点油。兄弟也在,你是该多来照料照料她,进门一盏灯,出门一把锁,够难心的!"

双根听了这番话忒顺心,放下筷子就给大个儿倒茶。

"这玩儿不过瘾,兄弟自个儿喝,我要来个大喝!"他走进水缸,舀上一大碗喝干,正要来第二碗,被紫草将碗夺过去。

"灌上三大碗还有地方装饭吗?"

"没事,俺有俩肚子,茶饭不乱串和。大妹不用点火热,冷饭经饿,咸菜就能凑合吃。"

紫草没依他,打了蛋炒上一瓦钵饭,大个儿吃得美滋滋的。

双根讲到借牛的事。

"要啥牛?咱弟兄俩拉不动一张犁子?借两把快锹三个人一宿也翻过来了。"

"人拉犁子?"双根闻所未闻。

"在山东家常便饭,缺牛户也得活。亲帮亲,邻帮邻,穷汉帮的是穷人!兄弟是白面书生小许仙,俺驾辕头,你当个小背子,搭把劲就成!不过,犁一会儿还得添油!那活儿一天吃五顿还饿!"

大个儿做事麻利脆响,他真把犁子、耕绳、辕头扛到了地头。

"大妹子能掌住犁把?"

"大哥莫门缝里看人,草儿妹妹是里手!"双根像听到一大群人夸自己黄梅戏唱得过劲一样提气。

"俺没带衣服,汗潮了没得换,得脱光脊梁,大妹恕俺不恭!"

月亮像只小划子,斜飘在云浪上,好在三个年轻人眼睛都亮。

"妹妹手下留情,提着点儿!"

"大妹子!少说得扎半尺深,犁夹生了玉米长不饱!俺多流点汗是该当的!"山东大汉劲大又不惜力,一股憨直气,显得心里透亮。

一亩地犁完,冷牛筋抱着衣服回小屋。

双根从紫草的眼光中感到一种令他嫉妒的热情,暗暗抱怨山东老侉儿不该来献殷勤。虽然感激的话没少代表妹说。他甚至忠告自己,冷牛筋走掉他才回城,必要时钻进草垛打个瞌睡,再来探望一下好放心。

夜餐用毕,十一点半钟了。

"兄弟陪我去看师伯,早点起来回去熬粥也不晚。"冷牛筋对双根说。

紫草把两条汉子送出门,望着二人背影,不由自主地在心里做了比较。她喜欢大个儿的淳朴、勤快与憨直。对表兄的温驯、羞怯、细心很赏识,但讨厌那双茫茫然、有时候带点女性儿,有时热辣辣水淋淋的眼神。他若兼有冷牛筋的长处该多好!这晚,姑娘头一回翻来覆去不能入睡。

双根、牛筋到了家,只有阿箭出迎。老爹正在打坐,没跟俩后生说多少话。

"这小房规治得好素净哪!"

"妹子的功劳!"双根点上煤油灯,语气很自豪,"原先老太公住这儿,床上护手钩是老祖宗留下来的,爹不使它们,三天两头摸,多亮!"

"兄弟!要是这儿不好混穷,跟俺师傅上峨眉山,古庙里吃喝不缺,俺会做菜,木耳竹笋黄花随手摘,练功有师傅教,长进快。"

"爹年高,妹子照应不了,怎敢远走他乡?"

"那就等小日本被打滚蛋,你和师伯上崂山上清宫,跟老道一打听,包管有小道士领你去。祖师爷不点一把火,没准儿能过一百五,师伯雄壮得很,有得活。"

鸡叫二遍,石匠喊儿子动身,就听大个儿不停地哼哼,老人点上灯一照,才见肩头脱了皮红肿了一大片。双根说明原委,是拉犁磨烂了。

"坐起来,傻小子,别打呼噜!"老人为他轻轻拿一遍,把脊柱两边的肌肉七提七松,让血脉畅和。

"不疼?"双根很诧异。

"嘿嘿!"大个儿傻笑,摇头无话。

石匠把儿子送上官道,转述了乡亲们的口碑。双根欲言又止,不住叹息。老爷子心头闪过一念,大个儿在紫草面前对双根的威胁,儿子也有同感,但彼此不愿被对方轻看,加上此地非将军师徒久留之乡,都没说破。

"新闻有腿,跑得很快。"

中午,胡大牙便来到石匠家。

"爷爷!听说冷先生和双根叔俩人拉动一张犁,真是神力非凡,孙儿在上海浦东小镇钦公塘开了个小作坊,做酱菜销往广州和南洋,这样不赚家乡人的血汗钱。孙儿打算买条二手船,能装个七八十吨,上水到汉口,下水到上海,除花钱雇几个保安队吓唬土匪之外,还得有个武艺高强的自己人管船。这人,冷壮士最合适,求爷爷在当中美言几句,李将军那儿愿送点薄礼。冷壮士的薪水嘛……"

"您打算出多少?"石匠眼角飞上笑意。

"一年二两黄金,吃穿另包下来。"大牙鼻尖冒出细汗,他掏出雪白的手帕擦去。

"牛筋你看呢?"

"俺只想侍奉师伯和师父,除非这二两金子二老各拿一半补养贵体,俺做啥都不含糊。要为自个儿,金子没用处。"

"那,将来壮士也得成家……"大牙一脸恳求的表情。

"俺还没想过这码事,除非二老有吩咐,养不活啊……"

"爷爷和李将军商量一下再说如何?"大牙乖觉地立起。

"不用商量,我和师弟都用不着金子。你一片美意,我代牛筋谢谢!"

"英雄不爱财,不怕穷,令人起敬,再加一两也值,请再思再想,改日见!"大牙施礼辞去。

"俺大爷!俺不想回峨眉山,想留这儿帮您种地。武艺嘛,教两手也不多;不教俺不怨您老人家……学点石头活也成,俺有傻劲!"

"石匠这还请个长工? 哈哈哈哈!"

"俺想……"大个儿跪下了。

"你……"石匠感到兜胸一棍。

"让俺师傅说吧,您得收留侄儿!"冷牛筋叩了三个头。

石匠担心的事要发生,大个儿迷上了紫草!

这明确的触动,助他想起冷牛筋说过的一节家史,可以确证师弟人品可以共心:

他爹吃了冤枉官司，托朋友卖掉仅有的两间小屋一亩半地，给济南府衙门送去九十块现大洋，想买一条命。怎料诬告方行贿一千银圆，咬定要无辜者替死。呼天叫屈无门，亏得孝子找到那时还不认识的过天星家门口，跪了一昼一宿水米没沾牙。将军查明案情，进京请得力故交疏通，急电告知山东省政府立即释放无辜良民。受贿者看了电文又封上口，推说还没收到，宣判死罪，绑赴刑场，给几名杀人犯陪斩。假戏真做，虚砍一刀，释放回家已然吓疯。亲朋凑钱医治，疯人打医师，摔药罐子，吃屎喝尿，闹了大半年，油尽灯干，只活到四十三岁。李将军买棺安葬，收牛筋做门人，不致沿街乞讨。

胡砧警示自己"要忍死抗疯癫，为了躬行师教，喝一锅猪胆汁也甘心。劳神的事反复纠结，跟幻视幻听烩一大焖子锅，倒腾不休。中规中矩的匹夫必须制怒守静冷对妖邪，跳过冰天雪海，熬到春暖花开"！

扑窗凉气帮他梳理纷扰千端的杂念，编成一条辫子式的铭言"我不走陪斩人的老路"！再三削减，只剩三字提示："不陪斩！"

雷车轰轰隆隆驶过灰矮的云头，从薄缝钻出闪电一蹦几十里，出没不定，矫健而烦躁。他抓回了鹿儿俏丽刚倩的形象，把魅影冲刷得渐去渐远。逆境顶风开船，要找到活下去的理由。纸盔布甲可以权当击技家们津津乐道的"金钟罩""铁布衫"，凭借"刀枪不入"的单相思暂填广漠的空虚，同时用好"法宝"，强化无懈守住意志：无心可动！

师父看人看魂。世道和年纪、阅历，使将军不会重入官场江湖，只会避开污浊，独隐其身以终天年，也不想做什么学问。冷牛筋也缺气质根基继承武学——道家真谛。先师对我和师弟要求全然不同，果从因出，无人开示，边做边加改正吧。

儿　殇

　　事情过去半年多，石匠的脸面前还时而浮现妹妹怨而不怒的脸庞，哀静，冷郁，想开腔又连连咽着口水。妹夫上齿紧咬下唇，用劲在压住怒火；有时候下齿咬死上唇，下唇朝外撇出，一肚皮难言的隐痛，浮肿的眼角射出轻蔑的冷焰，扎得石匠背脊发凉。

　　"妹夫气得脸颊青灰，妹妹一直在滚油锅里兜圈子，都受了我私心的罪。我明白！可事办错，悔也迟。就拖到今朝，一边悔恨，也还得那么做，你哥不会侃空……"

　　"还说啥，你……"妹妹想数落他，又有点舍不得。其实真要打上几拳，做哥哥的反而好受。她从小要强，专走男孩上风，捶几下，扯他的辫子，找碴子向母亲告哥哥"黑状"，这不是，那不是。当娘要儿子跪下，拿一根抽挂面的实心细竹棍要打男孩的时候，小姑娘又跪下流着泪水求娘饶恕哥哥。哪怕她气得小腿乱蹬，跺着脚一个劲儿哭，他只是"嘿嘿"一笑，没动过肝火。连寡母都让她几分，做老大的能不疼小妹？可惜她打哥哥的时日早已消逝。

　　妹夫倒竖八字眉，用胳膊肘碰碰妻子，认为跟内兄讲理是夏天找皮袄——不合时宜。

　　这表情伤了石匠的自尊。

"妹的掌上明珠也是哥心尖肉。对她不比儿子差。老鹩早说要亲上加亲，我也拍过桌子。谁知事到临头挣不断拴在鼻孔里这条绳，我拉她跳了悬崖，让她伤了元气。亲人啊，我会比你们更惨，就算命不由人吧！别的怎么说？让哥给你们多烧钱化纸，有灵就拿去花掉，我再烧。我死了，有咱两家共有的小孙儿，断不了香火。要是人死如灯灭，天上地上地下没有亡灵，那点买纸钱我多砸几锤就冒出来。别老拴在心头……"

他多想把"命"叫到跟前，狠狠吐她一脸吐沫，破戒猛揍她几拳才能解气。她对好人们太不公平。硬是逼你吃回头草。想起来伤心，又讲不出个牌名……

1939初春，胡砧喝了半葫芦闷酒，前思后想，又跑到太公和嘎翠鹿儿坟前跪了很久，把最隐秘的想法全倒了出来。末了说："鹿鹿妹子！我往日笑你好问卦，今天自己也这么做，是跟你学的，想听你和太公嘲笑，可你们不会再开腔。请帮我拿个主意：我这鞋要底朝天算你们摇头，底贴着地算点头！"说毕右脚金鸡独立，左脚一抖，鞋子飞上天空，不停地翻着跟斗，就在这一刹那间，他先是希望底落地，后来又盼望受到否决。结果"卦与愿相违"。

"事关重大，太公和孩子他妈，再指我一回路吧，心里忒乱！"他光着左脚，抖动右腿朝前一甩，鞋子翻了四个跟斗，结局却与上卦相反。

"你们也拿不定主张，不叫我更犯难吗？"他搔着头皮，直喘粗气，把鞋重新穿好。

求第三卦的勇气已经消失，脸前只有一片迷离……

"太公，孩子他妈，单吉双凶！"他闭上眼睑胡乱扯下一把草，一数正好十一根，大吉。他绷紧的心暂时又松了片刻。

一阵小跑来到草儿家。

门缝里露出淡黄灯火，他敲敲铁门扣子。

草儿手里纳着老人的棉鞋底。她把舅舅迎到屋里。没有问候的客气话，先倒上一碗茶。

他贪婪地喝着，嘴角唇髭上流着水珠。

"要是舅舅让儿受天大委屈，你恨我吗？"

"胳膊哪会朝外拧，敬重您老人家还来不及，恨从那里起梢？"

"你看舅舅为人……"

外甥女笑盈盈地伸出左手竖起大拇指。

"不对！"仿佛拇指上溅出一团电火把他灼伤，"这儿不对，安的孬心，歪心，半拉黑心，鱼腥屎臭，见不得日光月光人眼光！"

"您老人家说些什么呀，这……"紫草儿愣住。膝头的长麻线掉到地上也忘记拾起，千层底轻轻放到桌上。

"你是好闺女，跑穿三十六双鞋也休想找上另一个。"

"不就一棵草吗？"

"双根不好……"

"过去了还提啥劲儿？"她的下巴抵在颈根上，脸膛漾出绯红。

"我对不起你一片孝心，本不想走这条路，硬是没办法。宁愿挨千刀万剐，斧头锯子卸成八块……"老人热泪纵横，撩衣直挺挺地跪在女孩面前。

下地一声炸雷。血从胸口涌上头顶。她太缺少精神准备，估不透有什么灾难降临。

"舅舅！"她本能地跪倒在石匠对面，"有话只管吩咐，这么做草儿承担不起，罪过！快快请起来！"

"舅舅把脸挂在路边树皮上，有事来相求，顾不上面子。你不答应我跪到明天太阳落山，笑我老昏了头吧！我活得太累，够了！好女儿！"

"请起来说，草儿父母双亡，孤零零一个女孩儿，舅舅什么事都能做主。叫跳大江，心也不会打咯噔……"

"双根没出息，他想娶你。我知道一朵鲜花不该插在牛粪粑粑上，可真想抱个孙子，不能在双根这一代焦了尾子断了梢！好歹传个种。他再不争气也只好随缘。我不说亲上加亲就准有好果子吃。他是浓鼻涕，甩到谁身上谁讨厌，再亲也白搭……"

草儿扑进石匠怀里，久久哭个不停。

从小，她看到舅舅饱受乡里尊崇，走得上人前，说不落人后。如此孤单、老朽、困顿、心冷、萎缩的形象，怕连白发盖耳的胡天温也没见过！一副沉重得叫人趴下的担子，放在她的肩上，她懂得这分量和无底深渊的黑暗，恐怖与阴寒。

"哭吧，好妞妞！多哭一阵心里就顺当点儿。舅舅本心不恶，自己凡人做得掉了价，还拉个连推磨老驴都舍不得抽一鞭的好丫头垫背，真太恶了……"

"侍奉舅舅一辈子也该当，……一棵草沉到井底，飞到天上，都一样，一样……为什么人想活心先得死绝，我不明白的老天爷……"

"好闺女！咱们都可怜，又怕人可怜，更没几个人可怜……靠墙墙倒，靠树树歪。路越逼仄越不肯搀你拉你一块儿走。尽走螃蟹步子，骂骂咧咧，乌烟瘴气，把活人的滋味全捋个光。一人掉下泥坑，拖累一小串；一串下泥坑，毁掉一大片。舅舅好歹明白了；背上有烙铁烫，心头有铁水浇。黄土埋到鼻尖，不能头朝下在大街上走！算了！算了！算了！舅舅不推你下火坑。请起来，好孩子！你该过上像个人样的日子，我家那头瞎眼驴不配！走了，插上门。"

丢了小算盘，身心轻快一大截子。他沉着地起身，拭去姑娘的泪痕，拍拍她的肩，摸摸她的头发，像小时候对待生气的妹子那样。

"这么离开，草儿不放心！歇上一宿，明儿我送您老人家回去。"

"私心一回潮，又会忘掉人腔唱鬼调门，那多不体面？我不是神仙佛爷，也没见过他们。忘不了自己大半边红脸膛小半边白鼻子，走是上计！"老爷子转过匀称的身板，少许有点醉意，又没到跟跟跄跄的分上，朝门外走去。

"不远送啦，舅舅保重！"

"今晚的事别告诉人，难为情呀！"他赧颜地挥挥手，加快了步子。

身后的门儿"砰"的一声关上，接着是插栓的声响。

"你呀，老想学成个圣人，没想到是个小人，丑，丑，丑！呸！呸！呸！……"左耳的调侃声很严正。

"你呀少臭美！小人又怎么的？改了还是土圣人。瞧，妹妹妹夫都在笑呢！我是小人，谁不是？你能从十麻包芝麻里找出一粒金豆子吗？呸……"右耳的辩护声很苍哑。

"你舍不得土圣人的金字招牌？下了粪坑还说一身香，跟你小看的三家村老夫子们半斤八两。刚出门像个人儿，心里又反悔，怕儿子讨不到儿媳妇，抱不上大头胖孙子……"实话太无情！

"亲上亲，最贴心……"这一嗓子更闷！

"可不，老黄牛推磨，兜一圈儿又回头……"

"别吵吵！我够孤的了，别人抢白一顿我管不着，你何苦也来凑几锣'紧急风'……"

"哈哈哈哈！就要看看你原形……"

"坏事有你一股东！金字招牌算个屁，可它一倒下来就变成一团火，烧得十条街都看清你这该死的石匠，该跳海上吊的假圣人……"

"我跟你闹着开心的！老伙计，咱们同吃同穿同睡快七十年，知道你心里有一缸黄连水！淌眼水就是善良心在审你。你本来可以大声回答，等孙孙儿出世之后再审，看看胡某可是条头顶苍天的汉子！你是孤雁独脚虎，没开刃的剑，阴沟里行船的舵把子，上好身手用不着倒霉蛋儿……"进入树林，那倔强严厉的影子似乎缩进了他的腹腔。尖刻的吵吵声暂时静下来。

或许是影子在肚里翻腾，挤得酒菜没地儿待，"哇"的一口全吐出来了。

石匠蹲下喘着粗气，双手按在老树桩上，六成恶心后的平稳，两分虚脱，两分求婚成与不成都躲不掉的自我厌弃。多年以来，他没有直面自个儿深层的弱点。经过怒目对视的较量是胜利了。可那是不折不扣的惨胜！惨得老脸没处搁！

"舅！您何苦这么折磨自己呀！"原来关门插栓是虚晃一枪。紫草还是悄悄跟了上来，扶起石匠。

他清醒地从疯疯癫癫的边缘退了回来。影子与人不再出声，替代的是松涛的遥叹，大牛湖水的沉吟。记得太公被马踩伤临危之际，也曾这样呻吟过……

"啊！你和双根要还是锅台那么高,该多好!那年月我一身是力气,使不完……"

"您这会儿也能推动大石鼓呀!"

"今儿可不成啦!"

一老一小走到门前大路上,大石鼓真在那儿恭候着他,他将起袖子一推,石鼓只朝他点点头,没开步走路。

"明天再来请它回家,歇着吧!"她抓住石匠的手往自己肩上一搭,颈子伸进他的胳肢窝,半架半拉地走到屋里。

这夜,石匠睡得最香。

天快透亮时分,他悠悠醒转来,精力充沛,推过石鼓回来,草儿已然离去,锅里留着热饭,石匠估计她已回家,并不在意。早餐之后,他开始替彭浪矶一座古庙刻着碑额。

此刻,姑娘坐在安庆太平寺的禅房里和李将军一起喝茶。此庙建于晋朝,几经兴废,到宋代又兴旺了百多年,"太平兴国"就是宋太宗赵光义的年号。辛亥革命之后只剩下三进房子和一座废园,更萧瑟而荒凉。

"叔叔把侄女带走吧,不论到三山五岳,天边海岸,情愿侍奉您老人家,要是日子太艰难,侄女能进工厂去做工,养活自己,得空替您洗洗浆浆,缝缝连连,再累无怨言!"

"到底为啥不跟舅舅在一块儿过呢?"

"叔叔!您就别问吧……求您……"

"这事不能含糊呀,闺女!"

"侄女怕……怕老人家心血来潮,要侄女做他儿媳妇。草儿不喜欢表哥,没缘分。"她把近日的事细述一遍。

将军站起,在屋里徘徊。手上的杯子几次揭开,又合上,没有喝茶。

"冷大哥呢?"

"你没见他?他打了一把长柄大扇刀,一早就告诉我,帮你割稻子去了。"

"唔。"草儿心里一怔。

"师兄答应不提亲事,你还是留在他身边照应老年人。"

"不成,侄女怕他说过的话又不算,他太疼双根哥哥!别看他脸上冷冷的,倘若再提亲,不好推辞,侄女心里太苦……"

"男大当婚,女大当嫁,路总得这么走。像你老叔单身过一辈子,说真的,也太苦,我决不赞成年轻人走这条羊肠小道。你有别的心上人吗?"

草儿摇摇头,待了十多秒钟说:"冷大哥对侄女挺好,也兴他会求叔叔跟我舅舅去提亲!"

"是的,他求过,我不知道师兄想亲上加亲,答应试试,今天看来不能开口让他犯难为。你叔一世没管过男女婚嫁,不懂。你愿意跟牛筋过到白头偕老?"

"要是在他和双根当中挑一个,我宁肯跟冷大哥过,他心眼儿实在。"

"可这人挺粗,没心计。"

"心计多了害自个儿。"

"要是我不许牛筋娶你,你还想挑谁?"

"没有,不知道。"

"为什么找我?"

"相信叔叔是好人,跟您走开,舅舅放心,也不好意思去追我回来。再说,我有点喜欢牛筋哥哥,为什么? 说不清道不明。"

"这事棘手! 坦率说,好闺女,我不能为你和牛筋的事伤我敬仰的师兄! 师父就教我跟他两个人,论情分,同胞也比不了。你要跟牛筋远走他乡,何必告诉我? 我带上万人打过洋兵,可这码事……"将军连连摇摇头,陷入沉吟。

"侄女……"

"你想说白找了私心挺重的老叔?"

"……"

将军从床侧抽出剑鞭,迅步来到废园,默然起舞,真是天龙探海,饿虎搏狮,那武器有着自己的性子。人,也许仅仅是它的一个附属器官,英风霍霍,雪片霏霏,电光闪闪,石舞树移。死地之生,悟境之淡。武艺,是大道,非艺，更非等而下之的技术。前者使人获得智慧，后者给人小勇与大负担！鸦片战争而后，重术轻道，术必萎缩。一切外来宗教与艺术何以不出世界学术巨人？还要再消耗百年来证明一番吗？

将军收了兵器，喝了两口茶，打开箱子，取出五十块银圆，还有一根金条，放在紫草手边："我想过了，你和牛筋走吧，我替你们去老哥那儿负荆请罪！"

"那不成了私奔吗？"紫草很犹豫。

"这……"将军抱臂垂首而坐。

恰好大个儿买来一大包素点心，三人吃过，紫草就到花园里给师徒二人洗衣服。

牛筋听完始末，想了片刻说："师父！俺是疼俺紫草儿妹子，动了凡心。该打该罚，徒儿不说假正经的话。她对俺往日今天都摸不着底牌，连个辫梢儿也没碰到。三五年信不过咋能到白头？徒儿想当着师父和紫草大妹结拜为兄妹，跟一个妈生的一样规规矩矩。她要说俺不配，俺送她上哪儿都还是哥哥。等她看透了徒儿这块料的火色，师伯师父一齐主婚办大事。"

"说得在理，连我听过心里都一亮堂！几时动身？"

"时光由妹子自己定。徒儿从小没做过下三烂的勾当。走，光明磊落，不是偷鸡摸狗。要禀报老师伯点头，免得见人矮一截，给二老惹些闲言碎语，甚至生出误会，伤了老哥儿们和气。同门动刀剑，俺就十恶不赦！"

紫草真很爱大个儿吗？她自己也不全这么相信，都是双根逼着，才让她跟冷牛筋靠近两步。听了这番响当当的话，对大个儿暗暗佩服，他身上有双根缺少的东西。要是命定跟姓冷的在一口锅里搅勺子，她愿意。

大个儿怕羞，不肯去牛尾镇。草儿想回自己的家，将军主张她一定要去告别，否则太伤舅舅的心，姑娘照办。

"叔叔！您只说带我进川去重庆或成都学一门手艺。婚姻的事，到定下来的时候再说，免得舅舅不高兴！"

"好吧！什么都瞒不过师兄的耳目！"将军皱着灰白色的浓眉。

将军让姑娘带去一些熟肴，自己提着两罐好酒，一到石匠家，就摆好了酒食。

将军要行大礼，石匠不许，老弟兄俩来到院子里共同向师父辞世的西南方三拜。

分别总很黯然，话很少，找不到太多发亮的力来互勉一番。将军留下了四川和山东故居的地址。

"此回分手，会少离多，师兄保重！小弟留下剑鞭与兄防身，见兵器如见兄弟！"

"愚兄不入江湖三十年，宝刀好剑全送了朋友，后辈又不习此道，习也无补世道。贤弟带在身旁，上面师父手泽犹在，将来传给可靠入室弟子。贤弟美意心领了！"

将军不再坚持，最后约定，如果石匠不患大病，两年后在峨眉山一见，同去昆仑一游。虽然都未挥泪，热酒却喝了一壶又一壶。

"紫草是个好孩子！兄弟要有这么个女儿该多好啊！"

"我的孩子跟你的孩子还不是一回事？咱们还分江南江北。"换过话题，石匠思维活跃些。

"那，小弟带她上山如何？"

"说舍得是假的，说难以割舍是真。但走就走，不扯后腿，只要她自己愿意。"

"老兄对她有什么想法？"

"有，太自私，不值一提……"石匠又抽起了旱烟，脸色紫里透黑。

"想她，我让她每年回来住上小半年，师兄想上山一溜烟就去，兄弟真喜欢这孩子！"

"行，现在你自己去告知她，让她想想，明天定夺。"石匠说得干脆，"你坐上水大轮船从汉口走，我就不送了。草儿，换大碗倒酒！"

听到舅舅的许诺，姑娘很舒心，使这儿和家里的一切，立马变得亲热。

"舅舅叔叔少喝点不成？"

"醉不了，醉倒也好嘛！"石匠不住招手。

每人三大碗一干,他俩抱头大哭,都有生离死别的预感,只在皮上罩了一层纸。

姑娘把酒坛子拿到自己屋里,锁上了门。她在屋里和院子周围走了两圈,大核桃树,东倒西歪的石料,碧绿滴油的菜地,还有柴房后墙上的窗子,既高兴要跟叔叔远去,又不敢信以为真,手脚心都没处安顿,怎不依依……

将军睡在双根屋里,有八成醉意,鼾声不大,节奏匀朗。

舅舅披着鱼皮褂子在打坐。

紫草洗涮干净,头天彻夜未眠,现在仍无睡意,她给阿箭阿懒的碗里放些骨头鱼刺,躺到床上,才见窗外碧天无云,只有孤星伴着瘦小的月亮,院墙上流着浅黄透青的光,斑斑驳驳的碎石砌得平平整整,可以看到茅屋里的太平车、桌、椅……似是而非的物形,不停地流变,滋生,沉入树影。

金风拂过小镇,树叶絮絮有声,似是母亲哑然而笑,父亲唔然长吁。两棵沉甸甸的葵花并肩而立,一株高些,胖些,一株隽秀些,稍矮一点,正像冷牛筋与胡双根做着某种竞赛,裁判者是她!

她有些心烦意乱,便起身关上窗子,重新倚枕,还是兴奋不已。说不清有什么目的,她穿好衣服,踏着月光,走近后院,将军的鼻息很安详。再到石匠窗下一听,没有动静,来到厨房外间,阿懒在扯呼,狗却不在。

"舅舅!要茶吗?"她站在帘外用一个指头弹弹门框。

一片寂然。

"人呢?"她有点不安了,便进屋抓起老人的夹袄和大腰带跑到路口。

网晾在铁丝上,没去逮虾。

深夜,不会串门子。

酒已过瘾,上天温老蔫家再喝,不是时候。

她有些茫然地往山脚走去,连咳几声,低唤过几声"舅舅——!"没有回答。

她折到西边山脚下,那儿是黑魆魆的祠堂,前行百来步,正要回屋去,突然,她看到门楼下面"叮叮"两声,一会儿,纸媒子吹着,有人在打火抽烟。她心头一个闪念:全村用火镰火石的人不多了。可能他在那儿!

"舅——!"她向火星跑去。

"你来干什么?"老人的声音半哑,阴沉。

"再找不着您老人家,要把草儿急坏了……"她带着欣喜与委屈,抱怨着长者。

"回去睡吧,我抽袋烟也回家!"

"不! 等您一道回去。"她走到巨大的阴影之中,借着亮动的烟火,才见老人泪流满面。她扑上去一摸,长髯和衣襟上湿了一大片。"舅! 您怎么啦?"

姑娘跪在他面前,把头埋进蓬乱的胡须里,忍不住一阵抽搐。

老人抓住草儿的右手。

"好烫! 舅舅! 您发烧!"

"没什么……你不是要走吗? 快走,走得远远的,再也不要回来。叔叔是好人,不会亏待你,不能留这儿……"

"为什么非得走?"

"走,就一了百了,不然,舅舅疼你哥,没准又逼你,别那时候你进退两头不是,让双根死了心,另说一家。你在,她是七仙女也不娶……啊哟……"老人吃力地站起来,磕去烟灰,踩灭,用右拳重重捶着自己的背脊。

"回家! 不能在这儿待一宿呀!"

"不! 我上你家去,你……去吧!"

"舅舅——! 您这样难受,紫草出门能心安吗?"

"没事,难过十天半月就忘了。"

"忘不了啊,亲舅舅,我的爹妈!"

"这是一辈子的大事,机会少,过了这家店,就没有这杆旗……"

"不! 您跟草儿一块走吧? 儿舍不得您——草儿最亲的人……"两股力量的夹攻,使陷在当中的她窒息。

"走? 这家扔给谁?"

"草儿都能舍,您不能舍?"

"你哥没成家,一走了之,将来他成了绝户头,我对不起祖宗和舅妈，……没他，我早进山了！"

这晚，石匠和草儿都未入睡。

天一破晓，草儿把将军送上大堤，回来的路上，哭得像个泪人儿。

"孩子要惜护身子骨，舅舅不留你，不逼你，好孩子，还不相信吗？"老人的话能点着火。

"啥叫个逼呀，难听。我要是舅舅，也会那么做！不做就不像是舅舅。您瞅着我长大，天生不开顺水顺风船，您要那么办，心里是不服，一时三刻会走；这会儿您不那么办，要不来侍候您就不是草儿！来定了。这早饭吃到嘴不知晚饭可吃得安稳的年月，装在口袋里当只猫让媒人卖出去，不知道那一口儿是龙是虎是獐是兔，不如认定一条小路走到腻！儿只求不请客，不收礼，不放炮，不点红蜡烛，把天温哥老蔫哥四房的木匠，从小常见的花匠叔都请到，凑一大桌，全家上祠堂老坟叩个头就齐啦。您在家待好，天温哥哥去张罗，说话反悔，天诛地灭五雷轰顶，来世变个吃屎的蝇子。草儿不会让您白疼十九年，菜篮提水一场空。"

"草草！舅疼你可不是用饵料钓虾……"

"说哪儿去了？跟您过日子要不知足，就该投胎到高官财主家去。说一不二，您别再掺和。"

"我能活多久？你是跟双根过……"

"苦水含在嘴里品品咂咂不如一口咽！"

"不！不能！"

"别嚷嚷，您心里想的跟草儿说的才真像麻花那样扭到一块儿。我那边屋留着，有个退步，庄稼照种。就一条：双根哥，草儿管不了，那是您的事。"

心痒难搔的老石匠抬起头，透过两层瓦片，看到一缕半红半白叠成不同颜色的云上坐着他的爱妻鹿儿，像刚刚从浴池里出来一样，腮比初冬的枫树叶还红，显得比十八岁前的草儿都年轻，嗓音尤其水嫩："叔叔哥！您交上了好运道，孙子快来冲喜了，往后的日子，芝麻开花节节高。不会老是头朝下。等着瞧吧！要我说的落了空，你可以打我一耳巴子，如果你不舍得掌嘴就轻轻敲一下。叔叔阿哥,我想您……"假若草儿眼角没有莹莹泪光,他会仰天大笑;而今笑不出声。天空的绿云散成一条毡毯似的草原,看不到尽头。爱妻向他奔来如同草原上一只小鹿,全身是蓝宝石般的云纱、用又大又亮又善良的眸子,带着笑意望望亲人们,一蹦三跳地跃入绯云深处。

最相亲的伴儿即或辞世,也能以最美妙的形象伴随生者度过余年。她的音容和爱,是他的一部分;她的身上也有他的脉息。

对外甥女的歉意只有阿箭那么重的分量;儿子将要完婚的喜悦要比一匹重挽马拉的大货车还沉。一切出乎料想,又像前世注定。

从老鸢那里获得了喜讯,双根没敢回家去见草儿,一是不敢相信神话成真;二怕说话举止失掉分寸,招致草儿的厌恶而无法挽回。正要盛开的花骨朵干得点火就着,日子怎么过?

一连几晚,他抽空就到老主顾们家里去开磨齿,攒了一块袁大头和几张储备银行发行的伪币,跑到古城东门口等着鱼贩子。

城墙两丈来高,石灰掺糯米浆勾过缝,还挺扎实。青灰色城砖大约有二十斤一块,比起凤阳(每块大的有四十八斤)、南京(大的三十六斤)、北京(约二十四斤)要小些,是宋朝以后所筑。城门楼上有三个将近二尺对方的正楷榜书:枞阳门。传说为曹操立在马鞍上所题,字的结体运笔缺少汉末书风特征,不足为据。清代学者包世臣在《艺舟双楫》一书内,列它为上乘之作是可信的。

从前,大湖大河里的鱼不受水坝阻塞,随时可进长江,鱼贩子用一辆板车拉上一条百多斤的胖头鱼砍碎出售是司空见惯。

"鱼郎哥,砍半拉带脑子的鱼头,我爹见到它就喜笑颜开,多喝半斤酒,能像吸凉粉那般扫光一大海碗。秤准点,莫多给,请收钱!"

贩子扬起三角眉看看双根身上穿的便衣,诧异地说:"兄弟不穿二尺半老虎皮啦?"他有点迟疑,仿佛怕钱烫了手。

"不为局子里的事,我胡双根从来不想沾半个铜板便宜。"贩子的眼神使双根的背脊一热,在小生意人眼中自己分明是个地痞。

"兄弟，不干也好！吃那碗饭有吐不出来的年月……鱼头五斤半，算五斤如何？"

"为什么多给半斤？收钱，否则我不要！"

"没想到你这样实在，不愧是胡老太爷的大公子！强将手下无弱兵哪……"

双根既内疚，又委屈。提起鱼就走。另外两位市民围到板车跟前讲开了价钱。贩子还在嚷嚷着："天地良心，警察分局的伙夫才买过，人家都没说贵，你们不能逼我蚀本哪……"

双根不愿多听，加快了步子。

"鱼头真够排场！嘀，送我吃了吧！"双根对面来了一个常来吃白食的包打听，是局长的叔丈人，此人歪歪嘴就有屈死鬼要被抓进鬼子宪兵队。连分局局长们都怕他几分。

"我花钱买的，探长老爷！"双根口气很软，骨子里挺硬。"探长"是拍马屁的分局局长和巡官之流给这个无赖随便戴上的高帽子，从来没有这种伪职。

"哈哈哈哈！大鱼吃小鱼，小鱼吃泥鳅，泥鳅吃虾，虾吃草，草吃泥！分明是抽头家挠过来的，还猪鼻子插大葱——装象！"包打听的手抓住了拴鱼头的麻线。

"卖鱼的还没有走，可以问问嘛……"双根额上的青筋隆起。

"反正你们都穿连裆裤子！"

"这鱼是孝顺我家老爹吃的！"

"我就是你半个老爹？吃个把鱼头是给你比八仙桌还大的脸面！"

"不成，我……"

"混蛋！真不懂事！"包打听伸出鸡爪般的手朝双根腮上就扇。

双根的手迅速伸到自己脸上，抓住包打听打过来的手掌。

"你今儿不喊爹休想走掉！"包打听想抽出手再打。

"我也是爹妈养的！"双根没有松手。

"双根哥莫胡来！探长有话好讲。"紫草突然出现在街头，她手挽着一只大红包袱,是卖过菜顺便去看一房父亲的堂姐,人称"胖奶奶"的寡妇,靠收点房租过活,善于应对,人缘不差,很疼草儿。到农闲就约姑娘来住上几天,算有个说话的人儿。紫草右手一扬,一张伪币落到鱼贩子的板车上,左手抄起和双根所买一般大的另一半鱼头,扔进包打听的菜篮里:"表哥太小气,人家看得起才跟你闹着玩儿,松手,探长家人多,半个鱼头不够塞牙缝子呢!"

"妹!我正要去胖奶奶家找你……"

"哈哈!还是姑娘仁义,说话掉到地上旋三圈儿比笛子还脆!请兄妹俩都上寒舍喝一盅……""探长"尽量缓和气氛。

"谢谢也不会说?真像是绣楼里的小姐!探长,我哥还靠您关照,回见!"麻丝、鱼头被扔进竹篮,她拉着双根向包打听一欠身,折回头就往城里走。

"探长"有点尴尬地挥挥手,吹了一句黄梅戏的口哨。

兄妹俩拐了个弯,来到火神庙门口。

"心里要能搁点事,蚊子叮你你能反叮它一口找眼前亏吃?傻瓜!怎么不吭声?"

"怕……"

"唱草台黄梅戏上千号人看都不含糊,怕我?"

"嗯,我挣了两块袁大头,是晚上给面坊酱园开磨齿儿得的,你买点什么,我怕买了你不中意……"

"没出息,还没办大事呢,就想着怕,支着怕,还算汉子?"

"往常吃不上天鹅肉,这颗心好不容易才硬压死过去。这回天鹅要飞到家,让我拙嘴笨舌弄飞走了,你哥要死在单相思上!哪能不怕?我往后会对得起你,真的。谁也没有我这么疼你,妹怎么看不见?"话是从心底层流出的泉水,诚挚,热火;双根眼角是干的,泪在声音里。草儿被打动了几分钟。

"哥疼我,我看得出来。躲我是怕我看不起你!我是不喜欢你,倒不是有多坏,锁不投簧。为什么?不知道!谁也别怨谁啊。舅舅上了年岁,他也难为，来说了许多，叫我一点不改，或是从头变到脚底板，妹子做不到。刚才我想到迎江寺庙门口，托代写书信的老汉替我写封信给舅舅，想到一辈子要跟哥过，心里就不踏实。妹子想逃到上海去当女工，一世不嫁男的。等挣了点钱，哥哥娶了嫂子，我把舅舅接去过几年……妹子要说假话不是人……"

"还这么打算？"

"想那么做就不告诉哥了。"

"妹真好！哥想……"

"想什么？"

"想到就高兴，可这会子不好意思说……"他红着脸膛哧哧地笑着。泪珠又涌出了紫草秀丽的睫毛圈儿，为无爱的婚姻，为久久期盼的落空，为日后乏味的平常日子，为死去的父母失望……哭的理由太充足。

草儿很快成为全镇老公公婆婆们最称道的好儿媳妇。地里家里的粗细活儿，还有娘家那一小块地，都调理得顺顺当当。

十二个月后，草儿生下跟她自己一样标致的男孩，大头大眼，哭起来嗓门脆响，乌密的发丝，红亮的嘴唇，又薄又俏，皮肤白里泛点嫩红色，水灵扎实。爷爷特疼爱这忧患岁月来到人世的命秧秧，取名小牛儿，盼望他不要过分聪明，流一辈汗吃碗稳妥的泥巴石头饭，莫大起大落。

老蔦家的照料月子，一天五顿，少吃多餐，使妊娠期呕吐不止的草儿瓜子脸上又漾出健朗的桃色，杏核眼里射出母性的光，安详，满足，还有一丝她本人都不曾觉察出的骄傲。

老蔦嫂连夜为牛儿赶缝了两套橘黄色土布褂裤，还耐心地镶嵌上绿色的布条，每次洗完澡递给草儿之前，吻了又吻。明知孩子思维还没开窍，硬是找着题目说话给他听："长得狗头狗脑，泼泼皮皮！长大赶着大牯子犁地，跟爷爷学开磨齿子，修涵闸，做个小小的活鲁班师父！是个孝子，孝爷爷爸爸妈妈，还哈哈大笑……"孩子睡得很熟，流着涎水。紫草儿听了也养耳朵。

好长一段日子，石匠没有这么欣喜过。为了逗趣，他把牛儿抱到窗前

对天温叫道,他大伯快来看,咱胡家从没出过这么难看的猪九戒,简直是八戒的兄弟,听:

> 土豆头,
>
> 烧饼脸,
>
> 反边(左)比顺边(右)多一点……
>
> 招风耳,水桶腰,
>
> 反肩又比顺肩高。

惹得天温呵呵大笑。

"牛牛!你真像爷爷说的那么丑?"紫草凑趣地板着面孔装作生气的样儿。

"爷爷不疼牛儿,你怎么办?"天温伸出指头弹弹孩子下巴。

"谁讲爷爷不疼这只小公鸡?"草儿扑哧一笑,指着挂在房门上的小弓箭:"不疼宝宝能做这么精巧的东西挂在门上辟邪吗?"

老人捋着长髯侧目而笑,"箭袋上的麒麟送子,还是牛儿奶奶绣的!过了二十七年还崭新!"这是鹿儿故乡的风习,小弓上缠着金线,两头穿着一行小石珠儿。被磨得贼光滑,光穿孔就费了工。一排竹箭,镞部削得挺锋利,箭杆下部套着朱标箭羽,是鸡毛剪齐,套在杆上的。小东西一挂出,一是祝愿牛儿英武豪爽,有大丈夫气概;二是告诉亲友少进产房,免得带病给母子俩。

石匠沉浸在当爷爷的喜气中,小弓箭引起许多断断续续朦朦胧胧的思绪,想马上理清楚,很快就飞逝了。

儿子满月前两天。

草儿打了一会儿瞌睡,挺身坐起,将背脊倚在一叠棉絮上,她才看到双根跪在床的另一头踏板上,而手按着床沿,眼睛贪婪地盯着熟睡的小牛儿。

"我是……给你送红糖,顺便看看儿子,莫生我的气,让你肚子疼了一天一夜……"

地上放着一盆水。阳光投在窗子玻璃上折回,短虹被按进盆里,再喷出一团赤霞笼罩着产妇,同红绸被面上斑斑点点的流焰汇合,把原先汗水、忧思给紫草织成的一层薄薄的无形茧皮全部剥尽,每个细胞经过更新。小母亲的魅力告诉人们,不做妈妈的女性仅仅是半个女性;孕育过小宝贝,才是个囫囵的女人。

　　"哥,你也是五尺来高的汉子,怎么老像做了亏心事的小媳妇?"

　　"草,下一世我给你当媳妇,长漂亮些,让你高兴好吗?"

　　"现在也不难看,可惜缺少点什么?"

　　"少一条磨齿儿?"他惶惑地摸摸自己的七窍。

　　"别摸,不少,只是瞧上去缺点东西……"

　　"哦……"他垂下手又盯住儿子。

　　"哥! 我对不住你,从没跟你说会儿悄悄话,要等做好事给舅舅争口气……"草儿的声音软了。

　　"妹真好看! 只要能看到你,不说悄悄话也酒足饭饱。我不敢想跟别人一样守着屋里人,我不配……走上大街一见到穿你这样玫瑰红的夹袄的姑娘小媳妇在我前边一晃悠,就穷追猛赶上去,扭头一看是别人,就像从山崖上看到好人参的采药汉子,跳下去一看是颗红萝卜,撒气!"

　　"想家回来看看,舅舅也想你。"

　　"你呢?"

　　"我才不想你!"她身子一扭,从床里边镜子里看到他那木讷样儿,不觉有些可怜,就用拇指掐着小指头尖说:"想也就这么多一点。要说还多是撒谎。"

　　"有蚕豆那么大点儿想着哥就够了,我是想爹和儿子,可更多时光想妹子,回来怕挨驻在胡大牙家的救国军抓走,那小子有回在万和园喝得醺醺大醉,咬牙剁脚要报上回爹调理他的仇恨!"

　　"可见到舅舅又怪和和美美的,估不透啊! 大牙这回出了大汗,让他家的大师傅们蒸上一千多块满月糕,给牛儿求福,全村每口人两块,不像马上要作恶。谁不知道他一肚皮小乌龟儿,场面上老虎戴佛珠——假充善人。

全镇没一个人信得过他,人混到这火候也绝……"

"有了牛儿,小心火烛!"

"对,不管啥事多为牛儿想……"

"把水倒掉,晃我眼珠。"男人照办以后,她又接着问道:"哥,听说你灌足黄汤之后打过人? 别骗我,说真格的。"

"芝麻大狗官都打我,要我做一条会讲话的鞭子,不打人怎么解气?"

"别再打,要结下仇家来害咱们的牛儿就晚了。"

"没想过那么多。当官的说这些人偷窃扒拿,抽大烟白面,拐贩人口,逼良为娼……"

"官话只当官话听,相信官话虎掏心,临了一阵鬼吹灯!"

"就知道官坏,没想到他们一个劲儿尽放炮。"

"哥,要能听草儿一句,我就——"

"怎么着?"他把耳朵凑近她的鼻尖。

"我对你好还不行?"草儿眼里射出一束彩色的光针,起落跳荡不止。

"说说怎么个好法?"

"给儿子再生个弟弟,生个妹妹。"

"你讨厌我,全是碍着爹的面子,爹一老,你准扔开我,看透早晚有那么一天,不如让牛儿会吃饭你就挪挪窝儿,我不怕心里有一万条蛇在乱拱乱咬,把牛儿拉扯大,不给他娶晚娘,免得误你青春美貌的俊俏样儿。不骗你,会想你到咽气,做鬼还是忘不了,可我不够格儿……"大滴泪珠洒落到她的手上,"要是不忘兄妹一场,你的那一位不吃醋,二十五年之后哥替你去看大门。你们过你们的,哥只要每天看上你一眼死就瞑目……"

"胡扯! 哪来的那一位? 从前是想过扯腿跑开,而今有牛儿这点盼头,又懂得男人想女人心里烟熏火燎不好受,哥,草儿今天喜欢上你,跟城里洋学生一样,咱们也恋爱好吗?"她跪在床上,紧紧地搂着丈夫的脖子,泪眼婆婆地向他噘着嫣红的嘴,在他的额头、鼻梁与下巴上重重地亲了三下。

一股令他迷醉的暖潮,从胸口向全身涌开。是舒畅得憋气,打着冷战的烈焰。除去妻头上闪光的黑瀑布,桃花般的双颊,吐出轻轻的噫声,犹如春风拂过草尖林梢,在碧波上回旋之后,向着太阳娇笑。

"人心不足,蛇吞象,宝贝的妈,我的小妈!再亲两下,心就熨帖,不再朝上卷。治治你哥的心病吧……"他幸福地喃喃着,"每日到门口看过百多回,就是没见到你,我还在半夜跑到过你窗前愣站着,让大雨浇成落汤鸡,一闭眼小包车大花轿轮番抬走你,你头也不回,狠心的小草草呀……"非歌非哭,亦哭亦歌,吸收与倾诉,承受与给予,在老家之外,又缠绵于怀抱之中。

血肉的云块向她压过去,她在抗拒中迎接,紧紧收缩丈夫颈顶上的臂弯,自己的胸膛也被另一圈大箍缠住。几十把无形的刀扎进她的体躯,喷涌而出的是一半难受一半欢乐的歌,低昂,回环,不可遏止地飘落无边无底的巨潭,指飞闪电,心吼雷霆。广漠大野,不知对垒的两军是友是敌。翻滚、互补、闪躲、换位、撕缠中收缩,沉落里浮升。仇恨对方老得太晚,感激对手终于降临。每个脏器的礁岛在膨胀。每个细胞都在对方那儿寻找电压的共振。

恶笑与慈悲喜怒的两条山脉往一起挤拢,不是该为历史让路,抑或把握契机假戏真演,以过程为目的获得妙趣无涯……

热风对吹,疲劳呼唤睡眠,睡眠演习死亡,死亡挣扎到彼岸,就是复生。

春的凯歌才弹响第一个和弦,引来牛儿以无能替代万能的伴奏:他哭了,这与苦乐无关,未必是有思想的"语言",及时点着火种,是报到的欢声,介绍双亲重新相识、理解、扶持,激发了涤荡意识的要求和力量,迈出填补空白的第一步。当然无须承担破坏情爱场景的职责。

热风被吸回小两口儿胸廓,怕吐出来的灼伤爱儿。他俩半坐半卧在牛儿左右,各自伸出一只手为他的哭声鼓掌。和所有入学前的孩童一样,都有一座宫殿式的小舞台,爹妈的腿是柱子,手是布幕,眼是追光灯,心是电源,记忆是音像设备。知道殿堂的可贵,即使它还存在,也褪尽了慈祥庄严的油漆,融入春秋递嬗,只有哲人艺术家的创造中才永远闪烁。

石匠预感到面对巨大的转折。本着悄悄的话别之情,没有带老鸢和小唢呐来巡视大堤。

江声从天而降,锯齿形的江南丘陵为白云掩映,几点褐黄色的船帆,白绫般的沙鸥都不新鲜,又和昔日有所差异,似透似隔。

阿箭跑得还是那么欢,肚皮几乎贴近背脊,腿上的毛闪着黑火,肌肉显示出弹力,眼睛有些像黄梅天气的墙脚,湿润,柔和。阿懒腾得有些龙钟,嗓子降了两个字的调门,尾音不很利索。他估不透是猫儿正常显示老态,还是水里的鲜货吃多了,才现出老太监似的神态。

挖完两只鼠洞,即将下堤,他细细看过堤北,牛尾镇的屋顶栉比鳞次,井然有序,使他多少有点自鸣得意。预计在他这一生,大堤经过民国二十年(1931)特大洪水,不会有痛风扭胳膊之类大事故。枝叶小的差误,给老蔫他们去招呼。

石匠的目光移到脸面前的江滩上时,他那浓乌插鬓的剑眉拧成一个结;一片方不盈丈的白沙挺像一层雪,镀上了斜阳的丽彩。平沙南头有一棵孤零零的白苇,在晚风中摇曳。是农人们砍漏了一刀,还是偶然长出的一株不值得动刀,被乡亲们忘却而独享遐龄?无从追询。从它四面没有露出沙丘芦根而言,是后者的可能性更充足。它身高丈八,粗如鸡蛋,顶着一虎口半长的芦花,挺像武旦女靠肩背上的"狐尾",雪光烁目,周围砍过的芦柴茬尺把长,仿佛江滩伸出的指头勃然大怒,向它提出质问,孤苇无法解释,只好转动脖子,八方作揖恨不得钻进地缝。

孤独,杜绝了傍倚,只能靠自力撑持,锻炼和自我表现的机会,显然优于被淹没在群体中。便于思考的独处,对为时过久的群居不失为一种调节。二十天来常常独行,他在寂寥中跟自己反复掂量,做出裁决,也是无路之路,大背景与个性的产品。

记得光绪末年,山西解州关帝庙惨遭火灾,曾请他去补些雕刻,如小石柱顶上的圆雕、坐人、牧童与羊、猴,石板上浮雕的吉祥花草纹样与戏曲人物,忙到腊月二十二才回到安庆。在积雪半尺的江堤上健步,面对朔风,归心似箭,一点不冷。等走到快下大堤的时刻,那荒凉的江滩上傲立着独一无二的芦苇,凭着年轻人的豪兴,他背对牛尾镇走着倒行的步子,直面好不容易留下来的苇子,摸出喇叭,吹起岳西高腔《青石山》里关羽唱的唢呐二黄,而今那欢欣的汉子在何方?尤其是被草儿拒婚的那晚开始,孤苇和自己的命运几乎合为一体,它随时扰我碎梦,为什么?石匠兀立在它身旁不动。

四十年后对孤苇,不知道为什么,他觉着自己的命运和它相近,就兀立在它身边不动。

人情移到物上,物就带着人情味,反过来深化人的思索。苇子摆摆摇摇,抖抖嚷嚷。为他唱了一出重头戏。他看得又累又心酸,泪雨洒在银髯上……他看到苇叶在延伸,自己的双手也在伸长,二者很快"握"到了一起。他听到苇子单调衰飒的歌,荒腔、走板、少韵。似乎自己的心声在江涛上劝他:"老弟,别这么累,没人听,就我一个看客,又只懂点戏的小汗毛,不值得卖劲吗?""老哥哥嫌我喷口架子不地道吧?您是老羊毛,行家,该尊称为'胡处'。('羊毛'票友。'处',对票友中名家尊称,如'双处在京有名,唱片不少。')我邀几个人来一闹腾,就怕你想散也收不掉锣。"

石匠没有表示可否。一阵似远似近,含糊而又清楚的声浪从云头、小沙洲、江对岸山峰间的谷口传来,仿佛迟说片刻就有什么东西要堵住他们的声带一样,轰轰嗡嗡,乒乒乓乓,好不热闹。

"看你的宝贝心肝肉?有娘生没娘教的双根!竟在我的稻箩里舀去一大碗米,我是替行老板挑的,回去一过秤要扣工钱,我要饿着肚皮白干半天才挣到那碗粮;黑了良心的东西……"

"看看你仪表堂堂像个人样儿,不做人事的混蛋儿子,我是鸡叫头遍上山砍的柴,累得小褂子前后襟起盐霜!挨炮子的小汉奸在城门口夺去我两大块劈柴,气得我两眼冒金花,恨不得撬开他牙板灌进一锅滚开的锡……"

"小狗才连我上城卖点绿叶小菜换盐的穷鬼也不肯饶!抢走两只枞阳大萝卜,八斤开外,算我倒霉,让他拿去。喂了黑狗……绝子绝孙!"

"我是无儿无女无男人的孤老,那天拿十个蛋上城换肥皂,你那天杀的贼儿子抢走了一个,我跪下哭了。他一跺脚扭头就跑!心比蝎子还毒十分哪……"

"我挑了钱牌楼陈三老板院子里的大粪一年,送二斗粪米去定明年的交易。竟被你那逆子硬用海碗舀掉一升,害得我有口难辩……"

……

石匠眼里的芦苇就是自己,苇花是白发苍苍,白胡子飘飘,苇叶是衣袖和手,四面作揖下拜,成了十足的可怜虫。

"兄弟!莫替我赔不是,小东西是该杀该刮该埋,我怕对不住他妈,她死得太早太惨!你们没见过我那鹿儿多贤惠多仁义……我替他死好吧,这就死给你们大家看,闪开!"

"石匠哥,您不该死!"苇叶紧紧拖住他。

"放手!"他用力一挣,苇叶断了一片。也顾不上道歉,就双脚腾空,一口气闯进迎江寺,冲上镇风古塔第七层,从窗口朝下一跳。全身化作无数碎布条条儿,四散飞去……

此时,毗卢宝殿大门洞开,一声刺耳的大叫直冲云霄:"我的叔叔哥呀!你不该这样横死,你这么做太对不住嘎翠鹿儿呀,杀了儿子也不该毁掉老子呀,我的好人……"那鱼皮鞑子,穿着镶黄边的鱼皮褂子,头戴犴皮帽,还是那样绝代丰华,没有人敢抬头望她一眼。她几个箭步蹿到石阶下面,跪在地上,号啕大哭……

石匠看到自身躺在血泊里,头碎成两半,浑身叮满绿袍大苍蝇,一大堆没有恶意的闲人,不自觉地玩赏着同胞的灾难,用手捂着鼻子,既看热闹,又看当年连巡抚大人都为之销魂的美女……

——呀,可怜可怜!碎烂了,惨!

——咱们凑点钱买上四块板……

——养儿不孝,不如绝子绝孙……

——老头胡子白了,小老婆还行,要换套行头,省主席见到也淌口水!

——哎!女人可怜,要能改嫁给我就好了……

石匠准确无误地记得自己摔死了,怎么还听得见这些人议论,有的在嚼蛆……

"别哭,儿子她妈!我会杀他……"然而碎裂的嘴吐不清字,无法平息这番喧闹。

"杀人不过头落地,老人家受尽肮脏气都走了绝路,还在啰唆,不害羞吗?谁要心里还不顺溜,过来,是骡子是马遛几趟!"老人不喜欢的冷牛筋说出这一席话挺管事,换来一片寂然。

"双根儿,你对不住你爹!"嘎翠鹿儿一跃而起,狠揍儿子一耳光,气冲冲走进了大殿,"咣当"一声闩上了门。"你来干什么?"石匠在心里问,那碎裂的头愈合了,就是不能动弹。

"姑父姑妈扛着锄头在撵我,说毁了草儿好孩子一生……"鹿儿抽抽咽咽地哭着,声音凝成一条细丝,钻入老人的脚心,钻过双腿与腹腔,直冲脑前。

——活了,没意思,散!

——走!真不够味儿!

——可惜那小漂亮姐儿走了,她做了尼姑?

——关你屁事,干害单相思,老爷子还在!

——走,看戏去。小美玉王少舫《盘丝洞》准代西洋跳舞……(19世纪80年代至1949年,戏院剧目预告和贴在闹市的海报上,"准代"是保证演完的代词)

幻影消除。面前只有一棵孤苇在向他点头致意,似乎在怜惜他哭得一身是泪。

一会儿,石匠带着他的家什回到家中说:"大牙和建国军配合鬼子演习顺着江堤奔扫把沟去了,晚间回不来,双根莫走了。明天上午跟爹上趟山,有紧要事。你们小两口定心定气地说会儿话吧。天温找我商议后天给小牛儿做满月的事,在老蔫家吃饭,不回来了……"

欢闹的叫天子(云雀)冲向云头,老年人期望儿子能多睡个把钟头,悄悄地和草儿说点私房话,和那什么也听不懂的孙儿絮聒几句,这样的机缘金贵,小两口认为睡得太短的清晨被唤醒了。

大定木版《水浒传》摊在桌上,书的天头并没有落下几点白浮灰。石匠一气抽完七袋烟,小屋里的空气呛人。他有点觉得抑郁,从口角喷出的烟浪烟山,和世情一样变幻莫测。

双根轻咳一声,老人心朝上一拎,整整一夜,有点响动都会这样。

"轻点,莫吵醒牛儿!"草儿的低音柔润。

"我去做早饭。"双根穿好衣服走到院子里。

石匠放下旱烟袋,合上古书,揉揉红红的两眼,轻声说:"全做好了,快给草儿打水,再把锅里的鸡蛋面条端给她吃,人喂了一夜奶要饿的。"

"爹往后别起这么早,好生歇息。"

"赶早不赶晚是咱们先人立下的好规矩。马上把尿布洗净晒好。草儿刚满月,少出房门少下水,免得来日得风泪眼,上了年岁双手碰到凉水就疼。"

"爹去推石鼓,我扫院子!"

"都做过了。院子扫扫也好,扫把响,粪堆长。"

忙齐里外杂活,快九点钟了。

"哥快回城去做活,莫误了午饭。"

"中午不开伙餐了。"双根很从容。

"牛儿明天满月,我带点香到坟山上去,告诉前几辈人。"石匠提着竹篮,里边有咸肉咸鱼、酒和香纸。正要出门,阿箭围上来摇着尾巴,伏在条台上的阿懒也叫了两声。

"鬼精,给你们预备着,双根喂它们。不许做跟班的小厮!"刚举手做了个要打的姿势,阿箭把头一缩,转上半个圆圈就跑进了厨房,阿懒是福将,翻过身又呼呼大睡。石匠反手带上门往祖坟地走去。

半小时后,双根看到父亲仍然坐在一棵大榆树下抽烟。

"爹上过山了?"

"等你一道,除掉清明、过年、七月半,我们一道去的时候太少……"

"我提着篮子!"双根看到父亲的腰有点朝前伸,下巴超过脚尖,说话比往常少,声调带着平日不太显露的慈和,头一回觉得活得挺费劲。自己当父亲之后,心常常系在牛儿身上。爹对我不也一样?

双根仿照爹爹在清明祭奠逝者的程序,献上贡品,点燃香纸。举措大概八九不离十,父亲没有挑剔。

石匠也曾开导儿子:"只见活人受罪,没见过死人扛枷。不这么做,后人心不安,外人说三道四,也无话可答。只好祭人如人在。"

到了第八座坟嘎翠鹿儿安息之所。双根拜过母亲回头一看,父亲扭过脸去正在拭泪。

"爹这么难受,妈妈看到心里能舒坦吗?"

"我对不起她,也对不起你……不说啦,儿子。人老心软成糯米糍粑了。"

"哪能这样说,您最对不起的人是您自己,太苦了……"

老人频频摇头,提起竹篮,走到鹿儿坟墓的下端盘腿朝南而坐。

"爹坐一会儿,我要走了!"

"来得及走,儿子,给你爹也放上一分,还得叩三个响头,就算给爹……"

"这多不合适呀,您还有得活……"

"爹不讲理,心里苦,没法儿说。你就照刚才依样画葫芦莫犟嘴,我看合适。人出了娘胎就往坟地里跑,迟早变泥巴。死后的事看不见摸不着。你爹要做别人没做过的事,活着美美滋滋地尝尝味道。何必拘泥?秦桧严嵩在世的时候几百万人骂,都不是骂死的;老百姓年年恭喜发财,财在哪儿?"

"爹!您今儿有点什么……"

"跟平时三百六十天一个样,哈哈哈哈!"老人收掉了脸上的哀痛笑得和往昔一样开朗。但在儿子听来,笑中有克制和忧郁,使双根浑身起冷痱子,又不敢违抗,只能跪拜如仪。

"斟酒,别往地上撒,给我喝! 儿子……莫小头小脑小儿科,用大碗上满……"

"爹!"双根两腿战栗。

"好! 再来两下子!"老人照过空碗底,晶亮的酒珠子在银髯上反射着树丛影里流下来的碎光。

石匠接过三碗酒,双膝一按地,人跳起三尺来高,落到草坪上,变成了跪的姿势,碗里酒一点没有泼洒出来,平板的音调掩盖着沉痛:"列祖列宗!先师大人!双根他妈——我的亲人哪!七十年,又长又短,又慢又快,没添一块地,一头牛,一间屋。没有存心作恶,也没有功德。生如一棵草,死像一粒砂。来不惊人,走不出众。愿孙子辈长大活得实在,快活,对乡亲们有用处,不像我白来人世一遭,将抱愧而死。这碗酒向你们请罪了!"他右腕一扭,酒从碗中飞出,在两丈多高的空中划出一条白虹,迅速喷撒下来。是自责,是豪气,是酒劲儿,使得他的脸色绛朱,阴冷厚重,透出古丈夫的侠气。

"爹!"

"跟我来,用不着再担心那些地头蛇挨了饿找你麻烦!找不上了……"

"爹!儿怕……"

"怕做坏人,未必都是好人;怕做好人,临了儿还是坏东西。"他挎着竹篮子在前领路,儿子茫然地随着父亲。

二十分钟后,爷儿俩走到山顶,这是一块微微向南倾斜的小平原,不过五十平方,东西和北面都是从土中伸出头来的大石块,或矮胖,或高峭,石缝里长出几株小松,全是伸不开腰的老疙瘩,针叶绿中现出褐黄,像被火烧焦过似的,没多大出息。虽说小山在地图上没有名字,老百姓世代相传叫作龙脑袋。

天上彤云积得很厚,一副讨债者的表情,阴暗凄切。

小平原正南,茅草被吹倒一小片,根部有寸半宽,长过五尺,两面锋芒锐利,走山路的人碰上它,能划开几寸长的伤口。大锹扎在土堆上,上面拴着一条白汗巾,随风飒飒地飘动。土堆呈半月形,下边是七尺长四尺宽的大坑,挖得方方正正。坑下方有一块大石板,顶端有凿子修整过的痕迹。石板中央躺着一方小碑,乳白底色上横贯着一条条宽窄不等的血包筋络。碑下露出一把青钢匕首,刃口银白,寒气森人。

老人把竹篮放在碑上,取出鱼、肉、咸鸡,排为一行,再放上三只空碗和酒葫芦,一一斟满。眼底闪过两点红蓝交叠的冷焰,银眉颤动,长髯飘起,疲惫、烦躁的情绪一扫而光,替代的是沉稳、明达、干练、洒脱的风度。

"儿! 这块地方如何?"

"……"双根眨巴着眼睑。

"这些我准备了两个通宵。想来想去,想不到会有这结局……"

"爹! 我……"儿子的脸泛白了。

"不说那么多,来,刚才你敬我三大碗,这会子你也来三大碗。爹知道你的量,能喝半斤,只倒个盖碗底,意思意思……"石匠吐出的不是话语,而是冬天山墙跟上避开风吹的暖日头,炎夏正午从地里回来喝上的一竹筒幽泉。

"只要您高兴,醒了也不会死,喝,喝!"双根的舌根有点发僵。

"爹这一世不会有多大的喜事值得高兴。死,你我都快了。啊,不说,干!"父亲的酒碗端得很平地递给爱子。

双根用舌头一舔,犹豫片刻,想放下又不敢,还是怯懦地干了。

石匠脱去左脚上的鞋和袜子,抓起匕首。

"爹要切老茧子吗? 我来……"

"儿,看着我的眼睛! 胡某教子不严,每日在城门口鱼肉乡亲,抢夺柴米鱼菜,得罪了各方父老姐妹。先师已过世,法院是鬼子汉奸看门狗,无法无天,没有人治胡某的罪,良心不安,自己判罪,自己行刑。只因孙儿太小,家累重,诸事未了,不能苟且偷生,了却残年。在此为后辈做个样子。"说罢左脚踏在碑上,匕首一挥,冷光一绕,等到儿子扑上去抱住他的右臂,左脚后面三个指头已被切断,血流如注,洒在石板和碑面上,一片殷红。

老人右臂一使劲,儿子滚出一丈开外。除去左腿颤动两下,全身的反应很平淡。

"爹! 我替你包上!"

石匠缓缓从口袋里掏出一段白布和一瓶伤药扔在茅草堆上,把流血的左脚抬起来,右腿跳行几步,扶住小树,回过头来,将左腿架在松丫间,朝儿子似笑非笑地撇动一下唇角。

"千刀万刮儿承担,不该让您受这么大的屈……"儿子跪在树杈外边,替老人止血包扎。

"这不算屈。算太宽厚!你夺人家东西,人家不屈吗?放在自个儿身上过不去的事,就不该安到他人头上。"包好伤口,套上袜子,石匠朝地上一躺,断趾的脚还放在原处,猛吸两口凉风,可以看出钻心般的疼痛和自制力在他身上撞击。

"爹挖这坑是替儿准备的吗!"

"嗯。"

"儿该死罪吗?"

"若你生在别人家,怎么处置都行。在我家,眼珠里揉不进沙子,你应该明白。以往我和紫草儿都劝过你,你东边耳朵进,西边耳朵出。欠了债自己还,比按着头皮逼着还光彩。"

"牛儿太小,才三十天不到……"

"有了后,才许你走。不然旧年就把你活埋了,你打了灯笼眼一耳光,他回家去上了吊,我赶巧救了他,赔了钱道过歉,抵不上你的罪!你忘了我没忘,他儿女没有忘记。"

"那是当官的叫干的!"

"当官的让你吃屎你可吃?苍蝇不钻无缝鸭蛋。心里有坏水,人家一压你才流脓。"

"爹!您对儿子可太苛刻……"

"除了对自己,对你,我还能对谁苛刻?让你信马由缰就是好爹?"

"草儿妹妹太年轻,你看在姑妈姑爷草儿分上,儿砍下一只胳膊抵罪吧!"

"爹早有预备。留下孙子,把她当闺女嫁出去……"

"您做事体面,儿不敢啰唆,可妈妈去世早,又是万里遥远嫁到这长江边上,就生一个男孩……"双根哭了。

"木匠吊线,石匠取石头,只看当中直不直,边边拐拐不能面面到。你妈要活着,她疾恶如仇,也不能让你活下去……"

"爹！人总有灾病，你孙子太小，就一准能抚养成人吗？万一有了差错，后悔就来不及。"

"古代郑伯道带着幼年侄儿、儿子逃难，路远走不动，把儿子放在树杈上，背着侄儿逃出危险，亲生儿子没有了，好人当绝户有的是……"石匠坐起身子，穿上鞋，走了两步，有点瘸，还挺自如。他长叹一声："早知今日，不如让儿去打鬼子，死在战场上，也比这样窝窝囊囊死得光彩。可惜呀，太迟了。刀在碑上，上边有你爹的血。你自己该像条汉子，絮絮叨叨，软磨叮当，拖不过去。我不逼你，也不守在这儿看着你死，先到山那边太公坟上去坐会儿，等事情一完来埋你，锹留在这儿就这么打算的。"老人讲毕真朝西边走去。

"爹！您不能走！儿不想死！还没到三十岁哪！浪子回头金不换，千差万错总得给您儿子留条路呀……"双根牵着父亲的衣襟，跪在茅草地上，生的本能在眼中挣扎。

"你爹实在想不出万全之策，你到底欠人家多少，爹弄不清，也没有那些财物去一家家赔礼还债……"他用袖口擦擦儿子眼角。

"爹！世上只有咱们爷儿俩最亲！你让儿逃离这安庆城，下南洋卖苦力永不回来，也比埋了儿好。您就说把儿子砍成八块喂了鱼，没有人不相信。"

"可我自己就不相信，怎能哄别人？做事要光明正大，活见人，死见尸。歪道邪门的点子，讨巧一时，丢人千年。你还是不懂爹的苦心……"石匠摸抚着儿子的头发，在孩子的眉宇之间，流淌着一股带点野性的灵气，那是从娘身上秉承过来的，可自私、软弱、麻木、昏懦交织在一起的时候居多。也有一种气息占主导的时刻，相反的一面就暂时隐蔽。

"爹！您这么一大把年纪，儿死不足惜，留下老老小小这日子多难过？"

"恨你爹吧，他就是这样的人，板上钉钉，钉取下来不难，钉眼儿补不上。儿子，你知道爹决计这么做也想了半年多，成全了爹爹，莫逼我自己动手，儿子！爹求你……"

"求我……"

"求你快死,求你宽恕爹没把你教好……"老人挺直腰杆,在儿子面前跪下了。

"爹快起来,儿愿死! 爹! 儿在,你非拔掉眼中钉不可;真走了,爹心里要空下一大块,除掉儿子,别人填不满那个坑,那时就晚了。儿自作自受,决不怨您。放心吧! 往后您自个顾全自己。"儿子提起葫芦一摇,还有酒,就倒入两只空碗中:"人要有下世就好,我多想重打锣鼓另开张,再给您老人家当一回好儿子,给您争光争气……"

石匠端起碗来,喝下一大口,把剩下的递给双根,自己把另一只满碗干了。将空碗掷在地上,用稳健的步伐,向山后走去。

双根把酒喝完朝地上一坐,双手捂着眼,饮泣片刻,扑倒在地,一连几滚,滚到土坑当中躺着。泥土虽经风吹拂过,依旧很湿润,柔软,既使人亲切又极其畏惧生死扭缠在一起,无拘你是抗拒还是拥抱,都将被复原为泥巴的一小部分。哺育生命,又埋葬腐朽着生命。

他一翻身,试着把鼻孔拱入泥土,不到两分钟就窒息,只好又昂起头来贪婪地呼吸着。周围的物质,从地到天,没有一件可以向他证明父亲的话是在梦里对他讲的。实有能变虚无该多么好!

他抬起头,父亲三个脚趾还在碑上,呈三角形,因为失血,颜色蜡白,像是假的,但匕首上的鲜血还不曾变紫,血糟旁边的几滴变稠了。他起身抓过匕首,在自己的颈项与胸口比画着,不忍扎进去。

死迫在眉睫,还是逃吧! 世界很广大,这一闪念才出现,天上昏花的太阳忽然变成了父亲的眼睛,一切包容在视线之内。他咧着嘴想哭,喉咙里却发不出声音。

一会儿,他听到老蔫在喊:"老砧叔! 砧叔——!"一线生机又在心中萌发,要求老蔫哥讲情,这事起根到梢和他有关联。

"什么事儿?"这是石匠沉雄的胸音。

"今夜日本军队十五个人,从乡下演习回城,要在东岳庙警察分局吃夜饭。局长派人送信来催双根兄弟回去……"

"知道了。你先回去,我去找他……"话落音人走到,"双根! 双根!

你——"

"爹——!"儿子一骨碌坐起。

一阵久久的沉默,老人吸了两袋烟。

"儿子!给你一次机会,晚上下毒药把鬼子全做掉,别怕,爹去接应你。"

"那——儿子一跑,跑掉和尚跑不掉庙!"

"有你爹兜着,该你有活路,看你怎么做!"老人抓过匕首,拿茅草叶擦净。

"爹,我心里直打鼓!"

"先去看看草儿和小牛,让她们娘儿俩活得有点人样儿也该拼一回!"

"不!我一看到草儿妹子和小牛牛会贪生怕死!爹!您真好!这就回城。"

"今天的事对任何人都别说。"

"您儿不傻。"

"是龙是虫,都在今晚!"父亲紧紧抱着双根,两臂颤抖,眼里交织着期待、向往、宽容、严厉、勉慰,多元的情愫,像十八色丝线,搓成一根"套狗索"为双根祈福。

"毒药……"

"下午四点门口等着,爹找饮苏堂老店的陶老板相帮,有麻醉药和解毒药,你喝了后一种,麻药就麻不倒。老板看过我的戏,是个好人,不会误你用。要小心啊,虎口拔牙……"

三

在清末民初,安庆府东岳庙也曾煊赫一时,招来好些虔诚的香客。除去省会的一些老太爷老太太之外,周围的十来个县的财主收完地租之后,来到首府挑个便宜旅馆下榻,包上一名扬州妓女作为临时夫人,吃小馆,看大戏,烧高香,不失为填补心灵空虚的一种方式。

大庙一共三进,头一进供东岳大帝,比较冷清。第二进院子最深广,两廊塑着十殿阎罗王,还有十八层地狱。如下油锅、上刀山、入火海、杖、夹棍、炮烙、锯劈、斧砍。光吊在剑树上的"鬼魂",就有从后面拴上两肘叫"老鸭子凫水"的;左手朝后,右手从肩头向后,把两个拇指拴在一起叫什么"苏秦背剑"的;还有双手反剪用一只铁钩子从脑后头挂在高空的,可以说是集酷刑之大成。那儿光线暗淡,你走入头间屋时,踩上机关,一个恶鬼便向你扑来,甩过一条铁链子正好套住你的脖子。就像大文豪鲁迅先生所记,因为吓死过一位阔少爷,庙里主事的才下令把机关钉死,闲人们觉得不过瘾而渐少光临。1931年发大水,两进院子都泡了汤,接下来几年所谓"丰收"成灾,谷贱伤农,洋布洋面洋粪(化肥)倾销,民生凋敝,农民破产,人们没有太多的精力和物质去敬神,仅将东岳大帝草草修复。第二进院子里放着许多残损的雕塑,有些倒塌在路上。道士们眼不见为净,干脆砌上一条小巷供行走之用,十殿阎罗泥像院都锁起了门。

汉奸献策,宪兵队核实,这晚演习归来的十五名鬼子在庙里用晚饭,真正的意图是向老百姓示威,强化皇军"不可战胜"的神话。

鬼子一进庙,就把伪警的武器全部收缴,锁在一间屋里,只留下两条枪,卸了子弹,给两名哨警装装门面。其他上至局长,下到普通老警,都被锁入三间大屋,勒令互相监督,躺在床上不许动。这些流氓地痞头回受到这般约束,不敢怒更不敢言,都想找机会在老百姓身上加倍发泄。

头道院子右门,二道院子前后门全部锁死,鬼子还不放心,又让翻译官留在头进院负责查岗,这小子收下分局长送的红包,坐在局长室里喝酒,吃肉,玩扑克。

第三进大院正屋十间,上下两层,过去是道士们静修之所。警察的占领,香客再也不敢来问津。断了衣食父母,他们或躲进乡间小庙当鸡头,或跑到后方大道观里去做牛尾,各显其能。这样一来楼下成了拘留所,常常抓些小贩来勒索一通,偶然也抓过卖春的扬州姑娘,专供警官们发泄兽欲。楼上则成了局长、分局长们、汉奸小头目们的"俱乐部",打扫得干干净净。吃喝嫖赌,特别安全。鬼子们进驻之后皆大欢喜。他们经带队的少尉同意,派上士中士到厨房去监厨,防止伙夫放毒,其余的十三个人在井台上擦过澡,把枪架在楼上少尉独居的房间,各自躺在床铺上等着就餐。

后院东头是厨房,有四口大锅,全部用上能管三百口人饭。今天只用一口做菜,一口焖饭。上士坐在锅台上,闲着没用上的大焖子锅成了他的大圆凳,此人短小精悍,鼠眼好不机灵。每个菜做熟装进面盆之后,他都用手枪抵着双根的背脊,要他尝两口,才让中士跟他一道端上楼去。

双根穿着单衣,头上直冒冷汗,这显然不全因为气候。上士寸步不离,一时难以下手。他深知自己胆小,怕死,只有硬着头皮把"活儿"做好,才有生路。

火正旺,风钻过炉膛穿入烟囱,震得风门上的铁板"噼噼啪啪"作响,火光从灶后反射过来,投在敌上士的两颊,表情更加捉摸不准。双根很自然地把此人和地狱里鬼卒的塑像联系到一起,相似地方很多。是雕塑家的本领高,抓住鬼卒的特征,还是邪恶的驱使,让这位或许是东京帝大毕业的高才生堕落到鬼的行列?本着他长期观看父亲刻人像时所积累的感觉,这种类比有依据,又说不清楚。

半透明的蒸汽呈灰白色,在锅口上扭动,飘忽,闪旋。他不仅仅是在锅口见过青烟,当父亲猛吸一口烟,合拢双睛冥想的时刻,老爹嘴角与烟锅子上面都浮动过这苍烟。而草儿给他下了一碗鸡腿面条,他装作不饿硬要妻吃,妻生气地和他推来搡去的当儿,碗口上也喷射出这灰白气流。他一边切着菜,心想这菜要是鬼子该多有派头!只不过十五刀全完了,然后全安庆府不,全国老百姓都知道自己是个大英雄!连草儿也看得起自己了。他努力要把上士的形象挤缩得比实际的人小得多,几乎是从烟锅子或面汤里冒出来的⋯⋯现实是这等残酷,幻想转瞬即逝。

中士戴着挺秀气的眼镜,两小撇东洋胡子使他的表情狡诈而苛酷,思绪不停地在两极奔突,但职业剑子手的本性不改。他不像上士那样神经过敏,事事怀疑,而是故意装作漠然不在乎,暗中死死盯住双根的一举一动,起着猎犬的作用。同时用碗装上菜就吃个没完。

双根正在切葱,上士突然犯疑心,认为葱管里头有点"名堂",趁双根不备抓过几粒葱花要双根当面吃下去。双根内心很恼，但不敢反抗，就把葱花接在手里，按上士打的手势，先吞下一半，不想那中士似乎有点人情味地走到双根身边，接过厨子手里的几根葱，填到自己嘴里，吹了一口气，证实葱管中无物，用双根不懂的话，嘲弄了上士。

桌上的小闹钟指着八点十分，那分针像被绳子拴住，挪动得尤其滞缓。虽然双根也不希望它走得过速而影响大功告成。

只剩下一道汤了。楼上边吃边闹，好不欢腾，叽里呱啦，不知在叫嚷些什么。

仿佛食物填到中士的嗓根台上，妨害了气管的扩张，呼吸很费劲。他向上士咕哝几句，指指双根，显然是要看好伙夫，中国人半个也不能信赖。上士给下属一叠手纸，将右臂一挥，让这位老兵去松快一下肚皮。

"你的大大的好！"上士掏出一支香烟递给双根，双根摆摆手，表示不会抽。上士就不客气地填进自己嘴里，再摸出火柴盒一摇，里头是空的。

双根眼珠一亮，他知道时机已经来到，就用右手朝锅灶后小巷一指，上士听话地先走了进去，双根跟着走到灶门口，打开风门，用上煤的铁锹从炉膛里掏出一块红炭，捧到鬼子面前，那小子只顾抽烟，左手的手枪一松，抓住锹柄，伸头就吸。

双根把全身的气力集中到双臂上，突然用锹口对准上士的喉咙管使劲一扎，鬼子后退一步，不曾提防，脖子正好顶在墙上，呼吸被堵，双手动弹不得。双根左脚立稳，右脚抬起，对准锹口右上方，像挖土那样一踩，上士一双狼眼往外一冒，颈项上鲜血直流。双根只怕他不死，再重蹬一脚，上士的头几乎全被切断。

双根忽而看到麻醉药对鬼子们起了作用，自己毫无异样的感觉，全心全意把敌人们除尽；忽而，这群鬼子东倒西歪，伏在桌上，躺在靠背椅上，而自己一时不敢下手，怕火候未到，坏了整件大事。不在现场的父亲、草儿、老蔫……都在给他鼓劲。

他推推领队，对方软成一团泥，没有反应。他抽出敌人短刀，直刺他的咽喉和左胸腔。

他走出了这一步，无后路可退，索性加快速度。

忽然，没有中毒的中士冲进来，举起手枪开火，一颗子弹打进了双根的右肋骨，他后退三步，倚墙大叫一声："爹！您小心！"便倒在楼板上。胡砧推窗而进，中士一转身抬手瞄准了石匠，他一纵身从中士头上跳过去，当空一脚踢在鬼子右腕上，手枪飞出一丈之外。胡砧右掌扫过中士的头，中士顿时倒下。

老人像一阵旋风，把鬼子们的气管一一切断。

"爹！儿活不了……"

"双根儿子，我的孩儿！"父亲抱住双根。

"爹！快离开这儿！"

"不行！爹背你走！"

"没地方去！"

双根的胆子一壮，眼光镇静，抱起尸体转到厨房背面，伸头顶了空空的酱缸篾盖，放进上士，比较从容地盖好，铲了几锨煤灰，洒在血迹上，扫进出灰的火沟。他挑起两小桶肉汤，吹了两句黄梅戏《渔网会母》的口哨直上二楼。

领队的军官一摆手，部下一齐落座。此人眨眨眼皮，捧起半海碗香味很浓的肉汤递给双根："你的大大地辛苦，先喝鲜汤，我们再饮用！"

双根容光焕发地笑着，深知这场合迟疑的后果，虽然他及时服用过解毒药，心里还很腻歪，但含而不露，大口大口地一饮而尽。

"大大的好！我们喝！"领队伸直左手拇指："你的会唱大戏！好听！来一段！咱们欢迎！"

双根十分放松，噪音润亮地高歌《打渔杀家》里萧恩的西皮中板：

昨夜晚吃酒醉，和衣而卧，

稼场鸡惊醒了梦里南柯。

二贤弟，在湖下相劝于我，

他要我把打鱼的事一旦抛却

我本当不打鱼家中闲坐

怎奈我家贫穷无计奈何……

    ……

"扶儿写字……在……墙……上,来不及了……"

石匠割下中士的衣袖:"用鬼子的血写!"

儿子写了六个大字:"杀寇者,胡双根!"下注一行小字:"敢做敢当,不累他人!"字体周正不苟。

"儿子!双根儿!"石匠抱住儿子重重地晃着:"本来给你带来二百大头做路费,让你上峨眉山去找李大叔。爹自己去投案,否则,牛尾镇的同宗要死上百人!投案书都写好了,看吧!"

双根接过一看,字有酒杯口那么大,写在一张毛边纸上:

    日寇侵吾国土,烧杀淫掠,无恶不作。今将驻东岳庙匪徒十五人斩尽。余不忍株连乡亲,自愿入狱,以申正义,万死不辞。

胡砝时年七十

"爹爹!"双根竭力忍着不哭出声音,"您不能坐这儿等死呀!您也不该死,反正儿要死了,在这儿等着鬼子来吧,这会儿全不怕了。"

"双根,我的孩子,你听着:你不来,爹单人独马也能办成。让你看自白书和银圆,说明当爹的一片心意,多想成全你的名声、气节……"

"儿明白,父亲天恩,永难报答……"

"爹!儿不想死!八拜也拜不成了!不孝儿不能给您老人家尽孝送老归山,对不起养育之恩,母亲坟前替儿多多烧纸,拜托了!见了紫草妹子不能隐瞒,把我所作所为告诉她,说哥哥想她!眼看您单身过几十年,受了许多苦,她年纪不大,千万要再嫁。牛儿是咱家骨血,爹要把他教成好人……"他无力起立,看见父亲一头银发和长髯抖抖嗦嗦,像地震中的一株老树,他再次抱住老人的头,亲亲父亲的额角。

"……"

"儿没活够呀,鬼子不来,当个石匠多好……您找什么呀?"

"找儿脸上那些像你妈的地方!还有儿小时候的模样……"

"爹!"

"恨爹好了!你不来一逃躲上三四年,鬼子长不了你也死不了……"

"儿爱爹爹!……"双根停止了呼吸。

老人心中一阵剧痛,仿佛有一条无形的绳索穿过五脏六腑突然一拉紧,冷气从后腰直冲上天灵盖,使他两眼一黑,差点摔倒地上。

老人定定神,他一咬牙,飞身跳上屋顶,向院后走去。

一进小巷,路灯昏黄,行人已经断绝。

将近九点,对十户人家当中八九家黑灯瞎火的牛尾镇人来讲已经很晚。

冬天的树卸尽了负担,枝条洗练,瑟缩中又略带两分倔强高指寒星。

老石匠用他最快的速度,来到胡大牙家门口,站了四五分钟。任凭他转移注意力,调整呼吸,更多地想到的是同宗的安危,只能稍许淡化。全部忘掉,要到他停止呼吸。

"大雅在家吗?"他轻轻地扣扣门环,狰狞的青铜兽面朝老人幸灾乐祸地恶笑看。

"啊哟,什么好风把爷爷吹到孙儿的小破庙里来了?稀客!快快请进来!"大牙听到了爷爷的声音,用胖人当中罕见的矫健动作拉开门闩,夸张地一哈腰,左手熟练地朝客厅一伸。

"红光满面,喝了几盅?"石匠立即恢复了从容的气概。

"可不。"

"有客人?"

"慢说没有,有也不敢怠慢爷爷一户之尊!"今夜,厨子做的酿豆腐和白炖大鲫鱼特别可口,本镇兽医又送来一对刚刚阄割下的公牛蛋,炒得比豆腐还嫩。大牙在二十年前就听说江西头号大吏熊式辉最爱吃此物,自己在效颦中大尝甜头,便乐此不倦,远近小有名气。有喜爱的佳肴,大牙多喝了一两半酒,比平时添了大半碗饭。抽完一支香烟,过剩的精力无处泄愤,便从笔筒里倒出几枚铜钱,请教三千年前的周文王:"自己该不该讨一房小老婆?"据说"保座"夫人贤惠,过了不惑之秋,按古典贤妻模式,要给丈夫买个通房大丫头。太漂亮的狐狸精折男人的寿;丑八怪又够不上台面。保座在前天专诚拜访本镇通人胡天温,试试口气。谁知天温一本正经地反对:"家谱记载:先人们官大的做到刑部主事,开封府尹,都没有娶如夫人。"大牙觉得太煞风景,碍于辈分情面,心有戚戚焉却不敢肆无忌惮。回家老觉得不踏实,就一个劲地问下去,只要有一回瞎猫碰上了死老鼠,来个上上大吉。于是,此前百十次一律作废。

"这年头能喝到上品毛尖,太不易!"石匠用食指在桌上轻弹三下,作为对后辈敬献名茶的答谢。

"这是镇里一些去江南采茶的姑娘们带回来的,孙儿老老实实付大价钱,不敢吃白食遭人咒骂。口福命里是摊上一点儿,铁罐里还有四斤上下,到清明喝不完,爷爷带斤把回去尝尝……"

在安庆城郊百余里之内,每当三月初一之前,青年妇女们成群结伴到祁门、屯溪、歙县、黟县等地去采"明前""雨前"细茶。夜里舍不得花钱宿店,人多不怕野兽,沿途三百多里,一人一只火把,口唱山歌,前后和答,都想出奇制胜,压倒对手。欢声笑语,热闹之极。尤其是一过贵池境内的鲫鱼滩,再上游岭、大洪岭,曾国藩下令修的石板驿道,十里一长亭尚在。绕峰而上,远远看去,火星点点,连接成龙,在山腰盘旋腾舞,是一年一度的奇景。姑娘小媳妇们摆脱家长束缚,获得挣点小私房钱的机会,短暂的小喜剧也给黯淡刻板的岁华镀上幻彩。

"你早上皮包水,过午水包皮,不喝茶不泡澡,比饿一顿还难受,留着自己过瘾!我打粗惯了,再孬的茶都能对付。明年给我带三斤,要付账。不然,宁肯不喝。"石匠腮边浮着笑意,不是假客套。

"烟茶不分家,况且本来是一家,这点面子得赏给孙儿。"大牙取出三整张草纸,横竖放好,跳上方凳,从货架上拿下铁桶,倒出一斤多细茶,包好用漂草一扎,船形的小包有拐有棱,短短粗粗的手指挺灵便:"爷爷是无事不登三宝殿……"

"七点半就上了床,折腾半个多时辰也没睡熟,想找你下两盘!"

"哎呀,孙儿臭棋,双根叔让我一个车,都三棋两败,哪是爷爷对手? 能讨教两步是大福气!"大牙倒出木头棋子,将双方都摆好。"晚辈执黑,爷爷下红,请!"

"从前就你这程咬金三斧头,不敢恭维,胜了也是喝碗缺盐少油没作料的白水。听双根说你蹦蹦跳跳连上了几层楼,不大相信,才来考考你!"

"孙儿正缺爷爷一把火,一烤就熟。"大牙机灵地凑趣。

"棋上进了,不再驾当头炮,知道撑士飞象,守好后宫,等赚了子再猛杀,好!"石匠笑得散淡。

"棋高一着,别手别脚。输多了不敢乱闯,就这两下子还是从双根叔那儿偷来的,翻不出您如来佛的手心。是顶门嫌短引火嫌长的废料……"大牙棋子动得持重。

"你刚才把个马捏在拇指和中指之间捻个不停的手势太像你爷爷。他要活到今天准当你手下败将。他心地挺善,就是棋品差点,吃他一个子他非悔三步不行。输了不认账,一赢就把你的老帅往怀里一揣就走。那年月人人都让他,他爱说大话,心里明白。我很想念他……"

"爷爷,吃马了!"

"输了。"老人哈哈大笑。

"不,得下完哪!"大牙涎着脸。

"你吃马吧,行。"

"那! 孙儿无礼!"谦逊掩盖不了高兴。

"将! 再将! 你完了,谁叫你好吃的?"

"不吃马! 悔一步!"

"成,你走。"

"爷爷多年没上棋桌子,还这么厉害!"

"时局不好,懒得动弹,出门又怕招人烦……"

"请都请不到,谁敢烦爷爷,胆子比钢精锅还大!"

"老了,开口闭口,站着坐着总是错! 人家碍着这一大把白胡子不好直说,越变越固执越孤单。你双根叔在黑狗窝里厮混,一条板凳三只腿,不大稳实……"

"让叔叔回来接石头活做,有事我顶着!"

"小事你担待,事大了你也难为。"

"叔不是头上长角身上生刺的角色。出不了差错。"

"他的性子你也知道,遇事拼命忍,三脚也踩不出一个屁;到咽不下的时候天王老子也敢撞三头。我不放心……"

"不至于! 他在……"

"今晚给日本人做饭去了,怕犯犟性子……"

"叔叔手艺不错,日本人只会撑肚皮,不会吃,好对付。就说咱中国人能吃出个牌名来的也是万里挑一呀。"

"无事不惹事,有事不怕事。他要捅了马蜂窝,自作自受自遭殃。不用大惊小怪。怕万一鬼子顺藤摸瓜,再拖累一屋,棋不好下,甚至于有小人借刀杀人,官报私仇,这心能不吊在树上……"

"真有不测风云,孙儿包管扛起来,决不伤害任何一位同宗。爷爷太多虑。啊,又要吃炮了!"

"算我输!"

"不! 再看看可还有花样,下完吧!"

"真输了。"

"吃……"保长的目光在老人脸上打个问号。对方毫无表情,就大胆落子。

"哈哈哈哈!"老人眯起双眼,笑得声震屋瓦:"将! 再将! 闷宫,你又完了!"

大牙悟出妙处,止不住笑了:"这盘不悔。棋输子在,摆摆又来。爷爷八成赶上大喜期大鸿运,出手太高,太绝! 孙儿摆好棋敬您三杯!"

"不想喝酒,还是品茶。"老人耳根泛出古铜色,印堂又红又亮,须发颤舞,简直是欢乐的化身。他咳嗽一声,神秘地指指左右:"真没客人?"

保长惊诧地连连摆头。

"大雅！咱们是亲一窝儿，有话亮在明处，不兴小猫盖屎。双根听说有人跟你过不去，盗了鬼子两支手枪，藏在你家里。双根一听这事要惹来杀身灭门大祸，特地回来要去二十四块袁大头，请了一桌，软硬兼施，又抖出我的牌子，浑小子喝多了黄汤，露出一点马脚，有一支放在喜鹊窝底下，老槐树的地洞里。另外一支死活不肯说，还放出风，你要做一丁点伤害乡亲们的事，就有人递信给鬼子，保险能搜出另一支枪。我对这事不相信，无稽之谈，可仔细一揣摩，不像敲竹杠，怕有点来头。万一祸从天降，你跳进大江洗不净，有八张嘴也说不清。棋别下，找梯子先到院子里看看老槐树，瞧瞧这些无赖可吹牛。"

"手枪？"大牙吓出一身冷汗。

"别惊动外人，咱爷儿俩去就成。"

"树洞里有枪，双根叔花掉的酒钱由孙儿认；树洞里没有家伙，是叔叔被人家讹了，酒钱也照付。能通个气，天高地厚的情分，要是只盯着钞票忘了义气，孙儿算白混半辈子。走！"保长领着石匠走过两进大屋，前进是作坊，吊酒、做糕饼，西侧有门通向馆店。后进是住房，当中五间有一层楼，两厢十几间平房，堆着杂货，放着酱缸。通过甬道入后园。

老槐树冠上立着一只猫头鹰，两眼又圆又亮，听到脚步声，展开翅膀冲上夜空盘旋半圈，又落到楼房正脊上不动。

"啊——哧——！"保长吆喝着，猫头鹰没有理睬："家门不走运，砸锅了！"

"不要紧，离砸锅还远。"老人信口安慰着他。

爷孙俩从墙脚下抬起梯子，靠到老槐树上。鸟巢离地有三丈高，下边真有个树洞。

"爷爷掌着梯子，孙儿上去！"

"黄忠还不服老，你扶着，我先试试，到我腿脚不听话的当儿再换你如何？"

"这不太妥当吧？"

保长一迟疑，爷爷抓住梯子就上，十层以下还算顺当，再爬几级，手腿都发颤,而且节奏越晃越快,梯子"嘎嘎吱吱"不住作响。

"墙根返潮,梯子横档上潮兮兮的,您老人家小心,还是让孙儿上去试试吧!"

老人手扶梯子喘着粗气。

两分钟过去了。

"下来吧,爷爷!"

"啊,不服气不行,老了……爬高上房,心发怵,眼不济……只好下来给你保驾啰!"下梯的动作比上去更缓,脚踏在档上要试几下才能立稳。

"放在二十年前,不,十年之前,爷爷不用梯子也能上到房顶去压屋脊,忒好身手,多麻利……"

"好汉不提当年勇,安慰也枉然!"老人败兴地下了梯子,"看你小将破'铜网阵'!"

"黄牛凑合着当马骑,差劲!"大牙紧紧腰带,硬着头皮上,他至少二十年没上过高处,心中也是十五个吊桶打水——七上八下。

"到底年轻,三十大几岁,我才上一半就冒汗,胳肢窝里发黏。"

"孙儿的心也跳得直打鼓!"他心烦意乱,盼望树洞里没枪,又怕有枪没藏在树洞里,双根白请一桌是小,还要让自己大出汗。钱固然心疼,鬼子更惹不起。

"好在是冬天,不会有长虫!"

"抱住大树枝了,爷爷喘喘气。"大牙低头一看,爷爷的脸埋在白发银须丛中,只露出鼻子,在月光和树影下发灰。

"怎么样? 摸着没有?"

"真有一只,底下没别的。"大牙带点蹒跚地走下梯子,微微喘着气:"这玩意儿还是军官用的,呱呱叫!您孙儿不知啥时候得罪了哪路神仙,弄来这么个灾星……"

"这么说双根没挨人家骗。也许还得再请一桌……"

"那还用讲。哎——!"大牙直挠头皮,"这玩意儿往那儿放呢?"

"我看到山上找个地方埋掉拉倒,紧要的是把那一支抓到手。你一向循规蹈矩,不敢惹是招非。可鬼子不信怎么办?"

"啊哟,我的娘,这……"大牙几乎瘫痪在地上。

老人将梯子扛到墙根放妥:"遇事只有多想着全镇,你这么大的家藏上十支手枪也找不到。是得给自个留后路!"

"那是,那是!爷爷!往日孙儿对您客气,崇敬,今晚才知道您的心是金子铸的,实在抱愧,对您一家从没照料到……"钱和权势给了保长在众人面前的气焰,也将一分摆脱不了的孤立感塞进他的腑脏。当然,像个娘儿们一样抽抽咽咽地坐在屋里哭泣,还是首次。

"让外人听到多不合适,万一节外生枝再来要挟钱财,雪上加霜了不得!碰到双根要问清来龙去脉,不能含含糊糊。还有件事差点忘了:明天中午我长孙小牛做满月,老蔫和小伙子们在祠堂备了些家常菜,务请赏光去热闹一会儿。"

"天温叔来招呼过,孙儿已经拨出六百斤糯米粉,五十斤糖,还有金橘饼,青丝红丝,让家里大师傅小伙计连夜赶做寿糕,到场老少爷们都送两块,不到场的同宗也有一份。人活得心头堆着十块砖,有机会松快一下也好。吃好吃差有酒无酒都一个样儿。听说婶婶生下这位小老弟,哭声洪亮,天生金少山般钢喉铁嗓,气概非凡,又有爷爷亲手调教,他年准会是重振朝纲的一代英豪,太公坟上的龙脉快来热气了。"保长眼里爱新觉罗、袁大头、蒋总裁都是皇帝。这悲哀的土地只收获这玩意儿,有"朝"就有"纲"可振。人在表现自己聪明的时候,说的不全是献媚之辞,习惯的冷漠、狡诈、眼望流云的自大都暂时隐去。

他们路过第二进作坊的时刻,但见汽车通明,糕饼师傅们穿着单衣、分料、调馅、团胚、压模子、进烤炉,上下都是铁板,红的火苗,青的焰,随风乱钻,一股温馨甘美的香味送到石匠鼻孔里,有点兴奋。

"大人物靠小人物血汗喂出来,小户人家,添了一把砸石头的锤,撑不死饿不坏算托祖宗福泽,不该想得太高。你破费太多……"凡人的弱点,造成感情上的拉近,虽说把大牙烧成灰,石匠也知道此人河里洗手毒死鱼。

"您孙儿得一分喜气,就该出点小汗水。不能属橘子皮——光往里头

404

卷。爷爷惜护身子骨，将来好享小兄弟的清福，不能老是累。瞧您眼圈熬得火红，谁看了不心疼？这样老辈周围千把里也找不到第二个。别马马虎虎呀！"大牙身子向石匠倾斜过去，残存在他身上的一丝诚恳突破层层世故的铁甲流溢出来。

石匠心头浮现出歉意。即使是无恶不作的坏人，也不可能在一切时候对所有的人都横眉竖目，总有两个谈得投机的伙伴。一个未曾跳出咽喉的笑意，被老人用袖口擦去，眉宇间有点凄切地说："是嘛，谢谢你，孩子！去年在澡堂里做过了火，你没有记仇，这才是汉子骨头！"

"爷爷把话说外气了。孙儿蠢过驴子笨过猪，也不会狗咬吕洞宾。除了您老，谁肯为我不学好发那么大的火，伤多大元气？您若有犯难之日，开个金口，比如手头不便当……"保长怕石匠丢面子，嗓音降了八度。

"谢谢！暂时还不用。往后我一走，牛儿太小，草儿是妇道人家，顶不起大门楼子，还要你上点心"……老人为喉管里吐出的全然不像自己原有的音声而惊奇。

"您老人家再见两代人也走不了，准保我先上山。一家人要顾大局。孙儿不会亏待小弟弟，何况当家主事，还有双根叔……"

"别提他……"

"婶婶要人服侍吗？孙儿家有三名用人。"

"老莺家里的在照料。明儿见！"

"准去敬您三大杯！"

"而今非比往日，喝不下。"

"您是三五斤一口吞！"大牙嘴里一出现应酬话，真诚降到不足十分之三。还是原来的人和声音，但又全然不同。石匠心头刚刚萌生的一丝好感与悔意，又被旷日持久的厌弃情绪所取代。不禁自恨糊涂：双根一多半断送在保长之手！

"孙儿送爷爷回府！"

"能走来就能走回去，不用拘礼，你真越来越像你爷爷了。"

"走好着！"大牙的背躬成八月底老葵花的脖子。

石匠牵着自己长长的影子步履艰辛地往家走去,泪水直朝肚里淌。在这样时间地点演出这场喜剧,免得大牙给乡亲晚辈们造成更大不幸,一分暖意怎能抵销九分悲哀?

大牙扛着镢头往山上奔,他没想到插在他裤带上的盒子枪是石匠从中士尸体上摘下来,亲手放进树洞的。至于另外的一支枪有与无,藏在何地,五十年来沧海横流,杳无音讯,是永恒的谜。

天才露出雁翅般曙色,老蔫喊来一批虎头虎脑的后生,将冬修搭工棚的材料运到大场基,栽柱子、绑架子、铺芦席、捆铁丝,迅速搭成长棚,洒扫既毕,六十张"戏桌"摆成双行,有点气派。西院里大铜锅擦得又红又亮,头天洗好的菜淘净的米正在加工,忙乎得热气腾腾。

石匠两次路过祠堂门前,捋着胡须说:"总算没看走样儿,像今天吃饭几百口的中不溜儿的事,修堤关系几万生灵的大事,都做得正板正眼。像个角儿,没有里子(配角)软搭搭酸溜溜的味儿!"他点着旱烟,吸上一口,擦擦烟袋嘴,递给爱侄。

老蔫歪着脖子一笑:"龙套,什么角儿? 叔! 像通知同宗这等小事,让保丁敲两遍锣就行,您不嫌累,挨家去请,后辈看着心疼!"

"辈分长,更怕人说端臭架子,难听。办这种事机会少,能漏一村,不能漏掉一家一人。砖头瓦砾照样让咱绊跤。再说菜挺家常,靠诚心添点热乎劲儿。人不是长江,一万年后还在呀……"言毕他又上路,重重的脚步在石板街上砸出郁闷的跫音,腰和脊柱向前探出,如同背着看不见的巨石。

收下几大筐未必能兑现百分之一的良好祝愿,使他品尝到一些生的依恋。

出了小镇,他的双脚有些发飘,铺路的石板变软,踏上去和走在棉花堆上差不离。一摸脑门,湿润如雾中的石头,没有发烧,却在酝酿大病。

前行三百步,一株老白果树在路边向他伸臂表示迎接。它的叶子脱光,枝条还很遒劲。昔年,天柱怪客把弟子带到这儿排过病气,从此石匠与它成了忘年交。

他凝视着寿超千岁的古树,深觉这几年对它太疏远。他再也不能从特殊视角,在树身上找到太公与师父的侧影。

"久违啊,祖宗树啊!"他走到树下。

"你身上病气不少,小心啊!"树枝的碎嘴子话包藏着谅解。

老人伸出双手,活动一阵,他拍拍后脑,身心轻松得多。辞别老友的时候,两肩一抖,打了个寒战。不知为什么,他忽然想看看大牛湖,是追寻自己和双根儿旧事的时光? 从涛声中分辨出长者们的笑声,亡妻的呓语……

也许只祈望忘掉自己和周遭的事物,面对柔波享受一下思维一大片空白的短暂间歇。心动得好累啊!

枯草坪上,有一只刚刚学飞的小喜鹊,翅膀累坏,回不到巢里。它的双亲喳喳乱叫,上飞下跳,爱莫能助。

出于怜悯和对双根纠缠不清的怀念,他一个箭步上前抓住喜鹊,腾身跳上树杈,托着鸟儿往巢中一送,正好落进树枝架成的住所。他不愿惊扰老鹊,跳下树后急步往南走了半箭之地,回头一望,鹊儿们正在巢边欢唱。

"谁救我的儿子? 双根,我的宝贝!"老人唏嘘了。

湖里,一汪灰白色的波纹在回荡。展布,皱起。远村,地平线,天空,比春末到仲秋更开阔而荒萧。

他走到一块大石板上,四面是乌蓝的深潭。记得从北京归来,师父曾经在这片草坪上教他太极拳,那是张三丰祖师所创,步蹈八卦,人天合一,与流传江湖的打法招式不同。

"别开口,知道你想说太极拳没啥了不得? 错了! 这是道家养生和各种功法的根基。学、会、精、通、化之后,便能祛病延寿,疾走如风。可惜你尘缘过重,情即是孽。先入后出,出来有与天地相通,泛爱劳农工匠寒士的大情,无儿女小情,乃大福之人,无得无失,无喜无忧。不入而出是假超脱,两手空空侈谈施舍,自欺欺人而已。你仅具中上根器,达不到那境地。先苦学形,熟后求神。"

石匠背流冷汗。隐秘被老师一览无余。

怪客打起了秘传的太极拳,只听得袖子裤脚腰带挟着寒风,树林、草儿、湖水、白云似都受到磁场感应。抬手,举步,柔韧悠闲,流转无碍。

石匠看傻了眼,连模仿也忘了。

"用功啊,我悟道太迟太浅,对不起你祖师!"

当夜,师父在打坐,石匠独自一人在门口打稻场上比画着,改正往日俗师误传的末技。忙到四更天才悄悄回屋,床头上点着一支香,在微光之下,碗里放着四个热鸡蛋,是老师煮熟剥过皮放在小立柜上的。他想去师父屋里去道谢时,但听怪客正在扯呼噜。天天苦练,迅速到了三九寒冬。

师父把他带到大石块上突然问道:

"我要你适当减少饭菜,慢慢学会调节此身,耐得劳苦饥饿,增加练武时光,人略为消瘦,照样有劲可行?"

"没想过。"

"要想,今日就开头做,脱掉棉袄、夹裤!"

胡砧赤着上身,光着脚丫子,朔风吹来,上牙下齿哆哆嗦嗦。

"闭上两眼,一心想着而今是三伏死热天,鸡塌膀子狗拖舌头,太阳一盆火,晒得你黄汗淌黑汗流。"

"怎么想也还是冻得慌!"

"那就跳下水去!"老侠飞起一脚,石匠觉得一股冲力从腿边擦过,被扫到冰上,冰块裂开,掉进水里,冷气钻心。

"拿出吃奶的劲,苦练七个严冬酷夏方能长进! 先上来跑十里路!"老师领着他在树林中奔跑,同时教以导气之法。

几冬之后,石匠可以长年穿着夹衣。只为避开人注目,衣着才十分随俗。

今天,他感到头盖骨里有一根大凿在狂舞,没有锣鼓点子。

他想:孙儿出世禀告堂里的列祖列宗,还不曾告知孩子正儿八经的奶奶呢! 把白发苍苍老太太才享用的称呼,跟年轻的鱼皮鞑子扯到一股绳上太荒唐,确又是事实! 贤妻墓地长满枯黄的爬根草,十行矮胖的柏树敦敦实实,像坐在山坡。

他抱着墓碑,下巴抵着自己刻在碑额上的鹿角、苍鹰、铜镜等嘎翠鹿儿故土的装饰纹样上,一句话也说不出。憋了一夜的涕泪顺着拖到碑上的长须痛痛快快地流……

"侄儿没猜错:果然在婶婶这儿找到您老人家。难怪您不好受,婶婶要看到牛儿,准会唱上几段,跳上几圈她们那儿的什么舞……"老蔫扶起石匠,让他立在拜台前,递上一方手绢供老人拭泪。

石匠推开手帕,将有些发烧的烫手抚摸着老蔫的后脑勺,舌头有点硬:

"我的儿子! 儿子!"

"嗨! 兄弟到头午准回来给客人们敬酒。"

"他回不来……"

"晚点还是要来的,这日子可不比寻常。"

石匠微微摆动洁如白玉的须发。

"天温哥要我来找您回家,他跟草儿都不放心。"

"唔。"武术家形体的转动有些滞钝。

"走! 恭喜婶婶添了长孙,往后七子八婿人口大发旺!"老蔫朝墓碑磕了三个响头,和老人并肩走下山坡。

在山涧边洗过脸,也洗去了悲怆的表情,恢复了射电的目光,使石匠年轻十岁。

"等小日本打跑了,镇上唱他七天大戏,叔叔这部真髯口来一出《定军山》,扎上黄靠就是长沙老将来也。"

"熬到那会儿我愿剃了胡子来一出《辕门斩子》,走刘鸿声的路子。带点铜锤味儿。陪乡亲们快快活活玩十天半月。"

"'三斩一碰'是重头活儿,没底功来不了。"

"《斩子》不好下刀哇!"石匠带点荒腔,放开小半嗓门,唱了一段"西皮原板"转"流水":

　　……娘道他年幼小孩童气概。

　　说几个年幼人娘且听来:

　　甘罗十二为太宰,

　　石敬瑭十三龄拜帅登台,

三国中周公瑾名扬四海，

十七岁学兵法人称将才。

这都是父母生非神下界，

难道说小畜生禽兽投胎……

"好哇——!"老蔫多年来听叔叔唱过昆曲、徽戏，今天把京戏唱得这样有情有味，让老蔫分享到一分喜悦："您要上台，城里那些吃戏饭的真不是对手! 为小牛佺儿保重啊!"

"哈哈哈哈!"石匠的笑声猛然一停，像被看不到的利刃切断。

天温坐在堂屋剥红蛋吃。

"叔叔和天温大哥喝点热茶，我要上祠堂操办点事!"

"等等! 吃过再走。"石匠双手抓起四只红蛋，让蛋在指间旋转几周，用嘴一吹，蛋壳落到地上，粗手做细巧的活儿，轻快得让后辈惊诧。

"吃不下这么多，叔叔也来宝一对(划拳)!"

"能吃掉，胀破肚子我赔。"

老蔫憨笑着，接过蛋边吃边走了。

"叔叔! 佺儿带来长袍子和马褂、礼帽，停会双根兄弟回来就穿戴上。按古礼太烦，要讲点体面，不在鬼子鼻梁底下，同宗们松口气也是件大事。刚才老蔫家的抱出牛儿，小佺看过，仪表非凡。"

草儿在产房里又补上一句："舅舅! 大哥送来套狗索(长江北岸城乡祝愿孩子健康聪明，害怕夭折，至亲赠以五色线所搓彩绳，拴住金银锁，锁上打有"长命富贵"等吉祥语，意思是孩子是"狗"，不金贵，易长大)拴着半巴掌大银锁，太不过意了! 快替牛儿谢谢……"

石匠颧下青筋突突地跳动，说话挺吃力："多谢贤佺! 而今人人泥菩萨下水，花费过多，反而不安。这衣帽……"

"能用! 东西旧点，料子是上乘的。头回当父亲，天大喜事，全镇同族庆贺，不宜草率……"

"这……"

"老叔操劳六十年,光砍柴不磨刀,久久必伤精气神。小侄愚见:牛儿满月做完,安心静养。大牙那边也通过气,叫双根兄弟早点回村,免得招致恶名,伤您老人家的心。侄儿要大牙送二百袁大头到祠堂押着,万一抓壮丁的找上门,撞在刀口上,可以买俩老兵油子交差,大牙照办了。为同宗出了力,不管新四军打进安庆省,老蒋的兵打回来,都是条后路。"

"哦,怕迟了……"

"做好事总不嫌迟。保长也该有个人去当。他当,咱们得拉着他不掉进臭水坑……"

"不,我是说双根的事迟了……"

"不会,年轻人一攒劲就到。"

"攒不上劲啦,啊,不说,不说这,办喜事要紧。我怕大牙怀疑是我在背后点脆的(安庆土语,幕后出题目),好说不好听……"

"叔叔年长德高,往后这种长辈见不到,大牙都晓得这么说,别的同宗众口一词。您的眼……"

"要害病,红了,迎风流泪,几十年犯过六七回,没啥大不了。席上全靠贤侄张罗,不能冷落任何一户穷苦同宗。叔老了,时常恍恍惚惚,照应不过来。怕要出大差错,真要发了岔枝儿,老叔躲不过身,贤侄多多担待些……"

"理当效点微劳!"天温预感到老人有些异常,不敢打破砂锅问到底,就告辞而去。

"舅舅有心事吗?"草儿正给儿子喂奶:"累了回屋打个盹。"

"睡不着……没心事,什么事瞒人一时,早晚大伙儿都会明了。"

"梳妆台小抽屉里有双根哥给您买的'白敬字眼药',快点上……"

点过眼药,泪囊的小闸门打开,汨汨流个不停。他多想哭!然而不敢。从妻死后,他头一回觉得如此孤独、无告、可怜!心里的火堆越猛烈,背脊上的冷流同时在逞威风。冷热两块夹板愈勒愈紧。

师父教过他许多排遣愁苦的高招:

——冥想浮生苦短,跳出七情,日益麻木,也日益清醒。如老子教诲:

勇于敢则杀,勇于不敢则活。此两者或利或害,天之所恶,孰知其故,天之道不争而善胜,不言而善应,不召而自来,卓然而善谋。天网恢恢疏而不漏。

——想到自己善与亲人皆是一堆不召而自来,当然,而善谋。天网恢恢,疏而不漏。白骨被丢弃于沙尘,当在有限时光中为父老造福……

——为己愁山穷水尽,替人想海阔天长!

——无欲心明,欲生必暗。明生静,静必虚,虚乃正,正则无为无不为……

这些闪光的话都苍白得失去定力。

他看到自己独自兀立江堤上,风涛狂吼,乌云密布,大雨倾盆扫下来。脸上衣上,分不清哪是水珠,哪是泪珠……

刚从奇梦中惊觉,仿佛已是半年前的往事。

嘎翠鹿儿披着长发,右手伸出食指中指戟指着不敢仰视的石匠,倾吐出积愤的长河:

还我单棵独苗活双根,下辈子哥、叔叔哥照吃喝得脆亮,比这一生加十番恩爱! 走平道儿扶你,上山背起你,火来挡开它,大雪护住你,天热扇凉你,七十二险不分离。难心事到脸面前,四个肩膀你宽我窄共承担! 你这贼石匠冷不丁偷偷凿走我的肝尖脾尾巴,大魔牙缝生个小把戏不容易,灭了他三户一大串孤魂谁来祭祀? 和好两盆白面擀一张遮脸壳子,有颜面对我湿爹妈干父母行大礼? 四位日月光下找不着的实诚长辈让坏蛋笑掉牙,安的啥歪心计……"

"咱们有大头孙子小牛牛……"他的胳膊肘支在膝头,两掌遮掩左边想翘上天,右半打算钻入土的寿眉。

"紧巴巴两拃半的嫩孩孩儿时长得高过他草儿妈一头,半路殇掉没准儿。双根儿做个石匠得罪过谁,你这个贼爹把他送上死路,谁叫你邪神附体,一眨眼皮把娃害掉! 大神当我是千颗珠子万样宝贝,舍不得委屈我半根头发茬子。糊一身血的双根到我眼皮下流泪水,泪把我一罐子血烧干一多半,烤焦我的骨棒,脚底板烫得黄泥滋滋响,恨不得挖下乌金眼球当羊粪蛋蛋扔掉,敲下齐扎扎细白玉米牙送小鸟儿们过节!阿布卡赫赫,大神太慈心,下不了手呀!"

"欠你太多,要我给儿子抵命,保管不跑不躲不还拳,由着你辣椒性子办!"胡砧的自判宣言公正恳切,不像船员查旅客票证那样例行公事。

"知道你不是芝麻胆子,偏不许你入土,要你干瞪牛眼喘大气,我宁肯不钻娘胎再闹腾你二十年,每晚上床头挨不到枕巾,后脊梁贴不着垫单,肚皮认不得毯子棉被,吃饭嚼糠,酒变马尿,鱼肉进嘴是破布,事记不牢,做不精,对灯恨太阳起山晚,下地埋怨月亮上树梢迟!走阳关大路跟做梦真真假假两掺和,地狱里秦桧比你享福,你死不成活不伸坦(皖中方言:舒坦),听不着人腔搭理,一缕云丝儿吊你上半空,一股冰风按你头皮入海,浑浑噩噩找不着北,洋相出尽,消不掉我心头烈火,逼得我比夜叉婆子五猖老爷还丑十分,比磨死十八个乖儿媳妇的刁婆子还会歪死缠。你还敢瞅瞅夸过四十年的大半拉仙女,拇指从黑龙江北竖到安庆省的人尖儿?"

平时胡砧听张三嚷嚷:"谁请一神一鬼给咱们开开眼界?银行钱庄没被鬼盗走一文去帮衬穷亲友!"李四叫唤:"鬼子杀我同胞二千万出头,河南大旱饿死老乡四百万,都是报应吗,鬼子怎么没死那么多?"

这论调跟把几千年的风土人情全当迷信扔掉,石匠都不附和。圣贤比自己高出百把丈,乡下老土想说出一锤定音天下服气万年管用的名言,除开脑袋瓜里进了水,成了候补呆子,就是跟自己过不去。

朝她一瞄,"鬼"居然一丈高,惨绿脸膛,头发是一捆紫里透青的磷焰,喷闪阴风,七窍挂黑血块,像粗细不等的茶褐色带子牵动阴鸷蛮横,凭借当下被扭曲的扮相,哪像往日靓丽的发妻?

"哼!"冷笑蔑视地跳出她的鼻孔:"你也有抬不起冬瓜脑壳的时分?活该!自找的!五尺六寸半的现世虫一条!我忍着恶心摆布你替儿报仇!"她蹲下身子揞住他的腰,不费大劲地往下一按,男人骨盆以下被插入泥土,大腿如树生根,他试着摇撼,却挪不动窝儿。胡砧汗毛竖起,他故作坦荡盖住诧异,但还不是灭顶的恐惧。弄不清女方力气猛增剧变的由来。

她倾吐的火温等同沸水,点不着他的衣服须发,已觉皮炸肉裂,痛如刀切。阴风钻入后背,赖高度自尊,加深呼吸抗御窒息,手心按地,避免猝倒。他认定求饶解释换得厌烦,守口如瓶。

她的股骨战栗,没有复仇的快意。

"待半小时你变灰堆,嫌脏的风不来刮散,怨也白搭,谁来救你?"

他闭上眼睑。

"天——!地——!大神——!龙王爷——!赞礼爷爷——!妈妈——!儿子——我的根根!你们知道我多么难过?干爹——!女儿不恨你,你替儿念段经解开这脖子上的汗巾!双根!你死妈没来救,这回尝到灾殃!罪有应得……只怪你爹铁石心肠!儿饶了妈妈……!"

"鹿鹿喉咙嚷哑,小心受内伤!"

她把叮嘱当作猫玩老鼠,再次狂呼,拖音凄长,字字是大钉利箭,直穿他的前腹。血流如注,感到脊柱左右插满飞镖。

她只见男人胸腔起落变缓,头耷拉右肩,看不到吸气和伤口溢血。任性跟玩赏痛苦的恶作剧殊途同归。

"大侠盖世匹夫!呸,该死匹夫!抖搂些家底儿亮亮威严吓唬吓唬我!拿我当一只大虾吃掉,你办不到!有理走遍天下,无理寸步难移。去你的祖师爷,你是江滩上被人砍漏了的一根芦苇!"她右掌一砍他的颈椎,左手托起下巴往上一扳,只听到锁骨上"咔嚓"一响,没留血痕。她抓住长髯推磨似的跑过三圈,体躯被气浪上浮,像壁画上的飞天飘荡,须发与他成九十度丁字形直角,光怪陆离的"风车"加速旋舞。

尚有思维,胡砧痛感人头像钟上的秒针那样转动,血流得漫出一大缸。我还在吸氧吐气。除非做梦醒不过来。

她连咳几声,眩晕使她双手抓不住白髯,"风轮"骤停。他伸出猿臂由后腰抱住鹿儿,她颓然坐在地上气喘吁吁,刚要挣扎起来,又是一阵久久的干咳,前俯后仰,无力自支,他拍拍她的心肺区。

"你还是不会招呼自己,快定定神!"

"我怎么啦?"细软的声音不像她,"胡子凉凉的没被我薅掉一把,一根黑的也不留,你老了……"

脸谱般的色块从她苍白的脸部减退,只有眼睛还像山楂果滚成的冰糖葫芦。

　　"我让你遭受大劫难,太抱愧啊!我不是大侠,这一行快绝种,由他去吧。本来不想当英雄,或者造个英雄,这些太不够格!因缘捉弄,上哪吭一声?老得云里一程,雾里一段,板眼丢尽,开口总不押韵合辙!"

　　"人不能疯!记住!鬼气极了也会疯!"

　　"天堂地狱没见过,这儿又真有!"他拍拍头顶,松开衣领,音量轻弱,像是虚脱地自问:"照理,醒的人,梦游人挨针刺剑砍同样受惊悸疼痛,刚才那般摆弄就硬是不死,是真事儿?"

　　"半点不假!"

　　"真是称心。长远分手,就算梦见也怕醒过来,自己正儿八经的堂客,拉我上天下海也不在乎!"

　　"不嫌我变丑了?"她伸伸腰站妥。

　　"本想编一句瞎话恭维你,念头一起,耳朵门子来热。咱们头回见面,你要长成现而今模样,跟下来的连台本戏就不会有。可那会子你的扮相标致透顶,盖了帽儿,我是喜欢得八只小猫在心里乱掏,点过头拜过花烛,老婆变了模样就嫌弃,我不成了一头陈世美也不如的活畜生?你太看扁老夫!你在我心里就是最好看的漂亮姐儿!而且何止是漂漂亮亮,头回见到你两条眉毛当中有一小七尺无形的黑影儿,是那样绝望,那样怕活还想活,想死死不了,让我敬重,神奇,想弄明白为啥我让吸铁石吸住那影儿跟我有啥关系?你知道我是老几?我凭什么告诉自己这个小姑娘准会跟我过一世?"

　　"可人的天性就是爱美怕丑!"

　　"人的天性里还有德行!"

　　"我还恨你咋办?"她咳喘交加。

　　"悉听尊便!"顺嘴来句戏词不算调侃,"还点价少恨几天可成?"他想拍拍妻的后背,手老是够不着。

　　"想和和美美?早!"

"恨是爱的影子，分不开。迟早有期限吗?"

"三百年后忘了这辈子再说，走了。"

"上哪儿?"

"找儿子! 我一句戏不会，用不着你做跟包的!"

"待在这儿当一根会吭声的木桩?"

"桩把前因后果想明细拔出脚来再跑。"

"眼面前就是想跟你走!"

"追上我保不齐又犯狗脾气，拿你再当风车推，老骨板招架不住摆置，散了架谁调治? 忘掉坏媳妇!"她那瞳仁里的野火骤灭，细软幽咽的哭声穿起泪花瓣儿钻进石匠左耳，打右耳流出，点点丝丝编为钟形小塔，绕护着她。

"鹿鹿把双根领过来，爹错了，向他赔不是! 天爷爷地奶奶，使电火烧掉我这糊涂浑虫!"咽喉让破棉花疙瘩堵得他连连狂咳。

"往日没当好娘，该去照料他。刚才把你看成十恶不赦，我管不住自个儿。谁都不像大神看六路听八方! 我从来对人不毒……"歉疚含着蜜汁。

"莫找补，晚啰! 我不扯后腿，你回北方当自己表嫂，作兴还活着，全怨我管不住私情……"

"嘴吐刺儿扎你，叔! 好哥，你好孤独啊，该有贴心人照料你，不然你比太公短寿!"抖抖索索的双肩摇落一串串电光石火，她的身材渐渐恢复常态，绀红血色从腮帮唇边眼角放射到每个细胞，改变了紫色肌肤，似被超乎自然规律的恒定，朝永远的十九岁回归。

非梦之梦，非诗的诗，使他热得发热，又热得发冷，彼此交织裂变，沉淀的老镜头列队涌上心来:

——少女软若无骨的手抓起面盆中大粒沙子，搓磨他的脚底为厚茧催生……

——三次渡河的"较量"，"赢"得惬意，"输"得开心……

——交杯酒的微醺，风摆动白荷花，仪态俊逸……

——双手高擎着儿子屹立泥石流中的庄严妙相……

416

他仿佛是一捆透亮的彩线,一根根射向蓝空;地母从岩浆里拔出见风成丝的补给力量送入石匠形体。

她融合了母性、妻性、女儿性奔向丈夫。

他哽咽着抬起了双臂。两人距离一米半,都被时光定格,呆立了特别悠长的三分钟。

她猛一跺脚,频频向他摇手,行了个半蹲半跪的大礼,倒退十来步,转肩上了他四十年前造的石桥,桥洞里吐出两股旋风,绕她两圈。烟霞落定,唯剩空寂。

他悔恨没留她多待些辰光,这是权利和大爱,没有犯贱。世俗浅见!无力判断神话似的情理……

他想起为亡妻拣烧遗骨的场景。疲沓又急促的折子小戏是思念派生的绝唱:真的极假,假得太真了!

"我见过鬼神吗?"

"没有!"

"这是……"

"幻视幻听……"他自问自答,似满意又多缺陷。此生再活百年,斯境不返。他泫然苦笑了。

泪囊小于杏仁,怎会迸涌指头粗的泉水?少顷,鼻孔口腔也淌出一股清流,舌上不咸,水花旋转。

二丈开外响起一声霹雳,朝他滚来八仙桌面大的一团金焰,近些,近些,更近些……

"这下完了!死不要紧,还要背恶名挨骂几十年!"他正在犯愁,那火堆在他五尺之外钻入泥里,压开半间屋大的坑,没有爆破。埋住他大腿恢复了自由的马走了几步,干土大片崩入坑里。他感觉轻盈。全身湿透,自以为逃出炼狱。江景浤濛飞烟舒卷。品嚼放下重压故我依然的实有。

思维的老化,多方有无形长铁锤的重击,但他还能理会长骂如歌,恨从爱出,嚼苦辣更知甜美。至少十分之一二相信是梦,不全迷糊。可有亲历的事实,犹若剪辑得欠醰畅的影片,掺进了回忆往日光景小碎块,晚照连贯不精到，真梦不分，让老人感到衰兆提前光临。

他忘了几时走下江堤，披着滂沱大雨，进入路旁的柏树林，腿不争气，想找块矮碑坐上吸完两袋黄烟，攒劲回家。

几处新坟同日立碑，使他久久凝眸。一月前听说：死者们是后方潜入安庆的密探，被日本特务机关查出，壮烈殉国。

"刚入新坟的同胞们！区区石匠甩不掉刨根追底的老麻烦，扰乱列公长眠，告罪了！"

"你们再也回不到家里拜拜祖先牌位，看看双亲妻儿，姐妹兄弟，亲戚好友，庄稼菜园，听不到大江浩叹，小河呻吟。我活着，活在鬼子刀刃与你们石碑当中的一人巷里。刀还在磨，碑不再长高。我该当先死未死；你们该活没活，好委屈！我的老命是你们的青春换来的。对不起同胞们！我有罪啊！吸气就是罪在喘息。师父不许我打人一拳，踢人一脚。我犯了规，违了戒，忘记发过誓，杀了十几个日本匪徒，我坦诚告诉哗哗大雨，冷冷荒野，锥心刺骨地后悔：我错了，后悔了！是曲解先师遗教：老人家没说过不能杀鬼子。鬼子不是人，乃妖精魔怪，国仇不共戴天！匹夫独木不成林，力量微薄。师父在天之灵将对这点忏悔首肯，理会遭重罪锁闭心身，压得肩膀骨快要折的徒儿，羞恨交煎，永无宁日！"

"是的，双根儿不跟随我去报国仇，对不起几千年来为民为国视死如归的英烈，可他杀过几名鬼子，有蚕豆绿豆大的功劳。我来不及掂量恰如其分的处置。让他死在鬼子枪下，没对他妈负责任，我良心过不去。都欠公平！"

"人人跟富贵者比，吆喊公平，个个又想飞得比兄弟姐妹们高，天天在打破公平，真玄乎难懂！公平见人长一辈，你在哪儿？谁见过你的尊容，听过你的声音？是皇帝总统，大臣将军，俊靓男女，矿工农人，残疾孤寡？莫非只有当众敢尿尿，说哭就哭，想笑就笑的小把戏，能管住您老人家？说你躲在书中，菩萨肚皮里，几个秀才和尚迎送过大驾？衙门营门油漆亮得刺眼，谁闯进去从牌桌酒桌首席上拉你出来露个金脸，开开三老四少、爷爷娘儿们眼界呢？若说谭鑫培前辈云遮月调门乡里人不赏识，程砚秋老板惨兮兮的韵味太难学,就请你吼几句金少山般的包公《打銮驾》《打龙袍》,斩掉一桌驸马国舅,捎上你贪赃的虫豸侄儿小包勉,让黎民们一乐也不赖呀!"

"当然老包不好唱!石匠客串一回'二百五''斩子',没乱掉日寇一颗子弹,只捅了自己心里的马蜂窝,伤得自己想死,撂下挑子没人接,怕当疯子、癫子、呆瓜、孬子,不够资格材料。一盘臭棋被我下得车占中心马挂角,多么蹩脚!"

"我没辙!躺在地底下的乡亲们,请帮我过了火焰山,准报答大德!老胡挺不完美,但没人捣着我太阳穴责骂老夫忘恩负义!长处毛病两大堆,谁的个头大,身子骨沉?不好一口道破!或许长处比毛病胖两斤,可惜没办成几大车善事;不搞坑蒙拐骗是该着的,莫当作德行的搭头拾到大堆去添分量!"

"话篓子倒不尽也敞快许多。没有行家喝倒彩,我的戏也该散了,散之前要不要把儿子的底牌亮给草儿?不知道,不知道!"

"戏尾子不是拜梨园祖师爷唐明皇李隆基,一个从治国能手堕落为亡国昏君的小丑!只愿像别人拜太上老君观世音菩萨同样的虔诚拜人,拜先走一步以死掰开同胞们眼睛的人,请求你们鉴察我的愚蠢和惶恐!"

他捋正潮发,将直鬓毛髭髯从容跪入浊水,头与双腕插进泥浆,对新坟九叩首,老坟三拜,一丝不苟。外形委顿苍老,活脱儿泥人一躯,不干不净。寿眉贴着眼窝,腮瘪唇裂,肤色灰暗,皮肤皱缩,湿衣紧束,身材高宽失调,畸零无所依傍,如初冬枯树劲枝再偃,黄叶半凋,比耄耋残翁还疲飒。而神的自塑像又奕奕扬辉,文字内外的另类历史隧道滋养他的凛然古气,百姓喜闻乐见的鲜健文明,原生态的得天独厚,自责沁出的净化功能,劳作换得捧碗伸筷子披上布衫的淳稳,大不怕小不欺的耿直,同样话语落音,富贵者不全入耳,人格走不到上风,又不敢看扁老人,宁肯不受怕失去什么的志忑,装出大度沽名钓誉,少施报复;后生领略善意乐于接受,纵使榫头跟鞋尺寸出入也不忍揭穿,敷衍让步,暗中积攒后遗的逆反种子。族人微微仰视的长者气节,同行崇尚的过硬手艺,不许他人张扬的阅历传闻因朦胧发酵,烘云托月,鸟过无痕。做人做活无意识的座右铭为"雕者不雕",不在口舌,见之于敬诚笃行。本是急性子,自发祭拜值得悲悼的逝者,端凝、沉缓,稳重不矜,敛气丰厚,似写金文、石鼓、隶书、正楷,万毫齐力,丹田气笔笔送到火候,找准该起止地方。率真唤来至性与超级自由,畅流本色,实证生活是正宗绘画大师,运用神形反差,不避脏色(油画术语),壮丽履险如夷,飘然来仪。呈现死去年代无声的绝唱《广陵散》。虽然嵇康是魏晋巨峰,胡砧仅是一颗铺路的小沙子。

他太累了,加上寒冷,哭拜过久,有气无力。痛苦释放不完,负荷略为减少。他恋恋不舍地说:"改日再来看望你们!"

雨变得稀疏。行前出于职业习惯,刚才只顾自说自话,没留神审视刻碑人的手艺。他环扫一眼后,怎容得这些倒胃的孬货?忍不住轻声骂道:"全是半吊子做的下三烂碑,没有范式,鲁班庙不许这些三脚猫进门,猪八戒妈妈飘海——丑死外国人!"

"舅舅!您饿了吧?"

"舅舅!把双根哥还给我,我疼他,喜欢上他了,想他,说出来不丑! 您百年之后,家无主,扫帚舞,没有哥哥家要衰败! 怎忍心看着胡家房梁倒下来?""这是草儿在责难……"草儿几时来到坟地?石匠有些恍惚。她朝左右招招手,妹妹两口子从草儿背后分身而出。

"舅!您饿了吧? 我打四个溏心蛋放点糖可好?"草儿关切的询问,使老人眼前交叠穿花的幻象消失,只剩下,炸耳的噪音,恢复到宁静。眼前又是庸庸碌碌破破烂烂的真实场景。梦的连环与无序,像一屋鸡毛堆到天花板。

"想吃就好了。不! 吃不下……"

"您病了吗?"

"没,有点想你舅妈,她没看到这么好的小孙孙,方面大耳的小牛儿……"

"我爹妈也没见到呀!"草儿找不到话来劝慰舅父。

"哎——!"一声浩叹似是从地心里冒出来,包含着酸痛而外,还有他自己也无法条分缕析的成分。

短促浮生中最长的几日都比十载悠长。

身心处于剧变的运动中,明知急无用,仍急得唇裂、口干、舌苦,心中有一堆绿色的磷光钻进每个细胞,在血液里蒸腾,射出剧痛,白天有人和事打岔还好,入夜瞑目辗转反侧,毫无倦意。后脑里雷声隆隆,耳朵里上百架飞机在轰炸。不食也不饥。站、坐、走、哭、唱、默然,那个形象都无怨地对父亲莞尔微笑。

啊,亲人!咀嚼过百味外的死火,体验了意识大地震,挣脱疯狂的铁钳,如何建树新我的坚弘!

您的孙儿辈已经两鬓初雪,忽然不知该如何做人,举止言词,动辄得咎。为旧价值观殉葬乏味;向践踏伦理文化,把一切关系变成买卖的金钱投降,无此媚骨,人家也羞开金门。徜徉在环境污染生态失衡的大野,曙霞在银河彼岸亮相,耳边尚不曾听到响箭飞驰的飕飕冷风。一个古代的"儿子"怀着疏离情愫装作向我靠近;另一个现代的"女儿"以亲近的形式告别难找爱的熨斗抚平我思维中的深纹。这回旋曲要试奏二百年,人才活得高度文明,轻快潇洒地甘心损己利人?真想心平气和地问一问时时忆念的妹妹弟弟们、孩子们;我的明师,我的挚友;我脚背枕下的"书斋",断弦五十年的胡琴,早已失踪的恨,对求财者毫无用处又远去不归的爱;未必看透的昨日,未必没有看透的将来……

谁来回答我,谁?

据天温回忆:从他膝盖才核桃大开始,祠堂里的宴会办过几百次。气氛最热烈的,首推牛儿的满月酒。

请客的规格和范围百分之九十按照老谱,女客有限,倒不是操办人老蔫天温等人小气,怕什么"妇女客,请不得,请三十,到一百"。多几张小嘴闹腾起来才有味儿,而是连半开通的"保座"夫人都不敢露面,别的就甭提了。在场的客人们没有一个人知道石匠做过了一件举世罕见的惨烈义举,认为他和平时待客的东道主一样沉浸在欢乐中。谁肯为烦恼而摆宴呢？

胡大牙收拾得干净利落，兔子呢礼帽刚送到正大洗染店添过颜色，奶黄浅褐，黑丝绒帽带亮得炫眼，黑底灰团花长袍子，新擦过油的黑漆皮鞋，胸前黄澄澄的金表链子威风凛凛。他的胶轱轮马车在棚边一停，年轻人涌上去和他打招呼，随手卸下十大筐寿糕。糯米面皮，馅儿考究，八角模子，当中刻着寿星，正面是兰草松针纹样，背面有"长命富贵"四个大字，鸡心中间点着五瓣梅花，红白相间，十分排场。保长想借堂弟满月机会改善形象，减少些积怨。因为捐税太多，用他自己的话来说："乡亲们怎么活？收的钱一茬又一茬，让我胡某都不过意！这顶破纱帽谁要戴谁拿去，胡某甘心禅位让贤……""纱帽"被钉在头上十二级台风也刮不掉，钱没少收一文。只惹得几位在井台上洗衣服的老太太感叹一番："这地保不好当！大牙是蛤蟆顶桌腿——硬是靠气在鼓着！"民国已过"而立"之年，她们还用"我大清"的官名来称呼"老爷""县知事"，以至上不了台面的"保座"。大牙坐马车路过这儿，总要揭开礼帽咧出金牙连连欠身，快活得像乞丐拾到中奖彩票。

"大雅贤侄，今天你算第二个东道主。瞧这排筐子摆得一顺齐，够体面，会办事啊！"天温把保长让进祠堂账房去用茶。

"也靠大伯指点！"大牙赔着笑。一会儿，客人差不多到齐。

石匠走到场基外三十丈远的小柏树林时，心问口，口问心，交出过别人决难重复的答卷：

——老兄是汉子吗？

——然也。（他怎不惊异：此时此刻居然说出一句戏白来！）

——怎样做才是真汉子？

——砍头不下拜，割耳不皱眉。丧事喜事各行各的道儿，两不掺和。

——倘若老户尊说大话使小钱呢？

——是愧对前辈的蛆虫一条。

——倒要刮目相看，八成要出笑话！

——咱们骑驴看唱本——走着瞧！

——好,就瞧兄台可够好汉的价码……

他一踏上打谷场,就暗暗警告自己,所有的悲痛愤懑都扔在家里,揣半分到酒桌上是左道旁门。他带着比唢呐还欢愉的笑声,和客人们打招呼,请同宗入席。

天温提着一只刚刚打开泥封的陶罐,酒香飘出,钻进人们的五脏六腑。他说:"我胡氏宗族老太公五世单传,祖先有灵,英雄有后。第六代孙儿今天满月,全姓全镇同庆。时局艰难,老叔操持这场喜宴颇费周章,按我们后辈心愿,每人陪老人家三盅两盏都嫌过少。无奈老叔非比当年海量,每桌陪上半杯,长者心愿,点到为算,大家千万莫计较。先满上三大杯,然后随意,不劝酒,不勉强。请!"

石匠笑弯了银眉,笑飞了雪髯。他没有料到六十桌每桌半杯下来,居然无事。

老蔫拿着双杯,来到石匠席前,讷讷地说:"叔!不敬,我过不去,敬,怕叔过量,小侄敬您三杯,代您喝掉,陪上三杯,六盅喝完,刀架脖子上也免饮!"他带着傻笑,真把一排六盅全干了。那真诚使所有赴宴者动容。

"儿子!你累了,吃饭之后睡一觉去!"没有人注意到石匠把侄儿喊为"儿子"。

"嘻嘻,还行……"老蔫歪着头,笑得有些害臊,走起路来不大当家,回到自己桌边,往后一仰,头靠墙就流着哈喇子扯呼噜。

"爷爷!孙儿酒品低,名声坏,好赖账,今天老老实实陪您喝三杯,您老人家沾唇就算,不拘多少。"大牙掸掸其实挺干净的袍子,恭而敬之地给石匠斟酒。

"爷爷棋再臭,也不能被你们让车马炮来下。往年,爷爷也有眼珠长在头顶上的糊涂时候,一个哈哈两个笑。来,干!"老石匠一仰颈脖,杯子饮空,往大牙眉边一照。

"二君侯真乃神人也!"大牙念了一句曹操赞美关羽的戏词连干三杯。

"大牙!啊,不说了!衙门好丧德,也能积德。好自为之!为了掰掉你身上的斜枝歪叶儿,我下了你的胳膊,你疼了几天。从此怕你来抓壮丁,把你双根叔送到了大染锅里泡成个臭狗屎。不讲了！我的小孙儿大雅,你来到人世间三十几年,没有一个人像爷爷这样为教训你付出一个儿子,我的儿子,再也没有了,对不住你鹿儿奶奶……狼行百里吃肉,狗走千里吃屎,爷爷不想改变你做人处世的老板眼,那几乎不可能……"老人既伤心,又有些自我崇拜。眼角刚刚闪现出泪影,竟被他强大的意志送回泪囊。

大牙放下杯瓶,纳头便拜:"爷爷是活圣人,两眼直看到人肚皮里头每个小拐角。孙儿这一年多对您表面客气,心里是真有些记仇。有时候孙儿身上的人当家,外人动您一根汗毛都愿拼命。可有时鬼当家,想把双根叔抓去当壮丁也是真的。生就这么个两掺和的阴阳水,说出来不怕五雷轰,全是从狗肚子里掏出来的。今天当众说清:二百块袁大头送到天温伯伯那儿存着,要抓双根叔或其他长辈,用那笔钱买两个人顶上,不抓,钱还是我胡某的。不然,没有人敢对保长放心,人做到这份上说个屁！下午我套车去接叔回来。底牌交给各位同宗:胡某当保座是三面派,鬼子、老蒋、共产党游击队,都不得罪,都出过力。不过心还在同宗们这一边。你们往后只要见我办了伤天害理的事就去报告。"大牙咧着嘴一哭,反而弄得人人不安,也都相信今儿说的是人腔。

"大牙！一时想好容易,见了权势,不变坏才难。爷爷敬你一杯,谁让我永远是你爷爷！双根他……不！先喝掉!"

"爷爷怎么啦?"大牙很惊诧。

"没什么,你会知道的,两天之内他会回来。"老人语调冷峻了。

大牙将酒一饮而尽,动作有些夸张。

"孩子们！不说撒气的话,大家聚聚机会少,一醉方休!"石匠豪爽地纵声大笑,举起杯子像是欢乐的精灵,和大家碰杯:"天温,你不该给我水喝,你这瓶里不是酒嘛,想瞒我,还没醉呢,哈哈哈哈!"

天温一脸疑团,笑得不大自然。

"换酒,知道你一片孝心……咱爷儿俩先划几拳。拳哪,八马！拳哪,五魁手！拳哪,七个巧！我输了,输得痛快！哈哈哈哈!"

长棚下面热闹哄天的当口,保丁疾步跑来把胡大牙喊走了。这场合少个把人如同一锅饭里减去一把米,不惹人注目。

锅底圩的农人们形容饮酒要过三关:鸭子过门槛(要尽全身力气从门槛上滚过去);西瓜滚地板(阻力微小,纵横余地宽绰);黄河缺口淌(牛饮,狂欢,无顾忌,超量喝到烂醉方休。为什么说黄河而不指几里之外的扬子江,显然是图吉利)。

像天温那样斯文人,酒友们再凑兴"过门槛"就到巅峰。

大牙应酬惯了,有财有气,作态怕失派头,再放量也不吓人,只能"滚地板"。还有老蔫,平时黏糊,真较上劲儿也不比大牙弱,只不似大牙那般会咋呼,属于光练不说的傻把戏。

石匠能喝多少?自己不晓得,反正没有大醉过。听冷牛筋说,石匠给李将军饯行,百感交集,老哥儿俩一个通宵饮干四瓶高粱酒,弟子抱一瓶"状元红"在下手打杂,没沾白酒。但谁下咽多少,无从计量。

今天丧子的隐痛,久久失眠的困倦,头裂眼似火烤,弄孙之喜,对草儿的歉忱,与宴会阔别重逢的兴奋,老死迫在眉睫的无常之感,虚掷岁华愧对同宗的不安……都借酒宣泄。酒被他执拗的性子降住,内心开始翻腾,后脑嗡嗡,两耳哄哄,还是谈笑风生。无怪天温对后生们说:"老叔不负一户之尊盛誉!"晚辈好奇,盲目崇拜,看老人一言一行都闪出并不存在的异彩,弱点经过特殊注释而受到原谅以至尊崇,是人性局限之一。

侄儿侄孙侄重孙们举着杯子,嚷得正像热汤开了锅。石匠坐在角落,眉毛一抬一落,鼻沟纹一张一合,肩头也在战栗。老蔫一跳站到板凳上说:"弟兄们,孩子们!不能再给老人家劝酒了!亲人心意,我代饮三杯,吃饭!分红蛋满月糕!"

笑声在延续。

老人手按桌子角起立,举杯挥挥手,又陪大伙儿一道笑起来。

胡大牙用沉缓的步子穿过两排酒桌间的人巷,走到胡砧面前,眼圈通红,右手拿着手帕,下嘴唇直哆嗦。

老爷子如同遭到电击一般,反射地转过身子抓着保长的手:"大雅,有

425

什么事吧?"

"爷爷! 走! 回家去说……"

"不! 你莫讲,等一等……"

"爷爷……您老人家别往心里去……"

老人的下巴微微发抖:"是双根……"

保长点点头。

石匠拿起一只饭碗,斟满酒浆,脸朝西方举过额头,往地上一倒。

"叔叔!"老蔫一个箭步跳过来将他扶住,"双根兄弟该没事儿吧?"

"扶爷爷回家吧! 各位同宗,酒宴到此为止,咱镇……"大牙嗫嚅着。

"天温哥照顾大家吃饭,我送叔回去!"老蔫双腿沉重。

"不! 在祖宗祠堂面前说,不管什么事我能过得去! 蔫儿,再给我倒一碗酒……"热泪涌出老人深深陷下去的眼窝。

"兄弟! 不能给老叔喝酒! 叔! 为咱们全镇老小保重! 求求您……"天温一揖,躬下身子,不知发生了什么意外。

"爷爷! 双根叔杀了十三名日本官兵,在墙上留下遗言,承认是一人所做,爷爷保重……"保长跪下抱着老人双腿。

"……好! 这才是胡家的好后生! 他也做过伤害乡亲的事,让我和他表妹还有全镇同宗脸上无光,难以抬头。虽是被逼,自个有毛病。这回在大处对得起锅底圩稻田长出的大米……我也算放下一件心病! 牛尾镇不可以出汉奸……"石匠庄严地落座,他不愿后辈看到自己像个老太婆一样咧嘴,就用双袖掩面,竭力忍住抽泣。

这消息并不意外,他等得很久。但等的不仅是噩耗,当自我较量的盔甲卸下,在豪饮、长笑、健谈这些扭曲的放达之外,还需要放声大哭! 让山和水,茫茫大地都听到这父性的哀音! 为双根,为逝去的师长亲朋,不曾造福一方的凡夫俗子……

人皆有一死,老人从儿子之死联想到自己行将腐朽的皮囊,父子俩的遗体掠过他的脑海,他那大滴泪珠掉在尘埃,使空气凝重。悲哀立即传染到每个赴宴者的意识。以保长为首的晚辈们跪下了,长到没有尽头,又好容易有了尽头的一年以来,不！有生以来,各种隐退的伤口裂开,无形的血,有形的泪,在饮泣声中找到喷发的契机。

老鸢要下拜,被老人搀住:"平辈不拜,你双根兄弟承受不起!"

"不能等到鬼子打跑,咱们要在半夜里敲蓍鼓,告知皇天后土,历代祖先,给兄弟下葬,他活得委屈,不能委屈下土!"平时软绵绵的老鸢划动双臂,跳上大桌子说出响当当的话。

"不！不能！双根猫大年纪狗大岁,哪能配得上太公般的排场？像太公那样的汉子,现而今是:石头上长不出杉树。我忘不了孩子小名儿,出格的光彩就不光彩,会让这儿欠债!"石匠手抚胸口,一字字缓缓吐出,似乎都要经过咽喉边看不见的关卡。吃力的模样说明他突然老了。

"日本人不是省油灯,说不定还要鸡蛋里找钉子。鸢叔的想法,全镇人同此心,心同此理。大雅愚见,还是让双根叔入土为安,等到能大办的年月,咱们再补办也不迟。"大牙的高见招来年轻人鄙夷的目光。

悲悼声此起彼伏,如潮水汇涌。

天温连咳两声,扶扶眼镜说:"老叔严于责己,老人家的话过谦。有的老同盟会员,党国要人,甘心认贼作父,去当走狗傀儡,双根弟弟是普通百姓,做出英雄义举,决不能抹杀。老鸢兄弟的话是所有同宗心里话,不照办大家心里不舒坦。大雅考虑到环境,很现实。日本人、汉奸不会罢休,老叔一家怕不安泰。我斗胆提出:一是祠堂出木料出工做一口讲究的灵棺,等双根兄弟遗体抬回成殓,厝在山上,到中国人胜利了再办丧事,办到什么格式老叔不用管,总要让镇上九成同宗满意。三是到东岳庙去抬人,这该死的年头水过地皮湿,当国难官的都是地痞流氓,青皮光棍。鬼子门路没法走。省政府、怀宁县政府、警察局要花三五吊大洋托人打点一番,祠堂里拿三股之二,因为没有款。三股之一,大家摊。"

"这笔钱不能出,人死了,不怕再枪毙一回!"石匠激动地站起来。

"爷爷太伤心,这点钱我出!"大牙抬起手臂往耳后一扬。他的左眼半闭着,右眼猛一亮,那是社会人的躯壳中自然人的微弱余光在闪现。

"原谅我还没讲完。大雅出钱,好！让他出,善事该有他一分。抬人,我和他都去，是福是祸，一切拜托各位同宗！"天温拱手一揖，给自己的言辞添了惊叹号。

"抬人，我到场，鬼子抓人，我去，反正活腻了，儿子一走还怕什么？不能让天温大雅去钻刺窠。"

"老叔请坐下，只要牛尾镇街上还有一个人，就不能眼睁睁看着老叔去钻火坑。您是锅底圩的主心骨，务必远走高飞。草儿表妹和刚满月的侄儿要换地方避风。这些事侄儿安排，您要不听劝，侄儿甘心跪上三年六个月不起来。世上总得有是非善恶呢？老叔！您可以千斤重担一人挑，不给长辈分忧，牛尾镇千多口人活着岂不是行尸走肉，丢人现世？"天温跪下了。

五秒钟后，石匠后辈们受到无声的指令，全部履行当时表达崇敬的最高礼节。落后中含着大是大非，精神上不下跪比肉体上不屈膝要难得多，尊严的觉醒自有规律！安慰与悲痛在石匠每个毛孔中相抱恸哭。碍于辈分，被理解的幸运，却不能以跪拜答谢大伙儿，便面对祠堂，整衣一拜，再回头向同宗们拱手为礼。"家里有重要活儿等着做的请回府；其余诸位随我来！"

老人把众位农夫领到山顶，被砍倒的茅草黄里泛灰，整齐地倒在一边，当中泥坑里没留下浮土，清得方方正正。铁锨插在坑头，粗毛巾受到山风吹拂，不住地点头，发出"啪啪"的"哭声"，没有人向它注目。

"坑是我刨的，双根的棺木就葬这儿，兵荒马乱，诸事从简。将来他儿子长大，怎么修坟是后人的事。为什么要剜个土坑？并不是诸葛亮，掐指算到他昨夜过不去。说真的，昨晚我在大雅家下棋，今儿个陪列位喝几盅还挺高兴，我是怕他学坏，带他看过这块地；若跟乡亲们为难就把他活埋在此！他害怕，哭了。我也止不住泪水，人心都是肉长的！这回坑派上了用场，我很后悔……可惜迟了。他的路走正了，大家应当松口气。"老人拭去泪痕，从口袋里摸出一把指头粗的小凿子，把全身气力运送到右手指尖，没有使锤，以凿代笔，写下六行字的墓碑文：

非鬼非神

428

亦懦亦勇。

云散湖清

多贬莫捧。

双根儿之墓

教子无方之父胡砧立

"写"完石碑,老人将凿头掷进草丛,拍去身上石粉,捧起小碑立在坑头。周围的树受到气候的制约,背风的一边,胳膊都伸向阳光;朝北的一半,枝条紧紧偎着矮壮的主干,不敢张牙舞爪。大片茅草,犹如万支利剑指着苍穹。此刻他才发现自己心头让儿子的灭亡过程,挖下一个深深的陷阱,底下黑风呼吼,瘴气浮动。越怕掉下去,它越往你两腿之间乱钻,诱惑你落在阱下粉身碎骨。人的一世和这坑差不离,总有什么地方让你塌陷沉没。遗憾的钻头锐利无比,愈掘愈深,永远填不平。再踮起脚尖,伸长脖子远眺;天地之间也是一个大坟坑。四周的人都随风飘逝,孤独催促着你往坑里猛跳;做人的重责忠告你莫跌入深渊。两者各持己见,耳无所闻,脑无所思,麻木,麻木……

"叔!为咱们保重,牛儿太小……"除去老蔫,人人都知道不该打破沉寂;老蔫平常的话又常常代表了千百人的心声。

"众人高过圣人。大伙儿要我听天温的话,用心苦过黄连。我也请求亲人们听我一言:再随我来!"

农夫们交换一下眼色,没有人开腔,全被一股神奇的力量所吸引,跟在长者后面,走到核桃树西南角,离石匠做活的板棚二丈开外,站成马蹄形的行列,少的三四层,多处七八层。前二排人自觉地蹲下,免得挡住身后农人们的视线。

老人脱掉长衣,卷起袖筒,连摇晃四下,石鼓才启动,推上七八丈远,从板棚顶上抓过一把不带木拐子的铁锹,轻如锅铲,挖泥巴同切豆腐一样。下剜二尺,泥中现出一只小瓷坛子,细颈口顶端,盖着一只黑陶粗碗。他扔开锹,双手往坛子两边泥巴里一插,将土朝外边一扬,前后重复三回,坛子露出了地面。

"天温贤侄！这是恩师让师弟带来的银圆，还有在军队里当连长的后辈捎来的，一共二百三十块。我带走二十，剩下的请你点过。"

"不用。叔叔吩咐吧。"

"我私心重，怕双根说不上媳妇断了祖宗香烟。草儿是一千个姑娘里挑不出一个的好孩子，真委屈了她，对不起我过世的妹妹妹婿，该雷打火烧，我有罪……老天罚我，才有这下场。这点钱拿出一百五，过三年牛儿会吃饭了，给草儿挑个好婆家，算我亲闺女当你亲妹妹嫁出去，喜事办体面些——反正我还不起这笔良心债。我若死在他乡，另外的钱请一位好奶妈把我小孙子喂大，不够，日后我再捎回来。挣不到钱也没有办法。人老，石头不听话了！"

"叔叔放心！您不在家，地不会荒，收的够奶妈吃不完。在外边千万莫再做石头活，年纪不饶人，节气不饶天。"天温打开坛子，取出五十元，双手捧给长者："穷客人，富盘缠。在家千日好，出门时时难。您多带点，备而不用，免得受憋。"老人咽喉里像哽塞着一团棉絮。后生们一一垂首。

长叹安慰都是空话。不能为亲人分担也是善良者的不幸之一。

突然大门被阿箭用嘴叼开，它竖着尾巴，一走一跳来到主人跟前坐稳，昂起头来，伸出温暖柔软的红舌头，舔着老人的手。

"要这畜牲是双根就好了。"石匠躬下腰，摸抚着阿箭的头和双耳，有一点朦胧的快感。

"舅舅——！"草儿在屋里惨号一声，沙哑，凄冷，痛彻脏腑，急促地喘着粗气。声到人来，她一走进人们闪开的狭巷就跪倒，膝行到石匠的银髯之下，斩钉截铁地说："我都听清楚了，问过几位先从坟上回镇的宗家，没有人相瞒。事到如今，长话短说：双根哥是回不了家，先顾活人，您最紧要，有您照顾，是全镇老少同宗们的福气。快走，鬼子、汉奸准要报仇。好在天涯海角都受人尊敬，都有亲人。草儿不懂道理，拿不出好主张，您快顾自身走吧！爹只管放心，我守着牛儿过，儿在娘在，儿死娘亡。等小鬼子打跑，您平安回来有草儿侍奉。钱多带点，我有一双手，饿不死娘儿俩，拿上三十二十就够。家扔给老蔫,一根草棒也不会丢。山上老坟有列位宗家照管。老爹辛苦一世,草儿命苦,牛儿还是个小血泡子,我不讲谢谢,太薄太空了……"她朝着四方叩头,被老蔫家里扶起。院子里里外外,发出高高低低的哭泣声。

"表妹女中丈夫,这番表白祖宗听到也会流泪。大哥敬佩!先抱牛牛儿到我家,晚上我和你嫂子送你去逃难!咱们胡家坟山在冒热气,世世代代有给牛尾镇添光彩的人!苍天会保叔叔家三代平安!"天温说出同宗们的意愿。

有这样那样缺点的普通小百姓,只要不受邪恶势力的煽动,在正义的感召下便迸发出一个民族赖以生存的本质大美!

泉推石阻开新路,松抗霜欺发浩歌!

和石匠依依惜别的人们哪,离人类思想的高境还隔着精神与物质障碍,在短短几十年间主动去爱,去创造,去积累后代的素质,去减轻对生命无益的苦痛,惜护一草一木。我们或许还活在史前时期。按照乡风,生日做九不做十,免得太满招衅。双根在孩子出世前十天还给父亲买了一条红裤带,算七十大寿的吉祥物,老人不信物能左右凶吉便扔在床头。现在他行将离家,归期未卜,百感丛生中,尤其不愿意心爱的阿箭送他,便将红带系在它的颈脖子,把它牵入柴房,拴在榆木疙瘩上,再带上门。

他拎起小小的包袱,没带工具,被乡亲后辈们簇拥着,快出村了,快上路了,快登江堤了!老爷爷!从凡人成功地变为游侠;从游侠不太成功地变做凡夫。一生两世,一世顺行,一世逆行。你一步一回头,后辈一步一翘首,是留下的多些,还是带走了更多无形的财富呢?

紫草长跪,双手高高擎起沉睡的儿子。爷爷垂下散乱的白发,一遍遍轻轻地吻牛儿乌长的细眉、端正的鼻子、厚朴的小嘴唇、大得挺秀气的耳朵、圆脸上突然在梦中笑漾出的酒窝、混沌未开的小眼皮。老人热泪滴湿了牛儿的睫毛……碧天,绛云,戴着白云斗笠的龙山,金鞭似的镇风古塔,南泻的溪河,东流的长江,盘旋于澄空的鹰,在林间用欢歌嘲弄颠倒人生的鸟儿们,共同组成生的丰碑。音声画面唤不醒牛儿的安眠,摇不谢牛儿丰繁的梦之花,牛儿的宇宙和慈母的胸膛一样小,没有鼾声,仅仅是用鼻息在喊着昔日石匠在幻想中不断听到的"爷爷!爷爷,爷——爷——"!老人在牛儿身上看到一轮旭日;牛儿你能看到爷爷心头的晚霞吗?孩子……

天温说:"叔叔莫从安庆上大轮走,免得碰上包打听,诸多不便。侄儿借了一只民船,由老蒿把您送到九江,再换轮船入川去寻访李将军。"

石匠心乱如麻,对侄儿的谋划是无可无不可。天温把他扶上船,舱里铺着褥子和夹被。少不得还有一番重复的叮咛。

老蒿扯起打着十多个补丁洗成米黄色的帆。天温悄然回岸,老人抽了跳板,拉起锚练。

送行的人们如同泥塑一样兀立不动。

船起航了。没有挥手,没有哭泣。

突然,一串微哑的吠声打破了沉寂。原来是阿箭咬断了红带子直奔江边,众人还来不及阻拦,它已跳下浊流,向石匠游过去。

"停船!"石匠话一落音,已扔下上衣,纵身下水朝爱犬游去。

"叔!该让我来呀!"老蒿抱怨着,扭舵向老人驶来。

阿箭被送到船上,老人双手扒住船舷,它就急不可耐地伸出水淋淋的舌头,舔老人手背上粗黑的青筋。

狗的举动触发了人的伤痛。

老人盘腿坐在船头,阿箭横伏在他的腿上,老蒿为他披上衣服,他回头东望,非哭非笑,表情无法形容。

金帆逆流而上。

灯　海

一

胜利了,白日黑夜的锣鼓鞭炮声,送走满手鲜血、怕切腹为天皇效忠、却急于和家小团聚的鬼子兵,迎来一夜间从地下冒出的接收官僚。萧条的小镇没欢腾几天,保丁收捐的破锣声敲回到老谱。

胡砧接到天温来信,得知草儿领着儿子小牛回到了老家,信里还附有牛儿照片,胖乎乎挺可爱。回信嫌慢,砧爷爷领着前趋后绕的阿箭兼程南归。一切都像昨日,又似梦中。板棚下路面上干干净净,傍着油碧的核桃树,篱边一行小盆大的葵花脖子被压弯,像巨人的手杖。石鼓陷入泥巴三寸来深,他没有急于推开露着缝儿的门,似乎想同故交畅谈还乡的欣悦,兼试臂力。他甩下褡裢,捋起双袖,晃动七八下,才把石鼓推上官道。长途劳顿,营养短缺,锻炼不够,起居少规律,忧火烧伤了元气,老人两眼飞出金花,肩肘关节酸胀,便解开领扣,吸入几口金秋凉风。

紫草正在院子里劈着前些天打堤北刨来的榆树根。疙里疙瘩,斜丝乱扭,拒绝斧口。湿漉漉的褂子贴在她的脊背,一绺鬓发粘在耳根,咸水辣得二目难睁,胸腔大起大落。

"草儿,你好哇! 牛儿呢?"

紫草抬头转身,斧头"咚"的一声落地,踉踉跄跄地向前,倚在舅舅臂上连连咽着唾沫。阳光拉长了人影,凹凸分明。

"牛儿在省里胖奶奶家上学,一两天就去接吧!"一阵哽咽,似笑似哭。

不是黎明,云雀也在欢噪。

"怎嘛,孩子……我一根胡须也没少,你难过什么?"他本想讲到有好些同胞家破人亡,只为忌讳双根之死又改了口。他的双手连颤几下,泪珠滴在紫草肩上。她哭得断断续续,父爱从腑脏延展到四肢百骸。久待的真实降临,反而不敢信为非梦。阿箭摇着长尾巴,前爪搭在老人腿上,歪过头去蹭着她的手。历史、青春、挚爱,合成有呼吸的凡人二寸碑……

"箭,嗯——!"紫草一指舅父卧室,善解人意的狗,凭着记忆就把他的皮拖鞋衔过来。

"洗过澡再穿! 先试试合不合适。"鞋从他脚上飞到房檐,放得整整齐齐。斧头被大手抄起就成玩具,他左砍右削,忽而蒙上脸,忽然飘上肩,忽然溜进肋下,忽而飞过头顶,木片像鸟儿们飞出斧口,阿箭一块块衔起送入厨房,来回撒欢儿跑。

斧头扔出几丈高,落下来被楔进树身,他踩上两脚,双手一掰,木柴解体。

草儿捧来热茶和一碟包心糕。石匠尝了几块,牛饮三大杯。阿箭的前爪爬在小桌上,吃着主妇犒赏的咸肉汤泡饭,耳朵一动一动,好生得意。

"一连三晚灯花成串,喜鹊们老来核桃树上报喜,被子洗得雪白,棉絮晒得松松的,鸡喂得肥嘟嘟的,葫芦里是上省里聚源益大作坊灌的原汁原味的上等酒,您舒舒坦坦歇几天,大总统来也不见。"

她伸手要捉公鸡,它"咯咯"叫着,扭头上了房。不等她用钓虾竹竿去打,胡砧拾起一粒石子脱手一掷,正中头部。它倒在瓦上扑腾着。他矮身跳上了屋,抓起鸡腿往下一掷。

"粪堆像胖墩墩大馒头乎乎冒热气,大萝卜叶子青莹莹,包头菜圆滚滚。像过日子的味道!"他心头钻进故土暖融融的活气。

傍晚,老蔫悄悄来看胡砧,谈笑风生。

"大牙家住进二十来头蛮子兵,小排长带个姨太太,姨太太牵个巴儿狗,都得乡亲们供养着。小排长在祠堂门口当着三老四少吆喝:胡大雅先生是国军派过来的自己人,对抗战有功。牛尾镇升格成立镇公所,他荣升首任镇长。荒年多古怪,刷锅把子戴上礼帽抄上文明棍都能当官。咱老百姓看透火色,没人赞成或不赞成。"

"哪见过县长省长犁地让老农闲几天?"

"大牙老吹:'胡某某为抗税抗壮丁,给国军送情报,替游击队买子弹,被鬼子宪兵队传去审问,挨了几耳光,叫狼狗咬一口,腿上留块黑疤。幸亏祖宗有德,吉人天相,挺过来了。老蔫叔擦背二十年,可以证明伤疤是正牌子货……'他叫手下人给我送来百多斤大米,好堵嘴。米照收,实话照说:'那疤是长风火疖子留下的。'"

老蔫逗得胡砧大笑的时候,大牙和天温刚巧被草儿堵在门口。

"除了爷爷回来谁推得动它?"大牙指着石鼓说,"备有几样小炒,请婶婶热一热给爷爷洗尘,天温伯伯作陪,没有外客……"

草儿碍着天温的情面,不好再挡。

天温说:"堤上事老蔫兄弟一手管,堤董们找到大雅,他总说:'户尊爷爷出门前有吩咐,胡某小辈不敢擅自更改。'泾渭分明,好!"

"老蔫叔管得好,堤上人工开支一清二楚,谁不说爷爷选的人合适!"

酒过三巡,大牙献过二两人参,行了大礼,言归正传:"收了小河湾,小狗都有皮袄穿。人家地比牛尾镇少,全靠龙王庙拢住了风水,吃上了龙脉龙奶。自古言道:龙安天地人心安。鬼子来八年,有些人变坏,对祖宗神灵大不敬。爷爷过的桥比晚辈走的路多,能领头在镇上修个龙王庙,灯会龙灯法器用过有地方放,不用寄存在小河湾别姓的庙里。孙儿摇旗呐喊,义不容辞。"

"天温!你看呢?"

"小侄认为:世上最大最紧要的庙是人的肚皮。盘中餐吃不完再修庙不迟。镇上同宗到春荒之际小锅冰凉的有五六十户,鹭鸶腿上割不下来

435

肉,操之过急,就是逼人铤而走险!"

"大伯的话是千真万确,修庙的钱大雅愿出三分之一,急公好义不是空话,口袋里有钱的人,还要舍得善财……"

老蔫不说话,一个劲儿喝闷酒。

胡砣磕磕烟灰说:"咱镇上有过龙王庙,让大水冲倒。祠堂里神鼓也靠太公扛出来吊上旗杆才免下东海。我看庙不修省钱省工省事为上。真要上天降罪,就让我一个人扛着,死而无怨!"

"请爷爷三思!"大牙还在恳求。

"要办点公益事,多请两位老师把学校办好。天温也太累了。家有一担粮,不当猢狲王!秀才不多了,要爱惜人!"

"那孙儿店里承担一位先生的薪水,修房子的事也付三分之一!"为了改善形象,大牙才这样痛快。

夜里,石匠失眠,他见衣橱上有十刀草纸,便每次取出头十张摊在石板上,找出十枚铜钱,在纸面列成一行,食指运足气,压出一行行钱印,等到五更头去给亡人们烧钱。

二

和草儿爹有点瓜葛之亲的胖奶奶坐在门口大竹椅上给牛儿补袜子。嘴里叨咕着:"你爷爷的夏布大褂子是你鱼皮鞑子奶奶亲手所缝,所有的针脚一般长,手工能称天下一绝。从我记事,穿它娶媳的少说有三十位新郎官,还是崭新的。老人家到哪儿都把它叠得周吴郑王,齐齐整整地挟在胳肢窝里,夏天怕沾上汗斑变黄,就用俩指头掂着走。到临近他做客的地方几丈远才穿,出了门走不到五丈,又脱下来包好挟着,他一出手就是上百块袁大头,就对自己刻薄。"

这天上午九点,牛儿盼望已久的爷爷穿着大褂子洒脱地走进门来。

"哟!什么好风把老爷爷给吹来了!牛儿把我梳妆盒上的'红三星'拿过来给爷爷抽!"胖奶奶真会热闹人,嘴上四两蜜,说什么听了都舒坦。她献上茶,又给自己斟上一杯。

"不!谢谢!"石匠一拱手,他不肯抽洋玩意儿!"烟,自己带着!"爷爷点上黄烟之后,呛得牛儿直咳嗽。

"啊,小嫩嗓子太不结实!"爷爷拉了个夸张的架势,好似要朝孩子喷上一口烟浪,牛儿吓了一跳,谁知他头一抬,烟全从鼻孔飞了出来,一串蓝圈圈冲着屋梁袅袅上升。

"他爷爷,我去买点伢饼油条来,先点点心。停会儿再做饭,阳台上还有一只咸鸡,回来……"胖奶奶端起杯子呷了一口茶:"哟,别嫌破,还是苏州货,这末子真香!"

"他奶奶甭破费,在迎江寺吃过了上等水晶包子,刚进门还打饱嗝儿,龙脑凤翅也咽不下。"爷爷眼角翔舞着细纹,像百十条小针上飞下跳。

"小包子可贵呀!"胖奶奶咂着嘴唇。

"人听肚子的话,咱没那么多银钱;肚子全听我的,又是哑巴吃黄连——有苦说不出。九紧一回松,多了当然招架不住。小和尚小尼姑做的东西是不差,一分货色一分钱!"爷爷眼睛一亮,仿佛包子味道又回到了舌头尖上:"这夏布大褂子上还滴了一点油,可惜没带衣服,回去又得洗了!"他捏起胸口一片灰黄色小斑,轻轻揉搓了两下,就像搓重了衣裳会怕疼似的。

胖奶奶说:"老辈知道锅是铁做的。紫草儿就是夸您会过:用十五年的暖瓶没一点水锈;二十年的木盆没换过箍,每年苦夏油得黄澄澄锃锃亮,几乎照得见人影,连苍蝇挂着拐杖也休想在盆沿上爬个十来二十步!十八个细瓷碗逢年过节端出来一个没碎掉。这些咱们一辈子学不了,真算是服了!"

爷爷从口袋里掏出五块银圆,放在茶杯旁边:"都是落难人,为孩子操心受累,等到上学还要麻烦您老人家。一点小意思,用不着老汉从房门缝里塞进去。我带小孙子回去过几天,告辞!"

"谢谢!牛儿跟着爷爷慢慢走好!"老太太笑得两眼一条缝,把一老一小送到门口。孩子上路就是一溜烟小跑。

"慢点,办大小事都要图个长劲,冒冒失失,要是半道上走不动咋办?"

当砧爷爷牵住牛儿右手的时候，夏布大褂子已经叠得整整齐齐，再用手帕包好，放在衣兜里。

"爷爷！我能走老远，老远！"

"小腿怪有劲，孩子走得真不赖！"

长者的鼓励唤起虚荣掺和着自豪的情绪。

"牛儿快说说姓名，家住何方，万一丢了也能交代清楚，好找着家。"

"跟妈姓司马，叫牛。家住康济里八十一号。妈叫紫草儿，爷爷胡砧住锅底圩牛尾镇，离大牛湖二里，上江堤二里半……"

"难为你妈教得滚瓜透熟！"

"爷爷！那个小老头槌的花生酥好吃吗？"牛儿对火神庙门口的小摊子产生了浓烈的兴趣。

"爷爷尝过，不如自家炒的花生香，到家就炒一瓢，你得分成四天吃，不然伤了食，肚子会疼得要命！人长了牙齿，吃花生还要别人槌碎，没意思！"

"瞧，卖熟蚕豆的，多香！妈妈只会炒蚕豆，人家蒸得又软又干……"没走两箭之遥，牛儿又出了新"题目"。

"城里人嘴尖，吃的东西样样从乡下弄来，再想方变样儿品味。蚕豆煮得再面还是蚕豆。孩子不能馋，遇上人贩子给点吃的就拐到别处去卖掉，见不着亲人，太不值得。牛儿好吃吗？"牛儿出于自尊地摆摆右手。

"莫说假话，除了肠胃有病，人人都好吃。爷爷只要挣得到就吃，还爱喝状元红。你饿了，零食吃不饱，买侉饼油条，吃饱走着带劲。"

"爷爷！您不说在迎江楼吃过'金包子'？"

"冰糖做的是水晶包子，包子没有金银铜铁锡包的。刚才胖奶奶光说客气话，是不肯去买，把爷爷当乡下老土。爷爷走过京，跑过天津卫，闯过海参崴，见过多少红胡子黄头发蓝眼睛的洋人，上知'天文'，下知'地理'，在奶奶们面前当然得端着点儿，撂句大话撑撑门脸子。可话说回来，侉饼油条是粗点心，价钱公道，填肚子，熬时间，要吃上一辈子也算过得去。喉咙深似海，想吃鱼翅熊掌，从哪里来？"

"啥叫'天文'？"

"天文嘛,夜观天象,认得天上二十八宿:牛郎织女、紫徽星、文曲星、武曲星、南斗五星、北斗七星。爷爷这条腿受过寒气,练了几十年把式,可刮风下雨之前还会疼痛,不是未卜先知的诸葛亮……"他把右边一绺胡子撂到肩后。

"啥叫'地理'?"

"好牛官,不懂就问,有用!"砧爷眯起眼说,"弄清二十单三省每个县挨着哪几个县,长江黄河有多少水汊港湾,乡里人用不上。我说的地理是几百里内的小学问:比方哪儿盖房地基扎实;哪儿葬坟不存雨水;哪儿蚂蚁屎疙瘩土一寸半深底下准有泉眼;哪段江堤端午节前要抢修稳妥免得出娄子,不能一问三不知。"

东风送来芝麻烧熌的香味,再走一根电灯杆子,就是卖侉饼油条的棚子。爷爷见牛儿脚步放慢,摸出七个铜板,从老远朝案板上一扔,比出操的大兵站得还齐。

一挥右手,用行家的口吻说:"我要一对圆货,烤成蟹壳黄,深过胡萝卜,比板栗壳颜色浅,嫌老不嫌嫩;鲜长货一根,金灿灿一条独木桥;回炉活儿一根嘣嘣脆,一咬不掉碎末儿。"

走了二里,点心吃光,迎面走来一个年轻的父亲,脖子上骑着一个小女孩,大约三岁,梳着冲天独辫子好神气!一种顽强的愿望主宰了牛儿。

"爷爷!妈说她小时候上街老坐在您肩膀上?"

"可不,像那边小女孩一样。"

"妈说您力气大,能推大石鼓!"

"好汉不提当年勇!"

"爷爷背我。"

"还能走,小伙子多派!"

"不想走啦!"牛儿跑到爷爷前面,将头抵着他的腿,躬着腰倒行了十来步。

"不想走躺到路边上去,免得让车压死!"

"偏不!就不走!"牛儿捂着眼朝路边上一坐。

白用了"杀手锏"，爷爷还是不认这壶老酒钱。牛儿心里不服，眼看这片地上挺干净，放一回赖，衣服沾点浮尘一扫就光，便顺着势头朝后一倒，嘴里弄不清哼些啥。

半截黑塔般的老爷子随着距离的拉远而变矮，委屈、慌忙，使牛儿哇哇大哭。

卖完青菜挑着空筐回家的大婶、放学回家的孩子们，围上了六七个，热情的观众诱发了牛儿大哭的灵感，似乎收掉阵势便对不住围观者。

"这老爷子真倔，好硬的心肠！……"

"把小孙孙一个人丢下，可怜哪……"

"这孩子不带调皮模样，是老头不好……"

前边便是柳树林，一堆堆嫩绿遮住了爷爷的身影，孩子只好跳起身来，一溜小跑，撇下闲人们失望地走散。

这里把路走得紧张，大气也不敢出，孩子的左耳似乎听到胖奶奶的笑声："别慌，爷爷不会扔掉他的活宝贝疙瘩！"但右耳里又听到母亲的催促："牛牛快追，爷爷会扔掉你！他吃软不吃硬，你找错了买主。"

在柳林尽头转弯后又走了几分钟，路边树丛中有一块大石碑，上面刻着蟠龙，总有三个人高。但见他的爷爷脸朝石头，双手抱臂，肃穆地兀立着。

"偏不喊他，偏不！就不！"牛儿警告自己，还停下步子，右脚重重地跺了三下，这是孩子们发誓的动作，也没拦住太不争气的喉咙里冒出尖声："爷——爷——！"

老爷子屹立着，饱满天庭上的银发和拖到肚脐的胡须远远看去像是雪白的粉丝，受到风的拨弄，鸟儿们歌声的助兴，和柳条儿们同步飞舞。他垂下头在面壁。

风要再强点儿，纱巾般的白云，就会更加轻盈地朝上钻入瓦蓝的澄空。隔着模糊的泪帘，柳林也成了片片碧云，反射出鹅黄、淡金、墨蓝、翡翠、紫绛、橄榄绿……说不出名目的无穷色阶，随着光扭动，颤抖，撞击，分解，浮沉，迸发出飒飒声，颂扬太阳的金芒。柳林在世界上，世界被装进柳林中,供稚弱无知的孩子、肤色油亮如古铜的砧爷共享。老人从来没有此刻好看,热浪从肺腑直冲头皮,怨恨跟着雷动的江声远去,无形的海绵填在牛儿咽喉,撑得它发胀发酸。他抱住爷爷的腿,小脸儿贴在他的后腰,肩膀忍不住一阵抽搐。

很久,砧爷才觳觫一下,又寂然不动。碑脚下有一棵黄里带白心刚刚发青的草芽儿,用储存已久的微力拼命顶出枯叶的胎衣。那命芽子多像牛儿,他爷爷是碑,草儿和朋友们是树,没边没沿,根枝相连,共同支撑着不塌的天空!

“你不也走来了吗?我怕你放赖吗?多难为情!”砧爷吐出了什么块垒都能融化的胸音,如此轻柔!

“爷爷!我改!不放赖了!”混沌初开,喜欢吻梦的童心,在羞涩中得到慰藉。

来不及品味扑面飞来的欢愉,老爷子猛一猫腰,长发如大轮船烟囱上的白烟在摇曳,他一伸右臂,牛儿已被送到巨人肩上,长髯就在孙子膝间上下跳,左右摆,煞是好看。他屏住气,左边猿臂扬向肩后,犹如一条单翅,脚尖点地,身子提起,浮载在空气中,不声不响地疾行。

泪珠蹦进牛儿笑口,咸丝丝地挺有味,一老一小合成整体,燕舞霞飘……

“爷爷!我能走!让我下来!您累!”

“不妨事!”爷孙俩如巨大的柳叶,被风托着飞,路边的树朝身后纷纷倒下,孩子回眸,树依然笔直地立在官道两旁。龙山上半截青得发白,虹缠雾绕,下半段青得发黑,似乎也在驾云而行,背脊一起一伏地喘着,吐出了气的鳞片……

“爷爷老了!累坏了怎么办?我要下来!”

沉默,树还在倒,人还在飘。

路西,一间茅舍门口,小得可怜的打谷场上,一条闲极无聊的狗对着过客没精打采地吠了两声,孩子联想到小狗跷起右后腿抖动屁股“画地图”的可笑模样,心生一计,就不住地喊着:“爷爷!尿胀!”

爷爷抓住孙子右脚腕朝天上一抛,踌躇满志地旋了一个半圆圈。牛儿心里一紧张,立刻又咯咯地笑了。仿佛从云头降落的滋味挺受用。等离地二尺,爷爷才伸出左掌,托住孩子小腿往地上一放。

右脚牢牢"抓"在地上,左脚脚尖着地,这叫"站息",不宜坐下,否则再走起来加倍困乏。

老爷子从挂在腰带上发黄的绣花荷包里装好一袋皮丝烟,衔在嘴里,再将纸媒子(一种草纸卷搓成的细管,粗若竹筷子。有一头带点残火)按在火石上,用火镰乒乒敲了三下,火星一冒,蓝烟流出,火便着了。他不无感触地说:"打火抽袋烟,比洋火点的烟味道好,别看叮叮当当带着麻烦,肉烂在锅里,钱流不到外国去!"

爷爷这点古板,就给妈妈碰过两回钉子,不论是支使紫草儿出去买包烟,还是灌壶水,他都把外甥女儿给他买的火柴掏出牛儿包袱,悄悄放在厨房墙上的小洞里。

牛儿怕老人家看出破绽,只好走进柳林去走个过场。

"哈哈!小狗上了金銮殿也照尿不误,遮遮避避,脱裤子放屁!"

快步流星地走着,二里路过去,进入了有百来家店面的小街。孩子总爱东张西望,把赶路又放松了。

"爷爷!我要什么都给?"

"对,放赖不给。"

"老说那干啥?我想……"

"想要什么?"

"不!走吧。"

"说呀!"

牛儿伸手指指玻璃橱里的山楂糕。"过年,妈买一块给我吃,真好,又酸又甜,进嘴舌头打个滚就钻进了这皮袋子里!"他拍拍肚子,略为有点儿羞意。

"这……"爷爷银眉一抖。

"不!不要了,过年再买……"

"给孩子许的愿大小都得还。你朝前慢慢走一小段,练练胆子,爷爷买好追你!"

男孩心痒难抓地拍拍手就走。但是五步一回头,脚被粘在地上拔不动,他曾经给山楂糕起过好几个外号:"紫红豆腐""甜玻璃""枣红羊羹"……糕还没到嘴里,甜意从心口涌到舌尖和牙缝,牙龈两面都有泉眼,泉水咽下食道,血液都换成了甜水……

爷爷用一张纸,托着四块山楂糕,二寸见方,一寸半厚,眉开眼笑地递给了孙子。

"痛痛快快吃过瘾!"

"爷爷!好孩子不吃独食!"

"好!你妈从小也有这个长处,吃东西都想到别人。爷爷不爱吃甜的,尝上一块就足够。吃慢点,留下两块带到乡里给别的孩子看看,他们的爷哪舍得买?"

牛儿想听爷爷的话,可是喉管里伸出一只无形的小手来要抓山楂糕,不像嘴唇和牙齿可以管得住。

"只剩下一块了!"

"吃光为算。吃掉干粮无事想,想起干粮哭一场。"石匠双手叉腰,仰天大笑。

这块糕吃得极慢,每回只咬下米粒那么大,让它在口腔里享受到广大的空间,心事都用在吃上,腿也觉不着酸痛。

门被狗嘴拨弄开,阿箭一串碎步迅跑出来。先直起身子,舔着爷爷手背上隆起的青筋,然后伸出左前爪搭在爷爷的指尖上,像人样的"握手"。

"别怕,阿箭从来不咬人,跟他握手!"

牛儿身不由己一缩手,伤了阿箭的自尊心,调头就往回跑。

"回来!对小客人不该怠慢!"爷爷低唤一声,略带愠色。

阿箭不太情愿地立在那儿,直到牛儿向它主动问好之后,才跟男孩"握手"。

"抱住!"

牛儿把脸贴近它的耳朵，心里直打鼓。老人一弯腿，把狗和孩子都抱在怀里，朝板棚走去。狗嗅着牛儿的下巴，表示近乎。

"让我下来！爷爷累了！"

"哈哈哈哈！"

此时，牛儿才注意到爷爷的大褂子不见了，便提出疑问："是留在城里，没有带回来……"

"我嫌带着麻烦，留在熟人那儿……"爷爷含糊了一句，摸出一块山楂糕塞到孙儿唇边，"背你这个宝贝怕出汗，穿长衣不便当……"

牛儿心里一动：大褂子八成是押在店里，换了山楂糕。耳根顿时发热，脖子也红了。用妈妈的说法叫"发面火"。为了淡化压力感，便喊一声："阿箭！吃！"

"它不吃酸东西！"爷爷很有把握，阿箭嗅嗅又走到一边，伏在草地上。

爷爷抱起了大白猫，它闭着眼，呼哧呼哧，喉咙里像在拉风箱，从嘴唇到尾巴梢子足有三尺，不带杂色的毛竖起来，结成萝卜丝，一搾多长，围成一堆白雪，不沾灰泥。

"阿懒是个福气猫，成天打盹，夜里通宵不睡。大将出征不用抡刀舞枪，大猫也不用捉老鼠，只要叫两声，老鼠吓得屁滚尿流，溜之大吉。它的用处很多，日后你会佩服它。它和阿箭好比两个孩子，一个爱动，一个懒得翻身都压死臭虫，心眼都诚实。不像有些人，嘴跟你谈话，心里拿秤在称你：对他有什么用。十件事办成九件半没有功，半件没办到火候就成仇。跟这号人打交道，像光着身子躺在蚂蚁堆上。"爷爷将阿懒送到牛儿膝上。

大猫抬起头看看牛儿，又合上白睫毛。

爷爷给自己和牛儿多放一只粗陶碗，却在下手一方为狗和猫摆上一对细瓷碗，分的荤菜几乎相等。

"我养的狗和猫，睡一个窝。它们刚刚在一桌吃饭，多了少了也哼哼。而今调教好了，我故意给谁多点，再也不闹腾，习惯成自然，有了人的灵气。这盘中的鱼是阿懒晚上到大牛湖去逮来的。它知道风向，总是等在下风口，看准了就能抓着再衔回来，不偷吃一口，人家的猫有我家阿懒这些长处吗?"爷爷拈着胡须的尖梢,膝部往前一躬,眯上了眼睑。

牛儿将自己碗里的两条小鱼犒赏了一对小动物。

"白天睡过瘾,晚上有精神,阿懒不懒。再说白天衔条鱼在路上走,调皮的孩子会伤它,抢鱼,晚上稳稳当当。"爷爷把开水倒在饭碗里一涮,再倒进剩菜,当作汤喝了下去。

三

"牛儿,你说世上什么最坏? 除去鬼子!"

"狮子,老虎,豺狼,毒蛇……"

"毒蛇猛兽都不算,你没打过猎,狼的名声很糟,其实很少吃人。是人太多,逼着他们变得凶恶。有些野兽快死了,住不上医院,住进狼先生的肚皮总比臭在山上强。它吃的田鼠、兔儿尽毁庄稼,狼要断了种,兔子的腿就退化了。"

"土匪最坏,还有兵痞!"

"这些人是明坏,说不准什么时候坐牢杀头! 可放印子钱逼人跳河的财主,坐地分赃的警察局长,靠抓壮丁敲竹杠的保座,把地皮刮得天比原来高三尺,天下乌鸦一般黑,都坏得生蛆。"

"有白老鸦吗?"

"就算有几只,出壳就被看作妖怪,等不到打猎的人开火,就让黑老鸹们啄得不剩一根毛!"

"铡驸马的老包可算得白老鸦?"

"那是民国十年才编出来的戏,头回上这戏的是何桂山,一嘴老腔,味道厚,我在北京广和楼听过,一辈子忘不了。你长大要做官,我打断你的狗腿! 不过今晚不算,爷爷让你当一任江苏省丰(风)县县知事,专管拉风箱。爷爷也陪你当一任玩玩,小芝麻官,涡(锅)阳县县长,掌锅铲子,炒饵料逮虾换饭吃,这就走腿上任!"

"这官我当!"

"拉过风箱?"

"只见到铁匠拉过。"

"用劲要匀溜,火要旺。人家说什么老鼠进风箱——来回受气,这会儿懂得是什么味!"月亮还没露脸儿,矮矮的天空蓝得泛出铁灰色,微微南风从江上吹来,凉意挺能提神。湖对岸的村庄被树林遮住,仿佛是害怕火灾,故意把多半个身子钻入地下,免得同几颗流星接触。

爷爷用一根头上带钩的竹竿,穿着一叠小网,在前边开路。牛儿提着一只葫芦,里面是刚刚拌上的饵料"香半塘",里边还插着一管不能写字的秃笔,剩下的毛不到一半。阿箭的脖子上挂着一只小铁桶。

"让我提着!"出门的时候牛儿说。

"你我都能提,莫管十二两重。不是我大懒教小懒,小懒翻白眼。教会小狗做点事不容易,它闲上半月就忘。你看看它多能干!"小东西总是一段小跑,把桶送到二十丈外,搁在路当中,再跑回来舔爷孙俩的手,磨磨蹭蹭,一高兴还从腿裆里一窜而过。走过桶边,伸颈子拎上就走,有几回故意装作没看见,跟着我们走到离桶很远,它又跑回去咬着桶沿摇着雪白的尾巴,扭扭捏捏地将它送到前面半箭地,又跑回来跟我行礼,绕着爷爷转上几圈。时而耳根掣动两下;时而前爪按地,后爪腾空,能旋多半个圆圈;时而前爪举起,晃动精瘦的后臀走起八字步,逗得孩子合不拢嘴。

"牛儿,我先下请帖把虾兵请过来!"他将竹竿靠在树上,抓了一把香饵,拌上一些沙子装进小桶,用两个指头每次捏住一点,一边走动,一边毫不费力地将香饵撒到四丈以外,落到水波上不起涟漪,那步态像七八岁的女孩跳舞,每寸骨骼都很活。挥臂的姿势又像在苗床上撒播烟草种子。牛儿抓过一把沙子模仿他的样儿,朝墨蓝的大镜上扔去,不到五尺远就被风吹回钻进了嘴角。

"哈哈哈!"爷爷制作的网是三尺对方的粗纱布,拴在两根十字弓形脊梁上,交叉的所在有一只铁丝钩子。网上涂过香料,下到离岸一丈来远的湖底,网与网相去二丈,钩子上头有秫秸浮子,跟着波纹扭动,树根草丛里的虫儿们忙着配音奏乐。

老人的举止快,竹竿尖似乎长着眼,碰到浮子网便出水,扭过身来让牛儿捞去虾子,涂过香味,又沉回原处。

"牛!我在十五六岁,逮虾用过三十张网,结果周围的虾少了,四十岁才懂得一口饭留给大家吃的道理,网少虾多,人也省劲。塘里湖里搜光,就害了自己。看那是什么?"

一团白焰向爷爷移动,定睛看清,原来是阿懒衔着一条鱼跑过来。

"送回家!阿懒!"爷爷吩咐之后,鱼还是被它吐到地上乱跳,猫听话的程度本来比狗差。

"让我带回去!"孩子将鱼拾进小桶。

"肚里有子,不能吃鱼妈妈!"爷爷抓起鱼扔进湖里。

想不到吃鲜货也有许多道道!

爷爷从口袋里摸出一小块烧咸鱼,撕成两半,赏给了一对小宠物。阿懒咬着鱼几步爬上大树丫杈,躺在上边品味美食;阿箭一口咽下,不会细嚼。

"牛牛!桶半腰上有我掐出来的印子,虾逮到这个份儿就该收兵回府。平时我多一两也不取。"

"多比少好!"

"不能把儿孙饭都吃绝!到这记号是三斤虾,我称过上百回,而今用眼也能称准,还差一两。县长的官俸是二斤八两虾一天,比县太爷还多个把铜板,要多少才煞渴?人心不足蛇吞象,不成!学本事一知足就完;过日子不知足就贪,伤天理的事都做得出来。"他说的道理深得大大超过孩子接受的能力。孟轲要求限制网的密度和砍柴时间,被两千多年前的人嘲弄不是怪事啊!

"走吧,够了。"

"不,今儿得破破戒,再抓二斤。"

"为什么?"

"为了你的山楂糕,我把大褂子押在店里,别让你妈知道,多不光彩,出门钱没带够,哈哈哈哈!"爷爷双手捂着脸,蹲在地上长笑,不住抖动的双肩吐出电波,摇撼牛儿的五脏六腑,一时不知讲什么才好。

"爷爷也好吃,想吃是胃口不赖,喜事。东西递到唇边不想张嘴就快灭灯啦,害的哪门子羞?!"热乎乎的安慰不由得牛儿鼻腔发酸,一团破絮填在嗓根台上,悔恨的泪水汩汩涌出,忍不住哭了。

"你觉得对不住爷爷?你还小,将来爷爷还要享牛牛的福!说不定能给老家盖所小学堂,安上明晃晃白生生的电灯,不要难过,爷爷也有私心,有对不住你妈妈的地方……"

"爷爷好!"

"你自个儿逮虾,阿箭!舔干牛牛的眼睛!"阿箭摇着白尾巴,前爪搭在牛儿肩上,伸出温润的舌头要执行爷爷的命令,孩子的肩背颤动一下,爷爷把孙儿与阿箭都搂在怀中说:"别怕,把它看成一个小孩,你会喜爱它!"

牛儿顺从地一伸头,抱住小狗的前胯骨,它当真地舔了两眼。

一阵蛙鼓,送来凉意。男孩抓起竹竿钓虾,动作虽然缓慢,并不难。

爷爷用手一拍沙地,阿箭躺在那儿。爷爷也仰面朝天,从裤带上的布袋里摸出喇叭,刚一试音,呜呜哇哇,惊得树林中的宿鸟们一齐飞走。

"牛!先给你吹《大辕门霸王点将》,再来段《霸王卸甲》,反正你不知音律!"

"嗯!"

想不到小小的唢呐里竟藏有千军万马。可惜孩子只觉得热闹,动听,内容无法欣赏。由于音域限制,缺少书卷磨砺,砣爷爷的吹奏风格近于辛弃疾与陆放翁的词和诗,壮烈的大泼墨,质厚的泥土香味,穿插一点小写意,轻倩圆熟。那旋律不似莺飞草长云水清华的江南风味,更多的是北方豪放情趣。只隐约感受到湖水喘息,树叶儿私语,夜气浮动,星星仰望,待到号角惊天,一队浴血骑士,驱动战马,奔入湖水,犹如杀入敌阵,喊声雷鸣,长戟生光,旌旗怒卷,落日惨淡,箭雨飞流……

石匠吹奏的乐曲中,最奇怪的要算《小寡妇上坟》,20世纪30年代初,安徽笛子名师尹明山在乞食途中听到演奏,靠非凡的记忆,第二天到老人住所窗下用笛复奏一遍,砣爷爷大惊,认为一代奇才。尹老在1956年为本书作者吹三次,内容与色情风马牛不相及,说的是小寡妇在坟前哭诉母老儿幼,受尽欺凌,一位过路的善良妇女劝寡妇节哀。遇到倾听者,哭诉人一发而不可收,结果相抱痛哭,一管双音,出于幻境。诉说者喊"大嫂子"三个字明白如人声,尽管模拟,"栩栩如生",都不是高级艺术,即使录音机能代替笛子,只会引起惊异,感官刺激离深深地感动十万八千里。妙手恰好在平易处展示魅力,最伟大的音乐是流出人类心灵底层的情绪。无论是无告孟子说:"老而无妻曰鳏,老而无夫曰寡,老而无子曰独,幼而无父曰孤。此四者天下之穷民而无告者。王施仁政,必先斯四者。"(无告,有苦无处倾说。)以此为人生大苦之一的孀妇,关心他人的大嫂,都是常见的人物,她们的悲酸与欣慰就有更广阔的共鸣基础。地火奔腾太久,积聚的力度太强,一朝有了喷射口,人道人格的光焰就喷射不休。哭夫者的上行音每遇哽咽,大嫂的下行音也有克制。始而双峰对峙,各有风仪;后来宾主频频调换位置,一轻一重,忽轻忽重,来去无痕。当乐师心底火苗与曲中的火拥抱着,扭曲着,汇合着,抗拒着,两种"实体"的每个细胞每条神经都不愿孤独,都要在对方身上发现共振点、爆破口。技巧死去,活在每个音符短促的生命上。音符死了,又活在曲子的组织器官上。曲子也死掉了,不死的情绪活在袅袅余音上。余音被织进聆听者的记忆屏幕里,非经非纬,亦纬亦经……弹奏创造了虚幻的真实空间,如云烟不可捉摸,便是无极。

声音一组一组,似乎各成段落,中间有明显的间歇。有的来得暴风骤雨,有的来得羞怯敛眉;有的来得雍穆舒徐,有的忸怩沉涩;有的气象博大,有的命垂一线。那是寒夜啼鸟,泣血杜宇,雪野最后一瓣残菊,枫叶上去岁一片微紫的残红。她们有的翩然来仪;有的拉拉扯扯而至;也有的被推推搡搡倒退着光临;有的是被吹奏家横放在时光的骏马上"抢劫"而来……音声的感情姿态,使语言大师变成"哑巴";"哑巴"成为歌手!

渐渐地你不觉得是人在吹喇叭,是他用指头在细管上压出宏音,弹出闲愁,又怕流出太多,胀破山水花树鱼儿狗儿与孩子的耳朵,千方百计地用指头堵住这瀑布,然而徒劳无功,大江决堤,东海狂啸……

渐渐地你觉得声音不是从乐器里飞出,他只是在念某种神话中的咒语,召集世上天上地下的声音到这儿来赴生命的盛宴,这些精灵们互相不服气,都想自我表现,即便裙袖飞动的仙姬,兀坐一旁闭目低吟的长者,只是方式不同,抓人的视觉听觉味觉并无差别……

演奏者停止了"魔法",也跟你和我一样,跟身外两间一切存在物一样,用心、眼、耳、四肢百骸、每个细胞在倾听,每位听者又是歌者,无所谓传播接受,都是创造者。乐曲只是酵母和药引子,不相干而相干,不协调又协调,抒情做翅膀,思维的引擎安装在万物上。于是波澜、星星和月牙的倒影、树、砂、泥、路、草儿们都在发音,夜的铁袍变成共鸣箱,裹住七彩仙衣的妖怪们,从地下来的被山与海撞上天,飞上天的被流霞揉下香土来……

逐风飘逝的乐律欢愉跳荡,砧爷爷灰白的眉毛被山根上的皱纹接成一条马蹄形长线,从头到煞尾,没露过笑容。

"爷爷!回家!"良久,牛儿说。

他看了孙子一眼,下巴放在被猿臂紧抱的双膝上出神。

牛儿放下竹竿,抱着他的宽肩。他把孩子横放在腿上,阿箭感到气氛松动,也跳到男孩的肚子上凑热闹。

"牛,牛儿!你这双眼睛太像奶奶……"他闪光的眼猛的一暗,不再吭声。

"阿懒在树上睡着了!"

"别惊动它,牛牛,虾多出三两,赎大褂子用不了,还给龙王爷。"他捧起一些小虾扔回河里:"小东西们别太贪嘴哟,回去吧!"

第二天一早,石匠拍拍牛儿的肩膀说:"咱们巡查江堤去!喝了这么几年江水,你还不认识长江呢!"他一吹口哨,猫狗都来了。他的牛皮兜里没有放进锉和凿,只有打火石、牛圈袋和咸牛肉干。阿懒坐在他的左肩,阿箭忽前忽后跟着跑,耳朵和尾巴不停地摇着,长脸上隐隐约约可以看出笑意。它不会笑。

长江从西边天外冒出来,消逝在东方的地平线,黄浪怒卷,白沫乱冒,互相追逐、覆盖、起伏。村庄都淹没在柳林中。北岸阡陌纵横,远村炊烟扭腰,犬吠声相闻。更远是大小山丘,视野很开朗。

爷爷照顾孙子的腿短，步子跨得很窄。

爷孙俩看得非常仔细。阿懒跳下老人肩头，在四周慢悠悠地找着什么。阿箭在爷爷和猫之间来回穿梭。

下了陡坡，从堤脚和上下两米的地方，有三条挡浪设施，合抱粗的芦苇，里面夹杂着稻草、麦秸、石块，包得严严实实，用细麻绳捆牢，两捆苇子接头的所在，有铁丝扭紧，隔上一米，就有两根骑马桩挡住长龙，桩头有铁链套住，再大的浪有了三次缓冲，就煞住了冲击力。

"牛！在长江牙缝找碗饭吃比小鸡给黄鼠狼拜年还危险，到了汛期，洪峰从武昌府下来，下边两道桩淹没，到紧要关头，全体民工坐在草龙上，手挽着手，压住桩子，不能叫浪冲散，到那时刻，两千号人一道儿活，一起死，谁也不肯走开。浪过来一平嘴唇就把气吐入劈头盖脸的水中，浪落下去一露鼻孔就赶紧吸气。一乱套就会让水呛得够受，你长大要来挑土，不然，还当从天上掉下的呢！民国二十年龙王爷光火儿，大水漫天，堤坝倒尽，只有这一段堤，外边是江，里边是湖，没有倒，上下游几百里都佩服。大雨三昼夜，饭送不来，空着瘪肚皮，坐的地方也找不着。剜土难，八十八条小船全上江南去装土，被单（缝成）口袋，装土垒在堤上，起南风就挖北边补南边，转了北风又反过来。人心最齐，不吵不闹，没人叫苦喊饿。经过这水牢泡上三夏三秋，才懂做人难！"爷爷打着了火，吸着旱烟。摇动每根桩，稍许松点的就用双手把它按入地下一截，不用使大木槌往下砸。

"平时多吃苦，大水少破圩。"爷爷完全明了自己劳动的价值是什么。

阿箭似乎嗅到什么味儿，轻吠两声。

训练有素的阿懒不慌不忙地跑过来，前爪朝地上按，后腿耸起，用嘴贴在草根边石块，厉声地怪叫着，一声比一声拖得长。

"老鼠洞！莫小看这玩意儿，遇到涨水，能吸成一个漩涡，把大堤崩断。你看看我这两个帮手多能干！"爷爷摸出泥铲竹筒，把洞口的石块剔开，插上竹筒饱吸一口烟，朝竹筒里吹进去。用手一捂，再继续灌烟。不一会儿，一丈开外的小树旁边冒出一缕烟。

"牛牛！看后门在冒烟！"

停了片刻，两只老鼠朝外一窜。

阿懒还在叫，不肯挪窝。

阿箭跑上去咬死一只，用爪子按住一只。

爷爷掷出小铲子，正好扎中鼠背。

"爷爷！阿懒怎么不去咬？"

"它从来不抓，单凭这副嗓子就叫得老鼠胆战心惊，非跑出来送死不可。"爷爷摸出牛肉干朝天上一扔，阿箭前腿离地，直立起身来，张开嘴巴一口接住。

阿懒不叫了，爷爷把牛肉递到它唇边才肯接受。这一对小东西真少见。

不到一刻钟，爷爷挖到了洞底，有六只小鼠，皮肤红得像熟虾子，让牛儿用石头砸死。"爷爷我早饿了！"牛儿走下大堤时说。

"这么大的孩子饿了自己去烧窑！"

"烧什么窑？"

"不会？我教你！"

"本来我最恨孩子们瞎乱毁坏庄稼，而今人老心软，你又没爹疼……我……"

"爷爷！不烧，我骗你的，不饿！"

"不饿是骗我的，我也好吃，想吃。"

"帮你当一回窑师傅！这活儿有意思，都是在地头上干的，山芋、豌豆、黄豆，都挺香。快拾些柴火来！"老爷子扒了四块白薯，用锹挖个小洞，掏平洞底，铺上吃的，再薄薄盖上一层沙土，堆上柴草，取出火石火刀，打着就烧。

"我妈妈会烧窑？"

"她的本事可大哪！跟你爸爸下地，耘田、锄草、打棉花，中午不回来，烧上一大窑，吃得满嘴乌黑回来，我一看就吹胡子瞪眼睛摆开威风，老是说丫头片子臭小子们毁了庄稼，明儿再烧窑非狠揍一顿不可！你妈说：'舅舅打吗？''不打要成精怪！'我一扬手，不是你爹哭就是你妈笑，我的手一软又落下去。真的,谁受得了一巴掌?推大石鼓子像玩皮球一样,要打人准砸个大窟窿!你当是玩的?"准保是提到了儿子的缘故,爷爷笑得很高扬,突然停止,久久不肯出声。孩子怎么能理解呢?

老爷子刚在湖边钓得二斤虾,草儿请老人回去,因为有贵客临门。老人让孙儿替他捉虾,快步走回堂屋,最触目的是条柜上红伞,印着白花的青粗布包袱,搭在椅背上的黑细布海青。起身迎接的和尚身穿方领对襟铁灰布僧衣,乌亮的胸毛钻到纽扣之外,黑灯笼裤,足登多耳麻鞋,长得不算停当:按那么粗的胳膊腿就不该生就短短身材,瓦钵似的细腰。重浊的扫帚眉,窄窄的脑门,高耸的颧骨,一部络腮胡子盖住鼻沟,把一张峻厉的脸弄脏,似乎再也洗不干净。只露出外翻的厚下唇,黑得泛紫。全身粗豪之气,笔直如扁担的脊梁,和头顶尚未愈合的新戒疤不协调。拱手躬腰侍立,更像江湖好汉,除掉桀骜不驯的贼亮环眼似曾相识,又想不起曾在何处幸会。

墙角落里半蹲半跪着一位女客,白净,娇小,眼神迷惘、恐惧、感伤。她裹着绿色人造丝包头,黑旗袍,白领,黑圆口布鞋。生怕身板多占空间,蜷缩成一团。见到进来的是老年人,弯眉毛一皱,垂下头咬着嘴唇。

"二位是……"老人一抱拳。

"恩叔大人请坐,容小僧大礼参拜!"

"你认错了人吧?"老人还在惊疑。

和尚倒身便拜,动作欠地道,但很虔敬。

女客略一犹疑,跪在和尚身后,贫血的脸颊上现出紫红色调。

"恩叔连小侄也认不出来吗?"语调充盈着俗人的悲酸。

"哎呀,孩子,我老糊涂了!真不像话!"

石匠一拍后脑勺,心头一亮堂,昔年帮助此人安葬父亲,后来他当上连长,把恩公抓去抬担架,阴沉的小伙子,一个冷酷的军官,和眼目下的出家人,形象叠合为一。

被石匠拉起的和尚双手合十,不肯落座。

草儿献茶,扶起女客,收掉面条碗。

"多谢大妹!"

"多多关照！"女客局促地鞠躬,声音细如蚊子哼。

老爷子肩头掣动几下,抱住和尚,喃喃地说:"亲儿!"幽远的声音如同从瓦片上掉下来,停顿了五秒钟,他咽下悲痛,不自然地笑了。

僧人扶老叔坐稳,自己盘腿席地而坐,双臂伏在长者膝头,仰起新剃的头说:"落霞山一别,眨眼六年,那时小僧曾对恩叔发愿:打败鬼子就削发。而今打算去印度朝圣,放心不下的就是您老人家年迈,方外之人不能奉养,惭愧得木鱼不想敲,经文懒得念,活菩萨拜不好,怎配化着缘去天竺拜金菩萨?临行无奈才想出这一招,求您慈悲恕罪,答应小僧请求,否则长跪到太阳从西边出来才起身!"

女客惶惑无措地跟着和尚下拜。

"草儿扶起这位大姐!"爷爷也伸手去扶和尚。和尚双膝弯曲,没有改变姿势,显得极为固执。

女客颤抖着,想哭又不敢张口。

石匠双手掩耳装作生气的模样说:"你不坐下,啥也不听! 爷儿俩有什么商量不妥的事? 俗话说:'礼多人不怪。'出了家只礼佛祖,对我这样俗人至多一礼,若再烦絮,我先还礼……"

和尚轻捷如燕地跃起,带着出家人的沉痛说:"恩叔遭的罪,大妹刚讲过,您瘦得好凶,老得太快……"言毕咧嘴痛哭。

"哈哈哈哈! 儿! 我不光会老,没准儿很快还会钻土呢……"长笑难掩盖悲戚。

女客忐忑不安,被两股无形的气流挤轧,不断地掂量爷儿俩昨天的因缘与自己明朝的命运。

当初"矮老虎"连长的凶狠、多疑,酒徒的任性,都烧进了戒疤,真正的超脱离地和月亮同样远,仅仅是自以为找到了归宿。能否走向开悟? 人们的好奇心再强,了然的事物也太少!

"当初我说出蛆虫争粪的比喻是一时之气,可没有劝你出家啊……"内疚使老头儿扼腕长吁! 木已成舟,不好责难和尚断了后代。

"阿弥陀佛! 说的无心,听的有意。出家求个心里安泰,与恩叔无关。"

"我……"老人搔着长发。

"小僧也曾把叔叔的教诲转告长老,他连说您有火眼金睛,说法时还对徒们讲过这段道理。有个小沙弥听了直流泪,他写了一副对联,要小僧务必带给恩叔,他反复说字太丑,挂在柴房也行。"和尚从包袱里取出对联。

石匠将它拿到仅有一部木版大字《水浒传》的"书房",跳到桌上,草儿递来两根铁钉,他轻轻扎进砖墙,挂上对子。

有理歪禅,催醒痴眠草芥;

无情疯话,喻明傻梦蛆虫。

石隐老祖呵正　沙弥痫均贡拙

"外号太高,承担不起。离了我师父说的禅,就是谁也看不懂的'天书'。小法师这个怪名儿是法号?"

"是。听说从前上过大学。"

草儿端上酒食,大家坐定。

"怎么领来一位女客?"老人提出了实题。

"鬼子一投降,趁乱劲儿抓钱的保安队们把些日本婆子攮进中华旅社,卖二十块大头一个。这娘儿们身板壮实,原先在鬼子医院里当看护。侄儿攒了点银钱,买下她替小僧孝敬您老人家——背包袱雨伞打上灯笼也找不到的大好人。她模样儿挺周正,性子温和,恩叔要不嫌弃,收她当个通房大丫头,烧洗缝补,服侍起来方便贴心。将来生下个小弟弟,天理、国法、人情都没说的。我让翻译跟她说过,她心甘情愿,这比卖到妓院强一百倍。您老单身三十来年,也对得住过世的婶妈。侄儿最恨当官的有钱的讨小老婆,侄儿也不把这娘儿们看成大婶儿,她不配。要买中国人您不肯收;她是日本人,鬼子们杀人放火,有她一份罪责。这里有五十块大洋,买上二亩地教她种好养活自己。还有三十块大头存在大妹那儿,这会子给她,说不定人财两空。将来小弟弟大了,再给盘费让她回国不迟。她能听懂几句中国话,不会讲,泡上二年就成。老牛能懂七十二种番邦洋话,是一根鞭子教出

455

来的。她不听话也该打,打为她好。反正是买的,不是抢来的,街坊四邻,同宗老少,包管竖起拇指叫好。您老别拘谨⋯⋯"似是而非的肺腑之音拨动两代人不同的幻想。

为了缓和气氛,草儿找出一件紫红色的新夹袄,帮助岛国女性穿好,彼此间缩小了距离。

草儿把她领到厨房,告知米、盐、糖、醋、油、酱的位置,再请她坐到灶前烧火。火苗舞动,暖意四溢。草儿忙于炒菜,对她面颊升起的红霞,笑得亲切。

前厅,石匠侃侃而谈:"⋯⋯孩子! 人只要活得对别人有点用处就不赖。庙里一样有管人的,有受人管的,有骗钱混吃喝的。瞧我胡子二尺长,见过活到一百岁享儿子福的怪事吗? 不如由我主婚,让你娶下日本女人,住在后院过几年热热乎乎的穷日子。佛爷不慈悲,降罪下来我承当。强扭的瓜不甜,生过儿子她去留两便,大妹给你带成人,也是一房骨肉。莫认死理,免得伸腿那一天抱屈⋯⋯"

被和尚送到嘴边的花生米掉到地上,过早冷冻的情焰从他的瞳孔中扩射出来,裹挟着农民买地发财的隐秘愿望,大兵想打胜仗当官的念头,与阴沉的绝望扭缠在一起厮杀着。等到他的视线落到老人雪鬓上,光焰又突然死灭,成全前辈的慈悲占了上风。便不动声色地拾起花生仁,送到口中木然地嚼着,酒与荤菜,都戒了。

"认真三思,孩子!"石匠起立,伸出大手抚摸着和尚的聪门,轻柔的父爱,揉出了和尚温馨的泪珠。

"阿弥陀佛!"一声代万句。

牛儿拎着虾子回家,妈妈让他拜见和尚大舅,交谈片刻,到锅屋里(厨房)吃饭去了。

核桃树峥嵘铁影的上空,瘦成镰刀般的小月亮有些苍白,小院在青灰色的玻璃世界中感到轻寒。石堆下的蟋蟀,墙头瓜藤间的纺织娘对台而歌,"两部鼓吹"在彼此抵制中,通过长长的间歇,插进一段哀曲,清冽、悱恻,似空似实,非管非弦。

岛国女人被主妇带到后屋,洗得白生生的蚊帐被月光涂上浅蓝色,褐得发紫的竹席上铺着土布印花床单,一对小竹枕放在两头,焦茶色夹被上黄栀子染的条条现出恬雅。语言有了手势辅助,女客行了个日本礼,感谢女主人和她抵足而眠,梦魇被关在房门之外。主妇做出理理胡子的手势,拱拱手,指指外面,代表舅舅;又拍拍她的肚皮,画了半个圆圈,末了伏在她鬓角,学了两声婴儿的啼哭,向她鞠躬。

东洋女人害臊地点点头,抱着主妇,肩头亦笑亦哭地抽动几下。

女主人反带上房门,从厨房提来开水走进客厅冲入壶中,黄山云雾茶的嫩香沁入夜气,给恳谈者助兴。

石匠蹲在长条凳上,眼神幽远,想从疏暗的星空寻找某种因果。

和尚低眉垂首在蒲团上打坐,已经跟他混熟了的阿箭伸出鼻子擦着他的双手。

"牛!到爷爷床上躺着去,半夜了。"

"妈!不忙。大舅舅领来的女鬼子会在咱们睡着之后杀人放火吗?看她手上不像有枪,小包袱不重,准没子弹,我想……"

"想什么?"爷爷饶有兴味地望望孩子。

"杀了她给那些被鬼子害死的人报仇……可我没出息……"

大人们交换着眼色。

"二百年后中国百姓也忘不了鬼子做的恶,但这娘儿们不会杀人放火,好侄儿放心安睡,弄不清的事明儿再问爷爷和妈妈。阿弥陀佛!"僧人抓住孩子的手搓揉了良久。

"中国人不会过海打小日本,过一千年也没人敢嚷嚷鬼子杀中国几千万人有理。就怕河东转河西,你我糊涂一世,牛儿未必明白!"老人的鼻沟纹一抖。

主妇连拖带哄,把儿子送到他爷爷床上睡下,回屋一看,女客鼾声匀畅,没有发觉草儿替她拽上被角。

说不出的话才说不完。

"恩叔保重!此去印度,万里步行,生死难卜。活着回来给您拜八十大寿,死了请嘱咐牛儿清明盂兰节给小侄化一堆纸,告诉大妹,孩子算小侄半个儿子,我亲爹!"僧衣包不住世俗思维,和尚扑进老叔怀里,石匠像哄孩子一样拍着他的肩。初次的人情陶醉也就是末回,和尚太让老人思念双根了。

"谁见过人上天,神下地?佛是你的良心。守戒在意不在疤。有通天大路就走;无路回来门总敞着怀等你。儿子,对你爹叩三个头,就算送过了终,从此无挂牵,免得愁出病没人照管……"石匠的脑海里翻腾着七情百味,没有泪水,长默当哭。

和尚礼毕,表情坚毅如铁罗汉,他返回爷读书的小屋跏趺端坐,意念牢守左右脚心的涌泉穴,身上肌肉一再放松,冥合于黑色的大化。

紫草很快入睡,又有四分之一神经矛盾地醒着。

鼓响四更,部分睡意悄悄离她逝去。忽然,一片飘荡的光降临床前,隔着浓密的睫毛,细眯的双目感觉到墙色泛金,罩上薄薄的红雾。蚊帐的眼子在涨大,再涨大,像是用玛瑙刻成的枣儿砌成透明的长垣,没有尽头。披着鱼皮褂子的舅父立在床前踏板上,草儿从他的阴影里仰望,那是幽峭孤寒的人之峰。雪鬓大颡、长髯、大手的青筋上,筛流着火的碎雨,抖动的寿眉底下,目光犹如穿过冰湖泻出的铁水,谛视着姣好,圆肩,带点罗圈腿,左耳根上有颗红痣的东洋女人。他的吸气轻柔,呼气粗糙,强弱交替,想唤醒酣眠的她,又怕她惊觉。

牛儿妈不愿打断舅父稀有的机会,想说话又咽回肚里。晃头抖肩的照明,唤起她遥夜的记忆:

——她返回童年,坐在他膝头,从酒杯的倒影里看到对面高楼上爆竹纷飞,红潮漩滚……

——是少年岁月,跟上花轿挤入邻人前院,炮灯喜烛播撒在新娘盖头衣裙上的亮星……

烛火溢红,模糊的欢悦场景飞散,草野漫漫,与天相接。滔滔长河上,漂浮着血色冰块,有二三尺厚,体积不小于石匠大门口的板棚。双眼滴落血火的舅妈嘎鹿翠儿,坐在自己的坟帽子上哀泣:"老头子心狠,把牛儿和咱俩的心摘下来填到冰块底下,冻得好苦啊……可你跟冷牛筋一走,谁照料老头子和牛儿孙孙?有晚爹就有晚娘,人心会变,草儿你也一样……你莫走……"后面的话不太清晰。

"苦命的舅妈!外甥女不会离开家……"草儿全身冻出冷痱子,上下牙齿哆哆嗦嗦乱碰,紧抱着比她更冷的舅母……

烛影喷彩,哭声被挤压而变得纤细、畏蕙、强忍、羞愤、失望、抑郁,迅速织进了被安抚的稳定感。这是日本鬼婆在抽搐。白日点过头,又装假正经,老爷子脚丫上搓下的灰里不蘸血,比你那双小猫的眼睛干净得多,委屈个屁……

烛花漾红,不是女看护捂着嘴流泪,跟牛儿呱呱坠地的哭声又像又不全像,是屈死的双根哥?你别流泪呀,哥!我不爱你也不恨你,你一死,我又替你抱冤,有点喜欢你……不!我扔不下孩子!不跟冷牛筋走,不……哦!哥是割不下娇妻跟小牛牛,又来投胎,添胡家一炷香火?我认识你会笑的眼神儿,没错儿,别哭,真羞煞你老婆,成了孙嫂嫂,这就背你上宝塔看大火轮……

烛泪横流。"舅妈!老人家是造孽,不该让牛儿吮喝吃奶的小不点儿为叔叔,您哭得有理!舅舅年年月月都夸您比糍粑软又比宝剑还硬的脾性儿,跟桃花一般水灵,和中秋月同样光彩的模样,心眼该比顶针箍儿大一圈,不该吃日本婆子的醋,她添的小弟弟长大也给您烧纸钱,喊您大妈妈呀。老爹多么可怜,喜欢上一个人也不易,消消火,成吗?好舅妈……"

烛火飞红,它在远移,退位,卧室沉入铁的黑夜。火光是梦是真两依稀,"但愿是梦更好……"草儿被翻身的日本女人碰醒,就这样叮咛自己。

眯上五分钟,草儿悄悄起身打水做饭,等她打扫堂屋时,才发现条几上装有度牒的蓝布包袱不见了。朝西屋里一望,牛儿抱膝侧睡在大床一角,像只怕冻的小狗,老人也不在。她打开大门,大石鼓被推到路边。小镇还躺在静谧的湖畔睡睁眼觉。

靠近十点,老爷子红光满面地回到家。

"你和尚哥呢?"

"没跟您一道儿走？我还当您老人家送他去了。"

"走就走了。有缘还会来。"

"他的话也有理，你该听！"

"你也跟他是同党？"

"嗯。"

"放在三十年前，也兴爹过不了关，而今往八十岁上爬，还想啥歪心事？我给她买来去上海的船票，放她回国。"

"她不难看，又愿意……"

"那是逼上梁山。世上俊俏娘儿们多，总要对得住你舅妈。"

"这事跟舅母不沾边。老婆在世也有讨小的！"

"干吗不和好人比？停会儿你送她，我逮虾！"

"舅舅去合适。"

"不。"

"为什么？"草儿托着下巴发愣。

"没准儿看到人家上大火轮又反悔……"

"哦，难怪昨晚……"

"看一眼，怕什么？爹也是人！"他的脖子根都红了，白发垂到眉心。

"我去退票！"

"我的傻丫头片子，八年当中鬼子的罪还没受过瘾，让咱们清白人家再冒出半个小东洋鬼子，看了不恶心吗？哈哈哈哈哈……"

五

据不见经传的旧闻：正月初十为石头生日。这天，吃石头饭的大匠小工都要云集在鲁班庙焚香，祝福生意红火，人丁发旺。也不知祈求过多么悠长的年月，仍旧找不到仗着凿子大锤发财的人。庙会无非是穷苦同行们找个借口会会面，交换些牢骚。

废弛八载的古老风习，骤然复苏，玻璃球也生出夜光珠的魅惑力。

刚到初八,后生们把庙里庙外扫得干干净净,殿前小广场几年来成了作坊,一些碎石被拾上手推车堆放在墙角落。门窗神龛大梁油漆乍干,还留着浓浓的气味,有些呛人。

庙会那日,神龛上挂着鲜红绣帷,加上胳膊粗的红烛赤亮生霞,有点节日氛围。神像被鬼子偷偷运去岛国,还是胡太公三十岁时所刻,来不及复制,代之以斧、锯、瓦刀、墨斗、锤、凿和不知姓啥名谁作的《鲁班经》,不失为通达。

大殿台阶下放着一块一尺对方的石板,厚约二寸,打磨得油光水滑,四角圆孔里拴着细铁链,穿过一根木杠子,端端正正压着石板。旁边有一只空砂罐,口面上盖着黄表纸。

胡爷穿着舞台上也没见过的特制祭服,白色大襟褂子长及膝盖,焦茶色灯笼裤,镶着二寸宽的橘色绒毛边,外罩猩红马甲,杏黄腰带两头裁剪成凿头模样,鲜亮又质朴;锥形帽子尺半高,是一把美化了的大凿子,额头之外拖着六寸长的流苏。帽子戴法有点朝左歪,半压寿眉,半露天廷。那股潇洒劲儿,体现大民族的慧根与父性修伟之美。

在大队石工们前面三尺,十八位乐师,雨过天青色上衣,米色帽子比主祭戴的矮一半,远远望去,身如青石柱,上顶花岗岩。手捧笙、笛、箫、京胡、二胡、四胡、板胡、月琴、琵琶、单弦、小忽雷……已排练了半个月。

同行中的第二号人物,绰号"巧大爷",九十多岁,瘦小机灵,头发斑白,黑的部分蓝得贼亮,下巴光光,没留唇髭。阴丹士林布大褂子折痕清晰,团花马褂有些毛边。他巡视一下人群,小眼睛一转,宣布:"肃——静——!"

队伍小有调整,响过极轻微的脚步声。

"师叔!请燃香上贡!"巧大爷一欠身。

"等会儿,老兄!"胡爷从不以长辈自居,对老师侄尤其器重。他揭开黄表,人们视线一齐集中到砂罐上,原来罐口有个蚕豆大的小豁子,引来一阵低语。

"哪位老少爷们干的? 要出我师叔的丑,还是要坏同业的大祭典? 胡闹也看时辰地方……"

胡爷冲着巧大爷一笑，摇摇手说："年轻人开玩笑，不必追究！"

"换一只砂罐！"

"老兄，不必，来不及了，凑合吧！"胡爷蹲下身子歪着头端详片刻，从口袋里摸出一只细凿子一量罐口，在石板上画了个圆圈，未动声色，用凿尖子剔除线上的石粉，迅速刻出一条圆圆的小沟，只有蚕豆大的一小段划得很浅。

"老兄，开典！"他收起凿子拍拍手。

"大典起始！鸣炮！上贡！"

几名大汉抬来一缸酒，两大桶菜肴。

胡爷用一只盘子托起三杯酒，两片肉，送入大殿行过礼，呈放在香案上，再退回原地。

"八年没祭祖师爷爷，大神不记小人过。敬上黄表三九二十七张，补齐赎罪！保佑下界风调雨顺，国泰民安，多修牌楼凿洞水闸，多建庙宇高塔，塔桥开路，永镇洪波！击鼓！鸣金！下拜，兴！再拜，兴！三拜，兴！揖……"

初次参加盛典的年轻人不懂得巧大爷的口令："兴"是起立，直挺挺地跪着发怔，幸有伙伴们拉帮暗示，才随上大流。

胡爷拱手抬头，眯着眼，京剧徽戏两下锅，用韵白念着"干板"祭文：

> 巍巍石头！请听从头：万年高寿，今朝出头。高生山头，矮出地头，三生有幸，祖师碰头。房过树头，树立桥头，桥跨浪头，浪托船头，船棹风头，江底海底，还是石头。新岁起头，烧香叩头。小子毛头，老汉白头，多磨凿头，磨短锤头，大汗披头，小有赚头。明年年头，再祭石头。

祷文不像文人笔墨，口头相传，不知多少代，按胡太公的说法，道光年间就这么念的。

"动乐——！"巧大爷中气旺，长腔挺脆，跟年龄不般配。

胡爷从腰带上解下古唢呐,退入乐师们行伍,领头吹出大家阔别已久的欢快曲调,犹如一条小白龙凌波曼舞,起落翻滚,矫健活泼。

十八位乐师用音声编成大网,一心擒获它。它顽皮地伸出几串音符,主动让网套住,乐师们得意地收紧钢绳,龙已化整为零。片片鳞甲钻出网眼,到云空合成一体回眸大笑。于是盘旋,踢腿,抱月,扭腰,抖须摇角,好不自如!网被激怒,经纬线伸开,向上高举,追上了唢呐声,再度裹住它,沉住气步步缩小网眼,它抖肩缩额,鹞子翻身,杳无踪影,等网缓过气,它已在江底蟠绕水晶宫大石柱在散步,网有点疲乏,打算喘息一阵儿收兵,它又用滑稽的表情来逗网、气网,不让网放弃角逐。它视网为非网,愈钻愈锋利,饱和,温馨,欢愉,膨胀……感染着包括十八名乐师在内的听众。

经线纬线交换过眼色,决计使出绝招,抱成一只小小的铁线球,劈空跳下来把喇叭的铜碗口一堵,但见胡爷眼珠一骨碌,晃晃肩膀,用饱气倾泻出一条音之飞瀑,将堵塞物炸碎,瀑布上干碧霄,再摔砸在大龙山上,珠飞玉流。堵得越紧,音浪越汹涌。近听不扎耳,远听更分明。穿透一层墙,洗去一些作料,穿过一座火山,甩掉一条缰绳,把一批追逐者抛得老远老远,达到无腔无调的自由飞跃……

乐师们一个个呆呆地忘了协奏者的职责,不胜惊异地凝视着老石匠,仿佛眼皮一眨他就会踪影全无,呼吸一重,也会使音响受伤。

唢呐益发来神,胡爷右眼含笑,左眼泪光莹莹,有着主宰艺术天地的自觉自豪,与后继者孱弱的忧患,一扬一抑,半哭半笑,一管二音的幻觉,现实理想对位比真还真,不在形式,又不离开形式,听众的细胞与经络受到催眠,进入梦游般的兴奋与淡淡惆怅之间,有我无我之间,可知与不可知之间,天真无幻,即幻即真,超乎七情,享受微痛的快感,清醒的麻木,什么都未听着,一切又都听清了。

……

十八张黄表在石鼎里燃烧,似在为不知何时停响的妙乐升温。剩下九张黄表也被胡爷点着,划了三个火圈,烟绕灰扬,在最旺的当儿填入砂罐,他搬起石块,反过来往火上一扣,两名力士抬起木杠,罐借火力,严丝合缝地吸附在石板下端,宛若有无形的大手托住。绕殿三周,才被巧大爷拔下。

无分老少,一齐为大匠神乎其技欢噪。

礼成,人们开怀畅饮。

巧大爷请求胡爷再吹一曲。

"哈哈哈哈!聪明厨师逗人淌涎水,傻厨娘撑得客人翻白眼。醉汉再喝半碗就醒,一醒,前边就白忙乎。今天的调调儿是八年不听才新鲜,不是我吹得好。"

"我都想九十二岁学吹鼓手,只怕师叔不肯收!多好的玩意儿,下辈能接茬才提气!"

"好东西迟早要断,云冈、龙门、大足、天龙山造像再也刻不出来。断就断呗,不由人安排。咱们都快走了,别吆喝师叔,老兄!"

"活到二百岁,长辈还是长辈。您不收徒儿,连我这么近乎的人都不认,太孤单。谁叫我祖师爷是老太公徒弟?而今到处盖洋房子,能做几件呱呱叫的东西让洋人后人开开眼的大匠,长江中下游只剩下师叔了!我是白活一世,什么也做不出个板眼,连石头棺材也刻好了。"巧大爷说这话没有悲哀的因素。

"石棺悬在石壁上,我在四川大山里见过,弄不明白是如何送上去的,刻工也高,随手几凿子就活灵活现。我也是中等材料,心刚开窍,头就白了。暗伤太重,日夜淌血,飞不高走不远。师父一心要我安分守己当好平常人,也就是上上人,一晃人生果快嚼完了。你开了石棺,我也该办这码事!"

"师叔有什么划算?"

胡爷低眉垂首想了一会儿,指着墙角碎石堆说:"人想不如天想得周到。羊吃碰头草,求上苍掌掌眼!"他解下长巾将眼蒙上三圈,系个活扣儿,再次掏出小凿子往乱石上一扔。

石匠们闻声停杯,围上好几层人。

"师叔请听听天机!"巧大爷呈上钢凿击中的石块。长高宽各四寸,一旁伸出的小锥形也有三寸。

"大伙儿看看像什么?"胡爷摩挲着它。

"看不出来。"停了分把钟,巧大爷回答。

胡爷把石头放在石鼎盖上:"你们围上它走走,再想想!"

更久的缄默。

"好!有了,就这么着!"胡爷左拳一槌右掌,席地盘腿而坐:"锤来!"

"师叔有何高招?"

"做好草坯子再看看想的可是一回事。"石块放在地上,他刮、划、砍,敲敲砸砸,锤声击出抑扬顿挫,凿子犹如戏台上的摔打武二花,起伏翻滚,节奏若迅雷疾风,石末乱飞,手上似有巨眼。

半小时后,顽石被刻成铁匠打铁用的砧,略呈梯形底下大,上面稍小,稳厚,大气,与真砧不全一样。砧面微凸,弧度流畅优雅。砧眼被省略,圆锥有点上翘,呈竹笋状,线条妍丽。老爷子掀开蒙眼巾,做了些润色,锥尖上伏着一只久睡的猫,一只前脚按地,后脚起立的狗,传神、变形、夸张、可爱。

正面刻有篆书,歪歪扭扭,笔法老到:盖世匹夫。

胡爷一跃而起,将砧举过头顶,四方各下一拜:"后事拜托,就这么办!"得意的语气,又包含着感伤。

"请师叔先干此碗,再说说刻砧的本意。"巧大爷敬上一碗"状元红"。石匠把天柱怪客的遗训重述一遍,举碗齐眉,躬身施礼,仰着脖儿一饮而尽。

六

"吃过腊八饭,便把年来办。"牛尾镇等地的头面人物多按传统的势力范围去附近村庄联络,决不放过节日开心机会的父老们,准备赛灯,由精力旺盛得无处发泄的行家们策划,派出"探马",利用沾亲带故的关系网打听对方绝招,然后慎重研究对策,务期必胜而后甘心。到元宵节子夜,两支人马在十字路口相遇,主事的人们还会撸起袖子大打出手,弄得鼻青脸肿也不记仇,战败的一方在次日欣然备酒宰猪杀羊请客,宴毕互下战表约定次岁再决雄雌。

春节前后,人的尊严有某种程度的觉醒,衣冠比平时整洁,苦累一年,积点菜肴,特别好客,有点君子国遗风。在光蛇攒簇的大街,人海灯山的广场,青年们容光焕发,老年人笑逐颜开,孩子们放花炮,吃年货,比压岁钱,暂时把节日以外的苦难与平庸、斤斤计较、畏首畏尾又睚眦必报扔掉,投身于未必有根据的欢欣。

灯会由五色盔甲的五猖开路,脸谱原始粗犷,拉着山膀子,踱着威风凛凛的方步,大抵由新手应工,老资格的"玩友"(又称"玩家")出面要迟得多。

紧随而来的五虎上将是难得的"肖像演员",本乡缺合适人选,还得不惜重金到别处去特聘。

饰关羽者紫红脸膛,比一般人要红得多。蓄有乌亮的五绺长须垂到肚脐,他手持二十六斤重的青龙偃月刀,又叫关刀,举止儒雅,青巾绿袍,内衬甲胄,足登绿色虎头靴,所骑的赤兔马没有杂毛。

张飞由黑脸大汉扮演,广颐高额,凹眼溜圆,阔嘴四周,络腮胡子左右翘出,手执丈八(实则仅有八尺)蛇矛,玄色盔甲,胯下乌骓马,活脱儿一副莽将军的神情。

赵云、马超觅威严的壮汉即可胜任。

后辈巧舌如簧,老爷子童心复活,跃跃欲试。他扮的老将黄汉升特别漂亮神气,橘黄战袍,右臂坦露金甲,饱满天庭上的皱纹,眼角的鱼尾,秋水澄澈的星眼,白如银刷的寿眉,修长的雪髯,无论步子快慢,上半身都稳如泰山。所过之处,大人喝彩,孩子们雀跃。他的大砍刀是胡太公留下来的正式兵器,曾经与英国侵略军、大清帝国的名将老麻子刘铭传、在京剧《铁公鸡》中大出风头的天国叛徒张国梁、曾国藩部下的头等力士李云麟拼过死活。平常藏在祠堂馨鼓旁边不给人看。净重不过七十二斤,为了炫耀全姓珍物,特派两名大汉抬着,故意走得有点蹒跚。

四十名穿绣着"勇"字背心的仪仗队员擎着火把朴刀,昂头挺胸,分享着上将们的骄傲。

为了不烧坏行头,助兴者用细长竹竿挑起一只装美孚洋油的铁皮方桶,里头放着长鞭炮,纸屑火花夹杂着烟霭冲上天空,音量宏大。

进入胡氏宗祠门前打谷的广场,亲兵们虚张声势地将火把朝看客脸前挥动,迅速打出一片空地,然后立于四方,维持秩序。

赵子龙的枪尖狭长,马孟起的枪头宽扁,枪上的白缨出没飘忽,舞得双蛟出海,二虎争雄。临了马将军的胸脯急剧地起伏,赵将军的呼吸也如同观众的反应一样保持常态。关刀与丈八蛇矛耍得都极矫健,莽莽白练,团团青云,搅得冷风四起,捧场家们狂吹口哨,纷纷叫好。

末后走上场的黄忠慢吞吞地抡着砍刀,转折地方尤其板滞。与他往昔狂风怒雷式的舞法不相类。不论旁观者多么热烈地打气,我行我素。

一场告终,外请来的"关将军"给胡爷送来鸡腿和酒壶,他坦然受之,吃得很香。

"爷爷来一套绝活儿,把别人全都给镇住?"张飞在递毛巾给他擦嘴时问道。

"老人要安分,一心走上风必败,等倒下来才知道叫好儿治不了症,不如信马由缰,五钱好钢要使在刀刃上。狗头上顶不住四两重,没大出息!"石匠的回答很平和。

龙灯会伊始,人们用全漆托盆捧着黄表,挑着一担灯油,到小河湾龙王庙大殿去"请驾"。

"庙老儿"是当地人对庙祝的专称。高贵者蔑视此类神的仆人们不忌荤腥,往往携带眷属住在庙的后院,常常奔走绅商之家,张罗红白喜事,非道非僧,不伦不类。但到贫苦人家去赴喜丧寿宴则奉为上宾。个别的兼绘壁画,行点医道,扎针放血,近乎是文化人。庙老儿收下敬神贡品,燃香焚去黄表,领着人群罗拜后,从大殿廊庑请出装扮一新的龙灯,由慢而快,绕着粗大的红漆木柱而舞。但见龙须飘动,龙眼旋转,双耳摆摆,盘曲的金角上仿照树的年轮,每年刻上一条细纹。刻到角尖时付之一炬,来年再扎新龙。龙的青发丛中与鳞片底下都拴有铜铃,舞动时节奏感很强。近处望龙灯,只是透明的长布条儿翻成圈圈。如果站在城楼屋顶去俯瞰它刚刚低垂的龙头快碰到地面,等猛一扭脸已腾升到高处,每片甲上浮动着人的意志和力量,把亮光撒在地面、墙头、门框、窗棂。龙也相追、相戏,庄重诙谐。我们将被先民的想象力所倾倒。

庙老儿从香案上取下一只红陶碗,里面画着一条黑龙,古拙飞动,将十九节龙灯引到河边,舀起第一碗清水,用手弹洒到除去舞龙头者以外的十八个人身上。龙头重达七十余斤,随时可以换人,龙尾则离群独立,吊儿郎当,随便左右摇荡,蹦蹦跳跳,没有特技。庙祝的第二碗水撒入田间,象征风调雨顺,龙灯得到龙王颁发的"护照"而奔上街头。

龙灯被爆竹声截住,按照陈规:炮声止熄,龙才能离去。龙头摇到房檐下,"掌彩的"民间诗人头戴棕色兔子呢帽,身着蓝竹布大褂,取代了庙老儿的指挥权。他左手摸着龙胡须(神物也不能拒绝溜须拍马者?可叹可笑!)半闭着眼睛,根据迎灯者的身份和热情程度,念出四到三十六句顺口溜。每句出口,在场不分男女老幼都要应声高叫着"好"!既凑热闹,也为掌彩的提供觅句的瞬间。不念套话,出人意料地发表即兴创作,更能营造气氛。

个别人家有意刁难,用长鞭炮将龙迎入堂屋,让龙边舞边上梯子,使龙牙将挂在供有"天地国亲师"牌位神龛上的一抹红绸叼起,名叫"得彩"。

老爷子没有脱掉黄忠的服装,兴高采烈地冲进一家米店,为站在梯子上双手举着龙头无法叼取红绸而恼羞成怒的青年解围。只听得主人胡大牙幸灾乐祸地喊道:"让位!砧爷爷驾临!"

"不忙!"胡爷皱眉而笑,轻捷如猿,从梯子的背后,踏过横挡他人双足间的空子,来到祖宗龛下,缩成一只圆球,转身滚到受窘青年的头顶,高不过两尺,左手接过龙头,没等起哄的看客们弄清原委,龙角一扫,红绸飞上去,碰到承尘的薄板往下飘落,龙头一伸,正好掉在脑壳上,两头非常均匀。眼花缭乱的青年人,肩头被老人一拍龙头送回到原主手里。石匠白胡子一抖一闪,又回到地上。

胡大牙双手捧上一碗酒,跪在天井边说:"砧爷爷!我是打心眼里服了,不服不行。"

砧爷笑弯银眉,喉部起伏几下,一照空碗,滴酒不剩。

雷轰般的欢呼声几乎把宽深的厅堂炸裂……

灯会结束,龙灯被送回专室保存,玩灯的兄弟们要依次向舞龙头的人敬酒,那夸张的动作是从戏曲舞台上学来的。没有十八杯的量,绝不敢扛龙头入庙。

广场上来了一批壮汉背着身穿戏衣的胖孩,叫作"背阁",锣鼓铿锵,没有丝弦助兴,比较寒碜。观众们刚想围上去,十二名大汉抬着一座高达一丈的六平方小舞台,背景屏风上面雕刻着上百孩子扮演的戏曲人物。小舞台漆得金碧辉煌。宫殿式的屋顶,飞檐上吊着金铃,屋脊压有白虎、青龙、朱雀、灵龟,意态传神。从木栏杆上垂下很多乘风而舞的飘带,掩蔽了孩子们膝下部分,观众仰视,有人物挂在空中的幻觉,似冒险而安全。偶然还演有高难唱做的折子戏。抗战胜利后,流动乡间的小剧团渐少。大家太少,让大众怀念。台上通常由小生、小旦、小丑串演简单的生活小戏。汉剧、江西采茶戏、黄梅戏,南腔北调,管弦杂陈。不时还插上目连戏(素有古剧活化石美称)的一折《打鸟》,两位剧中人戴着明朝匠师刻的面具,仅有十几句唱词,以舞蹈为主,打着娱神的招牌娱人。

"悠秋"也由八名兵勇抬着,当中是粗大的木柱,围以绣有《八骏图》的红绸,柱顶插着日月龙凤旗。高高低低地伸出三十多只铁臂,层层钉着小坐车,上坐半岁以下的胖娃娃,胸口有保险铜箍,脚下有踏板,十分安全。婴儿们穿着京戏服装,蟒、靠、箭衣、褶子、开氅、道袍、袄、裙、披、腰包,一应俱全。刀马旦头上插着雉尾,挎着宝剑,背着弹弓,真像用魔法把舞台上的群像还原为幼儿,从滑稽去玩味历史与艺术。娃娃们满面红光,有的睡着了,有的尿尿,有的涎水横流,一阵"微雨"洒过夜空,挨淋的乡亲们视为大吉大利,笑得前仰后合。小"演员"们虽居高位,心中一片混沌,很少哭闹不休而"辞戏"。

卫队二十四人,龙套袍,背单刀,提着灯笼,维持秩序。后面尾随有一辆马车坐着哺乳的年轻母亲们,街坊不断送来热茶、发饼、麻饼,打闹哗笑,亲密无间。走完一镇,孩子们被抱下来喂奶。除去特别认生的,大多有奶便是娘。

简易的旱船只有男扮女装的幺妹和船夫小丑唐二表演。大型的用十二名船娘肩挎皮带拉起旱船在人海上飘荡。船的四面幛以绸布，遮着船娘的下半身。船梢伸出两根长竹竿，向上倾斜，下边吊着小秋千，一名被叫作"押彩的"少年演员，在秋千上倒立，盘坐，小翻，用腿弯或脚尖倒挂，有时故意滑落，靠后脑勾在横板上，惊险，火爆，从容，惹得孩子们拍红了小巴掌。

踩高跷的童男童女，累了就坐在房檐上休息，站起来脚可平观众肩膀。好在是哑剧式的戏曲人物化装游行，不用排练，节目很多，最后压队的必须是《文王访贤》，取周朝八百年特别长久的吉祥。扮文王者选方面大耳齿白唇红的少年。孩子们也唱几句，每句由周文王唱前面六个字，下面四字由小演员们和锣鼓棚子底下的乐师们齐唱和声。

穿插在多个节目之间流动表演的，是散兵游勇的《扫殿》，演员戴着笆斗大的硬纸头套做戏，舞剧内容是罗汉怜悯打扫佛堂的小尼姑太辛苦，由怜生爱，居然走下宝座代劳。他动如旋风，呆若泥塑，情绪多跌宕。尼姑羞羞答答，拧手帕，低眉掩口，晃肩蹉步，谐谑，明朗，允许即兴发挥。出家人看了也与善男信女同乐，无对号入座雅癖，更不斥为丑化神明。灯节之夜的高潮是比鲁迅在《朝花夕拾》一书中所描绘的场景要复杂得多的大型舞剧《鬼会》。

《鬼会》有劝善规过的报应成分，又颤动着老百姓爱憎的潜流。说的是秦桧与王氏得知梁山三十六员大将奉天帝法旨要抓他们俩，他俩组织家将负隅顽抗，走狗们把壶、碗、凳、罐、盆、缸、刀、剑、匕首掷向宋江部下，因之大将们都要顶着一样东西，那扎在脑门上的刀、耳根上的箭，都是铁匠特制的道具，按人的头骨或五官开了缺口，利用暗钉扎入头巾，真似负了重伤。出色的行家至多十人，混迹于大将行伍之内，顶着笔筒、香炉、砚、墨，毫不费劲。领队者是"鲁智深"，牙间咬住一根钢筷子，顶着桌椅板凳招摇过市，一到冷僻小巷就将道具交给徒弟扛着，自己不住地抽旱烟。只在肯打彩（塞红纸包的银圆）的胡大牙店堂里表演了锥子在筷子头上翻跟斗，十分精彩。乡亲们称这类民间艺人为"玩顶戳的"，遇上灾年，沿门献技乞食，身世很惨。

二十一张方桌在广场上叠成梅花形,当中五层,四面各四层,下大上小,依层收缩。演到紧张之处,结束了舞蹈的大将们自动去扶住桌腿,保护演员。

　　五猖老爷们骑马来到广场,滚身下鞍,马被下手牵走。他们舞着雪亮的钢叉,柄的两头镶有铜片,"咔嚓咔嚓"响个不停。处在众星拱月位置的大汉,平举双臂,让叉在前心与后背旋转,转身缓慢,有点僵平。不如四面演员有冲劲,流落到脚尖才踢上天空,弹、格、顶、推、劈……花样特多。

　　五名十一岁的女孩挑着花篮登场,领头的叫白梅,奶黄大襟缎袄上绣着银色龙爪菊花,忽隐忽现,反射着摇曳的灯火,她系着苹果绿腰带,眉清目秀,也不算特别好看。腰像铜丝扭的细弹簧一样活络。别的四个妞儿紫袄青裙带,把白梅烘托得更鲜灵。八角花篮内点着红烛,外围的工笔重彩花鸟,画得略嫌匠气,是纸扎师傅的精心之作。扁担两头跷起,外裹丝绸,雍容华贵,随着舞姿一步三颠动。歌唱的童声被噪音和打击乐淹没。走完"蝴蝶穿花""蜻蜓戏水",各自从身前的烛下取出一只大公鸡,敬献给五猖们。五猖们接了过去,口吹铜哨,一串旋子,抓牢鸡头,将鸡脖子朝叉口上一掼,顿时被切断。观众认为丰收有望,欢声四起。

　　他们登上桌顶,互相抛叉,雪光飞流,寒风熠熠,仍是紫胡子不肯卖力气,叉掷过来,只用一个指头弹回去,全身不动。有的看客为今年的盛会要被这位温吞水玩友弄砸锅而不安。

　　两扇大厚门被抬到祠堂围墙上靠稳,又用铁丝拴在三角钉上,下面放着长凳,凳腿绑在入地尺半的粗木桩上。闲在一边的"关""张"两将军特地走过去摇摇门,晃晃凳腿,检查得很细致,再捏住自己下唇打了个呼哨,大将们将秦桧夫妇押到广场北面,王氏由男人踩跷装扮,脖子上锁着铜链,刚上场耍了三圈"乌龙绞柱",称得上干净、麻利、脆!一阵摔砸扑跌旋滚之后,站在凳上,两脚岔开,双手平肩,全身摆成"大"字形。此刻牛儿才看到他前胸挂着大牛皮肚子。

　　打击乐更趋炽烈,大小钹和马锣带着余音纷纷飞向星空,又被狂热的乐师们打个飞脚之后接住。这些情不自禁的动作,往往被强手们视为"小儿科"。

五猖老爷们在高处拍打全身,共三十六响,再朝天一拜,平定一下心绪。全场鸦寂无声。

文场乐师高奏凄愤的曲牌《诉冤情》,让观众默哀。

紫胡子叉师一拍手,示意全体演员思想集中,抛开第一叉,接着,四面的叉陆续飞到他手中,被紫胡须转手抛出,迅速叉住秦贼四肢。场上连咳嗽声也没有,宁静之极。

抛叉师双手十指交错紧握,平肩端成满月形,叉和人一样直立,一边自转不歇,一边又在他的怀抱中旋动叉下端悬空,由快而慢,愈舒徐愈难。三分钟后叉上铜片失音,叉光滚成一团白云。当看客们呆如木鸡之际,叉师左腿缓缓抬起,穿过环抱,贴近左肩,靴头对准自己额角,雪光还在狂涌,金鸡独立的右腿做一百八十度拧过去,叉被猛地煞住,铜片重奏欢声,朝铁青的夜空飞去……那叉师身子朝上一提,两个小翻,稳稳当当地躺在桌上,耳朵以上,两腕与双膝之下伸出桌面,挺得直直的。叉从空中飞下来,"砰"的一声恰好扎在叉师的颈项上,铜片叮叮,叉柄前后摆动两下,落下一些断胡须。

满场大惊,从来灯会上无此骇人表演,四野阒寂,人们忘记了喝彩。空气被绝活儿冻结,谁也不敢咳嗽一声。

叉师用右手拔掉钢叉,一个鲤鱼打挺,身子飞起四尺多高,落到桌面,双膝跪下,叉被放在一旁,他连连朝四方作揖,匍匐不动。

掌声如水闸打开,延续了良久。

他抬起身来,满面是泪痕,双手一挥,看客们静下来。

"父老乡亲们!同宗们!孩子们!父老乡亲们!胡砧大难不死,回来跟列位聚首,先感谢列祖列宗有灵,托诸位的洪福!"此刻,人们才知道紫髯叉师是户尊爷爷。

"几十年前,我在贝加尔湖边被迫抛过叉,挨叉人是我的贱内,牛儿奶奶嘎翠鹿儿。愿菩萨保佑她的在天之灵!那时候两个人心似滚油煎,命都挂在叉口上,歪上半寸她死我也不配活下来。总算逃过大劫难,没料到她还是走在我前面……

"鬼子打跑了,咱们玩灯,那些'老了'的人不能跟活人一块儿痛快。既然为了高高兴兴,干吗让当'秦桧'的一家日夜提心吊胆?他也是咱们的同姓人,一笔写不出俩'胡'字,这几天老蔫家里天天来求我练叉,送老母鸡汤来,到祠堂和庙里烧香,为什么?家境贫寒才为五担稻子卖命。我每晚到太公坟前对着枯树练钢叉,叉叉下面都看到老蔫苦歪歪的脸。前思后想,几百年老规矩该改了。刚才我给自己试了一叉,算跟阎王爷爷只隔一张纸,死的滋味太沉重了!拿自己的命来求大伙儿:从今往后,牛尾镇胡氏子孙玩灯,秦桧一角要用替身,免得三长两短,寡妇孤儿苦海无边,求求善良的你们!祖宗慈悲,也会答应胡砧的!"

"好!叔叔金玉良言该照办!穷苦玩友是我们亲一窝儿。对天盟誓,答谢老叔叔一片慈心!"天温老秀才的话掉在地上砸个坑。他跪下了:"老叔请起!"

"我算个小辈!慈悲归于祖宗,在于列位!"老人意识到连日苦苦准备有了效果,也为人心之善所感动。

"天温大伯说得对,只有爷爷德高望重爱惜胡家大树上每个枝枝叶叶!爷爷请起来,不听老人言是败类杂种,撵出祠堂,不准进老坟山!"胡大牙毫不费劲就充当了乡亲们代言人。他也跪下了:"爷爷不起来,后辈有罪呀!"

"叔叔!"老蔫抽抽咽咽地哭了。

"谢谢众位老少爷们、姊姊妹妹们!请站起来!老蔫家五担稻子我还祠堂,一是一,二是二,玩还要玩,打家伙!"叉叉在胡砧身上闪亮,锣鼓重响,欢噪声四起。

两名年轻人在锣响之前,已经把草扎的秦贼扛出祠堂,让老蔫举着。

胡砧背对草人脱手一叉抛了过去,正中奸相颈子,将绑在他下巴的小猪尿泡咬破,鲜血般的洋红水喷在草人的白袍上。

"王氏"吓晕了,腾空翻了个跟斗,"僵尸"落在地上,天将们对遗臭万年的女野心家不再用刑,押回地狱结案。

五猖的谢幕式独特:第一位矮身抱膝朝后一个"蹲提",落地时原姿势不改;第二位倒翻上去,凌空九十度转身,离地五尺再利落地还原;第三位撅腰后翻,右腿一甩,脚跟贴着脑壳,轻如飞鸟,形体拉成倒须钩着陆;老四"云里翻"起势,劈叉落土,险得离谱。

　　老砧爷爷刚拉架势,人们把桌子搭成梯形,扮演关张二将的玩友一跃而上,半扶半抬着石匠下到广场,他累了,气喘吁吁,汗水淋漓。

　　"爷爷!您了不起!那五担稻子哪能让您破费,孙儿已然派人送过去了。"大牙笑得很舒心。

　　"不必拉拉扯扯,我说我负责办,再穷也不在乎!"石匠很倔。

　　好些人围上去慰问他,他很兴奋,目光炯炯。

　　牛儿没想到成天病歪歪的老蒿叔,功夫练得很到家,人不可貌相!

　　观众中跳出张保王横,引来白袍白甲三绺长须的宋将岳飞,稀眉朗眼,神志静渊,岳云左方,右张宪,绕场三周,向伸张正义的人神致谢。

　　丝弦声轻扬,白梅与妞儿们担上花篮,环行而舞,金鼓再鸣,扁担被抛掷一旁,花篮提在手中,忽分忽聚,最后从篮底抽出酒瓶递给岳家军将领。他们拱手为礼,再奉赠给五猖。但见叉口击开瓶口,他们仰脖牛饮。紫髯高个儿才喝几口,就被卸了牛皮肚子的"秦桧"夺去酹在地上。

　　"咚!咚!咚!"

　　"波,波,波⋯⋯"四名大汉抬来超级大锣,鸣起河灯出场的前奏。

　　河灯以简朴形式,寄托更深挚的柔情,是大地吐出的无字诗,单纯如星光,没有艳色。

　　即使大户人家也只肯买几十盏蓝色油纸糊成的莲花灯"哄鬼",但求心理平衡,过得更加骄奢淫逸而无所忌惮。

　　和尚尼姑庙老儿放的红莲灯,是超度孤魂野鬼,还是自我超度,不甚了了。候补孤魂早晚总会转正。此两种纯是过场。值得细细玩味的是被工匠农人们命名为"吐苦水"的瓜灯。

　　当地有一种饲料瓜,与京沪名菜"苦瓜"雅号相同而从来不登大雅之堂。高约一尺,直径大抵五寸,猪吃了它会去火祛病,食欲与瞌睡同步猛增。晚秋,农民们选摘一批个头较大的瓜挂在檐下风干,冬至切去上边一小段,掏尽穰子,保好良种。吃过腊八粥,就送到"刻家"那儿请求雕上花草鸟儿图案。讲究些的还刻成《麻姑献寿》《单刀赴会》《七子八婿》等故事。抗战后,精于此道的巧匠已所剩无几,都很受乡亲们崇敬。刻灯不收费,却使灯的主人欠下一笔不大不小的人情债。石匠擅长用钝锋的凿在瓜皮上"写"出粗犷如皮影的画面,抒发老年人无处可说说也无用的寂寞。不计工拙,反而至工。今天是否有赓续前哲健在的巧匠呢?

我们民族的深心,有忧患悲愤结成的火山,上面覆盖着泪海,山河是不幸的共鸣箱,无法拒绝历史强加给她的重荷,旧的想外张而爆炸;新的想渗入底层而沉凝。人们长哭当歌,让积郁被夜风吹送到大气之外,自诉兼为地母代诉,让她老人家得到一丝宣泄而腾出力量,承受新考验与新憧憬。

放灯之前,人们在河滩上或立或坐或跪,表达方式允许默祷、低诉、狂叫,内容因人而异。大体上分为引子、吐苦水和祈福三部曲。引子是闹台,大伙儿用目光推举砧爷领头。他垂首肃立,唱得荒腔走板,时而被激情打个顿号,不太好听的山歌:

心中苦水河里灯,红莲吐出满河星。

白花花泪水红彤彤血,送给龙王炼水晶。

苦水追着灯儿去,来年河里淌欢声……

歌声消失。乡民们有所忆所思,然后共享"一年一度,添福添寿"无干扰的痛哭权!("度"音"豆",与"寿"押韵,当地民谚)

百味人生,还有些超出苦乐之外的感情亟须一吐!

人人都有可哭之事,但可以相对一哭之人,哭得毫无后顾之忧的地方,总嫌有限。地母无计拂去儿女们内心的暗影,无声的倾诉也算丰厚的赏赐。春风吹醒了小别经年的同情心,大家在哭的面前相对平等。

寡妇孤儿们最珍惜哭的良机,颤哑凄厉的闷音与尖细脆弱的童音直干星斗,把序曲的第一组哀弦甩进人们的心空,几番顿足,连连拍腿,引来少女们对明天带着恐惧的向往。少妇们作为过来人说不清也说不完的得失，欲隐故吐，咽不下而又吐不出，又不得不吐，构成沁人心肺的小提琴合奏，闯过一系列难于实现的梦境，包括早逝者的遗爱与遗恨，纠缠成如歌的行板。我中有人，人中有我的碰撞同时交织，匀称又不匀称，苦里含甜，由急促晦涩而酣畅淋漓。

灌满破絮麻绳和油料的灯被点着，油沫溅出火星，也点着了哭的灵感。天马行空，为山九仞，功亏一篑！越无越有，一错百错，求索的艰辛，使中年大嫂们以中提琴的浑茫圆润，与小提琴铸造的妙境相搏斗，相烘托，相穿插，在否认中点头，糊涂里清醒，失去时抓住，紧抱时幻灭。波诡云谲，无以名状的复调，起伏抽搐，鞭挞着抚慰着夜气，揉出微雨般的喜泪丝丝，湿润着生机。力的高蹈，爱的亢进，饱和着创造烈焰的乳汁，小生命的呼唤，梳理山林，搓弹山峦，吮吸平原，包容八极。

老太太们的哭声稍稍夸张，带有装饰风味的甜，克制着朴素如真理的苦味基调，僵硬的指，迟缓的腕，好像使大提琴以不准确的准确，被迫的对位，稀松的追逐音，有备无患地游离于小中提琴的主旋律之外。主调是如斯恳挚醇和，邀请奶奶们的理解与支持，协调节拍，携手同行。造成不乱而乱，乱而不乱，往岁当姑娘小媳妇时的暖意涌出残春的回流，使婆婆们的小蒲团小受冲击，在稳定中晃动，唤来返照的残晖，随哭声的消歇而飞散，在她们麻木的冰库中再冷藏一年，届时在哭声中翻晒一次，直到她们的女儿变成祖母外婆，本人也成为后辈悼的对象。

老汉们半哭半絮叨，叹息的休止符过多，比大提琴低沉、厚朴。第一弦是对死的反抗，第四弦是死之诱惑，当中两弦骑墙。当然，逃避、狐疑、犹豫、惶惑、怯弱、闪躲、反复、困扰，都是选择坚忍必经的阶梯，说好谁替谁铺垫了墙脚。希望与失望这对孪生兄弟偏嗜玩跷跷板，总有一头高。琴弓也是由几十次小进小退构成一次大涩进的上下弓。即或吐出噪音，也得学会忍受。仅仅因为尊重了他人，就值得大伙儿去尊敬。欣赏残缺美者未必是抱缺守残之流。

夜哭既罢，熹微的希望乘机填入悲哀去后留下的真空地段。在沉滞的小地方,风习比法律更有管束力。约定俗成心照不宣的无形准则,借助于莫须有的神为庇护,舆论算打了个盹儿。据说谁要传播他人的"苦水"与隐私便触犯"天条",要断子绝孙,打入十八层地狱。因而在此片刻,纵使是老汉想得到一位温柔干净有些私房的老伴,大姑娘公然声称祈望获得哪位如意郎君,长工们狠骂刻薄成家的财主,弱者痛斥炙手可热的仇敌,都很安全。没有人敢藐视古风而破颜一笑。

谣言杀人不见血与凶手。揭露隐私不唯是恶人的凶器,许多见到牛马挨了鞭子都要流泪的人,也会参加转播大合唱,享受以正义化身自诩的残忍快乐。叽叽咕咕,指指戳戳,打喷嚏为飓风,化唾沫星子为暴雨。今夜此时,绣成豆腐那样不结实的"神锁",锁住舌头膨胀成的绞索,勒令爆破筒绞肉机放假停工才"春宵一刻值千金"。

一年容易又元宵,笔者兀坐灯前谛听北京街上密集的爆竹声,几代人的热泪,远隔四十来年之后涌上我的心头,流出眼角与笔尖,想把暖烘烘亮闪闪的灯珠撒入夜空,好甩掉光阴在我脑海一角淤积成的花圈,把一些花瓣与残香扔给我亲爱的你,可爱的也爱过我的他和她,不朽的平凡的同胞们,远在异邦渴念故地的游子们。我也伫立阳台扬起双臂,想接住你们寄来的安慰与回声,帮助我忘掉自己的无知与庸愚。人类的神经在呼唤河灯!

新建的水库淹没了牛尾镇,哭的交响诗早已随之沉沦。是欢庆还是依恋?我想乘风归去问一问铁桥下改道的新河,河边的森林,林后的土冈,冈顶上的星星,星星下的篝火,灯火畔的战友们!大梦初觉,只有灰白的双鬓须髯,在面盆中陌生而又肤浅的丑脸,皱纹的冷弦弹起辽远的乡音,使我在久久瞑默中约略领悟到地域风情的背后:第一年的希冀往往是来年哭的题目,二者共同搓成河灯的生命线。物质的灯易灭,精神之灯长明。个体的人在大自然与社会面前,一如河灯在风口浪尖上不停地熄灭。从总体上看,人类又在不停地点起明灯,以抗击绝望与虚无,侧重不似之似,抚慰同胞,正视向往事物落空的原因,提高人的质量,铲除痛哭的物质和精神基础。

我又记起乘着浪条从沙滩跌落河床的瞬息,灯装满人的苦水被投放入河里,人世星河,光华璀璨,每盏灯后都挂着人们的目光与祝愿,好像它流得越远,兑现的可能性便越大。

灯,给河掰开了眼,给龙披上了鳞,河变活了,在腾舞,在哗笑……

"牛!我先回家煮元宵,等你回来吃!"
爷爷用右手的食指在孙儿鼻尖上一刮,扬长而去。

天上有颗小星,经不起河灯的诱劝,曳着金色长尾巴陨落进山肚子里,灯群似乎受到鼓舞,更兴奋地摆头晃脑,这些火的精灵身子在波涛中跳起花鼓灯、《鬼会》、交际舞、挥戈、迪斯科、霹雳舞,被不可抗御的大潮推送向远方,或疏或密,或急或缓,远远眺望宛若一位作曲家酩酊大醉之后在一条线谱上稀里糊涂地点上那么多无法唱出的音符,任何大师也画不出流淌中活的色与光,她们与早到的春风爱抚着我们的双颊,温煦得一如慈母多茧的大手,焦渴的嘴唇。河灯渐渐地远了,更远了,小如萤火虫了,消逝于无何有之乡,而她们编织的许多美,却流入我们的意识,与河水韶华同存!

树林借风送来悠长的鼾声。古板的老年人将一瓢瓢元宵洒入清波,追念远祖。

几位少年敲着一套袖珍小锣鼓,把放灯者喊回现实,十三个穿紫衣的男孩,煞有介事地舞起一条草龙,模拟大人动作腾挪旋动,几分钟后,草龙被插在河滩,人们从口袋里摸出小蜡烛,点着之后扎在龙身上,草龙被火欢送回沧海。

牛儿走过广场,孩子们骑着龙、虎、狮、象、马、牛、骆驼、豹、鹿、四不像等走兽灯如醉如痴地跑着圆场。小点的跑不动,打着月亮、七星、羊头、佛手、石榴、兔、蚌、鲤,不下百种。扎灯人混在观众之中,暗暗留心他人作品里的奥妙,准备取长补短。对灯匠纸扎匠,有个古老的雅称:"涉事",是绘画的意思。牛儿看了一会儿,穿过林外的小路向家走去。

"牛儿兄弟!"林中送来尖细的女音,男孩吓了一跳。

"有狐狸精吗?"他几番提问都遭到石匠嘲讽:"只见人穿狐皮袄,谁见狐狸穿人皮?警世骂人的话,呆瓜才当真。"

"牛!是我,白梅!"

"你在藏老猫?"

"走路不小心踩到粪坑里,别告诉人,难为情!"

"不说,跟我走。"

"上碾坊,那儿没有人。你把棉袄借我穿,到河底下把我的衣服清一清,别捂着鼻子呀……"

"臭!臭!"

"刚下河洗过,太冷,求你再去吐吐脏水,你是好汉,不会怕冷的!"

"可不!游过河也家常便饭!"好戴高帽子使好些人一世受累!他来到河边,把她的袜子搓了又揉,用石头当棒槌敲敲砸砸,再放到水里摆上几百下,放到鼻尖,的确嗅不出异味,才回碾坊。

"上房檐去扯一把干草来烤烤,火种我有,挑花篮的当儿点灯用的。我不会忘记你!也没准儿日后你爷爷会请媒人到我家求亲……"女孩把棉袄扔到门外,纤细的语音带些羞涩。

"我将来要当大侠,不讨老婆。"他将棉袄扔进屋,火一点着,人在青烟里暖和得多。

马上找来草和树枝,"好牛儿哥,真的,刚说的话不能跟人提起,要不会丑死我:猫大年纪狗大岁就胡乱讲起做大人的事,我没安七弯八拐黑不溜秋的心。你离火远点,别烤煳啦!那么一来娘会请我吃黄鳝条子下面……"末句话是孩子们被实心细竹竿抽打的暗语。

"你的故事头子太多!"埋怨不意味着罢工,"我出去,你换衣服!"

"这儿大蜘蛛网乱七八糟,你走了我怕……"

"我是男人!"

"脸朝墙就行,偷看是小狗!我喊一二三你睁眼!慢点,慢点……"

童言细语,跟红醋醋的火苗一般热,眸子一样净,代表了超越利害时空的人际关系,无私,无求,无怨,无滞碍,从先民钻木取得的火,到那夜流荡的河灯,精光不绝如缕,不能因为小梅姑娘为她规定的路与时代替牛儿选的小路同样曲折!将往事看成宿命链子当中的一环怪圈。人总想挪开胸膛上愚蠢的手而醒来!

石匠将两个孩子领回家。屋里红烛通明,送祖的香烟袅袅上升,火盆里的栗炭吐出青色的长舌,此起彼落地舔着大砂锅。爷爷进门,用火剪夹出一小段冒烟的生炭头,放进水池,"哧"的一声熄去,带点呛人的暖味。

"来尝尝,不能多吃,免得钻通小皮袋子,压断我的铺板!"

"太少!"牛儿提出抗议。

"我够了。"白梅有点拘束。

"女娃子四个鸽子蛋大的小玩意也只能半饥不饱,还有点别的名堂!"爷爷揭开陶罐子,端到小方桌上,拔出牛耳小刀将罐内的"打熊饭"划成六块。"我们每人一块,还有三块,小梅带回家孝敬爹和娘!"

"不……"女孩推辞着。

"你们家没有,要不带走……"牛儿指指她的裤脚。

女孩的脸红成了熟透的番茄,装糖的红色瓷罐子一般亮。

爷爷吃下半块,剩下的放在白瓷碗里。阿箭嗅到香味,推开房门,用后腿走进堂屋。

"阿箭! 吃!"爷爷用食指弹弹瓷碗。

平时说一不二的命令失效了,它摇动着白色长尾巴扑到女孩身上。目光狐疑地嗅着女孩的裤管。

"哎呀!"小姑娘一急,碗从手中滑到地上,居然没有破碎。

"狗也发人来疯!"石匠叹息了。

"刚才小梅说没见您老人家吐苦水!"牛儿欲盖弥彰地引开话题。

"吐一担,涨三桶。杀头的事有人做,蚀本的事没得人做! 只怪世道太不平!"

"那爷爷还当大侠,专打不平?"

"侠客给清官装门面,一万个大侠也不管用,杀一只肥鸭,换只瘪肚子饿鸭上来吃得更凶,不如留下肥鸭还少喂点……"

爷爷发完牢骚,阿箭又跳过去嗅白梅的腿肚子。她不再害怕。

"丫头片子? 你这裤子是有点什么名堂吧?"

女孩说了实话,牛儿只好证明。

"那要叫你娘做点花花绕,免得来个二回头!"

"她怕吃黄鳝条子下面……"

"那由老夫代劳!"

老石匠用元宵面搓成三根指头粗的长条,在她全身滚动一遍,念的词儿是:"芝麻屁大的神,莫要年幼人。大粪喂小狗,年年保太平!"

老人支锅倒油,炒熟糯米粉条儿,铲进阿箭的碗里说:"茅厕里要有神也给臭气熏死。我小时候管邻居的老人家清完粪坑回家,老娘要叮咕这么几句,元宵面一炒好就被我狼吞虎咽,没人来抢也烫得两腮起泡! 走! 去坟山看看,过节莫冷落先人!"他从门后抄起大刀,上面挂着十个扫把头子,都磨得和老太太的小脚一般。

爷儿俩把小姑娘送到家,快步流星走到墓地南边,老人摸出火镰火石,打着纸媒子说:"元宵节又叫火把节,古代野兽多,到处伤人,点起火塘子,祭祖撵野物,日后我死了,也得年年照办,风俗不能忘。使出吃奶的劲扔吧,别烧坏树木。"扫把头子被他点着,在夜风中扬动几下,迅速烧红。

"爷爷不会死,要活二百岁!"

"人总要死。一言为定:人死真能变鬼,我一准来,在桌上写个纸条儿就走。三天不写,就是没有鬼!"

"爷爷扔给我看!"牛儿岔开话题。一会儿,阿箭也来凑热闹。

火把飞上青天,一丈、二丈、五丈……有时一扔两三只,流火,互相比着高度。石匠跟孩子一样快乐。

"阿箭,拾回来!"火把落得太远,只要爷爷一声吆喝,右手一指,阿箭立即跑过去,将扫帚柄衔回来。

"谢谢,好朋友!"砥爷拍拍它的背脊,摸摸狗的耳朵,不断给阿箭鼓励。

牛儿累得汗流浃背,越累越想扔。

砥爷扔出了花样:弧形的,弯弯扭扭的绕着螺丝转儿的火线,镶着淡蓝色的边,镀着金光,彼此追逐着,为人助兴,人的狂劲儿又帮助阿箭撒欢儿疯跑……

砧爷用大刀掘个泥坑,埋掉全部火把,抓起阿箭前蹄往自己肩上一撩,朝山上走去,它舔着主人的耳朵和颧骨。"宝贝儿!你妒忌小狗吗?"

"它是爷爷的大忠臣,您快乐,我高兴!"

"沾上妒忌这种重症顽症,治不断根!"他放下阿箭,在断石上宕着大刀。

"知道,妈妈说过。"

"知道虾子从哪儿放屁?不妒忌小狗容易,在见识、本领、名声、官儿、美女、黄金上不妒忌人才难。这话是民国三十五年(1946)火把节天亮前爷爷对你说的,山、水、树、祖宗、月亮、星星,还有阿箭都听到了。"他虔诚地仰视团圆的明月全身不动。

"您妒忌过别人吗?"

"问得好!爷爷卑鄙地妒忌过头十来个人,比师父差得远。原想干干净净地活着,没全做到,很痛心……"

漫长的一刻钟过去,猫头鹰在林子里怪叫着。

"我爱爷爷!别老想心事呀……"

"哈哈哈哈!"大概是想驱散心头的暗云,突然喊道:"牛儿!闪开!看刀!"话刚落音,人已经隐没在一片银涛之中。

牛儿看得发呆,把阿箭揽入怀中。

风声急,刀光更寒。突然,那团白雪颤动了一下,爷爷一收刀,双脚趔趄,朝后边要栽倒,但见他用刀柄一撑,站得笔直如松。刀倚着碑头,几声咳嗽,一口鲜血喷在银髯上……

涅 槃

一

胡砧整天躺在床上,走路摇晃,如同顶着十二级大风。草儿买来桂圆、百合、白木耳炖汤给他喝,他不似往常那样怒目而视:"这是古时候皇帝娘娘们吃的,你舅舅又不是省长督军,不怕折阳寿? 先送到太公,还有你舅母坟上去供一会儿也好哇。上不知天文,下不知地理,乱弹琴!"

牛儿有时做个鬼脸把这些陈言背诵一遍,草儿故作愠怒地训斥:"三朝元老的怪相,小心爷爷揍你!"

"皇太子不听太傅的话也得跪算盘珠子。我小时候见娘来火儿就脱掉裤子爬在板凳上,把一根扯挂面用的实心竹竿递给老太君,好让她出出气。打屁股没事儿,打耳朵门子会闭过去,头打笨了,讨不着烧锅的,断掉祖宗香火有罪! 谁没见过祖宗高矮胖瘦,人不是天上掉的、地下冒的、树上结的! 当然,太聪明人是豆子地里的一棵高粱,太惹眼,总要遭小人。"老人腮上喉边肌肉一松一紧,咽下一口食物,眼和嘴唇要闭上一会儿。紫草看了很担心:"他'老了'之后就是这个样子吗?"

她的心态似乎也和儿子相通。小东西起夜,放下尿壶就跑到爷爷床前站一会儿,听听老人呼吸正常,才上床接着睡。

三更时分,草儿在后院点香祷告上苍:"老人家冒犯神灵,请罚草儿。若让老爹多活十年,我愿减二十年阳寿。"

冷不防牛儿在她身后说:"不折妈妈的寿,折牛儿三十年!"

"童言无忌,如同放屁!"紫草掏出一块草纸,直擦牛儿的嘴,她与双根幼年,石匠曾对两人这样做过。而今抄着上辈人"文章"已不得挨揍后的气氛,只为孩子的孝心落泪。

"哎——!"母子俩回屋时,听到老石匠在床上浩叹。

次日,胡砧替自己开了草头方,叫老鸢上省饮苏堂老药店找陶老板亲自抓药,一天三次打坐调心理气。紫草隔二岔三为他炒只仔鸡,他偶然塞一只鸡腿给孙子吃,紫草就生气:"小东西吃的日子长!您早复原比他一天吃头猪还强!"老人像做了错事被婆婆抓住的童养媳那样惶悚不宁,草儿又笑了。

石匠有了起色,早晨出门转一圈。

"草儿!这两个猪食槽莫卖了!等等我想做两只盖子,将来有用!"

"真新鲜,没听说过!"她没当回事儿。

两天后她在园中浇菜,很意外地听到了锤子敲打凿子的声音,亲切,担忧。

回到棚下一看,舅舅真在刻石槽盖子,用的料子很厚,已经敲打出一只大胖睡猫的雏形,盘成个长方块儿,有几条流妍的线生出拙味,她不懂得这将是艺术化境的代表作。

"日后阿箭阿懒走了,用这槽当口小棺材埋在我的坟两面,一场缘分……"

"舅舅!您想得太怪,要累得身子骨打了反复,我跟牛儿多苦哇……"

"手有数,累不着,小玩意儿,莫哭鼻子!好心的孩子,不做点事吃饭不香。"

她没再吭声,只是背着老人跟牛儿打了个招呼。四更打过,她一捏男孩的鼻子,小东西一跃而起,揉揉二目,伴同妈妈来到爷爷卧室窗下一听,石匠的鼾声轻微恬畅,似已睡熟,就让牛儿把风,把几件干重活的家什搬到柴房,她爬上柴堆,揭开上天花板的方形木板盖子,大锛、钎子、大锤、撬棍,蹑手蹑脚地放到上边,将盖子还原,扫掉浮尘,拉着儿子才到房门口,老爷子卧房的帘子一闪,阿箭蹿了出来,对着牛儿摇尾巴。女主人手抚胸口,平定一下虚惊,特地上厨房找出几块鸡骨头,犒赏了阿箭。

牛儿睡过回笼觉醒来,草儿已经把十二只小虾网换上了新纱布,孩子帮她系好网角的小石块。灶上水已烧沸,洗得雪白的石壶里没有一点茶垢,她用茶叶瓶盖舀出上等毛尖,放入壶里沏好茶。

"这壶原先是白盖子,妈妈十岁的那年把它打破,爷爷找到红木鱼石配上它,又红又亮,磨得能照见人影儿!"

胡砧从江堤上遛过弯儿回来,额头有些细汗,他抽下颈上的毛巾擦毕,脱手朝三丈开外拴在树杈的棕绳上一扔,落得方方正正,整整齐齐。

"妈妈搓了六条腰带卖掉换来的一点好茶,请爷爷尝一尝。"

"给你妈也来上一碗,多亏她孝顺! 几年没喝过这么考究的茶,要上好些狗屎长出的叶子泡七遍还有味儿。"他的上身有点朝前佝偻。吃过早饭,他又上祖坟山去了。

半小时后,牛儿走出门就喊:"妈! 咱家大石鼓被人扛走了。"

草儿闻声跑到板棚下一看,石鼓已被推到小半里之外,斜卧在路边。"天长眼哪,你爷爷推去的! 她拉着男孩又喜又惊地到了墓地。"

石匠走着方步,四步一息,每息用中指点着手心,表情很安详。

"爷爷! 大熊来啰——!"孩子紧紧裤带,怪吼一声,爬着向老人冲过去!

"好大的熊瞎子,我的咣当! 好怕人哪! 山神爷——! 招打!"他抓住孙子右腿朝天上一扔,一伸头男孩恰好坐在他肩上:"卖好厉害的大大狗熊啊——哈哈哈哈!"

草儿向儿子使了个眼色。

"我要尿尿!"牛儿嚷嚷着。

"懒牛上套屎尿多!"老石匠放下牛儿。

"没有尿,不让爷爷累着!"

胡砧一怔，他摸摸孩子的秀发，久久无语。

紫草脱下马甲，铺在石条上，扶老人坐下。

"爷爷！能给我一根胡子玩儿吗？"

"牛儿胡闹！"紫草眼珠一横。

"全给你！"老人笑得慈祥。

"我不扯，全要！"孩子钻进胡须里，双手抱着祖父的肩，笑得纯真。

"舅舅！咱家石鼓太小，您别再推，等身子骨全好了，再做个大的，推着才带劲！"

"多大？"老石匠笑得狡黠。

"比老石鼓大一套呗！还有，响器儿吹多了伤气，让我收起来了，停两个月再还您！"

"得——令——！"石匠拉个山膀，是《定军山》里黄忠的架势。

"爷爷能给我讲个短故事吗？"

"多短？就一小指头长可行？"

"嘿嘿！随您的便！"

爷爷干咳两声清清嗓门儿，盯着孙子说："我讲的故事是听我师弟，你李爷爷去土耳其听回来的，我听一遍就记住了。你还是小不点儿，好故事听不出耐嚼的筋骨，那可是忘掉自己小名儿，也该记得跟板上钉钉一样牢靠！人有残疾苦处多，拿他的不幸加以挖苦，缺德！故事只说丞相是个大奸臣，该受咒骂！国王年幼，还不明是非，不可笑。"

"说吧，我记下爷爷的嘱告！"

"古代外国有个国王只有一个儿子，生下来两条腿不一般长也当上储君，就是太子。这孩十三岁的时光，老王晏驾，瘸太子登基，必须上太庙祭告列祖列宗。太庙盖在南山坡，红墙高到六丈开外，十二分排场。从皇宫到庙门口有二里地，是一条挺狭窄的小街。丞相说：'明儿加冕大典，不宜坐车骑马，请陛下步行前往，让京城百姓看到陛下龙行虎步，仪态非凡！''太师老糊涂了吧？朕左腿不利于行，将让天下人嘲弄！''老臣一片丹心，早已做出安排，就是让国内外横挑鼻子竖挑眼的人服气！谁讲陛下的御腿有病是造谣,别有用心。老臣早已安排就绪,万无一失!'马屁精丞相低声朝国王耳边叽咕几句。小王龙颜大悦:'老爱卿有些点子,乃治国安邦贤相。'第二天,街道住房阁楼阳台上挤满各国使臣与观光客人。大炮放过三十二响,御林军队伍走得跟木匠弹过的线一样笔直。小王穿着崭新的大礼服出了宫门,一步三摇,走得潇洒稳妥,威严地进了太庙,闹完典礼滴水不漏,轻松漂亮地回宫。大街上的行人们可苦坏了,走在丞相亲自监工半夜砌成的青砖小堤上,全成了瘸子。"

"这故事怪怪的,没有剑仙大侠,不好玩儿!"

"故事孬好,长大一本全知。为一人遮丑劳民伤财的鬼事做不得!爷爷快八十岁,没见过剑仙,莫听说大鼓书的江子英胡侃!"

春潮步履蹒跚,清明前后延续五十天的绵绵细雨没有像往年那样如期给河流湖泊输血。水位下降,长满芦苇的大牛湖北岸变得陡峭,微浪出现枯黄的病容,淡绿的笑靥隐退了。

胡砧左手扶着柳树,抬起左腿,烟锅子磕在鞋尖上,不像别的老汉横着小腿,烟灰在鞋掌心磕下来。牛儿很想问爷爷:不扶树身还能按老样儿磕烟灰吗?他想起母亲的叮咛,不许用傻话让爷爷发现自己的衰弱,便不言语。

"明知锅底圩一旱能向大江讨口奶水栽秧,别人很少想到你爷爷,爷爷偏想到岗田里秧苗黄皮肌瘦,点火就着,下贱!老相信坏人少,个把糊涂虫把坏事当好事去做,良心打盹儿才坑了别人。明知说真话倒霉,又不能教你们撒谎,哎!给孩子讲这有屁用!"

"有用,讲话一是一,二是二。"

"人心隔肚皮,你刚对大红脸行礼,他一跤摔掉了鬼脸壳子,现出白鼻子,没准儿再摔一跤成大白脸末(京剧里的奸臣勾白脸,如曹操、严嵩、秦桧,有时不称为架子花,行话称'白脸末'。与生、旦、净、丑、末的末不同),防不尽。"

"妈叫多抓点虾,买老母鸡给爷爷吃!"

"涡阳县县太爷,虾只能逮三斤,它们太瘦,顶胖嘟嘟的虾四斤半。在一百人当中日子过得跟八十人差不多就成,再好就有罪。"

马蹄声嘚嘚,辔铃儿乱响,一匹头系红绸花的小个儿川马,拉来一辆带弹簧的轻便马车停在湖堤上。一名年约半百的细高挑个儿走到湖畔。

石匠提网捞虾,一网不空,两腿如风。不是指甲发灰,青筋鼓起,谁信劳作的手已度过七十六个寒暑?牛儿拌着饵料,围着爷爷乱转。

"啊!个个鲜,多欢的虾!"来客盯着柳条儿虾篓出神。

"老爷爷!在下尤泥鳅,受弟兄们之托,总算找到寿星老儿都得拜下风的真神啦!逮虾逮出黄忠的派头,双枪将董平的武艺,冲!棒!抖!威!帅极啦!难怪万和园大酒楼的瓢把子夸下海口:省主席李品仙上将,西关外关门做大生意的批发商,《皖江日报》《民报》《新生日报》《新皖铎报》四大主笔,大舞台青衣兼小脚女猴王刘喜蓉,大武生解炳南,能栽一百小翻的刘春童,鸡蛋黄嗓门胡子生马骏骅,都是老爷爷这双手引来的财神!"

"老夫最怕舌头上开油坊的铁嘴。有何贵干,开门见山!"

"小辈就是忘了自个儿有几个指头,也忘不了老爷爷讨厌恭维话的好德行。吃网里饭的爷儿们,头头脑脑们悄悄在迎江楼摆了一桌,请大驾去坐坐。抬头三尺有神明,有一丝儿恶意五雷击顶,三十六粒铁花生米(子弹)穿心过!"泥鳅赔着谄笑,手向装饵料的小铁桶伸来。

"不去!"胡砧在桶边磕掉烟灰,烟锅子冷不防地套住小桶的铁丝系子,腕子一歪,桶儿飞出五丈以外,"砰"的一声落到湖里,拓出几圈波纹。老人学了几句鸟语,引得村间的鸟儿们都欢噪起来,把孩子听呆了。

桶儿沉没之处,先后漾出许多泡泡和圈圈,小的如锅盖,大的似簸箕,此消彼长,相互冲撞,煞是闹腾。泥鳅眼中几乎要冒出一双小手,伸进波纹捞起饵料。少顷,他敛起笑痕变得木讷地说:"小人该死,在同行面前吃江水说海话,自吹凭二指宽小脸能请动太爷爷,而今后悔已晚,要认八十块现大洋事小,往后没法混事由儿。常听老辈说:跑过八面风的船老大单怕小阴沟里翻个船底朝天。您下过关东,宰过俄国大黑熊,是得惜护名声,不跟混混儿打交道……"

"诸葛亮惯用激将法,老夫连豆瓣酱也不是,无效! 天干河浅,你找块现大洋也犯难,下回别说浮萍话,得长根儿。是鸿门宴也替你解围,上车!"胡砧收起渔具。

"多谢活菩萨!"泥鳅连连叩头。

马车启轮,凉风送爽。

"据说过南天门升天的人都得让把门的王灵官给戴顶高帽子,独有云长关二爷不肯戴,正跟一大圈天兵天将发脾气。王灵官听到禀报,立刻叩头相迎,对天兵们来一顿痛骂,再说'二君侯过五关、斩六将、华容道放曹、单刀赴会、水淹七军,威镇华夏,要戴帽子是小题大做,请,二爷!'关老爷这样:左手抓袖,右手推夫子盔白带儿过肩,捋住黑三绺唱着老三麻子的吹腔:'大摇大摆进了古城'! 无意之间一摸头,帽子早已在头上。你是王灵官灰里蹦,蹦里灰的灰孙子,收掉这套,不吃!"

"哎哟,除了太爷爷谁肯这么教诲我一文不值的烂泥鳅? 拍马下流,改! 老人家《古城会》真地道,五十年前我爹看过,到死没少夸!"

"好个屁! 喝了倒彩还蛮不讲理。到家了,卸了网和竿,牛儿收拾好。他不去。"

"小叔叔不小,能上台面,不去玩玩,《古城会》少段《训弟》,这面子太爷爷得给足!"

天空堆着一层层鱼鳞形云块,阴森得像刽子手的脸,正在拼凑一场大风暴,老人觉得胸廓闷胀。一种大将出征前的不祥预兆,失败的末路感,使他摸抚着马鬃,念起《霸王别姬》里项羽的台词:"乌骓呀!(吧嗒清锵!)乌骓!(锵锵令锵!)你跟随孤家大小七十余战,战无不胜,攻无不取,今日被困垓下,你也无用武之地了!"雄浑,孤愤,没落,命运感,角色演员灵魂的沟通,裂变出异味,非过来人不能解悟,美也就白白虚掷!

尤泥鳅念了个垛头的锣鼓经,石匠已然走出了戏境。

"得儿,驾——! 驾——! 牛皮不是吹的,宝塔不是堆的,这沟过得倍儿稳吧? 龙车凤辇的鞭杆不是张三李四王二麻子都能摸的!"泥鳅比乞丐拾到一块金子还兴高采烈。

"吁——!"马车被喝止前行,停在迎江楼下。

尤泥鳅像被无形的弹簧顶出车厢。他掀起门帘,故意用又高又窄像太监的嗓音,煞有介事地叫道:"太老爷爷驾到——!"

牛儿和爷爷跳到街上,泥鳅一扬手,马车被小沙弥赶到树荫。

四名中年汉子穿着不知从哪家估衣店里租来的长袍马褂,恭谨得像做戏般"太老爷爷好——"过时的衣服和礼节,一股冲撞肺腑的霉腐气息,有些油滑的惰性。

"这是孙少爷!"尤泥鳅不让牛儿受冷落。

"孙少爷好!"问候的语调僵板。

"列位老弟好! 小孩子甭客气,还不懂事,将来少不得要列位帮衬!"爷爷抱拳当胸还礼。

"好说好说! 孙少爷鹏程万里,有朝一日开科能考上状元,咱们都要沾光!"尤泥鳅耍开媒婆嘴。

后排站着一个郁悒的瘦矮个儿,头发推光,脸色像牛皮纸。粗布短衣,烂鞋"前卖生姜,后卖鸭蛋",神态比同伴们松弛。"多想见见您老人家,不,不对,也盼望今儿见不着老伯;见到打心眼儿里高兴。请客的事是尤大哥他们安排的,小辈只好跟着龙头后边转……"

"牛儿见过方文彬大叔! 他爹生前也是堤董,管马窝子下边一段,跟我是五十年的老朋友!"爷爷对方大叔特别亲热,没有丝毫客套成分。合上嘴,眼角还在笑。

"小时候见过抱过,长高了。"

"请上楼叙谈!"泥鳅极会圆场。

"请!"四位渔人整齐地后退半步。胡砧牵着牛儿被簇拥到楼上。

每过迎江楼,总要买几个水晶包子用几层荷叶包得严严实实带给孙子吃,馅子里的冰糖经过技术处理,再蒸也不化。今天是孩子初次赴宴,外间大厅放着三行方桌,每行八张,吃客稀稀拉拉。槛外长江卷着浪条,喷起白泡,不倦地东流。对岸的沙堆,黄土大堤,耸在旱得瘦骨伶仃的江面上,萧条、衰竭。没有上百吨的三桅船跑风,只有捉鱼的舴艋、放鸭的小溜子,看上去像孩子们用纸叠的玩具在浪峰里乱钻。

大楼西南拐角,由屏风隔出了单间,两张方桌拼成长台子,不常用的白瓷餐具擦洗得很爽目。

"请您老人家南面称尊!"泥鳅揽起长袍前襟,殷勤地拂打着专为爷爷准备的太师椅,其实并没有落上灰土。靠背上云峰飞动的大理石圆片,一寸来高的骨雕戏曲人物镶嵌在紫檀木扶手上,黄得近于象牙。孩子好奇,忍不住伸出手去。

爷爷咂咂嘴唇,斜睨了牛儿一眼。

"小叔叔喜欢玩,随他嘛,咱小时候比他笨得多!"尤泥鳅乖巧地解围,使牛儿不快地缩回手指。椅子不高,他讨好地将牛儿抱上去,坐在爷爷左边,下手是他和两位长袍,对面坐着方叔和另外二位马褂。泥鳅介绍过四位同行的尊姓大名,爷孙俩一个也没记住。南头没座,便于大家远眺。

"想不到这片热闹所在也冷清下来。"爷爷接过老方递来的细茶,嗅着冒出盖碗的热气说。

"发国难财的大肚子商人,新上任的劫收大员们就知道山珍海味,哪会品尝素菜。他们只有时光去抢位子、房子、车子、金条子、票子——真是五子登科,汉奸们靠香烟里卷支票,饼干筒里放珠宝,也摇身一变成了'地下工作者',心里踏实。除了人跌价,什么都死涨价,连小和尚们也安不下心花三个钟头做两条素鱼,收租吃利的老主顾们也不大上楼,才让咱们在这儿宴请太爷爷,多坐会儿不碍事,没有胖和尚绷着脸喊叫'冷墙冷壁,久坐无益',总得有捧人场的呀!咱哥儿们想请爷爷来说说心里话,也拉过几回架势才办成的!"

"老爷子多喝一杯,少说话,养养精气神。小侄家里正修着房子,先告辞一步!"老方切断泥鳅的"无轨电车"。

"那怎么成,来——!上菜——!雷打不动,陪老爷爷喝过再走!"尤泥鳅拖住方文彬的手:"你走我也走,对得起爷爷?天塌下来有大个顶着,你不回去,房子一样修得风不透雨不漏,别愁孙媳妇没长头毛,瞎操的哪辈子心?"

"坐下吧！知道你的心事！"胡砧按住方文彬的肩膀。

"苍蝇飞过去太爷爷都知道是公是母,惦记的事太多才把你脸上肉都愁干啦！心揣肚里,不灌你黄汤!"尤泥鳅一领头,同伴们七嘴八舌,又劝又拉,老方苦笑两声,眼盯着胡砧。

"熟虾子听你一说都会从盘子里蹦出来,真是高人三等的嘴头功夫!"爷爷皱着左眉,右半个脸在笑,"现而今人人都在过火焰山,何苦打肿脸充胖子,到这不该来的地方,黄连树下弹琵琶——苦中作乐?"

"老爷子……"老方从跑堂小沙弥手上接过滚热的素海参,低声说了句:"谢谢小师父!"

"老方,不忙嘛,请太爷爷品品味道!"尤泥鳅仿佛要遮盖什么似的。

"这……"方文彬怫然。

"请!"根据尤泥鳅的眼色,四位马褂异口同声地嚷嚷。

"好菜！做起来费时光！可惜太贵!"爷爷赞叹着。

小沙弥又捧上素鸡。

老方接下放在石匠面前。不忘礼节。

"既然不吃荤,干吗又来这些假戏真做的道道儿?"

"摆谱儿呀,老爷子！光烧千张豆腐,老爷们就更加不肯光临。"老方把"海参"推到牛儿面前。

"吃饭不是王帽戏,文绉绉地抱着肚脐死唱。要真刀真枪,火爆不伤大将气派！这酒是存放二十年的四川五粮液、泸州老窖,爷爷多来几杯,包管不上头。"尤泥鳅挺会造气氛。

"怪不得大人物都喜欢别人拍他的马屁。虽说他们全都明白:拍马是为了骑马,夺马,吃马肉,还是上当。我自以为头不发晕、无钱、无势、无名、大江里一只小虾,也被你弄得腾云驾雾。恨透自己白活这一大把年纪,给你们当猴耍一通。爱戴高帽是人同此心,心同此理吗?"爷爷很雍穆,不像在发感慨,似是真心向后辈求教:"说恭维话都是有所求,开口比小孩子捏着鼻子灌药还难受。是不是觉得自己能把每个人都当小孩手里的货郎鼓,就习惯成自然呢？"

"嘿嘿！咱魔高一尺，像太爷这样道高十丈，比水晶还透亮的人，我尤某要是碰上过第二位呀——"他技痒地唱起《四郎探母》中杨延辉的誓词，"黄沙盖脸尸骨不全哪！"

"嗓门真冲！挂味不足，亮堂有余，能练成刘鸿声高庆奎那一路唱法，下不了海，也是好羊毛（票友）！可惜我叫不出嘎调，二亩地全荒了！你走正道儿，不晚！"

"知道太爷爷一辈子不收徒弟，咱癞蛤蟆哪敢做梦上普陀山？只要允许年头月尾点拨一下就是一等一的好造化！"

素鸡、素鸭、素鱼接二连三地上桌，老方仍是那么谦和地向小僧人道谢。

"列公多干一杯，告便失陪一下！"

"我领爷爷去，在楼下……"

"知道，马上回来，你领着大伙儿划两拳！牛儿上茅房吗？"

牛儿摆摆头。石匠伸个懒腰，下楼而去。

"老方，一粒老鼠屎能坏一锅粥。你想一个人走干路，像话？"泥鳅振振有词。

"我不愿掺和今儿的事！"

"卖柴不解捆，太迂！弟兄们没安歪心。有你一分好处。"

"二位老兄莫抬杠！慢慢来！不能怠慢孙少爷呀，嗯？"老方隔壁的马褂笑容可掬地扮着和事佬。泥鳅对爷爷的恭维，使牛儿听得七分入耳，三分讨厌，又说不清原因。

"老爷子去的时辰不小了……"老方有点惦记。

"在家上茅房也一蹲二十分钟，有时候看书出了神，能拖半钟点。"牛儿很快乐认定在场的人谁也没有他对爷爷知道的那么多。

正讲着，胡砧甩掉手上的水珠，重新落座。

"敬太爷爷！"马褂们立即举起杯子。

"全放这儿！"老人用筷子一比画，除掉老方和牛儿，五只杯子一字儿排开,他五口喝完。

"高!把咱们后辈都盖了!"

"这才是盖世人物!"马褂们喧闹地附和着泥鳅。

"年轻气盛,不知东南西北人称'盖世匹夫',都是自己愿挨,让人家打出来的虚名。四十岁才知道,盖世,是假,匹夫也不够格!天下太大,斯大林先生、丘吉尔首相、罗斯福总统、咱们国货老蒋、恶魔希特勒、墨索里尼、东条英机都想盖世,就因为他盖不了世。野火放远了,收回来,来而不往非礼也。每人五杯,不能装蒜!"石匠抓过壶筛酒。

"哪敢颠倒过来?您只要吩咐,舍命陪君子!"泥鳅夺过壶,边斟边饮,做得果敢、帅气。

除去一名马褂喝下两盅就大咳不止,被胡砧抓过杯子,不让他再饮之外,别人都学老人的样儿。

"喝是求痛快,过了量硬拼就是找难受。礼节已毕,谁喝谁倒。这一生受的拘束还不够吗?"胡砧的话博得了满堂彩。

"弟兄们,老伯伯赏光来了,有话请说,憋炸肚子没人赔。不是方文彬刀切豆腐两面光,我打不着鲜货,家败人亡狐狸吹灯怨自个没能耐,决不把勺子伸到老爷子的饵料桶里,自己跟老婆孩子都成了大虾。话已撩出来,告辞!"

"你是汉子,吃个蚱蜢,该给你留个大腿,我没醉,你别走!"胡砧双眉一蹙,拉住老方的腕子,为他筛上一盅酒:"晓得你不沾酒,敬一杯,我替你干掉!"

"尤老大,你说说!"酒量小的马褂说得黏不拉叽,每个字都拖得很长。

"想必坏人太多,老天降灾,才找孙悟空借根毫毛变成瞌睡虫儿钻进了龙王爷鼻孔,一直不下雨,咱也不敢说他老人家半个不字。塘亮底,湖翻个个儿,雷不响,鱼花出不了,鄱阳湖,虾子下不了小孤山,鲫鱼不朝小姑娘娘。大江落坡,小河一条线。咱弟兄们背上驴打滚的阎王债也不能养家活口。唯有太爷爷,天天三斤半,一日不落空。哎——大伙儿商量来商量去,只有求爷爷网边剪个小口子,漏碗糙米饭给几家老小度过荒年。爷爷的义气是关二将军再世;心肠是糯米粉做的,比观音菩萨还糍(慈)。讲度量,一个毛孔能装下一颗星宿;论刚强,胳膊上跑马;论为朋友后生,是秦叔宝两肋插刀。只要爷爷吩咐一句,咱们回家只传儿媳妇不教闺女。再教他人,过刀山挂剑树,进虎口,下油锅,锯裂斧砍,变七十二辈子猪,碎尸万段! 上有皇天,下有后土,窗外大殿有四大金刚十八罗汉,如来普贤文殊,神目同见,神耳恭听!"说毕他领着四名马褂兄弟左三右二,一齐避席下跪,连连叩头。

"老爷子! 君子固本,不该说的就别说!"老方看不下去,几个箭步蹿到楼梯口,扬长而去。

尤泥鳅一伸脖子想去拉方文彬,衣襟被两位同伴攥住。正好借坡骑驴,匍匐在楼板上。

"起来,起来! 我会讲的,快坐下喝酒呀!"胡砧只得一个个拉起,推送到原位。

一阵持久的沉默,泥鳅和马褂们冷冷地交换着目光。"莫抵眼睛棍!(吾乡青年常常用扁担或木棍各抵一端比赛力气,木棍被对方抵弯为输,故名抵棍。两人对视,眼皮不眨,先眨为败,叫抵眼睛)看到大伙儿粥越喝越稀,我吃干饭也于心不安,有点左道旁门,该助诸位一臂之力。"

"谢谢爷爷!"

"甭谢,还太早。人心越喂越馋,包袱抖过半年,我饿瘪肚子事小,虾要断种可不是闹着玩的。"

"咱哥儿们合计过:只要太爷爷给条生路,江水倒流,也不让您挨风霜,一天四斤半虾子,小的剔掉,送到万和园,包在晚辈们身上。"泥鳅脸上的浮滑之气,顷刻间为人类共有的真诚所取代。

"虾不是我种在江湖圹坑里的,设卡子收税,喝别人血的事千人痛骂,我消受不起!"

"不讲您是德高辈儿高武艺更高的埋名大侠,方圆千里! 独一无二,凭您一条长堤拦住江水的大功劳,奉养太爷爷也是咱哥儿五个前三世木鱼敲穿一大串才摊上的。再说一个月每户只摊六天,不占多少工夫。您答应吧。哥儿们彼此间摽着劲,谁贪心不足逮多了的押他到太爷爷那儿去请罪。"

"尤哥说得在理!"

"管不住贪心,皇帝还想长生不老,成佛修仙。其实我一天有二斤虾就饿不死,这也是贪。不贪和尚开这馆店是发了疯?大家盛情,我心领了。饵料配方到八十岁再告诉你们,一言为定。我从明儿起,一天还打四斤半,每月留下六十斤的钱不取,放在万和园,帮你们六家——方文彬也在内——十个孩子穿上新棉衣。我自私,两肋插针也做不到。"爷爷的脸涨得绛赤,除了酒在起作用,给受苦同胞做出牺牲,有两分人情味三分心疼,两分自我崇拜,还有三成讲不清的成分。平凡的石匠是这样。扭转乾坤的大人物是否例外?我没有遇到过,不为无权回答而遗憾。

"太爷爷!人等得肚皮等不得啊!"泥鳅的声调令孩子同情,他对爷爷的固执颇为惶惑。

"河南大旱灾,饿死几百万人,我能救得了谁?小锅凉七天的时辰谁救我?受骗的次数比胡子多,吃秤砣长大,私心比庙门口的大铁锚还重,你们瞎了眼把玻璃碴子当金刚钻。对不起,我太犯难为哟!"爷爷很矛盾,眼珠如炭火,对自己很失望,控制情绪,比横渡长江还吃力。

"听爷爷说到这个节骨眼上我都掉泪了。同船过渡都是缘,事不能做过头,好见好散。"马褂频频拭泪。牛儿对他的好感犹如插入开水的温度计。

"虾子捉不完?咱哥儿五个,加上方文彬从眼睛像蚕豆大就看您逮虾,您看着哥几个长个头,娶女人,生儿养女,跟河南人不好比!"泥鳅朝抹泪水的马褂一瞪眼,摆出的苦相,没有一丝儿表演成分。

冷场,被冻结的空气往下压……

牛儿想倒出那点秘方,孩子怕爷爷……

"酒已够了,不用车送,我和牛儿走回去,沿路吹吹风,散散心,没炒的菜莫再下锅,再会!"

"不管太爷爷肯不肯露一手,车接车送,不能把事办得那么薄气!山不转路转,下回见面哈哈一笑才好!"马褂浓眉紧锁。

"刚才下楼没去解手,找了当家的本僧法师,饭钱请他交给了柜台上,算我一点心意。下回聚聚,再耍花招是阿箭一样的小狗!"胡砧的右手伸出小指朝额头上一举。

"这……哪能让老人家破费?"泥鳅愕然。

"请客付钱,天经地义!"抹泪的马褂义愤于色地跑下楼去。石匠捋着银须,隐忧忡忡。

一会儿,马褂匆匆上楼:"爷爷太过分了,钱付不掉。"

"见面一回很不易得,喝点茶再走,天还早!"泥鳅不等爷爷回答,就把牛儿拉到窗边坐下。

"走,牛儿!"爷爷被四名马褂推到上座。

小沙弥换过茶叶与盖碗,氛围略为缓解。

"听我爹说,爷爷在钱牌楼湖南会馆票戏,使的青龙偃月刀是青钢刀黄铜柄,老秤五十六斤,白天戳在票房旁边木架上,好多人都掂掂分量才肯买票,是真的?"

"有那么回事,后来嗓子闷了,送给了老给我配周仓的二花脸。想不到他抽上大烟,他烧锅的年过四十,刀马旦来不了,上个彩旦包银低,女儿一丁点大就唱老生开锣戏,也不红,只好把刀卖给铜匠换饭吃! 唉!"

"太爷爷到天凉快再打上几炮,从《斩颜良》一直唱到《单刀会》《水淹七军》,前段皮黄,后段徽调,把外地来的角儿全给镇住!"泥鳅是个戏迷,戏院把门的都熟,混进去也没人管。

"曲不离口,拳不离手,当年都不行,三十几年不上台还能镇住谁?"爷爷说得似议论他人的事儿。

"你爷爷本领多,小弟弟得好好儿学着点,茶头酒尾听点儿都够啃一世! 可惜咱们没修到这么好的爷爷!"泥鳅不知不觉地把话柄转到牛儿身上。

"当然得学!"牛儿心痒难搔地回答。

"爷爷肯教你?"

"嗯。"

"教你巡堤抓老鼠,开石槽,锻磨,逮虾……"

"还有炸饵料……"孩子话到嘴边又缩回肚里。

爷爷信任地朝他一笑,可惜他把这种阻止错误地当作了鼓励。

"不会吧,咱们今儿磕头敬酒也没有学到呀!"泥鳅眯上了眼睫毛。

"可他是我爷爷呀!"牛儿很骄傲。

"咱们不都喊他老人家爷爷?"

"那不一样。"

"怎么不一样。"

"我妈是他外甥女,我姓司马又姓胡,你们不姓胡……"

"真灵!爷爷有这么聪明的孙子,将来要当省主席司令长官,说不定还要大一圈儿。"抹过泪的马褂一副虔诚的样儿。

"咱家不出当长做官的!只有一品大老百姓!"爷爷点着了烟袋。

"别的都会教你,有两样不会,一是打拳,你能打一套给咱哥儿们看看吗?"泥鳅在欲擒故纵。

"满十周岁就教。爷爷对吗?"

"当然。"

"还有拌逮虾的饵料不会告诉你用什么拌的。"

"知道,就是不说。"孩子的心跳加快。

"别装作卖关子,不会就不会!"泥鳅脸上冷冷的。

"告诉你吧!麦秸!"

"哈哈哈哈!咱们钓虾的谁家不用麦皮细糠炒米撒在靠岸的地方引虾子上网?让我告诉你,狗肠子、猪骨头、牛蹄子,头几下还行。十网之后就差把火。二十网之后冷冷清清,能抓上俩虾就算老天睁眼!往后就再也不来。"泥鳅如数家珍地说。

"太爷爷!你们家的牛官爱撒谎吗?"马褂在铺垫。

胡砧神采奕奕地摆摆手。

"那他为什么不懂装懂说不到点子上呢?"

"我爷爷做涡(锅)阳知县,我当丰(风)县县长,什么都没瞒我。"

"假的!你不知道!说对了咱们送你爷爷二十块现大洋!"

"泥鳅不要从孩子嘴里掏虾,他不知道。走,回家。"

"不,我知道!"接着牛儿说出了拌饵料的另一件东西。

"啊——?哈哈!别胡扯,你知道什么?"胡砧笑得极其勉强,"不会告诉你们的!"

"不!爷爷从来不让我说假话!真的!"孩子急忙分辩。

"哈哈哈哈!"泥鳅与马褂们都笑了。

牛儿从没见过爷爷生这么大的气,脸色像新铁锅,下巴颤动,脸形变长,他举起青筋突起的大手照着牛儿臀部重重地打下来,就在一阵冷风吹过腰间,巴掌快离皮肉一寸的时候又挪开了,是记起了向老师立过的宏誓;想到一掌下来骨头非碎不可;还是说实话本来不错,打得理不直气不壮;抑或舐犊情深不忍重罚呢?就在巨掌没有落下的地方,牛儿猛的觉得火焰烙过臀部疼痛钻过皮肉,向骨缝里穿刺,他顿时趴下,两腿颤抖,虚汗涌出。

胡砧迅速地抱起牛儿,盘腿朝楼板上一坐,撕开孙儿裤子,用手一指酒壶,惊呆了的尤泥鳅才突然恢复了神智,三步并作两步就递酒。

他将酒淋在牛儿臀上,右掌离肉大约一指处运动全身气力推拿着,一股电流样的气浪,像冬天的冰铁那么沁入肌肉,所过之处,火燎燎的感觉就淡化了,但还不能都驱散。他左手放下壶,掌心如同炭块,跟在右手后面熨抚着,孩子悠然苏醒,哭出声来:"爷爷说做人应当讲实话……干吗讲了实话招您火冒八丈……"

大滴热泪从老人凹陷的眼窝中流出,滴在孩子的光腚上。男孩挣扎着要起来:"爷爷您别哭呀!我不疼!不疼……"

"太爷爷!"尤泥鳅跪下一哭,四位马褂一齐张嘴大㤆,止不住人性泪泉的喷洒……

"小叔叔打青了,五个指印,全是咱们不好……咱们不使您那样拌的饵料……"尤泥鳅捶着自己的锁骨。

"甭难过,孩子们!你们本心不坏,是穷逼的。今天流的泪是真的,逮起虾来不顾虾儿虾孙,不管我老石匠死活也是真的。全去吧,我背牛儿回家……"

"不!咱们不是黑了良心的汉奸官吏奸商,万和园的虾一准替您老人家送,就甭再客套了。"

"不必!我打的我治,总算没挨着皮肉,不会残废,人到发狠的时刻管不住自己。牛官!好孙儿,再疼都要起来走几步,四十九天后会好的。人有了我这双手哪敢碰人一下,五十来斤关刀算什么?来,看着!"老人抓住桌上几双筷子,鼓足力气一搓,噼里啪啦,叽里咔嚓……逐段被搓成粉末。

牛儿向胡砧招招手,他躬下身来孩子把嘴凑近老爷子的耳朵轻轻地说:"回家就说我跌了一跤,免得妈妈怪您老人家!"

他捧起牛儿的面颊,久久凝视着,就如同头回见面似的:"等你伤好了,教你拳,让你长大也能搓烂筷子!"

"爷爷好!"牛儿天真地笑着,泪珠滚落酒窝里……

二

听远洋归客絮叨亲身经历颠三倒四又荒唐,假得没谱儿;有些记得牢固的梦里环境细节,人的音容笑貌栩栩如生。过些辰光连做梦的主儿也迷离恍惚,鸡鸭蛋一锅炒,舌尖分辨不出是真是梦的本味。胡大石匠从不信道士和尚尼姑有神通,烧香求签跟他是豆腐渣贴春联——两不沾。自封聪明的人常常做些比傻子还呆的举动,谁跳得比自己眉毛高呢?在后来变成俄国地盘听太公唠叨过:"年老卧病阳气飞出七窍,'火焰'变矮,见神见鬼,活灵活现;等调养好身板,百病消除,阳刚'火焰'杀回马枪还归正位,阴气丢了印把子降为跟屁虫,放几个脆响的屁就领着病气远走高飞,幻见幻听钻不进肚皮,天下太平!"或许沾点理皮子。

胡老爷子忍不住暗笑自身:越想忘净跟真事双胞胎一般的梦,它偏偏耍赖躺在你脑壳里,你怎么变得如同山沟里一世没进过县城,只看到碟子大一块天的三家村老农一日犯三四回二乎呢?

腊月二十三送灶,石匠认为做了伤天害理恶事该当受罚。没走过恶道,何必买灶糖芝麻元宝粘住灶老爷牙齿舌头,上天专奏好事掩盖劣迹?既然是泥巴捏的人和孩儿们好吃,不该打着孝敬灶老爷的招牌公然行贿,无稽闲话咋能听!

　　辰时腰杆子光景,他在堂屋独坐调息养神,百骸安位,腑脏平舒,舌头轻缓搅动,助华池穴涌出津液咽入胃里,元气充沛,能听到血出入心脉在耳底跳动的微音。明艳安详的阳光穿透半边天井上空道媚的树枝与墨绿的叶片,鸟儿们蹦跳、追逐、吟唱,江树静寂,大牛湖蓝波起落乏力,伴奏着生活步伐的沉滞。没有慧人预感到历史幕后,阴谋恶笑地磨着战刀声的凄厉。勤劳诚实的父老姐妹抓紧日寇硝烟初散的宝贵岁月喘上几口粗气,擦擦抗战几乎榨干的血汗,祭吊先烈们的坟茔,多多抚慰他们的白发双亲和记不清早逝者遗容的孩童们吧!

　　一缕青灰色闲云,被大龙山顶的北风送到江面上大小桅杆的顶尖驻足,朝石匠手植的枣树摇头摆尾,依依不肯离去。

　　笑口常开的大门框里,站着一位风尘仆仆的不速之客,发出一阵无法遏止的笑声,七成厚阔沉郁,两成半洪亮清脆,还有半成僵直,扭合得天衣无缝。他兴高采烈,前仰后合,不是右手紧扶石头方柱,几乎摔倒。

　　胡砧蹙眉凝视,造访者三鼓肥长的双掌,再拍大腿与后臀,动作主调俊朗酣畅,稍露程式化的迂拙。银丝长约二尺在前顶茂密隆起,仿佛底下藏着一只鸡蛋,下边严实地盖住后脑飘洒腰间。寒风使两边胳肢窝当中,各有一绺蓬乱头发。银盆脸,绯红腮,肤色雪亮,半寸寿眉遮不住睫毛,额头棱角突出,看不见的暖意上托细长韵秀的明眸,整齐洁白的方牙齿,笨重的双唇外翘,三层肥嘟嘟的罗汉下巴线条端正坚韧,没有胡髭,印堂眼角平整未生细纹。其坦率、赤城、简朴、谦逊、忍耐,尤其是童心,凡人的圣哲风采,朗朗乾坤间罕有的珍贵奇特,为他隔断千难万灾十丈红尘,倾吐生的顽强,机心无孔不入,获得苍天护持。谁能判断他活过多少岁,为什么对饥寒折磨全部免疫?他上身绿绒对襟褂子,粗布灯笼裤筒盖住粉底圆口黑布鞋,整套行李还有一条白裤子,裤腰垂于臀后,裤管在肚脐绾成一个大结,垂下长短不一老是抖动的宽带。

"哦!"胡砝双眼差点鼓成螳螂般的复眼。

"大夫老哥哥!不,您是哥的爹吧,哥是黑胡须跟煤那般亮,小侄叩头!"

胡砝从四层蒲团上腾身而下,右臂挽住稀客左肩将俩兄弟须发揽到一起苦笑两声:"好!跟我过!想坏哥哥,心比糍粑还软的亲弟弟!"

傻客肩头几番起落,抱住胡砝,过于激动而眼珠翻得酷似白果,脸贴着胡砝的耳根,泪珠灼热又凉润,使傻子咽下了哭声,没来由地笑得全身抽搐。

"咱俩都已年迈,见你比三伏看到大雪还意外!"苦辣酸甜麻涩咸自丹田直顶着喉咙,使出气受阻,近乎窒息。胡砝连连伸开指头弹着傻子背脊,唯恐再轻的拳掌也会弹伤故友。万里邂逅跟大戈壁上一粒细砂降落在江北岸上会晤挚友另一粒砂那样不可思议。胡砝的中指重重地抠着掌心,觉得疼痛才承认当前一切属实。

"睡着后哥来,跟老多年前神情相同,是像真不真,也不假的梦⋯⋯"

"弟弟会说话,不像往日反复念叨'好!''跟我过!'相貌变了些,这码事儿假得跟梦不差啥!"

"这回不至于醒后一场空,是真见了面!"

"兄弟脸没大变,身上肉少,老来瘦能活高寿。你该过七十了!"

"不晓得,管他!"

"怎么找到这碗口大的村落?"

"哥来接五岁的小侄子南下,我随赞礼爷爷送到挺远,你给爷爷写过路单,老人家升天前交给我,要我十年上安庆一回,给教主田辣子姐报平安。我不认字儿,可当宝贝蛋藏着。沿路跟几十位行善男女探过路,坐火车、洋船地奔小半天走岔了路,折回头才见哥!盘缠是教主送的,田辣子姐分开缝在衬衣棉袄几个口袋里才没丢。"

"两口儿还健壮?"

"跟咱兄弟差不多,头发雪白,儿女都办过喜事,分住两处,种老多一片地。老夫妻要我问哥好,请你上东北走一趟,熟人们想你!"

"我想去瞧瞧。"胡砧宰鸡摘菜,烧上米饭,傻子坐在灶门口添劈柴,自述学讲话的历程:"四年前认识一位大贵人,百岁中医爷爷,他好多回在路上遇到我就故意放慢脚步,从十步二十步到三四十步,趁我对人和周围车辆不大注意时猛击两掌,发现我都有些反应,听觉还凑合,决心留我住在有些破落的茅屋里,每日三扎针,吃一剂他从山上采的草药。一句句教我讲话,慢条斯理,从不发火。我犯过八九回蛮牛野性子,咬牙不受那份折磨,他老冲着我笑,还拉我上菜市澡堂戏院人多嘴杂的地方试着说些絮絮茬茬的子孙话,一憋住劲他就提醒,我不好意思,硬着头皮变着方儿学。我犯傻,他找话头逗我开腔,还说是缘分。我行路脚跟先着地,他偏要脚趾头先落到街上,免得摔跤又变呆子,我也怕只说四个字,颠过来调过去,惹大姑娘小媳妇抽耳光,多冤!"

"跟你同病的多,治到你这火候的哥还没见过第二个,老医师大慈大悲,心血耗掉有半碗,汗水淌掉几大盆,这才叫修行,怕我碰不上老人家了。咱们上辈亲人走光,兄弟住到一百二十岁也饿不着,外甥女草儿会种几亩田,孙子虎头虎脑,长大了,准孝敬他的俩爷爷,不许你东走西颠。跑啥劲儿?"

"哥好!"傻子笑着像和合二仙。

"酒在热水罐子里温过,畅畅快快陪哥满上几盅!"

"不会,怕辣,会吃。"

"啃鸡腿,盛饭!"

"沿途舍不得吃饭,怕钱用完找不到哥,几个月尝不到荤腥,老母鸡特香!"傻子大口撕咬鸡肉,哽得直伸脖子,半眯上眼皮。

"莫噎坏了,喝咸肉冬瓜汤!"

"哥疼我!"弟弟耸耸鼻子,摇着大头,泪水滴进热气腾腾的饭上。

石匠欣然大笑,惊飞了枣树枝头的麻雀们。他赏识傻子一条肠子通到底,没有拐弯抹角的弯弯绕,情不自禁地放下杯筷,伸手拍拍兄弟耀眼的头发,抬起下巴像头回见面的同胞,不断发现往日看不到的高贵清冽大气。文人武士们均欠缺的禀赋——太上忘情,直截了当。

"是我哥!"那点傻气也让石匠得意,对自身眼力的微醺,当兄长可以庇护弱弟的自豪。这种贴近浪漫情愫,将傻子拔高了一截。真实,处于罕见的年月,魅惑力更足。

傻子面颊发烫,呼吸加快,衔着鸡腿骨,虽不懂什么叫幸福,本能有两分快活的眩晕。

"再啃只腿子!骨头留在桌上喂狗狗阿箭!它跟孙子进了城,明后天也兴许来家!'"

"我喜欢小孩子和狗!在中医爷爷那里学会刷锅洗碗筷,哥歇会儿!"

"可以摆置清爽?"石匠点着了袋烟。

"哥坐!我喜欢做梦,梦中碰到的人亲亲热热,给吃给住,碰巧还端来一杯茶。不爱梦见坏蛋,对我不理睬,看着肝里肚里冰扎凉,举手就打,开口乱骂,动不动捆上关进黑屋,门口站着端枪的大兵,狼眼乱眨巴着找好处。叫花子们也开仗争地段,闹得血糊拉碴。心里太堵,太阳光进不去,不平的张家长李家短没完。想在石墙上碰死,就怕痛,怕淌血……为什么四面八方尽说得比唱歌还好听的假话,又像要连骨头把我吃掉?为什么我不那样毒?有一次在山坡树林里见到两个光屁股的抱着啃着吵着鬼哭狼嚎地打架。我只觉得好笑,他俩爬起来举拳抬脚往死里打我,后来女的按着我双手,男的朝我头上撒尿,我痛得哭着喊妈也不肯饶,想起来还后怕……弄不明白的倒霉事在心里长毛,快把肋骨挤断了。我的哥!给胸口使凿子砸个洞,透点亮进来救救我……"

胡砧愕然,怎么跟这位比糊涂汉子迷糊,又比明白人还明白的老弟台,讲清碗比缸大,女儿比妈年纪大的古怪世道?平时自己半瞎半聋,额头老碰山墙不肯多动脑筋,傻子把纸墙捅了个窟窿,让石匠唏嘘不已。

"哥!你……"

"哥很安康。时间一长疙瘩可以解开些,解得一点疑惑不剩,神仙也嫌道行低。急不成,耐着性子,哥也蠢得不行,擀面杖吹不旺火苗,莫见怪!"

"上起你干妈和老赞礼爷爷,下到教主两口子,都夸你心甜肚亮,称得起是拔尖儿,我最信得过哥,才敢大胆问你:人为啥分成男女,总是配成双双对对干吗？"

石匠颤颤良久："嘿……"

"人为啥要死？"

"光生不死，人比鞋壳子里的楦头还挤，头上冒烟，腿上出血，粮不够吃，房不够住，干不上活儿怎么得了？人的五脏六腑不上百年要烂，死人腾出犄角缝让活人过得宽绰点儿。"

"问过老大一堆熟人，尽说鹿儿姐死掉几十年，当真如此？"

"也兴你不记事，她埋在沙里，净身后装进了棺材。我再去开棺捡骨头烧灰，兄弟在场亲眼所见，我把她葬在西边山脚下，将来，咱们过世也埋在那儿。"

"哥！要不你说的是信不过的梦；要么今天又在另一个梦中。不！假的！"

"不假，更不是梦！"语气斩钉截铁。

"这……把你弟送进梦，回那儿好啊……"傻子豁亮的眼球扩散出优美的憧憬，左肘后弯，右臂向前伸出："我这两年想女人。别的汉子有，我为啥没有，这公道吗？"

意料中的意外使石匠耳朵里"嗡"的一声，企盼傻话到此打住："断梦续不上，谁也无法送自己和别人跑进挑好想做的梦里。"

"我巴望做鹿儿姐跟我待在一块儿的梦，醒后她在那儿，只要活得舒坦，我能忍着不找，要么到她不在的地方，找不到骗骗自己我都死不掉。只要认定她不在了，我就跳大河。她跟哥一样，心比灶膛热，肠子比潮面条子温和，给吃饱，补衣服不嫌脏臭，哥快哄哄我说她跟石磙一样结实，蚂蚱那般滑溜，别的话不听了！"

傻子做梦想要谁是他的自由。和这样一个聪明的糊涂虫犯浑吃醋，大老胡呀，破石匠，你敢说他一样的话？你屁股帘儿底下瘟臭！可气可羞，人味少，魂不洁净！他摇摇上身，抖开身上霉味："如果鹿儿活着愿跟兄弟过，是她的决断，我不配啰唆！她不肯，哥帮不上忙。不懂男人女人咋只许一配一，是兄弟洪福齐天，所有道道儿都弄明细就不是我弟——换了另一

505

号。你比白云还干净,想啥都甜似蜜美滋滋的,哥敬重你,莫逼我撒谎,良心不安! 待会儿陪你给鹿儿上坟,烧纸放炮祭祀她一场! 表表你我活人的纪念!"

"啥叫纪念?"

"思念她呗!"

"她知道吗?"

"她烂成泥! ……"哥哥搓手比画,反正是讲不清。

"为什么就女人能生小孩? 男人不行?"

"老爷们哪来奶水喂小把戏?"

"哥! 咱兄弟俩都是男女老少夸了几十年的大好人,好人该有后代,要不乡亲们要笑老天爷办事缺把火,眼睛不大管用。我做梦生过宝宝,没使老牛犁地那么大劲头儿。当然啰,醒过来小屁孩的影儿也见不着。双根那小子杀了十多名鬼子,是响当当的英雄! 我三番五次看女人们上送子观音庵烧香,从菩萨座位下摘了一个小泥孩就回家,也有挺着老高的肚皮来庵里还愿,八成是她吃了小泥孩在肚子里长大了。我没钱买香,拿爷爷桌上一根艾条儿去菩萨脸面前烧掉,偷了个男孩拿丝带挂在脖颈。等小泥人儿出世,先送给哥做小孙子。哪知道下河一洗澡孩子变成灰面散在河中再也没捞上来。只好给观音大士三叩头再讨回一个小把戏,狠下心压成粉末大口吞下咽喉,头尾两年,肚子老瘪着不见发胖,太对不起哥哥! 老天爷看到我心诚,拾到个石头小姑娘,决计先替我姐怀上,下回再给女孩怀个小弟弟。石头仙女舍不得砸碎吞下,天天放在腮帮子上擦得十分漂亮,简直跟姐姐同样俊俏。我记不得有多久起,乌头发到和石灰那般白,小东西偏不肯长,还是一拃高,恼她烦她腻歪过她,她不在乎,老模老样儿……"

"哥听不明白你说啥?"石匠重重搔着后脑。

"瞧!"傻老弟从领口掏出发黑的彩线辫子,下端拴着鹿儿石像,泛着浅绿微光。他放在鼻孔下吹了两口气,抓过右耳后的银丝轻轻地磨蹭后捧给了石匠,那份小心不亚于亡国的皇帝向新主子恭献国玺。

"在哪儿得到她的?"

"我心头的雾散掉些之后,鹿儿姐的影儿一亮,不知为啥要带半布袋干粮到长寿镇去找她。那地方旱得枯草冒烟,河底朝天,分不清上下游走了好些来回,见鱼肚白动身,星星上树梢,倚在大石块上睡一觉,渴极了才上河边荒村讨一葫芦瓢水润润嘴唇。有一回醒来小姐姐躺在两块石片中,我胡唱愣喊,乱蹦瞎跳,像拾到了黄金,虽说我起小儿没见过那玩意儿。可是姐姐被太阳晒干成了小石头;还是惜护我孤孤单单来做伴;要么她想让我用胸口焐她长大点送姐给她奶喝……分不清真假,真的有些小味道,不真的又像嚼老白菜根没味儿。哥和我都傻,姐也傻,咱仨挺可怜……

"石像是哥雕给你姐的,找草药那天线绳断掉,把像掉进大河,让兄弟遇上简直是老天爷睁了眼——缘分。哥没法儿相信,又是半点不假,她油光水滑,比当初出落得更光鲜。谢谢你,我弟!莫哭!"他抱住这永远长不大的白头孩儿,让他伏在自己右肩,不住地拍着他的后背。

"哥有银针,扎好挺多病人,把你弟扎回到往年去!我不会说假话,也不想说实话!厌恨透了脓和血污,贪婪势利,私心丑恶。我要活得像哥实在、讲良心、舍己,看大山大水是神明,花花草草是孩子,孩儿们是花!我老说'好'!不知道什么样子好;喊'跟我过'一万回,没谁跟我过又不会伤心,比而今顺畅一百倍!你弟向来不夺谁的稀罕物件,一个铜板,将来也不做丢脸的事,求您把石头人当我姐或当哥的闺女跟我过,顺带着当一会儿赞礼爷爷,喊几句老掉牙的话,你弟要跟石头小人儿成亲!就这一遭,来去两万里没白跑!你想不通就算成全一场梦,没对没错,没真假。"傻子跪在地上,上身朝前匍匐,下巴离地三寸,拿胳膊肘支撑,免得栽倒,左手捏住女像贴近自身膝头,摆妥拜堂架势,肃穆得超过往年老教主敬神。

胡爷浓眉倒竖,眼角扬起,全身浸在圣洁里,四面墙和屋顶天井朝云头升拔,迅疾退出视线,碧野上的小草们披着金红的旭光,远些是褐黑色的乔松,葱绿树冠间游舞着青春、蓝、铁锈、芦花灰等色的光斑,伸到天脚,被紫霭衬托得悠远无垠,回放出他接太公归途中所见的画面。脸面前供奉祖宗的香案台,唤起他对河神庙轮廓的暖昧。他为自己和弟弟进入某种从未遭遇到的幻境而心旌鼓荡,提示风尘仙乡转瞬便消逝。大多数同胞不曾与之擦面而喘过半口气，天幸相遇让普通儿子内美焕采，弱点隐退，慈敏剀切地主宰着举世无伦的仪式。废除沟通，无理可推，至性至情可掬。他嗓音高亢地咏叹：

"一拜天地！"

"二拜高堂！"

靠往日看新娘重复印在脑中的声光影像，飞跃到顿悟，动作标准如仪，滴水不漏。傻子拉过木椅，推到西边东北人公认的上首。兄长无师自通，当仁不让，典雅地受礼。

"夫妻交拜！礼成！"石匠的幻视被现实赶走。

傻子向左转身，把石像举到跟自己的寿眉等高，互碰鼻梁。

傻子志得意满地倒上双杯，自干一盅，用食指抹尽余沥滴在石像笑口上，顺着下巴淌到她的脚背。他将另一杯酒分成两个半杯，先洒一半到香案台上酹祭祖先，余酒再敬石匠喝尽。

"我不会喝酒。"

"很好，新郎官！"

"大事已办，鹿儿姐住进我肚里，小石头还给哥。"

"归你戴着最合适，我想刻早晚都能重造一个，眼花刻不仔细，另有味儿。你都放得下，我有没有小石头人都痛快！"

"你弟只剩下一件事：做明细人太累太苦，活得没劲。让我疯了吧！疯，疯，疯！疯实了肚皮不用吃喝，跟小石头姐一样脑瓜装着没拐没棱角的石片，行行好，哥！"

"不疯找着变疯，对不住恩人老中医！"

"我知道忘恩负义不好，可兄弟只能做混沌汉子，糊涂蛋，二百五，十三点，不甘心从头到脚套着不拐弯的铁帽铁衣铁鞋！宁肯遭打挨骂，不知痒痛太好了……哈哈！疯！疯了！好！跟我过！好！"他嘴角向耳根斜，口腔蹦出一个单字，他脱下右脚上的旧鞋抽打脸膛，牙龈冒血，双腿筛糠。

"嗨！嗨！嗨！"石匠的惨笑比哭难看，额头抽筋，使他扯开上衣，大拇指斜伸，八个指头扒挠着自己肋骨外的皮肉。

"我早就想疯,疯不掉。好兄弟,乖孩子! 要哥的心或一截肠子不立时摘给你是畜生都不如!"

"死,一跺脚一闭眼就成,我不怕死,怕活才想疯! 让你切肝剜肺,牛儿跟紫草咋活法?你刚当我临时爹妈,逼你死,我配喘粗气吗?兄弟没日没夜地想鹿儿姐,这样很快就疯,那是老菩萨帮我! 我敢做敢当,不求哥扎针,求人不如求己,一撞大石块,阎王放爆竹迎我去当他干爹!"

"兄弟正经八百是圣人! 男不婚女不嫁地上人哪里来?想老婆正大光明,土地老爷还配个土地奶奶,谁吃醋喷邪火冒妖烟?天地祖宗灵牌做证:咱俩同生共死,反悔是苍蝇蛆虫!"

傻子拉着老哥狂笑良久,突如其来地饮泣。

胡砧轻轻为他挂好小石像,跳上蒲团双盘兀坐。

傻子坐在自己脚后跟上,右耳紧靠长兄,语言逊位于大沉默,瑞气缭绕的大亲和。

石屋权代老母子宫,把兄弟俩再孕育一回。

两天后傻子不辞而别,胡砧、草儿与老蔫苦找几日,没打探到下落。

三

多亏胖奶奶介绍,紫草进了织袜厂,便携着牛儿住在老太太家,让他上学。孩子爱看武侠小人书,晚间陪奶奶去听大鼓艺人江子英说《昆仑奇侠》,很快上瘾。这样,老太太不寂寞,妈妈放心。

每月,厂里只歇初一、十五两天。草儿要起黑早到牛尾镇替很少进城的石匠洗洗、晒晒、补补,做点可口小菜。夜里摸黑回来,怕误工丢了差事。

书听多了,心也野了,据江子英说,一些口吐剑光百里之外能取人首级的剑仙长生不老。什么刺雍正皇帝的吕四娘,教樊梨花法术的庐山老母都活着。牛儿不觉动了离家进山习武求仙之念,如果弄得几种法宝,如捆仙绳之类多带劲儿!

妈妈老夸爷爷是武林高手。牛儿问过江子英,老艺人说:"盖世匹夫是

509

前清人,三十多年没消息,八成也进了山。而今的好汉们都不知道此公,大概很平平常常吧。"孩子不想辩驳。

和爷爷的谈话很失望。

"您能教我打拳耍刀吗?"

"爷爷会两套毛拳,没有真本领。你要好好念书,做个有学问的明白人,替老百姓办成些好事。而今还小,长大之后才知道没有剑仙,侠客没用,改变不了贫穷,中国人老受洋人欺。今天跟你说不清。"

"唔!"孩子想起一个月前,大牙的两个儿子说他不是草儿所生,是从乱坟滩上拾来的,所以姓司马,不姓胡。太爷爷不传武艺给外人。或许有些缘故。他把自己的惶惑告诉草儿,妈妈哈哈大笑,斥为无稽之谈。

"为什么不教我? 不教就不教,找到剑仙学到大本领,爷爷会服气!"孩子下决心把每天早晨妈妈给他买侉饼油条的两个铜板省下来。

"明天星期六下午没课,我去看爷爷!"

"等妈妈休假好带宝宝去,一个人走妈妈不放心。"

"我认得路,又不是小娃子! 胖奶奶呢?"

"回娘家看侄儿去了。你别乱跑! 妈要挣钱给你做衣服,没空找你,碰上老拐子把你卖掉就惨了!"

"不会,爷爷是大侠,老拐子怕他!"

草儿周末放工归来不见牛儿,只当他去牛尾镇,一个人闯闯也不坏。等到四天没回城,她有些抱怨:"舅舅太溺爱孙子,躲学的孩子跟不上班,哪会有出息?"

再说牛儿帮一位老太太拎着箱子,不用打票就上了轮船。老太太听说他一个人上九江探亲,直说他能干,没少给他饭菜吃。他的小藤扁篮子里,只有两本连环画和一套洗换的内衣。

第六天胡砧进城到胡玉美酱坊开完磨齿,来看草儿,才知牛儿出走。

草儿嘤嘤饮泣:"要有个闪失,我怎么对得起舅舅呀……"她不敢提到双根。

"莫急,你照上工。我让同行后辈走街串乡去找。孩子走不远,作兴罪受够了自己后悔走回来。回来不能打骂,帮他从心里认错,不然还会溜,溜上瘾难收拾。在胖奶奶面前莫说无用的怨言。她没有恶意,让她撞破头牛儿也走过了。"

"我哭是没见识,舅舅说得在理。"

"我去找人,在鲁班庙过夜,明儿见。"

石匠忙乎到九点半才想起工具扔在草儿那里,等她夜班回来再去取要耽误活儿。决计从她门口过,在堂屋拿到锤凿包再进庙。

刚到窗前就听到冷牛筋壮实的声音在和草儿对话。他停下脚步,不想惊动下辈人。

"你怎么找到这儿?"

"中午下船先到你娘家小村,跟邻居探问到的,就一赶劲撵来啦。"

"我已然是胡家的儿媳妇,牛儿的妈妈了!"

"俺不嫌妹子坐过花轿,你生仨娃娃俺也甘心养活。双根是汉子,俺跟师父听说他的事都佩服得了不的。只要不讨厌你冷牛筋大哥,俺托大媒跟师伯提亲,光明正大办喜事。师伯孤身三十多年,尝过光棍儿的苦头。俺不会打坝子,留俺在这就安心种地,学会砸石头活;要老爷子肯走,一起上山东,俺睡着了也会笑醒!"

"舅舅起小疼我,双根刚去,他提过再走一家的事。现在他不提,我也不想走。人老了怕孤单,你我老了也一样。我认了苦命,对不起哥哥!求您快娶个贤德嫂子,莫为草儿耽误一世,那样做妹子就有罪!你娶亲我会哭几天,就别想到我了……"紫草跪在地板上。

冷牛筋也"咚"的一声跪在她对面:"俺忘不了妹子咋办?睁眼闭眼做梦都是你,满心满肚子揣着你。别的仙女也白搭,拿斧头劈开脑瓜也走不进一根头发丝儿。双根走,俺哭得伤心,兄弟朋友一场。俺当牛儿继父老子,比亲生的还疼。"

"你知道孩子跑了?"

"跑不了,俺包找。答应俺吧!"

"草儿好容易安稳几天。哥不该来。走吧,我要去上工。"

511

"这狗屁吹灰的泥巴饭碗砸了不稀罕,一块儿过喝凉水也胜过蜂蜜。"

"不成,得走,日新和尚还在太平寺,住那儿去!"

"停会儿就去,可俺俩的事八字还没一撇……"

听到这里,石匠本想扭头就走,他承认有私心,怕草儿再嫁,这个家没有顶梁柱,怕孙子受后爹欺侮是借口,师侄不会亏待草儿母子。两人说的都是掏心窝子话,没有理由反对。于是,推门走了进去。但一走进去就想到儿子,脑里翻腾着百味,只觉得憋气。寒暄之后,他说:"年轻人相好,我不反对。但有件事我怀疑:如果为了亲事把牛儿藏起来就不厚道了!说错了莫多心!"

冷牛筋本是耿直秉性,个头大,心不大。一听此言,脸色泛紫,跳起来说:"师伯这话有些不好听。怀疑侄儿是奸臣曹操投的胎,可以死给您老人家和草儿看!"他摸出匕首正要往胸口扎,上段胳膊被石匠一把抱住叫道:

"草儿夺下刀!"

话没落音,大块头腕子一歪,刀已扎进腹部,一股鲜血喷出几尺远。

"妹子不要俺,俺……不……活……了……"

"牛筋哥——!"草儿扑上去抽出匕首:"活着我嫁你,再等三年……"

"嘿嘿嘿嘿……"冷牛筋笑得很悲戚,匕首掉在地上。石匠横抱起他,急奔医院。意外的打击,使老人眼睛发黑,心里想:"一句话都装不下,没点度量,在这个世上怎么活? 草儿能过得好吗?"

冷牛筋身子骨硬邦,石匠不相信的美国大夫戴绍璜技术良好,经过手术,割断的肠子缝合,盲肠切除。经过清洗、消毒、输血,体温呼吸都正常。

石匠请求方文彬,两人轮流守护,大个儿能吃能睡,迅速康复。

"舅舅累坏了,回去歇着吧!"

"一句屁话惹出这么多麻烦,还算老天有眼!"

"俺心比针鼻子还小,不是师伯手快,死了才亏心!"

看着没什么事,石匠回牛尾镇去了。

大块头可以起床活动。拆线那天,他对着草儿耳朵说:"俺大妹子,可别忘了自个说的话!"

512

"什么话?"

"过三年给俺当婆子!扎这一刀赚了个俏媳妇!"

"去你的!"

"怎么,嘴上抹石灰——白说?"他的眼瞪得有小酒杯大。

"傻哥,心揣肚里吧……"草儿羞涩地笑着。

"过三年再来!"

几天后冷牛筋付清医药费悄悄去了,连草儿也没打招呼。从此,石匠和紫草都没有再提起冷牛筋,好像什么事也没发生过一样。

四

板棚顶端枝条稀疏的冬树随风摇曳,石鼓矗立疏篱边,残露反照在裂纹交错的大门上。牛儿急于见爷爷,一溜小跑冲到棚下。一切还是老模样,又有些说不清楚的小变化。"爷爷——"孩子伸直脖子连喊几声,没有反应。老人家病倒了吗? 想到这,心往肚脐底下一沉。

推开虚掩的大门,客堂和院子里扫得很清亮,从窗口望望他的卧室,垫单被子洗得雪白,不像有大病。西屋里,方桌上摊放着大字木版《水浒传》,碟子里有一捧花生壳(他老说花生衣是大补品,从来不肯扔掉)。跑进厨房,手伸到灶膛一试,柴灰尚温,可以断定,他没走多远。柴屋廊檐里挂着一堆虾网,颜色发灰,挑网的竹竿下端失去光亮,钩子上了黄锈,显然受到的冷落已久。屋里的劈柴还剩三分之一,堆得整整齐齐,只是离娘儿俩暗藏做石头活工具的天花板口较远,盖板底下吊着一只蜘蛛网。门外案子上,院内石块堆上,没有锤、凿、斧头。孩子决定反带上大门去找爷爷。

天温与老蔫家都扑了空。牛儿便踏着林荫小路,向大牛湖滨走去。

三两点寒星露出天边,风势渐渐加强,干脆的树枝时而"咔嚓"一声折断,落叶发出非香非臭的气息。走下荒凉的子埂,大牛湖就裸露在他的视野之内,对岸的村庄一片苍茫,水位猛降,使湖的身材变瘦。平坡上,尤泥鳅的马车,印着浅浅的辙痕,好像辚辚的车声尚在耳畔。

"爷——爷——!"一半为着寻人,一半为着壮胆,呼叫带来柔细的回音,他下意识地蹲下身子,用脚扫些落叶和浮土把一段车轨迹填平。

牛尾镇北头响起一阵爆竹声,大概是穷人家在办喜事,爆竹放得不多,停响后四野更寂寥。他想老爷子可会在太公坟前练把式?

他转身插上小路朝山梁子那边走了二十来丈远,忽然一块小黑云背脊插着一管长长的白孔雀翎,朝他飘滚而来,急促细碎的铜铃声告诉他:来者是竖着雪白尾巴的阿箭。

"阿箭!"牛儿胸腔一热,爷爷就在附近。

阿箭的耳朵尾巴一齐摇动,好不亲热,它迅忙直立起身子用后腿朝他迈近几步,左前腿朝肋骨一缩,右前蹄搭在牛儿的手上重重地抖了几下,人狗相抱,同样激动。阿箭湿润的鼻子不断地嗅着他的下巴,温软的长舌舔在耳根上,痒痒得挺好受。

"走,找爷爷去!"牛儿松手,阿箭将前爪重重地按在小路上,后脚悬空猛然一旋,恰好一百八十度,扭过头就跑。

"走慢点!阿箭,怎么想扔下老朋友?"明知它不懂人话,还是在追赶中埋怨着。三分钟之后,阿箭的身影就消失在山麓的松林中。

牛儿仰天张开大嘴,尽快出着粗气,奶奶墓碑前放着歪倒的酒葫芦和唢呐,拜台下面新栽了两排翠柏,一共二十四株,根部的土培得又高又实,爷爷躺在鱼皮褂子上,头枕着大锹柄,左侧着身板,缩成月牙形,怀里抱着阿箭。它的目光是那样友善,带着信赖的期待。

北风把爷爷的胡子吹得飘向头顶,只露出毫无表情的右耳,又长又大,挂着厚实的耳垂。孩子往日对这些没有注意到。

"爷爷!爷爷!"

老人家全身不动。孩子想到人皆逃不脱的长眠,恐惧钻进每个毛孔,冷气从后腰冲到肩胛骨,凝聚成比冰铁还沁人心肺的冻火钻上头皮,逼着它皱缩,头发都想要站起来。

阿箭的头一颤,铜铃也没有惊动爷爷。

"妈——!"牛儿用很大的力气,叫出的音量很小。过了漫长的两分钟。

"阿箭拿酒来!"爷爷喉管里呼呼噜噜,吐出模糊的字眼。

"爷爷!"牛儿松下心弦,强忍着泪水把快要倒光的葫芦递到老人唇边,"您醉了,还能喝吗?"

"渴! 喝……"他一连几口将酒饮干。

"爷爷! 我怕……"

回答的是雷动的鼾声。晃不醒,推不动。

"爷爷! 我扶您回家,躺在这儿要冻病的……"

"莫……拉……我快来……了……鱼皮靴子……牛儿奶……奶……"

"牛儿在这里,爷爷! 走家!"所有的努力都无效,只好摸着阿箭的头说:"别动,在这陪爷爷! 我去找蔫叔借辆车来!"

脱下棉袄盖在爷爷背脊和前心,刚刚汗潮的单衣贴在身上,加上北风吹拂,上牙下齿哆哆嗦嗦地胡乱磕碰,一边小跑,一边仿照爷爷打拳的架势乱伸双臂,也挡不住直钻领口袖筒的寒流。

老蔫一见牛儿就让儿子钻进被窝。把小子脱下的小袄披到侄儿肩头,上面粉坊借了板车去救石匠。

"撑死的人都是平时饿坏的穷人。想不到送去一点酒惹出偌大祸事,老爷子太想喝,要每天送半斤就没有乱子,这木头疙瘩脑袋该死啊……"

"没事。"

"我是罪人,忘记十二月二十一是你奶奶的生日,老爷子成天找不到人闲磕牙,想老伯母。那是把安庆省城都盖掉的仙女。听我妈说:皮子白过糯米粉,瓜子脸,比莲花瓣儿还鲜灵。头发散开来拖到脚后跟,照得见人影儿。腰才大海碗那么粗,胳膊伸出来赛过玉雕的。水嫩迷娇的新娘子,头能顶得动一包小麦,老秤是有一百六十斤。后来才学会使唤扁担挑东西。百岁老人也没见过那样人物。跟前镇后庄大人小厮没顶过牛,红过脸。难怪爷爷舍不得她,几十年也不续个老伴儿。人夸你妈妈好看,跟你奶奶一比,隔条大河想拉手——差老鼻子远哪!"

叔侄俩到达目的地,铁器、酒葫芦、阿箭、人和鱼皮褂子全无踪影。

"风里头有股子酒味,老爷爷吐出来了。谢天谢地!"

叔侄俩刚到板棚底下,大门"呀"的一声洞开,石匠手拎马灯,肩膀上搭着牛儿的棉袄,精神健旺,根本不像在山野醉眠过。他换了新袍子,正像天温赞叹的:"雪髯虎目,形容修伟,器宇轩昂。"

"爷爷上哪儿?"

"看到这张小狗皮,阿弥陀佛! 知道头宝贝儿回来了,到家没见着,能不出去找吗? 哈哈哈哈!"

"爷爷!"孩子将小堂弟的袄放在车上,穿好自己的棉衣,不住地撇着下唇,抖动肩头。

"大伯! 牛儿找我到山梁子去拉您,说您醉了……"

"我想等他奶奶走进梦里见上一面,一眯盹就着了。醉嘛,不会。来,咱爷儿俩再喝半斤八两,不在话下。"

"大伯快歇着,孩子太累,明儿再来看望老人家。"

老蔫如释重负地辞去。

"牛儿上任,老肥缺——(凤阳)县县太爷,我坐涡阳县正堂,弄两样吃的给牛儿接风!"

"逮不着虾了,怨我,爷爷再也喝不上酒。往后别再喝那么多……"孩子的语调很软,胡砧被触动了,大手放在孙子头顶摩挲着。

"哈哈哈哈! 四尺长的三朝元老,有心眼儿,长大能学个好石匠。"

"爷爷不会教的!"

"为什么?"

"大牙哥俩儿子说过:我不是妈妈所生,是从乱坟堆上拾回来的姓司马,不许再姓胡,您也一点没教我跟我妈,怕她嫁人把拳法传到外人家去。我说跟妈姓是躲鬼子,他们吹口哨,大笑……"

"你相信这些胡说?"

"问过妈妈,她也讲这是大牙哥编造出来的梦话,不能信,爷爷肯教,是没到时候!"

"这还差不离,爷爷才最疼牛牛!"

"要到哪天才能学呀?"

"你急了？"

"嗯。"

"学会不兴打人。好逞能的总是猪八戒的脊梁——无（悟）能之辈（背）。要记下！"

"哎！"

"把钟放在枕头边上，明天六点在太公坟前等你，迟到一回，推迟一年学拳。我不叫醒你，看你可会管自己？"

"行！"

"好！"爷爷伸出右手的小指头。

"爷爷真好！"爷孙俩的小指头勾在一起。

"这么好的活宝贝到哪儿去拾？我真想拾他个十三太保。这大牙骨头又发胀，可惜没闲空去调理他！"爷爷的手又想抓酒瓶。

"不让您喝！"牛儿双手一挡。

"就抿一口。"牛儿的胳膊一缩，他猛灌一口，喝得好香！

胡砒不多会儿就睡熟了。牛儿越想早点睡着，眼越不想闭，渴望已久的学武机会到底来临，心里痒酥酥的，多想跑到妈妈和老师同学们身边去宣布这一条喜讯！眼下却找不到人倾听。连唤两声爷爷，得到的回答是老人匀和的鼻息。

"一、二、三……"他遵循老师教的午睡催眠方式数到两千五，脑瓜还挺兴奋。

总算睡了，首次惊觉，划根火柴一照，钟才走到三点十分。爷爷睡兴正酣，没长腿的酒瓶已经站在他床头的方几上，酒还剩十分之七。七岁，生命的丽日初升，怎解得黄昏无告的苍凉？老爷子身子骨衰老，降不住更多的烈性饮料，少了它又缺精气神。

酒瓶被牛儿蹑手蹑脚地送到厨房，院子里的风淡化了睡意。刚把被条焐热，想到有朝一日心爱的爷爷从这个世界上不见了，儿童对死亡原始的恐怖，像冰刀扎入心窝。明知空虑不能抵制这公开的秘密，还是愈想愈怕，怕急了更要想。一个念头不可抗拒:他要看看鼾声停止的爷爷可还活着? 如果……该怎么办?

牛儿披好袄子,爬到他的床沿,将手伸近温热蓬松的胡子里一探,鼻息声又响起。他欣然吐出一口长气。妈妈厌弃爱哭鼻子的小孩。一年前,牛儿张口准备大哼一场的时刻,妈妈抓起一把盐突然塞进他嘴里,然后紧紧捂着小嘴不让吐出来,哼哼"病"被一次性连根拔除。今晚不知道为什么泪流不止。

爷爷终于听到饮泣声,他扯掉孩子肩上的棉衣,轻轻地将他抱到床上,双腿夹着那铁凉的脚。他的心音在牛儿耳畔雷鸣。

"怎么啦? 走出去回来就好,也没打你说你,难过什么? 莫非挨魔怔? 快成个小大人,还这么稀松胆小?"

"我怕……"

"怕什么,十个毛贼上门爷爷还能撂倒……"替孙子揩拭眼窝的大手上茧花虽重,动作却轻如蜻蜓的翅膀。

"我困了……"知道老年人太不爱听到"死"字,孩子理得神安地说了谎话。

"爷爷也困,早睡早起……"

牛儿忠告自己:"再睡着天亮也不会醒,不如睁着眼等过一个多时辰。延误了时机会惹爷爷生气。人管不住自个儿是废料!"

被筒里的热度,可能是一加一等于三。有时温暖、舒畅、宁静,都能削弱孩子的自制力。只觉得才打过一个为时极短的盹儿,等到醒后,爷爷躺过的那边余温有限,钟"当当"地敲了六下,糟了,要迟到了。

顾不上漱洗,跑出大门,石鼓已经推到了大路边上,天南边一线澄空,黎明前残月如断了木柄的镰刀僵卧在天上,疏星一个个在打瞌睡,难睁眼睛,块块乌云摩肩擦袖,挤成一族簇浪花,像要压到牛儿头上,使他跑得胸廓闷胀,双腿发软,汗水披头,衣服和回潮的盐袋一般沉重。

阿箭很高兴地追逐自己的尾巴。爷爷抱着双臂,面对石碑垂下白发,半睁着眼睑,下巴拉长,双颊隆起,表情凛然。

"爷爷! 迟到了!"

"莫来哭腔,这也是缘法。多谢你睡得晕头转向,帮我做到了先师面前立下的誓愿:不传弟子。也兴是天意不可违抗。牛牛,明年的今天比这早一刻钟,再来看看你的造化。"

"爷爷……"牛儿跪在太公碑前,悔恨难言。

"话说三遍比鸡屎臭,有委屈在心里,向太公倒出来,莫吭声。想想前因后果,不然明年还要误。到该了的时候,爷爷就等不及。化短为长,对你一世有益,莫好了疮疤就忘了疼!"

孩子点点头,泣不成声。

"太公!"爷爷躬身下拜,再朝天一揖:"先师大人! 怎么走下步棋? 教后辈,有违师教;不教,几十代人心血白费;教错了人,给狼添翅膀。哪有我闯出去的暗道儿行走? 我真有什么见不得人的大罪吗? 先人先师怎么不睁开眼?"

"爷爷!"牛儿紧紧抱住他。

"你恨爷爷?"他的声音很细弱。

孩子摇摇头。

"是念养育你和你爹两代人,不好意思恨,还是怕爷爷武功好,不敢恨? 说真话,莫绕弯子。"

"我喜欢您,爷爷!"

"爷爷就你这枝苗苗……"他坐在地上,老泪遮眼,连连喘息。爷爷为啥逼死你爹,他不该死,我糊涂。至少,该让他生两个男娃子再走……"

阿箭的后脚跳到他的腿上,前蹄往石匠的眉上一搭,舔着老爷子的泪珠。老人把孩子和狗一齐搂住,肩头波动,忍不住苍哑的悲声。

他想抱着孙子和阿箭站起来,只觉得自己的臂弯一抖,半跪起的右腿一软,又跌坐在枯草上。

牛儿掰开他的手,拉着阿箭的耳朵,跳出爷爷的怀抱。他缓缓地站起身子,步履有点疲软。这不是腿压麻了,是突然爆发到他全身的衰老、疲惫,筋的收缩,臂的僵硬,皮的拖沓,血脉的迟缓……

"牛牛! 时光不饶人,节气不饶天。爷爷一辈子做事是三个制钱放两处——一是一，二是二。临老要跟自个为难一下。今儿挺累，石鼓推不转了。明儿早上六七点，给你破蒙。真东西带到土里去才是对先师的大不敬，他也是上过不义恶徒的当，才一气之下给爷爷定下怪规矩，为咱家的牛牛犯一回，值！"

"爷爷！你真好！今晚半夜一过就来等着……"喜出望外的牛儿手舞足蹈。

"本来，家里人差几分钟不该小题大做，可树苗要从小直，邪气沾上，钻进骨头，一日三，三日九，到老菜篮提水的下场。学本领不光是读书打拳，还有长好自己这份德行，免得套上名利枷锁。"

"知道爷爷安的菩萨心。"

他绕着石坟走了三圈，扶着石碑说："人要站着死才够意思！躺着咽气，千人一面，太乏味……到那天你和妈把我扶到这儿来试试好吗？傻孙孙，怎么又撇嘴，是怕爷爷无处挂酒瓶？"他这时才想起了酒，只喝了一口，孩子上去夺下了瓶子。

"嗬，来个小人儿管着，也不赖。嘿嘿……"他踉踉跄跄，眉头一皱，扑在碑上，两腿不住地颤抖。"先师！酒还没喝够，莫拉我走……再来一口……我只喝这一瓶，没兑水，不像大牙家的破玩意儿……"

"爷爷躺这儿，我去借车来拉您回家！"

"嘿嘿！嘿嘿嘿……"老人傻笑着，声音平板，没有起伏顿挫："好孙孙……爷爷教你……不！不能教，违反师命要死，我不想死，……"痰在他喉管里呼呼噜噜地响。

"我不学了，您好好歇着……

第二天一早，义龟老爹又回到了小石屋。

牛儿放了些饭和净水，它吃得有滋有味。

五

正如天柱怪客所预见的那样：人常常被自己的性格缺陷毁灭。

520

新修建的飞机场上还没见过银鹰的影儿,却侵占了大片耕地,锅底圩是受害地域之一。象征性的赔偿费水过地皮湿,到农民手头所剩寥寥。精明的做小买卖,针尖上小利不饱不饥;傻愣的想发财一夜输得只剩裤衩子,打算扳本,老婆孩子又输掉。被地绑死失去土地,农民吃什么都短路。刚入冬荒,好些人家断炊。镇长胡大雅一向以"为民请命"的"清官"自诩,决不放弃借善沽名的表演机会,便奔走多日,串联省城绅商们,在皖钟大舞台义演捐款。虽是杯水车薪无济于事,不妨害张罗者假戏真唱。

"爷爷不出山压台,我们只有跪求!"当着四位老农,大牙真的跪下了。

石匠拉起他说:"你要下跪我马上离开这个破家!"

农民们交换一下眼色,没有接受"镇座"的导演提示。

为了缓解气氛,胡砧为来客们沏茶:"人往八十岁上爬,什么角色都看厌了,自己就是戏中人,还唱个啥名堂?"

"孙菊仙九十岁还上台!爷爷拳没丢手,身上多功夫,一条嗓子的角儿没法比您。"

"没有那么大精气神伸腿伸胳膊,再加上驴叫唤!"

"来个歇工戏,另找人在前头垫得高高的,亮相就收!"大牙在城里上学的年月,每晚九点半给两毛钱买通把门的看个大轴好戏,叫"买闸子"。能说几句皮毛行话。

"红净没有歇工活儿。"这次胡砧也难办,不敢出丑。

"《汉津口》《华容道》都不累人,前头有赵云、鲁肃、孔明卖老鼻子劲,爷爷是水涨船高,多派?"大牙一使眼色,老农们苦苦哀求。

石匠修炼三十年,抵抗不住为善济众的诱惑。

阔别后台四十年,锣鼓喧天,戏装人物摇摇晃晃,灯火昏昏,诡秘,阴暗,是我非我,迅变无常的奇境,引发石匠很多感慨。筱长庚,鸦片鬼三花脸张飞,天上掉下来的"九少爷",还有秋收后串乡的草台戏,全文照搬元明杂剧的岳西高腔,昆曲、徽戏、京剧三下锅的杂烩班,都拴住过他那无处发泄的过剩精力。少不更事的纯良幼稚,死出风头的狂热与短视,与"古人"为伍的模糊快乐,填补现实缺憾的虚假大团圆,悲欢离合背后苦海扬涛……初搽铅粉后脸部发胀，不得不用火柴杆点点戳戳才舒服的感受，一一回放到眼前。微带甜味的悲伤，恍惚从另一个世界请假归来探亲的隔世惆怅，老爷子的眼角湿润了。

"胡闹，淌什么猫尿？"他轻视自己，又欣赏自己；为高龄重返戏台而骄傲。

"呸！真做了关云长都乏味，何况是假的？狗头上放不稳一碗粥！胡砧呀胡砧，你太小了，小得芝麻仁里能装下一千个石匠！"自我嘲弄之后，锣声变作了北雁荡山一角为筱长庚打石棺的锤响……

"砧爷爷，你快上啦！"管事来催场。

"这一大把年纪倒在台上何苦来？……别人来这一手十有九成命丧无常；老天爷替我撑腰，这回摸摸烧红铜炉不烫手。想跑莫怕踩死蚂蚁！"得失观念一萌现，心跳加速，他挂上髯口，真胡子用白绸领子裹住，填在大靠（戏曲中武将穿的铠甲）里，再次揽镜一照，不见破绽。门帘掀起，他迈开虎步，上场便是碰头彩。大牙怕冷场让老人难堪，特地坐在第四排指挥。花厅、楼座、边排、站票都有人埋伏。只要他伸出左手一摸礼帽，叫好鼓掌，立即形成热潮。三分钟后，他发现这番准备纯属蛇足。观众迅速被剧情和演员控制，情绪白热化。

演出顺利，观众宽容。配角卖力，台上台下，包括文武场，对胡砧一抬手，一推髯，一投足，都达到默契。群众被善良所掌握，剧场效果脱颖而出。

谢幕之际，摘下黑三，抽出银须，演戏转换为虚幻的凯旋仪式，他一点不累。

散戏八分钟多了，掌声不止，人不肯散去。胡砧在狂喜中提起斗笔，醮着白粉，在黑牌子上写道："答谢父老姐妹明日公演《走麦城》票价加倍，最后一场。"

牌子捧到舞台当中，倚在桌上。他连连向台下鞠躬。侥幸取胜的念头推着他朝前迈了一大步，吉凶让兴奋障目看不见城门洞了。

大牙和几位同事来到后台，请他卸装到对面新新餐厅去小宴。

"对不起诸位，困了，有酒钱留给断炊户吧。明天要对词说戏，想早点上床,再会!"

"上中华我来开个房间?"大牙熟悉山城的旅社,大概是常客。

"不必,外甥女儿安排好了。"他洗过脸回到草儿那里。草儿给石匠炒了年糕。牛儿跟胖奶奶一道坐在楼上看戏,兴奋得老是傻笑。

"爷爷真有本领,太棒了! 教教我,长大也唱,得一麻袋铜板,送给穷人!"

"不给爷爷吗?"

"给,两麻袋,妈一麻袋。我不要。"

"真好! 爷爷买块老豆腐垫着脚,等着花好孙儿的铜板呀,哈哈哈哈!"

"爷爷怎么学的?"孩子很好奇。

"有朋友教的,台下看戏的时候默记的,站在鼓佬琴师身边偷学的。名角有失误,无名班底,特别背时流落江湖的硬里子,手上有绝活儿。全揽过来根据自己条件做些改动,演熟了就自如。"

"啥叫班底、硬里子? 牛儿不懂。"

"常在一个剧团里演配角不大流动的叫班底,唱主要配角、挂三牌的硬里子,不能自个儿挑班,不占戏台中间,但很重要。"

"舅! 演《走麦城》……"

"怕不吉利? 老三麻子到哪里都挂这出戏,活到七十多不是几个学生凑钱买个十八岁的小女人送给他,还有得活。自己作死,多好的玩意儿……"

"不! 舅舅演什么戏都大吉大利,是怕老人家累……"草儿连忙转舵。

"孩子! 你说真话,好! 我回来的路上就想起师父的教诲:人贵在无名。这是老子的做人方法,适合乱世求生。我就冒这一回险,砸了锅不砸锅都该收摊子。不该弄得心里直打鼓,戏台又像是法场! 哎! 俗哇!"他捶着右边的锁骨。

戏票售完,站票又卖出三百张,剧目是多年未露,人是四十年阔别。看过石匠《古城会》的观众至少一半作古,昔日神话早已褪色。

《战沪水》《刮骨疗毒》的前关羽张韵楼是海派名角,嗓子冲,气长,一句摇板拖上火车鸣笛式长腔能跑上两圈。此公戏德很好,跟票友同台不抓彩,只求平平。

石匠上场,嗓子忽然嘶哑,只有中音,翻不上去,低不下来。幸而没有长腔大调,逼得他在念做上用力气。早年徽剧(安庆梆子)的根底,又苦苦诵背过中州韵,念白咬得字字不倒,悄悄走在侧幕的张韵楼听了也惊诧莫名。武术家的腰功应付戏曲宽绰有余,立腰、长腰、撑腰、左右弯腰、扭腰,控制着绒球、忠孝带、甲片、长靠上虎头的眼珠和舌头都极轻快,能腾出精力在内心世界上去揣摩。

关羽听得关平报告军心涣散,人人思归,念道:"哎!军心已乱,叫我如何安置,待我自刎吧!"这时士兵受感动,廖化决计冒死求援就是粉身碎骨,亦所不辞!关羽问:"将军有此忠心?"廖化:"当报国恩!"关羽问:"你的性命?"廖答:"万死不辞!"关羽抓住廖化右手:"受我一拜!"观众席里有个孩子感动地哭了两声,嘴被大牙赶紧捂住,但戏剧氛围大受感染,一片唏嘘。有了契机,异峰突起,演到城楼观敌情,嗓子也响亮了,虎音、炸音样样够用,"高拨子"本是徽调,唱得苍凉峻拔,与前两场判若两人。无怪张韵楼对琴师赞叹:"苍音悲壮有力,高音圆润,要什么有什么,都浑厚挂味,此老不吃戏饭是梨园行一大遗憾!"

一排座位之前人行道上,坐着几十个孩子,他们是站票,不怕开打时台毯上飞出的尘土,看得真切、过瘾。当中有条汉子,银盆大脸,下巴上三道肉褶子,细眉长目,两个酒窝,笑出一副弥勒佛的神采,但身上并不胖,薄薄棉衣,腰上系着一条粗筒长裤子成了坐垫,看得入迷。胡砧第三次上场,目光和此人相遇,除了一头长长的白发,面貌太熟悉了。这是北国的疯子。但马上否定:疯子不可能来到安庆,论年纪早过花甲,头些天邂逅一面,或者是梦,否则几个月来踪影全无,怎样度日?今晚又似从空而降,为什么?猛然青龙刀口上闪过一片强光,他忠告自己立即全心进入剧本规定情景之后,暂时就把这位看客淡忘了。

演关平的武生扮相英俊,除了眼有威棱,很像双根。回忆、悔恨,种种隐痛,无处诉说的哀愁,牵动了真情。那武生很敏锐,精微交流撞击出火舌。天伦之爱互相激扬,好比两位杰出的运动员比赛爬雪山,你追我赶,我高你更高。

父问子:"儿怕是不怕?"

儿子兵败之后不无胆怯。对着老父只得违心地做出豪言:"儿不……不……不……不——不怕!"

父亲拍胸托髯,一直外虚内不虚的丹凤眼猛地一睁,天威逼人地横刀鼓励儿子:"尔要放大胆,随为父杀、杀、杀,杀出重围!"最后四字念出金石之声,回荡于两条大街上。父亲从死亡的不可避免,变为主动自觉选择死亡来促使道德的自我完成,英雄主义的质变,帮助儿子找到跃上不朽道路的大勇,把每位看客的心都拎起来,他们顿觉毛孔张开,寒气挟着一种残酷的欢乐钻了进去,跟父爱的温泉,射出滚烫的痛苦,两者拥抱、抗御、碰撞、灵魂拼搏,高蹈! 父子是死亡之友,在刀口下痛饮生之大瀑。

关平的摔打是撕破灵襟的狂舞。

石匠手中刀劈、砍、抹、剁、横、撩、扫、涮、闪,一式化三招,一招生三式,怎么耍刀也还是关羽,不卖弄,不烦琐,不伤大度。

此刻,技升为道,道充塞台下席间人人的内在世界,又何限于戏剧与舞台,社会大剧场?!

胡砧演出关老爷集忠、勇、骄于一身。他自己也受到死亡前奏的困惑,联系人性弱点的镜子,层层失误也可爱。石匠甚至想到人终有一死,如果用力过头死于台上,只要观众高兴,其中未必缺少自杀的大欢欣。于是放下顾虑,腐朽让位于幻奇。

鼓佬站起,签子下得庄穆。

笛师站起,泪雨滂沱,穿梭于笛孔的不再呜咽如乌江东去,而是壮阔的钧天雅颂!

麦城大败,意志大胜!

个体生命大败,艺术大胜!

东方悲剧之美悭吝而又慷慨,华丽兼古朴、神圣的平凡,漫不在意的壮烈地进入血管与组织。未报长者恩德的羞怍,对下一代爱得不在点子上的内疚,帮着放大其他艺术很难替代的舞台直观美,从远古巫师祭神仪式上就奠定基础的超拔力。人人进入被催眠的梦游状态,自我与理智大多被艺术形象没收,千余之众只有一双眼,一张喝彩的嘴,一副如同干海绵投入水中那样贪婪地吸收的脑,一双击节的手。掌声上连三国时代的"咚咚"战鼓,下应演员看客同速的心律。

享受着人格力量无限扩张,与真善美同根的大欢喜,台词出自真我胸臆。关羽只是一座桥,一个媒介,一个借以发挥的题目。演员把满天彩霞吸入一句台词,一个动作,再泼向戏台,色色相生,倾吐出智慧的春光。

石匠忘了什么是关羽和胡砧,殊死决战就在几方丈内进行。他舞动青龙偃月刀割绊马绳的表演神威凛然,叱咤风云。兵败而后,陷入绝境,他一甩头,夫子盔飞起三丈高,落入侧幕,一气把黔三吹成七绺胡须上下飞舞,灵奇莫测。最后一片金光闪过眼前,凭着能翻了个跟斗,来不及找清方位,不是台口那位白发观者使劲一托,他就摔到了台下。

他久久躺在台上,大幕急剧地降落。

剧场一片混乱,胡大牙跳到舞台一角(他平生唯一的登台机会)大声喊道:"敬告爷儿们,兄弟姐妹们:我爷爷热心报答诸公盛情,劳累过头,吐血晕倒了,散戏! 请乡亲们包涵!"他向三面鞠躬。

池坐里顿时沉静下来。观众不愿破坏艺术形象的丰满,眼前现实又无法否定,处于无声的矛盾。

"谢谢爷爷!"有个孩子尖声叫喊一声。

"谢谢爷爷! 谢谢爷爷! 爷爷保重! 爷爷保重! 谢谢……"群体呼声爆发了,持续了几分钟人们才散去。

幕布吊起,石匠盘腿坐在舞台中央,髯口摘去,洁白的银须上挂着血丝。周围有十多个人,包括演员、胡大牙和绅士们。

"爷爷……"

老石匠一摆手,做着深呼吸。

观众席上只剩下白发看客,在一排中间和胡砧一样盘腿正坐。

胡天温捧着一只宜兴陶壶,穿过排排空座中的小道来到台口叫道:

"大雅！递给你爷爷喝两口参汤,我在开锣前就准备好的!"

胡砧抓过水牌子专用的铅粉碗,吐了几口鲜血,再把参汤喝干。

"各位请回去!老人家交给我和大雅爷儿俩送医院,不要紧,放心!车叫好了,在门口。"

"不上洋人医院,死不了。打发车子去揽点生意!"胡砧从头盔里取出"码子"擦脸,然后叫人拿去烧掉。他故作轻松地说:"汉寿亭侯又还原为石匠了……"

"好!好!好!"保护过胡砧的观众解下系在腰间白裤子往上身一套,头从裤裆中的大洞里钻出来。他跳上台来舞动长袖说:"跟我过,好!"

"怎么让疯子进了戏院?"大牙愤愤然,"把他哄出去!"

"好!好!"他伸出手来,谛视着石匠,嘴角连连跳动,却说不出话来。

"啊哟!你怎么还在我的家乡?找不到兄弟啊!跟我过!"

"好!好!"长袖像蝴蝶的翅膀一样扇动。

"大牙莫胡来,他是我常跟大家说过的疯兄弟,救过鹿儿的命!整整三十一年没有碰到过,应该请他回家跟我过!是个大好人……"

"好!好!好!"疯子连连拍手。

"叔叔没有精力顾他,让侄儿带他回牛尾镇,在祠堂里住下再说吧。"

石匠频频点头。

"好!"疯子眼珠翻得雪白,一拍双手,冲出了戏院,谁也无法阻拦。等天温追到街上,已杳如黄鹤。

六

胡砧被抬回家,天温把刚热熟的桂花五仁元宵递给石匠吃,老人端碗的手有点抖抖索索,只好放在方几上,使筷子的右手还正常。他吃下十个元宵,只到前些日的一半食量。天温摸摸他的头,一点不烫。他脱掉棉衣,很快入睡。

"老蔫兄弟!老爷子怕是要中风……"

天温一胖二虚的长方脸上流着焦急的油汗。

"他是铜头铁背,比太公还能活。哥沉住气莫要支着愁,不经老!"老蔫大口抽着黄烟,郁闷的眼睛像长大了一圈。紫草宁信老蔫的话,忘记天温念过《汤头歌诀》《药性赋》,懂点三指禅。

胡砧睡得安然,没有醒过来找酒瓶。瓶和葫芦都让牛儿藏进了柴房草堆。

"牛倌!拿葫芦上大牙家提溜二斤酒,喝惯的人断了酒如同铁路断了桥,血脉不畅通会误事。一会许他来上半两,惹不出漏洞。"天温的口气很温煦。

孩子把大牙家酒孬,两位小老板造孽的经过对二位长者细述一遍。天温要去质问,被老蔫止住:"眼前老爷子身子骨最要紧,不惹气生。等老人家病好了再找个机会摆一摆。臭虫顶不翻被条,一较真儿就跌咱们的分子。酒还有两瓶,不去买大牙的水货。"

天温点头称是。草儿从抽屉里找到一小包参须,请他鉴别之后,煎成两碗参汤,灌进暖瓶,随时供爷爷当茶饮用。

是补药有灵,还是石匠底子结实,小灾小病无所谓,一宿平安。

天刚放明,石匠自己穿衣起身,坐到院子里吹了几段唢呐,曲子舒平,还是听不懂,他脸上挺沉静,无喜,无怒,无怨,无悲,不似逮完虾后吹起来时那样兴味十足。只要人健旺,吹任何调子也比仙曲还动听。

"牛!把酒拿出来给你蔫叔干几杯,我从今天起戒酒!莫再藏藏掩掩!"

"多谢,侄儿不想喝!"

"上街割二斤瘦肉,到我堂侄胡恩东案子上去砍,剔掉肉刃儿用的,让紫草儿回来烧锅。过午两点我定要吃到嘴。"

老蔫轻松地上了官道。

胡砧打开藤箱子,找出一件旧马褂,上面绣着浅银色圆形松树图案,线色变淡,罩在新袍子外面,飒爽持重、颇具气度。可惜旱獭皮帽子年代久远,火红泛银的毛落去一半,多少破坏了卓尔不群的派头。

"爷爷穿得衣帽堂堂上哪儿?"

"上祠堂看看孩子们,跟镇上同宗们照个面,再去一趟坟地,先近后远,末一站到你爹双根那里。本来还想去鲁班庙,走不动,来不及。"

"明儿去也行呀!"

"有你那么多明天?"他揉揉眼角。牛儿也不具备从平淡中听出弦外之音的耳朵,"你看家吧!"

"我不离开爷爷!"

"哎——,也好,到时候不由你,在一块多待待也不坏嘛。破家不锁,针也没少过一根,看个屁!"他抓住牛儿的大胯骨举到横梁一般高:"梁头还有两块洋钱,可惜是小头老蒋,没有袁大头富态,钱贩子收进去打九折。带着有用。"

银圆交给石匠,他朝钱边吹口气,再送孩子耳旁:"听!"

"响! 声音细……"

"不响是假的。"他又悠闲地吹给自己听一回。

靠近春节,祠堂两廊挂着许多画像,男男女女,表情与脸形大同小异,匠笔都有点呆气。

爷爷拈香,焚表,拜揖得体。孩子照葫芦画瓢。

按照天温定的规矩,早上十点之前,念"本学",即私塾课本;十时开始念"洋学",便是开明书店印刷的小学教科书。爷孙俩进了学堂,赶上大孩子在念《论语》,节奏极慢,整齐得像唱山歌:"……不患人之不己知,患不知人也……"小孩子在半吟半唱着:"小蒙童,你来到,端端坐,莫歪靠……"中不溜的小朋友在念《幼学故事琼林》,什么"赵子龙一身都是胆;周灵王初生便有须……"牛儿听不懂,先生自身也未必讲得清。

为了应付来打抽丰(即俗语打秋丰,找便宜、敲竹杠之意)的督学,天温还给学生们排练了一套洋礼节。由级长喊"起立——!""敬礼——!"

"礼毕——!"牛儿分享爷爷"准督学"式的礼遇,盲目的优越感得到满足,可惜城里的小朋友们未曾目击这"伟大"场景。

爷爷咳嗽一声,课堂里一片寂静。

"孩子们!开天辟地头回到这儿来看你们,这念头前些天就有了,为什么?许多话说不出来。爷爷肚里墨水太少,等你们长大之后,会胜过上几辈人,能说会讲,但莫说假话、废话、空话、客气话、江湖话、官话、伤害穷人心肝肚肺的横话、不入耳的脏话。能做能说,上上等人;光做不说,上等人;多做少说,中上等人;话多做得少,中下等人;不说不做,下等中的上等人;光说不做,下下等人。'老驴偷吃面粉——白嘴一张讨人厌。'

"咱胡家没出过大官,我巴望往后也不出大官。吃下皇粮歪了心。官家黄铜说是金。一家官大万家怨,怨气冲天要烧根。人活管,要对他人有用处,不让人晓得,才对得起我们头插黄泥背朝天栽出来的大米。帮人一点忙就想打锣在街上吆喝,根歪就出坏苗苗。

"人活得又难又累,麻烦出在你不懂得别人想什么;老想别人猜透你心事。互相摸透的时候,人心跟人心有条小巷道能相通的日子只有芝麻大,你莫高兴得过了头;没有巷子的时候比大龙山上的石头还多,不必计较,人怎么活你也怎么活,天意菩萨是什么?是大家的良心,每人秉心公正,世界就好了。老想管人不管自己,就会坏。

"我种祠堂一亩多点公田,转给老薰去种,我自己亩把园地送给学堂。我做过什么小小的好事,忘记拉倒;有对不住他人地方,舌头牙齿也打过架,只管仇恨我,莫拿后辈出气。二十二个小毛头,每人送一块大洋买纸笔。我要走了……"

爷爷擦擦眼角,不自然地一笑,将银圆放在桌上,朝孩子们一拱手,就走出了房门。

他来到祠堂门口,摸摸一对竖旗杆的大石鼓说:"老朋友,再会!"

出于特殊的依恋,他再次进入祠堂享殿,向先人的灵牌逐一叩头,动作极快,似在追赶着时间,急于去做别的事。牛儿机械地重复他的叩拜。

"您怎么连大牙的两孩子也给钱?"

"谁让他哥儿俩跟咱们一笔写不出俩'胡'字!孩子不是冤家,一样看待。今儿下午四点多钟要出趟远门,往事甜酸苦辣一笔勾销,莫再惦念!"

胡砧走到石板街上,步伐沉稳、雍容。乡民们见到他都谦和地闪在一旁让路。

柜台后边一角,木雕花屏风隔出半间小屋,便是酱坊的账房。大牙坐在公文桌里头一条大半人高的木凳上,这种高腿凳子本来是收进大宗原料时看秤专用,身为"镇座",总想高人一头,边打算盘边监视着伙计学徒如何做买卖。雪白的衬褂袖口翻到黑呢子长袍外面,长达半尺,驼绒围巾缩短了他的脖颈,斜挎在肩头的皮带擦得油亮,下悬乌蓝色的十二响手枪。那对鹞鹰眼从金边梨形眼镜上边看人时,便现出耀武扬威背后的怯弱。

爷爷在离店门口二丈出外的地方咳了一声,大牙便用夸张的碎步殷勤地迎到街上:"金风银风瑶池的仙风把我爷爷吹到孙儿的小店里来,快请上坐,看茶——!小弟弟好啊!你大雅哥想坏你了。"

靠一股热闹人的话,改变了孩子对此公的印象:他对人很恭敬。人们传起他的神来未免失真。

"不渴!"石匠回答得冷而重。

"那就来碗刚出的热酒,菜肴侍候——!"大牙话一收音,小厮用托盆送来八角拼盘菜盒,牛舌、猪舌、海蜇、松花、腌笋、醋渍小黄瓜、熏鱼、叉烧肉、一应俱全。大牙兴致勃勃地斟上:"爷爷请用,不成敬意!"

"不用。爷爷从昨晚把酒戒了。这些年喝过你八缸半酒,一缸半水。嘴是分金炉,打不过舌头的马虎眼。零账总算:拿出三十块钱大头,记在水牌子上我的名下,不算你退的水钱。下午要看看江堤,上一回坟,借你的假赤兔马代代脚力,靠两条腿怕来不及,要着慌。莫把真话当笑话!"

"嘿嘿!鸡毛蒜皮的小事,何用爷爷御驾亲征,叫小老弟来打个招呼,立刻车马炮齐。"他朝学徒眼一横:"去套牲口呀,一点眼色看不出来。当徒弟箩里翻身斗里转,不然吃狗屎还要你先生拉!"他用袖子擦掉脸上的冰川,一串笑纹缓缓从唇边向耳根展布开去:"爷爷!真人面前不说假话,酒里跑点水,蒸锅出点小岔子的事,哪家酒坊都难免,说兑水,话就重了那么四两,孙儿扛不起那点臭名声,狗胆包天,也不敢丢爷爷的面子。爷爷孙儿开开心,来上几句笑话,是看得挺近乎,不会人无良心'鸟'无脊梁骨,欢迎之至！三十文小钱孝敬您老人家过年，要写到水牌上，伤不了爷爷金面，倒让孙儿猪八戒照镜子——自找难看。孙儿不算孝顺，也不算忤逆吧？您说呢？"镇长歪着脖子，金牙朝胡砧凑近，正面看他的表情十足像一只献媚的猫，侧看似饿虎。

"你不肯挂账是怕我还不起？也兴我是还不清！还有你表姑和几年就长大的牛儿小兄弟嘛，他们记性差，你不好意思，我替你来一笔！胡砧抓起笔真在白漆水牌上记下"'砧爷欠银洋三十元整'。"

"这又何必呢？您一走孙儿还是会擦净。三十块在这，一色袁大头，没掺和小头、龙洋、站人洋钱。爷爷龙目御览！"

"不看，送到迎江寺西边渡口给方文彬十块。剩二十给你老蔫叔度春荒，春天修江堤也要花销，不能让老实人白白跑穿鞋底，颗粒无收。"

"喳！"大牙来句衙门腔，大概是从清装戏里学到的。打千儿的模样算得上地道。两名小厮分头把钱送走。

"请！"大牙的腰躬成黄豆芽。

爷爷端起酒碗，送到唇边。牛儿猛咳一声，老人警觉，用鼻子嗅嗅酒说："香，今天没兑水。酒呀，老朋友，咱们交情太深，深到肠子都相通。你从不撩拨我，是我自个喉咙痒痒，老想把酒先生请进肚皮，弄得桌椅杯壶都有点摇摇晃晃，太阳月亮星星也都晕晕乎乎。两眼朦胧，看牛儿身上的破袄是崭新的，这世界红的嫣红，绿的碧绿，格外娇艳。喝到七成半，鱼皮鞑子又冲着我笑，好像她一直活着，那坟岗上埋的是另外一个人，真漂亮！凭人这一笑，我也得再喝，要不像老娘儿们，不是响当当的汉子！到九成半，双根儿，你也跪下给你爹敬酒，我的儿……哎！说了让人笑话，至少背后暗暗嘲笑。老朋友！施展七十三变，把双根娘儿俩都召回来，什么江山易改，本性难移，偏不上你的当，不喝！老酒，九兄弟！师傅说过，戒了酒，把私房本领传给人，胡某就要死！谁活一万年？我不怕！虽说世上没有真活过瘾的男女……"

胡砧和酒交谈，犹如口跟心对话，周围的人连他自己都被忘记。戏该收场！主角清楚地演出最后一幕，时而动情，时而像局外人。龙套们却糊里糊涂,是尘世大哀?

石匠放下酒碗,双手托起长髯,带着酸楚的自我调侃意味,笑得和叹息一样低沉短促:

"老了哇,吧嗒清锵! 老喂——了——! 不中用了! 呛呛呛呛!"胡砧扭头推髯然后牵起前襟,微微颤抖,把《黄忠带箭》里的台词与锣鼓经同时念出来。

"马已备好,请爷爷后院登鞍!"大牙的韵白,杂着土腔。

"哈哈! 老了! 戏台上没有真马,台下倒有真东西,请列位闪开,要散戏喽——!"胡砧把孙子抱到马上,马儿踩着四蹄,前进一步,又后退两步,很不驯服。牛儿惊慌地揪住马鬃,石匠跳上马背,一抖缰绳,冲出院门,径上官道,再奔江堤。

冬江一落千丈,像罢官的政客,失去威势,为黄色波纹上帆影稀少,脱了叶的柳树缩在堤下垂头丧气,古老的镇风塔单调地矗立在白垩色天空,乏力的朝阳给这条神鞭镀上的金箔,成色差,不够华贵。

胡砧站在鞍上,左手揽住牛儿前胸,儿童两髀不耐马背摩擦,不善于借颠簸的规律寻找安稳,比步走累得多。

"上哪儿?"驰马令孩子开心,他又想早点了结这段行程。

"看堤,可惜阿懒'走'了,再也没找到那么好的猫了。阿箭跟在马后面跑不动,它来也捉不到耗子。这些小东西都是实心朋友,不吃白食,更不坑害人……"石匠连连咽着吐沫。

"你想另养一只猫吗?"

"莫吭声,喝了风要发烧!"

二里以上,马腰伸开,前后蹄像两条腿,一纵一跳地朝下挖,每步四尺。天上的云块,盖不住满畦的紫云英与油菜,被烟尘甩到身后。前边的大地,又旋舞到蹄前。偶有一两只觅食的喜鹊、寒鸦受到蹄声惊扰,脖儿一缩,小腿一弯,撑开翅膀在远处打个盘旋,很快就看不见。

交界线上有一方小石碑,朝西刻着"锅底圩界",东边是"瓜东圩界"。碑西是归石匠、老蔫掌管的地段,堤面高出三尺,堤内坡上长出一丈有余,密密地生出爬根草,黄黄白白的老叶底下,还藏有一丝绿韵。

"说多了孙子会是哑巴,话让上代人讲完。"胡砧翻身下马,一手扶住牛儿的右腿,一手叉着自己骨盆,紧皱银眉,四面远望,默然肃立了很久很久。风扬起他的胡须,蓬松一大片,煞是好看。

"你们的孙子能过上像人样的日子吗?"爷爷问得没头没脑,无法回答。"人的私心太重,这病根躲在血里头,鸡毛何日飞上天?"

他摘下帽子,搔搔白发,拭去天庭上的汗水,重新戴得周周正正,把马缰绳系在腋下第二个扣子上面。"我要巡查江堤,一个人兼阿懒阿箭的活,总共三分差事。你坐牢稳,抓住一撮毛莫放,没岔子出。"

这是牛儿平生最奇特的一天,将来不会有人重复。老人从怀中摸出了唢呐,用幽远的乡土民谣,开始了独奏会帽儿似的引曲。

音盲的耳朵怎能表现说不清的乐曲?

是不是初夏开秧门的节期,两村一组,各请歌手,在三天三夜间马拉松似的赛歌,一人领唱千人和的镜头,涌出您被坎坷挤压成无数皱襞的胸臆?是的,的确投胎在唢呐声中了,汩汩流出,烘托着她的是澄澈的小溪,汹涌的歌之河,沸腾的歌之江。数不清声音的鸟儿们,平时躲在山岳、原野、村街、灶门口,被您一齐邀请来一显身手呢?

是不是"三星在户,五世其昌"的迎亲之夜,唢呐引来了顽皮的轿夫们,故意伸腰扭肩,走起铁拐李步子,颠得新娘心惊肉跳,好不容易进了庄子,一队姑娘们打扮得争妍斗巧,围住轿儿打算通宵对歌,后来,彼此涨破固定腔板,即兴创作,吹鼓手们的指头快过脱缰马的蹄,席卷大牛湖南北的狂雨,无奈小姐们的声音跳得更快,变得太多,土乐师们疲乏不堪,最后被能人们送给一张小丑的鬼脸壳子,一顶二尺多高的纸冠,口哨起伏,笑声呼旋,然后塞给你们一壶酒,半只烧鸡。夺过响器的高手们改调换律,柳暗花明。胜者尽欢,败者狂喜。牛儿爷爷呀,您一准失败过,也当过冒冒失失抢人"武器"的土能人儿。不管你可揶揄过局促的新郎:在闹新房之际可当过与新嫂子恶作剧的"导演"?

是不是你也曾和我难忘的十四岁一样,坐在陡峭的江岸,数过星星渔火,爬上大桅,谛听老舵工铁笛与江水一起呜咽,后来,逆潮挣扎上来的纤夫们,似乎是吼出生命在江底狂啸的雄音,苍劲、低阔、简朴、淳厚,将笛声淹没。风拧动纤板,弹奏纤绳的当儿,我的魂也和您一样受到魔法拨弄。苦难炼狱的灯光,点燃过您圣洁的希冀,烧去颓丧的意志,那生生不息的浩瀚伟力,与历史的秃笔擦面而过,却被你吸入肠肺,今天倾诉于唢呐的无端笑哭之中?

也不知道千锤万锤,两扇大磨合起铁脐,给新堤铺上最后一块石板,给巨碑刻完最后一片龙鳞,给龙尾砚石打理潜在的美质,给擎天木柱刻酿成透过八层面具凸现原始双亲脸谱,多棱的柱础时,灵感可找到唢呐帮腔?

"嚓!嚓!嚓!"您在大牛湖里挥动长柄泼风大扇镰刀,您扭旋着舞蹈家的肩膀,拳师的铁臂,麦铺子一撮一撮连成长行,不能说南京接上北京那么远,从安庆铺到芜湖也不算夸张吧?麦秸倒下的微风,太阳在雪亮刀刃上的反照,在您大汗珠中的闪烁,替您古铜色皮肤上涂的重彩,给过您的唢呐一缸一缸看不见的酒打气,您自己变成一面巨帆驰骋于孔夫子浩叹过的川上?

是不是……

是不是……

最神奇的音乐总是浮生历程蒸腾出来。多少虚幻的功利的透视,太极无极周而复始的失望、无可奈何的覃思、说不尽的无能与无奈,和命运互相掐住颈子,又哭又笑翻滚过一层一层天,或彤云翻簸,或明霞炫目,或长夜梦觉无路的凄切,或顿悟的石火电光借爱与恨的手共同抚慰含笑的伤口,留下古战场浩大个体渺小的叹息?与石刻有形的殿堂一样,音声无形的圣殿里,一起闪耀着世世代代有名无名创造者照彻千古的智慧,从变异中凝固,又在凝固中变异。大演奏家每次从总谱围墙内欣逢自由,永远不会重复,赞美那些和健女,把更新内涵和语言的渴望,保持到呼吸停止。爷爷呀!您的乐曲、唢呐都追随着死去的时代,沉入无何有的深渊。想到比您更悲惨的亿万生灵,后代对您的忘却不特别痛惜。时光张向殉葬者的大口,大爱用贪婪残忍来体现她甩掉惰性的仁慈与进步!

血丝飞出喇叭,脉搏融入音响。等牛儿看到带血的唢呐,石匠已经泪流如注,立在西边的界碑,查完了堤防。他的心被妙律天声震碎了。

在下大堤以前,他摘下帽子向长江躬身下拜,嘴里轻轻念着什么,牛儿听不清楚。等他跳上马背,又回过头去向金色浪山挥挥大手,"再——会——!"接着一道金霞飞出他的袖口,他那可爱的小唢呐被欢送到了涛中。

"爷爷!您……"

"咱家没人吹,留给江浪去吹也一样!你不要吭声,爷爷知道你难受。"

老人的气衰颓了。马也放缓了脚步。牛儿连连回过头去,摸摸他飘舞的大胡子。

马被喝止在路边,他跳下身来拍拍大石说:"老伙计,推不回去了!牛儿回家给马泡点黄豆,停会儿等它吃饱再送给大牙。"

"您上那儿?"

"到坟山去转悠一圈,你走不动,在家等妈妈!"

"我也去!"

"这么大的小把戏还做跟屁虫,我打个花就回来。往后七月半、清明、上元,妈妈带你去看太公,奶奶,爸爸……还有爷爷……"

"爷爷!"孩子抱着他的腿。

"我不是好好的吗?闪开,小心让马踩坏了,太公就是毁在马蹄下……"

孩子只好让路,爷爷骑上马背,折下一根树枝敲敲马耳朵,路上又扬起一阵尘土。

"年成不怎么好,少做劳民伤财的事。大堤是个人,光大腿壮实胳膊穰了也会一笔孬孬字毁掉一张大明洪武年间的古纸。我们这一段八九不离十,要去一半乡亲们给瓜东圩的堤加高,他们不出岔枝儿,我们才能安生过日子。不能老奶奶烤火——只往自己怀里扒。有人说二话,就推到我身上。小路北一里半地老空心柳树南边,有堆蚂蚁粪,怕下边有漏洞,趁早在堤北打个马蹄埂子,跟大堤一般高,挡住浪峰,万无一失。"石匠在坟山上待了一小时,本来陷进眼窝的上眼皮肿成半个核桃那么高,襟前袖口湿了一大片,大概是泪水渍的,胡须上还挂着涎水。他向刚刚到家的老鸢交代一遍。老鸢告辞,打算回家穿上大褂子就到老峰头镇上跟堤董们议事,免得春修有闪失。

"回来!"

"伯伯!"

"给我磕个头再走,明天回来怕见不到了。"胡砧轻描淡写,似乎在谈城里某人的一桩逸事。

"怎么能呢? 您老人家刚才还遛牲口查江堤,活到一百三十岁也是小事,莫在新年之前说无根无绊的笑话⋯⋯"

"现在磕了,日后再免掉。躲掉初一,躲不掉十五,你叔叔什么时候在福不知福,半夜起来跌断过脊梁骨? 心累骨头酥了,罪受够,该坏了!"

"提前拜年! 伯父大人福厚寿长,万事如意!"老鸢端端正正地磕了三个响头。

"送了点钱给你家里,留着度春荒。你要送回来,或者瞒我还大牙的账都是不孝顺! 我们爷儿俩鱼水相帮,将来娃子还要你照应。推推搡搡,我烦!"

"从命! 大恩后报!"老鸢知道拗不过老人,匆匆辞去。

草儿走出厨房说:"爹! 干净衣服放在骨牌凳子上,灶里架了劈柴骨头汤,并罐里有热水,您老人家擦擦澡。用过的水放着,我去倒,莫累坏了。牛儿帮爷爷搓搓背!"

"不用! 自己行。"

"爷爷吃饼子!"牛儿扯下半个侉饼,递给祖父,"妈妈重烤过,香!"

"好宝宝! 爷爷留着肚子吃丸子。"老人蹲下亲亲孩子。

"不,我吃过了。"牛儿颇以大孩子自居,渐渐把吃零食看作小孩子们的事。

爷爷脱下袍子,进入灶间。

"妈妈!"牛儿把母亲拉到前厅说,"爷爷这几天不太好⋯⋯"

听完儿子介绍,尤其是扔掉唢呐一事,她也认为非同小可,但还没有看出端倪:"他是犟性子,唢呐的事莫再提起,免得他又不高兴。年关一到,想念亲人,到山上去看看,伤心落泪,也是难免。把几天年过完,拉他到城里找先生看看,调养一阵会好。"

正说着,大牙手捧托盘,放着六包点心,一只红纸包,四瓶好酒,往桌上一搁,拱拱手赔着笑脸说:"过年了,您老人家长年不肯上侄儿那里喝杯清茶,这点东西对爷爷不成敬意,务必收下。不然晚辈胸壳廊里直打咯噔!"

"这样客气,咱一家三代人不过意。瞧,老爹来了!"紫草给大牙沏上茶。

"我戒酒了!"热水炉火把老人淡黄的两颊熏红,比浴前神气:"娃子!你来总有点什么事?"

"没什么!"大牙提起前襟掸掸椅子,扶着胡砣坐下:"半里路上送鹅毛,嘿嘿!"

"多余。"爷爷抓起烟袋,给红纸包挑得翻了个身,"现大洋!"

"给弟弟压岁!"

"谢谢大哥,怎么像呆瓜?这样死板,将来哪有饭吃?口边的话要人教,哪一辈子能长大?"爷爷高深莫测地叹了一口气。

"谢谢大哥!"牛儿例行公事地鞠躬。

"不必不必。"大牙很得意。

"顶个人头就不易,顶个门楼子更难。我这一家人全靠乡亲们从牙缝里抠点东西喂大,可惜无法报德。大牙!抓壮丁,收费子,几千只眼睛都盯着。你听老辈一句话:辞掉这份差事,吃生意饭也饿不死你一家。没有千年江山,铁打的衙门流水的官,靠谁都有垮的日子。万一那些壮丁的父兄用锄头刨你两下,日里白死,夜里黑死!钩心斗角,点头躬腰太苦,要给自己和儿子留条后路!"胡砣说得坦率,大牙头上冒汗。

"孙儿慢慢懂点事,今年三名壮丁是我出钱买人交的差。仇积多了没好事。多谢爷爷苦口婆心!这些话金子换不到,孙儿有点心肝!"

"不说不是我,全听不听是你。看着办!抬头有青天。那是老百姓的眼睛！在这吃饭！"

"不敢叨扰。刚才天温大伯说我那两个小狗儿子胡说小兄弟是抱来的,孙儿成天穷忙,管教不严。惹老人家生气。罪该万死!"

"我不听小娃子翻嘴皮。"

"天温老伯说气得您老人家晕倒在山上,全镇都传开了。要是老爷子有个伤风咳嗽,同宗的长辈平辈几百口子闹起来,孙儿有根破枪敢往哪位身上打? 实在害怕,只好把两个狗东西捆好在门外老核桃树上,爷爷是有功夫的人,他们受不了一巴掌。请表姑奶奶去打一顿,让他们学学乖,孙儿是真心实意!"他连连打扦,一眉眼苦水。

"胡闹,对小娃子怎么这样凶?"石匠跳起身来,抓起红纸包,走到门外。

"太爷爷! 是我爹——……"跪在地上的大孩子才启唇。

"还赖账吗?"大牙厉声大喝,吓得孩子们撇着嘴不敢哭。

"太爷爷给你们的压岁钱,长命百岁!"胡砧抓住棕绳一顿,断成好几截,"莫怕,回家你爹要打,来找大姑奶奶揍他! 好好念书,做个真真实实的人。"

"谢谢爷爷!"旋即大牙掉转身向两个孩子,"不是他老人家讲情,看我可打断你们狗腿! 滚回去!"

两个孩子像泄了气的皮球,灰溜溜地走了。

"咦——! 不磕头就走? 书念到小腿肚子去了? 滚回来!"大牙虚张声势地咋呼着。

"由他们去!"

"不行,总有个老小规矩!"此刻的大牙似乎一贯疾恶如仇。

小兄弟俩叩拜。

"大牙! 气候不好,善自为之!"石匠摸摸镇长的头顶,闭上了眼睛。大概想得很远,很深。

"谢谢爷爷!"大牙一咧嘴,眼角流出一线善良的光,迅速又寂灭。

大牙爷儿仨一走,草儿就埋怨胡砧:"你不好好歇着,跟这类人絮叨,收他几个包包干啥?"

"保长当到四分作威作福，三分胆怯，三分不当又舍不得，戏够瞧的了。他怪娃子们说昏话，是怕在我死后一些仇家借这件事要他好看。明知不会动娃子一根汗毛，来点小苦肉计洗清自己。我们陪他走个过场，装糊涂的不是糊涂人。清楚不了糊涂了！好草儿，我饿得慌！"

"丸子剁好，您先吃，三斤肉，吃不完，剩下的娃子吃。这就下锅。"

石匠很久没有吃得这样香，一口一个，草草嚼两下就咽。一碗吃光，第二碗动筷子之前，他抓过酒瓶，放到鼻子下边嗅了一嗅。

"想喝就打开！这么大年纪戒什么酒？"

"说过的话不能三文不当二文，越老越要管住肺里一根鸡毛上来扫喉咙管。好些聪明人到变成傻瓜，没有大傻瓜临老一天天聪明起来。我给过你一大堆委屈，不在一块想在一块，到了一块又碰碰磕磕，凡人们都是如此这般，圣人们怎么过活？没见过。"他将酒瓶拧开，嗅一嗅，吃下两颗丸子。

"好草儿！舅舅有几句话要记住，一代代传下去：屈死不告官；饿死不当保长；无事扰人欠笔债。孩子不聪明，千万莫给他们找伶俐配偶。那样毁了两家儿女。我一点私心毁你一辈子……两口儿不能坐在一起说会儿知心话，家像冰窖子，成了缺胆的暖瓶，抱不住热气，太空，太苦……"老人苦笑着，下巴一抖，筷子落到了地上。

"爹！您怎么啦？牛儿换一双！"

"不用，吃过瘾了！整整二斤，天下少有。"笑容从他腮边隐去。

"找大夫看看？"草儿摇摇他的肩膀。

"大夫治得了病，治不了命。有几个大夫活到二百岁？该歇了，用不着大惊小怪！牛儿爱讲大话，有点娇气，心地不错……"

"会帮他改！"草儿很有信心。

"前天我把后边小房间收拾出来了，要是找到疯子，一准接到这里养老，精神失常，只会说两句话，错了也不该计较。这样我就无挂无牵。"

"这位叔叔的事，听您说过，我请方文彬去找，总会有下落。"

"爹歇会儿去！"

"这回真歇着了……"他摇摇头，站起来，手搭在孙子肩头，"上门口看看!"

"别去,爷爷困了。"

"要看一看,几十年都没顶真当回事看看,又看腻歪了!"他走到菜园里,用手拍拍核桃树:"老伙计! 再会!"

他手搭凉棚,仰望太空,太阳收起了金焰,手的阴影盖住眉眼鼻根,原先是平平整整的脸上现出高低不平的山谷、旷野、荆莽、沙滩、银瀑……

牛儿学他的样子用巴掌挡住眉毛,仰望爷爷,他的头贴着铅灰色天空,胡须飞动,目光内有平常罕见的成分,忽而浑滞,忽而灵光漾溢。高大、沉肃、闲逸、冷峻又亲切……各种表情叠在一起。

等到他回屋,牛儿觉得扶着自己肩头的手渐渐变得沉重,他用出最大的力气才撑持住。

胡砧躺下了,更应该说是倒在床上的。

草儿捧来热茶,他摇摇手,没有喝。

"舅舅!"她抓起他的手,贴近前额。

"话太多,不如不说。什么事你都明白,我在你心上砍上几十刀,亏你能承担得了! 够受啊……"

"别再讲!"

"妈妈! 我要放爆竹!"孙儿笑嘻嘻地走到榻前,胡砧摸摸他的短发。

"给你半块的小洋钱,去买鞭炮,两串二万五,一挂千鞭,半斤花生糖。"

"谢谢爷爷!"

"忙什么,待会儿去!"紫草不松口,孩子就扑在爷爷床沿上。

"把酒瓶提过来。"

"想喝? 我温一温再送来!"

"不喝,想用鼻子闻闻酒的成色,看看可兑了水。"

酒被拿到床前,胡砧倒了一些在手心里,往地上一泼。"这回没兑水,味儿挺正。就是不喝! 带出去,决不偷喝! 我要插上门才能睡安稳。"

大门敞开几十年,为什么今天要多此一举? 紫草有点意外,还是提着竹篮子出去了。

"牛儿,把箱盖上一刀草纸打开,拿出几张,放在我手边。"

"要裁开?"

"不用。箱子口边上有件鱼皮褂子,拿来给我。我把窗子打开,我睡着了,喊不开门,就爬窗子进来。"

"行。"

他穿上鞋子,把孙儿拉到窗下,好像头回相识似的细细打量一遍。顷刻间,牛儿对他也觉得陌生,心里腾上一股凉气。

"打说真话的好人,聪明皇帝就变成光杆儿蠢夫。好比当年斩钉截铁的马刀,锈得连稻草也切不断。昔年虎跳莺飞的,一家之长仗年岁压人,怕听真话是丧家祸首。末了睁眼又瞎,有耳朵也是聋子。过失像韭菜割不断,一茬又一茬。孤苦伶仃,不得好死。爷爷就是昏君,一盆面糊的家长,上违师训,下乖人情。你打几下吧!好牛儿宝宝!打过还清欠债,心里就踏实。"

"爷爷疼我养我,我害得爷爷喝不上酒,该打,打得好,不怨老人家。孩子怎么敢打好爷爷……"牛儿急得不知说什么,几乎哭出声来。

"爷爷坏,怕背誓约,又没传你几招防身绝活儿,宝宝白吆喝我爷爷!打他个老浑虫,打几下帮爷爷出出气!"他抓住牛儿的腕子往那银发上打,孩子用力抽出手来抱着他的颈项。后来牛儿才自责为小浑虫。

"好草儿!左边脚颈子上的带子太松,扎紧些好趱路!"

"爹莫说丧气话!"紫草把扎裤脚的黑布带子系得周周正正,紧紧俏俏。

"弯下腰让舅舅看一看!"

草儿把老人的请求当作一句戏言,双手按住床沿,抬起头发乌亮的面庞,温驯地笑着。

爷爷掀开卧单,掏出奶奶的鱼皮褂子,披在紫草的肩背:"比不上鱼皮鞑子漂亮,也够灵俏的,眼角有了细纹,没好东西喂,把鸟儿的毛弄褪了颜色!去吧,把褂子洗洗,本想带走,还是给我娃娃,我没好好疼过的亲骨血!爹气你不是外甥,又怪你不像舅妈。那会儿下巴底下老有三道肉箍,后颈推着一疙瘩肉,哪知道小奶欢子长大十八变,爹对儿有愧呀……"

"爹好生歇过乏,晚上再吃两大碗丸子,还有一副大肠,洗得清清亮亮,小铁筒子里还有糯米,明天蒸打熊饭给您老人家换换口味。牛儿莫吵爷爷,出来!"

"牛牛莫去玩水,天在刮风,说不定晚上下大雪。我骨头缝里生寒气,真想穿上水皮袍子。四两顶羊皮,半斤顶狐皮……不,说着解馋,不喝!……"

"平时爷爷的手能捏断筷子头粗的铁丝,眼下自己猫大的力气都能挣脱。爷爷是病重了,怎么不让妈去请医生,光抱着她的头哭管什么用?"

"牛儿,将来你会知道:在无距离的时候看祖父的脸,广阔无垠,寿眉是万棵银竹,两圈睫毛是戳天麻栗树,泪滴是大湖,鼻根是峻岭,眼窝是盆地,外边围着黄土高原,几百条流动着火焰的溪涧是纵横纠缠的血,眼瞳仁是神井仙洞,深邃无底。每根胡子都是一条小瀑布,喷射出玉雪,挂在悬岩……你全身的血液就发源在那些涧溪,有看不见的神经相通。先师说打人犯律,没说打自己。"他推开孙子从床踏板底下抽出半片磨刀石,左手放在墙上,右手举起磨石住左手指头上一砸。石片扔到地上,被他一脚踢还原处,指甲敲裂,血顺着劈开的指尖朝下滴。

"爷爷!"孩子狂叫,嘴被老人右掌捂住。

"我的好宝贝牛牛!爷爷……"石匠哽咽良久说,"小时候,我嫌你长得丑,说过:土豆头,烧饼脸,反边比顺边多一点。招风耳,水桶腰,左肩还比右肩高。伤了孩子的心,对不起宝宝!"他的喉头像塞一块棉絮。

"爷爷!我上水缸里照过是丑人,曾经恨过您,这会子早忘了!我错了……"

"哈……胡家后代,大美人嘎翠鹿儿的孙子怎么会丑?小伙子越长越有派头,虎头虎脑,八面威风,真疼不够你呀,孩子……爷爷不痛真的,快。玩儿去,别吓坏你妈!没什么……这下松快得多,真惬意啊!宝贝!"胡砧擦擦牛儿眼,坐在床上,呼吸变快了。

"走出去玩,莫走远,让爷爷惦记。"草儿摘来些鲜菜走进门时,石匠差点朝身后一歪。

"爷爷笑得像隆冬的火盆,暮春的阳光,夏雨后的凉风。"

牛儿跟着妈妈跨出卧房,回头一看,爷爷将门关得还剩下两寸多宽,用左右被遮住一半的眼睛恋恋不舍地送着娘儿俩。还是那头华发,还是那把大银髯,还有为亮光照得更乌的袍子全让特定的框子挤成一条狭长的扁线,又与原先的身首眉眼鼻口不尽相符合,不变中变了许多,又说不清变在哪些地方。幼年视觉中的最后镜头,刹那便是永恒。那微微张开非哭非笑的嘴再也闭不上了,似乎是用另一种语音向孩子诉说着人生奥秘,尽管他什么也不懂。

门"嘭"的一声关死,切断了生命一终一始的两极。仿佛是一根巨弦突然崩断,悠悠余音几十年来一直在牛儿耳边缭绕,在心房里搏动。加上他那唢呐,繁复音潮的协奏,一天比一天强烈、幽远……

下午四点半钟,天温送来两只兔子,是他儿子打来给爷爷下酒的。

"爹!"紫草扣扣房门,屋里寂然。

"爹!爹!天温哥哥来了!"她的嗓门逐步放大,末了用拳头重重地砸着窗框子,震得窗户哗哗响。

她的眼中射出惊惶恐惧的寒光,匆忙跟天温耳语几句,天温急得连连顿脚。

紫草从窗户爬进石匠卧室,再打开房门。

她朝床前走了三步就吓呆了。但见他脸上盖着方方的黄草纸,脚登新鞋,一条细亮的黑缎布条儿把双脚拴在一块儿,鞋底很白。

"舅舅——!"她瘫痪在地上,尖声惨号着,双手撑地,几番挣扎,站不起来。

天温听到了惊呼,急忙把牛儿拉到客堂,有些慌张地说:"就在这儿玩,莫要进来……停会儿妈妈来喊你。"他插上了腰门。

牛儿默默点头,心里充满着畏惧。草儿膝行几步,扑向舅舅:"爹呀——!"那哭喊声凄切。

"但愿爷爷平安!"牛儿在心头不住地默祷着。

天温的哭声嘶哑,似乎冲破几层挡阻才吐出口腔。胡砣是他最佩服最知心的长辈,人到白发苍苍,也还需要阳刚的父爱!

草儿哭得伤心至极,每声停顿,要好久才缓过气。

"妈妈!我怕!"牛儿撇着下唇。意识到祖父跟他娘儿俩永别了……

尾　声

次日破晓,石匠同业元老巧大爷携带三十六名后辈长跪在板棚之下。镇上知名人物纷纷前来劝慰,石匠们依然像他们雕出来的石人那般无言,石马一样不动。

灯笼吐出摇曳不定的光,显得困乏的胡天温伴着牛儿母亲缓步走到石匠们面前,跪在地上还礼。那湿漉漉的眼皮底下,隐隐现出两片暗蓝色。

"家遭大故,孤孙寡媳方寸已乱。列公有何高见。请当面赐教!"

石匠们的目光一齐落到须眉皤然的巧大爷身上。

"老师傅请起!"天温和草儿膝行几步,要扶老石工。

"不急! 让我替同业弟兄们一吐为快!"他将鲁班庙会的经过详述一遍,接着说:"石砧已从庙堂大殿取来,请师叔后人过目,像这样百年罕见的大匠,不能按常人安葬,我等甘愿自带干粮,按照天意,了其遗愿!"巧大爷打开双层黄绫包袱,把石砧举过头顶。

牛儿母亲接过石砧呜咽很久才说:"列位尊长兄弟! 亡人入土为安,不孝草儿想早些入殓,石坟要费大钱大功夫,需经全村公议,免得同宗会有怨言……"

"贤妹! 石头棺在四川古已有之。以砧为坟,尚无前例。老叔走南闯北,如此安排,当有远虑。我等不敢乱加猜测,理应照办,请贤妹做主。全村人多口杂,愚兄与贤妹、蔫弟等共同担待。"天温是读书人,理解石匠们心

546

愿。当场拍了板。

"多谢贤妹与诸先生允许我等石葬当代祖师！十天十夜，一准齐工。"巧大爷很欣慰地说

"列公不必操之过急，灵棺可以停放半月，免得累坏诸位玉体，先叔在天之灵也不安！"天温说话总很得体。

"坟用石料一百单八块，每人承担三块。四面等需二百八十个工。石锥用二十四个工，小老儿九十三岁，光刻猫狗，找个徒孙搭下手，至多九天。"

"运石头牛马车辆人工由祠堂遣派，打入修堤开支。老人家当一辈子大堤董，千家万户得到大好处，不会有异议。"想不到老蔫叔也挺直腰杆，讲出大家心事。

石匠们拜过爷爷，就上山凿取石料。

爷爷此去，最哀痛的是他老人家的爱犬阿箭。它成天伏在主人身边，白天黑夜，一口不吃。它本来就是衰年，现在更加瘦弱。用咸肉、米饭、猪肠、糯米粑喂它，就是不张口。

第三天晚上，它一声接着一声，发出低哑的哀鸣，草儿怕爷爷亡灵不安，含着热泪将它抱到自己卧房床踏板上垫着棉絮，盖上牛儿旧袄，它还要站起来，可四条腿儿乱抖，又仆倒了。到天明，声音更加干涩凄厉，要间歇好几分钟才有气力再喊一声。草儿用筷子撬开它的嘴唇，用小勺喂它自己嚼过的馒头，无奈将勺一抽，它又吐了出来。

第四天之后，它叫不出声，奄奄一息地蜷成一团。

"阿箭！你是一条义犬，饿过四天多，也对得起我舅舅。喝一口糯米糊糊吧，求求你要活着！……"女主人的热泪滴在它的唇上，它的眼睛定住不转，没有反应。

"阿箭！吃吧！你要懂我们娘儿俩的心意呀！你活着，走进走出，我们就当爷爷还在湖边抓虾，江上巡堤呀！再求求你，好阿箭！"紫草对狗跪下了。

阿箭眼角涌出泪滴，伸出舌头舔舔紫草的手又垂下头去。

第六个夜晚，人们觉得它完了，不知它如何用嘴撬开房门，跌跌爬爬进入了爷爷的灵堂，已经叫不出声，还是用后腿直立着，将前爪拍击着爷爷的棺木。惹得守灵的一群人哭得跟泪人儿一般，都不忍心把它送出灵堂。半小时后它才倒下。

紫草让老蔫为它点放了一挂长鞭炮，送它去伴胡爷。它被装入门口爷爷亲手刻的石匣。遗容活灵活现地站在石板盖上，最后与阿懒的遗体一样被葬在石坟的两边，成了一对奇特的"小华表"。

石匠们为胡砣制作的巨坟，堪称举世无双的纪念碑。

大石砣长宽各九尺九寸九分，按巧大爷的说法："九是最大数，四边是九，合乎周天星宿的位置和数律。"碑是东方文化的体现：朴素、知命、神秘、豁达。微微抬起的长锥尖顶，栖息着的阿箭阿懒的形象，添加了某种人类才有的情愫与余韵，出色地完成了主人的构思，绝非照相式的再现。世上没有长方形的狗和猫，头尾四肢更不会收缩在方块之内，只用几根线标出，打破肖形的幻觉，直截了当地告诉顶礼者：这是艺术。生生不止的活气，从粗犷的刀痕中迸发出来。这与20世纪20年代之后专家们从巴黎罗马转贩来的院体，谨毛失貌的"艺术"不可同日而语。

石砣正南，脸盆大字刻着清道人的侄儿与传人——李健先生收到电报后快信邮来的篆书"盖世匹夫"。李教授几次托弟子带石头给胡砣求刻印纽，才有这段文字因缘。教授长期执教上海美专，抗战时一度长南洋槟榔屿艺术专科学校。根据他的同事朱复戡先生见告：20世纪50年代之初还在李老的书斋中见过爷爷刻的十二生肖印纽，极有汉代雕刻风神。倘若这批作品尚在人间，敬请有心人能提供照片供美学家们评说，再版时印在书里。

下葬之日，山坡上送棺的有一千多人，一点不见老态的李将军——胡砣唯一的同辈人只身从崂山赶来，抚棺大哭一场。他已决计定居加拿大，愿把牛儿带去读书。将军如何闻得噩耗，草儿如何同意让牛儿远涉重洋，天温、老蔫、大牙等起劲地反对，为什么又默许，作者不详谜底，无可奉告！

冬在薄暮很少碰见落霞挂满苍白的云头。将军拉着牛儿来到砣爷坟前,一幅高深莫测的图景呈现在他和牛儿视线,大石砧披着霞衣,金蛇流瀑,幻化无涯。石条上坐着傻笑的疯子,目光旷远,若非一头蓬乱的白发,便是一尊笑佛。石碑底部绿毛龟昂头朝天,或是苦于眼痛,泪泉下滴。将军皱眉一瞥,忽有所悟,一笑一哭便是人生温寒交替,春生冬灭,大规律的基调,他哭笑不得,反而景慕义龟老爹和疯子都有崇高的净化力。师兄有这一对知音,使他自愧不如。便吩咐牛儿叩别爷爷,和他同去开拓渺茫的明日。

"跟我过!"疯子从衣领口掏出鹿儿石刻肖像,挂妥在男孩颈上,拍手频呼:"好!好!好!"

"小爷爷好!"牛儿行礼不知所措地表现喜悦亲近。

"谢谢小爷爷!你爷爷最疼爱的弟弟!"

"好啊!多谢您老人家!"牛儿行大礼。

疯子抱着孩子双肩,吻着孙儿的前额。

他们恋恋分手。

人性如昔:刻板与侥幸,慷慨又吝啬,自卑和爱听恭维,自命清高与欲望无涯,轻信多疑,勇又怯,廉抑或奢……挡住先哲插在路旁的警示黄牌,让咱们一回回掉进无奈仁兄其深似海的魔袋。西装客摸不透古老文化心理大阵,晨曦女神能提升那些倚着夕阳取暖善良群体的风骨格调吗?

转眼到了1948年放河灯的时节。胡大牙趁着广场上五猖会尚未开始,爬到一张方桌上跪下大叫:"列位同宗!我一连七晚都梦见老砧爷爷向我叹气,老人家说棺木锁在石槽里,又冷又闷,升不了天。头两晚没当回事,这几天眼一合上就要重复一遍,现在转告大家。只要信得过胡某,改葬费用由大雅承担。爷爷造的堤修的桥做的许多好事,常常被外村人念叨,我们做后辈的千万不能忘恩负义。"出语堂皇的人不会无风起浪,跟钱过不去!包括几位厌恨他的人都找上门来劝说紫草,替她出主意的天温悄悄出远门去了上海,看看他在复旦大学读书的孙子,大半年后才回来,没有获得任何消息。哎!到麦苗返青,独一无二的石砧陵墓被拆开,胡砧改睡入传统式墓穴。十年后修筑水库,龙涎河改道,坟被迁入棋盘山,石料于1966年全部被毁掉,爷爷欣欣然化为灰尘,涅槃于长风大气之中。

草儿死在1961年持续"大跃进""大丰收"的雄歌口号声中。按照苏联大夫们在20年代初创造的专用名词术语,叫"慢性衰竭症"。

1949年后便无音信的爱子不可能赶来送终。她的遗体是与父母坟墓葬在一起,那是童山,不在"改天换地"的范围之内。

紫草滴着水的薄棺归山之日,路两面全是老年人捧着一碗清水相送。没有钱纸,老太太们从床上抱来一束麦秸,称为"金条",当她辞世大归的"盘缠"。众人爱戴的信任是无形的碑,岂能仅仅视为迷信而嗤之以鼻?

结局最有戏剧性的人是不苟言笑的天温秀才。

1957年仲秋,还很闭塞的牛尾镇带头推广水稻"小株密植"有功,区委书记在庆功会餐上敬了乡长一杯酒。此人天生酒精过敏,下午听书记报告,只记得分到一个"右派"名额就回到镇上的乡政府。

"啥叫'右派'?"指导员听了他的传达,不甚了然。

"我……"乡长搜索记忆,也影影绰绰。

"打电话问乡书记吧,不能毛估带猜,免得犯错误!"还是指导员成熟。

电话挂通了,书记正忙着,另做了一句提纲挈领式的指示:"当然是有学问的啰!"

乡长想再问得详细些,电话却传来了忙音。

"谁最有学问?"指导员和乡长商量着。

"咱镇方圆几十里之内,讲学问头块牌子要称天温爷爷!是你我父亲和老师的老师,除了他老人家,谁也不配当'右派'!"乡长对地方上人物了如指掌:"这差事准是很光荣,我带两瓶好酒,你回家抓一对鸡,咱们登门去请。明儿一早让牛车披红挂彩,外带秧歌腰鼓队送上大路!"

"行,送老校长十只老母鸡也不心疼,没有他老人家教诲,咱们斗大字不识一麻袋,有今天吗?"指导员特别严肃。

次日八点,他俩把礼品恭恭敬敬地送给老夫子,说明上面为何重视。

"老夫才疏学浅,还没有改造好思想,另请高贤吧……"

"这是一乡的光荣,非校长老爷爷莫属!"

"爷爷得给点面子,当仁不让!"乡长跟着指导员一同"劝进"。

一刻钟后,秧歌队腰鼓队一齐来送行,先在祠堂门口广场上歌舞一番。

大牛牯角上扎着红绸子,牛车上大放鞭炮,锣鼓喧天,好不热烈。

乡长谦逊一阵,让指导员给老夫子带上大红绸花,恭恭敬敬送到大江堤上。

天温夫子不听劳教队长劝告,干活过于积极,体力在十个月内耗尽,如愿以偿地获得解脱。1978年,荣升副县长的原乡长下令复查夫子一案,未报书面材料,仅口头宣布,无帽可摘,无反可平。原来不在编制,没有抚恤。倘若健在,九十多的老翁,招工也是麻烦。

老蔫是高级农业合作社社长,卖早稻的时候就被怀疑为瞒产私分的策划者。事情未了结,又为天温的事拉着乡长找区委讲理,他反常态打了书记一耳光,新账老账一齐算,定为"反社会主义分子",送到雪湖农场劳改三年。比他先入狱一月的是胡大牙,原因是证明他给新四军送过枪的法院副院长在肃反运动中查出叛徒嫌疑,大牙作为被包庇对象升级处理,和老蔫殊途同归。这对个性相异的叔侄同时患"慢性衰竭症"而抬入农场卫生院。午餐发完,侄儿马上吃光,老蔫回光返照地挺着腰杆坐起来换好衣服说:"大牙,我恨你,悔不在解放前与你各拉一队人马拼个你死我活,哪怕抱着你下大江同归于尽! 眼下你肚皮空,我反正要死,这分饭送你吃掉,不是和,和不了。老砧叔的坟多体面,毁在你手,呸!"他的背上直冒虚汗。

大牙边吃边哭道:"两肋插刀的好事做得少,也有过;坑蒙活见鬼的事做得多。一个身子,一头是龙,一头是毒蛇,都是您侄儿。您是好汉,不做亏心事,我服输! 三叩首给叔送行!"

"孬种才淌猫尿,丢胡家的人!"老蔫肚里少碗粥,蜷成一团死去,瘦得像只老鼠。1962年甄别平反,恢复职务,人人为他竖拇指。

大牙全身舒展地躺在太平间的木板上,蛮威武。碰巧劳改大夫是个"右派"大学生,小说迷,最崇拜地下斗争的英雄,大牙云山雾罩地摆过两回龙门阵,恰好填补了大夫的崇拜欲,夜间偷偷为他注了几支葡萄糖,推荐他去厨房做炊事犯人。大牙手上的木勺长着眼睛,如鱼得水地过了几关。"文革"时在场就业,一天也没挨过批斗。1977年法院副院长结束审查复职,大牙沾光落实了政策,很快去南洋收回财产。他的夫人早已过世,在新加坡居然被一位美国富孀看中。袖长善舞,腹大善贾,回国投资办了几处工厂,成了爱国企业家。此人知道俩儿子是草包,每人在银行有一分死期美元存款,月月有利息可吃,厂里事另聘高人,不许弟兄俩沾边。"老东西"开车,唱卡拉OK,跳美国流行舞,练气功,样样通。但那位救命恩人来找他时,只送一百美元,又是"保座"本色。里手估算,他一身巴黎时装西服值两千美金。他为"预言大师"小糊涂烧掉三千美元当纸钱,又请和尚道士牧师在不同场合为胡砬爷爷念了经。

从金星看地球没有碗大,自月球看世间,人小如蚁,虽然好些蚂蚁都祈盼幸福与不朽,但总统国王们并不把同类的意愿当回事儿。一二小人物的浮沉何足挂齿?

先知先觉死在时代前面,是乐观悲剧的主人公,青史名标是公正;就算叹息能变成一串铁嘴钳钻进黄泥,可会拨出人们昨夜的泪珠熬炼为智慧的篝火?

死在时代后面的遗老遗少是受嘲弄的喜剧角色,为笑声淹没也是公道。

和时代一道生死、变革中的普通儿女,未必都有自我选择的幸运。

胡砬是哪一种人?兼三种因子而俱有之,或三种框子都套不准他老人家?

我不知道!

被我画歪了脸又漏掉好些鼻涕的胡老爷子,曾经也是一只大牌蚂蚁,您该被更缺个性与学识的小蚂蚁们放下了!

稿眉偶题

倒果为因泯劫灰，泪多哪及笑声哀？
烟凝往事烟无雨，雾织乡音雾有雷。
荒野芦蒿囊锦梦，草台锣鼓破珠胎。
慧愚化一天公健，爝火擎杯酹积霾！

殊乏史诗遒瀚笔，轻挥灵幻似童言。
山惊地抖慈亲烈，云洁星高圣哲源。
自塑塑人难塑骨，意雕雕石未雕魂。
河灯飘远乡愁近，亮丽朦胧忆故村。

大地疲癃造侠多，廉官皇帝享讴歌。
滥编自恋播麻醉，谁痛先民血泪河？

仲连倔骨映孤襟，《史记》华瞻味外深。
岁月寻常诗境曲，"红楼"慈悯越悲欣。

墨子利他少继承，朱家郭解汉沉沧。
懿行佳话时时有，喜被亲邻忘姓名。

杜撰抒怀堪下酒，苦寻剑客犯癫痴。
谗风幽冷毛毛雨，莫待霜浓听子规！

试画九流垫势高，繁丰未达秃枯毫；

倪迂萧散吾单薄，停笛塔尖看鹤遨。

幼岁梧桐碧似葱，秋蚊自诩跨虬龙。
扬眉楼宇遮江浪，齐笑呆顽白发童。

观久丛林折小枝，沉吟坐卧起还思；
阳台独语蝉猫听，想助迂翁半句诗？

断霞惜别松遮眼，湖水悼亡泪洗腮。
稚子成翁朝夕事，琼花隔世枕边开。

白描人景泥香醉，羞借悬疑造猎奇。
弘毅爽灵皆背影，难全速写汗淋漓！

七六昏昏错百端，弱霞断梦扰清眠；
温寒易位千秋变，苦盖蜗居是纸椽①！

万图高峻掩疮痍，隐秘精魂冷露之。
大吕黄钟焦墨秀，圣凡两侧合灵奇。

担当愧我肩无骨，呼号伤花耳半聋；
自警恢张师淡逸，褐崖谢幕哑冬虫。

不望典型避类型，昊天造景厌圆平；
蝶袍抗雪凭谁借，敲碎精严渐纵横！

国魂磊落聚民魂，凄美沉雄举世尊。

十岁怎知民俗贵，空从纸背掘昆仑。

情涨闸门启，瀑弹遍野筝。

心弦人类共，踩响奏天声。

慧灯照古今，水底舞群生，

百色描人性，笔飞滑纸冰。

健忘无良药，寂寥笑八荒；

绀峦岚霭闪，苦读代琼浆。

挽舟逆浪滩，真险梦相搀；

号子惊江吼，瓣莲绽雪川。

2013 年 1 月 25 日抄毕，成诗因果尽忘而费解。

《盖世匹夫》之外

阿园

一

已是深夜，我正在灯下校对长篇小说《盖世匹夫》最后的几页，柯老的电话来了。他的声音穿过黑沉安静的夜，听起来有种特别的温和与孤寂。谈起这部小说的创作缘由，他谈及童年、故乡和母亲。电话那边，话音之外，有他的叹息和长时间的静默。

日常光阴，他总在为别人的事奔忙。以年迈之躯走访全国各地，出入那些只被少数人还记得的古琴音乐人、记昆曲工尺谱老人、古意画人的简薄之家。他发愿以自己的余年，为那些一旦逝去将永不复得、承载着传统文化美好的人与物做些什么。

他谈到了自己，这种时候很少……异常孤寂的声音，隔着静夜传来，似乎是那过往苍茫旧时光的返照。

长话将结束，他以自己母亲当年的话勉励我：记住，孩子："噩梦虽长，难挡日出。"

二

是不是因为母亲这样一句话暖着心底，让他走过七十八年长路时，始终怀抱对人世的一份热烈和深情？母亲慈爱的光辉，使柯老笔下的女性角色，永远趋近于完美。他曾说，自己无法写好女性，因为在下笔面对女性角色的时候，总难以分割地带出点崇敬，使这女子在凡尘的世间更显得超

556

拔而圣洁——这也是母亲带给他的影响吧。

陪侍他身边，我有时见他颔首沉思，如孩子般的模样，便会产生一种奇妙深刻的感觉：仿佛他是母亲膝边一个稚气未脱的婴孩，尚未被人世间种种不幸所留意，只在那混沌不分时刻，陷入自己奇想自足的世界……

三

但他终于不是孩子，他一生经历得太多，二百来斤的煤筐麻袋没有压弯他耿直的脊梁，几千个暗夜没有夺走他眼中的光明，那是真正的大人才能扛负得了，也是大人的智慧才能明辨得了的。他写作，在研究院的时候，别人不知道这老头是干什么的。"他吗？天天出入图书馆抄书，平庸之辈吧！"有人这样说到他。他不与人分辩，默守于自己一隅，做自己规定的工作。这些年他出了不少书，种类庞杂：人物传记、散文随笔、戏剧小说、电影剧作集……他身边多了几个年轻人，偶尔车载他过闹市，免费为他办个博客，向他请教……但他仍不免寂寞。

寂寞无关于声名，无关于财富，无关于热闹场上种种。他睁着悲悯的眼睛看着世间，仿佛局外人，又不甘于局外人。不甘心，是因为他从未丢弃自母亲怀抱而来的热烈忠直的感情。

四

交去《盖世匹夫》的校样，他认真问我读后感。我难以说清。书中人事交错纷涌，作者感叹都在事外。我实话相告"说不好"。他便笑，"你只说一点儿便是"。我说，那么可说印象最深的就是对传统的回望、依恋，萦绕字行之间。因我是受传统教育的，这感情来得格外鲜明。

实际上，这部小说创造的是一种氛围，得自活泼泼地对旧时生活中礼义、人情之美的深味与怀想，记录的同时，正是感叹美好之久违与不可再遇。我从小说里看到的就是这样的东西。至于情节细节人物，都消湮在氛围之外了。

这只是我的一己之得。所谓"一音演说，随类各解"，每位读者当读到小说时，应会有自己一番独特的解悟吧。

五

那天我们在天桥分手，他去医院探望刚刚做了脑部手术的老友。

我站在桥下，看他一副白髯，飘然过桥，当真如神仙中人。然而他不就仙道，只体认着眼前世间的一切烦恼哀愁。

彼时有位驻足同观的路人相问："他是位艺术人家？"

我未置可否。因他写李叔同，书名便是《旷世凡夫——弘一大传》，也只认自己是一介凡夫。《盖世匹夫》，原来也只是一位凡人罢了。

读柯老

孙稼阜

近百年是中国历史上屈指可数的大变革时代之一。朝代鼎革、军阀混战、外族入侵、十四年抗战、四年内战以至后来的由乱而治，运动、改革，等等。处在这样大动荡、大变革史诗般的时代，是人生之不幸，或人生之幸焉，盖在各人志向与因缘。而中华民族数千年之气运流转，不断递变，其间也消解"正"气，至此内忧外患交集之际，非为亡时便为复兴之始。而20世纪初，诸多有思想的各界人物，皆多民族复兴之志，或强兵，或兴教，或振兴民族企业，或寄托于文、艺，皆以国与民族之振兴为己任。此时势造英雄，亦英雄适时势也。于文、艺言，20世纪前半叶之大家巨匠云集，无论康梁，还是陈独秀、李大钊等志于改革、革命者，还是新儒家之马一浮、熊十力……释家之印光、太虚、弘一，小说家之鲁迅，书画家之于右任、黄宾虹等，无不是以天下为己任者，众人虽所从门类有别，然志向如一，皆为大时代之大人物。

柯老生于1934年，于今已八十矣又五！20世纪后半叶之所有遭遇亦为"时代之痛"。他老生于忧患，成长于苦难与坎坷，然此亦成就其忧患之心，遥接司马迁，近承鲁迅，以成其主脉；杂取儒、道释诸家，以至中外古今贤哲，汇其精华，归于我用，不为时囿，常怀千古遐思，远离急功近利者，时如遁世之"游客"。

然柯老一副热肠，全在其行迹与作品中。自顾不暇之际，犹为林散之、吴藕汀、卫俊秀、尤无曲等遗世大家拂其世尘，而小说《司马迁》《云冈魂》，专著《旷世凡夫——弘一大传》《印光大师传》《关良》《卫天霖传》等以史家之笔为前贤立传，寄怀于古人，深入浅出，亦为续中华文脉之一法。即如此书《盖世匹夫》亦为有寄托之作也。

《盖世匹夫》为当代民俗小说之硕果，原汁原味乃民族之本色。石匠虽俗世一小匠人物，但亦如二千余年前凿霍去病墓前众石像之石匠然，落落然一大布衣。石匠之一生亦民族际遇变迁之一缩影，由世之递变到人性演化，在柯老笔下都热情生动地浮现，寓寄于凡，质朴自然，从中也见作者之所思与所愿。

柯老是超世的智者，但其可贵处在超而未脱，又以清醒心踏入世俗泥潭，这也是其忧患心之所在。遗世独立难，清醒而自愿入泥潭更难，因为其所求者非仅个人。从柯老之行迹，之著述以至其书法作品中，都能见这种超越自我的"热情"。尽管此热情有时为俗世之冰冷所消解，但总有一些寒气为其所驱散，总有许多人因此而感觉到温暖与安慰。

读《盖世匹夫》这表现凡人细事的乡土风情小说，亦能使人油然而生出千古之思来。其根源，或是作者炽热而生机勃勃的民族感情不自觉的流入了作品中，作品中的人物便也活脱了起来，有了灵魂与生气的原因吧。

有时暗想，柯老这样一个人物，置之民族长河中，必有其价值在。在民族内气失而复生之际，他是执着的先觉者。经历着"失"之痛与复生的梦想，面对世间的冷与漠，超脱与苦闷自是并存，而远方光亮的闪烁，应是他那高大身影所能看见的。柯老常以世间一小布衣自视，一些书的封面与插画中，他常将自己"蚂蚁"般置入画面一角，眼前一片空阔无际，也是一片无尽寂寞。这是真正走入人间后的哲思，理解了"我"之渺小，需要一种自信，更需要一种胸怀。这种画面时常入我脑海中，以至，柯老以及他笔下的司马迁、弘一、印光，还有那位石匠，都混而为一，渐融入天宇间，并渐渐远去，化为一片光——他三部长篇小说中的诸影。

后　记

　　自知才疏气短,缺少浩瀚的史诗笔力,绝无写大作品的勇气。本书草于20世纪80年代初,自知不成形,扔在箱底,十年后全已忘掉。

　　感谢北影的冼戊开兄和儿童电影制片厂的梁晓声兄,登门恳谈,约我写一部儿童影片——《外祖父》。这信任与关切令我难忘。如何下笔,实在茫然。

　　1990年3月,杨毓珉、田增祥等先生约我去印文化研究会看巴林鸡血石,恰巧与十月文艺出版社编审毋国政兄同车,我偶然谈及此书初稿内容。他说:"电影剧本装不下这么大的故事。能写四十万字的小说,书出了再改编拍片也不迟。你写着写着思路打开,会有好些情节冒出来。小说大梁是古今中外名著中所无,写好了,应在文学史上占一席之地。决不催你,今天谈定写完给我。请把握好分寸,防止不及与过头。将来文责自负,我尊重作家个性。纯粹为艺术而约稿,这在我漫长的编辑生涯中还是首次。要有自信,但别感到压力。"

　　构思之际,觉得生涩,再三向国政兄打退堂鼓,然而他耐心、豁达、亲切。又现身讲起自己写作成败体会,即外冷内热的兄弟之情,在赵公元帅大显威灵,出书奇难,书稿越严肃、征订数越低的今日,十分珍贵。先秦鲁仲连式的策士,东汉名士直言之风,六朝清谈人物中耿介廉悍的情采,在忧患与希望同时眷恋不忍离去的神州沃土,总有刚正人物给以发扬光大。否则,我们伟大的历史在知识分子人格力量仅剩下肉麻地颂扬人**格依附**。

林语堂先生在中国不入思想家之林,他向西方介绍东方文化时,却比多数西方汉学家深刻,显然是沾了生长于中国的光。他的《京华烟云》比不上东方《红楼梦》、西方杰出的家族史。但用道家观念净化人心的努力,为明智或不智的文学史家可以讨论,我不懂、不议,也不看重失误很多的诺贝尔奖为他提过名。我的习作生活底子薄,加上妄图求全,不敢直面民族多面性格的怯懦,劳动势必化为乌有,毋兄期待成为泡影。岁月无多,觉醒何时?

小时候爱看翻跟斗的武戏,少年时沉迷于长靠武生八面神威,五十岁后方知谭、程两派唱腔为京剧双璧。预感警策、准确、深沉,调子苍凉,悲天悯众之外,还依恋些不该为岁月冲走、又逃不脱殉葬命运的东西。非白即黑,结论轻率。不是阑尾,一刀了之。这才叫单纯又复杂,冷峻更缠绵。存长去短,易说验证行的时空,鲁迅的创作与杂文还算合法读物,成了照我心路的孤灯。尤其是耿耿长夜,独守猪舍接生幼崽前后,哼唱两老伶工代表唱段,竟发现二者与鲁翁刚健阿娜的壮美文风遥不可及,贯通其间的人性隧道愈加幽峭、曲折,寒风越酸我毛孔,冰铁更能烙入心底。我的思维稚弱,久惑于似是而非的诡辩,无梯上达昭昭,逃不开混沌状态,哼哼读读大半生,还是交上白卷。被斥为低能,名副其实。

本书描写凡人小事,题材未涉及古之名人,或具百分之一二的历史感,为反武侠乡土风情小说,非历史文学著作。生存土壤的嬗变,淘尽了风流、不风流的角色与龙套们。作者情真,却掩盖不住非亲身参与过事件的隔膜。童年见闻不断被记忆欺骗而增光缩水。理解肤浅,偏爱与向往都会给严格的现实主义抽血,跟合理的文学夸张背道而驰。

书里有挽歌的基因吗?

有从大地上消逝的乡土风习,少则几百年,多则千载。如红白喜事;一村供养一名花匠,家家门口五盆花;一家来客四邻献菜;给石头做生日;元宵灯会,唱草台戏;猎熊,上刀梯;孩子失足掉入粪缸,要用糯米粉搓长条滚过全身,煮熟叫小朋友吃掉免蹈旧辙;河灯放后吐苦水,大抵像戏曲舞台上的"守旧"(不换的绣花天幕、人物花卉山水兼具)可衬托人物的表演。西方小说有先例:乔治·桑名著《魔沼》故事结束后,专写一章介绍乡村婚礼的风俗志散文,传诵至今。科学发达,神话及民间文化的原创力衰弱。法国作家日奈《阳台》《小偷日记》等书有中译本,他将仪式视为戏剧原始形式之一,有些道理。我限于胆识灵气,文字单薄,缺乏印象派运用颜色语言的修养,宜得蜻蜓点水之讥。作为白描素材,还待有朝一日敲响大作家的灵感点铁成金。遇到有缘导演,局部再现于屏幕,为怀古家呈献驰骋妙思的酵母。我提前在此三致意! 黑龙江北原中国领土上的少数民族离我长江边的生地和虚构地名牛尾镇锅底圩万里,石匠与北国鱼皮鞑子的神奇姻缘原是百多年前画面,赖遗忘之网的疏忽,侥幸保留我外公辈七十年前口述的记忆。天翻地覆的剧变,每个明天分娩前阵痛的抽搐,真假易位,几十回交接班,汉语及少数民族语言已为俄罗斯语更替。文内差误与笑柄,请高明读者宽恕。可以告慰的是,比斯捷潘诺夫20世纪50年代获过斯大林文学奖的《旅顺口》要真实。我不加评论,也不打算宣传什么或掩盖什么,褒贬得失,个人行为。

除去石匠是一根竹签子,其他人物都是山楂,穿成了糖葫芦,浇灌的不外咸酸苦辣麻涩甜。我灵魂及体躯都患糖尿病,万不得已才用一点糖,但甜而无媚。小说跨度长达数十年,地域广袤,大多数配角们极少从清末演到1947年,出场机会少,又不一定在矛盾错综中扭结成麻花,挥毫时泪没少流。乡土与江湖兼顾,江湖被淡化。"一切新形成的关系等不到固定下来就陈旧了。"(马克思名言)个中内疚和低能的痛苦让开笔到初定稿一拖三十多年,间断至少上万天! 好比画一个长卷,拿精确的肖像手法,写出人物性格及外化动作,笔法赋色无一雷同,这要求对我而言,等于让猫去拉马车。

武侠的没落,受到顺向或逆向的残酷淘汰,跟他们的德才关系不大。仗义助人,不求回报,重诺言,轻性命等侠行与人类共存亡。但做好事的人不一定擅长击技,不似旧小说所绘形绘声地闹派别,争夺势力范围,煽动仇恨,几代互相残杀;会点绝技,秘而不传,宁肯带到坟墓而失传;与倡导爱心,崇尚美德,和人类知识接轨,南辕北辙。宫白羽、金庸、古龙等名家的新武侠小说被当为成年人的童话花样翻新,终因真善美含量不足,找不到外国庞大读者群。现实也无情地教会青年人珍惜有限生命,去读世界名著、中国好书。病态的走红里包容着衰竭因子。高手改造这一形式也许会写出国产的《堂·吉诃德》,人文的高度能超过塞万提斯,实例作证,妄议无益。

　　这部反武侠小说习作从头到尾只讲他们的无用和无奈,几乎没有武打,比画几下过场,不做文章。主要篇幅写人的日常生活,荡气回肠的爱情,侧映社会风貌,形形色色人物超过一打,气质迥异,三教九流,如御医、名伶、镖客、农民、地头蛇、渔人、小偷、武术家、官僚、幕友、僧道教主、小军官、大管家、礼赞翁、洋买办、艳妇、土贵族、村塾夫子、江湖小混混儿、义士、猎人、奇特疯子、画师、学人书家、土豪、乡绅、性情出格的女主人公……有无回味,请专家读者公论。笔者要告罪的是对主角智中有愚,可敬里有迂阔,解剖对立统一的成分欠锋利。未用好阴影完成浮雕绝品。纵有再版良机,能提高几许,底气欠旺。自信过头,腾笑八方,决不盲目许愿。书里的胡大雅、天温、老蔫、疯子、甜辣子、冷牛筋等配角未用好潜能,草草滑过,武当、少林武士眉目影影绰绰,笔触紧,前后呼应差。叶子不绿,损伤红花。

　　我前大半生不懂果戈理为啥称《死魂灵》为长诗。初写《灯海》《涅槃》故事掏得很吝啬,笔韵枯涩。后章从除夕写到初二凌晨,一气呵成,泪流不止,诗性思维亢奋,细节应接不暇。老友吴拯兄读后溢美为"长诗",我又坠入五里雾中,茫茫然不知与果氏名著除彼虎我猫之外,有无万分之一相同处,自知把老夫倒挂在树上三天也流不下一句好诗。谨求大家指正!

　　中庸是哲学上层境地,其基础是和阳刚阴柔协调。阴气盛则幽暗,鬼气森森;阳刚过头必虚夸躁动轻浮。深看一层,仍是阴气嚣张产物,没有自信,盲目放大自己而空喊。两者皆病态不足取,艺术家都想完美,又不可能尽美。个人尽到了最大的能力,去实现中庸的无过不及。外来影响不尽符合写意民族的中庸,解决矛盾是反复实践,合理渐进。

　　中国幅员广大,有些百姓一世未卷入过大漩涡(被运动例外),一样充满悲欢离合。书里关注过此类同胞。对修桥百岁竣功的天柱怪客,师心任性烈骨如霜的鹿儿,一死明志高扬父爱战胜情欲的大教主,坦承过失光明磊落的老汉,异想天开的小寡妇,深染行伍劣习、改恶从善、买日本女子孝顺盖世匹夫的沙弥,迁直过时的英雄老太公,都赋予人性的闪光,其是非功过不加论述,他们不做抽象豪言壮语,行动大于理念。苦追轮廓分明的版画效果,又受时空条件制约,不敢随笔跑野马而脱缰。败笔应该引起新手的警惕,交了学费,不该竹篮提水。

2010年之冬,友人李家振来电话说:"《盖世匹夫》,年轻朋友为你打完稿文已十五年,我看过几遍,认为可以出书了,我找个朋友帮帮忙可好?"

"谢谢关怀,不必麻烦朋友。总想等到某日,有缕新思想的光射进故事,改几遍再出!"

"不! 你等了许多年,等到了什么? 就是接受了新观念也不能往七十年前的人身上安装,那样一来太假,保持原汁原味就行。何况我们虽然没有变得完美,也没有变坏。求高大全写不出真实生活,莫再拖,没有第二个三十年! 小说一号人物不是盖世匹夫石匠爷爷,是时间,它比众人都丰满!"

李少文教授说:"改多了伤元气,气足比细节到位更重要! 这部书是题材不新,但可以传下去。它不存在有没有人性,而是人性多和少的问题。先印文本,收集种种看法。树根立稳,再修剪枝叶不晚。那些风俗风情是历史的纪录,当散文看也有美学价值。做完它可以放手干别的!"十五年前,他为我书中人物画了有现代感的绣像,还怂恿我写了老式像赞,想别开生面,增添了我让瘸腿孩子穿漂亮马靴的羞惭。

楚辞唐诗专家马茂元先生重病住院期间,听到探病人员说我职称评不上的消息,一气之下摘掉了输氧管,让医护人员抢救了四十分钟才悠悠复苏。他平时很容易激动,总称我一世与位、利、名绝缘。为我动这么大的肝火,使我异常不安。每次见面,他都要听我说两段盖世匹夫的逸事。鼓励后问:"你为什么不把书稿印出来?""我觉得它不大像小说!""你读画论多年,应该懂得齐白石先生名言,大意说:太似媚俗,全不似欺世,不似之似,高于形似。陶渊明学《诗经》及汉魏晋佳作,李白、杜甫学古乐府皆做到无似无不似,更有气象。你在古今中外大文化背景里浸泡吸收到的脉息和真诚,唤醒读者联想,能弥补小说若干不足。况且小说从来没有谁规定的长相,有了标准模样肯定好不了。我等着,先睹为快!"

"您说的是悲悯写意文化的灵魂,我先天不足,只怕因循怠惰永远不及格。"可惜1990年作古的先生来不及看到此书。

另有作家学者何香久兄也两次忠告,小说不能有标准相,行行字字符合标准小说就不好玩了。我欠他俩的文债无力偿还,挂在心头也是鞭策。

通读全稿深感结构密度合理之难。横断面广,配角多而出场机会少,读者印象浅,容易淹没主角。本书跨度长,上卷人物大部退出舞台,他们活动场所在东北边陲及北京,下卷里一次性剪影人物如李芳宸、少林寺住持妙兴、武当派技领军者徐犟子、草包司令作为侧灯照亮男主角,连丘陵也算不上,至多造点气氛而已,实在可惜。

笔者从小爱听折子戏曲,看电影颇重视双人镜头工笔重彩,泼彩写意,开掘灵魂美丑以少见多,便于抒情叙事,倾吐内心独白,冲淡枯燥赘笔,造境遥深。即用白描,亦能启迪鉴赏家。俗话说寸有所长,千虑一得在斯。如胡砧和老师、爱妻、疯子亲近,见沈寐叟、黄宾虹几回,笔触松,有点气韵,力避重复。书中写了三个人物生命的谢幕,均属乐观的悲剧:

鹿儿舍命搭救陷入泥石流中普通受难农人,"鞠躬尽瘁,死而后已"。最后高擎着刚产下的婴儿,保护弱者,刚烈如纪念碑。形象悲壮圣洁,颂扬人的博大坚忍。

天柱怪客出场似怪癖,九十修桥,百岁完工,升华到慈祥崇高,美德化身,与道家清虚无为乐于埋没,毕生积蓄用于救旱灾,生死通达,尊重规律。自焚了结,不累后辈。境界高于当时武林甚多。

胡砧故事始于舞台,以救灾义演到血殉艺术而终,体现人性之美,不因多种局限而丧失光焰。序幕尾声寓遗爱悠远。

这类构思力不从意,不能茧破蝶飞,浪掷光阴于重复劳动过多,梦醒太迟,自责不能纠正失误,重新改写精力不济,深负长辈师友期望,愧悚内省,可为后之鉴。

我愿恭听多方教诲,在自己的世界观有所更新后重写此书,它仍不完美,至少会增添一点愚夫在特殊年月的体验。蚂蚁渺小,他们的忧患意识净化为超脱的上升过程未必渺小;理不可能战胜无奈,回归挚爱泥巴和弱势群体而趋于坚实博大,游刃于格律之间,跟表现人道、保护地球的世界大潮接轨,贡献艰辛原创的平凡。我为走出造神光华永葆童贞的幸运者祝福!

写到此处,传来长女朴凡生下男孩的消息,这点喜气未能减弱我写作失败的愧怍。多谢与生俱来至死方去的阿Q精神一再深心替自己讨饶!愿五十八岁时的外孙讲到我的窘态时,比我萧散、冲和、透明,多些立体感。莫似我站在文学长河的岸上,白当了半辈子名誉"游泳家"。

作　者

1982年7月8日,写于读不懂书斋

1993年11月5日,雁栖湖畔校定

1997年3月30日,香山